숲속의 로맨스

앤 래드클리프

숲속의 로맨스

장용준 옮김

고딕서가

차례

제1권

제1장

저는 이 세상의
풍파에 이리저리 휘둘린 몸,
세상과 끝장을 보기 위해
못 할 짓이 없습니다.[1]

"추악한 욕망이 마음을 사로잡으면 따뜻하고 너그러운 감정은 얼어붙고 맙니다. 그건 미덕과 취향의 적이라고 할 수 있습니다. 취향을 비뚤어지게 하고 미덕을 파괴하지요. 친구여, 시간은 끝내 죽음을 부르지요. 그러면 탐욕의 힘줄이 녹아내릴 것이고 정의가 제 권한을 휘두를 겁니다."

이 말은 변호사 느무르가 피에르 드 라 모트에게 한 말이었다. 한밤의 파리, 라 모트는 야반도주를 하고자 마차에 올랐다. 채권자들과 법의 심판을 피해 달아나는 것이었다. 그는 도주를 도와준 느무르에게 감사 인사를 하며 슬픈 작별을 고했다. 적막하기 이를 데 없는 캄캄한 시각 자신의 참담한 처지에 그는 곧바로 조용한 상념에 빠졌다.

17세기 파리 고등법원의 회의록을 기록했던 저자들 중 가장 충실한 저자 기요 드 피타발의 글을 읽은 사람이라면 누구든 피에르 드 라 모트와 필리프 드 몽탈 후작의 그 충격적인 이야기를 기억할 것이다. 그러니 그들 모두에게 여기 소개하는 사람이 바로 그 인물 피에르 드 라 모트라는 사실을 알린다.

마담 드 라 모트는 마차 창에 기대 마지막으로 파리의 성벽을 눈에 담는다. 행복했던 시절 사랑하는 많은 친구들과 어울렸던 곳, 파리와는 이제 작별이다. 이제껏 이를 악물고 간신히 버텨온 그녀는 의지가 허물어지며 슬픔이 밀려온다. '모두 안녕! 이제 마지막이네. 우린 영원히 이별하는 거야!' 마담 드 라 모트는 뒤로 기대앉으며 눈물을 흘렸다. 그러고는 조용히 체념하며 슬픔에 빠져든다. 지나간 과거가 무겁게 가슴을 짓누른다. 불과 몇 달 전까지만 해도 친구들에 둘러싸여 부와 명성을 누렸다. 그러나 이제 그 모두를 잃고 고향 땅을 등지고 집도 절도 없이 비참한 망명 생활을 시작하게 되었다. 희망이란 없다. 심지어 독일에서 군 복무 중인 하나뿐인 아들에게도 작별을 고하지 못하고 떠날 수밖에 없었다. 그만큼 다급하게 떠나지 않을 수 없는 사정이어서 아들이 지금 어디에 주둔하고 있는지 알았다 하더라도 아버지의 급변한 상황과 작별을 알릴 시간조차 없었다.

피에르 드 라 모트는 프랑스의 유서 깊은 집안 출신의 신사였다. 그는 열정이 이성을 압도하는 성향이 강한 사람이었고 그럴 때는 양심까지 억누르곤 했다. 이따금씩 악덕의 영향으로 본래 지니고 있던 미덕이 가려지긴 했으나 그렇다고 완전히 미덕을 잃진 않았다. 유혹을 견뎌낼 만큼 마음이 강했다면 그도 훌륭한 사람으로 칭송받았을 것이다. 그러나 그는 언제나 나약한 성정이었고 또 때로는 질이 좋지 않은 무리와 어울리기도 했다. 그러나 머리는 명석했고 상상력은 강렬했다. 그런데 그런 태도에 열정의 힘이 더해져 자주 판단력을 흐렸고 양심의 원칙을 깨곤 했다. 그리하여 그는 결단력은 약하고 미덕은 공허한 환상처럼 흔들렸다. 한마디로 원칙이 아니라 감정에 휘둘려 행동했고 미덕은 상황의 압박을 이겨내지 못했다.

그는 일찍이 아름답고 우아한 여성 콩스탕스 발랑티아와 결혼했다. 아내는 가족과의 유대감이 깊었고 가족들로부터 사랑받았다. 아내는 출신에 있어 그와 동등했고 재력에 있어서는 그의 집안을 능가했다. 그들의 결혼은 세상으로부터 인정받고 축하받는 결합이었다. 아내는 남편 라 모트에게 헌신을 다했고 한동안 그도 다정한 남편 역할에 충실했다. 그러나 얼마 지나지 않아 그는 화려한 파리의 사교계에 현혹되어 사치와 향락에 빠졌다. 방탕하게 보내며 몇 년 지나자 재산도 아내의 애정도 모두 잃고 말았다. 그러나 헛된 자만심을 버리지 못한 그는 아직 여력이 남아 있을 때 조용한 삶으로 명예롭게 물러나야 했는데 그러지 못했다. 그는 이제껏 체득한 습관 때문에 과거에 누리던 쾌락의 장소에서 벗어나지 못했다. 그리하여 그는 낭비가 심한 생활

방식을 고수했고 그러다가 그나마 남은 재산마저 탕진하고 말았다. 마침내 그는 정신이 번쩍 들었다. 그러나 그러한 깨달음은 기껏해야 새로운 잘못으로 이어졌고 잃은 재산을 회복할 속셈으로 계략을 세워 시도했는데 그게 더 큰 파멸로 이어지게 되었다. 그렇게 그는 위험하고 수치스러운 망명길에 오르게 되었다.

그는 남부 지방으로 내려가서 왕국의 변방, 이름 모를 마을에 숨어 지낼 계획을 짰다. 가족은 아내와 충직한 남녀 하인 두 명이었다.

폭풍이 몰아치는 어두운 밤이었다. 파리에서 대략 15킬로미터 떨어진 지점에 도달했을 때 마차를 몰던 페터는 길이 여러 갈래로 나뉜 황야에 접하자 마차를 멈추고 드 라 모트에게 어디로 향할지 물었다. 마차가 갑자기 멈추자 드 라 모트는 몽상에서 깼고, 모두는 추적당하는 게 아닌지 공포에 휩싸였다. 그는 어디로 향할지 지시를 내릴 수 없었다. 게다가 날이 칠흑같이 어두워 계속 이동하는 것도 위험했다. 어찌할 바를 몰라 당황스럽던 차에 먼 곳에서 불빛이 보였는데, 라 모트는 한참을 의심하고 주저하다가 불빛이 보이는 곳으로 다가갔다. 그는 어디에 보이지 않는 웅덩이가 있을지 몰라 천천히 조심스럽게 나아갔다. 불빛은 1.5킬로미터 떨어진 황야에 홀로 서 있는 어떤 작고 오래된 집에서 새어 나오고 있었다.

그는 문 앞에 도착해 불안한 마음으로 한동안 귀를 기울였다. 쉭쉭 황야에 몰아치는 바람 소리뿐 아무 소리도 들리지 않았다. 그는 마침내 용기를 내 문을 두드렸다. 기다리는 동안 안에서 희미하게 여러 사람이 말하는 소리가 들리더니 마침내 누군가 "뭐야?" 하고 묻는 소리가 들렸다. 라 모트는 여행 중에 길을 잃었는데 가까운 마을까지 가는 길을 좀 묻고 싶다고 답했다. "여기서 11킬로미터 정도 더 가야 하오. 그런데 훤한 대낮이라도 도로 사정이 좋지 않아 힘든 길이오. 하룻밤 묵어가고 싶다면 그렇게 하쇼. 그러는 게 나을 거요."

이제 더 격렬해진 폭풍으로 "가차 없이 퍼붓는 빗줄기"[2]를 그대로 맞고 있는 라 모트는 날이 밝기까지 이동을 멈추고 싶은 마음이었다. 그러나 그는 가족을 부르기 전에 지금 말을 주고받는 사람을 확인해보고 싶어서 문을 좀 열어달라고 했다. 문이 열리자 키 큰 사람이 등불을 들고 있는 모습이 보였다. 라 모트는 남자를 따라 복도를 지나 방으로 들어갔다. 방 안에는 가구가 거의 없었는데 한쪽 구석에 침대가 하나 보였다. 황량하고 으스스한 집 안 풍경에 라 모트는 자기도 모르게 움츠러들었다. 그가 나가려고 몸을 돌리는 순간 갑자기 남자가 그를 안으로 밀어붙이더니 밖에서 문을 닫아버렸다. 가슴이 철렁 내려앉았다. 그는 필사적으로 문을 열려고 애를 썼으나 허사였다. 제발 가게 놔달라고 소리를 쳤다. 아무런 대답이 없었다. 그러나 위층에서 남자들이 두런거리는 소리가 들렸다. 저들이 강도질을 하고 그를 살해할 것이라는 생각에 불안감이 엄습해 정신을 차릴 수가 없었다. 거의 꺼져가고 있던 잔불에서 나오는 빛으로 그는 창문 하나를 발견했으나 희망은 금세 꺾이고 말았다. 창에는 단단하게 쇠창살이 쳐져 있었다. 그는 이제 최악의 상황을 맞이할 거라는 공포에 휩싸였다. 그 어떤 도움도 받을 수 없는 상황에서 무기도 없이 홀로, 목적이 분명한 사람들에 둘러싸여 있는 것이다. 강도질의 수단은 분명 살해일 것이다! 도망할 수 있는 모든 가능성을 생각해보다가 이제 그는 마음을 단단히 먹고 벌어질 일을 맞닥뜨리려 애를 썼다. 그러나 라 모트는 애초에 그러한 용기가 없었다.

두런거리는 소리가 멈추었고 15분 정도 적막이 돌았다. 그러다가 그는 바람이 멈추는 사이사이에 여자의 울음소리, 신음 소리가 들린 것 같다고 생각했다. 귀를 기울여보았다. 추측이 맞았다. 분명 비탄에 빠진 소리였다. 그렇게 확신하자 이제 그는 그나마 남은 용기마저 다 사라지고 끔찍한 생각이 번개처럼 뇌리를 스쳤다. 여기 이자들이 마차를 발견해 약탈할 목적으로 자신의 하인과 마담 드 라 모트를 이곳으로 데리고 온 것 같았다. 아까는 적막하기만 하던 집 안에 방금 그 소리가 들렸다는 사실로 미루어보아 자신의 추측이 더욱 맞는 것 같았다. 그게 아니라면 친구나 하인이 자신을 배신해 밀고했고, 이 집 사람들이 자신을 당국에 잡아갈 사람일지도 모르는 일이다. 그러나 그는 도주할 수 있도록 도와주고 마차까지 마련해준 친구를 의심할 수 없었다. '그런 사악함이 인간의 본성에 있을 수 없어. 더더 군다나 느무르에게는!'

그때 방으로 이어지는 복도에서 소리가 들렸다. 그러고 나서 문이 열렸다. 라 모트를 집으로 들였던 남자가 어떤 아름다운 젊은 여자를 데리고, 아니 질질 끌고 들어왔다. 여자는 열여덟 살 정도 되어 보였다. 여자는 온통 눈물에 젖어 있었고 극도로 불안해 보였다. 남자는 문을 걸어 잠그고 열쇠를 자기 주머니에 넣고는 라 모트에게 다가와 그의 가슴에 총구를 겨눴다. "당신 이제 완전히 내 손아귀에 있어. 당신 도와줄 사람은 아무도 없단 말이지. 목숨을 건지고 싶으면 맹세하쇼. 이 여자를 다시는 내 눈에 띄지 않게 하겠다고! 아니, 그럴 거 없이 당신이 데리고 가쇼. 뭐, 당신 맹세 따위 내가 어떻게 믿겠어. 그리고 나와 다시는 마주칠 일 없도록 내 알아서 하지. 어서 대답해! 시간 없어."

그자는 공포에 압도당해 덜덜 떨고 있는 여자를 붙잡아 라 모트에게로 몰아붙였다. 라 모트는 기겁한 상태로 아무런 대답을 하지 못했다. 여자는 그의 발밑에 쓰러졌다. 그러고는 애원하는 눈에 눈물을 그득히 머금고 살려달라고 매달렸다. 그는 아무리 자신도 겁에 질려 있지만 자기 앞에 무릎을 꿇고 비탄에 빠진 아름다운 여인을 아무런 감정 없이 대할 수는 없었다. 젊디젊고 한눈에 보아도 순결하고 무구한 여성, 아무런 가식 없이 자연스레 뿜어져 나오는 그 태도가 그의 가슴을 후벼 팠다. 그가 막 입을 열려고 할 때, 놀라서 입을 다물고 있는 것을 주저하는 것이라 생각한 불한당이 먼저 말을 꺼냈다. "말 한 마리 준비해놓았고, 가는 길도 알려주겠어. 한 시간 안에 돌아오면 당신은 죽어. 그 후에야 돌아오건 말건 그건 당신 마음대로 해."

라 모트는 대답을 하지 않고 바닥에 앉아 있는 사랑스러운 여자를 일으켜 세웠다. 공포에서 벗어난 그는 이제 여자의 불안을 덜어줄 여유가 생긴 것이었다. "자, 어서 갑시다. 더 질질 끌지 말고! 당신 이쯤에서 끝나는 걸 복 받은 줄 아쇼! 내가 먼저 나가서 말을 준비하고 있겠소."

그자의 마지막 말에 라 모트에게 불안이 다시 엄습했다. 자신의 마차가 발각되면 저자들이 분명 약탈하려고 할 것이기 때문이었다. 저자와 말을 타고 함께 출발하면 더 무서운 일이 벌어질지도 모른다. 마담 라 모트가 남편을 기다리다 지쳐 페터를 보낼 수도 있다. 그러면 조금 전과 같이 위험한 상황이 다시 벌어질 것이고, 거기다 그가 가족과 떨어지게 되면 그를 추적하는 당국에 발각될 가능성은 더욱 커질 터였다. 이러한 생각이 휙휙 머릿속을 헤집고 있을 때 소동이 벌어지는 소리가 들렸다. 그런데 거기 자기 하인의 목소리가 들리는 게 아닌가! 마담 라 모트가 실제로 그를 찾아오라고 하인을 보낸 것이다. 이렇게 된 마당에 그는 더 이상 자신의 상황을 숨길 수 없으므로 큰 소리로 외쳤다. 좀 떨어진 곳에 마차가 있으니 말은 필요 없고 지금 붙잡고 있는 사람은 내 하인이라고 소리쳤다.

불한당은 문틈에 대고 얘기를 더 들어봐야 하니 그에게 기다리라고 했다. 라 모트는 가여운 여인에게 눈길을 돌렸다. 여자는 녹초가 되어 창백해진 얼굴로 벽에 기대 있었다. 우아하고 아름다운 자태를 지닌 여자는 비탄에 빠진 표정도 매혹적이고 사랑스러웠다. 그녀는

"눈이
순수하기 그지없는 새하얀
구름 사이로 푸른 하늘이 살짝 비칠 때를 연상시키며"[3]

수녀들이 입는 소맷부리가 트인 회색 모직 가운을 입고 있어 눈에 띄긴 했으나 그 옷이 화려하지는 않았다. 가운의 가슴께가 풀어헤쳐져 있었고 그 위를 흐트러진 머리칼이 덮고 있었다. 정신없는 상황에서 급하게 쓴 것 같은 가벼운 베일은 젖혀져 있었다. 라 모트는 여자를 보면 볼수록 놀라웠고 점점 더 여자에게 호의와 관심이 커졌다. 저렇게 우아하고 세련된 아름다움을 지닌 여성과 이 으스스한 집하며 야만스럽기 짝이 없는 이 집 사람들이 극명한 대조를 이루었다. 그에게는 마치 이 상황이 현실에서 일어나는 일이 아니라 상상 속 로맨스처럼 여겨졌다. 그는 여자를 위로하려 애를 썼다. 그가 보이는 연민은 매우 진실하고 간절해서 오해의 소지는 없었다. 겁에 질려 있던 여자는 점점 안정을

찾으며 슬픈 표정으로 감사를 표했다. "아! 저를 구하려고 하늘이 선생님을 제게 보내셨네요. 분명 선생님께 복을 내리실 겁니다. 선생님이 저를 외면하시면 저는 이 세상에 기댈 친구 하나 없는 몸입니다."

라 모트는 여자를 달래고 안심시켜주었다. 그때 악당이 들어왔고, 그는 가족에게 보내달라고 애원했다. "알았으니 기다리쇼. 일행은 잘 모셔놨으니 걱정 마쇼, 생페터 씨." 이 말에 라 모트는 다시 겁이 덜컥 났다. 그는 가족이 안전한지 말해달라고 사정했다. "아! 그 사람들은 안전하오. 댁은 곧 가족들을 만나게 될 거요. 계속 여기서 밤새 말꼬리 물어지고 있을 거요? 갈 거요, 말 거요? 조건은 다 알고 있고." 그들은 라 모트와 두려움에 입을 다물고 있던 젊은 여자의 눈을 끈으로 가렸다. 그러고 나서 그들을 말 두 필에 각각 태우고는 한 사람씩 그 둘 뒤에 자리하고 즉시 말을 달렸다. 그들은 이런 식으로 거의 30분을 달렸다. 그때 라 모트는 대체 어디로 가는 거냐고 물었다. "곧 알게 될 거요. 그러니 가만히 계시오." 더 이상 물어보았자 소용이 없다는 걸 알고는 라 모트는 멈출 때까지 침묵을 지켰다. 길을 이끌던 악당이 드디어 누군가를 불렀고 좀 떨어진 곳에서 응답이 들려왔다. 조금 지나자 마차 소리가 들렸고 그런 다음 한 남자가 페터에게 어느 방향으로 향해 갈지 지시를 내리는 소리가 들렸다. 마차가 다가왔을 때 라 모트가 소리를 질렀고 그러자 기쁘게도 그의 아내가 응답했다.

"여기 이제 황야의 끝까지 온 거요. 어느 길로 가든지 마음대로 하쇼. 한 시간 안에 돌아오면 총알받이가 될 줄 아쇼." 악당이 말했다. 라 모트에겐 불필요한 경고였다. 젊은 여성은 마차에 오르며 깊은 한숨을 내쉬었다. 악당은 페터에게 방향을 알려주면서 위협의 말도 잊지 않았다. 그러고는 그들이 길을 떠나기를 기다렸다. 그들은 이내 길을 나섰다.

라 모트는 아내에게 그 집에서 벌어졌던 일이며 젊은 여성이 어떻게 합류하게 되었는지를 간략하게 설명했다. 그렇게 설명하는 동안 젊은 여자는 계속 깊은 한숨을 내쉬었고 마담 라 모트는 그런 모습을 보며 점점 더 딱한 마음이 일어 여자를 안심시키려 애를 썼다. 가여운 여자는 꾸밈없이 감사를 표했고 그러고 나서는 다시 눈물을 흘리며 침묵을 지켰다. 마담은 지금 당장은 여자가 어떤 출신인지, 또 어쩌다가 이런 상황에 처했는지에 관한 질문은 삼갔다. 마담 라 모트는 젊은 여자를 보며 가슴을 짓누르던 자신의 불운에서 잠시나마 살짝 벗어날 수 있었다. 심지어 라 모트도 당장은 비탄에서 벗어났다. 그는 조금 전 상황을 곱씹어보았다. 그건 마치 환상, 혹은 로맨스 소설에서 나오는 비현실적인 일처럼 느껴졌다. 현실에서 가능한 일 같지 않았고 또 아무리 합리적으로 뜯어보려 해도 이해가 불가한 일이었다. 자신에게 떠넘겨진 사람, 또 그로 인해 가중될 미래의 어려움을 생각하니 골치가 아팠다. 그러나 그는 딱 봐도

무구하고 아름다운 아들린의 모습과 간절하게 도움을 호소하는 태도를 생각하고는 여자를 보호하기로 결심했다.

아들린은 마음을 마구 헤집어놓았던 소용돌이 같던 감정이 차차 누그러지기 시작했다. 두려움은 불안으로 절망은 슬픔으로 바뀌었다. 자신을 데리고 온 사람들이 보이는 연민, 특히 마담 라 모트의 따뜻한 태도를 생각하니 마음이 안정되면서 희망을 가져도 될 것 같았다.

우울하고 조용한 밤이 지나고 있었다. 일행은 각자의 마음에 꽉 들어찬 고뇌로 대화를 나눌 여유가 없었다. 애타게 기다리던 날이 밝아오자 그들은 서로를 더 잘 볼 수 있었다. 아들린은 마담 라 모트를 보며 위안을 얻었다. 마담 라 모트는 걱정스러운 눈빛으로 그녀를 자주 살폈으며 마음속으로 그토록 매력적인 얼굴과 눈길을 끄는 자태를 본 적이 없다는 생각을 했다. 슬픔으로 무기력해진 얼굴에는 우울하면서도 우아한 수심의 표정이 드러났고 보는 이로 하여금 애가 타게 만들었다. 푸른 눈에는 깊게 스며드는 사랑스러움과 정, 그리고 총명함이 보였다.

라 모트는 불안한 마음으로 마차 창밖을 내다보았다. 상황을 파악하고 나아갈 방향을 정해야 했다. 아직은 희미한 새벽의 여명으로 시야를 완전히 확보하지는 못했지만 어쨌든 사람은 보이지 않았다. 그러다가 마침내 태양이 동쪽 구름과 높은 언덕 꼭대기에 빛을 비추기 시작했고 조금 더 지나자 사방을 환하게 밝혔다. 라 모트는 두려움이 누그러졌고 아들린은 슬픔이 잦아들었다. 그들이 들어와 있는 곳은 높은 비탈로 둘러싸인 곳으로 무성한 나무들이 시야를 가려주는 곳이었다. 가지마다 돋아난 새싹이 이슬을 머금고 반짝거렸다. 신선한 아침 바람이 아들린에게 생기를 불어넣었다. 그녀는 자연의 아름다움에 매우 예민하게 반응하는 성정이었다. 꽃이 만발한 풀밭이나 초록이 물오르는 나무들을 볼 때, 그리고 비탈이 열린 곳으로 보이는 숲이 우거진 모습이나 멀리까지 뻗은 푸른 산의 풍경 등 다채로운 풍경을 접하면 그 순간 기쁨이 넘치면서 가슴이 부풀어 오르곤 했다. 아들린은 이러한 풍경을 처음 접하다 보니 그 매력이 배가되었다. 그녀는 광활하게 펼쳐진 풍경이나 끝없이 펼쳐진 장엄한 지평선을 본 적이 없었고 광활하진 않더라도 그림같이 펼쳐진 아름다운 풍경을 본 적이 많지 않았다. 그녀는 오랫동안 억눌려 살았지만 그럼에도 탄력적인 에너지를 잃지 않았으며, 바로 그러한 에너지로 지난한 삶을 견뎌냈다. 그렇지 않았다면 아무리 감수성이 예민하다 하더라도 아름다운 자연을 보고 지친 마음을 잠시나마 쉴 수 있는 여유는 없었을 것이다.

마침내 언덕을 굽어 내려가는 길이 시작되었고 라 모트는 다시 불안하게 창밖을 내다보았다. 눈앞에는 탁 트인 평원이 펼쳐졌고 길은 시야를 막을 것은 아무것도 없이 거의 직선으로 이어졌다. 이런 상황에 그는 불안이 엄습했다. 그를 쫓아오는 사람이 있다면 지금 이 언덕에서 십수 킬로미터는 어렵지 않게 추적이 가능한 것이다. 지나가는 농부에게 언덕에 샛길이 있는지 물었지만 전혀 없다는 소리만 들었다. 라 모트는 다시 겁에 질렸다. 마담은 자신도 불안하긴 매한가지였지만 그래도 남편을 안심시키려 애썼다. 그러나 아무런 소용이 없었고 그녀도 수심에 빠졌다. 라 모트는 연신 뒤를 돌아보았고 그러면서 먼 곳에서 자신을 추적해 오는 자들의 소리가 들리는 상상에 빠졌다.

그들은 마침내 길가에 숲이 우거진 마을에 도착했다. 그곳에서 길을 멈추고 아침 식사를 하자 라 모트는 기운을 좀 차릴 수 있었다. 아들린이 이제 평온을 되찾은 것을 보고 라 모트는 전날 밤 무슨 일이 있었던 건지 물었다. 그 질문에 아들린은 다시 평정심을 잃고 눈물을 흘리며 아직은 그 이야기를 묻지 말아달라고 부탁했다. 라 모트는 더 이상 묻지 않았지만 아들린은 그날 내내 우울하고 심란한 표정으로 그 기억에 시달리는 것 같았다. 이제 그들은 언덕의 샛길로 가고 있어 눈에 띌 위험은 준 셈이었다. 그러나 라 모트는 큰 마을은 피하고 작은 마을에서만 길을 멈추었는데 그나마 말들에게 물과 먹이를 먹일 정도만 허락했다. 정오에서 두 시간쯤 지나자 길은 깊은 골짜기로 이어졌고 그곳엔 개울이 지나고 높은 나무 그늘이 하늘을 덮고 있었다. 라 모트는 페터에게 왼쪽으로 보이는, 울창한 숲으로 둘러싸인 공터로 가라고 시켰다. 그곳에서 그들은 풀밭에 자리를 펴고 식사를 했다. 다른 상황에서였다면 맛있는 식사였을 것이다. 아들린은 미소를 지어보려 애를 썼으나 표정엔 이제 슬픔을 넘어 아파 보이는 기색이 역력했다. 지난 이십 사 시간 겪은 극도의 불안과 피로가 몰려와 온몸의 힘이 소진된 것이다. 라 모트가 부축해 마차에 태웠을 때 그녀는 온몸을 덜덜 떨고 있었다. 그러나 그녀는 겉으로 내색하지 않으려 했다. 또 이 가족이 고뇌에 빠져 있는 모습을 지켜봤던 터라 그 와중에도 그들에게 밝은 모습을 보이려고 했다.

그들은 사고나 방해 없이 낮 동안 내내 달렸고 해가 지고 세 시간쯤 후에 작은 마을 몽빌에 도착했다. 라 모트는 이곳에서 밤을 보내기로 했다. 그들 모두에게 휴식이 절실했다. 그들 모두 창백하고 초췌한 모습이 너무 여실해서 여관 직원들의 눈길을 끌지 않을 수 없었다. 잠자리가 준비되자마자 아들린은 자신의 방으로 들었다. 마담은 아들린이 걱정스러운 마음에 함께 그 방에 들어 아름다운 아들린을 위로하고 보살피려 정성을 다했다. 아들린은 조용히 눈물을 흘리면서 마담의 손을 잡고 자신의 가슴에 포갰다. 그 눈물은 그저 슬픔의 눈물만은 아니었다. 예기치도 못한 상황에서 마주친 연민의 마음에 감사하는 눈물이기도 했다. 마담 라 모트는 그렇게 눈물을 흘리는 아들린을 이해했다. 마담은 얼마간 침묵을 지키고 있다가 다시 아들린을 따뜻한 말로 안심시키고 자신을 믿고 힘든 일이 있으면 털어놓아도 좋다고 했다. 그러면서도 어제의 사건을 직접적으로 언급하는 것은 삼갔다. 마담의 따뜻한 마음에 감복한 아들린은 마침내 입을 열기 시작했다. 꾸밈없는 태도로 사실대로 자신의 이야기를 들려주었다. 이야기를 마쳤을 때 마담은 연민을 느끼며 그녀의 방을 나왔다.

다음 날 아침 라 모트는 어서 길을 나설 마음에 일찍 잠에서 깼다. 떠날 준비는 다 되었고 아침 식사도 다 마련된 상황이었다. 그러나 아들린이 나타나지 않자 마담 라 모트가 그녀의 방에 들어가보았다. 아들린은 혼곤하게 잠에 빠져 있었다. 숨이 가빴고 불규칙했다. 그러면서 자주 깜짝깜짝 놀랐고 한숨을 쉬기도 했으며 또 때로는 알 수 없는 말로 잠꼬대를 했다. 마담이 아들린의 힘없는 얼굴을 지켜보고 있는 동안 그녀는 잠에서 깨어 마담 라 모트에게 손을 뻗었다. 그 손에서 열이 펄펄 끓고 있었다. 아들린은 자리에서 일어나려 하자 머리가 지끈지끈 아프면서 현기증을 느꼈고 결국 다시 드러눕고 말았다.

마담은 매우 놀랐다. 이대로 길을 나서는 것도 불가능한 데다 그렇게 시간을 지체하는 것이 남편에게는 치명적일 수 있는 일이었다. 남편에게 상황을 알리자 그는 불안과 공포가 최고조에 이르렀다. 이렇게 지체하다가는 위험해질 수 있다는 것을 잘 알지만 그렇다고 인간애를 저버리고 아들린을 낯선 이의 보호, 아니 방치하에 둘 수는 없었다. 그는 즉시 의사를 불렀고 의사는 그녀가 고열에 시달리고 있으며 지금 상태로 이동하는 것은 치명적이라고 말했다. 라 모트는 기다려보기로 결정하고 공포에 짓눌리지 않고 평정심을 찾으려 애썼다. 그러면서 그는 상황이 허락하는 선에서 최대한 조심스럽게 마을에서 벗어나 꽤 먼 거리까지 내다볼 수 있게 시야가 트인 곳으로 갔다. 그러나 그는 알지도 못하는 여자, 더욱이 억지로 자신에게 떠넘겨진 여자가 아파서 생긴 파멸의 위험을 평정심을 가지고 참아낼 철학을 지닌 사람이 아니었다.

아들린은 열이 하루 내내 떨어질 줄을 몰랐고 의사는 머지않아 밤사이에 상황이 확실해질 거라고 말했다. 라 모트는 진심으로 걱정하는 마음이 들었다. 자신도 매우 힘겨운 상황에서 여자를 떠맡긴 했지만 그 아름답고 착하고 순수한 여자를 생각하니, 감내해야 하는 불편함보다는 어서 여자가 건강을 회복했으면 하는 마음이 더 컸다.

마담 라 모트는 아파도 참으며 순한 표정으로 감내하는 아들린을 보며 애정 어린 마음으로 보살폈다. 아들린은 온 마음으로 감사를 표했다. "저는 이렇게 어린데, 보살핌을 주어야 하는 사람들로부터 버려졌습니다. 그러니 제 목숨이 아까울 건 없어요. 마담과 맺은 인연 말고는 아무것도 없습니다. 제가 목숨을 부지한다면 부인의 덕이고 그런 부인의 은혜를 갚기 위해 제 마음을 다하겠습니다. 아, 말로는 다 표현을 못 하겠지요."

마담 라 모트는 아들린의 사랑스러운 태도에 감동받아 다른 걱정들은 제쳐두고 그녀의 건강 상태만을 예의 주시했다. 아들린은 밤새 매우 위중한 상태였고, 아침이 되자 의사는 라 모트에게 여자가 원하는 것은 뭐든 해주라며 더이상 희망이 없다고 전했다.

한편 아들린은 물약을 많이 먹고 잠이 들었다. 몇 시간 동안 깊은 잠에 빠졌는데 숨소리만이 아직 살아 있다는 증거였다. 그러고 나서 잠에서 깼는데 열이 내려 있었다. 기력이 쇠해진 것 말고 다른 증상은 없었다. 다시 며칠이 지나고 아들린은 라 모트 일가와 여행길에 오를 만큼 기력을 회복했다. 그들은 B를 향해 나아갔다. B는 큰길가에 접한 마을로 라 모트는 어서 그곳을 벗어나는 게 현명한 처사라고 생각했다. 그들은 그곳에서 밤을 보내고 다음 날 아침 일찍 숲이 우거진 길로 향했다. 그들은 정오께 어떤 작고 조용한 마을에 도착해 요기를 하고 퐁탕빌의 큰 숲을 지나는 길의 방향을 물었다. 지금 있는 곳은 그 숲의 언저리였다. 라 모트는 처음엔 안내인을 구해볼까 생각했는데 이 야생의 숲길에서 도움을 얻으려다 그로 인해 자신의 경로가 노출될까 봐 포기하고 말았다.

라 모트는 리옹까지 가려고 마음먹었다. 그곳에서 숨어지낼 만한 곳을 찾든가, 혹은 프랑스를 떠야 할 상황이 생긴다면 론강을 따라 배를 타고 제네바까지 갈 생각이었다. 정오 즈음이었고 그는 서둘러 퐁탕빌 숲을 지나 해가 지기 전 반대편 마을에 도달하고 싶었다. 마차에 식량도 다시 채우고 길 안내도 받고 나서 그들은 다시 길을 떠나 곧 숲길에 접어들었다. 때는 4월 하순이었고 날씨는 매우 온화하고 맑았다. 훈훈한 공기에는 초목이 내뿜는 신선하기 그지없는 향이 묻어났다. 따뜻하고 부드러운 햇볕으로 자연의 모든 색조가 생생하게 물들고 있었으며 봄꽃들이 모두 만개하고 있었다. 아들린 또한 건강한 생명의 기운을 받았다. 부드러운 바람을 흡입하자 원기가 되살아나는 것 같았다. 우거진 숲 사이로 보이는 로맨틱한 빈터에 눈길이 갔고 그러자 기쁨으로 가슴이 벅찼다. 그러면서 자신의 목숨을 구해준 라 모트 내외를 돌아보았는데 자신을 존중해주고 친절을 베푸는 그들에게 따뜻한 애정이 샘솟았다. 그녀가 경험한 감사의 힘은 '숭고하다'고 할 수 있는 감정이었다.

이날 그들은 여행길 내내 움막 하나 사람 한 명 보지 못했다. 이제 날이 저물고 있었다. 사방이 숲으로 가로막힌 곳에서 라 모트는 혹시 하인이 길을 잘못 든 게 아닌지 걱정되기 시작했다. 길은, 그걸 길이라 부를 수 있는지 모르겠지만, 풀밭 위를 겨우 지나갈 만한 상태로 때로는 관목이 우거져 앞을 가렸고 또 때로는 거대한 나무 그늘이 드리워져 있었다. 마침내 페터는 어디로 가야 할지 몰라 마차를 멈췄다. 라 모트는 이렇게 거칠고 적막한 야생의 숲에서 오도 가도 못하고 밤을 맞아야 할지 모르고 또 산적에게 습격을 당할지 모른다는 두려움에 페터에게 여하튼 계속 나아가라고, 가다가 길이 없으면 숲속의 너른 공터라도 있는지 찾아보라고 시켰다. 그러자 페터는 다시 길을 나섰으나 얼마 가지 않아 시야는 수풀에 막혀 어디로 빠져나가야 할지 몰라 다시 말을 멈추었다. 이제 해가 졌다. 라 모트는 불안하게 창밖을 내다보았는데 서쪽 하늘에 남아 있는 붉은 석양으로 나무들 사이로 솟아 있는 검은 탑을 볼 수 있었다. 그는 페터에게 그곳으로 가라고 했다. "저게 혹시 수도원이라면 하룻밤 묵어갈 수 있을 거야."

마차는 "음울한 나뭇가지"[4] 숲 그늘 아래 길을 따라 나아갔다. 그 길에 길손의 가슴을 벌렁거리게 만드는 장엄함을 선사하는 황혼의 빛이 물들고 있었다. 일행은 어떤 일이 벌어질지 몰라 침묵을 지키고 있었다. 아들린은 이런 장면에 접하자 바로 얼마 전에 겪었던 끔찍했던 사건이 생각나며 다시 또 어떤 새로운 고난이 닥칠지 두려움이 앞섰다. 라 모트는 우거진 수풀 사이 시야가 열린 푸른 언덕 기슭에 마차를 멈췄다. 그러고는 또렷하게 보이지는 않지만 아쉬운 대로 건물을 올려다보았다.

제2장

이 고대의 타워와 텅 빈 뜰이
불안에 찬 영혼의 간담을 서늘하게 한다! 기대는
서서히 공포의 얼굴로 변한다, 그리고 공포는
숭배가 되려는 듯 기도를 중얼거린다.
무엇 때문인지는 알 수 없다.
상황이 도대체 어떤 짓을 하는지!
— 호레이스 월폴[5]

건물을 향해 다가가자 폐허처럼 보이는 고딕 양식의 수
도원이 보였다. 건물은 거친 풀밭 위에 서 있었고 드높게
멀리 퍼진 나무 그늘에 덮여 있었다. 건물만큼이나 오래되
어 보이는 나무들은 사방에 낭만적이고 우울한 그늘을 드
리우고 있었다. 건물의 대부분이 폐허로 허물어 있었고 세
월이 휘두르는 칼날을 견뎌낸 부분은 으스스하게 쇠락해가
는 분위기를 내뿜고 있었다. 담쟁이덩굴이 빼곡하게 감싸
고 있는 드높은 흙벽은 반쯤 무너져 내린 채로 작은 새들의
둥지가 되어 있었다. 거대한 동쪽 타워는 거의 무너진 상태

로 사이사이에 우거진 풀밭이 바람에 천천히 나부끼고 있었다. "엉겅퀴는 그 외로운 머리를 흔들고, 이끼는 바람에게 휘파람을 보낸다."[6] 번개무늬 세공으로 화려하게 장식된 고딕 양식 대문은 그 형태가 온전히 남아 있었으나, 원래 밀어 열면 건물의 본채로 이르게 되지만 지금은 부러진 나뭇가지들로 막혀 있었다. 이 거대하고 웅장한 정문 입구 위로는 같은 양식의 창이 있었는데 뾰족하게 아치를 이루었고 한때 믿음 깊은 수도승들의 자부심의 상징이었던 스테인드글라스가 아직 남아 있었다. 라 모트는 혹시라도 아직 사람들이 있을지 몰라 정문으로 다가가 거대한 쇠문고리를 들어 올렸다가 내리쳤다. 쿵 하는 소리가 적막을 갈랐다. 몇 분 기다려본 후 그는 힘으로 문을 밀어보았다. 끼이이익 육중한 철문이 거칠게 삐걱거렸다.

안으로 들어가보니 예배당으로 보이는 공간이 나왔다. 한때 찬송가가 울려 퍼지기도 하고 또 참회의 눈물을 흘리기도 한 곳이었으리라. 지금은 상상 속에서나 들을 수 있는 소리들. 참회의 눈물은 그저 운명처럼 당연한 것이었으리라. 라 모트는 잠시 움직임을 멈추고 숨을 죽였다. 숭고한 감정이 두려움으로 바뀌는 게 느껴졌기 때문이었다. 놀라움과 경외심이 뒤섞여 감정이 멈춰 선 상태! 그는 드넓은 공간을 살펴보며 상념에 잠겼다. 상상력은 급히 과거로 향했다. "이 벽들 뒤로는 한때 미신이 깃들었을 것이고 금욕 생활은 지상의 지옥 같았을 것이다. 하나 이 폐허가 지금은 자기를 세워준 사람들의 유골 위에서 휘청거리고 있다."

땅거미가 점점 내려앉자 라 모트는 더 이상 지체할 시간이 없다고 생각하며 마음이 급해졌다. 그러나 그는 이곳을 더 살펴보고 싶은 호기심이 일었다. 포장이 깨진 바닥을 밟으며 나아가자 발소리가 메아리를 울렸고 그 소리가 마치 감히 죽은 자들의 영역을 함부로 침입한 불경한 자를 꾸짖는 소리 같다는 생각이 들었다.

예배당에서 본당 신도석 쪽으로 들어가자 다른 창보다 온전한 상태로 남아 있는 창문이 하나 보였다. 이 창을 통해 밖을 내다보니 널리 뻗은 숲의 전경이 드러났다. 풍성한 저녁의 색채가 농담에서 미묘한 차이를 이루며 장엄한 회색 하늘까지 닿아 있었다. 어두운 언덕은 벌건 지평선 빛에 닿아 경계선이 또렷하게 보였다. 한때 지붕을 떠받치고 있었을 기둥들 일부가 침몰하는 위대한 조각상처럼 우뚝 솟은 채 자기들보다 조금 먼저 스러진 기둥 파편들 위로 부딪는 바람의 속삭임에 고개를 끄덕이는 것 같았다. 라 모트는 한숨을 내뱉었다. 자기 자신과 이 기둥들이 보여주는 쇠락의 기운이 비교가 되며 처량한 감정이 밀려왔다. "나도 몇 년이 지나면 내가 지금 보고 있는 유물처럼 될 것이며, 이 유물들처럼 다음 세대의 명상의 대상이 되겠지. 그러고는 그들 또한 지난 시절의 유물을 보며 잠시 비틀거리다가 마찬가지로 스러져 먼지가 되겠지."

그는 이곳에서 물러나와 회랑을 걷다가 문을 하나 발견

했다. 호기심이 동해 문을 열자 건물의 꼭대기까지 연결된 계단이 보였다. 층계 옆으로 문이 하나 더 있었다. 그러나 그는 덜컥 겁이 나기도 했고 또 그가 오랫동안 돌아오지 않으면 가족이 걱정할 것을 염려해 서둘러 마차로 돌아갔다. 별 소득도 없는 탐험을 하느라 해가 남아 있는 귀중한 시간을 낭비한 꼴이었다.

그는 불안한 마음에 쫓겨 마담 라 모트의 질문에 대충 대꾸를 해주고 페터에게 조심해서 나아가라는 말밖에 별다른 말을 하지 못했다. 그러나 그렇지 않아도 어두컴컴한 숲 속에서 이내 사방에 어둠이 내리자 더 이상 나아가는 것이 매우 위험해졌다. 페터는 말을 멈추었다. 그러나 라 모트는 고집을 꺾지 않고 계속 나아가라고 일렀다. 페터가 투덜거렸고 마담 라 모트도 간청을 했으나 라 모트는 요지부동이었다. 그러나 그는 금방 후회하게 되었다. 앞을 분간하기 어려울 정도로 어두운 나머지 마차 뒷바퀴가 고목 그루터기에 걸렸고 마차는 즉각 뒤집어지고 말았다.

일행은 모두 기겁을 했으나 크게 다친 사람은 없었다. 위태로운 상황에서 빠져나와 라 모트와 페터가 마차를 똑바로 세우려 안간힘을 썼다. 자세히 보니 바퀴가 부러져 있었다. 이제 마차는 더 나아가지 못할 뿐만 아니라 설상가상으로 밤의 찬 이슬을 막아줄 피난처도 될 수 없었고 또 똑바로 지탱할 수도 없었다. 잠시 침묵을 지킨 후 라 모트는 조금 전 가보았던 폐허로 돌아가자고 말했다. 그 건물에 기거할 수 있을 만한 곳을 찾아 밤을 보내고 아침이 되면 페터가 말을 타고 마을에 가서 마차를 고칠 만한 사람을 찾자는 것이었다. 그의 말에 마담 라 모트는 즉각 반대했다. 이렇게 어두운 밤에 그 황폐하고 으스스하기 짝이 없는 수도원에서 밤을 보낼 순 없는 노릇이라고 말했다. 그녀는 자신을 사로잡은 두려움을 합리적으로 따져보아 물리칠 생각 같은 것은 없었다. 그 무서운 폐허에 가느니 차라리 찬 이슬에 몸을 내맡기고 한뎃잠을 자겠다고 했다. 라 모트는 자신도 처음엔 그곳으로 가기가 꺼려졌으나 두려운 감정을 가까스로 억누르고 아내의 감정에 휘둘리지 않겠다고 마음먹었다.

마차에서 말들을 풀어 일행은 수도원으로 향했다. 페터는 잔가지를 구해 불을 피워 손에 들고 일행의 뒤에서 따랐다. 그 희미한 불빛이 폐허를 비추자 건물이 더욱 장엄하게 보였다. 불빛이 닿지 않는 어둑어둑한 건물의 실루엣은 숭고함을 고취시키며 보는 이로 하여금 공포를 자극했다. 이제까지 침묵을 지키고 있던 아들린은 감탄과 두려움이 섞인 감탄사를 뱉어냈다. 일종의 쾌감을 선사하는 공포가 가슴을 사로잡으며 영혼을 꽉 채웠다. 눈물이 차오르기 시작했다. 그녀는 한편 계속 나아가고 싶기도 했고 또 한편 그러는 게 두렵기도 했다. 그녀는 라 모트의 팔에 매달려 무언가 주저하며 묻고 싶어 하는 모습으로 그를 바라보았다.

그는 대회당의 문을 열고 안으로 들어갔다. 어두워서 공간이 가늠이 되지 않았다. "여기서 묵어요. 난 더 못 가겠어요." 마담 라 모트가 말했다. 라 모트는 부서진 지붕을 가리키고는 계속 나아갔다. 그러다가 홀을 가로지르는 특이한 소리에 그는 갑자기 움찔하며 걸음을 멈추었다. 일행은 모두 입을 다물었다. 두려움의 침묵이었다. 마담 라 모트가 먼저 입을 열었다. "여기서 나가요. 아무리 위험한 데라도 무섭기 짝이 없는 여기보다 낫겠어요. 어서 가자고요." 고요함이 좀 더 이어졌다. 그러자 라 모트는 무심결에 겁에 질린 자신의 모습을 드러낸 것이 창피한 마음이 들면서 담대한 모습을 꾸며내야겠다고 생각했다. 그러나 마음이 담대하지 못한 그는 그저 겁에 질린 마담을 조롱하며 계속 나아갈 것을 고집했다. 그녀는 마지못해 따를 수밖에 달리 방도가 없어 떨리는 발걸음으로 홀을 가로질러 갔다. 그러다가 그들은 좁은 통로에 이르렀다. 이제 페터의 횃불이 거의 꺼져가고 있었다. 그들은 그곳에서 기다리기로 하고 페터 혼자 안으로 들어가보기로 했다.

사그라지는 불빛이 통로 벽을 희미하게 비추어, 벽감이 더욱 무섭게 보였다. 홀의 대부분 공간은 어둠에 싸여 볼 수 없었고 희미한 빛은 일렁일렁 춤을 추다가 지붕의 갈라진 틈을 보여주었고 또 알 수 없는 물건들을 살짝 비추었다. 아들린은 미소를 보이며 라 모트에게 유령의 존재를 믿는지 물었다. 타이밍을 잘못 잡은 질문이었다. 라 모트는 지금의 상황에 겁을 먹고 있었고 그러다 보니 애를 써도 자꾸 초자연적인 공포가 마음에 스며들고 있었기 때문이었다. 어쩌면 지금 발을 딛고 서 있는 이곳은 죽은 자들의 재가 묻힌 곳인지도 몰랐다. 혼령이 지상에 내려와도 좋다는 허락을 받는다면 바로 이 시각 이곳이 그들이 출현하기에 제격인 것 같았다. 라 모트가 입을 다물고 있자 아들린이 말했다. "제가 미신을 믿는 마음이 있었다면……" 갑자기 아까 들렸던 소리가 다시 나는 바람에 그녀는 입을 다물었다. 모두 심장이 벌렁벌렁 뛰었고 침묵 속에 귀를 기울였다. 라 모트에게 또 다른 걱정이 밀려왔다. 저 소리가 어쩌면 산적 무리일지도 모른다는 생각이 들자 그는 더 이상 나아가는 게 꺼려졌다. 페터가 불을 가지고 다가왔다. 마담은 통로로 들어가는 것을 거부했다. 라 모트 또한 그럴 생각이 별로 없었다. 그러나 호기심이 두려움보다 더 큰 페터는 자기가 가보겠다고 흔쾌히 나섰다. 라 모트는 조금 더 주저하다가 그러라고 허락했다. 그러고 나서 그는 입구에서 기다렸다. 통로로 들어가고 나서 곧 페터는 시야에서 사라졌다. 그의 발소리가 점점 더 희미해지다가 마침내 아무 소리도 들리지 않았다. 라 모트는 큰 소리로 페터를 불러보았다. 그러나 대답은 돌아오지 않았다. 그렇게 숨을 죽이고 기다리던 끝에 마침내 멀리서 발소리가 다시 나기 시작했다. 페터는 숨을 헐떡이며 공포에 질린 얼굴이 백짓장처럼 허옜다.

말소리가 들릴 만큼 다가왔을 때 페터가 고함쳤다. "주인님, 저는 할 만큼 했습니다. 한바탕 난리를 치렀어요. 아이고, 무슨 악귀랑 싸우는 줄 알았다니까요." 라 모트가 말했다. "도대체 무슨 말이야?"

"알고 보니 그냥 올빼미와 까마귀 들이더라고요. 그런데 제가 횃불을 들고 가니까 이것들이 온통 제 머리로 달려들어서 파파팍 날개를 퍼덕이고 난리도 아니었습죠. 저는 무슨 악귀 무리들한테 쫓기는 줄 알았다니까요. 하나 제가 그놈들 다 쫓아버렸으니, 주인님은 이제 걱정하실 거 없습니다요."

라 모트는 페터의 마지막 말에 지레 자신이 용기가 부족하다고 암시하나 싶어 명예를 회복하고 싶은 마음에 짐짓 성큼 앞으로 나아갔다. 그들은 이제 페터의 말마따나 "걱정할 게 없"으니 주저하지 않고 나아갔다.

통로를 따라 가다 보니 널찍한 공간이 나왔는데 한쪽으로 회랑이 이어졌고 그 위로 서쪽 타워와 건물의 가장 높은 부분이 보였다. 맞은편으로는 숲을 향해 열린 공간이었다. 라 모트는 길을 이끌어 타워의 문으로 향했다. 자세히 보니 그가 이전에 들어갔던 문이었다. 그러나 나무딸기와 쐐기풀이 우거져 나아가기가 쉽지 않았다. 페터가 들고 있는 횃불은 아주 약한 빛만 낼 뿐이었다. 간신히 문을 열었을 때 음산한 내부 모습에 마담 라 모트는 다시 불안한 모습을 보였고, 아들린은 어느 방향으로 갈지 물었다. 페터가 횃불을 들자 타워를 빙 에워 올라가는 좁은 계단이 보였다. 그러나 라 모트는 문이 또 하나 있는 것을 발견하고 녹이 슨 걸쇠를 잡아당기고 안으로 들어갔다. 실내는 널찍한 방으로 문설주와 실내 상태를 보니 건물의 다른 부분보다 훨씬 최근에 지어진 것 같았다. 황폐하고 음산하긴 했지만 세월의 손상은 거의 없었다. 벽은 축축했으나 부식되지 않았고 창문의 유리도 멀쩡했다.

그들은 그 방을 벗어나 그 방과 비슷한 스위트룸에 들어갔다. 그들은 방금 나온 방의 부식되어가는 벽과 지금 들어선 공간의 부조화에 놀라움을 금치 못했다. 이 스위트룸을 지나자 나선형 통로가 나왔다. 통로 벽 높은 곳에 뚫린 좁은 구멍에서 빛과 공기가 들어왔다. 마침내 그들은 문으로 막힌 부분에 다다랐다. 문에는 쇠창살이 쳐져 있었다. 어렵사리 그 문을 열고 일행은 아치형 천장이 있는 방으로 들어갔다. 라 모트는 방 안을 꼼꼼히 살펴보며 무슨 목적으로 쇠창살로 무장한 문을 설치했는지 알아보려 했다. 그러나 호기심을 채워줄 만한 것은 없었다. 방은 현대에 고딕 양식으로 지은 것 같았다. 아들린은 바닥보다 30센티미터 정도 높은 위치로 움푹 들어가 놓인 커다란 창에 다가갔다. 그녀는 라 모트에게 바닥 전체에 모자이크 세공이 되어 있다고 말했다. 라 모트는 이 방의 양식이 엄밀히 말해 고딕 양식이 아니라고 했다. 그는 들어온 문과 반대쪽에 있는 문으로 다가가 열어보았다. 문을 여니 그가 처음에 들어와 봤던 대회당이 보였다.

이전엔 어두워서 보지 못했던 나선형 계단이 보였다. 계단을 따라 위로 올라가니 주랑이 나왔다. 현재 상태로 보아 다른 곳보다 좀 더 최근에 지은 것 같았다. 역시 이곳도 고딕 양식을 본떠 만들어졌다. 라 모트는 이 계단을 따라가면 지나온 곳과 비슷한 스위트룸들이 있을 거라 예상하며 그곳들도 더 살펴보아야 하는지 망설였다. 그러나 매우 지친 마담이 더 이상 건물을 살펴보는 건 못 하겠다고 해서 발길을 멈추었다. 그들은 어느 방에서 밤을 보낼지 고민을 좀 해본 후 타워의 문을 열고 들어왔던 방으로 돌아가기로 결정했다.

난로에 불을 지폈다. 아마도 몇 년 동안 지핀 적 없는 난로였을 것이다. 페터가 마차에서 가져온 음식을 펼치고 라 모트 일행은 불가에 모여 식사를 했다. 지치고 허기진 상태라 모두 달게 식사를 했다. 이제 웬만큼 주거지 같은 느낌이 나면서 불안이 가라앉았고 그들은 이제 조금 전까지 공포에 사로잡혔던 사건들을 여유를 가지고 웃어넘길 수 있었다. 그러나 한 번씩 휙휙 돌풍이 건물을 때렸고 아들린은 그럴 때마다 화들짝 놀라며 두리번거리곤 했다. 그들은 한동안 즐겁게 웃으며 이야기를 나누었다. 그러나 즐거움은 부자연스럽진 않다 하더라도 아주 잠깐 스치는 덧없는 기분이었다. 이렇게 처량하고 힘든 상황이 자꾸 가슴을 짓눌렀고 그러다 보면 각자 우울하고 서글프게 입을 다물게 되었다. 아들린은 의지가지없는 자신의 처지를 의식하지 않을 수 없었다. 그리하여 그녀는 경악스러웠던 지난 일들을 반추하며 두려움을 품고 다가올 날을 생각해보았다. 그녀는 완전히 낯선 이의 호의에 기대고 있는 꼴이었다. 비탄에 빠진 사람에 대해 느끼는 인간애 이외에 달리 서로를 연결해줄 끈이 아무것도 없는 낯선 이들인 것이다. 한숨에 가슴이 부풀어 오르고 눈물이 차올랐다. 그러나 그녀는 눈물이 뺨으로 흘러내리지 않도록 가까스로 참았다. 은혜를 베푼이들에게 슬픔으로 보답하고 싶지 않았다.

마침내 라 모트가 수심에 사로잡힌 침묵을 깨고, 밤을 지새워야 하니 불을 더 키우고 문을 잠그라고 시켰다. 아무리 인적 드문 한적한 곳이라 해도 주의를 기울이지 않을 수 없어 그들은 달리 잠금장치가 없는 문을 큰 돌덩이들로 괴었다. 라 모트는 자꾸 이 버려진 건물이 산적의 소굴일 수도 있겠다는 생각이 들었다. 은닉하기 좋은 환경에 광활한 야생의 숲은 약탈의 계략을 꾸미기에 안성맞춤이고 또 대담하게 이곳까지 추적해 올 자들이 있다면 그들을 당황하게 만들 만큼 충분히 구조가 미로와 같았던 것이다. 그러나 그는 가뜩이나 두려움에 떨고 있는 일행에게 그런 불안한 생각을 드러내지 않았다. 그는 페터에게 문에서 보초를 서라고 시키고 난롯불을 한 번 더 살폈다. 그러고 나서 일행은 불가에 자리를 잡고 각자 잠을 청했다.

밤은 소동 없이 지났다. 아들린은 잠을 자긴 했으나 뒤숭숭한 꿈에 시달리다가 이른 시각에 잠에서 깼다. 슬픈 기억들이 되살아나 조용히 눈물을 흘렸다. 그녀는 자유로이 울고 싶어 숲이 드넓게 펼쳐진 풍경이 보이는 창가로 갔다. 사방이 어둡고 조용했다. 흐릿한 풍경을 보며 한동안 가만히 서 있었다.

새벽 첫 여명이 지평선에 보이기 시작하며 어둠을 갉아먹기 시작했다. 매우 순수하고 지극히 아름다운 천상의 빛! 마치 천국이 열리는 것 같았다. 빛이 점차 밝아지자 어두운 안개는 서쪽으로 밀려나고 있었다. 어둠이 밀려나며 언덕 아래 풍경이 드러나기 시작했다. 동쪽에서는 색이 더 선명해지며 빛을 더 멀리 쏘고 있었다. 그러다가 불그레한 광채가 온 사방을 물들이며 태양이 떠오른다는 소식을 알렸다. 처음에는 놀랄 만한 광채를 지닌 작은 선 하나가 지평선에 나타나더니 아주 빨리 커지면서 해가 그 영광스러운 오라를 뿜으며 온 자연의 얼굴을 밝혔다. 풍경을 다채로운 색깔로 물들이고 이슬을 머금은 땅을 반짝이는 빛으로 덮었다. 아침 빛에 잠을 깬 새들의 부드러운 노랫소리가 이제 아침의 침묵을 깼다. 새들의 지저귐이 점점 커지며 기쁨의 합창이 되었다. 아들린은 감사와 경배의 마음으로 가슴이 부풀어 올랐다.

앞에 펼쳐진 풍경이 그녀의 마음을 달랬고 자연을 지은 이에게로 생각을 고양시켰다. 그녀는 자기도 모르게 기도문을 낭송했다. "이 영광스러운 풍경을 만드신 선한 아버지시여! 당신의 손에 나 자신을 맡깁니다. 현재의 슬픔에서 저를 지탱해주시고 미래의 악에서 저를 보호해주소서."

아들린은 그렇게 신의 자비에 자신을 맡기고 눈물을 닦았다. 양심과 성찰이 어우러져 그녀의 믿음에 보답을 했다. 그녀는 이제껏 마음을 짓누르던 불길한 느낌을 떨치고 고요와 평온을 되찾았다.

라 모트도 곧 잠에서 깼고 페터는 볼일을 보러 떠날 준비를 마쳤다. 그는 말에 오르며 말했다. "주인님, 제 생각엔 당분간 묵을 만한 곳을 찾는다고 더 헤매지 않는 게 좋겠습니다. 우리가 여기 있는 줄 누가 알겠어요? 낮에 보면 그리 나빠 보이지도 않고요. 뭐, 조금 손을 보면 있을 만할 거 같은뎁쇼?" 라 모트는 대답을 하지 않았으나 페터의 말이 마음에 와닿았다. 불안으로 깨어 있던 어젯밤 자신도 같은 생각을 했던 것이다. 은신만이 현재로선 가장 확실한 안전장치였고 이곳은 그 점에 있어 안성맞춤이었다. 황량하고 황폐한 장소라는 게 마음에 걸렸다. 그러나 그에게 선택권은 없었다. 감옥에 가야 할 이유가 많은 사람에게 자유가 보장된 숲이 나쁠 게 뭐 있겠는가. 여기저기 방들을 둘러보고 좀 더 세세하게 상태를 살펴보니 거주지로 쓰기 위해서 크게 손은 가지 않을 것 같았다. 거기다 아침의 상쾌한 기분으로 다시 둘러보니 그런 생각에 더 확신이 갔다. 그는 이곳에 머물려면 어떻게 해야 하는지 생각해보았다. 우선 양식을 구하는 게 어려울 것 같았다.

그는 자신의 생각을 마담 라 모트에게 털어놓았고 마담

은 펄쩍 뛰었다. 그러나 라 모트는 중요한 결정에서 아내의 의견을 존중하는 경향이 있는 사람이 아니었다. 그는 페터의 말을 들었을 때 이미 마음의 결정을 한 터였다. 양식과 다른 필수품을 구할 수 있는 마을을 숲 인근에서 찾을 수 있다면 더 이상 다른 곳을 찾지 않을 셈이었다.

페터가 일을 보러 나가고 없는 동안 그는 폐허를 조사하고 인근을 살피며 시간을 보냈다. 주변 풍경은 낭만적이었고 숲은 풍성하게 우거져 있었다. 그리하여 이곳이 세상과 단절된 느낌을 주었다. 시골 풍경은 군데군데 언덕으로 막히고 먼 곳에는 푸른 지평선이 아스라이 보였다. 굽이굽이 여러 모습으로 변화하는 개울은 상쾌한 소리를 내며 수도원의 앞뜰 아래를 돌아나가고 있었다. 이 지점에서는 나무 그늘 아래를 조용히 굽이돌며 둔덕의 꽃들에 물을 대고 주변에 이슬 머금은 상쾌함을 흩뿌리고 있었다. 또 조금 떨어진 지점에서는 물길이 드넓어지며 목가적 풍경을 반사하고 있었고 그 물에 야생 사슴이 목을 축이고 있었다. 여기저기 사냥할 짐승이 많았다. 그의 시야에 농부들은 거의 보이지 않았고 사슴만이 그가 지나갈 때 평온한 눈길로 바라볼 뿐이었다. 그로 보아 이 지역 사슴들은 인간에게 거의 노출되지 않았다는 것을 알 수 있었다.

라 모트는 수도원으로 돌아와 계단으로 타워를 올랐다. 중간쯤에 문이 하나 보였다. 문은 힘을 많이 주지 않아도 쉽게 열렸다. 그러나 갑자기 안에서 무슨 소리가 들렸고 먼

지구름이 뽀얗게 이는 바람에 그는 뒷걸음치며 문을 닫아 버렸다. 몇 분 더 기다려본 후 다시 문을 열었더니 좀 더 현대식인 커다란 방이 보였다. 태피스트리가 거의 누더기가 된 채 벽에 걸려 있었다. 아까 문을 열었을 때 그곳에 둥지를 튼 새들이 퍼덕거리며 날아올랐고 그 바람에 먼지구름이 인 것이었다. 창문은 박살이 나서 유리가 거의 남아 있지 않았다. 그러나 놀랍게도 가구 일부가 남아 있었다. 의자들의 고풍스러운 스타일과 상태를 보니 그 시대를 짐작할 수 있었다. 테이블은 부러져 있었고 난로 쇠살대는 완전히 녹슬어 있었다.

맞은편으로는 문이 하나 있었고 그 문을 통해 또 다른 방으로 이어졌다. 첫 번째 방과 비슷한 구조였으나 손상이 좀 덜 된 아라스 직물의 벽걸이가 걸려 있었다. 한쪽 구석에 침대가 있었고 부러진 의자 몇 개가 벽을 따라 있었다. 라 모트는 놀라움과 호기심이 가득한 눈으로 바라보았다. "참으로 이상하구나. 이 방들만, 오직 여기에만 거주의 흔적이 남아 있다니. 아마도 나처럼 갈 곳 없는 방랑객이 세상의 눈을 피해 피신처로 삼았을지도 모를 일이구나. 여기서 그런 사람의 뒤를 이어 내 흔적을 뒤섞어놓아야 하다니!" 그가 급작스럽게 몸을 돌려 방을 나가려 할 때 침대 옆쪽으로 작은 문이 눈에 띄었다. 그 문은 옷방으로 이어졌는데 작은 창으로 빛이 들어오고 있었다. 이 방도 다른 방들과 마찬가지로 황폐한 상태였는데 다만 가구의 흔적조차 없었다. 발길을 내딛다가 바닥 한 부분이 삐걱거리는 걸 보고 살펴보았더니 트랩도어가 있었다. 호기심에 그냥 돌아설 수 없어 어렵사리 힘을 써서 열어보았다. 아래로 계단이 보였는데 어두워서 어디서 끝나는지 알 수가 없었다. 라 모트는 몇 발자국 내려가보았으나 그 심연을 끝까지 가볼 엄두가 나지 않았다. 도대체 이렇게 비밀스러운 문을 열고 들어가는 공간은 무슨 목적으로 만들어졌는지 생각을 해보다가 트랩도어를 닫고 방을 빠져나왔다.

그 위로 이어지는 타워 계단은 너무 부식되어 올라갈 엄두가 나지 않았다. 그는 홀로 돌아왔고 다시 전날 저녁 눈여겨보았던 나선형 계단을 따라 주랑에 도착해 아래에 있는 방들과 거의 흡사한, 가구가 하나도 없는 또 다른 스위트룸을 발견했다.

그는 마담 라 모트에게 수도원에 묵자는 이야기를 다시 꺼냈다. 그녀는 갖은 수를 써서 남편을 말리려고 했다. 물론 이곳이 한적해서 사람들 눈길을 피하는 데는 안성맞춤이지만 찾아보면 숨기에 알맞으면서도 거주지로서 좀 더 안락한 곳을 찾을 수 있을 거라며 사정했다. 그러나 라 모트는 아내의 생각에 회의를 품었다. 게다가 이 숲엔 사냥할 수 있는 먹잇감이 풍부해서 여가 활동도 되고 식량을 얻을 수도 있는데, 재정 상황이 열악한 현재 그에게 그건 무시 못 할 장점이었다. 그는 자신의 계획에 몰두하다 보니 더 집착하게 되었다. 아들린은 불안한 마음으로 그들의 대화를 들으면서 페터가 소식을 안고 돌아오길 기다렸다.

오전이 지나도 페터는 돌아오지 않았다. 일행은 다행이 남아 있는 음식으로 식사를 하고 나서 숲으로 산책을 나섰다. 사람들 눈에 띄지 않게 움직이다가 험한 일을 당했던 터라 계속 일행과 함께 있었던 아들린은 아름다운 풍경에 잠시나마 수도원이 내뿜는 황폐하고 으스스한 느낌을 잊을 수 있었다. 상쾌한 나무 그늘로 마음을 달랬고 다채로운 풍경으로 상상력을 자극했다. 여기서 살아도 좋겠다는 생각이 들 정도였다. 그녀는 벌써 일행의 근심에 관심을 갖기 시작했다. 감사함과 애정 어린 마음으로 마담 라 모트에게 더욱 신경을 썼다.

오후가 다 가고 있었다. 그들은 수도원으로 돌아왔으나 페터는 아직 소식이 없었다. 이제 그들은 슬슬 걱정이 되기 시작했다. 어스름이 다가오자 더욱 암울한 생각이 들었다. 전날 밤과 마찬가지로 하룻밤 더 고독하고 무서운 밤을 보내야만 하는 것이다. 게다가 설상가상으로 이제 식량마저 바닥이 나고 있었다. 간신히 버티고 있던 마담 라 모트는 이제 완전히 자제심을 잃고 구슬피 울기 시작했다. 아들린의 마음 또한 마담처럼 애처로웠지만 낙심한 기운을 어떻게든 끌어올려 마담을 달래기 위해 애를 썼다.

불안하고 초조한 마음에 가만히 있을 수 없던 라 모트는 수도원 밖으로 나와 홀로 페터가 지났던 길로 나섰다. 그는 오래 가지 않아 나무 아래 말을 끌고 오는 페터를 발견했다. "어떻게 되었나, 페터?"라 모트가 고함을 쳤다. 페터는 헐떡이며 다가왔으나 입을 다물고 있었다. 그리하여 라모트는 좀 더 근엄한 목소리로 다시 같은 질문을 했다. "아이고, 주인님!" 그가 숨을 돌리고 말했다. "아, 돌아와 주인님을 뵈니 기쁘네요. 다시는 돌아오지 못할 줄 알았다니까요. 아이고, 나쁜 일들이 엎치고 덮쳐서 아주 난리가 났었어요."

"자자, 그 이야기는 차차 하기로 하고, 일단 뭘 발견했는지 말을……"

"발색이라굽쇼! 예예, 제가 복수당해 발색되었다고요! 제 팔을 좀 보십쇼. 제가 어떻게 발색되었는지 말입니다."

"발색? 아, 멍들었다고? 어쩌다 이렇게 되었나?"

"아, 말씀드립죠. 주인님께서도 아시죠, 그, 왜, 제가 권투를 좀 배운 것을요? 왜, 그 자기 주인을 모시고 우리 집에 오곤 했던 그 영국 사람 있잖습니까?"

"그래, 그래. 말해봐, 어디서 그랬는지."

"저도 잘 모르겠습니다, 주인님. 뭔가 탕탕 내리치는 소리가 들리는 데를 갔었는데요. 뭐, 제가 주인님 심부름 간 거니까 그런 거 신경 안 썼죠. 그런데 그 불한당 놈을 다시 만나기만 해봐라, 그냥, 확!"

"탕탕 치는 소리 좋아하는 것 같구나. 어서 요점을 말하지 않으면 여기서 한 번 더 들을 줄 알거라."

페터는 정신을 차리고 조리 있게 이야기를 하려고 애썼

다. "저 수도원을 벗어나서 주인님께서 알려주신 길을 따라가다가 저쪽에 있는 나무숲 오른쪽으로 돌아갔습죠. 사람사는 집이 있는지, 오두막이 있는지, 아니 한 사람이라도보이는지 이리저리 둘러보았지만 개미 새끼 한 마리 안 보이더라고요. 그래서 터벅터벅 한 5킬로미터는 간 거 같습니다. 그러다가 그때 길을 발견했습죠. '오! 오! 이제 됐다.됐어! 사람들이 다녀야 이런 길이 생기는 법이지' 했지요.그런데 그게 아니더라고요. 뭐, 개미 새끼 한 마리 안 보이고 여기로 저기로 또 한 1킬로미터 넘게 걸어가다가 길을또 잃었습죠. 그래서 또 다른 길을 찾아야 했습죠."

"요점만 말하는 게 그리 어려운 게냐? 그 쓸데없는 이야기들은 제발 좀 그만하고 성과가 좀 있었는지부터 말해보거라."

"뭐, 예, 알겠습니다, 주인님. 간단히 말해, 결국 그게 가장 가까운 길이더라고요. 어딘지도 모르고 여기저기 오래헤맸는데, 다 이 숲하고 비슷했습니다. 저는 나무 모양을유심히 잘 살피며 나아갔습죠. 돌아올 길을 잃으면 안 되니까요. 마침내 길을 하나 또 발견했고, 그 길이 진짜 새 길이라는 걸 확신했습죠. 두 번 실수하면 안 되니까요. 그러고서 나무들 사이로 오두막 하나를 발견하고는 채찍을 휘두르며 서둘렀습니다요. 그 소리가 숲에 울리더라고요. 그러고서 금세 그 집 앞에 도착해 물었어요. 그러니까 거기서마을까지 한 2킬로미터 남짓이라며 길을 따라가면 나올 거라고 하더라고요. 그래서 그 길로 갔더니 진짜더라고요. 제 말이 여물통의 여물 냄새를 맡고는 나아갔습죠. 저는 그래서 수레바퀴 목수를 수소문해보았고, 마을에 한 사람 있다고 했는데, 도통 그 사람을 찾을 수가 없었어요. 그래서 기다리고 또 기다렸죠. 제 할 일도 못 하고 돌아올 수는 없는 노릇 아니겠습니까? 그 사람이 드디어 어디 갔다가 돌아왔습죠. 그래서 제가 그 사람한테 내가 얼마나 기다린 줄 아냐고……"

"도대체 왜 이렇게 장황하게 이야기를 끄느냐! 네 본래 성격이 그런 줄은 안다만."

"제 성격이 원래 그렇습죠. 그렇다 하더라도 다 말씀드리겠습니다. 주인님, 그 작자가 뻔뻔하게도 뭐라고 한 줄 아십니까? 글쎄, 마차 바퀴 고치는 데 루이도르 금화를 한 냥 달라지 뭡니까. 제가 볼 때 그 작자가 내가 급해 보이고 또 자기 없으면 안 된다는 걸 간파한 것 같더라고요. 그래서 제가 말했습죠. '루이도르라니! 우리 주인님은 그런 돈 줄 수 없수다. 당신 같은 사기꾼에게 당할 분이 아니란 말이오.' 그러자 이 작자가 뿌루퉁해지더니 제 턱주가리를 한 방 날리지 뭡니까! 그래서 저도 주먹을 날려 한 방 먹였죠. 그러고 그놈을 아주 묵사발을 만들려던 참에 어떤 남자가 끼어들었습죠. 그래서 거기서 주먹질을 참을 수밖에 없었습니다."

"그래서 뭐 하나 알아보지도 못하고 돌아오는 길이다?"

"아이고, 주인님. 저는 기운이 뻗쳐서 악당 놈한테 굴복은 못 합니다. 제가 그러면 주인님이 당하시는 거니까요. 게다가 못을 좀 사왔습죠. 제가 직접 고쳐볼까 해서요. 제가 좀 손재주가 있지 않습니까?"

"나를 생각해주는 게 가상하구나. 하지만 이럴 때는 그게 아닌 것 같구나. 어쨌든 바구니에 가져온 건 무엇이냐?"

"아, 생각해보니 마차 고치기 전에는 이곳에서 벗어날 수 없고, 또 양식 없이 살 수 있는 사람이 어디 있겠습니까? 그래서 제가 모은 돈을 써서 바구니를 채워 왔습니다."

"그게 네가 한 일 중에 유일하게 잘한 일이구나. 그래, 좋아. 그걸로 너의 실수를 만회한 것이다."

"아이고, 주인님. 그렇게 말씀해주시니 기쁘기 짝이 없습니다. 저는 내내 잘해보려고 한 건데, 그런데 돌아오는 길도 쉽지가 않았습니다. 재수 없는 일이 또 생겼지 뭡니까. 말이 발에 가시에 찔렸습니다."

라 모트는 마을에 관해 질문을 해보고 나서 수도원을 그런대로 살 만하게 꾸밀 가구와 양식을 구할 수 있겠다고 결론 내렸다. 그러자 그의 계획이 다 해결되었다. 그는 페터에게 다음 날 아침 다시 마을에 나가 알아보라고 시켰다. 그는 페터에게 짐마차를 하나 사서 현대식 방을 수리할 장비와 가구를 싣고 오라고 시켰다. 페터가 놀라며 물었다. "예? 주인님 여기서 사실 생각이십니까?"

"그렇다면?"

"아이고, 현명한 결정을 하셨습니다요. 제가 그러지 않았습니까, 여긴 그……"

"페터, 네가 한 말 다시 되풀이 안 해도 된다. 나 역시 그 전에 결정을 한 바야."

"아이고, 주인님. 옳습니다요, 옳아요. 저도 기쁩니다. 뭐, 까마귀 올빼미 빼고는 누가 귀찮게 하겠습니까? 예, 예. 제가 임금님 궁궐처럼 만들어놓겠습니다. 그리고 저 마을로 말할 것 같으면, 뭔들 못 구하겠습니까. 그건 확실합니다. 그리고 뭐, 마을 사람들이야 이곳을 생각조차 안 할 겁니다. 인도니 영국이니 그런 곳보다 더 알 수 없는 곳일 테니까요."

둘은 이제 수도원에 도착했다. 페터가 오자 마담과 아들린이 기뻐했다. 그러나 그들은 페터가 별 소득 없이 돌아온 데다 마을 이야기를 듣고는 낙심을 했다. 라 모트가 페터에게 시킨 일에 대해서도 똑같이 우려를 표했다. 그러나 아들린은 불안한 마음을 드러내지 않았고 있는 힘껏 마담의 불안을 달래려 애썼다. 아들린의 친절하고 우아한 품행과 그녀가 보이는 만족감을 보며 마담은 감명을 받았고 그녀에게서 이제껏 간과했던 위안을 찾았다. 이제 친구 하나 없는 마담 라 모트는 자신을 살뜰히 챙기는 아들린을 보며 그나마 안심이 되었고, 그녀가 없었다면 고통스러운 회오에 휩싸여 보낼 시간들을 둘이 함께 이야기를 나누며 지낼 생각에 마음이 놓였다.

아들린은 평소에 보이는 예리한 관찰력과 전반적인 품행에서 이해심 많고 상냥한 성격이 잘 묻어났다. 그뿐만 아니라 재능도 뛰어났다. 나이는 이제 열아홉 살이었고 크지도 작지고 않은 키에 몸매가 우아하고 아름다웠다. 머리는 짙은 적갈색이고 눈은 푸른색이었다. 지성으로 빛이 나든 애정으로 부드러워지든 눈빛은 똑같이 매력적이었다. 자태는 님프처럼 우아하게 가벼웠고, 웃을 때면 얼굴이 청춘의 여신 헤베의 여동생이라도 되는 듯했다. 사람을 매혹하는 그녀의 아름다움은 꾸밈없이 자연스럽게 우러나오는 품위가 더해져 더욱 빛이 났으며 본성적으로 따뜻한 마음과 잘 어울렸다. 그 심장은

> "크리스털에 싸여 있듯
> 그 모든 움직임이 고스란히 드러난다."

아네트는 난로의 불을 지피고 페터는 가져온 바구니를 열고 저녁 식사를 준비했다. 마담 라 모트는 여전히 수심에 잠겨 말이 없었다. 아들린이 입을 열었다. "그 어떤 상황이라도 한두 번쯤 그래도 그때가 좋았지 하는 생각이 들지 않는 상황은 별로 없잖아요. 정직한 페터가 숲에서 길을 잃었을 때나 하나도 아니고 둘씩이나 나쁜 사람들을 만나고 말하잖아요? 수도원에 빨리 가고 싶었다고요. 그리고 저는 위안이 하나도 없을 만큼 곤궁한 상황은 없다고 믿어요. 타오

르는 이 불만 해도 황폐한 이곳 환경에 대비를 이뤄 더욱 화려한 색깔을 빛내잖아요. 또 이 풍성한 식사도 없어서 못 먹었던 때를 생각하면 더 맛이 있고요. 좋은 것만 생각하고 나쁜 것은 잊어요.”

그 말을 듣고 마담 라 모트가 말했다. “아가씨는 불행한 일을 많이 안 겪어봐서 기운이 꺾이지 않은 사람처럼 말을 하네. (아들린이 한숨을 쉬었다.) 그래서 희망이 아직 넘치는 사람처럼 말이야.” 라 모트가 말을 이었다. “우리는 오래 고통을 겪어서 마음속에 그 유연한 에너지가 말라버렸다네. 그런 기운이 있어야 나쁜 일이 닥쳤을 때 이겨낼 힘이 생기는 거고 또 기쁜 일이 있을 때 열광할 수도 있는 법이거든. 이런 말을 하는 것도 다 지나간 좋은 시절을 생각하고 하는 말일 뿐. 나도 한때는 아들린처럼 모든 상황에서 위안거리를 찾으려고 애쓸 때가 있었지.”

“지금도 그러실 수 있습니다. 그럴 수 있다고 믿으세요. 그러면 정말 그럴 수 있게 될 겁니다.”

“착각은 이제 다 저버렸어. 나 자신을 더 이상 속이고 싶지 않아.”

“외람된 말씀이지만, 선생님께서 슬픔에 빠져, 바라보는 모든 사물을 변색시키는 것이 스스로를 속이는 것 아닐까요?”

“그럴지도 모르지. 음, 그 이야기는 그만하지.”

저녁 식사 후 전날 밤과 같이 문단속을 하고 일행은 각자 잠자리에 들었다.

다음 날 아침 페터는 다시 작은 마을 오부안으로 향했다. 그가 나가 있는 동안 마담 라 모트와 아들린은 그가 라 모트 집안사람들의 걱정을 덜어줄 소식을 가지고 올지 어쩔지 초조한 마음으로 기다리며 시간을 보냈다. 날이 저물 무렵 그가 터벅터벅 걸어오는 것이 보였다. 짐수레를 끌고 오는 것을 보니 이곳에 머물러야 할까 두려웠던 마음이 현실이 되는 것 같았다. 수레엔 집을 수리할 장비와 가구가 실려 있었다.

수도원에 관한 정보는 이랬다. 수도원은 인근 숲의 대부분 땅과 함께 어떤 귀족의 소유로 현재 그 가족은 멀리 떨어진 영지에서 살고 있다는 것이었다. 그는 이 땅을 아내를 통해, 건물 일부분을 현대식으로 개조한 장인으로부터 물려받았고 가끔씩 사냥을 목적으로 방문한다고 했다. 또 현재의 주인으로 바뀐 후 어떤 사람이 몰래 이곳으로 끌려와 갇힌 적이 있다는 이야기도 돈다고 했다. 그가 누군지, 왜 끌려왔는지, 그 후 어떻게 되었는지 아무도 모른다고 했다. 소문은 점차 사람들의 입길에서 멀어지다가 현재는 믿는 사람들이 아예 없다고 했다. 소문의 진위야 어찌 되었든 현재 주인은 소유권을 물려받은 후 두 해 여름 동안만 이곳을 방문했다고 했다. 얼마 지난 후 가구마저 뺐다는 것이다.

그러고 나서 다양한 이야기들이 돌았다고 한다. 일행은 무엇을 믿어야 할지 알 수 없었다. 그중에 이곳에서 기이한 현상이 목격되었고 또 알 수 없는 소리가 들렸다는 말이 있었다. 지각 있는 사람들은 그런 이야기를 무지에서 나오는 근거 없는 미신으로 일축했으나, 그 음산한 이야기는 대중의 마음에 각인되어 지난 십칠 년 동안 이 시골 사람들 누구도 이곳에 가까이 오지 않았다고 한다. 그리하여 이곳이 이렇게 황폐하게 버려진 곳이 되었다는 것이다.

라 모트는 페터의 전언을 되새겨보았다. 처음에는 불쾌한 생각들이 떠올랐으나 곧 그런 생각들을 물리쳤고 자기 신상에 도움이 될 만한 아이디어를 떠올렸다. 그는 이제 자신이 발각되거나 방해받지 않을 곳에 와 있다는 생각에 기쁨을 느꼈다 그러나 페터가 전달한 소식 중 하나가 타워 계단 중간에서 문을 열고 들어가 보았던 방들의 상태와 연결되는 지점이 있다는 게 꺼림칙했다. 다른 방에는 없던 가구 ―침대 하나―와 방들이 연결된 점이 그의 생각에 부합했다. 그러나 그는 그 점을 가족에게 밝히지 않았다. 그는 이미 가족들이 페터의 말을 듣고 이곳에서 살아야만 하는 걸 못마땅해한다는 것을 알아차렸기 때문이었다.

그러나 그들은 입을 다물고 있었다. 아무리 꺼림칙한 생각이 치밀어 올라도 입 밖에 내지 않으려는 것 같았다. 페터는 이런 종류의 걱정에서 예외였다. 그는 겁이 없었고 마음은 온통 앞으로 해야 할 일에만 집중했다. 마담 라 모트는 자포자기의 마음으로 현실에 순응하려 애썼다. 아무리 머리를 굴려도 피할 수 없는 노릇이었고 슬픔에 몸부림쳐

봤자 별로 나아질 게 없었던 것이다. 수도원에서 견뎌야 할 불편함을 생각하면 이곳에 사는 게 몸서리쳐지게 싫었지만 여길 벗어난다고 해도 뾰족한 수가 없는 것 아닌가? 그래도 그녀는 자꾸만 파리에서 살던 과거, 어쩌면 영원히 못 볼, 울며 작별하던 친구들 생각이 떠올랐다. 사랑하는 유일한 아들을 생각하면 이 위험한 상황에서 다시는 보지 못할 수도 있을 것 같아 가까스로 버티고 있는 마음이 기가 꺾였다. "아아! 어쩌다가 내가 이 지경이 되었나? 도대체 앞으로 나는 어떻게 될 건가?" 그녀는 한숨을 내쉬었다.

아들린은 비참한 현재 상태와 견줄 즐거운 과거의 추억이 없었다. 울어주던 친구도 추억이 깃든 소중히 아끼던 사물도 없었고 다만 암울한 미래가 있을 뿐이었다. 그녀는 희망이 꺾이더라도 큰 고통에 시달리지 않았고 또 자책감이 심하게 밀려오지 않았다. 비참함에 굴복하지 않고 다만 인내와 불굴의 정신력으로 극복해나갈 뿐이었다.

다음 날 동이 트자 페터는 즉각 일을 시작했다. 그는 기민하게 움직였고, 며칠이 지나 아래층 스위트룸 두 개가 훨씬 나아지자 라 모트는 크게 기뻐했고 여자들은 상황이 예상했던 것만큼 비참하지 않음을 깨달았다. 페터가 가져온 가구는 이 방들에 배치했다. 그중 한 방은 아치형 천장이 있는 방이었다. 마담 라 모트는 이 방을 응접실로 꾸몄다. 그녀는 거의 바닥까지 이어져 있는 커다란 고딕 양식 창에서 보면 잔디 뜰이 보이고 근처 그림 같은 숲의 풍경을 선사하는 이 방을 가장 좋아했다.

　페터가 필요한 물건들을 오부안에서 구해 와 더 손보았다. 몇 주 지나자 아래층 모든 방이 묵을 만한 정도를 벗어나 안락해지기까지 했다. 그러나 아래층 방들만으로는 모든 가족이 지내기에 부족해 아들린을 위해 위층 방 하나를 더 손보았다. 그 방은 타워에서 바로 열고 들어갈 수 있는 방이었다. 그녀는 안쪽에 있는 방들보다 이 방을 더 좋아했는데 가족들에게서 가까이 있을 뿐 아니라 숲을 내다보는 창이 광활한 전경을 선사하기 때문이었다. 낡아 너덜너덜해진 채로 벽에 축 처져 있던 태피스트리는 다시 판판하게 고정시켜 보기 좋게 만들었다. 공간은 넓고 창은 좁아 방이 여전히 장엄한 느낌을 주긴 했지만 이제 불편하지는 않았다.

　이 방에 처음 든 날 아들린은 거의 잠을 이루지 못했다. 우선 이 방의 고적한 분위기가 영향을 끼쳤다. 거기다, 마담 라 모트를 달래려 애를 쓰는 바람에 더 신경이 날카로워졌다. 그녀는 페터가 건넨 이야기가 자꾸만 떠올랐다. 몇 가지 상황이 이성으로 억누르려고 해도 상상력을 자극해 불안을 잠재우기가 힘이 들었다. 한번은 두려움이 너무 커진 나머지 마담 라 모트를 부르려고 문을 열기까지 했다. 그러나 타워 계단에서 잠시 숨을 고르고 귀를 기울여 보았다. 모든 게 고요했다. 그러다가 잠시 후 라 모트가 기운차게 말하는 소리가 들리자 자신이 말도 안 되는 공포에 사로잡혔었다는 자각을 했다. 그녀는 잠시나마 근거 없이 공포에 사로잡힌 자신이 부끄러워 얼굴을 붉히며 다시 방에 들었다.

제3장

"이 숲이 시기가 만연한 궁궐보다
더 자유롭지 않소?
여기선 아담에게 내린 벌,
계절의 변화만 감내하면 되지요. 싸늘한 송곳니 같은
거칠게 몰아치는 겨울바람만 느낄 뿐이지요."
— 셰익스피어[7]

라 모트는 나름대로 하루 일정을 구축했다. 아침에는 주로 사냥이나 낚시를 해서 일행의 양식을 댔다. 그는 파리의 화려하고 풍성한 식탁에서보다 더 예민한 식욕으로 식사를 즐겼다. 오후는 가족들과 함께 지냈다. 그는 가져온 몇 안 되는 책 중에서 한 권을 골라 낭송하며 집중하려 애썼다. 그러나 그러면서도 마음은 근심 걱정으로 딴 데로 향했으며 입으로 내뱉는 말은 여운을 남기지 못했다. 가끔은 일행과 대화를 나누기도 했지만 그보다는 홀로 우울하게 조용히 과거를 회상하거나 미래를 근심하며 지냈다.

그럴 때면 아들린은 거부할 수 없는 다정한 태도로 혼자만의 침잠에서 그를 빼내 기분을 북돋워주려고 애를 썼다. 그 노력이 효과를 본 적은 많지 않았지만 그래도 효과를 거두었을 때는 마담 라 모트가 감사한 표정을 짓고 아들린 자신도 자비로운 마음이 샘솟아 서로 기분이 좋아지곤 했다. 아들린은 분위기를 띄우는 기술이랄까, 아니 좀 더 정확히 말하자면 상황에 맞게 적응을 잘하는 긍정적인 기질이 있었다. 현재 비록 가련한 처지라 하더라도 남들에게 위안을 주는 면이 아예 없지는 않았고 이렇게 위안을 주는 면은 그녀가 지닌 미덕으로 더 강화되었다. 자신을 보호해주고 있는 사람들의 애정을 크게 얻어 마담 라 모트는 그녀를 딸처럼 여겼고 라 모트도 정이 많은 사람은 아니었지만 그녀의 배려에 무감하지는 않았다. 그가 그나마 비참한 처지에서 한숨 돌릴 수 있던 것은 아들린이 애쓴 덕이 컸다.

페터는 일주일에 한 번씩 오부안에서 양식과 필수품을 사 왔다. 그럴 때면 수도원으로 이르는 길을 에둘러 돌아오곤 했다. 그들은 몇 주간 아무런 방해를 받지 않고 지냈다. 라 모트는 잡힐지도 모른다는 걱정을 다 떨쳐냈고 현재 상황에 그런대로 적응해나갔다. 마담 라 모트도 이 생활에 적응하기 위해 노력하다 보니 기운을 많이 되찾았다. 처음에는 무섭기만 했던 고적한 숲도 더 이상 두려움의 대상이 아니었다. 반쯤 허물어진 벽하며 우울하기 그지없던 황폐한 분위기의 이 건물도 이제 가정의 쉼터로, 또 권력의 손아귀에서 벗어난 피난처로 여겨졌다.

마담은 양식 있고 교양이 높은 여인으로서 아들린의 우아함을 고취시키는 일에서 기쁨을 얻었다. 마담 라 모트가 이미 간파한 대로 아들린은 성정이 다정하고 따뜻한 사람으로 마담이 가르치면 재빠르게 숙지하고 발전했으며 애정을 주면 더 큰 사랑으로 보답했다. 아들린은 자신이 뜻한 대로 일이 풀릴 때만큼 기쁜 적은 없으며 또 자신의 일에 몰두할 때만큼 부지런한 때도 없었다. 아무리 작은 집안일도 소홀히 하지 않았으며 모든 일을 야무지게 척척 해내서 마담 라 모트는 집안일에 관해서는 근심 걱정이 없었다. 그리고 아들린은 이 열악한 상황에서도 스스로 즐거움을 찾아내 자신의 불행한 운명에 대한 기억을 잊곤 했다. 라 모트의 책이 주된 위안거리였다. 그녀는 자주 책 한 권을 골라들고 숲속을 산책하곤 했다. 숲속을 굽이쳐 지나는 시원한 개울물이 즐겁게 노래하듯 졸졸 흐르는 곳을 주로 찾았다. 거기서 자리를 잡고 책 속 세상에 자신을 맡기고 몇 시간이고 슬픔을 잊었다.

이곳에서 그녀는 주변 풍광에 평온을 되찾고 시의 여신을 불러내어 이상적인 행복을 만끽했다. 이런 순간들의 기쁨은 다음과 같은 글귀에 실어 넣었다.

환상으로 펼친 장면

상상력이 펼친 그림이여, 창조적인 마음이

그리는 길들지 않은 환영幻影이여!

공상의 솜씨로 그 다양한 빛깔을 버무리고 마법의 힘으로

순식간에 배색하여 흐뭇한 모양이 되고 탄복할 풍경이

된다.

오! 그 공상의 목소리에 당신이 부드러이

슬픈 수심으로 수그러지든

공포의 드높은 날개를 타고 장엄하게 올라

거칠게 두방망이질하는 고뇌를 흔들어대든

혹은 밝고 달콤하게 명랑한 빛깔을 펼쳐

기쁨의 풍경을 내 시야에 닿도록 명하든,

사랑이 그 보랏빛 날개를 내 머리 위로 펄럭이며

애틋한 생각을 진정한 열정으로 일깨운다.

오! 그러나—그대의 검은 그림자! 외로운 나의 시간을

채우고

환상의 힘으로 나의 진짜 근심을 좇는다.

마담 라 모트는 이제까지 자주 아들린이 어쩌다 그렇게
위험한 상황에 빠져 라 모트에게 발견되었는지 그녀의 삶
에 대해 궁금해하며 넌지시 묻곤 했다. 아들린은 이 지경에
빠지게 된 사연을 자세히 밝히지 않고 대강의 경위만 말하
며 당분간은 참아달라며 눈물로 호소했었다. 아직은 감정
의 동요 없이 이야기할 상태가 아니었던 것이다. 그러다가
이제 마침내 평정심을 되찾은 상태가 되어 어느 날 마담 라

모트에게 다음과 같은 이야기를 전했다.

*

"저는 명망 있지만 재산은 많지 않은 가문의 기사 루이드 생피에르의 무남독녀로 태어났어요. 태어나고 몇 년 동안은 파리에서 살았답니다. 어머니에 대해선 기억이 거의 없어요. 제가 일곱 살 때 어머니가 돌아가셨거든요. 그게 제 인생의 첫 번째 불행이었어요. 어머니가 돌아가시자 아버지는 저를 수녀원에 맡기고 파리를 떠나셨어요. 그렇게 저는 이른 나이에 모르는 사람들에게 버려졌습니다. 아버지는 가끔 파리로 오셔서 절 방문했어요. 아버지가 떠날 때마다 제가 느꼈던 슬픔이 생생하게 기억나요. 그럴 때마다 저는 가슴을 쥐어짜는 슬픔을 느꼈는데 아버지는 아무 감정이 없는 것 같았어요. 그래서 저는 아버지는 저에게 애정이 없다고 생각했어요. 그래도 어쨌든 아버지는 아버지이고 제가 유일하게 사랑과 보살핌을 바랄 수 있는 분이었죠.

저는 열두 살이 될 때까지 그 수녀원에서 살았어요. 저는 집에 데려가달라고 아버지에게 수도 없이 애원했어요. 그런데 아버지는 처음에는 이런저런 사정이 있어 안 된다며 뿌리쳤고 나중에는 탐욕 때문에 절 외면했어요. 그때 저는 다른 수도원으로 가게 되었는데 거기서 저는 저를 수녀로 만들려는 아버지의 의도를 알아차렸어요. 그땐 놀라지도 않았고 슬프지도 않았어요. 수녀원 벽에 갇힌 지 너무 오래되었고 또 수도자들의 우울과 비참함을 하도 오래 보아온 터라 저 하나 거기 보태지는 것에 대해 공포나 혐오는 느끼지도 못했어요. 수녀원 원장님은 엄격한 예법을 중시하고 혹독한 헌신을 강조하는 분이었어요. 모든 격식 하나하나 한 치의 오차도 없이 지켜야 했고 의례에 어긋나는 작은 실수 하나도 결코 용납하지 않았죠. 그분은 모든 수도자를 자신의 지휘하에 두었고 설득하고 매혹하는 방식이 아니라 비난하고 겁을 주는 방식으로 뜻을 이루려 했어요. 말하자면 이성에 기초해 합리적으로 교육을 시키는 것이 아니라 공포를 심어주어 뜻을 이루려는 간계를 부린 거죠. 그분은 저를 자기 뜻대로 만들기 위해 수도 없이 많은 계략을 짰어요. 그 모두 그분의 성정과 어울리는 일이었어요. 그러나 그분이 저를 몰아넣으려 했던 그 수도자의 삶에는 너무나 끔찍한 일들이 많아 주님의 은혜로 극복하는 게 불가능했기 때문에 저는 단호하게 끝까지 거부했어요. 그리하여 저는 그곳에서 잔인한 보복과 미신적인 행위를 감당하며 비참하게 몇 년을 버텨냈어요. 아버지는 거의 오지 않았어요. 그나마 한두 번 만났을 때 저는 제 운명을 바꿔달라고 애원했고요. 그런데 아버지는 저를 부양할 돈이 없다면서 계속 그런 식으로 복종을 거부하면 복수할 거라고 협박까지 했답니다.

마담께서는 제가 영원한 감금, 그것도 가장 끔찍한 감금 속에 빠져 얼마나 비참한 삶을 살았는지 짐작도 못 하실 겁니다. 그것도 다름 아닌 제 아버지에게서 복수의 협박을 받으면서요. 아무런 애원도 통하지 않았죠. 오죽했으면 제가 마음을 바꿀까 생각했겠습니까? 그런데 다시 생각해보아도 수녀원의 끔찍하고 무서운 삶이 훤히 그려지면서 그렇게 하지 못했습니다. 일상적 인간관계도 맺지 못하고 아름다운 자연의 풍경도 즐기지 못하며, 심지어 햇빛도 거의 보지 못하고 침묵만 강요되는 삶이 너무 두려웠어요. 혹독한 격식과 금욕과 참회의 삶이요. 세상의 기쁨은 모두 포기해야 했죠. 저야 그저 상상으로만 그려보는 즐겁고 매혹적인 기쁨 말입니다. 머릿속으로만 그려보아도 그 매력이 참 달콤했어요. 저는 그런 상태에서 다시 결심을 단호히 했어요. 아버지가 그렇게 잔인하게 대하니 저도 애정이 식으며 분노가 치밀었어요. '아버지가 부모의 정을 잊고서 아무런 회한도 없이 제 자식을 비참한 나락으로 떨어뜨린다면 우리 사이엔 더 이상 자식의 연, 부모의 의무는 존재하지 않아. 아버지 당신이 그걸 끊어버린 거야. 난 결단코 자유를 찾고 내 삶을 되찾겠어.'

제가 협박에도 굴하지 않는 걸 보고 수녀원장님은 좀 더 교묘한 방법을 구사했어요. 그분은 저에게 미소를 보이며 심지어 칭찬까지 하더라고요. 그러나 그 미소는 계략을 숨기고 있는 교활한 미소였지 친절함의 상징이 아니란 걸 전 잘 알고 있었어요. 저는 정이 생기는 게 아니라 혐오감이 일더라고요. 그분은 수녀의 삶을 아주 아름다운 색깔로 묘사했어요. 성스러운 순결함하며 부드러운 위엄, 숭고한 헌신 등을 강조했죠. 저는 한숨이 났어요. 그랬더니 그분은 제가 한숨을 쉬는 걸 일이 풀리는 거라 생각했는지 더 활기를 띠고서 설득을 이어나갔어요. 그분은 수도원의 삶에 깃든 평화를 묘사했고 유혹이나 들뜬 열정, 서글픈 세상의 산전수전으로부터 안전한 삶을 강조했어요. 또 황홀한 종교의 기쁨과 수녀들 서로 간의 친절한 애정도 빼놓지 않았고요.

그분이 하도 고귀한 말로 연설을 해서 경험이 없는 사람이 들었다면 아마도 그 교활함을 간파하지 못했을 거예요. 그러나 저는 너무도 잘 알고 있었죠. 저는 남몰래 눈물을 흘리거나 헛된 회오에 싸여 한숨을 쏟아내고 불만에 가득 차 한탄을 내뱉고 자포자기의 마음으로 입을 굳게 다문 사람들을 너무도 많이 보았거든요. 입을 꾹 다물고 있는 저의 태도를 보고 그분은 내가 넘어가지 않았다는 것을 간파했어요. 그분은 갑자기 점잖은 태도를 잃지 않으려 애쓰는 것 같더라고요. 저의 아버지는 제가 고집을 피운다며 화가 단단히 났습니다. 그러나 믿기지 않았지만 이내 화를 누그러뜨리더니 저를 수녀원에서 데리고 나갈 날을 잡았어요. 오! 그 소식을 들었을 때 저의 기분이 어땠을까요? 너무나 기쁜 나머지 감사한 마음이 절 온통 사로잡았어요. 저는 그전까지 저에게 잔인하게 대하셨던 아버지의 태도를 잊었어요. 그러고는 지금 이렇게 절 생각해주시는 걸 아버지의 친절한 마음 때문이 아니라 저의 결단력에서 기인한 결과라고 생각했어요. 저는 아버지의 소원대로 하지 못한 것을 생각하고는 눈물까지 흘렸답니다.

저는 떠날 날을 기다리면서 얼마나 행복한 기대를 했는지 몰라요! 이제까지 단절되었던 세상으로 나가다니! 상상 속에서 그토록 즐겁게 누비고 다녔던 세상, 시들지 않는 장미가 흩뿌려진 세상, 모든 게 아름답게 미소 짓고 기쁨으로 인도하는 곳, 모든 사람들이 선하고 행복한 곳. 아! 그런 세상이 제 시야에 가득 찼답니다. 아, 사라지기 전에 그 황홀한 기억을 붙잡자! 그건 마치 한순간 언덕 위를 비추다가 가뭇없이 어둠 속으로 사라지는 덧없는 가을 빛 같았어요. 저는 그 동화의 땅으로 가기 위해 남은 날들, 남은 시간을 세고 또 셌어요. 사람들이 거짓되고 잔인한 건 오로지 수도원뿐이다. 오직 이곳만이 비참함이 지배하는 곳이다. 나는 드디어 이곳을 떠난다! 남게 될 가여운 수녀들을 제가 얼마나 불쌍히 여겼는지 몰라요. 그들을 저와 함께 데리고 나갈 수만 있다면 저는 제가 그토록 소중히 여기는 세상의 반이라도 줄 수 있을 것 같았어요.

기다리고 기다리던 그날이 마침내 밝았어요. 아버지가 오셨고 저는 가여운 동료들에게 슬픈 작별 인사를 하느라 기쁨을 잠시 잊었어요. 그때만큼 그들에게 친절함을 느낀 적이 없었어요. 저는 곧 수녀원 정문을 벗어났죠. 주변을 둘러보았어요. 수도원 벽으로 막히지 않은 광대한 하늘하며 쭉 펼쳐져 지평선까지 닿아 있는 초록의 언덕과 골짜기의 풍경이라니! 가슴이 기쁨으로 벅차올랐어요. 눈물이 그렁 그렁 맺혔고 한순간 저는 말을 할 수 없었어요. 이 모든 선을 주신 신께 감사하는 마음으로 하늘을 올려다보았어요.

저는 마침내 아버지를 바라보았어요. '아버지, 저를 구해주시다니 정말 감사합니다. 아버지의 은혜에 보답하기 위해 뭐든 다 하고 싶어요.'

'그래? 그럼 수녀원으로 돌아가.'

거친 목소리로 그렇게 말하시더라고요. 저는 두려움에 떨었어요. 아버지의 표정하며 태도가 제 기분에 찬물을 끼얹었어요. 기쁨에 차 있던 제 마음과는 완전히 결이 다른 말과 태도였어요. 제 마음의 열정은 한순간에 짓눌렸고 제 주변의 모든 것들이 실망스럽게 우울해 보이더라고요. 아버지가 당장 저를 데리고 수녀원으로 돌아갈 거란 생각이 든 건 아니었어요. 그러나 아버지의 기분이 제가 방금까지 느꼈던 기쁨과 감사함과는 완전히 불협화음을 이루는 듯했어요. 이 사소한 상황을 세세하게 말씀드리는 걸 용서해주세요, 마담. 그 강한 기분의 기복이 제 가슴에 충격을 주어 저는 중요하게 생각되거든요. 실제로는 아마 혐오스러운 것일 뿐일지라도요."

"아니야, 그렇지 않아." 마담 라 모트가 말했다. "그런 점이 내게도 흥미로운걸. 그런 게 성격의 세밀한 특질들을 잘 드러내는 것 같아. 난 그런 걸 관찰하는 걸 좋아하거든. 넌 내가 애정을 쏟을 만한 사람이야. 이 순간부터 난 불행했던 네게 나의 가장 애정 어린 연민을 보내고 선하디선한 너에게 나의 사랑을 줄 거야."

아들린은 마담 라 모트의 말에 감동받았다. 그녀는 마담이 내민 손에 입을 맞추고 잠시 침묵을 지켰다. 그러다 다시 말을 이었다. "제가 이런 사랑을 받아도 되나요! 제게 이런 친구를 보내셔서 위안과 희망을 주신 신께 감사드려요!

제 아버지 집은 파리에서 십여 킬로미터 떨어진 곳에 있었고 가는 길에 파리 시내를 관통했어요. 완전히 신기한 풍경이었어요! 수도원에서 매일 보던 진지한 얼굴, 점잔 빼는 태도는 다 어디 갔을까요? 모든 사람들이 일하느라, 또 노느라 생기가 넘치더라고요. 모두가 발걸음이 가벼웠고 전부 즐겁게 웃고 있었어요. 사람들이 모두 친구 같아 보였어요. 절 보고 웃어주었어요. 저도 웃었죠. 전 사람들에게 제가 얼마나 기쁜지 이야기해주고 싶었어요. 아, 친구들에 둘러싸여 사는 게 얼마나 즐거울까!

사람들로 붐비는 길거리! 멋들어진 호텔들! 마차는 또 어찌나 화려한지! 저는 좁은 길, 위험한 거리는 거의 보지 못했어요. 분주하고 떠들썩하고 희희낙락하는 광경이라니! 수녀원에서 탈출한 게 감사하고 또 감사했어요. 또다시 아버지에게 감사를 표하려고 했는데, 그분의 표정을 보니 안 되겠더라고요. 그래서 입을 다물어버렸어요. 이런, 제가 말이 너무 많았네요. 지나간 기쁨에 대한 기억이 아무리 희미해도 가슴이 벅차서요. 신기루 같던 즐거움을 생각하니 우울한 마음으로 즐기게 되네요. 물론 그 실체는 우리의 손아귀를 빠져나가버리고 없지만 말이에요.

저는 파리를 벗어날 때 계속 한숨을 쉬었어요. 모든 교회의 탑들이 아스라이 시야에서 사라질 때까지 보고 또 보았어요. 우리는 우울하고 인적 없는 길로 접어들었습니다. 히스 황야에 도달했을 때는 저녁이었어요. 저는 사람이 살 만한 곳이 보이나 둘러보았으나 집 한 채도 보이지 않더라고요. 지나가는 사람 하나 없었고요. 그러니까 수녀원에서 늘 느끼던 감정이 들더라고요. 거기서 빠져나온 이후로는 슬프지 않았는데 말이죠. 조용히 입을 다물고 있던 아버지에게 집에 거의 다 왔는지 물었어요. 아버지는 그렇다고 하셨어요. 하지만 목적지에 다 가기도 전에 어두워졌어요. 황무지에 집 한 채가 홀로 서 있었어요. 부인께 묘사할 필요가 없는 집입니다. 마차가 멈추자 두 남자가 문 앞에 나타나더니 우리가 마차에서 내리는 걸 거들더라고요. 그 사람들 표정이 어찌나 음산한지, 거기다 말도 없고 해서 저는 마치 수도원에 다시 돌아온 것 같았어요. 수녀원에서 나오고는 그런 우울한 얼굴을 본 적이 없었거든요. '이게 내가 그토록 기대했던 세상의 일부란 말인가?' 실내는 칙칙하고 빈한하기 그지없었어요. 아버지가 이런 곳을 집으로 삼았다는 점하며 집 안에 여자가 보이지 않는 점에 놀랐죠. 하지만 질문을 했다가는 꾸지람만 들을 것을 알기에 조용히 입을 다물고 있었어요. 저녁 식사 자리에 아까 본 두 남자가 우리와 함께했어요. 그들은 말도 거의 없었는데 저를 자주 힐끔거리더라고요. 저는 당황스럽고 불쾌했는데, 아버지가 그런 모습을 보다가 그들에게 인상을 썼는데, 그 표정이 뭐랄까, 제가 알 수 없는 뭔가를 전달하려는 것 같았어요. 식사를 마치자 아버지가 제 손을 잡고 제 방으로 데리고 갔어요. 양초를 내려놓고 잘 자라는 말을 남기고는 나가셨어요. 저는 어리둥절한 상태로 홀로 남았어요.

불과 몇 시간 전에 꿈에 부풀어 그리던 모습과 이렇게 다를 수가 있다니! 그땐 기대와 희망, 기쁨이 눈앞에 춤을 추었는데 지금은 우울과 실망이 제 마음의 열정에 찬물을 끼얹고 저의 미래에 흙탕물을 뿌렸죠. 주위의 모든 게 절 우울하게 만들었어요. 바닥에 놓여 있는 작은 침대엔 커튼도 레이스도 없었어요. 가구라곤 낡은 의자 두 개와 테이블 하나가 전부였고요. 집 주변을 내다볼 요량으로 창으로 갔더니 쇠창살이 쳐져 있었어요. 전 충격을 받았어요. 음산한 집이며 식사를 함께 했던 남자들의 표정과 행동거지, 이 이상한 방, 저는 완전히 미로에 갇혀 두서없는 추측에만 매달릴 수밖에 없었답니다.

저는 마침내 잠자리에 들었어요. 하지만 불안한 마음에 쉴 수가 없었어요. 무섭고 불쾌한 이미지들이 머릿속을 휙휙 맴돌았고 그러다 보니 악몽 같은 선잠에 빠졌어요. 그러자 저는 아버지와 함께 고적한 숲속에 있었어요. 아버지 표정이 사납기 그지없었고 몸짓은 위협적이었어요. 수녀원을 나왔다고 절 비난하고 있었어요. 그러는 와중에 주머니에서 거울을 꺼내더니 제 얼굴에 들이밀었어요. 저는 거울을 보았고, 아! (지금도 피가 얼어붙는 것 같아요.) 다쳐서 피를 철철 흘리는 얼굴이 보였어요. 그러고 나서 다시 그 집이더라고요. 갑자기 어떤 말이 들렸는데 억양이 하도 뚜렷해서 깨고 나서도 한동안 그게 꿈이라고 믿을 수가 없었어요. '이 집을 떠나거라. 이곳엔 파멸만이 있을 뿐이다.'

계단을 올라오는 발소리에 잠에서 깼어요. 아버지가 당신 방에 드는 소리였어요. 자정이 넘은 시각이어서 저는 매우 의아했어요.

다음 날 아침 전날 저녁과 마찬가지로 그 사람들과 식사를 했어요. 우울하고 적막한 것도 마찬가지였고요. 아버지 시동이 식탁을 차렸는데, 조리사와 하녀가 있기는 한 건지 어떤 건지 모르겠지만 보이지 않았어요.

그다음 날 아침 저는 깜짝 놀랐어요. 방에서 나오려는데 문이 잠겼더라고요. 사람을 부를까 하다가 한참을 기다렸어요. 결국 소리쳐 불렀는데 아무 답이 없었어요. 그래서 창가로 가서 다시 고함을 쳤는데, 마찬가지로 제 목소리만 울릴 뿐이었어요. 거의 한 시간 동안 완전히 공포에 사로잡힌 상태였어요. 이루 말로 할 수 없는 공황 상태였죠. 그러다 마침내 누군가 계단을 올라오는 소리를 들었고 다시 고함을 쳤어요. 그랬더니 아버지는 그날 아침 파리로 떠났고 며칠 지나야 돌아온다는 말이 들렸죠. 아버지가 그동안 저를 제 방에 가두어두라고 했다는 거예요. 제가 겁을 먹고 불안해하자 저더러 겁낼 거 없다, 갇혀 있으나 풀려 있는 것처럼 잘 지낼 거다, 하는 말을 했어요.

그 마지막 말이 그나마 이상한 위안이 되더라고요. 저는 대꾸하지 못하고 어쩔 수 없이 복종하지 않을 수 없었죠. 다시 홀로 버려져 슬픈 생각에나 빠질 밖에요. 아, 끔찍한 날! 홀로 슬픔과 두려움에 떨 수밖에! 도대체 왜 이렇게 잔인하게 절 대하는지 그 이유를 추측해보았어요. 아무리 생각해도 제가 복종하지 않은 벌로 아버지가 짠 계략 같았어요. 하지만 그래도 어째서 모르는 사람들 손에, 그것도 아무리 세상 경험 없는 저 같은 사람이 보아도 한눈에 알 수 있듯 그 불한당 같은 남자들 손에 저를 맡긴 걸까요? 생각하고 생각해보아도 더 당혹스럽기만 했는데 그래도 도저히 그 생각에서 벗어나지 못하겠더라고요. 그래서 그날은 완전히 한탄과 추측에만 빠져 지냈어요. 그러다 밤이 되었어요. 아, 악몽 같은 밤! 어두워지니 새로운 두려움이 찾아왔어요. 방문을 안에서 잠글 수 있을 만한 것이 있는지 방 안을 둘러보았어요. 그런데 아무것도 못 찾았죠. 결국 할 수 없이 의자 등받이 부분을 문에 걸리게 비스듬하게 세워두었어요.

그렇게 해놓고 옷도 벗지 않고 바로 침대에 누웠어요. 잠을 자려는 게 아니고 보초를 서려고 했어요. 그런데 눕자마자 현관문 두드리는 소리가 났어요. 그러고 나서 문이 열리더니 또 급하게 닫히더라고요. 뭐, 편지나 전갈을 전하는 사람이었나 보다 했어요. 그러고 나서 조금 후에 계단 아랫 방에서 말소리가 들리다 말다 했어요. 어떤 때는 매우 낮은 목소리로 또 어떤 때는 목소리를 높이곤 했는데 아무튼 싸우는 것 같았어요. 무슨 말인가 분간하기 위해 애를 썼어요. 제겐 호기심 차원이 아니었으니까요. 하지만 도대체 알아들을 수가 없었어요. 이따금 한두 마디만 알아들었는데, 그게 저의 이름 이외에는 모르겠더라고요.

그렇게 자정을 넘겼어요. 그러자 완전히 조용해졌어요. 마음이 공포와 희망 사이를 넘나들며 잠시 누워 있었는데 그때 제 방문 걸쇠가 달그락거리는 소리가 들렸어요. 저는 깜짝 놀라 일어섰고 귀를 기울였죠. 잠시 또 조용하다가 다시 소리가 들렸어요. 그러고는 속삭이는 소리가 났어요. 저는 완전히 혼비백산한 상태에서 정신을 차리려고 했어요. 이내 문을 힘으로 밀어붙이려는 것 같았어요. 저는 꺅 비명을 질렀어요. 그러고는 식사를 함께 했던 남자들의 목소리를 알아차렸죠. 그자들이 문을 열라고 크게 고함을 질렀고 제가 대꾸를 하지 않자 무시무시한 욕설을 퍼부었어요. 저는 필사적으로 도망치려는 마음으로 간신히 창가로 갈 힘만 냈어요. 하지만 그래봤자 쇠창살을 흔들어놓지도 못했죠. 오! 이 공포의 순간들을 기억하는 것조차 힘이 들어요. 지금 이렇게 안전하게 살아 있다는 것만으로도 감사할 뿐이에요!

그들은 문 앞에 좀 더 머물다 아래층으로 내려갔어요. 그러자 저는 마치 다시 살아나는 느낌이었어요. 저는 무릎을 꿇고 절 지켜주신 신께 감사를 올리며 절 보호해주십사 기도했어요. 그러고는 다시 자리에서 일어서는데 갑자기 방의 다른 쪽에서 소리가 났어요. 고개를 돌리자 작은 옷방 문이 열리며 두 남자가 안으로 들어왔어요.

그들이 절 붙잡았고 저는 기절을 하고 말았어요. 얼마나 오래 정신을 잃은 건지 모르겠어요. 정신이 들고 보니 저는 혼자 있었어요. 아래층에서 소리가 났고요. 퍼뜩 정신이 들면서 달아나기 위해 옷방 문으로 뛰어갔는데 잠겨 있었어요! 그때 저는 그 불한당들이 제가 의자로 괴어놓았던 방문 열쇠를 돌리는 걸 깜박했을 수도 있겠다는 생각이 들어 그 문을 열어보았어요. 아! 아니었어요. 저는 두 손을 맞잡고 절망에 빠져 한동안 움직일 수도 없었어요.

그때 아래층에서 큰 소리가 나 저는 다시 정신을 차렸어요. 사람들이 계단을 올라왔고요. 저는 이제 자포자기 심정이었어요. 다시 옷방 문이 열렸어요. 저는 조용히 서서 그 남자들이 들어오는 걸 봤어요. 저는 말도 하지 않았고 저항도 하지 않았어요. 혼이 나가 이런저런 감정을 느낄 수 없었어요. 마치 아주 큰 힘으로 몸을 강타하면 한동안 고통을 못 느끼고 어리벙벙한 것처럼요. 그자들이 저를 아래층으로 끌고 내려갔어요. 아래층 방문이 열리고 낯선 사람이 보였어요. 저는 그때야 정신이 돌아왔어요. 저는 비명을 지르며 저항했지만 끌려가고 말았죠. 이 낯선 사람이 무슈 라 모트라는 건 말씀 안 드려도 되겠죠. 그저 이 말씀만. 저를 구해주신 그분에게 영원히 축복을 드리고 싶어요."

아들린은 말을 멈추었고 마담 라 모트는 침묵을 지켰다. 아들린의 이야기에 마담의 호기심을 유발하는 점이 있었다. 마담은 아들린에게 아버지가 이 비밀스러운 일에 가담한 것 같냐고 물었다. 그가 이 일의 일부분에 주도적으로, 또 실질적으로 관련된 게 아니라고 생각하는 건 불가능하지만 아들린은 아버지가 자신의 목숨을 해할 의도가 없다고 생각한다고 말했다. "그럼 아무 이유도 없어 보이는데 그렇게까지 잔인하게 행동한 동기가 뭘까?" 마담이 묻자 아들린은 자기도 곰곰이 따져보았으나 끔찍한 생각에 이를까 봐 더 자세히 추론해볼 수 없었다고 했다.

마담 라 모트는 그렇게 흔치 않은 큰 불운을 겪은 아들린에게 진정한 연민을 표했다. 그렇게 둘은 서로 간의 우정을 더 단단하게 다지게 되었다. 아들린은 마담에게 속내를 털어놓고 마음이 한결 가벼워졌고 마담은 자신을 믿고 어려운 이야기를 고백한 아들린에게 더욱 애정을 쏟았다.

제4장

"─내 인생은 결국
누렇게 시든 낙엽으로 전락했고"
── 『맥베스』[8]

"그는 자주 유령처럼
수많은 날들을 가을 숲에서
홀로 보냈으며
습관처럼 느닷없이
서둘러 사람들을 피해 달아나,"
── 워턴[9]

라 모트가 이 숲에 자리를 잡은 지 이제 한 달이 넘어가고 있었다. 아내는 그가 평온을 되찾고 더 나아가 심지어 밝은 모습을 되찾는 것을 기분 좋게 바라보았다. 아들린도 이러한 기쁨에 즐거이 함께했다. 또 그녀는 라 모트가 회복하는 데 일조했으니 더 기뻐했어도 됐으리라. 저 자신의 불안감이 더 컸던 마담 라 모트가 해내지 못한 일을 아들린의 명랑함과 섬세한 마음 씀씀이로 이루어낸 것이었다. 라 모트는 그녀의 상냥한 성격에 무신경한 것 같았지만 그래도 때로는 그녀에게 평소 자신의 태도보다 더 과도하게 감사를 표하곤 했다. 아들린은 그를 유일한 보호자로 여겼고 그러다 보니 이제는 아버지를 대하는 딸의 마음으로 애정을 느꼈다.

이 평화로운 은둔 생활로 인해 그녀는 고통스럽던 과거의 사건에서 벗어날 수 있었으며 마음결을 원래 상태로 돌릴 수 있었다. 이따금 그 짧고 낭만적인 행복에 대한 기대감을 품었던 그때가 생각나면 그 신기루 같던 환영에 한숨을 내쉬곤 했지만 그래도 한탄하기보다는 안전하고 안락한 현재의 상태에 기쁜 마음이 더 컸다.

그러나 라 모트가 기분 좋게 지내서 일행도 덩달아 만족한 상태는 오래가지 못했다. 그는 갑자기 우울해지며 말수가 없어지곤 했다. 가족과 함께 있다는 것이 그에게 더 이상 감사할 일이 되지 못했다. 그러면서 대부분의 시간을 숲속 깊은 곳에 숨어 들어가 남몰래 슬픔을 곱씹으며 홀로 시간을 보내기 시작했다. 그는 이전에는 남들이 있어도 거리낌 없이 제 슬픔에 빠져 괴로워했으나 이제는 그런 마음을 숨기려고 애를 썼다. 그러다 보니 즐거운 척을 해도 그게 너무 티가 나곤 했다.

하인 페터가 호기심으로 그러는 건지 혹은 주인이 걱정되어 그러는 건지 숲으로 들어가는 그를 남몰래 쫓아가곤 했다. 페터는 그가 거의 항상 같은 곳을 찾는다는 걸 알아 냈다. 수도원에서 좀 떨어진 외진 곳이었다. 그가 그 지점 까지 가면 항상 온데간데없이 사라져 멀찍이 떨어져 뒤를 밟던 페터로서는 더 이상 추적할 수가 없었다. 호기심으로 자극받고 실망으로 더 힘을 얻는 그의 노력은 성공을 거두 지 못했다. 그리하여 그는 마침내 채우지 못한 호기심의 고 문을 견뎌내지 않을 수 없었다.

너무나 눈에 띄게 변화한 남편의 태도와 습관에 당황한 마담 라 모트는 여성적 감각을 이용하든 애정을 이용하든 어떻게든 남편이 속을 터놓게 하려고 애썼다. 그러나 그는 애정의 영향력엔 무감했고 여성적 감각의 발휘는 잘 버텨 냈다. 남편의 우울을 날려버리려, 혹은 그 알 수 없는 원인 이라도 캐내려 한 모든 노력이 허사로 돌아가자 마담은 더 이상 다른 시도를 포기하고 그 알 수 없는 상황 변화를 그 저 받아들이려고 애썼다.

한 주 또 한 주가 지났다. 그는 여전히 알 수 없는 이유 로 입을 다물고 있었고 가슴을 갉아대고 있었다. 또 여전히 숲속 그가 은닉하는 장소를 알아내지 못했다. 페터는 주인 이 사라지는 장소를 자주 훑어보았지만 도대체 숨겨진 길 을 찾지 못했다. 그는 마침내 두렵도록 놀라워 견딜 수 없 는 상태가 되었고 마담 라 모트에게 속을 터놓고 말았다.

페터의 말에 평정심을 잃은 마담 라 모트는 그에게는 감 정의 변화를 숨기고 호기심에 주인을 미행한 그를 꾸짖기만 했다. 그러나 마담은 마음속에서 그 생각을 떨칠 수가 없었고 남편의 변화된 행동에 연결시켜보았다. 그러자 그녀는 불안이 다시 일면서 당혹스러웠다. 이리저리 생각을 해본 후 다른 어떤 동기를 찾지 못하자 부정한 열정 때문이 아닌가 의심하기 시작했다. 그리고 감정은 판단력을 앞질러 그런 추측을 기정사실처럼 받아들이며 고문과 같은 질투의 고통에 스스로 빠져들고 말았다.

마담은 비교적 이제까지 고생이란 것을 모르고 살았다. 그랬던 그녀가 절친한 친구들이며 지인들을 포기해야 했고 인생의 낙을 버려야 했으며 호화로운 삶뿐만 아니라 거의 생활필수품마저 단념해야 했다. 그러고는 망명 생활, 그것도 가장 처량하고 비참한 삶을 살 수밖에 없었던 것이다. 혹독한 현실에 불안까지 더해진 삶이었다. 마담은 남편을 사랑하는 마음으로 인내심을 가지고 전부 남편 때문에 생긴 이 모든 시련을 견뎌내고 있었다. 남편의 애정이 계속 식어가는 것 같았지만 마음을 다지며 견뎌내던 참이었다. 그러나 마지막 한 방의 고난이 닥쳤다. 그것도 저항할 힘이 없는 큰 타격으로 다가왔다. 그녀는 자신을 향해야만 하는 그의 사랑이 이제 다른 이에게로 옮겨 간 것이라고 믿었다.

강한 열정이 이성의 힘을 혼란하게 만들어 그 열정이 이끄는 특정 방향으로 비틀어버렸다. 보통 때 같았으면 그녀의 판단력은 감정에 휘둘리지 않아 자기가 의심하는 것과 반대되는 것은 아니더라도 좀 다른 정황을 찾아보았을 것이다. 그러나 지금 그녀에게는 그런 정황이 보이지 않았다. 따라서 오래 주저하지 않고 남편의 애정이 아들린을 향하게 되었다고 결론을 내렸다. 아들린의 미모는 말할 것도 없는 데다, 세상과 동떨어진 이 외진 곳에 달리 누가 있단 말인가?

그렇게 결론을 내리고 나자 유일한 위안마저 사라지고 말았다. 마담 라 모트는 더 이상 남편의 사랑을 받을 수 없다는 생각에 눈물을 흘렸고 거기에 더해 아들린의 우정에서 위로를 얻을 수 없다는 사실에 또 울었다. 처음엔 아들린을 존경하는 마음이 커서 그녀의 고결한 품행을 의심하지 않았으나, 이성적으로 생각하려 애를 써도 그녀는 더 이상 따뜻하고 친절한 태도로 아들린을 대할 수 없었다. 의심이 확신이 되면서 마음이 움츠러들었다. 남몰래 질투에 휩싸여 생각을 곱씹다 보니 아들린을 대하는 태도가 눈에 띄게 차가워졌다.

아들린은 마담 라 모트의 변화를 보며 처음에는 우연이겠거니 했다가 나중에는 자기도 모르게 저지른 작은 실수 때문에 생긴 일시적 불쾌감일 것이라고 생각했다. 그리하여 그녀는 마담을 더 배려하려 애썼다. 그러나 기대와는 반대로 노력이 허사가 되고 마담의 태도가 누그러들기는커녕 더 차가워지자 터놓고 물어보아야겠다고 생각했다. 그러자 마담 라 모트는 끈질기게 아들린과의 대화를 피했다. 그러나 문제 해결에 골몰한 아들린은 교묘히 피하는 마담에게

지지 않고 끈질기게 매달렸다. 마담은 처음에는 마음의 동요가 심하고 혼란스러웠지만 마침내 시답잖은 핑계를 만들어내며 별일 아니라고 웃어넘겼다.

마담 라 모트는 이제 아들린을 향한 냉담한 태도를 숨겨야 할 필요성을 느꼈다. 지략이 열정으로 생긴 편견을 다 억누르진 못했지만 어쨌든 어느 정도 친절한 태도를 꾸며내는 데 성공했다. 아들린은 마담의 지략에 넘어가 다시 평화를 얻었다. 사실 그녀는 타인의 선의와 진심에 금방 확신하는 게 약점이었다. 그러나 마담 라 모트는 질투를 억누르다 보니 생기는 고통이 가슴을 후벼 팠고 그러자 어떻게든 자신이 품은 의심을 해결해보자고 결심했다.

마담은 예전에 자신이 그토록 경멸했던 비열한 짓을 감행했다. 그녀는 페터에게 라 모트의 뒤를 밟아 그의 은신처를 찾아내라고 명령을 내렸다. 열정이 판단력을 짓누르는 힘이 시간이 갈수록, 또 그에 몰입할수록 더 커져서 그녀는 이제 아들린의 고결한 인격을 의심했고 라 모트의 알 수 없는 산책이 아들린과의 밀회 때문일 것이라고 믿기 시작했다. 이런 추측이 가능했던 것은 아들린이 자주 홀로 숲속으로 긴 산책을 했고 또 때로는 몇 시간씩 자리를 비우기도 했기 때문이었다. 마담 라 모트는 처음에는 아들린이 아름다운 자연 풍경을 너무 좋아해서 그런 것이라고 생각했는데 이제 상상력이 과하게 발동한 나머지 그 이유가 다름 아닌 남편과의 밀회를 즐기기 위해서라고 생각했다.

페터는 자신도 궁금해서 안달이 난 마당이라 마담의 명령에 기민하게 반응했다. 그러나 그의 노력은 모두 허사였다. 라 모트가 사라지는 지점을 도무지 찾아낼 수 없었다. 마담은 일이 진척되지 않자 더욱 조급해졌고 그러다 보니 열정만 더 자극을 받아 마침내 남편에게 직접 물어보아야 하겠다고 결심했다.

어떻게 이야기를 꺼내야 좋을지 이리저리 고민을 해본 후 남편에게 다가갔다. 그러나 방에 들어가 그를 마주하자 생각해놓았던 말을 모두 잊고 그저 그의 발치에 털썩 주저앉아 눈물을 흘리고 말았다. 라 모트는 아내의 그런 모습에 놀라 무슨 일인지 물었다. 그러고는 자신의 행동 때문에 그렇다는 답을 들었다. "내 행동이라니! 도대체 무슨 말을 하는 겁니까?"

"당신의 냉담함과 홀로 슬퍼하는 당신의 태도를 말합니다. 자주 집을 비우는 것 말입니다."

"아니, 모든 것을 잃은 남자가 신세를 한탄하는 게 그리도 놀라운 일인가요? 가족에게 걱정을 끼칠까 두려워 제 슬픔을 감추고 혼자 끌어안는 게 그리도 비난받을 일이냐 말입니까?"

라 모트는 이렇게 말하고 방을 나갔다. 마담 라 모트는 놀라서 어리둥절했으나 의심이 좀 풀린 것 같아 다소 안도했다. 그러나 그녀는 여전히 아들린을 예의 주시했다. 그리하여 친절한 얼굴 뒤에 숨긴 불신의 민낯이 종종 드러나기도 했다. 아들린은 마담과 함께 있을 때 영문도 모른 채 이전보다 더 불안하고 불행했다. 그녀는 기가 꺾였고 자주 홀로 의지가지없는 절망적 상황에 눈물을 흘리곤 했다. 얼마 전까지만 하더라도 마담 라 모트의 애정 속에 과거의 고통을 잊지 않았던가! 이제, 마담이 자신의 행동에 각별히 신중을 기하고 있어 눈에 띄게 냉담한 태도를 숨기고는 있었지만 여전히 그녀의 태도에는 아들린의 희망에 찬물을 끼없는 면모가 명백했다. 왜 그런지 알 수도 없으니 막막함이 더했다. 그러나 이내 한 가지 일이 벌어져 마담 라 모트는 질투심을 잠시 접고 남편을 우울에서 일깨웠다.

어느 날 페터가 일주일 치 양식을 사기 위해 오부안에 나갔다가 라 모트에게 새로운 걱정거리가 될 소식을 안고 돌아왔다.

"오, 주인님! 아주 놀랄 만한 소식을 들었습니다. 주인님도 들으시면 놀라실 겁니다요. 제가 말편자를 손보기 위해 대장간에 들렀습죠. (이 녀석이 편자를 도대체 어떻게 잃어버렸는지 그것도 참 요상하다니까요. 그건 어떻게 된 일이냐면 말이죠……)"

"아! 아니, 제발. 그건 됐고 요점을 말해보거라."

"그게, 제가 대장간에 서 있는데 입에 파이프를 물고 손에는 커다란 담배 주머니를 들고 있는 남자가 들어오지 뭡니까."

"아니, 파이프가 이야기하고 무슨 상관이 있단 말이냐?"

"아이고, 주인님. 저는 말이죠, 제 방식대로 이야기를 하지 않으면 말을 못 합니다요. 제가 파이프를 입에 문 남자 이야기까지 했었습죠, 주인님, 맞습죠?"

"그래, 그래."

"그자가 벤치에 앉더니만 파이프를 입에서 떼고 대장장이한테 이렇게 말을 하더라고요. '거, 인근에 라 모트라는 이름을 가진 사람을 아는 사람이 있나요?' 아이고, 이런! 저는 순식간에 완전히 식은땀이 솟아났습죠. 주인님, 괜찮으십니까? 뭐라도 갖다드릴까요?"

"아니다. 대신 어서 짧게 말해보거라."

"'라 모트! 라 모트라! 들어본 것 같습니다.' 대장장이가 그렇게 말하더라고요. '진짜요? 참으로 교활하군요. 내가 아는 한 그런 이름 가진 사람 이 근방에서 들어본 적이 없는데' 그렇게 제가 말했습죠."

"이런, 멍청한 놈! 그런 말을 뭐 하러 했더냐?"

"그야 주인님께서 여기 있다는 게 알려지면 안 되니까요. 그리고 제가 영리하게 행동하지 않으면 저도 발각될 거 아닙니까? '제가 아는 한 그런 사람 이곳에 없습니다' 하고 또 말했습죠. '하! 그러신가? 나보다 이 마을을 더 잘 아신다?' 대장장이가 그렇게 대꾸했습죠. '아하! 그러시구먼. 어찌 그리 이 동네를 잘 알고 있소? 난 돌아오는 성 미카엘 축일이면 이곳에 온 지 이십육 년이 된다오. 그런데 당신이 나보다 더 잘 알고 있다니, 어찌 그리 잘 아시오?' 파이프

문 남자가 묻더라고요.

　그 남자가 그러고는 파이프를 다시 물더니 제 얼굴에 대고 연기를 후 뿜어대더라고요. 아이고, 주인님, 저는 머리부터 발끝까지 달달 떨리더라고요. '아니, 그게 아니고, 저는 다른 사람들처럼 잘 모르죠. 하지만 그런 이름은 들어본 적이 없다는 말입니다' 했습죠. 그러니까 대장장이가 제 얼굴을 뚫어져라 바라보더니 이렇게 말했습죠. '가만있자, 그러고 보니 당신이 지난번에 생클레어 수도원에 관해 나한테 물어본 사람 맞지?' '뭐, 그게 뭐요? 그게 뭐 어떻다고요?' '그게, 누가 지금 거기 살고 있다고 하더라고요.' 그자가 파이프 문 남자에게 그렇게 말했습죠. '내가 알기론 그게 라 모트란 사람인 것 같은데.' 그러니까 파이프 문 남자가 벤치에서 일어서면서 이렇게 말했습죠. '아하! 내가 알기로도 그런 것 같구려. 그리고 당신은 안 그런 척 하지만, 더 잘 알고 있어. 이 무슈 라 모트란 사람이 수도원에 살고 있다는 데 내 목숨을 걸겠네.' '아니, 참, 이상하시군요. 그분 지금 수도원에 안 살아요.' 그래서 제가 그렇게 말했습죠."

　"이런, 제길! 멍청한 놈! 빨리 말해. 그래서 어찌 되었어?"

　"'우리 주인님 이제 거기 안 살아요.' 제가 말했습죠. '오호! 그럼, 그자가 당신의 주인이라고? 그럼 그자가 떠난 지 얼마나 되었소? 그리고 지금은 어디 살고 있지?' '잠깐, 잠깐! 내가 아무 때나 아무 말이나 지껄이는 놈인 줄 알아요?

그런데 대체 누가 그분을 찾는 건가요?'

'뭐라고! 그 사람이 누가 자길 찾고 있다는 걸 안단 말인가?' 남자가 묻더군요. '아뇨, 아뇨. 몰라요. 안다 하더라도 그게 뭐 어떻다고요?' 그자는 대장장이를 쳐다보더니 둘이 같이 대장간에서 나갔습죠. 내 말편자도 다 안 고치고서 말입니다. 하지만 전 그건 신경 쓰지 않았습니다. 그 사람들이 가버렸으니까요. 저는 말을 타고 헐레벌떡 달려왔습죠. 그런데 제가 놀란 나머지 길을 둘러서 오지 않고 곧바로 오고 말았습죠."

라 모트는 페터의 소식에 아연실색해 멍청한 페터에게 욕을 퍼부어준 후 더 이상 다른 말을 하지 않고 급히 마담을 찾았다. 마담은 아들린과 강둑에서 산책을 하고 있었다. 라 모트는 너무나 당황한 나머지 다급하게 본론으로 들어갔다. "우리 발각되었소. 국왕 근위대가 오부안에서 날 추적한 모양이에요. 그런데 페터란 놈이 멍청하게도 실수로 누설을 하고 말았고." 그는 아내에게 페터의 말을 전해준 후 서둘러 수도원에서 도망칠 준비를 하라고 일렀다.

"그런데 대체 어디로 가야 하나요?" 마담 라 모트는 제대로 서 있기도 힘들어 간신히 그렇게 물었다. "어디든 가야지요! 여기 더 머물다간 끝장이에요. 스위스로 갑시다. 프랑스에서 숨을 곳이 있다면 이곳이 유일했는데!"

"아아! 얼마나 더 쫓겨 다녀야 하는지! 이곳을 안락하게 꾸미자마자 떠나야 하다니! 그것도 어디로 가는지 알 수도 없다니!"

"차라리 어디로 가는지 몰랐으면 좋겠구려. 지금 그게 중요한 게 아니니. 어서 떠납시다. 어디로 가는지 그게 무슨 상관이에요? 어서 가서 짐을 싸요. 가지고 갈 수 있는 것만 챙겨요." 마담 라 모트는 눈물을 펑펑 쏟으며 아들린의 팔에 매달렸다. 아들린은 어떤 말로 위로할진 몰라도 자신의 감정을 추스르고 침착함을 잃지 않으려 애를 썼다. "자, 어서. 시간이 없어요. 신세타령은 나중에 하고 지금은 도망할 준비가 먼저요. 정신 단단히 차려요. 아들린도 안 울잖습니까? 당신 신세만큼이나 비참한 처지인데도 말이에요. 참, 언제까지 내가 아들린을 보호해줄 수 있을지 모르겠구려."

마담 라 모트는 겁을 잔뜩 집어먹은 상황에서도 남편의 힐난에 자존심이 상해 눈물을 닦았다. 그러나 마담은 대꾸하기 싫었고 아들린을 원망의 눈으로 바라보았다. 조용히 수도원으로 향하다가 아들린이 라 모트에게 그들이 정말로 국왕 근위대가 맞는지 물어보았다. "의심의 여지가 없어. 그자들이 아니면 누가 날 찾아다니겠나? 게다가 내 이름을 입에 올린 사람의 행동을 보니 더 물을 것도 없겠더군."

"어쩌면 아닐지도 모르잖아요? 내일 아침까지 기다려봐요. 그때 혹시라도 떠날 필요가 없을지도 모르잖아요?"

"그때 되면 당연히 떠날 필요 없겠지. 국왕 근위대가 그 시간이면 우릴 붙잡았을 테니." 라 모트는 페터에게 명령을 내렸다. "한 시간 후에 떠난다굽쇼? 아이고, 주인님. 마차 바퀴를 생각하셔야죠. 그거 고치는 데 적어도 하루는 걸릴 겁니다요. 주인님, 아시지 않습니까? 제 평생에 바퀴 고쳐 본 적이 한 번도 없습니다요."

라 모트는 이 점을 완전히 간과하고 있었다. 그들이 수도원에 정착했을 때 페터는 우선 집수리에 정신이 없어서 마차에는 생각이 미치지 못했고 나중에는 조만간 쓸 일이 없을 것 같아 방치하고 있었다. 라 모트는 완전히 평정심을 잃고 페터에게 욕설을 퍼부으며 어서 일을 시작하라고 명령했다. 그들은 이전에 사놓았던 도구를 찾아보았으나 어디에서도 찾을 수 없었다. 마침내 페터는 못들을 건물 고치는 데 다 써버렸다는 사실이 기억났다.

그리하여 그날 밤 숲을 떠나는 게 불가능했다. 라 모트는 사법 당국에서 아침이 오기 전 이곳을 급습할 때를 대비해 숨어 있기 좋은 곳을 생각해볼 뿐이었다. 그마저도 페터가 생각 없이 오부안에서 둘러오지 않은 관계로 별 비책이 없을 것 같았다.

사실 그는 가족을 피신시키지 못한다면 밤이 오기 전 자기 혼자서 말을 타고 숲을 빠져나가야 하나 하는 생각이 먼저 들었다. 그러나 그러면 반드시 마을을 지나가야 하기 때문에 발각의 위험이 도사리고 있었고 또 가족을 안전하게 피신시키지 못한 채로, 언제 그들에게 합류할지도 모르고 또 그들에게 어디로 자신을 찾아오라고 말해주지도 못한 채로 떠날 순 없었다. 라 모트는 의지가 강한 사람이 아니었고 또 그는 홀로 고통받는 것보다 일행이 함께 겪는 게 낫다고 생각하는지도 몰랐다.

그는 이리저리 궁리한 끝에 위층 방 안에 있는 옷방의 트랩도어에 생각이 미쳤다. 그것은 눈에 띄지 않았고 어디로 연결된 건지는 모르지만 적어도 쉽게 발각되지 않을 은신처가 되어줄 것이었다. 그 문제에 대해 더 생각을 해본 후 그는 계단을 타고 내려가서 안쪽을 더 조사해보기로 했다. 당분간 그 안에서 일행 전체가 숨어 지낼 수 있을 것이다. 생각을 실행에 옮기려면 시간이 많지 않았다. 어둠이 내리기 시작했다. 그는 바람이 일 때마다 적의 목소리를 들었다고 생각했다.

그는 불을 들고 홀로 방으로 올라갔다. 옷방으로 들어와 바닥재와 아귀가 딱 맞는 트랩도어를 찾는 데 시간이 꽤 걸렸다. 문을 여니 안에서 오래 갇혀 있던 습하고 냉한 공기가 훅 불어닥치는 바람에, 내려가기 전에 한동안 공기가 빠져나가도록 기다렸다. 그는 어두컴컴한 아래 구멍을 내려다보며 수도원에 관해 떠도는 소문이 머릿속에 떠올라 불안감이 밀려왔다. 그러나 꺼림칙한 마음에 떨고 있을 때가 아니었다.

계단은 가팔랐고 몸무게가 실리자 군데군데 삐걱거렸다. 꽤 한참을 내려가자 드디어 발이 바닥에 닿았다. 그곳은 좁은 통로였다. 몸을 돌려 자세히 살펴보려 하자 습한 공기가 휘감더니 들고 있던 촛불이 꺼지고 말았다. 그는 목청을 높여 페터를 불러보았으나 밖에서 들리지 않는 모양이었다. 그는 다시 계단을 올랐다. 어렵사리 다시 빠져나와 조심스레 방을 지나쳐 타워 아래로 내려왔다.

방금 빠져나온 은신처가 얼마나 안전한지는 지금 이 상황에서 사활이 걸린 문제라서 그는 불을 밝히고 다시 가보기로 했다. 이제는 촛불을 안전하게 랜턴 안에 고정하고 다시 가보았다. 두 번째이다 보니 트랩도어를 열 때 밀려오는 공기의 흐름이 잦아들었고 신선한 공기가 안으로 들어가 돌기 시작했다. 라 모트는 아무런 방해 없이 들어갈 수 있었다.

통로는 상당히 길었다. 가다 보니 문이 하나 보였는데 잠겨 있었다. 그는 바람을 피하기 위해 랜턴을 좀 떨어진 곳에 놓고 힘으로 문을 열어보려 했다. 문은 좀 흔들렸지만 열리지는 않았다. 좀 더 자세히 살펴보니 습기 때문인지 자물쇠 주변 나무가 부식되어 있었다. 그걸 보고는 더 힘을 주어 드디어 문을 열고 안으로 들어갈 수 있었다. 석재로 만든 정사각형의 방이었다.

가만히 서서 좀 더 자세히 살펴보았다. 벽은 썩은 물이 똑똑 흘러내려 칠이 완전히 벗겨져 있었고 창문도 없었다. 작은 쇠창살 구멍에서 공기가 들어올 뿐이었다. 안쪽으로 바닥이 움푹 내려간 공간에 또 다른 문이 보였다. 라 모트는 바닥이 낮은 곳으로 가보았다. 커다란 궤짝이 있었다.

뚜껑을 여니 사람 유골이 보였다. 그는 화들짝 놀라 자기도 모르게 뒷걸음을 쳤다. 잠시 숨을 골랐다. 공포의 대상이 인간의 마음에 불러일으키는 스릴 넘치는 호기심이 그 끔찍한 모습을 다시 보도록 부추겼다.

라 모트는 꼼짝도 하지 않고 해골을 내려다보았다. 누군가 이 수도원에서 살해되었다는 소문이 맞는 것 같았다. 마침내 그는 뚜껑을 닫고 두 번째 문으로 향했다. 이 문 역시 잠겨 있었으나 열쇠가 자물쇠에 꽂혀 있었다. 어렵사리 열쇠를 돌려보았으나 문이 두 개의 튼튼한 빗장에 걸려 있었다. 빗장을 당겨서 풀고 보니 안에 계단이 보였다. 내려가 보니 일련의 아치형 천장 방들, 아니 독방이라고 불러야 더 어울릴 방들이 드러났다. 건축 구조나 현재 상태를 보아 하니 애초에 수도원을 세울 때 만들어진 것 같았다. 으스스한 풍경에 라 모트는 이곳이 이전에 위에서 살던 수도사들의 매장지로 쓰였을 공간이었을 것이라 생각했다. 그러나 좀 더 살펴보고는 죽은 자의 안식처보다는 산 자의 회개의 공간으로 쓰였을 것도 같았다.

이렇게 이어진 독방들의 끝까지 가보니 막다른 곳에 문이 하나 있었다. 라 모트는 문을 열고 더 살펴볼지 말지 망설였다. 현재 둘러본 곳 자체로도 안전한 은신처가 될 것 같았다. 이곳에서 잡힐 두려움 없이 하룻밤 지낼 수 있을 것 같았다. 경관들이 밤에 온다 해도 수도원이 텅 빈 것을 보고 아침이 오기 전에 떠날 것이며 그게 아니라도 일행이 은신처에서 빠져나오기 전에는 그들이 떠날 것이다. 그렇게 생각하자 마음의 안정을 찾았다. 이제 바로 가족을 되도록 빨리 이곳으로 피신시켜야 한다. 경관들이 언제 들이닥칠지 모르는 일이다. 그러자 그는 꾸물거리는 자신을 책망했다.

그러나 이 문이 어디로 이끄는지 알고 싶은 뿌리칠 수 없는 호기심이 그의 발길을 사로잡았고 그는 몸을 돌려 문을 열어보았다. 그러나 문은 잠겨 있었고 힘을 쓰는 순간 위에서 무슨 소리가 들리는 것 같았다. 경관이 벌써 도착했을지도 모른다는 생각이 퍼뜩 들면서 그는 조심스레 트랩도어까지 올라가기 시작했다.

그는 생각했다. '트랩도어 안에서 안전하게 기다려보는 거야. 무슨 일이 벌어지는지 소리가 들리겠지. 가족들은 발각되지 않을 거야. 그게 아니라도 적어도 다치지는 않겠지. 나 때문에 걱정하는 마음이 들겠지만, 그런 것쯤은 견뎌야지.'

라 모트의 이러한 갈등은 아내에 대한 걱정보다는 이기적인 동기가 더 강한 것임을 인정하지 않을 수 없을 것이다. 이제 그는 아래 층계참까지 도착했다. 고개를 들어 위를 보니 트랩도어가 열려 있는 것이 보였다. 그는 문을 닫기 위해 서둘러 올라가다가 위층 방들을 지나는 발소리를 들을 수 있었다. 그는 다시 내려오다가 시야에서 완전히 벗어나기 전에 위를 올려다보았고 트랩도어 틈으로 한 남자가 자신을 내려다보는 걸 알아차렸다. "주인님." 페터가 외쳤다. 라 모트는 페터 때문에 겁을 먹은 걸 생각하면 화가 나긴 했지만 그래도 그의 목소리를 듣고 안도했다.

"여긴 왜 왔는가? 무슨 문제 생겼어?"

"아닙니다. 아무 문제 없습니다. 그저 제 아내가 주인님 찾아보라고 시켜서요."

"그럼 아무도 오지 않았다는 말이군."

"맞습니다. 제 아내하고 마드무아젤 아들린하고……"

"됐네, 됐어. 가보게. 나도 금방 갈 테니."

그는 마담 라 모트에게 트랩도어 안 공간에 대해 이야기해주며 그곳에 은신하자고 했다. 그리고 경관이 이곳에 와 일행이 이미 이곳을 떴다고 믿게 하려면 어떻게 해야 할지 궁리했다. 그러기 위해서 그는 이동 가능한 모든 가구를 아래 독방으로 옮기게 했다. 라 모트 자신을 비롯해 모두가 힘을 보탰다. 아주 짧은 시간에 건물 내부의 주거 가능한 부분은 모두 자신이 처음 들어왔을 때처럼 황량해 보였다. 그러고 나서 라 모트는 페터에게 말들을 수도원에서 멀찍이 떨어진 곳으로 데려가 풀어주라고 시켰다. 그는 또 곰곰이 생각해본 끝에 눈에 띄는 곳에 자신의 처지와 떠난 날짜 등을 적은 글을 새겨 넣으면 경관들을 혼란에 빠뜨릴 수 있을 것이라고 생각했다. 그리하여 그는 건물에서 사람이 살 수 있을 만한 곳으로 인도하는 타워 문 위에 다음과 같은 문장을 새겼다.

"오 그대! 불행이 그대를 이곳으로 이끌었도다!

그대만큼 비참한 자들이 있음을 기억하라.

P. L. M. 비참한 망명자 박해를 피해 이곳에 1658년 4월 27일 들어왔다 같은 해 7월 12일 더 안락한 은신처를 찾아 떠나다."

칼로 이런 글을 새긴 후 일주일 치에서 조금 남은 양식을 (페터가 지난번 마을로 나갔다가 혼비백산해 돌아오는 바람에 새 양식을 구하지 못했다) 바구니에 넣었다. 라 모트는 가족을 모두 모아 타워의 계단을 올라 방들을 지나고 옷방으로 갔다. 페터가 밝힌 불을 들고 먼저 들어가 어렵사리 트랩도어를 찾았다. 마담 라 모트가 음산한 심연을 보며 몸을 떨었으나 모두 침묵을 지켰다.

이제 라 모트가 불을 들고 길을 이끌었다. 마담이 뒤따르고 그다음 아들린이 따랐다. "옛 수도사들도 다른 사람들처럼 좋은 와인을 엄청 좋아했나 봅니다요?" 맨 뒤를 따라오던 페터가 말했다. "주인님, 여기가 와인 저장 창고인가 봐요? 술통 냄새가 나는데요."

"조용히 해! 지금 농담할 때가 아니야."

"좋은 와인을 좋아하는 게 뭐 나쁜 일인가요? 주인님도 다 아시면서."

"익살 다 부렸으면, 자, 앞장서." 라 모트가 근엄한 목소리로 말했다.

그들은 아치형 천장 방에 도달했다. 이곳에서 목격했던 음산한 광경에 이 방에서 밤을 지새우는 게 탐탁지 않았다. 게다가 가구는 자신의 말대로 아래 독방들에 가져다 놓지 않았던가. 그는 가족들이 해골을 볼까 봐 걱정되었다. 그걸 보면 분명 거기 머무는 동안에 두려움을 이겨내지 못할 것이다. 라 모트는 서둘러 궤짝을 지나쳤고 마담 라 모트와 아들린은 각자 제 생각에 사로잡혀 그 물건에 신경 쓰지 않았다.

그들이 독방들에 도착하자 마담 라 모트는 어쩌다 이렇게 무시무시한 곳까지 오게 되었는지 한탄하며 울기 시작했다. "아아! 우리가 정녕 이렇게까지 막장에 와 닿다니! 위층 방들도 처음에 보았을 땐 통탄해 마지않던 모습이었는데, 이곳에 비하면 거긴 정말 궁궐이구나."

"맞아요, 여보. 한때 그렇게 생각했다가 지금은 달라졌으니 그 생각으로 지금의 불만을 달래봐요. 이 독방들도 비세트르나 바스티유 감옥에 비하면 궁궐일 거요. 거기에 뒤따를 벌을 생각하면 이건 장난이나 다름없죠. 더 큰 불행을 생각하며 이 정도는 참아내요. 난 이곳을 피신처로 삼을 수 있으면 만족해요."

마담 라 모트는 입을 다물었다. 아들린은 최근에 자신에게 냉담하게 대했던 그녀의 태도를 잊고 마담을 위로하기 위해 정성을 다했다. 다가올 일에 가슴이 내려앉는 건 마찬가지였지만 그녀는 겉으로는 평정심을 유지하고 있었고 심지어 밝은 모습까지 보였다. 아들린은 마담 라 모트를 매우 살뜰히 챙겼고 라 모트가 이곳에 숨을 수 있다는 사실에 감사했다. 그러다 보니 아들린은 불편하고 우울한 감정을 거의 잊게 되었다.

아들린은 그러한 마음을 꾸밈없이 그에게 털어놓았고 라 모트는 그런 아들린에게 냉담할 수 없었다. 마담 라 모트는 둘의 대화를 예민하게 받아들이며 다시 고통을 느꼈다. 마담은 아들린이 감사하는 마음을 표현하는 것을 애정의 표현으로 받아들였다.

라 모트는 무슨 소리가 나는지 살피기 위해 자주 트랩도어로 올라갔다. 그러나 밤의 적막을 깨는 소리는 없었다. 그들은 우울하게 저녁 식사를 들었다. 마담 라 모트가 한숨을 쉬며 말했다. "여보, 오늘 밤 경관들이 이곳으로 오지 않으면 이렇게 하는 게 어떨까요? 내일 페터를 오부안으로 보내서 일이 어찌 되어가는지 알아보게 합시다. 그게 안 되면 적어도 마차 한 대라도 구할 수 있지 않을까요?"

"그럼! 그 녀석이 퍽이나 잘하겠지요. 사람들 눈길도 사로잡고. 경관들에게 수도원 가는 길을 살뜰히도 알려줄 것이고 또 누가 어디에 숨었는지도 기막히게 잘 알려주겠지." 라 모트가 짜증 섞인 목소리로 말했다.

"아, 어찌 이리 잔인하게 말을 꼬아 하시나요? 저는 그저 서로에게 좋은 방법이라 생각하고 제안한 것인데요. 그래요, 제 판단이 틀렸을 수도 있지만, 어쨌든 저는 좋은 의도였다고요." 마담 라 모트는 눈물을 흘렸다. 아들린은 마담을 달래고 싶었으나 나서지 않는 게 좋을 것 같았다. 라모트는 자기가 한 말이 어떤 여파를 낳았는지 깨닫고 후회하는 마음이 들었다. 그는 아내에게 다가가 손을 잡았다. "지금 내 상태가 어떤지 잘 알잖아요? 나도 그렇게 당신을 괴롭게 할 마음은 아니에요. 더욱이 페터가 오부안에 나갔다가 그렇게 멍청하게 일을 저지른 마당에 그 녀석을 또다시 거기로 보내라는 말에 내가 이성을 잃은 거예요. 여보, 우리가 안전을 유지할 수 있는 유일한 방법은 양식이 남아 있는 한 여기 계속 머무는 거예요. 경관들이 오늘 밤 오지 않으면 내일 올 것이고, 또 그것도 아니면 그다음 날 올 수도 있어요. 저들은 와서 수도원을 뒤지고 내가 없는 것을 알고 나서야 떠날 거요. 그럼 우린 그때 여기서 빠져나갈 수 있을 거예요. 어디 더 먼 곳으로 그때 가면 돼요."

마담 라 모트는 남편의 말이 맞는다는 것을 인정했고 그 사과의 말로 마음이 좀 누그러졌다. 식사를 마치고 라 모트는 단순하긴 해도 충직한 페터를 옷방에 오르는 층계참에서 밤새 보초를 서도록 시켰다. 그러고 나서 그는 아래로 다시 내려왔다. 일행은 서로에게 우울하게 밤 인사를 하고 잠자리에 들었다.

아들린은 생각이 많아 쉬이 잠이 들지 않았다. 일행이 모두 잠에 들었다고 생각했을 때 혼자만의 슬픔에 빠졌다.

그녀 또한 우울하게 앞날을 걱정했다. '라 모트 씨가 체포되고 나면 나는 어떻게 될까?' 그러면 아마도 거친 세상에서 방랑자로 살아야 할 것이다. 기댈 친구도 없고 생계를 유지할 돈도 없이. 전망은 우울하기 짝이 없었다. 아들린은 그런 생각으로 치를 떨었다. 사랑하는 라 모트 내외의 비참한 상태도 그녀의 비참함을 배가시켰다.

아버지 생각을 하기도 했다. 그러나 아버지를 생각하면 그저 도망쳐야 하는 적으로만 생각되었다. 그런 생각을 하니 더 슬펐다. 그러나 아버지가 유발한 고통의 기억보다는 아버지의 냉담함이 더욱 괴로웠다. 아들린은 쓰디쓴 눈물을 흘렸다. 그러다 순결한 자만이 알 수 있는 꾸밈없는 신앙심으로 주님께 기도하며 자신을 의탁했다. 그렇게 하고 나니 마음이 평화롭게 진정되었고 이내 잠이 들었다.

제5장

놀람-모험-미스터리

간밤은 아무 일 없이 지나갔다. 페터는 보초 서는 자리에서 단잠을 방해할 아무 소리도 듣지 못했다. 라 모트는 그가 리드미컬하게 코를 고는 소리를 들었다. 페터의 음악이 저음부가 많았다는 점도 놓치지 않았다. 라 모트는 웅장한 톤으로 그를 깨웠다. 라 모트의 음악은 페터에게는 불협화음으로 들렸고 고요한 숙면을 단번에 집어삼켰다.

"아이고, 주인님. 무슨 일이십니까? 그놈들이 왔습니까?"

"그래, 네놈이 뭔 상관이겠냐마는, 왔을지도 모르겠다. 아이고, 제가 선생을 이곳에 주무시라고 보냈습니까?"

"아이고, 주인님. 이곳에 잠밖에 달리 위안거리가 있겠습니까요? 이런 곳에선 개한테도 못 자게는 안 하겠습니다요."

라 모트는 간밤에 무슨 소리 못 들었는지 준엄한 목소리로 물었고 페터는 똑같이 근엄한 목소리로 아무 소리도 못 들었다고 대답했다. 그의 대답은 완전히 진실한 답이었다.

그렇지 않고야 내내 단잠을 즐길 수 있었겠는가.

라 모트는 트랩도어로 올라가 주의 깊게 귀를 기울였다. 아무 소리도 나지 않았다. 그는 도어를 들어 올렸고 그러자 햇빛이 쨍하고 내리비쳤다. 아침이 진작 밝은 상태였다. 그는 방 창가로 가서 밖을 내다보았다. 아무도 보이지 않았다. 안전해 보이자 그는 타워 계단을 내려와 첫 번째 방으로 들어갔다. 두 번째 방으로 가다가 갑자기 반쯤 열려 있던 문틈으로 무언가 보여 멈춰 섰다. 살짝 들여다보았는데 누군가 창가에 손을 짚고 앉아 있었다!

그는 경악했다. 순간 제정신이 아니었다. 그곳에서 꼼짝도 할 수 없었다. 등을 보이고 있는 사람은 자리에서 일어서더니 고개를 돌렸다. 라 모트는 정신을 차리고 황급히 방을 빠져나가 살금살금 옷방으로 향했다. 트랩도어를 들어 올렸는데 닫기도 전에 바깥쪽 방으로 들어오는 발소리가 났다. 트랩도어에는 빗장도 다른 잠금장치도 없었다. 이제 바닥재와 트랩도어의 완전한 밀착만이 그가 살길이었다. 바깥 석조 방은 잠금장치가 없었고 내실 잠금장치는 바깥쪽에 위치해 있었다. 따라서 도망칠 틈이 없었다.

그는 이 방에 도달해 잠시 멈추고 귀를 기울였다. 위층 옷방에서 누군가 걷고 있는 소리가 들렸다. 잠시 후 누군가 그의 이름을 부르는 소리가 들려서 그는 즉각 아래 독방으로 도망쳤다. 이제 곧 트랩도어가 열리고 추적자들이 들이닥칠 것 같았다. 그는 바깥 소리가 들리지 않는 깊숙한 곳까지 도망갔다. 아치형 천장 공간 중에 가장 깊숙이 들어가 바닥에 드러누워 잠시 헐떡거리며 숨을 골랐다. 마담 라 모트와 아들린이 공포에 휩싸여 무슨 일이 벌어졌는지 물어보았다. 그러나 그는 조금 더 숨을 가다듬은 후에야 대답할 수 있었다. 대답을 했으나 불필요한 대답이었다. 왜냐하면 위쪽 멀리서 들리는 소리가 가족들에게도 닿았기 때문이었다.

소리는 가까워지는 것 같지 않았지만 마담 라 모트는 두려움을 억누르지 못하고 크게 비명을 질렀다. 그러자 라 모트는 더욱 곤란해졌다. "당신이 파멸을 재촉하는구려. 비명으로 내 위치를 고해바치는 꼴이라니, 원!" 그는 두 손을 맞잡고 잰걸음으로 초조하게 서성거렸다. 아들린은 시체처럼 창백하게 질린 표정으로, 마담 라 모트가 기절해 쓰러지지 않도록 부축하고 있었다. "오! 뒤프라! 뒤프라! 네가 벌써 복수를 했구나!" 그의 목소리는 가슴에서 터져 나오는 것 같았다. 잠깐 침묵이 이어졌다. "그러나 도망칠 수 있다는 헛된 희망으로 날 속일 이유가 무언가? 왜 여기서 저자들이 오길 기다리는가? 그럴 것 없이 지금 당장 저자들의 손아귀에 나 자신을 던져서 이 끔찍한 고문 같은 고통을 끝내버리자."

라 모트는 그렇게 말을 하고 문 쪽으로 다가가려 했다. 그러나 마담 라 모트가 그를 붙잡았다. "멈춰요. 제발, 절 위해서 가지 말아요. 이렇게 저만 놓고 가지 말아요. 당신 제발로 파멸에 이르려고 하지 말아요!"

아들린도 그를 말렸다. "선생님, 너무 경솔하십니다. 그렇게 절망에 빠지는 건 온당치 않습니다. 지금 누가 다가오고 있는 것도 아니잖아요? 경관들이 트랩도어를 찾았다면 벌써 이곳으로 들이닥쳤을 겁니다." 아들린의 말에 그는 마음을 가다듬고 두려움도 잦아들며 희미한 희망의 끈을 붙잡았다. 그는 조용히 귀를 기울이고는 사방이 잠잠한 걸 확인하고 조심스럽게 석조 방으로 나아갔다. 거기서 다시 트랩도어로 올라가는 층계참까지 가보았다. 트랩도어는 닫혀 있었고 위에선 아무 소리가 나지 않았다.

그는 오랫동안 기다렸다. 여전히 아무 소리가 들리지 않자 그는 경관들이 수도원을 빠져나갔다고 믿기 시작했다. 그러나 트랩도어를 열 엄두가 나지 않았고 계속 멀리서 소리가 나는 것 같다고 생각했다. 그러나 옷방의 존재는 발각되지 않은 게 명백했다. 이 밤도 낮처럼 조마조마한 마음으로 보초를 서며 지나갔다.

그러나 이제 배고픔이 이들을 괴롭혔다. 아끼고 아껴 나누어 먹던 양식도 거의 고갈되었다. 이렇게 절망적인 상황에서 계속 숨어 지내는 것이 가능해 보이지 않았다. 라 모트는 신중하게 방법을 모색해보았다. 페터를 오부안으로 보내 양식을 구해 서둘러 돌아오게 시키는 수밖에 달리 방법이 없는 것 같았다. 물론 숲에 먹잇감이 있지만 페터는 총을 다룰 줄도 낚시를 할 줄도 몰랐다.

그리하여 결국 페터를 보내 양식과 마차 바퀴 고칠 도구를 사 오게 하기로 결정했다. 라 모트는 페터에게 자신을 찾는 자들에 관해 사람들에게 묻지도 말고, 혹시라도 실수를 저지른다 하더라도 일행의 행방에 단서가 될 그 어떤 말도 하지 말라고 일렀다. 그는 그렇게 페터에게 신신당부하며 되도록 빨리 일을 치르고 오라고 했다.

　그러나 한 가지 문제가 있었다. 누가 먼저 나가 경관들이 이곳을 떠났는지 확인해야 하나? 라 모트는 자신이 나간다면 즉각 발각될 게 뻔하고 경관들이 알지 못하는 일행 중 한 명이 나가보면 상황이 달라질 수 있다고 생각했다. 그러나 질문에 과감하게 대처할 수 있는 용기가 있어야 하고 또 조심스럽게 행동할 수 있는 영리함이 있는 사람이어야만 했다. 페터는 용기는 있을지 몰라도 영리하지는 못하다. 아네트도 마찬가지다. 라 모트는 아내를 보며 자신을 위해 나가볼 수 있겠냐고 물었다. 그녀는 그 말에 가슴이 철렁 내려앉았으나 남편의 안위에 그토록 결정적인 문제에 대해 쉽사리 거절하거나 무관심한 태도를 보일 수는 없었다. 아들린은 마담의 표정에서 갈등을 읽고 이제껏 자신도 겁이 나 조용히 있었지만 두려움을 이겨내고 자기가 가보겠다고 나섰다.

　"아무래도 저들이 여자인 절 거칠게 다루진 않을 거예요." 라 모트는 수치심이 들었지만 아들린의 제안을 단박에 거절할 수 없었다. 마담은 도량이 넓은 그녀를 보며 감동을 받고는 순간 예전처럼 다시 친절하게 대했다. 아들린이 진지하고 간절하게 자신의 의견을 밀고 나가자 라 모트는 망설이기 시작했다. "선생님께서는 절박한 위험에서 제 목숨을 구해주셨고 또 그 후로도 절 친절하게 보호해주셨잖아요? 제가 그에 보답할 수 있게, 거절하지 마세요. 제가 나가보겠습니다. 제가 좀 위험해지더라도 선생님을 위해 하는 일이니 충분히 보람 있는 일입니다."

마담 라 모트는 아들린이 그렇게 이야기하자 눈물을 참지 못했다. 라 모트는 깊은 한숨을 내쉬고 말했다. "음, 그렇다면 그렇게 하자꾸나, 아들린. 지금 이 순간부터 나는 너의 은혜를 입은 사람이다." 아들린은 곧바로 불을 들고 독방을 나섰다. 라 모트는 트랩도어를 열어주러 뒤를 따랐다. 그는 아들린에게 어떤 방이건 들어가기 전에 조심해서 살펴보라고 당부했다. "만약에 누군가에게 발각되면 설명할 때 나와 연관 지어 말하지 말거라. 너는 침착하니 잘 해내리라 믿는다. 신의 축복이 함께하길!"

아들린이 나가자 마담 라 모트는 그녀에게 품었던 감탄이 다른 감정으로 바뀌기 시작했다. 불신이 친절한 마음을 갉아먹었고 질투가 의심을 낳았다. '저렇게 두려움을 이겨낼 수 있는 데는 분명 감사하는 마음 이외에 다른 게 있을 거야. 사랑하는 마음이 아니고서야 어떻게 저렇게 행동할 수 있겠어?' 마담 라 모트는 아들린의 행동을 불순한 동기와 연관시켜 생각하지 않고는 있을 수 없는 일이라고 여기며 속세의 관행을 여과 없이 적용했다. 한때 자신이 아들린의 순결함과 청렴함을 존경했다는 사실을 잊은 것이었다.

한편 아들린은 방으로 올라갔다. 반짝거리는 햇빛을 보니 기운이 되살아나는 것 같았다. 살금살금 방들을 지나쳐 타워 계단까지 멈추지 않았다. 계단에 도착해 한동안 가만히 서서 주의를 기울여보았으나 아무 소리도 들리지 않았다. 그저 나무를 스치는 바람 소리만 들렸다. 마침내 계단을 따라 내려갔다. 아래층 방들을 지나가보아도 아무도 보이지 않았다. 가구들은 전에 본 그대로였다. 이제 타워 밖을 내다보았다. 살아 있는 생명체는 조용히 풀을 뜯고 있는 사슴뿐이었다. 아들린이 좋아하는 작은 새끼 사슴이 그녀를 알아보더니 기쁜 발걸음으로 껑충껑충 뛰어왔다. 그녀는 사슴 때문에 자신의 존재가 발각될까 봐 서둘러 회랑 사이로 빠져나갔다.

수도원 대회당으로 이르는 문을 열었다. 그러나 통로가 너무 어두워 들어가기가 겁이 나 뒷걸음쳤다. 그러나 더 살펴보아야 했다. 특히 지금까지 볼 수 없었던 폐허의 반대쪽을 꼭 살펴보아야 했다. 그러나 그쪽으로 가면 자기가 머물고 있는 곳으로부터 굉장히 멀어진다는 사실을 아는 데다 돌아오는 길도 만만치 않다는 사실에 겁이 났다. 어떻게 해야 할지 망설였다. 그러나 라 모트에 대한 의무감을 떠올렸고 또 이것만이 자신이 유일하게 보답할 수 있는 길이라고 생각하고는 결심을 했다.

이런 생각들이 마음속에 들어차자 아들린은 하늘을 올려다보며 조용하게 기도를 올렸다. 떨리는 발걸음으로 사방을 두리번거리며 나아갔다. 바람이 나무에 스치는 소리가 들릴 때마다 사람의 속삼임 같아 놀라곤 했다. 건물 정면 앞 잔디에 이르렀다. 대회당의 큰 문을 열려고 했으나 갑자기 라 모트의 지시로 이 문을 잠가놓았다는 사실이 떠올랐다. 그녀는 수도원의 북쪽 끝으로 가서 울창한 나뭇잎 사이사이로 주변을 살펴본 후 아무도 없다는 걸 확인하고 나서 아까 내려왔던 타워 계단을 오르기 시작했다.

아들린은 이제 가벼운 마음으로 어서 라 모트에게 안전하다는 소식을 전하고 싶었다. 그러다가 회랑에서 다시 좋아하는 사슴을 만났고 잠시 쓰다듬어주기 위해 걸음을 멈췄다. 새끼 사슴은 그녀의 목소리를 듣고 즐거워했다. 그러나 그녀는 사슴에게 말을 걸다가 갑자기 놀라 위를 보았다. 대회당으로 이르는 통로의 문이 열리면서 군복을 입은 남자가 나타났다.

아들린은 쏜살같이 회랑 쪽으로 달려갔다. 뒤를 돌아볼 엄두가 나지 않았다. 그러나 자신을 불러 세우는 목소리를 듣고 걸음을 멈추었다. 자신을 쫓아오는 발소리가 났다. 아들린은 타워에 도착하기도 전에 숨이 찼고 안색이 창백해졌다. 지친 몸을 폐허의 기둥에 기댔다. 남자가 다가오더니 놀랍고 의아한 표정으로 그녀를 바라보았다. 그는 점잖은 태도로 겁내지 말라고 말하더니 라 모트 집안사람들과 함께 있느냐고 물었다. 아들린이 겁에 질려 침묵을 지키자 그는 그녀를 안심시키며 다시 질문했다.

"그분이 여기 숨어 있다는 거 압니다. 또 왜 숨어 있는지도 알고요. 저는 꼭 그분을 만나야만 합니다. 그러면 그분도 저 때문에 겁낼 것은 없다는 걸 알게 될 겁니다." 아들린은 너무나 심하게 떨려서 가만히 서 있기가 힘들 정도였다. 그녀는 망설이며 어떤 답을 해야 할지 몰랐다. 그런 태도가 이 남자의 의혹을 확인시켜주는 것 같았다. 그 점을 의식하자 아들린은 더욱 당황스러웠다. 남자는 그런 모습을 보면서 자신의 의지대로 더욱 밀어붙였다. 마침내 아들린이 대답했다. "라 모트 씨가 이 수도원에 예전에 기거한 적이 있습니다." "마담도 함께 계시겠고요? 그분이 계신 곳으로 안내해주세요. 그분을 봬야 합니다."

"절대 안 됩니다. 확실하게 말씀드리는데, 찾으려고 해도 소용없습니다."

"그래도 해봐야죠. 아가씨께서 안 도와주시겠다니 혼자라도 찾아봐야죠. 위층 방에서 본 적이 있거든요. 따라가다가 갑자기 흔적을 잃긴 했지만요. 분명 그 근방에 숨어 있겠죠. 따라서 어디 비밀 통로가 있을 건 당연하겠고요."

그는 아들린의 대답을 듣기도 전에 타워의 문으로 뛰어갔다. 그녀는 지금 남자를 따라가면 그 사람의 추측이 맞다는 점을 증명하는 꼴이 되기 때문에 따라가지 않고 아래서 머물기로 작심했다. 그러나 더 생각해보니 남자가 옷방으로 슬그머니 들어가 트랩도어에서 라 모트를 기습할 수도 있겠다는 생각이 들었다. 그리하여 그녀는 서둘러 그를 쫓았다. 자기 목소리가 위험을 알리는 신호가 될 거라는 생각이었다. 그는 벌써 두 번째 방으로 들어가 있었다. 그녀는 즉시 큰 소리를 치기 시작했다.

이 방은 그가 꼼꼼하게 살펴보았으나 비밀 문도 다른 출구도 발견하지 못해 옷방으로 나아갔다. 아들린은 자신이 불안해한다는 티를 내지 않으려고 안간힘을 썼다. 남자는 계속 살펴보고 있었다. "이 방들 중에 어딘가에 숨어 있다는 거 압니다. 지금까지 찾지 못했지만, 그분이라고 추정되는 사람이 사라진 게 여기였으니까요. 어딘가 통로가 없다면 도망할 수 없었겠죠. 그걸 찾을 때까지 포기하지 않을 겁니다."

남자는 벽과 바닥재를 살펴보았다. 그러나 바닥이 갈라진 곳을 찾지 못했다. 워낙에 완벽하게 밀착한 데다 라 모트 자신도 눈으로 구별한 것이 아니고 밟았을 때 바닥이 삐걱거리는 것으로 알아낸 터였다. "참 알 수 없는 노릇이군. 이해할 수가 없네." 남자가 말했다. 그가 막 옷방을 벗어나려 하려던 참이었다. 아, 누가 아들린이 지은 공포의 표정을 묘사할 수 있을까. 트랩도어가 슬며시 올라오는 게 보이면서 라 모트가 나타났다. "하!" 남자가 소리를 치며 그에게 달려들었다. 라 모트도 펄쩍 뛰며 그들은 서로 와락 얼싸안았다.

한순간 아들린은 너무 놀라 방금 전까지 비탄에 빠졌던 것을 잊었다. 그러나 그녀는 퍼뜩 한 가지 기억이 떠오르며 라 모트가 "아들!"이라고 외치기도 전에 그 사실을 간파했다. 층계참에 서 있던 페터가 위에서 벌어지는 소리를 듣고 마담에게 달려가 기쁜 소식을 알렸다. 마담 라 모트는 금세 아들의 품에 안겼다. 방금 전까지 절망의 집이던 이곳이 갑자기 기쁨의 궁전으로 뒤바뀌며 환희와 축하의 목소리로 벽이 울렸다.

페터는 라 모트가 인상을 쓰는데도 기뻐서 깡충깡충 뛰었고 두 손을 모으고 젊은 주인에게 달려들어 악수를 했다. 그는 거기서 멈추지 않고 여기저기 펄쩍펄쩍 뛰어다니며 뭐가 뭔지도 모르면서 모든 말에 되는대로 대꾸를 했다.

흥분이 가라앉자 라 모트는 갑자기 정신이 든 듯 평소의 진중한 태도를 보였다. "다 내 탓이다. 사방에 위험이 도사리고 있는데, 감정을 못 이기고 이렇게 날뛰게 하다니. 자, 어서 안전한 곳으로 들어가자. 몇 시간이면 왕의 근위대가 날 잡으러 올지 모른다."

루이는 아버지의 말을 이해하고 즉시 그의 걱정을 덜어 주었다.

"우리 부대가 당시 주둔하던 페론에서 느무르 씨가 보낸 편지를 받았어요. 아버지가 파리에서 급히 떠날 수밖에 없던 사정 이야기를 썼더라고요. 편지에 아버지가 프랑스 남부로 갔다는 건 알지만 그 후로 소식을 못 들어서 어디에 피신하는지는 모른다고 하더라고요. 그때쯤 저는 플랑드르 지방으로 파병되었어요. 아버지 소식을 알 수 없어 몇 주간 근심 걱정에 싸여 매우 괴로웠습니다. 작전을 마치고 저는 휴가를 얻어 파리로 서둘러 갔죠. 느무르 씨에게 좀 더 자세한 소식을 알 수 있을까 해서요.

그러나 그분도 저만큼 모르더라고요. 그분은 아버지께서 파리에서 떠난 다음 날 D에서 가명으로 쓴 편지를 보내왔다고 하더군요. 그러면서 발각될 위험 때문에 다시 편지를 못 쓰겠다고 하셨다는 말도 하더라고요. 아버지가 어디기거하는지는 모르지만 아무튼 계속 남쪽으로 내려간 건 분명하다고 했어요. 그래서 그 하나에 매달려 저는 파리를 떠나 즉시 V로 가보았어요. 어찌어찌 조사를 해오며 M까지 올 수 있었어요. 그런데 사람들 말에 의하면 젊은 숙녀가 병이 나서 그곳에서 한동안 머물렀다고 하더라고요. 저는 좀 의아했죠. 도대체 젊은 여성이라니 누구인지 짐작을할 수 없었으니까요. 어쨌든 거기서 다시 L까지 갔습니다. 하지만 아버지 흔적은 더 이상 아무것도 찾지 못했어요. 그런데 여관 창가에 앉아 상념에 싸여 있다가 창에 누군가 끄적거린 글귀를 보았어요. 호기심에 가까이 다가가 보았더니 글자가 낯이 익었고 내용을 보니 제 짐작이 맞더라고요. 아버지가 자주 낭송한 걸 기억하고 있었거든요.

그래서 저는 다시 여기서부터 아버지의 경로를 추적하기 시작했고 마침내 여관 사람들이 아버지를 기억하고 있어서 오부안까지 올 수 있었어요. 거기서 다시 수소문해보았는데 허사여서 여관으로 돌아왔는데 여관 주인이 아버지 소식을 들은 적이 있다고 말하더군요. 그러고는 즉시 몇 시간 전에 대장간에서 벌어졌던 이야기를 말해주더라고요.

그 사람이 페터를 묘사하는 게 너무나 정확해서 의심의 여지가 없었어요. 아버지가 숨어 지내야 하는 사정도 아는 차에, 페터가 극구 부인했다니 저는 확신을 했죠. 다음 날 아침 여관 주인의 도움으로 이곳으로 오는 길을 알아냈어요. 그런데 수도원 건물에서 보이는 곳은 모두 찾아보아도 아버지가 안 보이기에 그때부터 페터가 한 말이 사실인가 의심이 들기 시작하더라고요. 그런데 아버지로 보이는 사람이 나타난 걸 보고 그런 걱정은 접었어요. 아버지가 저를 보고 즉각 사라져버리는 바람에 제가 본 사람이 진짜 아버지인가 확신을 못 했지만 어쨌든 이곳에 여전히 누군가 기거하고 있다는 사실은 확인한 셈이죠. 저는 아버지가 갑자기 사라진 그 방들을 맴돌며 날이 저물 때까지 찾아보았어요. 혹시나 제 목소리를 알아들으시라고 계속해서 큰 소리로 부르기도 했습니다. 그러다 결국 저는 밤을 나려 숲이 끝나는 지점에 있는 오두막으로 갔답니다.

저는 오늘 아침 일찍 다시 찾아보려 왔어요. 아버지가 무사하다고 생각했기 때문에 은신처에서 나오기만 기다렸어요. 하지만 전날 저녁 떠날 때만큼이나 수도원이 적막한 것을 보고는 얼마나 실망을 했는지 모릅니다. 결국 대회당에서 다시금 나오다가 이 젊은 숙녀분의 목소리를 듣게 된 겁니다."

아들의 이야기를 듣고 어제오늘 가졌던 두려움은 해소하였으나 그는 이제 새로운 근심이 생겼다. 아들이 그렇게 자신을 수소문해 다니느라 오부안 사람들의 호기심을 자극했을 게 뻔했기 때문이었다. 그러나 어쨌든 당장은 고통스러운 생각은 잠시 접고 아들과의 재회에 위안을 얻으려 했다. 그들은 독방들에서 다시 가구를 가지고 나왔다.

마담 라 모트는 아들 때문에 다시 생기를 얻었고 고뇌는 당장은 기쁨으로 바뀌었다. 그녀는 사랑하는 눈길로 조용히 아들을 바라보았다. 아들이 이제 더 성숙해진 풍모와 태도를 보여 더욱 기뻤다. 그는 이제 스물세 살이었다. 남자다운 풍모에 군인의 태도가 묻어났다. 품행엔 가식이 없었고 근엄하기보다는 우아한 품위가 있었다. 이목구비가 선이 고른 스타일은 아니었으나 한번 보면 다시 보고 싶은 얼굴이었다.

마담은 파리에서 헤어진 친구들에 대해 폭풍 같은 질문을 쏟아냈다. 그녀가 떠난 지 몇 달 안에 일부는 죽고 또 다른 이들은 그곳을 떠났다고 했다. 라 모트 또한 파리에서 자신을 찾기 위해 대대적인 수색이 시작되었다는 소식을 들었다. 그는 물론 그런 예상을 하고 있었지만 직접 듣고 보니 충격이 더욱 커서 더 먼 곳으로 도망가는 것이 상책이라고 선언했다. 루이는 주저 없이 수도원이 다른 데보다 더 안전하다고 말하며, 왕의 근위대가 그들이 파리에서 어느 쪽으로 향했는지 아무런 흔적을 찾지 못했다는 느무르의 말을 전했다.

"게다가, 이 수도원은 초자연적인 힘의 보호를 받고 있어요. 이 지역 사람들 누구도 감히 다가오려고 하지 않던걸요."

"젊은 주인님, 황송한 말씀이오나 우리도 여기 온 첫날 밤 무서워 죽는 줄 알았답니다. 아이고, 세상에! 이곳이 악귀들이 점령한 집인 줄 알았다니까요. 하지만 알고 보니 뭐, 올빼미니, 그런 애들이더라고요." 방에서 기다리고 있던 페터가 끼어들었다.

"누가 네 의견을 물어보더냐! 입 다무는 법 좀 배우거라!"

페터가 겸연쩍어하며 방을 나가자 라 모트는 아들에게 짐짓 아무렇지 않은 태도로 이 지역 사람들 사이에 돌고 있는 이야기가 무엇인지 물어보았다. "오! 아버지, 반도 기억 안 납니다. 그런데 오래전에 어떤 사람(아무도 실제로 본 적이 없으니, 그 이야기를 어디까지 믿을 수 있을지 알 수 없습니다)을 이 수도원으로 비밀리에 끌고 와 가두어두었다고 하더라고요. 그러고는 그 사람이 결국 억울하게 죽은 게 틀림없다고 했습니다."

라 모트는 한숨을 쉬었다. 루이는 계속 말을 이었다. "그 죽은 자의 유령이 그 후로 밤이면 나타나 수도원을 헤맨다고 하더군요. 거기다, 이야기가 더욱 으스스해지는 부분이 있습니다. 그, 왜, 평민들은 신기하고 불가사의한 이야기를 좋아하지 않습니까? 이 수도원 건물 중에 어떤 특정 부분이 있는데 누가 되었든 그곳에 한번 들어가면 다시는 살아 돌아오지 못했다는 이야기였습니다. 그렇게 자기 생각을 실제로 증명할 뜻이 전혀 없는 사람들이 이야기를 제멋대로 지어내는 것이죠."

라 모트는 생각에 잠겼다. 그러다 몽상에서 깨어나 물었다. "그 사람들이 여기 갇힌 자가 살해되었다고 생각하는 이유가 뭐더냐?"

"그들은 딱 그렇게 말하지는 않았습니다."

"그래. 그저 '억울하게 죽었다'라고만 했지."

"참, 미묘한 구분이네요." 아들린이 덧붙였다.

"이유가 뭔지 제가 이해할 수 없었던 까닭은, 사람들이 그 끌려온 자가 떠나는 것을 본 사람이 아무도 없다고 했다는 점입니다. 그러나 저는 그자가 여기 온 것도 확실하지 않다고 생각합니다. 그자가 이곳에 있는 동안 비밀은 잘 지켜졌고 또 이상한 일들이 목격되었다고 하고요. 어쨌든 이 모든 이야기에 신빙성이 있는 것 같지 않습니다." 루이의 이런 말을 듣고 라 모트가 대꾸하려는 듯 고개를 들었을 때 마담 라 모트가 들어오는 바람에 대화는 다른 주제로 흘러갔고 그 이야기는 그날 다시 입에 올리지 않았다.

페터는 양식을 구하러 나갔고 라 모트와 루이는 이곳에

머무는 게 얼마나 안전한지, 언제까지 있어야 할지 논의했다. 라 모트는 방금 전에 한 아들의 말에도, 페터가 저지른 실수하며 아들이 자신을 수소문하고 다닌 점 등으로 그의 주거지가 발각될 위험이 크다고 생각했다. 그는 그 생각이 자꾸만 머릿속에 맴돌았다. 그러나 마침내 한 가지 아이디어가 떠올랐다. 아들이 수소문하고 다닌 점을 역이용할 수도 있겠다는 생각이었다. 그는 아들에게 말했다. "네가 이곳으로 오는 길을 안내받았다는 그 오부안의 여관에 돌아가 그 여관 주인에게 넌지시 이렇게 말하는 게 어떻겠니? 거기 가보았더니 수도원은 아무도 살지 않고 찾던 사람은 다른 먼 곳에서 찾았다고 이야기하는 거지. 그러면 현재 떠돌고 있는 이런저런 목격담을 잠재울 것 아니냐. 이런 이야기를 다 전달한 다음 침착하고 아무렇지 않게 무시무시한 유령 이야기를 꺼내는 거야. 그러면 이렇게 외지고 정글 같은 숲길에 누가 다가오려고 하겠니? 일이 잘 풀리면 여길 내 성으로 여기게 될 수도 있단다."

루이는 아버지가 한 제안에 모두 동의했고 다음 날 그 말대로 실행에 옮겼다. 이제 수도원의 평화를 완전히 회복한 것이라고 할 수 있었다.

이렇게 숲속 수도원에 머무는 동안 이제껏 라 모트 가족을 방해했던 단 한 번의 모험이 끝이 났다. 다급한 위험에서 벗어난 아들린은 이제 그 어느 때보다도 더 마음의 평화를 누렸다. 마담 라 모트는 다시 예전처럼 친절하게 자신을 대해주었고 그녀는 감사의 마음을 다시금 되새기며 마담에게 순결하고 활발한 기쁨을 선사하려고 애썼다. 아들린은 아들이 함께해 생긴 마담 라 모트의 만족감을 자신에 대한 친절로 착각했고 그 은혜에 보답하기 위해 정성을 다했다.

그러나 라 모트에게선 예기치 않은 상황에서 돌아온 아들이 준 기쁨이 금세 사라졌고 또다시 안색에 어두운 그늘이 내려앉았다. 그는 숲속 자신만의 은신처로 자주 발걸음을 했다. 예전과 같은 알 수 없는 슬픔이 그의 태도에 묻어나는 바람에 마담 라 모트의 불안은 다시 커졌다. 그녀는 아들에게 그 이야기를 하고 원인을 파악하는 데 아들의 도움을 얻으려 했다.

그러나 차마 아들린에 대한 질투에 관해서는 아들에게 터놓을 수 없었다. 마담은 라 모트의 행동 하나하나 말 한마디를 제멋대로 해석했고 아들린의 꾸밈없는 감사의 표현과 배려를 애정의 표시라고 생각했다. 한바탕 소동이 일기전 아들린이 습관적으로 했던 숲속 산책은 그 소동으로 인해 추적을 하지 못했고, 이제 와서 다시 조사를 하자니 그건 너무 어렵고 위험한 일이었다. 페터에게 일을 맡기는 건 그에게 자신의 속내를 드러내는 꼴이었고 그녀가 직접 미행을 한다는 것도 자칫 잘못하면 아들린에게 들키고 말 일이었다. 그렇게 마담은 자존심과 품위 때문에 일을 벌이지 못하고 의심에서 생기는 고통을 홀로 감내하지 않을 수 없었다.

그러나 마담은 루이에게 아버지의 성격이 알 수 없는 이유로 변했다는 이야기를 했다. 그는 매우 열중해서 어머니의 이야기를 들었다. 매우 놀라고 우려하는 표정이 얼굴에 고스란히 드러났다. 그는 어머니만큼이나 당혹스러워서 아버지의 행동을 유심히 살펴보기로 했다. 자기가 나서는 것이 아버지나 어머니 둘에게 모두 도움이 될 것이라 생각했다. 그는 어느 정도 어머니의 의심이 어떤 종류인지 간파했으나 어머니가 자신의 감정을 숨기고 싶어 하는 것을 알고 내색은 하지 않았다.

그는 그러고 나서 아들린에 대해 물어보았다. 그러고는 어머니가 간략하게 전달해주는 그녀의 내력을 매우 관심 있게 들었다. 그는 아들린의 상황에 매우 깊은 동정을 표했고 또 그녀의 아버지가 한 그 천륜에 어긋나는 행동에 굉장한 분노를 보였다. 그러니 아들이 자신이 아들린에 대해 품고 있는 질투심을 알아챌까 노심초사했던 마담 라 모트는 또 다른 종류의 걱정을 품기 시작했다. 그녀는 아들린의 미모가 이미 아들의 상상력을 사로잡았다는 것을 알아챘고, 그녀의 상냥한 품성이 그의 가슴에 불을 붙일까 봐 두려웠다. 예전처럼 아들린을 좋아했던 마음 그대로였다 하더라도 마담은 여전히 둘이 서로 호감을 갖게 되는 것이 못마땅했을 것이다. 그녀는 아들이 언젠가 훌륭한 배필을 만나 신분과 재력에 있어 더 높은 곳으로 오르기를 바랐다. 마담은 그렇게 미래의 모든 희망을 아들의 결혼에 걸고 있었다. 명망 있는 집안과의 혼사만이 가족을 현재의 곤궁에서 구해 줄 유일한 수단이라고 생각했다. 그리하여 마담은 아들린의 장점에 대해서는 얼버무리고 넘어갔고 루이가 아들린의 불행에 연민을 표할 때는 싸늘하게 말을 돌렸으며, 책망받을 아들린 아버지의 행동에 대해서는 그와 결부해 아들린의 의심스러운 행동을 은근슬쩍 암시했다. 그러나 아들의 열정을 억누를 요량으로 한 말이 정작 역효과를 가져왔다. 어머니가 아들린에 대해 보이는 무심한 태도는 그녀의 곤궁한 처지를 생각해 더 큰 연민을 품게 했으며, 천륜을 어기는 아버지에게도 예의를 갖춘 아들린을 생각해 그 아버지란 사람에 대해 더 큰 분개를 표한 것이다.

그는 마담 라 모트와 이야기를 마치고 나올 때 아버지가 뜰을 가로질러 왼쪽 숲길로 접어드는 것을 보았다. 그는 이때가 좋은 기회라고 생각하고 서둘러 수도원 밖으로 나가 아버지와 거리를 두고 천천히 뒤를 따랐다. 라 모트는 계속 직진했다. 자기만의 생각에 골똘한 나머지 그는 시선을 어느 쪽으로도 돌리지 않고 땅바닥에 떨군 고개도 들지 않았다. 루이가 1킬로미터 정도 따라갔을 때 아버지가 갑자기 숲으로 방향을 틀었다. 오던 길과 다른 방향이었다. 그는 아버지를 놓칠까 봐 걸음을 서둘렀다. 그러나 그가 방향을 튼 곳으로 가보았더니 수풀이 너무 빼곡하게 엉켜 있었고 라 모트는 이미 보이지 않았다.

그러나 그는 계속 앞으로 나아갔다. 그가 이제껏 본 중에 가장 음산한 숲이었다. 가다 보니 어두컴컴하고 후미진 곳에서 더 이상 나아갈 수 없게 길이 막혀 있었다. 높은 나무들이 아치를 그리며 하늘을 덮고 가지들은 서로 뒤엉켜 햇빛이 거의 들지 않았다. 겨우 어스름한 빛만으로 주변을 감지할 수 있었다. 루이는 라 모트를 찾아 두리번거렸으나 아무 데도 보이지 않았다. 그는 어떻게 해야 할지 몰라 계속 두리번거리다가 좀 떨어진 곳에서 어떤 물체를 보았다. 그러나 어두워서 그게 무엇인지는 분간할 수 없었다.

가까이 가서 보니 폐허로 허물어진 작은 건축물이 보였다. 남아 있는 흔적으로 보니 묘소 같았다. 그는 그것을 바라보며 말했다. "여긴 아마도 오래전 수도원에 정진하던 수도사들의 재가 묻힌 곳인 것 같구나. 어쩌면 일생 동안 금욕과 기도 생활을 한 끝에 하늘에서 지상의 삶에 대한 보상을 찾을 수도원 창시자가 묻혀 있을지도 모를 일이다. 영면하시길! 그러나 그가 덕행이 부족한 삶을 산 사람도 영원한 보상을 받을 수 있다고 생각했을까? 그건 착각인 것을! 이성의 명령을 따랐다면 적극적인 덕행의 실천과 행동의 기본 원리를 지키는 것만이 자비를 베푸는 신의 은혜를 받을 수 있다는 것을 알 수 있었을 것이다."

그는 그 자리에 꼼짝도 하지 않고 지켜서 있었다. 그러다 이내 누군가 무덤 아치문 아래에서 모습을 드러내는 것을 보았다. 그 사람은 그를 보자 즉시 다시 사라졌다. 겁이 없는 편인 루이는 그 순간만큼은 놀라지 않을 수 없었다.

그러나 거의 동시에 그 사람이 라 모트가 아닌가 하는 생각이 퍼뜩 들었다. 그는 다가가 그를 불러보았다. 아무 대답이 없었고 그는 다시 불렀다. 무덤만큼 고요했다. 그는 다시 아치문으로 다가가 그 사람이 사라진 곳을 살펴보았다. 그러나 어둑어둑해서 잘 보이지 않았다. 그러나 그는 오른쪽으로 폐허의 입구를 찾았고 어두운 통로를 몇 계단 내려가기 시작했다. 그러나 문득 이곳이 산적의 소굴이 아닌지 겁이 덜컥 났고 서둘러 다시 나왔다.

그는 왔던 길을 되짚어 수도원으로 돌아오며 자신을 뒤따르는 사람이 없다는 것을 알고는 자신의 추측대로 자기가 본 사람이 아버지일 것 같다는 생각을 했다. 그는 그게 아버지라면 도대체 왜 그런 행동을 하는지 아무리 생각해도 이해가 가지 않았다. 어쨌든 아버지였을 것이란 생각이 점점 확고해졌다. 그는 응접실로 사용하고 있는 실내로 들어와 이미 들어온 지 한참인 듯 라 모트가 마담 라 모트와 아들린과 함께 태연히 앉아 대화를 하고 있는 것을 보고 매우 놀랐다.

그는 둘이 대화를 나눌 수 있는 기회가 오자 곧바로 어머니에게 자신이 보고 온 것을 전달하며 아버지가 돌아온지 얼마나 되었는지 물었다. 거의 삼십 분이 되었다고 하자 그는 더욱 황당해하며 도대체 어떻게 된 건지 어리둥절해했다.

한편 루이가 점점 더 아들린을 좋아하게 되고 또 그녀를 의심하는 마음이 더욱 커지면서 아들린에 대해 예전에 품었던 연민과 존경심은 마담 라 모트에게서 사라지게 되었다. 마담의 불친절한 태도는 이제는 너무나 노골적이어서 아들린이 견디기 어려울 정도였다. 아들린은 그런 태도 변화에 대해 꼬이지 않은 젊고 순정한 마음으로 그 이유와 어떻게 하면 오해를 풀지 마담에게 물으려 했다. 그러나 마담 라 모트는 교묘하게 그녀를 피했고 그러면서 동시에 미묘한 암시를 풍겨서 아들린을 더욱 당혹스럽게 만들었다. 아들린의 고뇌는 더욱 깊어지기만 했다.

"나는 내겐 전부였던 마담의 애정을 잃었어. 내게는 유일한 위안이었는데, 잃고 말았어. 그것도 왜 그런지 이유도 알 수 없으니. 그러나 난 그런 불친절한 태도를 살 짓을 하지 않았다는 게 감사할 뿐이야. 마담이 날 저버렸어도 난 마담을 언제나 사랑할 거야." 그녀는 혼잣말을 하곤 했다.

아들린은 자주 그렇게 비탄에 빠져 응접실에서 나와 자신의 방으로 물러났다. 그러고는 이제껏 경험해보지 못한 정도로 기가 꺾이곤 했다.

어느 날 아침 아들린은 숙면을 취하지 못하고 일찍 잠자리에서 일어났다. 새벽 여명이 구름 사이로 서서히 스며들며 지평선으로 퍼지고 있었다. 밤이슬에 젖은 풍경이 하나씩 베일을 벗고 있었다. 사방이 점점 밝아지다가 태양이 온 세상을 그득 채우게 되었다. 아름다운 아침 풍경에 그녀는 산책을 나서 숲으로 들어갔다. 잠에서 깬 새들이 아침 노래로 그녀를 반겼고 신선한 바람엔 꽃향기가 실려 왔다. 꽃들은 꽃잎에 매달린 아침 이슬로 더욱 선명한 색으로 빛나고 있었다.

그녀는 거리를 의식하지 못하고 계속 걸었다. 구불구불 강을 따라가다가 이슬 머금은 숲속 빈터에 도달했다. 우거진 나뭇가지들이 물가에 닿을 만큼 차양을 드리우고 있어 매우 로맨틱한 분위기를 자아냈다. 그녀는 나무 밑동에 앉아 그 아름다운 풍경을 감상했다. 이러한 이미지들이 서서히 슬픈 마음을 달랬고 보드랍고 달콤한 우울을 심어주었다. 아들린은 그렇게 한동안 백일몽에 빠졌다. 강둑에 자라는 꽃들이 그녀에게 새 생명을 불어넣으며 현재 자신의 처지가 새삼 자각되었다. 그녀는 수심에 잠겨 한숨을 쉬었다. 그런 다음 가슴속 아련함을 담아 매력적인 목소리로 노래 불렀다.

소네트

백합에게

비단처럼 부드러운 꽃! 이슬 머금은 계곡에서
그대의 수줍은 아름다움을 아침에 선사하며
그대의 향을 이리저리 휘도는 바람에 싣고서
초록의 언덕과 그늘진 골짜기를 수놓네

하루가 반짝이는 그 눈을 감으면
거센 바람은 부드럽게 잦아들고
저녁이 서쪽 하늘로 슬며시 고개를 내밀면
산과 숲과 골짜기가 가뭇없이 저무네

우아하게 부풀어 오른 그대의 부드러운 봉오리는
그 찬 이슬 아래 슬프게 고개를 숙이고
그대의 향은 비단의 방을 찾아가고
석양은 그대의 우울한 빛깔을 감싸네.

그러나, 아름다운 꽃이여! 이내 아침이 떠오를 것이고
다시 그대의 수심에 찬 머리를 일으켜
다시 그대의 새하얀 아름다움을 드러내며
다시 그대의 벨벳 잎사귀를 펼칠 것이니.

달콤한 봄의 자식이여! 그대처럼 슬픔의 그늘 아래
나는 늘 눈물을 흘리며 쓸쓸히 고개를 숙인다네
오! 그대에게 그런 것처럼 내 우울에 빛이 와 닿고,
기쁨의 활기찬 아침 앞에 슬픔이 날아가기를!

아들린의 노래는 멀리까지 메아리를 울렸다. 그녀는 소
네트의 마지막 연이 되울리는 것을 들었다. 가까이서 그녀
의 노래에 화답하는 똑같이 부드러운 목소리가 들렸다. 그

녀는 놀라 고개를 두리번거렸고 사냥꾼 옷을 입고 나무에 기대어 서 있는 젊은 남자를 보았다. 그는 황홀한 도취에 빠진 것처럼 그윽한 눈빛으로 그녀를 바라보고 있었다.

수많은 두려운 생각이 분주한 마음을 가로질렀다. 우선 수도원에서 얼마나 떨어진 건지 그 생각부터 났다. 그녀가 다급히 자리를 털고 일어났을 때 낯선 이가 조심스럽게 다가왔다. 그는 아들린이 겁을 먹고 뒷걸음치자 발걸음을 멈추었다. 그녀는 수도원으로 향하는 길을 찾았다. 여러 가지 생각이 교차하며 그자가 자기 뒤를 밟는지 뒤를 돌아 확인하고 싶었지만 차마 그럴 수 없었다. 수도원에 도착해 가족들이 아직 아침 식사 전이라는 것을 알고 방으로 들었다. 머릿속은 온통 그 낯선 남자에게 가 있었다. 아들린은 다름 아닌 라 모트의 안전이 달린 문제이기 때문이라며 거리낌 없이 그 남자에 대해 생각을 이어갔다. 확연히 드러났던 그 품위 있는 태도와 분위기가 기억났다. 그녀는 남자를 만난 상황이며 그의 그런 태도와 분위기를 많이 생각해본 후 그런 분위기를 풍기는 남자가 같은 인간을 배신할 만한 일에 가담하는 게 불가능하다고 믿었다. 그가 누구인지 무슨 일로 이런 외딴 숲에 왔는지 알 수 있는 게 아무것도 없었지만 자기도 모르게 그의 인격에 해가 될 그 어떤 의혹도 품는 것을 거부했다. 그리하여 그녀는 더 숙고해본 후 이 작은 소식을 라 모트에게 언급하지 않기로 결심했다. 라 모트가 품고 있는 근심 걱정은 과도한 측면이 있긴 해도 그의 우려는 실제적인 것이므로 그 소식을 전달했다가 그렇지 않아도 바로 얼마 전에 벗어던진 고통과 당혹감을 새로이 부추길 것이 뻔했기 때문이었다. 그러나 그녀는 당분간 숲속 산책을 삼가기로 결심했다.

아들린이 아침 식사를 하러 내려갔을 때 마담 라 모트는 평소보다 더 말이 없었다. 라 모트도 조금 후에 들어왔고 날씨에 관한 이야기를 하면서 분위기를 띄우려 애를 쓰다가 다시 평소처럼 우울함에 빠졌다. 아들린은 불안한 마음으로 마담의 안색을 살폈다. 그녀에게서 친절한 내색이 조금이라도 비쳤을 때는 그게 마치 영혼에 와 닿는 한 줄기 햇빛 같았다. 그러나 마담은 아들린에게 그런 기쁨을 후하게 주지 않았다. 마담은 대화를 삼갔고 종종 알 수 없는 이야기를 하곤 했다. 루이가 들어온 것이 아들린에게는 아주 다행스럽게 느껴졌다. 아들린은 떨리는 목소리에서 불안이 묻어날까 봐 말도 꺼내기 겁이 났다.

루이가 아들린에게 말을 걸었다. "아침 풍경이 너무 좋아 일찍 일어나 나갔나 봐요?" 그러자 마담 라 모트가 덧붙였다. "즐거운 동반자가 있었겠지? 혼자 산책하는 게 즐거울 리 없지."

"혼자 다녀왔어요."

"아, 그래? 혼자만의 생각이 엄청 즐거운 모양이구먼."

"아아! 제가 생각할 것 중에 즐거운 게 남아 있을까요?" 그녀는 애써 참는데도 눈물이 치솟았다.

"그거 참 놀라운데." 마담 라 모트가 대꾸했다.

"그런가요? 마지막 남은 단 한 사람의 친구마저 잃어버린 사람이 불행한 것이 놀라운 일인가요?"

마담 라 모트는 아들린의 말에 양심이 찔리면서 얼굴이 붉어졌다. 마담은 잠깐 침묵을 지키다가 라 모트를 뚫어져라 바라보며 말했다. "음, 아들린. 그렇진 않은 것 같은데." 영문을 알 길 없는 아들린은 마담이 한 말의 진의를 모르고 눈물을 흘리면서도 미소를 지으며 그렇게 말해주어 기쁘다고 답했다. 이런 말이 오가는 상황에서 라 모트는 자신만의 생각에 빠져 있었다. 마찬가지로 무슨 말인지 알 수 없는 루이는 어머니와 아들린을 번갈아 바라보며 의아해했다. 그가 아들린을 바라볼 때 애정이 담뿍 담긴 눈으로 바라보자 마담 라 모트는 아들의 마음을 간파했다. 그리하여 마담은 즉각 진지한 태도로 아들린에게 말했다. "친구란 행실을 옳게 할 때만이 대접받을 가치가 있는 거야. 상대의 가치를 지키지 않는 우정은 둘 다에게 명예가 아니라 치욕인 거지."

마담의 말과 태도에 아들린은 다시 놀라며 말했다. "친구는 그런 비난을 받지 않길 바라겠죠." 마담은 다시 입을 다물었다. 그러나 이미 충격을 받은 아들린은 눈물이 치솟아 손수건으로 얼굴을 가렸다.

루이는 당황해서 자리에서 일어섰다. 라 모트는 백일몽에서 깨어나 뭐가 문제냐고 물었다. 그러나 그는 대답을 듣기도 전에 자기가 한 질문을 잊어버렸다. 마담이 말했다.

"아들린이 얘기해줄 거예요."

"전 이런 대접을 받을 만한 일을 하지 않았어요. 하지만 제가 이 자리에 있는 게 불쾌하신 것 같으니, 전 물러나겠습니다."

아들린이 문 쪽으로 다가가자 당황한 루이가 급히 따라와 부드럽게 그녀의 손을 잡으며 말했다. "뭔가 오해가 있는 것 같군요." 그러고는 아들린을 다시 자리로 이끌고 가려 했으나 마음이 너무 상한 아들린은 더 이상 견뎌내기 어려웠다. "가게 놔두세요. 오해가 있다 해도 전 그게 무언지 모르는 일입니다." 아들린은 그렇게 말하며 방을 나갔다. 루이는 방을 나가는 그녀를 바라보다가 고개를 돌려 어머니를 바라봤다. "어머니, 분명 어머니가 잘못하신 것 같군요. 아들린은 어머니의 따뜻한 친절을 받을 자격이 있습니다."

"참 아들린을 위해 감동적으로 말을 하는군요, 아드님. 무엇 때문에 그토록 아들린을 좋게 보는지 물어도 될까요?"

"상냥한 태도만 보아도 알 수 있지 않은가요? 누구라도 그런 모습을 보면 아들린을 존중하지 않겠습니까?"

"하지만 아드님은 스스로 관찰한 것을 토대로 너무 추론을 많이 하는군요. 상냥한 태도 이면에 다른 면이 있을 수 있다는 걸 아셔야죠."

"그게 무슨 말씀이십니까? 저는 아들린의 상냥한 태도

가 꾸밈없다는 걸 잘 압니다."

"아드님은 분명 그렇게 주장하는 데 그럴 만한 이유가
있겠지요. 그렇게 꾸밈없는 순결함을 칭찬하는 걸 보니 아
들린이 계획적으로 아드님의 마음을 사려는 의도가 성공한
거로군요."

"아들린은 계획 따위 하지 않고 제 마음을 샀습니다. 어
머니가 말씀하시는 행동을 할 만한 사람이라면 제 마음이
넘어가지 않았겠죠."

마담 라 모트가 대꾸하려 했으나 남편이 먼저 입을 열었
다. 그는 다시 상념에서 깨어나 무엇 때문에 언쟁을 하는지
물었다. "그 어리석은 행동은 그만들 해요. 아들린이 무언
가 집안일을 소홀히 한 모양인데, 그런 못된 잘못은 당연히
혹독하게 혼을 내야 마땅하지. 하지만 그런 하찮은 언쟁으
로 날 괴롭히지 말아요. 부인, 그렇게 독불장군 행세를 하
려거든 아무도 없는 데서 해요."

그는 그렇게 말하고 불퉁스럽게 자리를 떴다. 루이가 그
를 따르자 마담은 홀로 불쾌한 생각에 빠지지 않을 수 없었
다. 마담의 언짢은 기분은 평소에 지니고 있던 의심에서 비
롯한 것이었다. 그녀는 아들린이 산책을 나갔다는 이야기
를 들었고 라 모트 또한 이른 시각에 숲속으로 갔다는 말을
들었다. 그러니 질투에 사로잡혀 생각을 곱씹으며 둘이서
약속을 하고 나간 것이라고 생각했었던 것이다. 아들린이
돌아오자마자 라 모트가 따라 들어왔다는 점이 그런 생각

을 부추겼다. 그리하여 편견에 휩싸인 불같은 마음으로 아들이 있다는 사실에도 아랑곳하지 않고 평소 좋은 태도를 유지하려던 노력을 허사로 만들며 자제심을 잃은 것이었다. 항변하는 아들린의 태도는 잘 꾸며낸 행동이라 여겼고 라 모트의 무심함 또한 가장한 것이라 생각했다. 그건 참으로 옳은 말이지 않은가—

이렇게 깃털처럼 가볍고 하찮은 것도
질투에 눈먼 놈에게는
성서 글귀처럼 강력한 증거물이 될 수 있어.[10]

그리고 "실제 원인을 그릇된 방식으로 비꼬니"[11] 그녀는 참으로 교묘하지 않은가.

아들린은 자신의 방으로 들어 서럽게 눈물을 흘렸다. 그녀는 눈물이 어느 정도 진정되자 자신의 행동을 광범하게 돌아보았다. 아무리 생각해도 자책할 만한 것이 떠오르지 않자 마음이 놓였다. 자신의 고결한 의도에서 위안을 얻었다. 순진함이 압박을 받는 것은 오직 죄책감이 들 때뿐이다. 그러나 성찰은 공포의 환영을 없애주고 아픈 마음에 덕행의 위로를 불러온다.

라 모트는 방을 나와 숲으로 향했다. 그것을 본 루이는 그를 쫓아 함께 가자고 했다. 아버지가 우울한 이유를 파악하고자 했다. "날씨가 참 좋은 아침입니다. 허락하신다면 저도 같이 걷겠습니다." 라 모트는 싫었지만 반대하지는 않았다. 그들은 함께 얼마간 걷다가 라 모트가 갑자기 루이가 전날 지켜본 길이 아닌 다른 길로 접어들었다.

루이는 그들이 원래 가려던 길이 "그늘이 많아 더 상쾌한 길"이라고 말을 걸었다. 라 모트는 그 말에 신경을 쓰지 않는 것 같았다. "그 길은 독특한 곳으로 이르더군요. 제가 어제 발견했습니다." 라 모트가 고개를 들었다. 루이는 더 나아가 무덤 이야기를 꺼내며 어제 맞닥뜨린 일을 솔직하게 밝혔다. 라 모트는 주의 깊게 아들을 살폈다. 그러는 와중에 계속해서 표정이 바뀌었다. 마침내 그는 이렇게 말했다. "너 매우 대담하구나. 더욱이 통로로 내려가 그곳을 살펴볼 생각을 하다니. 이 숲 깊숙한 곳까지 탐험하고 싶은 모양인데, 좀 더 조심하는 게 좋을 거다. 나도 특정한 경계를 벗어날 생각은 감히 하지 않았다. 따라서 그런 곳에 무엇이 도사리고 있는지 알지 못한다. 너의 말에 내가 겁이 나는구나. 산적이라도 근처에 있다면 얼마나 위험하겠느냐? 물론 나야 잃을 게 목숨밖에 더 있겠냐마는."

"아버지 가족의 목숨도 달려 있는 문제입니다." "물론이지." 라 모트가 말했다.

"그래서 그 문제에 관해 좀 더 확실히 해두는 편이 좋을 것 같습니다. 어떻게 할지 생각 중입니다."

"그건 소용없는 짓이다. 너무 위험해. 어쩌면 호기심을 채우려다 목숨이 위태로워질 수 있다. 우리의 안전을 지킬 수 있는 유일한 길은 발각되지 않는 것이야. 어서 수도원으로 돌아가자."

루이는 어떻게 받아들여야 할지 몰랐으나 더 이상 그에 대해 아무 말 하지 않았다. 라 모트는 곧 상념에 빠져들었고 아들은 근래 아버지가 매우 침울해하시는 것 같아 안타깝다는 말을 했다. "안타까운 건 침울함의 원인이지." 라 모트가 한숨을 지으며 말했다. "그게 뭔지 몰라도 당연히 그러겠지요. 그 원인이 무엇인지 여쭤보아도 될까요?"

"그런 걸 묻는다니, 그렇다면 넌 나의 불행에 대해 아무것도 모른단 말이냐? 내 집에서 쫓겨나고, 친구들과 헤어지고, 내 나라에서 쫓겨난 신세나 마찬가지인데, 내가 왜 괴로운지 그걸 묻는 거냐?" 루이는 이런 책망을 당하는 것도 당연한 면이 있어 잠시 침묵을 지켰다. "아버지께서 괴로운 건 당연히 놀랄 일은 아닙니다. 그렇지 않다면 오히려 더 이상한 일이지요."

"그렇다면 뭐가 놀랍다는 거냐?"

"제가 여기 처음 왔을 때는 기뻐하시지 않았습니까?"

"넌 지금 내가 괴로워한다고 한탄하더니, 이제 내가 한때 기뻐한 것이 못마땅하다는 말이냐? 도대체 그게 무슨 말이냐?"

"제 말씀을 오해하고 계십니다. 아버지가 기뻐하시는 걸 보는 것만큼 좋은 게 있겠습니까? 제 말뜻은 그때도 역시 슬픔의 원인은 그대로 있었는데 그래도 기뻐하시지 않았습니까?"

"내가 기뻤던 건 당연히 너 때문이었지. 네가 와서 내가 다시 살아났단다. 수많은 고민에서 벗어나는 기분이었으니까."

"그렇다면 제가 아직 있는 건 마찬가지인데 지금은 왜 기쁘지 않으신 겁니까?"

"그러면 넌 왜 네가 지금 말을 걸고 있는 게 네 아버지란 사실을 알지 못하는 것이냐?"

"무슨 말씀이십니까? 아버지에 대한 걱정 때문에 여기까지 온 것 아닙니까? 아버지가 남모를 걱정거리가 있다는 게 눈에 보이니 제가 걱정이 너무 클 뿐입니다. 말씀해주시지요. 아버지의 고통을 함께할 사람들에게 말입니다. 함께 나누면 괴로움이 좀 덜어질 것 아닙니까?" 루이는 아버지의 얼굴이 저승사자처럼 창백해지는 것을 보았다. 그는 입술을 떨며 말을 했다. "네가 지금 생각하는 건 잘못된 추측이다. 난 네가 이미 알고 있는 것 이외에 다른 걱정거리가 없단다. 그리고 이제 다시 이런 대화는 나누고 싶지 않다."

"아버지 뜻이 그러하시다면 저야 물론 따르겠습니다. 하지만, 감히 제가 실례를 무릅쓰고 여쭌다면……"

"질문 받지 않겠다. 그만하자." 그는 이렇게 말하고 발걸음을 서둘렀다. 루이는 더 이상 캐묻지 못하고 서둘러 수도원으로 향했다.

아들린은 낮 동안 대부분 자신의 방에서 나오지 않았다.

그녀는 자신의 행실을 뒤돌아보며 자신이 원인 제공을 하지 않았는데도 마담 라 모트의 노여움을 산 점에 대해 생각하며 마음을 굳건히 먹으려고 애썼다. 그것은 스스로에게 면죄부를 주는 것보다 어려운 일이었다. 그녀는 마담을 사랑하였고 그녀의 우정에 많이 의지했었다. 마담의 태도 변화에도 불구하고 마담과의 우정은 여전히 아들린에게 소중했다. 마담의 우정을 훼손할 짓을 하지 않은 것은 사실이었으나 마담이 그 이유에 대해 극구 설명을 거부하고 있으므로, 그 이유가 아무리 근거 없는 것이라 하더라도 우정을 회복할 가능성은 희박해 보였다. 마침내 아들린은 논리적으로 생각하려, 아니 스스로를 다독여 평정심을 유지하자고 다짐했다. 마음의 평화를 유지하며 물러나는 것은 논리의 문제라기보다 기질의 문제이기 때문이었다.

아들린은 몇 시간 동안 마담 라 모트를 위해 시작했던 작품을 만드느라 온 힘을 기울였다. 마담의 환심을 사기 위한 의도는 전혀 없었다. 그러나 그렇게 하는 것이 오히려 그녀의 매정한 태도에 응하는 올바른 태도 같았기 때문이었다. 그런 방식이 아들린 자신의 기질과 성정, 또 자긍심과 잘 어울리는 일이었다. 자기애가 중심에 있고 그 주변에서 인간애가 움직이는 것이다. 자기만족으로 이끄는 게 어떤 동기이든 간에 그것은 결국 자기애로 녹아들기 때문이다. 이러한 인간애 중 일부는 본질상 매우 세련되어 비록 우리가 그 동기를 부정할 수는 없다 해도 미덕이라는 이름을 받을 만하다. 그런 사람이 바로 아들린이었다.

아들린은 작품 활동과 독서에 대부분의 시간을 할애했다. 그녀는 꾸준하게 독서를 통해 정보와 즐거움을 얻었다. 라 모트의 책은 많은 양은 아니었지만 선정이 매우 잘된 책들이었다. 그리고 아들린은 같은 책을 한 번 이상 읽곤 했다. 마담 라 모트 때문에 평정심을 잃을 때나 과거가 떠올라 괴로울 때마다 그녀는 책에 의지했고 그러면 마음의 평화를 얻을 수 있었다. 라 모트는 뛰어난 영국 시인의 시집이 몇 권 있었는데 아들린은 수녀원에서 영어를 배웠기 때문에 수월하게 읽을 수 있었다. 그러므로 그 시들의 아름다움을 감상할 수 있었고 읽다 보면 열정적인 기쁨을 느꼈다.

날이 저물 무렵 아들린은 달콤한 저녁 바람을 쐬기 위해 방에서 나왔다. 그러나 수도원 서쪽 길을 따라 멀리 떨어진 곳까지는 가지 않았다. 그녀는 책을 조금 읽다가 주변 경관에 주의를 빼앗겨 책을 덮었다. 그러고는 저녁의 달콤한 멜랑콜리에 빠져들었다. 바람은 없었고 해는 먼 언덕 아래로 지며 자줏빛 광선으로 풍경을 물들이고 숲속 빈터들을 더 부드러운 색으로 물들이고 있었다. 저녁 이슬 머금은 상쾌한 공기가 사방에서 느껴졌다. 해가 지면서 조용히 땅거미가 내려오고 사방에서 장엄한 분위기를 풍기기 시작했다. 그녀는 명상을 하다가 다음과 같은 시를 떠올리며 낭송했다.

밤

이제 저녁이 저문다! 그 시름에 잠긴 발길이 물러나고
밤이 이슬을 몰고 환영幻影의 시각을 알린다
화려하게 불타는 별들이 수놓는 장엄한 광경
그리고 끝없이 이어지는 상상력의 현현

밤은 무상하게 변하는 형상들로 잠의 꿈을 물들이고
깨어 있는 영혼을 기분 좋은 공포로 고양시킨다
밤은 무시무시한 형상이 어둠을 뚫고 휩쓸어 지나게 하며
죽은 자의 소름 끼치는 전율을 불러일으킨다!

장엄한 생각의 여왕―신비로운 밤이여!
그 발걸음은 어둠이고 그 목소리는 공포이니!
그대가 드리우는 어둠을 맹렬한 기쁨으로 나는 환영하고
그대가 부는 허허로운 바람, 그 황량한 한숨 소리를 맞이
하네!

그대가 구름에 싸고 돌풍에 얹은
폭풍을 연안으로 감아 던질 때
포효하는 파도가 바술 듯 바위를 때리며
성난 비명을 지르는 게 내 마음을 사로잡아.

밤이여, 나는 그대의 부드러운 공포를 갈구하네
그대의 조용한 번개, 그대의 유성流星 불
둥근 하늘 천장의 뜨거운 공기를 비추는
그대의 새빨간 핏빛 북방의 불

그러나 내가 가장 사랑하는 건, 그대의 투명한 마차가
솜털구름 사이로 떨리는 섬광을 내려 보내는 것,
그리하여 아득히 먼 안개에 쌓인 산을 보여주는 것
더 가까이로 숲과 계곡의 여울을 보여주는 것

그리고 아래 골짜기의 수많은 물질
생각에 잠긴 눈에 희미하게 떠올라
공상의 손길을 타고 환상적인 광경을 이루어
낭만적인 환영幻影으로 넘실대네.

그대의 심오한 어둠에 내가 들어가게 해다오
가파르고 무성한 숲 언덕에 서서 애처로운 선율로
위로 오르다가 머나먼 나무숲에서 희미하게
잠드는 바람 소리를 듣는다네.

우울은 주문呪文처럼 마음을 사로잡네!
부상하는 황홀경에 신성한 눈물이 인사하네!
바람을 타고 오는 수많은 눈먼 영혼들이

고적한 시각에 달콤한 소리로 한숨을 보내네!

아! 소중한 환영을 맛본 사람들은 보리라
공상이 침묵과 어둠에서 깨어나면
진실의 온전한 형상들이 그 모습을 드러내고
낮의 밝은 눈이 스미는 모든 장면이 살아나는 것을!

그녀는 산책을 마치고 수도원으로 돌아오다가 루이와
마주쳤다. 그는 몇 마디 이야기를 주고받다가 이런 말을 꺼
냈다. "오늘 아침 일로 저도 마음이 매우 좋지 않았습니다.
그래서 당신에게 말할 기회를 기다리고 있었죠. 어머니가
왜 그렇게 행동하시는지 도대체 이유를 알 수가 없습니다.
그렇지만 분명 어떤 오해에 사로잡혀 있는 것 같아요. 제가
드릴 말씀은 제가 어떤 도움이라도 될 수 있다면 좋으니,
저에게 말씀을 해주시기 바랍니다."

아들린은 이렇게 친절한 제안에 매우 감동하며 감사를
표했다. "저도 제가 뭘 잘못해서 마담 라 모트께서 그렇게
기분이 언짢으신지 알지 못합니다. 수도 없이 이유를 여쭤
봤지만 계속 답을 피하시기만 했습니다. 그러니 그 문제로
더 압박하지 않는 게 좋을 것 같습니다. 그리고 저는 당신
의 선의에 매우 감사하다는 말씀을 드리고 싶습니다." 루이
는 한숨을 쉬고는 잠시 침묵을 지키다가 다시 입을 열었다.
"제가 어머니와 이 문제를 상의해보아도 될까요? 제가 분

명히 어머니의 오해를 풀어드릴 수 있을 것 같습니다."

"그러지 마시지요. 마담 라 모트께서 저토록 언짢아하셔서 저는 말로 표현할 수 없을 정도로 괴롭습니다. 그러나 그분께 설명을 해달라고 압박하는 건 문제를 오히려 키우게 될 겁니다. 부디, 부탁드리오니 그러지 마시기 바랍니다."

"당신의 뜻에 따르겠습니다. 그러나 마지못해 그런다는 점은 알아주시지요. 제가 어떤 도움이라도 드릴 수 있다면 정말 기쁠 겁니다." 루이의 말투가 매우 다정했기 때문에 아들린은 처음으로 그의 감정을 느낄 수 있었다. 아들린이 아니라 허영이 가득한 마음을 지닌 여성이었다면 진즉에 루이의 친절한 태도를 교육을 잘 받은 신사의 예의가 아니라 그 이상 무언가가 있다고 생각했을 것이다. 아들린은 루이의 마지막 말을 알아채지 못하는 것 같았으나 침묵을 지키며 자기도 모르게 발걸음을 재촉했다. 루이는 더 이상 말을 하지 않았고 생각에 잠긴 것 같았다. 수도원으로 들 때까지 침묵은 계속 이어졌다.

제6장

"물러가라, 무서운 망령이여!
거짓된 환영아, 썩 꺼져라!"
—『맥베스』[12]

거의 한 달 동안 큰일 없이 시간이 지났다. 라 모트의 침잠은 좀 누그러졌고 아들린에 대한 마담의 태도도 다소 누그러지긴 했으나 여전히 친절함과는 거리가 멀었다. 루이는 아들린을 살뜰히 챙기며 애정이 깊어가는 게 눈에 띄었으나 그녀는 그런 그의 행동을 그저 지나가는 친절로만 여겼다.

그러다 폭풍이 몰아치는 어느 밤 라 모트가家 사람들은 잠자리에 들려다가 수도원 가까이서 들리는 말발굽 소리에 모두 화들짝 놀라고 말았다. 뒤이어 사람들의 목소리가 들리더니 대회당 정문을 두드리는 시끄러운 소리가 났다. 라 모트는 사법 당국에서 드디어 그의 은신처를 찾아냈다는 것을 의심할 수 없었고 공포로 인해 모든 감각이 마비되는 것 같았다. 그러나 그는 모두에게 불을 끄고 찍소리도 내지 말라고 시켰다. 그는 저 사람들이 이곳에 아무도 살지 않는다고 생각해 수색 대상을 잘못 고른 것이라고 생각할 가능성이 있다고 믿고 싶었다. 그의 명령을 다 따르지도 못한 상황에서 문 두드리는 소리가 더욱 세게 다시 나기 시작했다. 라 모트는 침입자들의 동태를 살펴보려 정문 위 쇠살대가 쳐진 작은 창으로 향했다.

그러나 어두워서 잘 보이지 않았다. 일단의 남자들이 말을 탄 모습만 식별할 수 있을 정도였다. 그러나 귀를 기울여보았더니 몇 마디 주고받는 말을 알아들을 수 있었다. 일부는 장소를 잘못 찾은 것이 아닌지 의문을 제기했다. 그러다가 말투로 보건대 무리의 지도자로 보이는 사람이 불빛이 새어 나오는 걸 본 것이 확실하다, 따라서 안에 사람이 있는 게 분명하다고 말했다. 그는 그러고 나서 다시 세게 문을 두드렸고 화답하는 메아리만이 들렸다. 라 모트는 심장이 떨려 움직일 수가 없었다.

시간이 좀 지난 후 그들은 서로 작전을 짜는 듯 소곤거렸다. 그러나 목소리가 아주 작아서 라 모트는 무슨 말인지 알아들을 수 없었다. 이제 그들은 떠나려는 듯 정문에서 자리를 떴다. 그러나 라 모트는 곧 건물 반대편 나무숲 사이에서 그들의 목소리를 들을 수 있었다. 몇 분간 라 모트는 심장이 조여오는 불안에 싸였다. 그는 이제 루이에게 자신의 자리를 맡기고 그들이 기다리고 있는 곳을 내다볼 수 있는 곳으로 향했다.

폭풍이 거세지자 바람은 광포한 소리를 내며 나뭇가지

를 거칠게 휘몰아치고 있었다. 그래서 그는 다른 소리를 식별할 수가 없었다. 바람이 잠깐 잦아든 순간 그는 먼 곳에서 사람들 소리가 들렸다고 생각했다. 그러나 이내 다시 문두드리는 소리에 놀라고 말았다. 그는 겁에 질린 마담 라 모트와 아들린을 아랑곳하지 않고 마지막 은신처 트랩도어로 후다닥 뛰어갔다.

곧이어 폭풍우가 거세지는 만큼 침입자들의 기세도 사나워지면서 낡고 삭아가는 대문이 때리는 힘을 못 이기고 경첩서부터 삐걱거리다가 마침내 활짝 열리고 말았다. 그들이 들어가자 옆방 문 앞에 서 있던 마담 라 모트가 비명을 내질렀다. 그러자 침입자들의 우두머리가 즉각 소리가 나는 쪽으로 발길을 서둘렀다.

아들린이 기절했다. 마담 라 모트는 다급하게 큰 소리로 도움을 요청했다. 그러자 페터가 불을 들고 들어왔다. 실내는 이미 남자들로 가득 차 있었고 아들린은 정신을 잃고 바닥에 쓰러져 있었다. 기사 하나가 다가오더니 마담에게 무례에 대해 용서를 구하며 사과했다. 그러다가 그는 쓰러져 있는 아들린을 보고 그녀를 일으키려 다가갔다. 그때 루이가 다가와 그녀를 안으며 기사에게 관여하지 말라고 막아섰다.

기사는 프랑스의 제1급 훈장을 달고 있었고 위엄이 어린 태도로 보아 지위가 높은 사람인 것 같았다. 그는 마흔살 정도로 보였으나 어쩌면 그가 내뿜는 기운과 표정에서 느껴지는 열정으로 실제보다 더 젊어 보이는 것인지도 몰랐다. 그는 아들린의 상태에만 주의를 기울이고 있었는데 그런 그의 부드러운 태도와 예의를 갖춘 품행을 보고 마담라 모트는 점차 걱정을 덜었고 적대심을 품고 있던 루이도 마음이 누그러졌다. 기사는 아직 정신을 차리지 못한 아들린을 경탄하는 눈빛으로 바라보고 있었는데 온 정신이 팔린 것 같았다. 실로 아들린은 무심한 태도로 바라볼 수 없는 사람이었다.

아들린은 아파서 축 늘어진 지금, 화사한 아름다움이 드러나진 않았지만 오히려 섬세하고 우아한 모습이 보는 이에게 감동을 주었다. 호흡을 편하게 하기 위해 풀어헤친 드레스 매무새로, 풍성한 적갈색 머리 타래가 가슴을 뒤덮어 아스라이 가리고 있긴 하였으나 뿜어져 나오는 눈부신 매력을 다 감추지는 못했다.

이제 또 다른 기사가 들어왔다. 젊은 기사는 먼저 들어온 기사에게 급히 무언가 전달하더니 아들린을 둘러싼 사람들 사이에 합류했다. 젊은 기사는 품위와 힘이 조화를 이루고 얼굴엔 생기가 넘쳤으나 오만하지 않았고 기품이 있으면서도 특유의 다정한 표정이 있었다. 지금 그 표정은 아들린을 향한 연민으로 더욱 부각되었다. 아들린은 이제 막 정신이 들고 있었다. 그녀의 눈에 가장 먼저 들어온 건 근심스러운 표정으로 자신을 내려다보고 있는 그의 눈빛이었다.

남자와 눈이 마주친 아들린은 놀라며 금세 볼이 붉어졌다. 숲에서 맞닥뜨렸던 남자였다. 그녀는 즉각 공포에 사로잡혀 안색이 창백해졌고 그러면서 실내에 사람이 가득 찬 것을 알아챘다. 루이는 그녀를 다른 방으로 부축해 데리고 갔고 두 기사도 그녀를 따라 들어와 다시 한번 놀라게 해 미안하다고 사과했다. 나이가 더 많은 기사가 마담 라 모트에게 말했다. "마담, 마담께서는 제가 이 수도원의 주인이라는 것을 모르시겠죠?" 그녀가 놀라 움찔했다. "안전하니 놀라실 거 없습니다. 환영합니다. 폐허가 된 이 수도원은 제가 오랫동안 방치하고 있었습니다. 그런데 마담께 쉼터가 되었다니 기쁘군요." 마담 라 모트는 남자의 말에 감사를 표했고 루이는 몽탈 후작에게 예의를 표했다. 그것이 귀족 남자의 이름이었다.

"저의 주 거처는 이곳에서 먼 지방에 있습니다. 하나 저는 숲 언저리에 성이 하나 있고 나들이를 하고 돌아오는 길에 날이 저물어 길을 잃었지요. 나뭇잎 사이로 비치는 한 줄기 빛을 보고 이리 오게 되었습니다. 숲이 하도 어두워 그 빛이 이 수도원에서 나오는 줄은 이곳까지 오고서야 알게 되었지요." 남자들의 품위 있는 행동거지와 그들의 화려한 차림새, 또 예의 바른 말투에 마담은 남아 있던 모든 의심을 거두고 이들에게 다과를 내드리라고 명했다. 이들의 대화를 듣고 있던 라 모트는 걱정을 거두고 방으로 들어왔다.

그는 나긋나긋한 태도로 후작에게 다가왔다. 그러나 인

사말을 하려던 순간 그는 말을 더듬기 시작했고 사지가 떨리며 얼굴이 백짓장처럼 하얗게 질리고 말았다. 후작은 라 모트만큼 동요하진 않았다. 그는 처음 순간 놀라며 손으로 칼자루를 만졌으나 이내 도로 손을 거두며 평정심을 찾으려 애썼다. 괴로운 침묵이 잠시 이어졌다. 라 모트는 움찔움찔 문 쪽으로 물러나려 했으나 떨리는 몸이 말을 안 듣는지 의자에 털썩 주저앉고 말았다. 입을 다물고 피로한 모습이었다. 두려움에 휩싸인 표정이며 불안한 행동 하나하나에 마담은 극도로 겁을 먹었고 질문하듯 의아한 눈빛으로 후작을 바라보았다. 후작은 미스터리를 설명하는 대신 표정이 계속 변하고 있었다. 그 표정엔 다양한 감정이 묻어났으나 마담은 어림짐작도 할 수 없었다. 마담은 남편을 다독이려 했으나 그는 그녀의 노력을 제지하며 고개를 틀고는 손으로 얼굴을 감쌌다.

후작은 평정심을 회복한 듯 일행이 모여 있던 문간으로 향했다. 그 순간 라 모트는 자리에서 벌떡 일어나 필사적인 몸짓을 보이며 그를 불러 세웠다. 후작은 뒤를 돌아보며 발길을 멈추었으나 망설이는 모습이었다. 라 모트의 간청에 이제 자리로 돌아온 아들린도 합세해 후작은 자리에 앉았다. "영주님, 간청하건대, 저희 둘만 잠시 이야기를 나누었으면 합니다."

"그렇게 간청하다니 뻔뻔하군요. 그 간청을 들어주는 것은 위험한 일이오. 내가 들어줄 수 있는 이상이기도 하고요. 당신 가족이 있는 자리에서 말을 하시오. 그렇지 않으면 아무 이야기도 내 듣지 않으리다. 요점만 간단히 말하시오." 그 말을 듣는 내내 라 모트의 안색이 바뀌었다. "영주님, 그건 불가능합니다. 다른 사람이 있는 자리에서는 저는 영원히 입을 다물 것입니다. 부디, 영주님하고만 이야기를 나눌 수 있게 허락해주십시오. 간청하건대, 몇 분이면 됩니다." 그는 이미 눈에 눈물이 그득히 고였다. 후작은 여전히 못마땅하고 격한 감정이었지만 라 모트가 그렇게 애원하는 바람에 마지못해 뜻에 따랐다.

라 모트는 등불을 밝히고 후작을 이끌고 건물의 외진 곳에 있는 작은 방으로 들어갔다. 그들은 그곳에서 거의 한 시간 가까이 머물렀다. 마담은 그들이 오래 지체하자 그들을 찾아 나섰다. 가까이 다가가자 대화를 엿듣고 싶었다. 그런 상황에서는 어쩌면 당연한 호기심이었다. 라 모트가 마침 목소리를 높이고 있었다. "……절망의 몸부림이!" 뒤이어 몇 마디가 들렸는데 낮은 목소리라 분간할 수 없었다. "저는 말할 수 없을 만큼 고통받았습니다." 또 이런 말도 들렸다. "똑같은 이미지가 밤에 잠을 자도 꿈에 나왔고 낮에 헤매고 다닐 때도 계속 저를 쫓아다녔습니다. 제가 이곳에 처음 들어왔을 때의 상태로만 돌아갈 수 있다면 죽음 말고는 마다할 벌이 없습니다. 제발 영주님의 동정을 빕니다."

마담 라 모트가 서 있는 통로에 갑자기 거센 바람이 휘익 몰아쳐 라 모트와 후작의 목소리를 집어삼켰다. 잠시 후

다시 말소리가 들렸다. "영주님, 내일 이곳으로 다시 오시면 제가 그곳으로 안내해드리겠습니다."

"그건 필요 없는 일이기도 하고 위험하기도 하오." "그리 의심하는 것도 다 이해합니다. 그러나 영주님께서 무얼 제안하든 모두 받아들이겠습니다. 결과가 어찌 되든 영주님의 뜻에 따르겠습니다!" 폭풍우 소리에 다시 그들의 목소리가 묻혔고 마담 라 모트는 잔뜩 귀를 기울였으나 분간할 수가 없었다. 결국 미스터리를 풀 수 있는 결정적인 말을 듣지 못했다. 그들이 이제 문 쪽으로 다가오고 있었다. 마담 라 모트는 황급히 아들린과 루이와 젊은 기사가 있는 방으로 돌아갔다.

후작과 라 모트도 이내 합류했다. 후작은 기세등등하고 냉정한 표정이었고 라 모트는 이전보다는 좀 안정을 찾은 모습이었으나 두려움에 주눅 든 표정은 가시지 않은 상태였다. 후작은 수행원들이 기다리는 홀로 향했다. 폭풍이 아직 잦아들지 않았으나 그는 어서 떠나고 싶은 마음에 부하들에게 준비를 하라고 명했다. 라 모트는 음울한 표정으로 말없이 실내를 왔다 갔다 하며 상념에 잠겨 있었다. 한편 후작은 아들린 옆에 앉아 그녀에게 주의를 기울이고 있었다. 그러다가 정신이 딴 데로 팔려 한 번씩 멍한 눈을 했다. 그럴 때면 젊은 기사가 아들린을 살폈고 아들린은 신중하고 또 조금은 불안한 모습으로 두 남자가 보이는 관심에 움츠러들었다.

후작이 수도원에 온 지 거의 두 시간 가까이 지나고 있었다. 그러나 아직도 폭풍은 계속되었고 마담 라 모트는 그에게 하룻밤 묵어갈 것을 청했다. 그러나 그녀는 남편의 표정을 보고 움츠러들고 말았다. 후작은 마담의 청에 정중하게 거절했다. 그도 자신 때문에 불안해하는 라 모트를 보고서 이곳을 떠나고 싶어 했다. 그는 자주 홀로 나가 정문을 열어보고는 구름을 살폈다. 캄캄한 밤에 아무것도 보이지 않았고 폭풍우의 포효 외에는 아무 소리도 들리지 않았다.

마침내 동이 터오기 시작했다. 후작이 떠날 준비를 하자 라 모트가 다시 그를 불러 세워 몇 분간 둘만의 대화를 나누었다. 마담 라 모트가 멀리서 그들의 모습을 보고 있었는데 남편의 격렬한 몸짓을 보니 도대체 무슨 일인지 알 수가 없어 호기심을 넘어 두려운 마음이 훨씬 커졌다. 그녀는 말소리를 들어보려 했으나 낮은 소리로 말을 하고 있어서 전혀 알아들을 수 없었다.

후작과 수행원들이 마침내 떠나고 라 모트는 자신이 직접 문을 걸어 잠그고 아무 말 없이 침울하게 자신의 방으로 들었다. 마담은 둘만 있게 되자 남편에게 무슨 일인지 말해달라고 간청했다. "아무것도 묻지 마요. 이 문제에 관해서는 함구하라고 이미 당부하지 않았습니까?"

"이 문제라니요?" 라 모트는 기억을 떠올려보았다. "뭐가 됐든. 내가 착각했어요. 당신이 이런 질문을 전에 했다고 생각했어요."

"아! 그렇다면 제가 추측한 게 맞군요? 이전에 계속 우울해하던 일과 지난밤의 일이 같은 일이지요?"

"그러면 추측은 왜 하고 질문은 왜 합니까? 나는 항상 억측에 시달려야 하는 겁니까?"

"죄송해요. 당신을 괴롭힐 생각은 아니었어요. 단지 뭐가 뭔지 이유도 알 수 없는 상황에 당신에 대한 근심 걱정으로 제가 가만히 있을 순 없어서 그럽니다. 당신의 아내로서 당신을 짓누르고 있는 고통을 함께 나누게 해주세요. 그것만은 부정하지 마시지요." 라 모트가 아내의 말을 끊었다. "당신이 뭘 보았든 뭘 의심하든 나는 절대로 말하지 않을 겁니다. 세월 지나 더 이상 숨기는 게 필요치 않을 때가 오겠지요. 그때까지는 함구하고 더 이상 조르지 마요. 무엇보다도 당신이 나에게서 본 특이한 점에 대해 아무에게도 말하지 말아요. 추측은 가슴속에 묻어요. 내가 저주받아 파멸하는 걸 원하지 않는다면 내 말대로 따라주시오." 남편의 얼굴이 납빛으로 창백해지며 그렇게 단호한 말을 하니 마담은 두려움에 사로잡히며 어떤 대답도 할 수 없었다.

마담 라 모트는 잠자리에 들었으나 잠을 잘 수 없었다. 그녀는 지난날들을 돌아보았다. 남편의 말과 행동에 놀라 과거 일들을 되짚어보니 더 놀랍기만 하고 궁금증만 더욱 커졌다. 그러나 한 가지 진실이 드러났다. 너무 많은 시간 동안 자신을 불안으로 짓눌렀던 라 모트의 알 수 없는 행동과 후작과의 만남에서 보인 행동이 같은 일에 근원한다는 사실은 의심의 여지가 없었다. 그런 생각이 들자 자신이 그동안 아들린을 의심한 것이 얼마나 부당했는지 깨달으며 심한 자책이 들었다. 그녀는 어서 내일이 오기를 고대했다. 내일이면 후작이 수도원으로 돌아올 것이다. 마담은 마침내 피로가 몰려오며 잠깐 망각의 휴식에 빠져들었다.

다음 날 늦은 시각 가족은 아침 식사를 위해 모였다. 모두 입을 다물고 있었고 각자의 생각에 빠진 것 같았다. 그러나 각자의 모습은 제각기 달랐고 그들이 생각하는 양상도 달랐다. 라 모트는 초조해 보이면서도 음울한 절망의 표정이 어려 있었다. 불안에 이글거리는 눈빛이 때때로 갑자기 두려움에 휩싸이듯 흔들리곤 했다. 그러다가 다시 우울한 상념에 빠졌다.

마담 라 모트는 불안에 휩싸여 남편 표정이 바뀔 때마다 가슴을 쓸어내리며 후작이 오기만을 기다렸다. 루이는 침착한 태도로 생각에 잠겨 있었다. 아들린은 자기 나름의 불안에 잠긴 것 같았다. 그녀는 지난밤 라 모트의 행동에 놀랐고 그동안 그에 대해 품고 있던 확신이 흔들렸다. 그녀는 또한 그가 피치 못할 상황으로 인해 다시 세상 밖으로 끌려나가게 되면 더 이상 그의 일가가 자신을 보호하지 못하거나 혹은 보호할 의지를 잃을까 하는 점도 두려웠다.

아침 식사를 하는 동안 라 모트는 자주 자리에서 일어나 창가로 가서 불안한 눈빛으로 밖을 내다보았다. 그의 아내는 남편이 저렇게 초조하게 행동하는 이유를 너무나 잘 알고 있었고 자신도 불안해지는 마음을 억누르려 애를 썼다. 루이는 아버지에게 조금이나마 정보를 얻어내려고 살짝 다가가곤 했으나 라 모트는 그럴 때마다 매번 식탁으로 돌아왔다. 그러면 아들린이 있는 앞에서 더 이상의 대화는 불가능했다.

아침 식사 후 라 모트가 뜰로 나가 거닐자 루이도 그를 쫓아 나갔으나 라 모트는 단호하게 혼자 있고 싶다고 말했다. 후작이 아직 오지 않아 그는 곧 수도원에서 먼 곳으로 나가버렸다.

아들린은 마담 라 모트와 함께 그들이 작업 방으로 쓰는 곳으로 들었다. 마담 라 모트는 밝은 표정을 지어내면서 심지어 친절한 태도를 보이기도 했다. 그녀는 평정심을 잃고 너무 불안해하는 라 모트의 상황에 대해 적당히 이유를 둘러대고 갑자기 후작이 나타나 놀랐을 마음을 누그러뜨리기 위해 아들린에게 이야기를 지어냈다. 그녀는 후작과 라 모트가 예전부터 알던 사이이며 몇 년 동안 연락이 없다가 이렇게 뜻밖의 곳에서, 더욱이 라 모트의 상황이 너무나 처량맞은 상황에서 만났기 때문에 그가 무척 괴로워하는 것이라고 설명했다. 거기에, 후작이 예전에 라 모트가 자신에게 한 행동을 오해하고 그들의 친분을 의심한 적이 있었기 때문에 그 기억으로 더 예민해졌다고 했다.

마담의 이런 설명에도 아들린은 납득이 되지 않았다. 후작과 라 모트가 서로 보인 감정을 설명하기에는 부족한 것 같았다. 아들린은 오히려 마담의 설명에 더욱 놀라게 되고 의아한 마음도 더 커졌다. 그러나 그런 내색은 하지 않았다.

마담은 계속 말을 이었다. "후작이 오늘 오실 거고 서로의 오해가 무엇이든 완벽하게 풀리기를 바라." 아들린은 얼굴을 붉혔다. 대꾸를 하려고 했으나 입술이 바르르 떨렸다. 이런 불안감을 자각하고 또 마담 라 모트를 의식하니 더 혼란스러워졌다. 그런 감정을 누르자니 오히려 더 불안해졌다. 그래도 대화를 다시 이어나가려고 애를 썼으나 여전히 생각을 모으기가 쉽지 않았다. 아들린은 지금까지는 잘 감춰온 그런 자기 마음을 마담이 눈치챌까 봐 전전긍긍하다 보니 얼굴이 창백해졌고 시선은 바닥에 고정했으며 한동안 숨쉬기마저 쉽지가 않았다. 마담 라 모트는 그녀에게 아프냐고 물었고 아들린은 오히려 그 말을 반기며 자신의 방으로 돌아와 혼자만의 생각에 빠졌다. 그녀는 후작과 함께 왔었던 젊은 기사를 다시 보게 될 기대감에 온통 마음을 빼앗겼다.

아들린은 창밖에서 후작이 말을 타고 오는 것을 보았다. 수행원들이 멀리서 뒤따르고 있었다. 그녀는 서둘러 마담 라 모트에게 소식을 전하러 갔다. 그는 금방 정문에 도달했다. 라 모트는 아직 산책에서 돌아오지 않아 마담과 루이가 그들을 맞으러 나갔다. 그는 홀 안으로 들어왔고 젊은 기사가 그를 따랐다. 후작은 위엄 있게 마담에게 다가가 인사를 하고 라 모트를 찾았다. 루이가 아버지를 찾으러 나섰다.

　후작은 몇 분 동안 침묵을 지켰다. 그러다가 마담 라 모트에게 물었다. "아름다운 따님은 좀 어떤가요?" 마담은 그가 아들린을 일컫는 것을 알아채고 질문에 답을 하며, 그녀가 일가가 아니라고 흘리듯이 말했다. 그러고는 후작이 보고 싶어 하는 의중이 있는 것 같아 아들린을 불렀다. 아들린은 발그레한 얼굴과 겁먹은 태도로 방으로 들어왔는데, 후작은 그런 그녀에게 온통 주의를 기울이고 있었다. 아들린은 후작의 칭찬에 다정하고 우아하게 응대했다. 그러나 젊은 기사가 다가와 따뜻하게 인사하자 그녀는 자기도 모르게 말수가 더 없어지며 눈이 마주칠까 봐 고개도 들지 못하고 바닥에 시선을 고정했다.

　이제 라 모트가 들어와 기다리게 해서 죄송하다고 사과했다. 후작은 그에 대해 고개만 까딱하며 응했는데 그의 표정에는 불신과 자긍심이 함께 묻어났다. 그들은 즉시 함께 수도원 밖으로 나갔다. 후작은 수행원들에게 거리를 유지하며 뒤에서 따라오라고 일렀다. 라 모트는 아들에게 따라오지 말라고 명했다. 루이는 그가 숲에서 가장 울창한 길로 접어드는 것을 지켜보았다. 그는 혼란스러운 마음이 극에 달했다. 그러나 호기심과 아버지에 대한 걱정으로 거리를 두고 그들 뒤를 쫓았다.

　한편 후작이 테오도르라고 부른 젊은 기사는 마담 라 모트와 아들린과 함께 수도원에 남았다. 마담 라 모트는 불안한 태도를 숨길 수가 없었다. 그녀는 발소리가 들릴 때마다 자기도 모르게 문간으로 다가갔고 몇 번은 대회당의 문으로 가서 숲을 바라보았는데 번번이 실망해서 돌아왔다. 아무도 나타나지 않았다. 테오도르는 마담 라 모트에게 예의를 잃지 않는 선에서 아들린에게 온통 주의를 기울였다. 그는 점잖고 품위 있는 태도로 수줍어하는 아들린의 말문을 서서히 열게 했다. 그녀는 점점 어색한 태도를 풀고 대화를 이어나가 내면의 아름다움을 드러냈다. 그들은 서로에 대한 신뢰를 쌓아갔다. 둘은 서로 정서가 비슷하다는 것을 깨달았고 테오도르는 그녀와의 대화에 즐거워하며 얼굴에 생기를 띠면서 아들린의 생각을 어서 알고 싶어 하는 태도를 드러냈다.

후작이 다시 돌아오기까지 마담 라 모트에게는 길기만 했던 그 시간이 둘에게는 짧게 느껴졌다. 마담은 정문에서 말발굽 소리가 들리자 안색이 밝아졌다.

후작은 잠깐 모습을 드러낸 후 라 모트와 함께 다시 다른 방으로 들어가 한동안 둘만의 논의를 했다. 그러고 나서 그는 곧바로 수도원을 떠났다. 아들린과 라 모트와 마담 모두 정문까지 그들을 배웅했다. 테오도르는 아쉬워하는 표정으로 아들린과 작별했는데 가는 길에 나무들이 시야를 완전히 가리기 전까지 계속 뒤를 돌아보았다.

아들린의 뺨에 퍼졌던 기쁨의 광채는 젊은 기사가 가고 나자 사라졌다. 그녀는 실내로 돌아오며 한숨을 쉬었다. 테오도르의 이미지가 그녀의 방까지 따라 들어왔다. 아들린은 그와의 대화 하나하나 모두 정확히 기억에 담았다. 그의 감수성은 그녀와 일치했고 태도는 너무나 매력적이었다. 얼굴은 매우 생기가 넘쳤으며 품성은 꾸밈없고 고결했으며 남자다운 품위가 자애로운 다정함과 조화를 이뤘다. 아들린은 그 모든 면을 다 기억하며 달콤한 수심에 잠겼다. "난 그이를 다시는 못 보게 되겠지." 뒤이어 지은 한숨에 아들린의 마음 상태가 드러났다. 그녀는 얼굴을 붉히고 다시 한숨을 쉬었다가 급작스럽게 정신을 차리고 다른 것을 생각하려고 애썼다. 그리하여 라 모트와 후작의 관계에 대해 좀 생각을 해보다가 도무지 알 수 없는 일이라 생각이 막히자 책을 들었다.

한편 루이는 후작이 처음 나타났을 때 보인 아버지의 극심한 고통에 놀라 이 문제에 대해 다시 언급했다. 그는 후작이 라 모트가 파리를 떠나야만 했던 사건과 긴밀히 연관되었다고 확신하고는 자신의 생각을 숨기지 않고 털어놓았다. 또 동시에 하필이면 우연히도 적의 영지에 피신하게 된 점에 대해 탄식했다. 라 모트는 아들의 의견에 토를 달지 않고 자신을 이곳으로 이끈 운명에 한탄했다.

루이의 휴가 기간이 거의 끝나가고 있었고 그는 아버지가 현재와 같이 위험에 처한 상황에서 떠날 수밖에 없는 처지에 슬픔을 토로했다. "아버지의 불운한 사정을 더 잘 안다면 떠나는 마음이 덜 고통스러울 겁니다. 지금으로서는 저는 불행한 일을 추측할 수밖에 없습니다. 어쩌면 있지도 않을 일을 걱정해야 하는 것이지요. 아버지, 부디 이런 불확실한 고통에서 저를 구해주시고 제가 아버지의 믿음을 받을 만한 가치가 있다는 걸 증명하게 해주십시오."

"내가 이미 말하지 않았더냐? 다시는 그에 대해 말 꺼내지 말라고. 자꾸 이런 식으로 그에 관해 묻는다면 네가 얼마나 빨리 떠나든 상관하지 않는다고 말할 수밖에 없구나." 라 모트는 휙 자리를 떴고 루이는 걱정과 의구심에 잠겼다.

후작의 출현으로 마담 라 모트의 질투는 사라졌고 아들린에게 잔인하게 굴었던 데 대한 자책감이 들었다. 의지가 지없는 아들린의 신세와 부당하게 핍박받아도 유순하게 견뎌낸 일관된 태도를 생각해보니 새로이 놀라며 어서 이전의 친절한 태도로 대해야겠다고 생각했다. 그러나 마담은 생각만 해도 낯이 붉어지는 자신이 품었던 의심을 밝히지 않고는 이렇게 급작스럽게 돌변한 태도를 설명할 길이 없었고 사과를 할 수도 없었다.

그리하여 마담은 되살아난 애정을 표하는 것으로 만족할 수밖에 없었다. 아들린은 처음에는 놀랐으나 마담의 그런 태도 변화에 매우 기쁜 나머지 그 이유를 물어보지 않았다.

그러나 마담 라 모트가 다시 친절해져서 좋긴 했지만 아들린은 자신의 가련한 처지를 자꾸 의식하지 않을 수 없었다. 처음에 생각했던 것만큼 마담 라 모트의 성정이 상냥하기만 한 건 아니고 너무 변덕이 심한 것 같아 마담의 우정에 처음처럼 기대를 많이 할 수 없었다. 또 후작의 갑작스러운 출현과 라 모트의 격한 감정과 서로에 대한 혐오에 마음이 쓰였다. 이런 상황에서 라 모트는 후작의 영토에 머물기로 하고 또 후작은 그걸 허용한 것이 놀랍기만 했다.

아들린이 그에 대한 생각을 자꾸 하는 것은 어쩌면 그게 테오도르와 관련되었기 때문일 수도 있었다. 그러나 그녀는 의식하지 못했다. 단지 그게 라 모트의 안위에 대한 걱정, 또 그와 너무도 밀접하게 연루된 앞으로의 자기 처지에 대한 염려 때문에 그렇다고 생각했다. 때로는 테오도르와 후작의 관계가 어떤 건지 추측하는 데 몰두했다. 그러나 그런 생각이 들면 즉시 생각을 지우려 했다. 그러면서 너무 위험한 생각에 빠지는 것 같아 스스로를 책망했다.

제7장

"현재의 고난은 끔찍한 상상보다는 덜하다."[13]

며칠이 지나고 아들린은 자신의 방에 홀로 있다가 정문 근처에서 나는 말발굽 소리에 상념에서 깨어났다. 창밖을 내다보니 몽탈 후작이 수도원으로 들어오고 있었다. 그녀는 깜짝 놀랐는데 왜 그런가 자문하지 않고 즉시 창에서 물러났다. 그러나 금방 또다시 창가로 다가갔는데 아무도 보이지 않았다. 아들린은 창에서 바로 물러나지 않았다.

아들린이 실망한 채로 생각에 잠겨 서 있을 때 후작이라 모트와 함께 나오더니 즉시 고개를 들며 아들린과 눈을 마주치고 고개를 까닥해 인사했다. 그녀는 예의 바르게 화답하고 창에서 물러났다. 그곳에 서 있다 발각된 것에 기분이 언짢았다. 그들은 숲으로 향했으나 후작의 부하들은 이전처럼 두 사람을 따르지 않았다. 한참 지나고 나서 그들이 돌아왔고 후작은 곧바로 말에 올라 떠나버렸다.

그날 남은 시간 내내 라 모트는 우울하고 조용했으며 자주 생각에 잠기는 것 같았다. 아들린은 각별히 주의를 기울여 걱정스럽게 그를 살폈다. 그는 항상 후작과 대화를 나눈 후에 더 우울해지는 것 같았다. 아들린은 후작이 다음 날 수도원에서 식사를 하기로 약속했다는 소식을 듣고 놀랐다.

라 모트는 그 소식을 전하면서 후작의 인덕을 크게 칭송하고 각별히 그의 관대함과 고귀한 영혼을 칭찬했다. 아들린은 수도원에 관해 떠도는 소문들이 떠오르며 라 모트가 칭송하는 말이 공허하게 들렸다. 그러나 소문도 신빙성이 있는 것 같진 않았다. 그중 일부는 이미 거짓으로 판명났다. 수도원에 유령이 출몰한다는 소문에 관하자면 현재 거주자들은 그걸 입증할 만한 어떤 일도 겪지 못했기 때문이다.

그러나 아들린은 여러 가지 모욕적인 소문들이 현재 후작에 관한 게 맞는지 물었다. 라 모트는 비웃음을 흘리며 대답했다. "평민들은 항상 유령이니 도깨비니 하는 이야기들을 좋아하지. 농부들이 퍼뜨리기 일쑤인 그 가당찮은 이야기들은 직접 겪어봐야 믿을 수 있는 거 아니겠니? 그 이야기들을 증명한 경우가 있으면 나도 좀 알려주거라. 그러면 나도 믿겠다."

"제 말씀을 오해하셨네요. 저는 초자연적 현상에 대해 여쭙는 게 아니에요. 저는 누군가 이곳에 후작의 명령으로 갇혔다가 억울하게 죽었다는 소문을 말하는 겁니다. 그 일때문에 후작이 이 수도원을 버렸다고들 했거든요."

"할 일들이 없어서 그런 황당무계한 소문을 만들어내는 거지. 관심을 끌고 싶어서 지어내는 낭만적인 이야기들 말이다. 후작님을 직접 보기만 해도 그런 소문이 얼토당토않은 걸 알 수 있지 않느냐? 그런 작자들이 만들어내는 이야기들의 반이라도 믿는다는 것은 우리가 그 멍청한 인간들보다 나을 게 별로 없다는 말이다. 아들린, 분별력을 발휘해라. 그러면 그런 건 믿을 수 없을 테니."

아들린은 얼굴을 붉히고 입을 다물었다. 그러나 라 모트가 후작을 싸고도는 게 평소 그의 성격보다 더 열의가 넘쳤다. 무슨 사정이 있어서 그러는 것 같았다. 아들린은 그가 이전에 루이와 나누었던 대화가 떠오르며 더욱 의아한 마음이 들었다.

아들린은 고뇌와 기쁨이 교차하는 마음으로 내일을 기다렸다. 젊은 기사를 다시 볼 수 있다는 기대와 또 그 생각을 하니 여러 가지 다른 불안감이 함께 든 것이다. 어떤 때는 그가 올까 두렵기도 하고 또 어떤 때는 오지 않을까 봐 심란하기도 했다. 그런 생각에 빠져 있다가 문득 자신의 마음이 온통 그에게 사로잡혔다는 생각에 얼굴이 붉어졌다. 다음 날 후작이 오긴 왔으나 홀로 왔다. 그러자 아들린은 평소처럼 애써 밝은 표정을 지으려 했으나 그래도 마음에 그늘이 지는 걸 의식하지 않을 수 없었다. 후작은 그녀에게 정중하고 친절한 태도를 보이며 배려를 보였다. 느긋하고 우아한 태도에 세련된 삶을 사는 사람 특유의 품위까지 묻어났다. 그의 대화는 활기찼고 흥미로웠으며 또 때로는 재치도 있었고 세상을 두루 경험한 사람의 지식이 드러났다.

어쩌면 상류층 친분이 드러나거나 세상 돌아가는 시류를 잘 알아서 그렇게 보인 건지도 모른다.

물론 그런 면에서 라 모트도 그와 대화를 나눌 수준이 되었다. 그리하여 그들은 이 시대의 특징과 풍습에 대해 열정적으로 기분 좋게 이야기를 나누었다. 마담 라 모트는 파리를 떠나온 후 남편이 저렇게 기분 좋은 모습을 본 적이 없었다. 마담은 그들의 모습을 보며 그 시절로 돌아간 것 같았다. 아들린은 처음에는 기분 좋은 척하면서 들었으나 그러다 보니 실제로 기분이 좋아졌다. 후작은 아들린에게 환심을 사려는 태도를 보이며 상냥하게 굴었고 그러자 그녀는 자기도 모르게 기분이 풀려서 오래 잊고 있었던 명랑하고 활발한 성격을 되찾았다.

후작은 헤어지면서 라 모트에게 이렇게 뜻이 맞는 이웃을 만나게 되어 기쁘다고 말했다. 라 모트는 고개를 숙여 인사했다. 후작이 말했다. "다시 방문하겠습니다. 그리고 현재로서는 마담 라 모트와 마담의 아름다운 친구를 나의 성으로 초대할 수 없다는 점이 안타깝습니다. 지금 성을 개조하고 있어서 불편하거든요."

라 모트는 활발한 태도를 잃으면서 다시 입을 다물고 정신이 딴 데 간 모습을 보였다. 마담 라 모트가 말했다. "후작은 아주 사람이 좋군요." "그래요, 아주 사람 좋지요." "게다가 마음도 넓고 따뜻한 분 같아요." "매우 넓죠."

"당신 불안해 보여요. 무슨 문제라도 있어요?" "불안은 무슨! 난 그저 그렇게 사람 좋은 데다 재주도 많고 그렇게 마음도 넓은 사람이 안타깝게도……"

"네? 안타깝게도 뭐요, 여보?" "……후작이 이 수도원이 폐허로 무너지는 모습을 보고 있는 것 말이에요."

"그게 다예요?" "그게 다예요. 장담하리다." 라 모트는 그렇게 말하고 방을 나갔다.

아들린은 후작과의 대화로 생기를 얻었다가 그가 떠나자 다시 무기력에 빠졌다. 그녀는 수심에 잠겨 숲으로 산책을 나섰다. 개울가를 따라 굽이돌며 울창한 나무 그늘이 진 낭만적인 작은 오솔길을 따라갔다. 아름다운 가을의 단풍이 내려앉고 있는 평화로운 풍경을 보니 마음이 차분히 가라앉았다. 그러다가 무엇 때문인지도 모를 눈물이 고이더니 뺨을 타고 흘러내렸다. 이제 키 큰 나무들로 둘러싸인 한적한 곳에 다다랐다. 나뭇가지들 사이에서 바람이 애처롭게 한숨을 내뱉고 있었다. 그러자 높은 나무 꼭대기에서 나뭇잎이 나부끼며 땅으로 떨어져 내렸다. 아들린은 개울 둑에 걸터앉아 마음속을 채우는 수심에 침잠했다.

"오! 내게 벌어질 미래를 내다볼 수 있다면 얼마나 좋을까! 끊임없이 명상하면서 마음 단단히 먹고 어떤 일이든 맞닥뜨려야 하겠지. 이 드넓은 세상에 고립무원의 고아로 낯선 이들의 인정에 기댈 수밖에 없는 삶이라니! 생존 자체도 그들의 은혜에 기대야 하니, 내가 맞이할 것은 불행뿐이겠지! 아아, 아버지! 어찌 당신의 자식을 이렇게 버릴 수 있나요? 어떻게 자식을 세상의 풍파에 그대로 방치할 수 있나요? 그 풍파에 휩쓸려버릴 것이 뻔한 상황인데도 어떻게? 아아, 나는 친구 하나 없어요."

갑자기 스르륵 낙엽 밟는 소리에 아들린은 입을 다물었다. 고개를 돌려보니 후작의 젊은 기사가 보였다. "이렇게 갑자기 나타나 죄송합니다. 당신의 목소리를 듣고 이곳으로 와보았는데, 하는 말을 듣고는 자리에서 떠날 수 없었습니다. 그러나 저는 무례를 저지르고 벌써 벌을 받는군요. 당신의 슬픔을 알았으니 말입니다. 그러한 이야기를 듣고 어찌 저도 슬픔을 느끼지 않을 수가 있겠습니까? 나의 연민, 나의 고통으로 당신을 구제할 수 있을까요!" 그는 잠시 망설였다. "제가 당신의 친구가 될 수 있을까요? 그리하여 친구로서 가치를 인정받을 수 있을까요?"

아들린은 머릿속이 혼란스러워 뭐라고 대답해야 할지 몰랐다. 그녀는 그가 말을 하며 잡았던 자신의 손을 떨면서 빼냈다. "당신이 들은 게 모두 사실은 아니에요. 물론 제가 행복한 건 아니지만 낙담한 마음에 부당한 말을 했네요. 저는 제가 내뱉은 말만큼 불행한 건 아닙니다. 친구가 없다고 말한 건 사실 라 모트 내외분의 친절에 배은망덕한 말이었어요. 그분들은 제게 친구 이상으로 부모님처럼 저를 대해주셨거든요."

"그렇다면 그분들을 존경합니다. 주제넘지 않다면 당신이 왜 불행한지 물어봐도 될까요? 하지만……" 그가 갑자기 말을 멈췄다. 아들린은 고개를 들고 그를 바라보았다. 그의 눈빛은 강렬하면서도 불안한 내색이 묻어 있었다. 아들린은 다시 고개를 숙이고 바닥으로 시선을 돌렸다. "제가 쓸데없는 질문으로 당신을 괴롭힌 것 같군요. 저를 용서해주시겠어요? 제가 그런 질문을 한 것은 당신의 안위가 염려되어 그랬던 것이니 이해해주십시오."

"용서라니요, 당치 않은 말씀입니다. 당신이 보여주시는 공감에 감사드립니다. 그러나 저녁 공기가 차가우니 수도원으로 향하는 게 어떨까요?" 그들은 길을 나섰고 테오도르는 한동안 아무 말 하지 않았다. 그는 그러다가 마침내 다시 입을 열었다. "바로 죄송하다고 해놓고 제가 또 용서를 구해야겠네요. 그런데 저는 정말 당신이 무슈 라 모트와 얼마나 가까운 일가인지 꼭 알아야만 합니다. 이건 정말 급박한 이유가 있어서 드리는 말씀입니다."

"우리는 친척이 아닙니다. 그러나 그분이 제게 베풀어주신 은혜에 제가 보답할 길이 없습니다. 또 저 자신이 그 은혜를 잊지 않길 바랄 뿐입니다."

"아, 그러면 그분을 안 지 얼마나 됐는지 물어도 될까요?"

"그보다도, 왜 그런 질문을 하시는지 여쭤봐도 될까요?"

"물론이지요." 그는 자신을 책망하는 태도로 답했다. "제가 질책받을 일을 했군요. 좀 더 애매하지 않게 말씀을 드렸어야 했는데." 그는 무언가 말을 할까 말까 고민하는 것 같았다. "그러나 당신은 제가 입장이 얼마나 곤란한 상황인지 모르실 겁니다. 그렇지만 어쨌든 제가 이런 것들을 묻는 것은 당신의 행복에 지대한 관심이 있어 그렇다는 것은 장담합니다. 아니, 당신의 안전이 심히 염려되어 그런다고 할까요?" 아들린은 화들짝 놀랐다. "안타깝게도 당신은 기만당하고 있는 것 같습니다. 당신 가까이에 위험이 도사리고 있어요."

아들린은 걸음을 멈추고 그를 뚫어져라 쳐다보며 자세히 설명해줄 것을 청했다. 그녀는 라 모트에게 해가 될 일이 닥친 게 아닌가 하는 생각이 들었다. 테오도르가 계속 입을 다물고 있자 다시 물었다. "라 모트가 위험에 처했다면 부디 그분께 그 사실을 즉시 알려주시기 바랍니다. 그분은 너무나 많은 불운을 겪으셨어요."

"당신은 정말 훌륭한 사람이군요! 그 강직한 마음이 당신에게 상처를 줄 거예요. 내가 걱정하는 것이 사실임을 어떻게 알릴 수 있을까? 이런 말을, 이 위험한 경고를 어떻게 해야 할까?" 그는 누군가 숲에서 나오는 소리가 들려 말을 멈추었다. 그들이 서 있는 길로 라 모트가 다가오는 것이 보였다. 아들린은 기사와 함께 있는 것을 들킨 것 같아 민망하여 어찌할 바를 모르다가 얼른 라 모트 곁으로 향하려 했다. 그러나 테오도르는 그녀를 붙잡고 잠시 말을 들어보라고 간청했다. "설명할 시간이 없군요. 하지만 내가 하려는 이야기가 당신에게는 아주 중요한 일이라는 걸 아셔야

합니다.

그러니 내일 저녁 이 시간에 아까 그곳에서 다시 보겠다고 약속해주세요. 그때 이야기를 들으시면 저의 이러한 행동이 흔한 호의로 하는 게 아님을 납득하실 거예요." 아들린은 약속을 한다는 생각에 몸을 떨었다. 그녀는 망설이다가 마침내 그에게 그렇게 중요한 일이면 내일까지 기다릴것 없이 라 모트를 따라가 그에게 즉시 위험을 알리라고 말했다. "저는 라 모트에 관하여 하는 말이 아닙니다. 제가 아는 한에선 그분을 위협하는 위험은 없고…… 아, 그분이 다가오고 있네요. 얼른요, 아들린. 약속을 해주세요."

아들린은 머뭇거리며 말했다. "약속할게요. 내일 오늘 만난 시간보다 한 시간 일찍 그곳으로 갈게요." 테오도르는 감사의 표시로 아들린의 손에 입을 맞추었다. 그녀는 떨리는 손을 빼냈다. 그러자 그는 즉시 자리를 떴다.

라 모트가 아들린에게 다가오고 있었다. 아들린은 라 모트가 테오도르를 본 것 같아 당황스러웠다. "루이가 어딜 저렇게 급히 가는 거지?" 아들린은 라 모트가 착각하는 것을 보고 다행이다 싶었다. 그들은 둘 다 수심에 잠겨 수도원으로 향했다. 그녀는 생각에 몰두해 누군가 함께 있는 것이 부담스러워 얼른 자신의 방으로 물러났다. 그러고는 테오도르의 말을 곰곰이 생각해보았다. 생각할수록 더 혼란스러웠다. 혹시 그가 열정을 토로할 목적으로 약속을 간청한 게 아닌가 싶어 약속을 한 저 자신을 자책하다가도, 그런 생각을 하고 있다는 자체가 민망해 그 생각을 억누르며 자신이 혹시 그런 마음을 부추긴 건 아닌지 하는 생각이 들어 언짢기도 했다. 그러나 진지하게 간청하던 그의 말과 태도가 떠오르며 분명히 중요한 일일 거라고 생각했다. 그러자 도대체 어떤 건지 가늠할 수 없는 위험에 몸서리를 치며 불안하고 초조하게 내일을 기다리지 않을 수 없었다.

또 그가 자신의 안위를 걱정하는 마음을 드러내며 보였던 표정과 태도가 떠오르며 기분 좋은 감정이 일기도 했다. 그러면서 그가 자신에게 무관심하지 않다는 은근한 희망도 함께 밀려왔다. 이렇게 상념에 빠져 있을 때 저녁 식사를 하러 오라는 기별을 받았다. 루이가 수도원에서 함께하는 마지막 저녁이라 식사 시간은 우울했다. 그를 존경하는 아들린은 그가 떠나는 게 아쉬웠다. 그녀를 바라보는 그의 표정엔 사랑하는 사람을 떠나야 하는 심정이 고스란히 드러나 있었다. 아들린은 식구들의 기분을 띄우기 위해 애를 썼다. 특히 자주 눈시울을 적시는 마담 라 모트를 살뜰히 살폈다. 아들린이 말했다. "우린 지금보다 더 행복한 상황에서 다시 만날 수 있을 거예요." 라 모트는 한숨을 쉬었다. 루이는 그녀의 말에 얼굴이 밝아졌다. "그러길 바라나요?" "당연히 그러죠. 저의 가장 절친한 친구들의 행복을 바라는 저의 마음을 못 믿으세요?"

"당신에게 좋은 건 뭐든 다 믿어요."

라 모트는 희미한 미소를 띠며 아들에게 말을 건넸다.

"넌 네가 파리를 떠났다는 사실을 잊었구나. 그런 인사치레는 파리와 어울리는 것이지, 이 한적한 곳에선 정말 기괴하게 들리는구나."

"경탄의 말과 인사말이 항상 같은 것은 아닙니다, 아버지." 아들린은 대화의 주제를 바꾸려고 루이에게 프랑스 어느 지역으로 가는지 물었다. 그는 자기 부대가 현재 페론에 있어서 즉시 그곳으로 복귀해야 한다고 했다. 가족은 몇몇 무관한 주제에 대해 이야기를 나누다가 각자 잠자리에 들었다.

마담 라 모트는 아들이 떠난다는 생각에 온통 마음을 빼앗겼고 아침에는 눈이 부어 있었다. 루이도 얼굴이 창백한 것으로 보아 어머니만큼이나 제대로 잠을 못 잔 것 같았다. 아침 식사 후 아들린은 라 모트 일가의 마지막 대화를 방해하지 않기 위해 잠시 자리에서 물러나 있었다. 수도원 앞뜰에서 거닐다 보니 어제저녁 일이 떠올랐고 마음이 조급해졌다. 이내 루이가 다가왔다. "제가 떠나기 직전인데 자리를 뜨다니 서운하네요. 제가 떠나 있는 동안 가끔 절 생각해주시겠어요? 그럼 떠나는 마음이 덜 아플 것 같습니다." 그는 그러고 나서 그녀를 두고 떠나게 되어 걱정이 된다고 말했다. 그는 지금까지 아들린에 대한 애정을 직접적으로 언급하지 않으려 애써왔다. 그래봤자 소용없다고 생각했기 때문이었다. 그러나 지금 그는 열정의 힘에 굴복해 아들린이 항상 염려하던 말을 내뱉고야 말았다.

"그런 말씀을 하시니 제가 뭐라 말할 수 없을 만큼 걱정이 됩니다." 아들린은 루이의 말을 듣고 밀려오는 불안을 억누르며 말했다.

"오, 그런 말 말아요! 그러지 말고 떠나 있는 동안 제가 버틸 수 있는 힘이 되도록 실낱같은 작은 희망이라도 주세요. 저를 미워하지 않는다고 말해줘요. 그저……"

"당연하죠." 아들린은 떨리는 목소리로 말했다. "저의 존경심과 우정을 분명히 말씀드리니 확신하셔도 좋아요. 제 은인의 아들로서 당신은……"

"오, 은혜 이야기는 하지 말아요. 당신은 그런 모든 걸 받고도 남을 가치가 있는 사람이에요. 그리고 우정이라니, 그렇게 차갑게 말하지 말고, 저에게 희망을 주세요. 또 타인의 행동으로 인해 저를 인정한다는 식은 싫습니다. 저는 오랫동안 조용히 열정을 품어왔습니다. 말할 수 없었던 건 그에 따르는 어려움이 뻔했기 때문이었죠. 아니, 그보다는 그걸 극복하려고 애쓰기도 했답니다. 가능할 거라 믿기까지 했어요. 혼자 그런 추측을 한 것 용서해주세요. 저는 당신을 잊고는……"

"오, 제가 어찌해야 할지 괴롭네요. 저는 이런 대화를 듣고 싶지 않습니다. 저는 가식을 부릴 수 없어요. 그러니 말씀드릴게요. 당신은 미덕이 큰 분이라 저는 항상 당신을 존경할 수 있지만, 제 사랑을 기대하지는 마세요. 게다가 우리는 상황을 따라야 합니다. 정말 제 친구라면 이렇게 애정과 분별력 사이에서 제가 흔들리지 않는 걸 기뻐해주세요. 그저 저는 시간이 가면 그 사랑이 우정으로 변하기를 바랍니다."

"그건 절대 아닙니다." 루이는 맹렬하게 저항했다. "그게 가능하다면 저의 열정이 가치가 없는 거겠죠." 그가 말을 하는 동안 아들린이 좋아하는 새끼 사슴이 그녀를 향해 뛰어왔다. 그러한 상황에 루이는 눈물을 흘리고 말았다. 그는 잠시 조용히 입을 다물고 있다가 말을 꺼냈다. "이 작은 동물이 처음에 저를 당신에게 이끌었죠. 제 가슴에 벅찰 정도로 매력이 넘치는 당신을 처음 본 순간의 증인인 거죠. 그 순간이 아직도 눈에 선합니다. 그런데 이 사슴이 이 슬픈 작별의 증인이 되기 위해 또 왔네요." 루이는 슬픔에 압도되어 말문이 막혔다.

그는 감정을 추스르고 다시 입을 열었다. "아들린! 이 작은 아이를 보고 쓰다듬어줄 때면 이 불행한 루이를 기억해주세요. 그때는 당신에게서 아주 멀리 떨어져 있을 테지요. 그렇게 할 거라고 믿고 싶은 이 작은 위안마저 부정하지는 말아요!"

"당신을 기억하는 데 이런 매개는 필요하지 않아요." 아들린이 웃으며 말했다. "당신의 훌륭하신 부모님과 또 당신 자신의 장점만 해도 제가 당신을 기억하기에 충분합니다. 타고난 훌륭한 분별력으로 열정을 다시 다스리시기 바랍니다. 그러면 당신을 존경하는 만큼 저도 만족할 수 있을 것 같아요."

"그건 바라지 마세요. 저도 바라지 않습니다. 제겐 열정이 미덕이거든요." 그때 라 모트가 수도원 한쪽 모퉁이에서 모습을 드러내는 게 보였다. "아, 한 순간 한 순간이 얼마나 소중한지. 또 방해를 받는군요. 오! 아들린, 안녕! 가끔 절 생각해주겠다고 말해줘요."

"안녕." 비탄에 젖은 루이가 안쓰러워 아들린은 말했다. "안녕! 평화가 함께하기를 빌어요. 누이의 마음으로 당신을 생각하겠어요." 그는 깊게 한숨을 짓고 그녀의 손을 잡았다. 라 모트가 수도원의 또 한쪽 튀어나온 모퉁이를 돌며 모습을 드러냈다. 아들린은 그들을 두고 무거운 마음으로 자신의 방으로 돌아왔다. 루이의 열정이 너무 크고 또 그를 존경하는 자신의 마음도 진지하여 그녀는 그의 딱한 애착에 마음껏 연민을 보일 수가 없었다. 아들린은 서로에게 버거울 것 같아 공식적인 작별 인사를 하지 않고 그가 수도원을 떠날 때까지 자신의 방에 머물렀다.

날이 저물며 약속 시간이 다가오자 아들린은 초조해졌다. 그러나 시간이 다 되자 결심이 흔들리기 시작했다. 그렇게 만나기로 한 게 무언가 부적절하고 위선적인 것 같아 꺼리는 마음이 들었다. 테오도르가 보였던 다정한 태도며 또 여러 가지 상황을 생각해보니 감정이 연루된 게 아닌가 싶었다. 그가 다시 자신과의 만남을 성사시키기 위해 근거 없는 의심을 내세운 게 아닌지 의심이 들었다. 그리하여 그녀는 약속에 나가지 않을까 하는 마음이 들었다. 그러나 한 편으로는 테오도르의 주장이 진지한 것이면 자신이 처한 위험도 사실일 수도 있다는 생각이 들었다. 그렇다면 민감한 마음으로 망설이는 것이 어리석은 짓일 수도 있다. 그녀는 그다지도 진지한 문제에 그런 생각을 했다는 데 자책하는 마음이 들어 서둘러 약속 장소로 향했다.

약속 장소로 향하는 오솔길은 조용하고 한적했다. 아들린이 도착했을 때 테오도르는 보이지 않았다. 부질없는 자존심이 들면서 자기가 그보다 먼저 도착한 걸 보이고 싶지 않았다. 그리하여 그녀는 그 빈터에서 오른쪽 나무숲으로 들어갔다. 그곳에서 아무도 보지 못하고 아무 소리도 듣지 못한 채 조금 나아가다가 다시 돌아왔다. 그러나 그는 아직도 보이지 않았고 그녀는 다시 자리를 떴다. 다시 돌아왔을 때도 테오도르는 보이지 않았다. 수도원을 나온 시간을 기억하며 불안해지기 시작했다. 약속 시간이 한참 지난 시점이었다. 기분이 상하기도 하고 당혹스럽기도 했다. 그러나 그녀는 풀밭에 앉아 기다리기로 했다. 어스름이 내릴 때까지 기다렸지만 그는 끝내 오지 않았고 그녀는 더욱 기분이 상했다. 그가 자신의 마음을 떠보고 확신을 한 다음 오늘 이렇게 일부러 바람맞힌 게 아닌가 하는 생각이 들었다. 그러자 아들린은 자책하는 마음과 역겨운 마음이 들어 자리를 떴다.

그러한 감정이 잦아들자 이성이 찾아왔고 그렇게 유치

하게 자기애에 빠져 이상한 생각을 했다는 것에 얼굴이 붉어졌다. 그러고는 테오도르의 말을 마치 처음 생각난 듯 떠올렸다. "당신은 기만당하고 있고 위험이 도사리고 있는 것 같아요." 아들린은 분별력을 되찾고 다시 테오도르를 친구로 생각했다. 그가 전한 그 말을 더 이상 의심하지 않으면서 다시 걱정이 되었다. 그가 그녀를 보호할 생각이 없었다면 뭐 하러 경고를 해주기 위해 성에서부터 이곳까지 오는 수고를 했을까? 그런데 그렇다면 어떤 피치 못할 일이 생겨 약속 장소에 나오지 않았을까?

아들린은 그러한 생각이 들자 다음 날에도 같은 시각에 약속 장소에 가보기로 결심했다. 그가 자신의 운명에 관심을 가진 만큼 분명히 자신을 만나기 위해 다시 올 거라는 생각이 들었다. 자신에게 위험이 도사리고 있다는 말을 의심할 수 없었으나 그게 무언지는 가늠이 되지 않았다. 라모트 내외는 친구이고, 그렇다면 아버지를 제외하고 도대체 누가 자신에게 해를 끼칠 수 있을까? 그런데 테오도르는 왜 내가 기만당하고 있다고 했을까? 도대체 수수께끼 같은 생각에서 벗어날 수 없었으나 다음 날 오후까지 불안을 다스리려고 애썼다. 그러면서 아들린은 아들이 떠나 위로가 필요한 마담 라 모트를 달래주었다.

아들린은 그렇게 혼자만의 걱정거리와 또 마담 라 모트에 대한 염려를 안고 잠자리에 들었다. 곧 잠이 들었으나 불행한 이들의 잠자리가 흔히 그렇듯 뒤숭숭한 꿈속으로 빠져들고 말았다.

아들린은 수도원에 달린 크고 낡은 방에 있었고 일부 가구는 있지만 이제껏 본 중에 가장 오래되고 황량한 방이라고 생각했다. 방은 굳게 차단되어 있었고 아무도 보이지 않았다. 방 안을 이리저리 돌아보고 있을 때 누군가 낮은 목소리로 그녀를 부르는 소리가 들렸다. 소리가 나는 쪽으로 고개를 돌려 보니 희미한 등불에 바닥에 놓여 있는 침대에 누워 있는 한 사람이 보였다. 목소리가 다시 들렸고 그녀는 가까이 다가갔다. 분명 죽어가고 있는 남자의 모습이 보였다. 무시무시할 정도로 창백한 얼굴이었다. 그러나 온화하고 위엄 있는 표정이 그녀의 주의를 확 끌었다.

갑자기 그는 표정이 바뀌면서 죽음의 고통으로 경련하는 것 같았다. 아들린은 화들짝 놀라며 뒤로 물러섰으나 갑자기 그가 손을 뻗어 아주 센 힘으로 그녀의 손을 움켜잡았다. 아들린은 공포에 사로잡혀 손을 빼내려 안간힘을 썼다. 그때 그녀는 다시 남자의 얼굴을 보았는데, 이번에는 똑같은 얼굴이었으나 서른 살쯤으로 보였고 완전히 건강하고 매우 온화한 얼굴이었다. 그는 다정하게 미소를 지으며 말을 건네려는 듯 입을 열었다. 그때 갑자기 방바닥이 열리면서 그가 시야에서 사라졌다. 그녀는 자신도 따라 바닥으로 꺼지려는 걸 피해보려 애쓰다가 잠에서 깼다. 꿈이 너무나도 생생하여 그 두려움을 씻어내는 데 한참이 걸렸고 또 진짜 자신의 방에 있는지 한참 동안 이리저리 살펴보았다. 그러다가 다시 잠에 들었고 또 꿈을 꾸었다.

아들린은 수도원의 구불구불 이어진 통로에서 헤매고 있었다. 어둠이 내리고 있었다. 꽤 오랫동안 헤맸는데도 문을 찾지 못했다. 갑자기 위쪽에서 종소리가 들리더니 이내 먼 곳에서 사람들의 목소리가 들렸다. 그녀는 빠져나가려고 안간힘을 썼다. 이내 사방이 조용해졌다. 문을 찾다 지쳐 계단에 앉고 말았다. 얼마 후 멀리 벽에서 빛이 반짝이는 것이 보였는데 길고 굽은 계단으로 인해 어디서 나오는지 알 수 없었다. 그 빛은 얼마간 계속 희미하게 빛나다가 점점 커지고 있었다. 그때 한 남자가 통로에 모습을 드러냈다. 그는 장례식에 입는 옷처럼 검고 긴 망토를 입고 횃불을 들고 있었다. 그는 그녀에게 따라오라고 하고는 아래 층 계참까지 내려갔다. 아들린은 이곳에서 더 이상 나아가는 게 두려워 뒤로 돌아 뛰었으나 그때 남자가 갑자기 그녀를 쫓아오기 시작했다. 아들린은 공포에 사로잡힌 채 잠에서 깼다.

아들린은 꿈속에서 본 영상에 놀라고 또 두 꿈이 연결된 것 같은 느낌에 더욱 두려워 더 이상 잠에 빠지지 않으려 애를 썼다. 그러나 그렇게 두려움에 시달리다 얼마 못 가 다시 개운치 못한 잠에 빠졌다.

이제 커다랗고 낡은 회랑에 있었다. 한쪽에 조금 열려 있는 문에서 빛이 새어 나오고 있었다. 그쪽으로 다가갔더니 이전에 본 남자가 문에 서서 자신을 향해 손짓을 했다.

꿈에서 흔히 그렇듯 그녀는 더 이상 그를 피하려고 하지 않았고 그를 향해 다가갔다. 마치 장례를 치르듯 검은색으로 치장된 오래된 스위트룸이었다. 남자는 계속 그녀를 이끌고 가 이제 이전 꿈에서 보았던 방으로 들어갔다. 그 방의 한쪽 구석에 천으로 감싼 관이 있었다. 등불과 사람들이 관을 둘러싸고 있었다. 그들은 비탄에 빠진 모습이었다.

갑자기 이 사람들이 모두 사라지고 아들린 혼자 남았다. 관으로 다가가 바라보는데 어떤 목소리가 들렸다. 관 속에서 들리는 것 같기도 했다. 그러나 아무도 보이지 않았다. 곧 아까 본 남자가 관 옆에 서서 천을 들어 올리자 그 안에 죽은 사람이 보였다. 그녀는 그 사람이 그 전 꿈에서 본 죽어가던 기사라고 생각했다. 죽은 이는 평온해 보였다. 그때 그의 옆구리에서 피가 솟구치더니 바닥으로 흘러내렸다. 곧 방 안 전체가 피로 흥건해졌다. 그러는 사이 이전에 들어본 적이 있는 목소리가 났다. 그러나 너무나 무서운 그 장면에 압도된 그녀는 다시 화들짝 놀라면서 잠에서 깼다.

아들린은 정신을 차리고 일어나 앉아서 자기가 본 것은 단지 꿈일 뿐이라고 스스로를 다독였다. 그러나 머릿속이 하도 심란하여 혼자 있기가 두려워 아네트를 부를 뻔했다. 죽은 자의 모습과 그가 누워 있던 방이 너무나 생생했다. 또 목소리를 듣고 얼굴을 본 것도 또렷했다. 그렇게 이어진 꿈들은 생각할수록 놀라웠다. 꿈들이 무섭기도 했고 또 서

로 연결되어 있다는 것이 심상치 않았다. 그러나 그런 초자
연성이 무엇을 뜻하는지 도무지 알 수 없었다. 아들린은 더
이상 잠을 이룰 수 없었다.

제2권

제8장

……이렇게 흉흉한 일이 한꺼번에 닥쳤는데

그저 '다 이유가 있겠지. 이상할 것 뭐 있어?'

하고 넘어갈 수는 없지요.

이 나라에 무슨 괴변이라도 일어날 것 같은 징조인 듯싶습니다.

— 『줄리어스 시저』[14]

마담 라 모트는 아침 식사 자리에 온 아들린의 초췌하고 생기 없는 얼굴에 놀라며 어디가 아픈지 물었다. 아들린은 억지로 미소를 띠며 매우 심란한 꿈을 꾸어 컨디션이 좋지 않다고 답했다. 꿈 이야기를 꺼내려다가 무언가 자기도 모르게 께름칙한 기분이 들어 입을 다물었다. 동시에 라 모트가 그녀의 말에 노골적으로 냉소를 보여 괜히 꿈 이야기를 꺼낸 것 같아 수치스러웠다.

아들린은 아침 식사 후 마담 라 모트와 담소를 나누며 생각을 돌리려 했다. 그러나 지난밤의 꿈이며 테오도르가 전하려 했던 말 등 지난 이틀간의 일이 온통 마음을 사로잡고 있었다. 둘이 그러고 앉아 있을 때 수도원 정문에서 사람들의 말소리가 들렸다. 아들린이 창가로 다가가 내려다

보니 후작과 수행원들이 뜰에 도착해 있었다. 문에 가려 몇 사람은 보이지 않았는데 그중에 테오도르가 있을지도 몰랐다. 그녀는 초조한 눈길로 계속 그를 찾아 두리번거렸다. 후작은 라 모트와 다른 이들과 함께 홀로 들어왔고 마담은 그를 맞으러 내려갔다. 아들린은 자신의 방으로 물러났다.

그러나 라 모트의 호출로 아들린은 후작이 있는 곳으로 갔다. 그곳에 테오도르는 없었다. 후작은 아들린이 들어가자 자리에서 일어나 그녀를 맞았다. 그러고는 대화가 활발하게 진행되었다. 아들린은 불안과 실망이 섞인 마음에 억지로 밝은 표정을 짓기도 힘들었고 말도 거의 하지 않았다. 누구도 테오도르를 언급하지 않았다. 주의를 끌지 않고 물을 수 있다면 그에 관해 물어보았을 것이다. 그러나 그러지 못하는 아들린은 우선 그가 저녁 식사 전에 나타나기만을 바랐으나, 허사였다. 그러고는 후작이 떠나기 전에만 왔으면 하고 바랐으나 역시나 그는 오지 않았다.

그렇게 기대와 실망 속에 하루가 저물어가고 있었다. 저녁이 다가왔고 그녀는 후작과 함께 억지로 머무를 수밖에 없었다. 겉으로는 그가 하는 말을 듣고 있었으나 실제로는 무슨 말을 하는지 주의를 기울일 수 없었다. 그렇게 자신의 운명을 결정할 수 있을 만한 기회가 사라지고 있었다. 그때 갑자기 뭐가 뭔지 알 수 없는 이런 고문 상태에서 풀려났고 그러고 나서 바로 그보다 더 나쁜 상태에 빠졌다.

후작이 루이에 대해 물었고 그가 떠났다는 이야기를 들

고는 테오도르 페이루도 그날 아침 자기 부대가 있는 먼 곳으로 떠났다는 이야기를 한 것이다. 후작은 그가 떠나서 아쉽다고 말하며 그에 대한 칭찬을 늘어놓았다. 이 소식이 노심초사하던 아들린의 기를 확 꺾어버렸다. 얼굴에서 핏기가 사라지며 혼절할 것 같은 느낌이 들었으나 가까스로 참아냈다. 그러나 그러면서 드디어 자신의 솔직한 감정을 깨닫고는 아들린은 다시 기절할 것같이 기운이 빠졌다.

아들린은 방으로 돌아와 억누르고 있던 감정을 눈물로 쏟아냈다. 여러 가지 생각들이 두서없이 마구 밀려와 한참 지나서야 이성적으로 정리할 수 있었다. 테오도르가 갑작스럽게 떠난 이유를 납득해보려 했다. "나의 안위에 대해 관심을 가졌다면서 자기가 예견했다던 위험에 그대로 날 노출시킬 수 있을까? 아니, 혹시 그가 단순한 날 가지고 가볍게 장난을 치고 날 혼자 걱정하게 놔둔 것인가? 말도 안돼! 그렇게 품위 있는 인상에 다정한 태도를 지닌 사람이 그렇게 야비한 책략을 꾸밀 수는 없는 일이야, 절대 아니야! 내게 어떤 일이 닥치든 그가 존경할 만한 사람임을 잊지는 말자."

아들린은 멀리서 들리는 천둥소리에 상념에서 깨어났다. 음산한 저녁이 다가오는 폭우에 더 어두워지고 있었다. 폭풍이 점점 다가오더니 이내 번개가 치기 시작했다. 아들린은 근거 없는 두려움에 빠져 안달 내는 사람이 아니었지만 지금은 혼자 있기가 불편했다. 후작이 수도원을 떠났기를 바라며 응접실로 내려갔다. 그러나 심상치 않은 날씨로 그는 길을 나서지 못한 상황이었고 어두워진 지금까지 폭풍이 계속되는 것을 보고 아까 길을 나서지 않은 걸 다행으로 여기고 있었다. 폭풍이 잦아들지 않자 라 모트는 그에게 하룻밤 묵어 갈 것을 청했고 그는 결국 그러기로 했다. 그러자 마담 라 모트는 그를 어디에 묵게 할지 고민스러웠다. 고민 끝에 결국 후작에게 자신의 방을 내주고 그의 두 수행원에게는 루이의 방을 내주었다. 아들린은 라 모트 내외에게 자신의 방을 내주고 자신은 평소에 아네트가 쓰는 안쪽 방으로 갔다.

저녁 식사 때 후작은 평소보다 굳은 얼굴이었다. 그는 자주 아들린에게 말을 걸었다. 표정과 태도로 보아 그는 아직도 창백하고 활기 없이 아파 보이는 아들린에게 걱정스러운 관심을 표하는 것 같았다. 아들린은 평소와 같이 불안을 잠재우고 밝은 모습을 유지하려 애썼다. 그러나 즐거움을 가장하는 베일은 너무 얇아 슬픔의 그림자를 가릴 수 없었다. 힘없는 미소는 그녀만의 차분한 태도를 돋보이게 할 뿐이었다. 후작은 다양한 주제로 대화를 나누며 품위 있는 마음을 드러냈다. 아들린은 대꾸를 해야만 하는 때에 겸양의 태도로 마지못해 말하면서도 단순하고 단호한 말로 대화를 이어 그의 경탄을 샀다. 그는 자기도 모르게 경탄하곤 했다.

아들린은 일찍 자신의 잠자리로 물러났다. 마담 라 모

트의 방 옆이었고 다른 쪽으로는 이전에 언급한 옷방과 인접한 방이었다. 공간이 넓고 층높이가 높은 방이었다. 그나마 있는 가구는 모두 허물어져가고 있었다. 그러나 아마도 우울한 마음이 그 방을 지배하고 있는 음울한 분위기를 실제보다 더 크게 부각하는지도 몰랐다. 그녀는 악몽이 계속될까 봐 잠자리에 드는 게 꺼려졌다. 그리하여 잠에 이기지 못할 때까지 자지 않고 앉아 있기로 작정했다. 작은 테이블 위에 등불을 올리고 책 한 권을 들었다. 한 시간가량 지났을 때 책을 덮고 팔에 기대 상념에 잠기기 시작했다.

점점 거세지는 바람이 황량한 수도원 내부를 휘몰아치며 낡은 문들이 삐걱거렸다. 그러자 아들린은 깜짝깜짝 놀랐다. 바람이 잠시 멈출 때마다 한숨 소리가 들렸다. 그러나 그녀는 이슥한 밤 우울한 상상력이 만들어내는 환청이라 생각했다. 가만히 앉아서 상념에 잠겨 있다가 눈길이 자기도 모르게 맞은편 벽으로 향했는데 그곳에 걸린 장식 벽걸이 천이 앞뒤로 너풀거리고 있었다. 몇 분간 계속 그 모습을 바라보다가 더 자세히 보기 위해 자리에서 일어났다. 분명 바람에 너풀거리는 것이었다. 그걸 보고 잠깐 놀란 마음에 얼굴이 화끈거렸다. 그러나 태피스트리는 분명 한쪽이 다른 부분보다 더 심하게 펄럭이고 있었고 그 소음이 거기서 나는 바람 소리 이상의 것인 듯싶었다. 라 모트가 이 방에서 발견한 낡은 침대는 아들린의 침대로 쓰기 위해 다른 곳으로 빼낸 상태였다. 그 침대가 있는 자리가 바로 이

뒤였고 그곳에서 바람이 더욱 격렬하게 부는 것 같았다. 그녀는 호기심에 더 조사해보기로 했다. 태피스트리를 만져 보았더니 그 안의 벽이 흔들리는 게 느껴졌다. 천을 들어 올려 보았더니 작은 문이 하나 있었는데 경첩이 풀려 있어 그 문을 통해 바람이 들어오고 있었던 것이다.

문은 걸쇠 하나로 고정되어 있었는데, 걸쇠를 풀고 몇 계단 내려가니 다른 방으로 이어져 있었다. 그 즉시 꿈이 떠올랐다. 이 방은 꿈속에서 죽어가던 기사가 누워 있던 방과 같지 않았다. 그러나 꿈속에 지나쳤던 어떤 방을 떠오르게 해 혼란스러웠다. 등불을 들고 자세히 들여다보고는 건물의 오래된 부분임을 알 수 있었다. 바닥에서 높은 곳에 자리한 깨진 창이 유일하게 빛을 들이는 통로가 되고 있었다. 방의 반대편에 문이 하나 보였다. 그녀는 조금 망설인 끝에 그곳으로 다가갔다. "이 방들에 미스터리가 있어. 어쩌면 그것을 푸는 게 나의 운명인지도 모르겠어. 적어도 이 문이 어디로 이끄는지 확인해야겠어."

그녀는 방문을 열고 휘청거리는 발걸음으로 스위트룸들을 따라갔다. 스타일과 현재 상태는 첫 번째 방과 비슷했다. 마지막 방은 꿈속에서 죽어가던 남자가 있던 방과 정확히 일치했다. 그 기억이 너무나 선명해 기절할 것 같았다. 방을 둘러보고 있자니 꼭 꿈속의 유령이 나올 것만 같았다.

아들린은 그 방을 떠날 수가 없어 잡동사니 위에 앉아 마음을 추스르려 했다. 이전에 한 번도 겪어보지 못한 미신적인 두려움에 빠져드는 것 같았다. 이 방들이 수도원의 어떤 부분이기에 여태껏 발견하지 못했는지 궁금했다. 창문은 모두 너무 높이 자리하고 있어 밖을 내다볼 수 없었다. 마음을 차분히 가라앉히고 나서 방의 방향과 수도원의 위치를 머릿속에 그려보고 나자 여긴 분명 본관 건물의 안쪽이라는 걸 알 수 있었다.

이런 생각이 머릿속에 스치자 갑자기 달빛 한 줄기가 창밖 어떤 물체에 가 닿는 모습이 보였다. 평정심을 되찾자 조사를 더 하고 싶었다. 달빛을 받은 곳이 이 방의 위치를 알려줄 단서를 제공할 것 같아 남아 있던 공포를 물리치고서 더 잘 보기 위해 등불을 바깥쪽 방에다 가져다 두었다. 그러나 그 방으로 돌아오기 전에 구름이 달을 뒤덮고 말았다. 그러자 바깥이 온통 어두워졌다. 가만히 서서 빛이 다시 들기 기다렸으나 어둠은 계속되었다. 그리하여 등불을 가지러 다시 천천히 걸어갔다. 그때 발에 무언가 걸려 휘청거렸다. 발에 걸린 게 무언지 살펴보려 몸을 숙이는 사이 다시 달빛이 비쳤다. 창문을 통해 보이는 것이 자신이 추측한 바대로 수도원의 동쪽 타워라는 것을 확인할 수 있었다. 방 안이 어두침침해 발부리에 걸린 게 무엇인지 알 수 없었으나 등불을 가져와 비추어보니 낡은 단도였다. 그녀는 떨리는 손으로 단도를 들어 자세히 들여다보았다. 녹이 슬어 얼룩덜룩했다.

매우 놀란 아들린은 머릿속으로 밀려드는 무서운 의심

을 확인해주거나 떨쳐줄 다른 무언가가 있을 것 같아 방 안을 더 둘러보았다. 그러나 한쪽 구석에 다리가 부러진 커다란 의자와 거의 비슷한 상태로 부러진 테이블이 보일 뿐이었다. 그리고 다른 쪽에 잡동사니로 보이는 물건이 한 무더기 보였다. 다가가 보았더니 부러진 침대 틀 하나와 먼지와 거미줄이 쳐진 채 삭아가는 세간 잔해들이었다. 상태로 보아 건드린 지 몇 년은 되는 것 같았다. 더 자세히 조사해보고 싶은 마음에 침대 틀로 보이는 것을 들어 올려 보았으나 손아귀에서 미끄러지면서 바닥에 나뒹굴었다. 그러면서 나머지 물건들 일부도 나뒹굴었다. 아들린은 화들짝 놀라며 옆으로 비켜섰다. 와장창하던 소음이 멈추자 바스락거리는 소리가 작게 들려왔다. 방을 나서려는 순간 무언가 잡동사니 위로 살포시 떨어지는 게 보였다.

그것은 조그맣게 돌돌 만 종이를 끈으로 묶은 것으로 먼지가 뽀얗게 앉아 있었다. 펼쳐보았더니 누군가 손으로 쓴 글씨였다. 글을 읽어보려 했지만 지금 보고 있는 부분이 너무 심하게 훼손돼 쉽지 않았다. 그나마 알아볼 수 있는 부분을 보니 호기심과 공포가 동시에 떠올라 그것을 가지고 즉각 자신의 방으로 돌아왔다.

아들린은 제 방으로 돌아와 비밀 문을 잠근 후 아까와 같은 상태로 태피스트리를 쳤다. 자정이었다. 이따금 바람이 몰아치는 것 외에는 고요한 시각이라서 아들린에게 찾아든 엄중한 느낌을 가중시켰다. 갑자기 혼자 있는 게 두려워졌다. 문서의 글을 읽기 전에 혹시라도 마담 라 모트가 방에 있는지 귀를 기울여보았다. 아무 소리도 들리지 않자 조용히 문을 열었다. 완벽히 고요한 것을 보니 아무도 없는 게 분명했다. 그러나 더 확인해보고 싶은 마음에 등불을 가져와 방이 비어 있는 것을 확인했다. 이렇게 늦은 시간에 마담 라 모트가 방에 있지 않다는 게 이상했다. 그리하여 타워 계단 끝까지 올라가 인기척을 확인하기 위해 귀를 기울여보았다.

아래에서 사람들의 목소리가 들렸다. 그중에 라 모트가 평상시처럼 말을 하고 있었다. 별일 없음을 확인하고 나서 제 방으로 돌아가려고 하려던 참에 후작이 자신의 이름을 매우 강조하여 말하는 것이 들렸다. 그녀는 걸음을 멈추었다. "아들린이 정말 좋다오…… 그리고 맹세코……" 라 모트가 그의 말을 끊었다. "영주님, 약속을 잊지 마십시오."

"물론이오. 그리고 지키리다. 이거, 우리 쓸데없이 시간이나 버리고 있군. 내일 내가 선언을 하리다. 그러면 어디까지 바랄 수 있을지, 어떻게 행동해야 할지 알겠지요." 아들린은 온몸이 사시나무처럼 떨려 가만히 서 있기도 힘들었다. 방으로 돌아가고 싶었다. 그러나 방금 들은 말이 너무 충격적이어서 더 자세한 내막을 알고 싶었다. 한동안 침묵이 이어졌다. 그러고 나서 그들은 낮은 목소리로 다시 대화를 이었다. 아들린은 테오도르가 넌지시 내비친 말을 기억하며 지금 이 알 수 없는 상태에서 벗어나기를 간절히 바랐다. 살금살금 몇 발자국 더 다가가 그들의 대화를 엿들으려 했다. 그러나 너무 낮은 목소리로 속삭이고 있어서 이따금 몇 마디만 알아들을 수 있었다. 후작이 말했다. "그 아가씨 아버지라고 했소?" "예, 아버지 말입니다. 제가 지금 드리는 말은 잘 알고 하는 말입니다." 아들린은 아버지라는 말에 몸서리가 쳐지며 새로운 두려움이 몰려왔다. 더 귀를 활짝 열고 그들의 말을 알아들으려 했지만 한동안 거의 불가능했다. "꾸물거릴 시간이 없구려. 그러면 내일……" 라 모트가 일어나는 소리가 들렸다. 그녀는 그가 방을 나오려는 것을 알고 서둘러 계단을 올라 자신의 방으로 돌아와 무너지듯 털썩 의자에 주저앉았다.

아들린이 생각한 건 오직 자신의 아버지뿐이었다. 아버지가 자신이 숨어 있는 곳을 찾아냈다는 사실을 의심할 수 없었다. 자신을 낯선 이들의 손아귀에 버릴 때는 언제고 이제 와서 그러는 이유가 이해되지 않았지만, 그게 무언가 새로운 잔인한 짓과 연루된 일일 거라는 두려움이 일었다. 이게 테오도르가 자신에게 경고했던 위험인 것 같았다. 그러나 그가 어떻게 그런 사실을 알게 되었는지, 또 어떻게 자신의 사연을 알게 되었는지 알 수가 없었다. 누가 봐도 자신의 친구이자 보호자인 라 모트를 통하지 않고는 불가능한 일이었다. 그리하여 마뜩잖지만 그에게 배신의 혐의를 두고 생각하지 않을 수 없었다. 아버지의 의도를 알고 있다면, 또 나를 그의 손아귀에 넣게 해주려는 마음이 아니라면 도대체 왜 라 모트가 내게 그걸 숨기는가? 그러나 그녀는 그게 가능하다는 것을 받아들이는 데 오래 걸렸다. 내가 사랑하는 사람들이 타락했음을 깨닫는 것은 미덕을 갖춘 사람에게는 가장 고통스러운 고문과 다름없다. 따라서 그걸 확신하기란 쉽게, 빠른 시간에 되는 일이 아니다.

자신이 속고 있는 것 같다는 테오도르의 말이 라 모트에 관한 고통스러운 우려를 확인해주었다. 그와 함께 또 하나 더 비참한 점은 마담 라 모트도 자신을 속이는 데 결탁했다는 사실이었다. 그 점을 생각하니 한순간 슬픔이 공포를 압도했다. 그녀는 쓰디쓴 눈물을 쏟아냈다. "이게 인간의 본성이란 말인가? 나는 정녕 모든 이가 다 거짓되었다는 것을 겪을 운명이란 말인가?" 우리가 존경하던 사람들에게서 뜻하지 않게 악행을 발견하게 되면 우리는 개개인에 대한 책망에서 종 전체로 확장시키는 경향이 있다. 그러면 그때부터 외양을 업신여기며 너무 성급하게 아무도 믿을 사람이 없다고 결론을 내린다.

아들린은 다음 날 아침 라 모트의 발치에 무릎을 꿇고 연민과 보호를 구해보기로 결심했다. 앞으로 벌어질 일을 생각하니 너무도 불안해 문서의 글을 읽을 여유가 없었다. 그리하여 그녀는 의자에 앉아 상념에 잠겼다. 그러다 마담 라 모트가 방으로 드는 발소리가 들렸다. 라 모트도 곧 방으로 들었다. 아들린, 고통에 시달리는 그 순한 아들린은 이제 이틀 동안 고문 같은 불안에 괴로워했고 또 하룻밤의 무시무시한 악몽에 시달린 후 불안을 잠재우고 잠자리에 들려고 애를 썼다. 지금 같은 심리 상태에서는 작은 일에도 화들짝 놀라기 마련이라 거의 잠을 이룰 수 없었다. 그러다가 살짝 선잠에 들었는데 시끄럽고 이상한 소음에 깨고 말았다. 귀를 기울여보니 그 소리는 아래층에서 나는 소리였다. 그러나 몇 분 후 다급하게 라 모트의 방문을 두드리는 소리가 났다.

방금 전에 잠이 든 라 모트는 쉽게 깨지 못했다. 그러나 문을 두드리는 소리가 아주 격렬해지자 극심하게 겁을 먹은 아들린이 일어나 그의 방과 연결된 문으로 가서 그를 부르려 했다. 그때 그녀는 후작의 목소리에 동작을 멈추었다. 그는 라 모트에게 즉시 자리에서 일어나라고 일렀고 마담 라 모트도 동시에 남편을 깨웠다. 그는 마침내 놀라 일어났고 이내 후작과 함께 아래층으로 내려갔다. 아들린은 달달 떨리는 손으로 옷을 챙겨 입고 옆방으로 가서 매우 놀라고 겁을 먹은 마담 라 모트 곁으로 갔다.

한편 후작은 초조한 표정으로 중요한 일로 아침 일찍 몇 사람을 만나기로 약속했다는 사실을 라 모트에게 알리며 즉시 자신의 성으로 떠나야 한다고 말했다. 그가 그렇게 말하며 자신의 하인들을 깨우라고 시킬 때 라 모트는 그의 얼굴이 백짓장처럼 창백해진 것을 놓치지 않았다. 그러면서 영주님께서 아프신 건 아닌지 염려를 표했다. 후작은 그에게 자신은 완벽하게 건강하다고 하며 즉시 출발해야 한다고 다시 말했다. 라 모트는 페터에게 다른 하인들을 깨우라고 시켰고, 후작은 식사를 거부하고 라 모트에게 다급하게 작별 인사를 한 후 수행원들이 준비가 되자마자 수도원을 떠났다.

라 모트는 자신의 방으로 돌아와 후작이 다급하게 떠난 연유를 생각해보았다. 후작이 분명 그렇게 황급히 떠나며 댄 이유로는 설명되지 않는 면이 있었다. 즉, 감정이 너무 격해진 게 눈에 띄었던 것이다. 그는 불안한 마담 라 모트를 달래주었고 동시에 후작이 급작스럽게 떠난 이유를 알려주어 그녀를 더욱 놀라게 했다. 라 모트가 돌아오는 소리를 듣고 자신의 방으로 돌아와 있던 아들린은 말발굽 소리가 들리자 창밖을 내다보았다. 후작과 수행원들이 멀어지고 있었다. 그녀는 정확히 그들이 누군지 분간하지 못하고 그런 무리가 그 시각에 수도원 인근을 지난다는 사실에 놀라 라 모트에게 상황을 알리러 갔다가 방금 전에 벌어졌던 일에 대해 전해 들었다.

마침내 아들린은 침실로 물러나 꿈에 시달리지 않고 단잠을 잤다.

아침에 일어났을 때 아들린은 라 모트가 아래 뜰에서 걷고 있는 것을 보고는 그에게 애원하기 위해 서둘렀다. 휘청거리는 발걸음으로 그에게 다가갔다. 안색은 창백했고 태도는 겁을 먹은 상태로 마음 상태가 고스란히 드러났다. 그녀는 앞뒤 설명 없이 그의 동정을 간구했다. 라 모트는 동작을 멈추고 찬찬히 그녀의 얼굴을 들여다보면서 지금 그런 청에 내포되었듯이 자신의 행동 무엇이 의심을 샀는지 물었다. 아들린은 한순간 그의 정직성을 의심했다는 말에 얼굴을 붉혔으나 자신이 엿들은 그 말들이 귓전을 맴돌았다.

"선생님의 행동은 제가 바랄 수 있는 이상으로 저에게 친절하고 관대하셨다는 것을 인정합니다. 하지만……" 아들린은 말을 멈추었다. 부끄럽게도 자기가 믿는 것을 어떻게 말해야 할지 몰랐다. 라 모트는 답을 기다리며 그녀를 빤히 쳐다보았다. 그러다가 무슨 말인지 설명해달라고 말했다. 아들린은 아버지로부터 자신을 지켜달라고 간청했다. 라 모트는 놀라고 혼란스러운 표정을 지었다. "네 아버지라니!" "예, 선생님. 아버지가 저의 은신처를 알아냈다는 걸 저도 모르지 않습니다. 저는 선생님께서 보셨듯이 절 그렇게 잔인하게 대했던 아버지를 두려워할 이유가 충분합니다. 다시 한번 간청 드리오니 그분의 손아귀에서 절 구해주세요."

라 모트는 생각에 잠겨 잠자코 서 있었다. 아들린은 그의 연민을 끌기 위해서 계속 애원했다. "도대체 무슨 이유로, 아니 어떻게 네 아버지가 널 찾는다는 걸 알았느냐?" 아들린은 어찌해야 할지 몰랐다. 대답을 하려면 자신이 대화를 엿들었다는 것을 인정해야 했다. 그렇다고 거짓말을 꾸며내는 것도 할 수 없었다. 그녀는 마침내 사실대로 고백했다. 라 모트는 즉각 사나운 표정을 지으며 계획적으로 한 게 아니라 우연히 한 그녀의 행동에 대해 날카롭게 꾸짖었다. 그는 무엇을 엿들어 그렇게 겁을 내는지 물었다. 그녀는 불분명하게 들은 내용을 있는 그대로 밝혔다. 라 모트는 말을 하는 아들린을 뚫어져라 쳐다보았다. "그게 다냐? 결국 그 몇 마디 가지고 그런 결론을 내렸단 말이냐? 다시 잘 살펴보아라. 그러면 그게 합당한 결론이 아닌 것을 알게 될 것이야."

아들린은 두려움에 사로잡힌 나머지 간파하지 못했던 것을 이제 깨달았다. 바로 서로 연결되지 않은 말들이 대단한 의미가 있는 게 아니었고 자신의 상상력으로 그 연결 부분을 채워 넣어 있지도 않은 나쁜 일을 만들어냈다는 것이었다. 그런 생각을 했지만 그럼에도 두려움이 사그라지지 않았다. "걱정이 이제 분명히 사라졌겠지? 그러나 네가 한 질문에 확실히 대답해주겠다. 네가 한 추측이 맞다. 네가 놀란 건 그럴 만하다. 네 아버지가 네가 어디에 있는지 알아냈고 벌써 널 보내달라고 요구했단다. 연민의 정으로 내가 거절한 건 사실이다. 그러나 나는 널 데리고 있을 권한도 없고 널 지켜줄 수단도 없단다. 네 아버지가 와서 요구하면 알게 될 거야. 그러니 피치 못할 일에 대해 마음의 준비를 하고 있거라."

아들린은 한동안 눈물만 흘렸다. 마침내 절망 속에서 마음을 단단히 먹고 말했다. "전 하늘의 뜻에 맡기겠어요!" 라 모트는 조용히 그녀를 바라보았다. 그의 표정에 강렬한 감정이 묻어났다. 그러나 그는 더 이상 이야기를 하지 않고 슬픔에 잠긴 아들린을 홀로 남겨두고 수도원으로 들어갔다.

아침 식사를 하라는 전갈을 받고 그녀는 서둘러 응접실로 갔다. 그곳에서 마담 라 모트와 대화를 나누며 오전을 보냈다. 아들린은 마담에게 자신의 모든 걱정거리와 슬픔을 토로했다. 마담 라 모트는 아들린의 말에 마음이 아팠지만 연민과 피상적인 위로를 표현하는 것밖에 달리 할 수 있는 일이 없었다. 그리하여 시간은 무겁게 흘러갔다. 아들린의 불안은 점점 가중되었고 운명의 순간은 빨리 다가오고 있는 것 같았다. 아들린은 저녁 식사를 마치기도 전에 후작이 나타나 놀랐다. 그는 평소처럼 태연하게 방으로 들어와 지난밤에 폐를 끼쳐 미안하다며 사과했다. 그러면서 그는 지난밤 라 모트에게 댄 이유를 되풀이했다.

처음에는 어젯밤 엿들었던 대화가 떠올라 아들린은 혼란스러웠다. 그러면서 아버지 때문에 갖게 된 걱정을 잊으려고 애썼다. 후작은 평소와 같이 아들린에게 정성을 쏟으며 그녀가 아파 보여 걱정스럽다고 했다. 아들린은 티를 내지 않으려고 애썼는데도 괴로운 심경이 얼굴에 드러났다. 마담 라 모트가 물러갈 때 아들린도 따라 나가려고 했으나 후작이 잠시 더 머물러달라고 청하며 그녀를 다시 자리로 이끌었다. 라 모트는 그 즉시 자리를 떴다.

아들린은 후작이 무슨 이야기를 할지 너무 잘 알고 있

었다. 그의 말은 그녀가 품고 있던 두려움에 혼란스러움을 더 얹어주었다. 그는 진지하다는 걸 강조하고 싶어서인지 자신의 열정을 매우 격렬하게 토해냈다. 아들린에게는 그의 마음이 진심이라면 비참한 일이고, 진심이 아니라면 충격적인 일이었다. 아들린은 그의 말을 끊고 자신을 좋게 봐주어 감사하다는 말을 먼저 한 후, 꾸밈없고 단호한 태도로 거절한다고 말했다. 그러고는 자리에서 일어섰다. "가지 마요, 사랑스러운 아들린! 고통스러운 내 마음에 연민을 보낼 수 없다면 당신 자신이 처한 신변의 위험을 생각해봐요. 라 모트 씨가 당신의 불행과 지금 당신에게 닥친 위기에 대해 이야기를 해주었다오. 라 모트는 못 해도 내가 당신을 보호해줄 테니 나를 받아들여주시오."

아들린은 아랑곳하지 않고 문 쪽으로 계속 나아갔다. 그러자 후작이 후다닥 달려와 그녀의 발밑에 무릎을 꿇고는 손을 잡고 마구 키스를 했다. 아들린은 손을 빼내려 씨름을 했다. "내 말 좀 들어봐요, 사랑스러운 아들린! 내 말을 좀 들어요. 난 오직 당신 때문에 존재합니다. 나의 청을 들어줘요. 내 재산 전부 당신의 것이 될 것이오. 괜한 고집을 피워 날 절망에 빠지게 하지 말아요. 왜냐하면……"

아들린은 형용하기 어려운 위엄 어린 태도로 그의 말을 끊었다. 그녀는 그러면서도 그의 사랑 고백이 진심임을 믿는다는 태도를 보였다. "영주님, 저는 영주님의 너그러운 행동을 잘 이해합니다. 또한 영주님이 보여주신 관심에 감사를 표합니다. 저는 거절의 말씀 이상의 말씀을 드려야겠네요. 저는 제 마음을 드릴 수 없습니다. 저는 영주님을 존경하는 마음 이상은 드릴 수 없어요. 제가 계속 영주님을 존경할 수 있도록 앞으로 이런 고백을 하지 말아주세요."

아들린은 다시 자리를 벗어나려 했다. 그러나 후작이 그녀를 막아서며 잠시 망설인 후 이번에는 오해의 소지가 없는 말로 다시 구애를 시작했다. 아들린은 솟구치는 눈물을 애써 참으며 슬픔과 분노를 이겨내는 표정으로 말했다. "영주님, 이건 대답할 가치가 없습니다. 지나가게 해주세요."

그는 한순간 그녀의 위엄 어린 태도에 놀라지 않을 수 없었다. 그리하여 그는 그녀의 발치에 무릎을 꿇고 용서를 빌었다. 그러나 아들린은 조용히 손을 내저으며 서둘러 방에서 나갔다. 자신의 방으로 돌아와 문을 걸어 잠그고 털썩 의자에 주저앉아 가슴을 짓누르는 슬픔에 몸을 맡겼다. 라모트가 믿을 만한 사람이 아닐 수도 있다는 사실 또한 큰 슬픔으로 다가왔다. 분명 그가 후작의 진짜 계획을 모르고 있을 리가 없었기 때문이다. 그래도 그녀는 마담 라 모트는 후작의 마음이 진심 어린 애정이라는 그럴싸한 구실을 댄 남편의 말을 믿고 있는 것이라고 믿었다. 그녀는 그렇게 그나마 마담에 대한 의심으로 겪을 고통에서 벗어났다.

아들린은 자신을 둘러싼 미래를 두려운 마음으로 살펴보았다. 한쪽에는 잔인성을 그대로 드러낸 아버지가 있다. 다른 쪽에는 사악한 열정을 품고 모욕적으로 구애를 하는 후작이 있다. 마담 라 모트에게 모든 사실을 알리고 그녀의 보호와 연민을 구할 생각으로 눈물을 훔치고 막 방을 나서려 했다. 그때 바로 마담 라 모트가 그녀의 방으로 들어왔다. 아들린이 이야기를 하자 마담은 눈물을 흘리며 동요하는 것 같았다. 마담은 아들린을 위로하려 애쓰며 라 모트를 설득해 후작이 더 이상 압박을 가하지 못하게 해보겠노라고 약속했다. "아들린, 현재 우리 처지가 후작과 좋은 관계를 유지해야만 하는 걸 알지? 그러니까 그분 대할 때 되도록 화난 태도를 삼갔으면 좋겠어. 그분이 있더라도 평상시처럼 행동해줘. 난 이번 일이 바로 여기서 끝날 것 같지 않아."

"아, 마담! 제게 어찌 그리 어려운 임무를 주십니까? 다시는 그분과 함께 있는 굴욕을 당하지 않게 해주세요. 그분이 수도원에 방문하실 때면 저는 제 방에 있을 수 있게 해주세요."

"우리 상황이 허락만 한다면야, 나도 그 청을 즉각 들어주고 싶지. 하지만 우리가 이 수도원에 머물 수 있는 건 후작의 호의 때문이라는 걸 아들린도 잘 알잖아? 그걸 함부로 버릴 수 없잖아. 아들린이 말한 대로 행동한다면 분명히 위험해질 거야. 그러지 말고 좀 더 부드러운 방법으로 하자. 그분과의 우정도 지키면서 아들린이 더 심각한 불행을 겪지 않을 방법 말이야. 평소처럼 행동해줘. 생각하는 것만큼 어렵진 않을 거야."

아들린은 한숨을 쉬었다. "뜻에 따르겠습니다, 마담. 그렇게 하는 게 제 의무지요. 하지만 이렇게 말씀드리는 걸 용서하세요. 저는 정말 마지못해 그렇게 할 거라는 말씀이요." 마담 라 모트는 즉시 남편에게 가겠다고 약속했다. 아들린은 자신의 안전에 확신은 없었지만 불안한 마음이 조금은 누그러졌다.

아들린은 조금 후에 후작이 떠나는 모습을 보았다. 그러니 이제 마담 라 모트가 다시 돌아올 거라고 생각했다. 매우 초조하게 마담을 기다렸다. 거의 한 시간가량 방에서 마담을 기다리고 난 후 아들린은 드디어 응접실로 소환되었다. 그곳에 가보니 무슈 라 모트 혼자 있었다. 그는 그녀가 들어가자 자리에서 일어나더니 몇 분 동안 조용히 방 안을 거닐었다. 그런 다음 자리에 앉아 그녀에게 말을 걸었다. "내가 후작의 행동을 마담처럼 심각하게 받아들인다면 네가 마담에게 한 말 때문에 걱정이 많았을 것이야. 젊은 여성들은 멋을 아는 남성들이 보이는 부질없는 여성에 대한 호의를 곡해하는 경향이 있다는 거 나도 잘 안다. 그리고 너 아들린은 이번 경우처럼 경솔한 행위와 더 진지한 구애를 구분하는 데 있어 조심 또 조심해야지."

아들린은 라 모트가 자신의 이해와 의향을 그렇게 가볍게 여기는 데 놀랍고 기분이 상했다. "후작의 행동에 대해 이야기 들으신 게 맞습니까?"

라 모트는 퉁명스럽게 대답했다. "듣다마다! 또 나는 이 일에 대해 너처럼 편견으로 얼룩진 판단을 하지 않아. 하지만 더는 너와 논쟁하지 않겠다. 나는 그저 네가 내 위급한 상황을 잘 아니, 그에 맞게 행동해주기를 바랄 뿐이야. 네가 이런 위중한 시기에 분노를 드러내면 그분은 나한테 적대감을 가질 거야. 그러지 않길 바란다. 그분은 이제 나의 친구고, 나는 안전을 위해서 계속 그런 관계를 유지해야 해. 우리 식구 중 누구라도 그에게 무례하게 군다면 그분은 나의 적이 되는 거야. 넌 반드시 그분에게 공손하게 대해야 한다." 아들린은 '무례'란 말이 너무 심한 말이라고 생각되었지만 불쾌감을 드러내지는 않았다. "저는 후작이 나타나면 제 방으로 물러날 수 있도록 허락받고 싶었으나 그게 선생님의 이익에 해를 끼친다고 믿으시니, 뜻에 따르겠습니다."

"그렇게 분별력과 선의를 보이니 기쁘구나. 네가 나에게 도움이 되고 싶다니, 그러려면 후작을 친구로 대하는 게 가장 효과적인 방법일 것이다." 친구란 말이 후작과 연관되어 나오니 아들린은 그 말이 귀에 거슬렸다. 그녀는 망설이며 라 모트를 바라보았다. "선생님, 저는 선생님의 친구로서 그분을 저의……" 아들린은 "친구로 대하도록 노력하겠다"는 말을 하려고 했으나 그 문장을 끝내는 게 불가능했다. 대신 아버지로부터 자신을 보호해달라고 간청했다.

"내가 할 수 있는 한에선 널 보호해줄 거야. 그러나 너도 내가 네 아버지 뜻에 어긋날 권리도 없고 힘도 없다는 것 잘 알지 않느냐? 그분이 너의 은신처를 알아낸 이상, 분명 내가 여기 머무는 이유에 대해서도 알아냈을 거야. 그런 상황에서 내가 그분과 척지면 날 당국에 밀고하겠지. 그게 널 데려갈 수 있는 가장 확실한 방법이니까. 사방에 위험이 도사리고 있어. 아, 벗어날 방법을 안다면 얼마나 좋을까!"

"이 수도원을 떠나세요! 스위스로 가든 독일로 가든 하면 되잖아요? 그러면 후작에 대한 의무에서 벗어날 수도 있고 또 두려워하시는 박해로부터 해방될 수 있잖아요? 이렇게 말씀드려서 죄송해요. 분명 어느 정도 저의 안위를 위해 나온 말이기도 하니까요. 하지만 그래도 선생님의 안전에도 좋은 거잖아요?"

"그래, 그것도 좋은 방법이지. 돈이 있다면 말이야. 사정이 이러니 그냥 여기 머물러야 해. 되도록 사람들 눈에 띄지 않고, 날 아는 사람들을 친구로 만들어 스스로를 지키면서 말이다. 특히 후작의 호의를 잃으면 끝장이야. 네 아버지가 필사적인 방법으로 몰아붙인다면 후작의 힘을 빌려야 하지 않겠니? 하지만 이런 말도 소용없을 수도 있겠구나. 네 아버지가 벌써 그런 방법을 쓰기 시작했을 수도 있잖아? 그러면 네 아버지가 지닌 복수의 칼날이 지금 내 머리를 노리고 있을 수도 있어. 널 보살핀 까닭으로 내가 이런 위험에 처한 것이다, 아들린. 내가 진작 널 그의 뜻대로 넘겼다면 난 지금 안전했을 거야."

아들린은 라 모트의 그 말을 곧이곧대로 받아들이며 감

동을 받았다. 뭐라고 감사 인사를 해야 할지 몰랐다. 마침내 입을 열었을 때 순정한 마음으로 매우 적극적으로 감사를 표했다. "너 진지하게 하는 말 맞지?"

"제가 진지하지 않을 수 있나요?" 배은망덕이라는 생각에 아들린은 눈물을 흘리며 말했다. "감정 표현이야 쉬운 일이지. 감정의 움직임은 가슴과 관계가 없어. 나는 감정이 우리의 행동에 영향을 미쳐야만 그게 진지한 것이라고 믿을 수 있단다."

"그게 무슨 말씀이시죠?" 아들린이 놀라서 물었다.

"네가 그렇게 감사하다니까, 그 마음을 증명할 기회가 온다면 실제로 행동으로 보여줄 수 있는지 묻는 거란다."

"제가 뭘 못 하겠습니까? 제가 거절할 거라고 생각하시는 게 있는지요?

"예를 들어, 후작이 네게 진지하게 열정을 맹세하고 청혼을 한다면 어떻겠니? 사소한 분노라든지, 아니면 혹시 전에 마음에 품었던 다른 사람 때문에 그분의 청혼을 거절하겠느냐?"

아들린은 얼굴을 붉히며 고개를 숙였다. "선생님은 정말 제가 할 수 없는 유일한 일을 콕 집으셨네요. 저는 후작을 절대 사랑할 수도 없고 또 솔직하게 말씀드리지만 그분을 존경할 수도 없습니다. 감사를 표하자고 한 사람의 일생 전체를 바치는 건 너무 심한 희생입니다." 라 모트는 불쾌한 표정을 지었다. "역시 내가 생각한 대로군. 그 섬세한 감정이야, 말로 하면 멋져 보이지. 또 말하는 사람을 호감 있게 보이게도 하고. 하지만 그 감정들을 행동의 시험대에 한 번 올려놔봐라. 그러면 그냥 허공중에 사라져버리고 말 거야. 남는 건 산산조각 난 허영심뿐이지."

라 모트가 그렇게 부당하게 빈정거리자 아들린은 눈물이 솟구쳤다. "선생님의 안전이 저의 행동에 달렸다니, 절 그냥 제 아버지에게 넘기세요. 저 돌아가겠습니다. 제가 여기 머무는 게 선생님께 새로운 불행을 가져올 거라니, 제가 갈게요. 이제껏 받은 은혜에 선생님의 안전보다 제 안전을 우선시해서 제가 배은망덕하면 안 되지요. 제가 떠나고 나면 선생님은 후작의 심기를 건드릴 걱정은 하지 않으셔도 되잖아요? 제가 여기 계속 있으면 아무래도 그럴 경우가 생길 거니까요. 저는 그분이 진심으로 그런다고 하더라도 그분의 구애를 받아들일 수 없을 것 같아요."

라 모트는 마음의 상처를 입고 또 겁을 먹은 것 같았다. "그건 안 돼. 일어나지도 않은 불행으로 우리 자신을 괴롭히지 말자. 그리고 그걸 피하기 위해 확실한 것에 기대자꾸나. 아들린, 안 돼. 네가 내 안전을 위해 너 자신을 희생할 준비가 되었더라도 내가 그리 놔두지 못하지. 난 널 네 아버지에게 보내지 않을 것이야. 그 사람이 강제로 데려가지 않는 한 말이야. 그러니 그 점에 있어서는 걱정하지 마. 내가 요구하는 건 오로지 후작에게 공손하게 행동하라는 거야."

"뜻에 따르도록 노력하겠습니다." 이때 마담 라 모트가 방으로 들어와 둘은 대화를 마쳐야 했다. 아들린은 우울한 생각으로 저녁을 보내고 되도록 빨리 자신의 방으로 물러났다. 얼른 잠에 빠져 슬픔에서 벗어나고 싶었다.

제9장

헤아릴 수 없이 계속되는 우울한 밤들
그는 천천히 떠오르는 여명을 바라보다가
잠의 마법을 갈구한다,
애처로운 침대 위로
잠깐이라도 고요가 내려앉기를,
타는 듯한 두 눈에
망각의 이슬이라는 향유가 스며들기를.
— 워턴[15]

아들린은 전날 밤 발견한 문서가 낮 동안 몇 번 생각났지만 당장의 일들로 여유가 없어 펼쳐볼 엄두가 나지 않았다. 그녀는 이제 서랍에서 그것을 꺼내 첫 몇 쪽만 대충 훑어볼 생각으로 침대 옆에 자리를 잡고 앉았다.

호기심을 품고 문서를 펼쳤다. 잉크가 색이 바래다 못해 지워지다시피 해서 알아보기가 어려웠다. 첫 쪽의 첫 부분은 완전히 지워졌고 이야기를 시작하는 것으로 보이는 부분은 다음과 같았다.

오! 누구일지 모르겠으나 우연히, 혹은 불행한 일로 이곳에 오게 된 분이시여! 당신께 말을 건넵니다. 당신께 제가 당한 억울한 일을 밝히오니, 저의 억울함을 풀어주시기를 간청합니다. 부질없는 소망이겠지요! 그러나 제가 지금 이렇게 쓰고 있는 글이 언젠가는 누군가의 눈에 띌 수 있다고 생각하는 것만으로도 위안이 됩니다. 저의 고통을 전하는 글이 언젠가 따뜻한 가슴을 지닌 이의 연민을 살 수 있다는 것이 위로가 됩니다.

그러나 눈물은 흘리지 마세요. 당신의 연민은 이제 소용없는 것이니까요. 비참한 고통은 멈춘 지 오래입니다. 불만의 목소리도 사라졌습니다. 죽음으로 영면에 들 때까지 찾을 수 없는 연민을 바라는 것은 나약함 때문이지요.

저는 1642년 10월 12일 밤 코Caux로 가는 길에서 붙잡혔습니다. 불멸의 앙리 왕[16]을 기념해 기둥을 세운 바로 그 지점에서 잡혔지요. 네 명의 불한당들이 제 하인을 공격하고 저를 끌고 숲을 지나 이 수도원으로 왔습니다. 그자들은 흔한 산적들이 아니라 누군가 힘을 지닌 자가 무시무시한 목적을 거두기 위해 고용한 사람들이라는 게 느껴졌습니다. 애원을 해보기도 하고 뇌물로 회유를 해보아도 고용한 사람이 누구인지 목적이 무엇인지 알 수 없었습니다. 그자들은 아주 사소한 정황도 밝히지 않으려 했습니다.

그러나 오랜 여행 끝에 이곳에 도착했을 때 그자들의 고용인과 그의 끔찍한 계략이 바로 밝혀졌고, 또 바로 이해가 되었습니다. 얼마나 놀라운 순간이었던지! 모든 천둥 번개가 이 무방비한 머리 위로 향하는 것 같았습니다. 오, 부디 내 가슴이 이……

등잔불이 꺼져가고 있는 바람에 색이 많이 바랜 글자를 알아보기가 쉽지 않았다. 들키지 않고 아래층에서 불을 구해 오는 것도 불가능했다. 누군가 자신을 본다면 놀랄 테고 또 그에 대한 설명을 해야 할 텐데 그러고 싶지 않았다. 그리하여 아들린은 여러 정황상 매우 관심을 끄는 그 문서를 어쩔 수 없이 그만 읽고 잠자리에 들지 않을 수 없었다.

아들린이 읽은 것만으로도 글쓴이의 운명에 두려운 관심이 일었고 마음에 끔찍한 이미지들이 떠올랐다. "바로 이 방들에서!" 아들린은 몸을 떨며 눈을 감았다. 마침내 마담 라 모트가 자신의 방으로 들어가는 소리를 듣고 유령처럼 떠도는 두려움이 잦아들자 잠자리에 들 수 있었다.

아침에 마담 라 모트가 그녀를 깨웠다. 아들린은 평소보다 훨씬 더 늦게까지 자는 바람에 문서를 읽을 시간을 잃었다는 것에 실망했다. 라 모트는 유별나게 우울해 보였고 마담 또한 우울한 태도를 하고 있었다. 아들린은 자신 때문에 마담이 더 우울한 거라고 생각했다. 아침 식사가 끝나기도 전에 말발굽 소리가 들려 누군가 도착했음을 알렸다. 아들린은 홀의 퇴창을 통해 후작이 말에서 내리는 모습을 보았다. 아들린은 후다닥 물러나며 라 모트의 부탁을 잊고 자신의 방으로 물러나려 했다. 그러나 후작이 이미 홀로 들어온 상태였다. 그는 아들린이 자리를 뜨는 것을 보고는 라 모트에게 물어보는 듯한 눈길을 주었다. 라 모트는 그녀를 불러 세우고는 눈을 찡긋거리고 인상을 쓰면서 자신과의 약속을 잊지 말라는 표시를 했다. 아들린은 정신 똑바로 차리려고 기운을 끌어모았으나 그럼에도 혼란스러운 감정이 고스란히 드러나는 표정으로 후작에게 다가갔다. 후작은 평소와 같이 유쾌한 표정으로 마음 편하게 그녀를 대했다.

아들린은 후작의 아무렇지 않은 듯 태평하고 당당한 모습에 충격을 받았다. 그러나 그의 그런 태도는 오히려 아들린의 자긍심을 더 일깨웠다. 아들린이 위엄 어린 태도를 보이자 후작은 당혹스러워했다. 그는 말을 할 때 주저했고 종종 대화의 주제에서 벗어나기도 했다. 그는 결국 자리에서 일어서더니 아들린에게 몇 분간 따로 이야기를 나누자고 부탁했다. 라 모트 내외가 방을 나서려는 순간 아들린은 후작을 쳐다보며 말했다. "친구들이 안 계시면 어떤 이야기도 듣지 않겠습니다." 그러나 그 말은 아무 소용이 없었다. 그들은 아랑곳하지 않고 방을 나가버렸다. 라 모트는 밖으로 나가며 자신을 따라 나오면 좋지 않을 거라는 메시지를 표정으로 전달했다.

아들린은 떨리는 마음으로 아무 말 하지 않고 가만히 앉아 있었다. 후작이 마침내 입을 열었다. "뜨거운 열정을 보인 나의 행동 때문에 당신이 나를 좋지 않게 생각한다는 것 잘 압니다. 그리고 다시 당신의 존경심을 사기가 쉽지 않다는 것도요. 그러나 나는 당신에게 나의 작위와 재산 모두를 걸 겁니다. 그거면 내 사랑이 얼마나 진실한지 충분히 증명이 되겠지요? 또 사랑 때문에 저지른 도 넘은 행동을 용서하기에 충분할 거고요?"

후작은 이렇게 흔하디흔한 말로 장황하게 떠든 다음 그걸 승리의 서막이라고 생각했는지 아들린의 손에 입을 맞추려고 했다. 아들린은 황급히 손을 빼냈다. "영주님, 영주님도 이미 저의 마음을 잘 알고 계시지 않나요? 그러니 제가 영주님의 청을 받아들일 수 없다고 다시 반복할 필요가 없겠지요?"

"이유를 설명해주오, 사랑스러운 아들린! 이제껏 내가 이런 제안을 한 적이 없는데?"

"맞는 말씀입니다. 어제 하신 말씀을 듣고 났더니 더 이상 그 어떤 다른 제안도 받아들일 수가 없습니다." 그녀는 자리를 뜨려고 일어섰다. "가지 마요." 후작은 자존심이 상한 표정을 억누르며 말했다. "그렇게 터무니없이 화를 내면 당신이 앞으로 헤쳐 나가야 할 일에 해가 될 수도 있어요. 그러지 말아요. 당신에게 닥친 위험한 일을 생각해봐요. 내 제안이 얼마나 가치가 있는지 생각해보라고요. 적어도 당신에게 명예로운 안식처는 확보하는 거잖아요?"

"제가 겪어야 할 불행이 무엇이든 영주님께 떠넘길 생각 없습니다. 그러니 이렇게 말씀드리는 걸 용서하세요. 영주님께서 지금 그런 말씀을 하신 것이 저에게 연민보다는 모욕을 더 줄 뿐입니다." 후작은 혼란스러운 표정이긴 했으나 대꾸하려고 했다. 그러나 아들린은 틈을 주지 않고 자리를 떠서 자신의 방으로 물러났다. 아무리 곤궁하더라도 후작의 청혼은 혐오스러웠다. 절대 받아들이지 않을 거라고 다시 한번 다짐했다. 후작의 기질을 전반적으로 싫어하는데다 혐오스러운 그런 제안에 더해, 아들린의 가슴속에는 지울 수 없는 사랑의 기억이 있었다.

후작은 저녁 식사 시간까지 머물렀다. 아들린은 라 모트를 생각해 식탁에 합류했다. 후작은 자주 열정 어린 눈빛을 던졌다. 그녀는 참을 수 없이 비참한 마음이 들어 식탁을 치우자마자 그 즉시 방으로 돌아왔다. 마담 라 모트가 이내 그녀를 따라와 밤이 되어서야 문서를 다시 읽을 수 있었다. 라 모트 내외가 방으로 들고 사방이 조용해졌을 때 등잔불을 밝히고 문서를 꺼내 읽었다.

불한당들이 말에서 결박을 풀고 나를 끌고 수도원의 홀을 지나 나선형 계단으로 올랐습니다. 저항해봤자 소용없었지요. 하지만 나는 나를 이곳으로 끌고 온 자들하고는 다른 순한 사람이 있는지 찾아볼 요량으로 이리저리 둘러보았습니다. 동정심이 있고 적어도 인간적인 대우를 할 줄 아는 사람 말입니다. 그렇게 찾아보았지만 소용없는 일이었죠. 아무도 보이지 않았습니다. 그러자 최악의 걱정이 밀려왔습니다.

이렇게 비밀리에 일을 처리한다는 것은 끔찍한 결론을 앞두고 있다는 뜻이겠지요. 그자들은 방을 몇 개 지나쳐 낡은 태피스트리가 걸려 있는 방에서 멈추었습니다. 나는 왜 계속 나아가지 않는지 물었고 그랬더니 곧 알게 될 것이라는 답을 들었습니다.

그 순간 저는 죽음의 순간이 다가올 거라 예상하며 조용히 신께 스스로를 맡겼습니다. 그러나 그때 죽음이 계획된 건 아니었어요. 그들이 태피스트리를 들어 올리자 문이 나왔습니다. 그들은 문을 열고 나서 내 팔을 붙잡고 음침한 방들을 따라 나아갔습니다. 그 방들 중에 가장 안쪽에 있는 곳으로 가더니 다시 걸음을 멈추었습니다. 그 끔찍하고 음침한 곳은 딱 살해와 어울렸고 치명적인 생각을 부추기는 곳이었습니다. 여기서 나는 다시 죽음의 도구를 찾았고 다시 유예를 받았습니다. 나는 날 도대체 어떻게 할 거냐고 물었습니다. 이제는 계략을 짠 장본인이 누구인지 물어볼 필요가 없었습니다. 그자들은 침묵을 지키다가 마침내 이 방이 나의 감방이라고 하더군요. 그들은 물 한 병을 바닥에 놓고 방을 나갔습니다. 밖에서 방문의 빗장을 거는 소리가 들렸습니다.

오, 절망의 소리! 오, 형언할 수 없을 정도로 불안한 순간! 분명 죽음의 고통 자체가 내가 그때 겪은 고통보다도 더 크진 않을 것입니다. 빛을 보지 못하게 갇히고 친구들로부터 분리되고 삶에서 격리된 채─당연히 그럴 것이라 생각할 수밖에 없는 상황입니다─그것도 바로 인생의 전성기, 털어내지 못한 세상의 때가 최고조에 이른 시기에. 제아무리 끔찍한 일이라도 확실히 알고 있으면 나을 텐데, 도대체 어떤 일이 벌어질지 몰라 더욱 끔찍하기만 한 공포를 상상할 수밖에 없는 신세! 나는 가라앉고 있는⋯⋯

이 부분에서 원고의 몇 쪽이 습기로 삭아서 완전히 읽을 수 없는 상태였다. 아들린은 겨우 다음과 같은 부분만을 분간해냈다.

　홀로 침묵 속에 사흘이 지났다. 죽음의 공포가 바로 눈앞에 있다. 그러니 그 끔찍한 일에 대해 준비하자! 아침에 눈을 뜨면 나는 다시 밤을 보지 못할 거라고 생각한다. 그러다 밤이 오면 다음 날 아침 눈을 뜨지 못할 것이라고 생각한다. 내가 여기로 끌려온 이유, 이렇게 비참하게 갇혀 있는 이유, 그 모두 죽음뿐이니! 그러나 도대체 내가 무슨 잘못을 했기에 같은 인간의 손에 이런 짓을 당해야만 한단 말인가? 바로 그⋯⋯

　　　　　　　⋯⋯

　오, 내 아이들! 오, 멀리 있는 친구들이여! 나는 다시는 당신들을 보지 못할 겁니다. 헤어질 때의 친절한 표정을 더 이상 볼 수 없고 헤어질 때 건넨 축복의 인사말을 더 이상 할 수가 없으니! 당신들은 나의 비참한 상태를 모르고 있지요. 아아! 인력으로는 절대 알 수가 없으니. 당신들은 내가 행복하리라 믿고 있겠지. 그렇지 않다면 벌써 나를 구하러 왔으련만. 내가 지금 쓰고 있는 글은 내게 아무 쓸모가 없다는 것을 잘 알고 있습니다. 그러나 슬픔을 토해내는 것만으로도 위안이 됩니다. 따라서 나는 내게 글을 쓸 수 있는 도구를 구해준 그자를, 다른 자들보다 덜 야만적인 그자를 축복합니다. 아아! 그는 내게 그 부탁을 들어준다 해도 그 자신 아무것도 두려워할 게 없음을 잘 알고 있습니다. 펜으로는 나를 구해달라고 친구를 부를 수 없지요. 또 너무 늦기 전에 나의 위험을 알릴 수도 없습니다. 오! 당신! 내가 지금 쓰고 있는 것을 나중에라도 볼 수 있는 당신은 나의 고통에 눈물을 흘리리. 나 또한 다른 사람의 고통에 자주 눈물을 흘린 적이 있으니!

아들린은 이 부분에서 잠시 읽기를 멈추었다. 이 비참한 글쓴이는 여기서 그녀의 가슴에 직접적으로 호소했다. 그는 진실의 힘으로 말을 하며, 또 상상의 힘을 빌려 마치 그가 겪은 과거의 고통이 바로 지금 벌어지고 있는 것처럼 생생하게 호소하고 있다. 아들린은 한동안 다시 글로 돌아갈 수 없어 슬픈 상념에 빠져 앉아 있었다. "바로 이 방에 이 가여운 사람이 갇혀 있었다. 바로 여기에 그 사람이……" 그때 아들린은 깜짝 놀랐다. 무슨 소리가 들리는 것 같았다. 그러나 밤의 적막은 그대로였다. "바로 이 방에서 이 글을 썼어. 이 글을 쓰며 누군가 나중에 연민의 눈으로 읽어줄 거라 믿으며 위안을 얻었어. 지금 그 시간이 왔어요. 오, 상처받은 자여! 당신의 비극을 슬퍼합니다. 바로 당신이 고통받은 곳에서 당신의 고통에 눈물을 흘립니다!"

아들린은 지금 상상력이 팽팽하게 곤두선 상태였다. 스트레스를 받은 데다 마음까지 심란하여 감각이 매우 혼란했다. 그녀는 다시 깜짝 놀라며 귀를 기울여보았다. 누군가 "여기"라고 말하는 것 같았다. 바로 뒤에서 분명히 그렇게 속삭인 것 같았다. 그러나 생각의 공포는 한순간이었다. 그녀는 실제로 그럴 리가 없고 헛것을 들은 것이라고 스스로를 다독였다. 그러고는 원고를 들고 다시 읽기 시작했다.

이렇게 붙잡아두는 이유가 무언가! 뭐 하러 시간을 끄는가? 죽일 거면 왜 당장 죽이지 않는가? 이곳에 갇혀 지낸 지삼 주가 지났고 그동안 나의 고통을 달래줄 그 어떤 연민의 눈빛도 보지 못했다. 내 목소리 이외에는 아무 목소리도 들리지 않았다. 나를 지키는 불한당들의 표정은 그 어떤 호소에도 냉담함을 잃지 않고 꿈쩍도 하지 않는다. 그자들의 침묵은 완강하기만 하다. 이 고요가 두려울 뿐이다! 오, 그대, 철저히 홀로 갇혀 지내는 게 어떤 건지 아는 당신, 기쁨을 주는 그 어떤 소리도 듣지 못하고 황량하기만 한 날들을 지낸 당신, 당신만이 내가 느끼는 것을 알 것이오. 그리고 내가 얼마나 간절히 인간의 목소리를 듣고 싶어 하는지 알 것이오.

오, 비참하게 궁지로 몰린 처지! 살아 있으나 죽은 거나 다름없는 상태! 이 끔찍한 적막감! 나를 둘러싼 모든 게 죽어 있다. 나는 정말 존재하는가? 아니면 나는 그저 조각상인가? 이건 꿈인가? 이 모든 게 실제로 일어나는 일인가? 아아! 정말 모르겠다! 이 죽음과 같은 영원한 고요, 이 음침한 방, 다가올 고통에 대한 두려움이 마음을 휘저어놓았다. 오, 나의 지친 머리를 기대도록 어깨를 내줄 친구가 있으면 얼마나 좋으리! 나의 영혼을 살릴 따뜻한 말을 해줄 사람이 있다면!

......

나는 몰래 이 글을 쓰고 있다. 내게 필기도구를 구해준 이는 내게 연민을 느끼고 있는 것 같다. 나는 그를 며칠 동안 보지 못했다. 그는 아마도 나를 도와줄 마음이 있는 것 같은데, 바로 그 점 때문에 이곳에 오지 못하는 것 같다. 오, 그 희망! 그러나 그 얼마나 부질없는가. 나는 살아 있는 한 이 방을 빠져나가지 못할 것이다. 또 하루가 지나고 나는 아직 살아 있다. 내일 밤 이 시간이면 나의 고통이 죽음으로 봉해질지 모른다. 나는 죽음으로 손이 멈출 때까지 밤마다 계속 기록을 남길 것이다. 이 글을 읽는 이는 기록이 멈추면 나도 더이상 존재하지 않는다는 걸 알 것이다. 아마도 이게 내가 쓰는 마지막 기록일 수도 있다.

......

아들린은 읽기를 멈추고 하염없이 눈물을 흘렸다. "불행한 이여! 당신을 구해줄 사람이 아무도 없었다니! 위대한 신이시여! 당신의 뜻은 헤아릴 수가 없어요!" 상념에 빠져 앉아 있는 동안 상상력은 공포의 지대를 헤매고 있었다. 그리하여 아들린은 점점 이성이 마비되고 있었다. 테이블 위에 거울이 하나 있었는데 그걸 들어 올려 바라보기가 겁났다. 자신의 얼굴이 아니라 누군가 다른 이의 얼굴이 마주볼 것 같았다. 다른 무시무시한 생각들, 환영 속의 기괴한 이미지들이 머릿속을 헤집었다.

곁으로 공허한 한숨이 지나가는 것 같았다. "성모 마리아여, 절 보호해주소서!" 그녀는 겁에 질린 눈으로 방 안을 둘러보았다. "이건 분명 공상 이상의 것이야." 아들린은 너무나 겁에 질린 나머지 몇 번이나 식구들을 부를 뻔했다. 그러나 그들을 방해하고 싶지도 않았고, 또 그랬다가 조롱을 당할까 두려워 그러지 못했다. 또한 움직이는 것도 겁이 났고 심지어 크게 숨을 쉬는 것도 어려웠다. 창가를 두드리는 바람 소리 사이에 또 한숨 소리가 났다. 상상력은 더 이상 이성의 통제를 거부했다. 고개를 돌려 보니 정확하지는 않지만 어떤 사람의 형상이 방 안의 침침한 부분을 지나는 것 같았다. 오싹한 냉기가 그녀를 덮쳤다. 의자에 꼼짝 못하고 앉아 있었다. 그러다 결국 크게 한숨을 쉬고는 억눌린 가슴을 좀 풀었고 다시 정신을 차리기 시작했다.

고요가 이어지자 얼마 지난 후 아들린은 자신이 환상의 영향에 휘둘리지 않았는지 돌아보기 시작했다. 차츰 공포를 이겨내고 마담 라 모트를 부르려던 마음을 접었다. 그러나 마음이 너무 흥분된 상태라 그날 밤은 더 이상 원고를 볼 엄두가 나지 않았다. 그리하여 기도를 올리면서 마음을 다스린 후 잠자리에 들었다.

아침이 밝았다. 창가에 햇빛이 반짝거리며 어둠의 음험함을 물리치고 있었다. 잠으로 안정을 찾고 힘을 얻은 아들린은 신비하고 혼돈스러운 상상력의 자극을 거부했다. 그녀는 상쾌하게 일어나 감사하는 마음이 들었다. 그러나 아침 식사를 하기 위해 아래층으로 내려갔다가 후작을 보고는 그 짧았던 마음의 평화도 달아나버리고 말았다. 후작이 고백을 하고 난 후 그의 잦은 방문은 불쾌할 뿐만 아니라 두려운 일이 되어버렸다. 그는 자기가 그를 어떻게 대하든 다 참아내리라 작정한 것 같았다. 그의 그 뻔뻔함과 무심함이 화를 돋우었을 뿐만 아니라 혐오감을 부채질했다. 아들린은 라 모트를 생각해 그러한 감정을 숨기려 애썼다. 그렇지만 그가 자신에게 너무나 많은 것을 요구하는 게 아닌지, 앞으로 어떻게 하면 그런 부담을 피할 수 있을지 진지하게 생각해보기 시작했다. 후작은 아들린을 극진히 존중하며 살피는 태도로 대했으나 그녀는 입을 다물고 있었다. 그러다가 기회를 틈타 자신의 방으로 물러났다.

아들린이 나선형 계단을 올라갔을 때 페터가 아래층 홀로 들어왔다. 그는 아들린을 보고는 걸음을 멈추고 뚫어져라 그녀를 올려다보았다. 아들린이 그를 보지 못하자 그가 한껏 목소리를 낮춰 그녀를 불렀다. 페터가 뭔가 할 말이 있다는 시늉을 하고 있었다. 바로 다음 순간 라 모트가 아치 천장 방 문을 열었다. 그러자 페터는 황급히 자리를 떴다. 아들린은 방으로 돌아와 페터의 몸짓과 조심스러워하던 그의 태도에 대해 생각해보았다.

그러나 곧 항상 하던 생각으로 돌아왔다. 이제 사흘이 지났고 더 이상 아버지 소식을 듣지 못했다. 그녀는 아버지가 라 모트가 암시한 강제적인 방법을 포기하고 좀 더 온건한 방법을 찾았기를 바라기 시작했다. 그러나 아버지의 성격을 생각해보면서 그게 가당치 않은 일인 것 같아 다시 두려움에 빠져들었다. 수도원에 사는 것이 지금은 고통스러운 일이 되었다. 후작의 존재와 라 모트가 시키는 일들 때문이었다. 그러나 그렇다고 아버지에게 돌아가는 것도 두렵기 짝이 없었다.

그렇게 혼란한 머릿속으로 테오도르가 불쑥불쑥 떠오르곤 했다. 그러면 그렇게 알 수 없이 떠난 것이 고통스럽기만 했다. 아들린은 그의 운명이 자신의 운명과 연결되어 있다는 이상한 생각이 들었다. 그를 잊으려고 하면 할수록 자신의 마음이 얼마나 많이 그를 향해 있는지만 깨닫게 될 뿐이었다.

그런 생각을 떨치기 위해, 또 어젯밤 읽은 부분에 이어질 내용이 몹시 궁금하여 다시 원고를 집어 들었다. 그러나 마담 라 모트가 들어와 원고를 펼치고 읽을 수 없었다. 마담은 후작이 떠났다고 알렸다. 그들은 일을 하고 대화를 나누며 오전을 함께 보냈다. 라 모트는 저녁 시간까지 나타나지 않았다. 그는 저녁 시간에도 말을 거의 하지 않았고 아들린도 마찬가지였다. 그러다 아들린은 아버지 소식을 들었는지 물었다. "소식은 듣지 못했어. 하지만 그 사람이 여기서 멀지 않은 곳에 있다는 걸 후작을 통해 들었다."

아들린은 충격을 받았으나 확고한 태도로 말했다. "저의 곤궁한 처지로 선생님께 이미 너무 많은 신세를 졌습니다. 또 제가 저항해봤자 저에게도 도움이 안 될 뿐만 아니라 선생님께 더 큰 폐를 끼치는 일이 되니, 저는 아버지에게 돌아가겠습니다. 그러면 선생님도 곤란을 겪지 않을 거고요."

"그건 경솔한 결정이야. 그렇게 한다면 매우 후회하게 될 거야. 아들린, 나는 친구로서 네게 이르는 거란다. 네가 편견 없이 내 말을 들었으면 한단다. 후작이 네게 청혼한 거 나도 안다. 나는 말이지, 어떤 게 더 놀라운 일인지 모르겠다. 그렇게 막강한 지위를 지닌 대단한 사람이 재산도 없고 배경도 없는 여자와 결혼을 하겠다고 간청하는 게 더 놀라운지, 아니면 그런 여자가 어떻게 단 한순간일 뿐이라도 그런 청을 마다하는 게 더 놀라운지 말이다. 아들린, 울고 있구나? 난 네가 네 행동이 어리석다는 걸 깨닫고, 더 이상 굴러 들어온 행운을 등한시하지 않기 바란다. 내가 지금까지 네게 친절하게 대해준 걸 생각하면 내가 진심으로 널 위해서 이런 말을 한다는 것을 알 것이다. 그러나 이 이야기는 꼭 해야 하겠어. 네 아버지가 널 데려가지 않기로 한다 하더라도 내가 사정상 얼마나 더 오래 널 돌봐줄 수 있을지 모르겠다. 여전히 넌 입을 다물고 있구나."

라 모트의 말을 듣자니 고뇌가 더 커지기만 했다. 아들린은 말을 할 수 없어서 계속 울기만 했다. 그러다가 드디어 입을 열었다. "선생님, 아버지에게 돌아가게 허락해주세요. 지금 하신 말씀을 듣고도 제가 여기 계속 머물길 고집한다면 선생님의 은혜에 배은망덕한 일이 될 겁니다. 그리고 후작의 청혼을 받아들이는 것은 저는 불가능합니다." 테오도르가 떠올라 그녀는 큰 소리로 울었다.

라 모트는 한동안 상념에 빠졌다. "참으로 이상한 마음이구나! 대체 몽탈 후작을 놔두고 그렇게 비인간적인 네 아버지를 선택하는 그 낭만적인 마음은 무슨 용기이더냐! 찬란한 기쁨이 넘치는 삶을 놔두고 천지에 위험이 도사리고 있는 운명을 받아들이다니!"

"죄송합니다. 후작과의 결혼은 화려하긴 하겠지만 절대 행복한 삶이 아닙니다. 그분은 저의 혐오감을 자극할 뿐입니다. 부디, 그분은 더 이상 언급하지 말아주세요."

제10장

소리를 낮추고 침묵을 지킨다고 해서
마음이 빈 것도, 공허한 것도 아닙니다.
— 『리어왕』[17]

페터가 들어와 대화가 중단되었다. 페터는 방을 나갈 때
아들린에게 의미심장한 눈길을 보냈다. 다름 아닌 그녀를
부르는 표시였다. 페터가 무슨 말을 하려고 하는지 궁금하
기 짝이 없는 아들린은 홀로 나갔고 거기서 서성거리고 있
는 그를 보았다. 페터는 아들린을 보더니 조용히 하라는 몸
짓을 보이며 후미진 곳으로 그녀를 이끌었다. "페터, 무슨
말이 하고 싶은 거야?"

"쉬이! 마드무아젤, 제발이지 목소리를 낮추세요. 들키
면 끝장입니다." 아들린은 그에게 말을 해달라고 청했다.
"예, 마드무아젤. 저도 온종일 말하려고 기다려왔습니다.
기회가 오길 기다리고 기다렸다고요. 그러다 주인님이 볼
까 봐 겁나 죽는 줄 알았습죠. 아무리 해도 아가씨가 알아
차리지 못하더라고요."

아들린은 그에게 얼른 얘기해보라고 재촉했다. "예. 하

지만 들킬까 봐 겁나요. 그래도 젊은 아가씨를 위해서 뭐든 하려고 합니다. 왜냐하면 아가씨를 위협하는 일을 생각하면 얘기를 안 할 수가 없어요."

"아, 제발! 빨리 말을 해봐. 시간 끌면 들키기 쉬울 거야."

"음, 그럼. 우선 성모님께 맹세해주세요. 이 이야기 제가 한 거 아무한테도 말하지 않겠다고요."

"맹세해, 맹세해!"

"음, 그럼. 월요일 저녁에 제가…… 앗! 들어보세요! 발소리 아니에요? 아가씨, 이쪽 회랑 쪽으로 더 들어오세요. 누가 우릴 보면 끝장입니다요. 저는 홀 문으로 나갈 테니 아가씨는 복도를 통해 가세요. 누가 보면 절대 안 됩니다." 아들린은 페터의 말에 겁이 덜컥 나 서둘러 회랑 쪽으로 향했다. 그는 즉시 다시 나타나 조심스럽게 사방을 살피더니 다시 입을 열었다. "말씀드렸듯이, 월요일 밤에 후작이 여기서 자던 날이요. 아시다시피 그분은 늦게까지 잠자리에 들지 않았고, 저는 어쩌면 그 이유를 알 거 같아요. 이상한 일들이 생겼지만, 저의 생각을 다 말씀드리는 건 제 임무는 아니니까요."

"제발 본론을 말해줘. 날 위협한다는 일이 뭐야? 빨리 말해줘. 안 그러면 우리 들킬지도 몰라."

"아주 큰 위험이죠. 아가씨가 다 알게 되더라도 아가씨로서는 어찌해볼 수 없는 일인데, 그럼 도대체 어떻게 될까요? 하지만 그게 중요한 건 아니죠. 아무튼 제가 나중에 후회할지도 모르지만 말씀드리기로 결심했습니다요."

"그게 아니고 나에게 말을 안 해주기로 결심한 거 같은데. 지금 한 발짝도 앞으로 못 나갔잖아? 도대체 무슨 말이야? 후작이 어쨌다고?"

"제발, 조용히 해주세요! 그렇게 크게 말하지 말고요. 말씀드렸듯이 후작은 늦게까지 자지 않았고 주인님도 같이 있었습죠. 수행원 한 명은 오크나무 방으로 자리를 들었고 다른 한 명은 후작의 잠자리를 봐주기 위해 같이 있었어요. 그래서 우린 같이 앉아 있었습죠. 오, 주여! 머리털이 곤두서는 것 같았어요! 아직도 떨리네요. 그래서 우리가 같이 앉아 있었습죠…… 헉! 내 두 눈으로 똑똑히 봤어요. 저기에 주인님이 있어요. 나무 사이로 주인님을 봤어요. 그분이 절 본다면 우린 끝장입니다요. 나중에 말씀드릴게요." 페터는 그렇게 말하더니 수도원 안으로 후다닥 들어가버렸다. 갑자기 덩그러니 홀로 남은 아들린은 짜증이 나기도 하고 호기심이 솟기도 하고 동시에 두렵기도 했다. 그녀는 페터가 한 말을 곱씹으며 숲을 향해 거닐었다. 가는 길에 마담 라모트가 합류했고 그들은 수도원으로 돌아올 때까지 다양한 주제에 관해 이야기를 나누었다.

아들린은 그날 페터와 다시 이야기를 할 기회를 엿보았으나 허사였다. 페터가 저녁 식사 시중을 들 때 혹시라도 무슨 언질을 줄까 싶어 초조하게 그의 표정을 살폈다. 방으로 물러났을 때는 마담 라 모트가 함께 들어와 꽤 오랜 시간 동안 이야기를 하는 바람에 페터와 만나 말할 시간이 없었다. 마담 라 모트는 무슨 일이 있는지 매우 고통스러워하는 것 같았고 그것을 알아챈 아들린이 왜 그런지 말을 해보시라 청했다. 그러자 마담은 갑자기 눈물을 흘리며 방에서 후다닥 나가버렸다.

가뜩이나 페터가 전한 말로 심란한 차에 마담 라 모트의 그러한 행동이 더해져 아들린은 놀랍기 짝이 없었다. 그녀는 수심에 차 침대에 앉아 있었다. 그러다가 아래층 방 벽시계가 자정을 알리는 소리를 내 퍼뜩 정신이 들었다. 그녀는 잘 준비를 하다가 원고 생각이 떠올랐다. 알아볼 수 있는 첫 글귀는 다음과 같은 것이었다.

나는 다시 이 딱한 위안을 받는다. 다시 또 하루를 볼 수 있었다. 이제 자정이다! 내 옆에는 등잔불 하나가 타고 있다. 지금은 두려운 시간이다. 하지만 내겐 정오의 침묵이나 자정의 침묵이 다르지 않다. 어둠이 더 짙다는 점이 유일하게 다를 뿐이다. 고요하고 변화 없는 시간은 오직 나의 고통으로 헤아려질 뿐이다. 위대한 신이시여! 저는 언제 속박에서 벗어날 수 있을까요!

......

그러나 어찌하여 이렇게 갇히고 말았던가? 나는 그에게 상처 준 적이 단 한 번도 없다. 날 죽일 것이라면 왜 이렇게 시간을 끄는가? 날 여기로 끌고 온 데에 죽음 이외에 다른 이유가 무엇이 있단 말인가? 이 수도원…… 아아!

원고는 다시 여기서부터 읽을 수 없는 상태로 다음 몇 쪽은 뒤죽박죽 연결을 지을 수 없었다.

오, 쓰디쓴 한 모금! 나는 언제, 언제 쉴 수 있을까! 오, 나의 친구들이여! 아무도 날 구하러 와주질 않는구나. 나의 고통에 복수해줄 이 아무도 없단 말인가? 아! 때가 너무 늦어, 내가 영원히 가고 없을 때 날 위해 복수를 해주려는가.

……

다시 내게 밤이 찾아왔다. 또 다른 하루가 고독과 비참 속에 지났다. 자연을 보면 영혼의 기운을 차릴까, 그리하여 긴 고통을 견뎌낼 수 있을까 싶어 창문으로 기어올랐다. 아아! 그 작은 위안마저 내게는 허락되지 않았다. 창문은 이 수도원의 다른 쪽 건물을 향해 있어 자연의 빛을 볼 수 없었다. 나는 다시는 온전한 자연의 빛을 보지 못하리라. 마지막 밤! 마지막 밤! 오, 공포의 장면!

……

아들린은 덜덜 떨었다. 이어지는 글귀를 읽는 게 겁이 났다. 그러나 호기심으로 계속 읽게 되었다. 그러다가 다시 멈췄다. 까닭을 알 수 없는 두려움이 엄습했다. "무언가 끔찍한 일이 이곳에서 벌어졌어. 농부들 사이에 도는 소문이 사실이야. 살인 사건이 벌어진 거야." 그 생각이 날카로운 공포로 다가왔다. 비밀의 방에서 발에 걸렸던 단도가 떠올랐다. 그게 그 끔찍한 추론을 확인시켜주었다. 단도를 살펴보고 싶었으나 그걸 찾아 나서기가 두려웠다.

"비참하고 비참한 희생자여! 당신을 파멸에서 구해줄 친구가 하나도 없었나요! 오, 내가 가까이 있었더라면! 그러나 내가 당신을 위해 무엇을 할 수 있었을까요? 아아! 아무것도 없군요. 어쩌면 지금의 나도 구해줄 사람 하나 없이 위험에 내버려진 당신과 똑같은 입장인 걸 잊었네요. 당신을 비참하게 만든 장본인을 잘 알 것 같아요!" 아들린은 말을 멈추었다. 전날 밤과 마찬가지로 한숨 소리가 방을 가로지른 것 같았다. 소름이 끼치면서 꼼짝할 수 없었다. 소리를 질러도 잘 들리지 않을 정도로 가족들과 멀리 떨어진 외진 그녀의 방(그녀는 마담 라 모트가 잠시 차지했던, 이전에 쓰던 방으로 돌아온 상태였다) 위치가 갑자기 충격적으로 와닿으며 기절할 것 같았으나 혼신의 힘을 다해 참았다. 꽤 오랜 시간 가만히 앉아 있었다. 그러나 사방이 고요했다. 정신을 좀 차리고 나자 가족들에게 경고를 해줘야겠다고 생각했다. 그러나 또 다른 생각이 그녀를 제지했다.

아들린은 마음을 다스리며 지금껏 모든 위험에서 자신을 보호해준 신께 짧게 기도를 올렸다. 그러자 점차 마음이 고양되고 안정되었다. 숭고한 위안이 가슴을 채웠다. 다시 원고를 읽기 시작했다.

이어지는 몇 줄이 지워진 상태였다.

……그는 내게 오래 살지 못할 거라고 말했다. 사흘을 넘기지 못할 거라고 하며 내게 독극물로 죽을 것인지 칼에 맞아 죽을 것인지 택하라고 했다. 오! 그 순간의 고통이라니! 위대한 신이시여! 당신은 저의 고통을 보았습니다! 나는 순간순간 탈출을 꿈꾸며 창살이 쳐진 드높은 창을 올려다보곤 했다. 나는 가능한 모든 방법을 동원해보기로 작심하며 필사적으로 창문으로 기어올랐으나 발이 미끄러지며 바닥으로 내동댕이쳐지곤 했다. 그러면서 큰 타격을 입었다. 정신이 들 때 들려오는 소리는 누군가 감방으로 다가오는 소리였다. 과거의 기억이 떠오르면 나의 상태가 통탄스러울 뿐이었다. 나는 다가올 일에 몸서리가 쳐졌다. 같은 남자가 다가왔다. 그는 처음엔 연민의 눈빛으로 날 보았다. 그러나 이내 포악한 표정으로 돌변했다. 그러나 자신의 고용인의 목적을 바로 실행하지는 않았다. 내게 또 다시 하루가 예약된 것이다. 위대한 신이시여! 당신의 뜻이 이루어질 것입니다!

아들린은 더 이상 읽을 수 없었다. 이 불행한 남자의 운명을 확증하는 듯한 모든 정황이 머릿속으로 밀려들었다. 수도원에 관한 소문들하며 비밀의 방을 발견하기 전 꾸었던 꿈들, 원고를 발견한 독특한 상황, 그리고 유령까지. 아들린은 이제 유령을 실제로 보았다고 믿는다. 그녀는 비밀의 방들과 원고를 발견했다는 것을 라 모트에게 말하지 않은 자신을 탓하며 더 이상 미루지 않고 내일 아침에 사실대로 말하겠다고 결심했다. 당장 발아래 떨어진 후작과 아버지 일에 대한 걱정과, 다 읽기 전에 원고를 잃어버릴지 모른다는 두려움에 이제껏 침묵을 지켜왔던 것이었다.

아들린은 그러한 정황들이 한꺼번에 일어나는 것은 어떤 초자연적인 힘이 죄를 지은 사람에게 응보를 내리기 위해 벌이는 일이라고 믿었다. 그러한 생각을 하자 경외심이 들었다. 거기에 이 밤늦은 시각 이 크고 낡은 방의 외진 위치까지 생각하니 공포가 배가되었다. 그녀는 미신을 믿지 않았으나 이제까지 벌어진 몹시 특이한 정황들을 생각하면 그 모두가 다 우연이었다고 믿을 수 없었다. 그러한 생각들로 팽팽하게 당겨진 상상력이 다시 모든 감각을 곤두서게 했다. 혹시 어떤 무서운 유령이라도 볼까 봐 이리저리 시선을 돌리기도 겁이 났다. 건물을 후려치는 폭풍 사이사이 어떤 목소리가 들리는 것 같았다.

그래도 감정을 다스리고 가족들을 방해하지 않으려 노력했다. 그러나 모든 감각이 고통스러울 정도로 민감해진 지금 라 모트가 조롱할 거라는 두려움마저도 그녀를 방에 붙들어두지 못할 것 같았다. 일이 어떻게 진행되었는지 알고 싶은 마음에 원고를 다시 잡았는데도 마음이 너무나 혼란스러워 다시 손을 놓고 말았다. 그러고는 스스로를 다독였다. "겁낼 것 무엇인가? 적어도 난 결백하잖아. 다른 이의 죄로 내가 벌받을 일은 없어."

모든 방들에 휘몰아치고 있는 거친 바람이 그녀의 방과 비밀의 방들을 이어주는 문을 아주 세게 때려 아들린은 더 이상 의심을 하고 있을 수만은 없었다. 그리하여 소리가 어디서 나는지 살펴보려 나섰다. 문을 가리고 있는 태피스트리가 아주 격렬하게 흔들리고 있었다. 한순간 형언할 수 없는 공포에 압도되어 그 모습을 바라보았다. 그러다가 바람에 펄럭이는 것일 뿐 겁낼 거 없다고 생각하며 천을 들어 올리려고 했다. 그 순간 어떤 목소리가 들렸다. 동작을 멈추고 귀 기울여보았다. 모든 게 다 고요했다. 그러나 이미 겁에 질려 더 살펴볼 힘도 방을 나설 힘도 잃고 말았다.

몇 분이 지나자 목소리가 다시 들렸다. 이제 자신이 헛것을 들은 게 아니라는 확신이 들었다. 낮게 들려오는 소리긴 했으나 또렷하게 들렸다. 분명 자신의 이름을 반복해서 부르고 있는 게 확실했다. 흥분한 아들린은 그게 지난번 꿈에서 들었던 목소리라고 생각했다. 그러자 그녀는 덜덜 떨며 털썩 의자에 주저앉았다. 그러고는 모든 기억을 잃었다.

아들린은 얼마나 오래 이런 상태로 있었는지 몰랐다. 그러나 정신을 되찾고 간신히 몸을 추슬러 나선형 계단을 내려가 큰 소리로 외쳤다. 아무도 듣지 못하는 것 같았다. 힘없는 발걸음을 재촉해 마담 라 모트의 방으로 향했다. 살짝 문을 두드리자 마담은 이 야심한 시각에 남편에게 위해가 될 위험이 닥친 줄 알고 깜짝 놀랐다. 그러나 마담은 하얗게 질린 아들린을 보고 무슨 일인지 물었고 아들린은 벌어진 일에 대해 설명했다.

마담은 아들린의 이야기에 매우 뒤숭숭한 나머지 잠든 남편을 깨웠다. 라 모트는 불안해하는 아들린에 대한 걱정보다 야심한 시각에 잠을 깨운 것에 화가 나 아들린에게 이성을 잃고 법석을 떤다며 꾸지람을 했다. 그러나 아들린이 비밀의 방들과 원고를 찾은 것을 이야기하자 라 모트는 관심을 보이며 원고를 보자고 했다. 그는 즉각 아들린이 말한 방으로 향하려 했다.

마담 라 모트는 남편을 말렸다. 그러나 라 모트는 언제나 말리면 더 반대로 하는 경향이 있었고, 거기다 아들린이 겁먹은 것을 조롱하고 싶은 마음에 뜻을 굽히지 않았다. 그는 페터에게 등불을 가져오라고 시키고 마담 라 모트와 아들린에게 자신을 따라오라 했다. 마담 라 모트는 가지 않으려 했고 아들린도 처음에는 갈 수 없다고 했으나 라 모트는 뜻을 굽히지 않았다.

그들은 타워를 올라 다 함께 첫 번째 방으로 들어갔다. 그들은 서로 후미에 서기를 꺼렸다. 두 번째 방에 들어가자 모든 게 조용했고 깔끔했다. 아들린은 원고를 보여주고 문을 가린 태피스트리를 가리켰다. 라 모트는 태피스트리를 걷어 올리고 문을 열었다. 마담 라 모트와 아들린은 더 이상 들어가지 않겠다고 했으나 그는 그들에게 따라오라고 시켰다. 첫 번째 방은 조용했다. 그는 그렇게 오랫동안 이 방을 발견하지 못한 사실에 놀라움을 표시하고는 두 번째 방으로 향하다가 갑자기 멈추어 섰다. "내일로 미뤄야겠어. 이곳의 습기는 언제고 건강에 좋지 않지만 밤에 특히 더 안 좋거든. 냉기가 느껴지네. 페터, 아침 일찍 창문을 모두 열고 환기를 시키도록 하게."

"아이고, 주인님. 안 보이십니까? 저는 저 창문 안 닿습니다요. 게다가 저 창문들은 열리는 게 아닌 것 같은데요. 저 굵은 쇠창살을 보십시오. 이 방은 어디를 보아도 감방같아 보입니다요. 사람들이 한번 들어가면 못 나온 데라고 떠들던 데가 여기 같은뎁쇼?" 페터가 말을 하는 동안 라 모트는 이전에는 보지 못했던 높은 창들을 찬찬히 둘러보았다. 그는 페터의 말을 끊고 등불을 들고 앞장서라고 시켰다. 그들은 모두 서둘러 방을 나가 불이 밝혀진 아래층으로 돌아와 한동안 머물렀다.

라 모트는 무슨 이유인지 아들린이 발견한 것과 두려움을 조롱하려 했다. 그러다 그녀는 그에게 진지하게 그만하시라 간청했다. 그는 입을 다물었다. 이내 새벽이 밝자 아들린은 정신을 차리고 다시 자신의 방으로 물러나 잠을 청했다.

다음 날 아들린은 우선 페터와 이야기를 하고 싶어 했다. 아래층으로 내려가 그를 찾아볼 생각이었으나 그가 보이지 않았다. 응접실로 들어갔다가 매우 불안해하는 라 모트를 보았다. 아들린은 그에게 원고를 읽어보았는지 물었다. "대충 훑어보았다. 하지만 세월에 바랜 상태라 거의 알아볼 수가 없더구나. 이상하고 로맨틱한 이야기가 있는 것 같던데. 보아하니 네가 그걸 읽고 겁에 질려 상상력을 자극해 괜한 유령을 보았느니, 이상한 소리를 들었느니 한 것 같더구나."

아들린은 라 모트가 믿지 않으려 마음먹은 것이라고 생각했다. 따라서 그녀는 대꾸하지 않았다. 아침 식사를 하다가 힐끔거리며 본 페터는 안달이 나 보였다. 표정을 보아하니 분명 중요한 할 말이 있는 것 같았다. 그와 대화를 나눌 마음으로 되는대로 빨리 식사를 마치고 방을 나서 자신이 좋아하는 길가로 가서 기다렸다. 얼마 지나지 않아 그가 나타났다. "아이고! 마드무아젤. 어젯밤 놀라게 해서 죄송해요."

"날 놀라게 했다고? 무슨 말이야?" 그는 라 모트 내외가 잠들었다고 생각했을 때 살그머니 아들린의 방문 앞으로 와 어제 아침에 꺼낸 이야기를 하려고 했다고 했다. 그는 몇 번인가 최대한 큰 소리로 불러보았으나 대답이 없자 그녀가 잠이 들었든가 아니면 자신과 이야기하지 않으려 작심한 거라고 생각하고는 자리를 떴다고 했다. 아들린은 자신이 들은 목소리가 페터라는 걸 깨닫고 안심했다. 그녀는 심지어 그걸 잊고 있었다는 사실에 놀랐다. 그러다 자신이 머리가 복잡하고 심란했었다는 사실을 깨닫고 놀란 마음이 가라앉았다.

아들린은 페터에게 자신을 위협하는 일이란 게 뭔지 짧게 설명해달라고 부탁했다. "제가 제 방식대로 이야기하게 놔두시면 곧 알게 되실 겁니다. 하지만 절 다그치고 자꾸 끼어들어서 질문을 하시면 저도 제가 무슨 말을 하는지 모르게 될 겁니다요."

"그래, 그래. 그저 우리가 감시당할지도 모른다는 것만 기억해."

"예, 마드무아젤. 저도 아가씨만큼 겁이 나요. 들키면 저도 끝장날 거거든요. 하지만 그건 지금 중요한 게 아니니. 마드무아젤, 이 수도원에 하룻밤 더 머물다가는 아가씨에게 큰일이 닥칠 거예요. 제가 이미 말씀드렸듯이 저는 다 알고 있습니다요."

"그게 무슨 말이야, 페터?"

"음모를 꾸몄어요."

"뭐? 아버지가 그런 거야?" "아가씨 아버지요? 아이고, 그거 다 허튼수작입니다. 아가씨 겁먹게 하려고 한 수작이라굽쇼. 아가씨 아버지든 누구든 아가씨 찾는 사람 없었어요. 내 장담하건대, 아가씨 아버지는 교황님만큼이나 아가씨 행방에 대해 모르고 있을 겁니다요." 아들린은 불쾌해 보였다. "말장난 하지 말고! 할 말 있으면 어서 해봐. 나 급하단 말이야."

"오! 마드무아젤, 딴마음은 없었어요. 화 안 나셨으면 하네요. 하지만 아가씨 아버지가 잔인하다는 걸 부인하시진 않겠죠? 하지만 어쨌든 말씀드렸듯이 몽탈 후작이 아가씨를 좋아하십니다. 그리고 그분과 저의 주인님(페터는 주위를 둘러보았다)이 아가씨에 대해 서로 머리를 짜고 있었어요." 아들린은 사색이 되어 페터에게 자세하게 말해달라고 부탁했다.

"그분들이 아가씨를 두고 함께 음모를 꾸미고 있었습니다요. 후작의 하인 자크가 저에게 한 말이에요. 자크가 이렇게 말했습죠. '페터, 넌 일이 어떻게 돌아가고 있는지 모를 거야. 내가 말해줄 수도 있는데, 이건 입이 가벼운 사람에게 말하면 안 되거든. 내 생각엔, 네가 네 주인님과 가까운 거 같은데.' 그 말에 제가 열이 받아 말했죠. '나도 너만큼 알고 있거든. 단, 너처럼 떠벌리지 않을 뿐이야.' 그러고는 윙크를 했어요. 그랬더니, 자크가 '알아? 너 내가 생각하는 것보다 더 주인님하고 가까운가 보네? 참, 그 아가씨 괜찮은 아가씨인데 말이야?'라며 아가씨 이야기를 꺼내더라고요. '뭐, 하지만 따지고 보면 가여운 고아나 다름없잖아? 그러니 뭐 대수겠어'라고 말을 잇더라고요. 저는 걔가 하는 말이 무슨 뜻인지 알고 싶어서 한 대 치려다 말았어요. 걔가 아는 만큼 나도 아는 척하며 말을 유도했습죠. 그랬더니 걔가 말을 했는데…… 어, 아가씨 얼굴이 너무 허예요. 어디 아픈 거 아니에요?"

"아니야. 계속 말해봐." 아들린은 서 있기도 힘들어하며 떨리는 목소리로 말했다.

"후작이 아가씨에게 계속 구애를 했는데 아가씨가 말을 듣지 않아 결혼하고 싶은 척까지 했다, 그런데 모든 게 다 안 통한다, 했다고 하더라고요. 결혼 이야기가 나오기에, 제가 아가씨는 후작 부인이 살아 있는 걸 알 거다, 그러니 후작이 어떤 조건을 내걸어도 아가씨는 절대 안 받아들일 거다, 했습죠."

"그럼, 후작 부인이 진짜 살아 있다는 거야?"

"아이고, 아이고, 그럼요, 아가씨! 우리 모두 알고 있었는데. 저는 아가씨도 아는 줄 알았는데. 자크는 '두고 보면 알겠지. 내 생각엔 우리 주인님이 그 아가씨를 꼬드기고 말 걸'이라고 했어요. 저는 저도 모르게 화들짝 놀라고 말았습죠. 그랬더니 '에이, 너도 네 주인님이 아가씨를 우리 주인님한테 넘기기로 했다는 거 알잖아?'라고 했어요."

"세상에! 그럼 나는 어떻게 되는 거지?"

"아, 아가씨. 참, 저도 유감입니다요. 하지만 제 말 다 들어보세요. 자크가 그 말을 했을 때 제가 저도 모르게 발끈했어요. 난 절대 안 믿는다, 우리 주인님이 그런 저급한 짓을 할 리가 없다, 하고 응수했습죠. 주인님이 아가씨를 넘길 리 없다, 안 그러면 내가 기독교인이 아니다라고도 했어요. '오! 그래? 난 네가 다 아는 줄 알았는데? 안 그러면 나 한마디도 안 했을 거야. 어쨌든 응접실 문 쪽으로 가봐, 그럼 알 수 있을 거야. 지금 둘이서 그 이야기 하고 있거든'라고 했습죠.”

“주고받은 이야기 다 할 필요 없어. 그저 응접실에서 들은 이야기의 결과만 말해줘.”

“예, 아가씨. 저는 자크의 말을 듣고 문간으로 갔습죠. 그랬더니 진짜 주인님하고 후작이 아가씨에 대해 이야기를 하고 있더군요. 무슨 말을 엄청 오래 했는데 하나도 못 알아듣겠더라고요. 하지만 후작이 이렇게 말하는 건 알아들었어요. ‘당신은 조건을 잘 알 거요. 그 조건하에서만 내가 과거를 마, 마, 뭐더라, 아! 망각 속에 묻을 거요’라고 하더라고요. 그랬더니 무슈 라 모트가 후작에게 밤에, 그러니까 바로 오늘 밤에 다시 오시면 모든 게 다 준비되어 있을 것입니다, 아들린은 후작의 것이 될 겁니다, 영주님, 그 애 방은 다 아시죠, 했다니까요.”

그 말에 아들린은 두 손을 맞잡고 조용히 절망 속에 하늘을 향해 고개를 들었다. 페터는 계속 말을 이었다. “그 말을 들었을 때 저는 자크의 말을 의심할 수가 없었습죠. ‘자, 어때?’ 자크가 그렇게 묻기에 제가 ‘이런, 우리 주인님이 악당이네’라고 말했습죠. ‘우리 주인님도 그렇다고 생각하지 않는 게 좋을걸’ 하고 자크가 말하더라고요. ‘뭐라고! 이렇게……’” 아들린은 페터의 말을 끊고 더 이상 들은 게 없는지 물었다. “바로 그때 마담 라 모트가 다른 방에서 나오는 소리를 듣고 우리는 후다닥 부엌으로 갔습니다요.”

“그럼 마담은 두 분의 이야기에 같이 계신 게 아니었

나?" "네, 같이 계시지 않았습니다. 하지만 주인님이 마담께 말했을 거예요. 확실해요." 아들린은 자신을 파멸에 이르게 할 위험을 알게 된 것만큼이나 마담 라 모트의 배신으로 입은 충격이 컸다. 그녀는 얼마간 극심한 불안에 떨다가 마침내 입을 열었다. "페터, 페터는 참 착한 마음을 지녔어. 페터도 나처럼 주인님의 배신에 치를 떨고 있으니, 내가 도망가도록 도와주겠어?"

"아, 아가씨. 제가 어떻게 도움을 드릴 수 있나요? 게다가 어디로 도망을 가요? 저도 이 근방에선 아가씨만큼이나 아는 사람 하나 없어요."

"오! 적으로부터 도망가야지. 낯선 사람들도 친절한 사람이 있을 수 있어. 내가 이 숲에서 도망갈 수 있도록 도와줘. 그럼 내가 영원히 감사하는 마음으로 살게. 도망가기만 하면 더 이상 뭐든 겁내지 않을 거야."

"이 숲에 관하자면, 저도 지쳤습니다. 물론 처음 왔을 때는 적어도 여기서 살 만하겠다, 그동안 살았던 생활과는 많이 다르겠다, 생각했습죠. 하지만 수도원을 맴도는 이 유령들, 물론 저는 다른 사람들보다 겁보는 아닙니다만, 그 유령들이 지긋지긋합니다요. 게다가 이상한 소문들도 떠돌잖아요. 게다가 우리 주인님…… 저는 평생토록 주인님을 모실 수 있다고 생각했는데, 아가씨에게 하는 행동 보고는 언제 떠나도 상관없습니다요, 아가씨."

"그럼, 나 도망가는 거 도와주겠다는 거지?"

"음, 어디로 가야 할지 알면 기꺼이 도와드리죠. 뭐, 저는 사보이에 사는 누이가 있습죠. 하지만 거긴 엄청 멀거든요. 제가 모아둔 돈이 조금 있지만 그걸로 그렇게 먼 거리를 갈 수는 없어서요."

"그건 신경 쓰지 마. 일단 이 숲만 벗어나면 내가 어떻게든 나 혼자 알아서 해볼게. 그리고 페터에게 은혜를 갚도록 할게."

"아이고! 아가씨. 그런 문제라면……" "자자! 페터. 우리 어떻게 도망갈지 생각해보자고. 오늘 밤, 후작이 온다고 했지?"

"예, 아가씨. 오늘 밤 이슥할 때요. 아, 방금 한 가지 생각이 났는데요. 우리 주인님의 말들이 숲속에서 풀을 뜯고 있는데, 그중에 한 마리 타고 가서 첫 단계까지 가면 돌려보내는 거예요. 하지만 사람들 눈에 띄지 않게 하려면 어쩌지? 게다가 날 밝을 때 가면 주인님이 금방 우리를 추적할 수 있을 겁니다요. 그런데 아가씨가 밤까지 여기 있으면 후작이 올 거고, 그러면 기회가 날아가는 건데. 우리가 둘 다 사라진 걸 알면 낌새를 채고 즉각 추적을 하겠죠? 아가씨가 먼저 출발하고 나서 소동이 좀 잦아들 때까지 절 기다리면 안 될까요? 그러면 사람들이 아가씨를 찾는다고 난리칠 때 제가 살짝 빠져나가서 합류하면 되죠. 그럼 추적대를 따돌릴 수 있을 겁니다요."

아들린은 페터의 명민함에 놀랐다. 그녀는 페터에게 그

가 말을 가지고 올 때까지 숨어 있을 만한 곳이 수도원 근방에 있는지 물었다. "그럼요, 아가씨. 한 곳 있습죠. 아무도 갈 만한 곳이 아니면서 아가씨가 안전하게 있을 만한 곳입니다요. 하지만 사람들 말로는 그곳이 유령이 출몰하는 곳이라고들 하는데, 아가씨도 그런 곳은 싫지 않을까요?" 어젯밤 일이 떠오르자 아들린은 그 말에 좀 놀라지 않을 수 없었다. 그러나 이렇게 큰 위험이 닥친 마당에 마다할 일이 아닌 것 같았다. "그곳이 어디야? 숨기에 좋다면 망설일 이유 없어."

"한쪽 길가에서 한 400미터쯤, 또 다른 쪽으로는 한 1.5킬로미터쯤 떨어져 있습죠. 제일 울창한 숲속에 있는 오래된 무덤입니다요. 우리 주인님이 숲속에 자주 은닉할 때 그 근방을 따라가본 적이 있는데 요전 날에야 그곳을 발견했습죠. 뭐, 그건 중요한 건 아니니까요. 그곳으로 가시겠다면 제가 가까운 길을 알려드릴게요." 페터는 그러면서 오른쪽으로 구부러진 길을 가리켰다. 아들린은 사방을 둘러보고 아무도 보이지 않자 페터에게 길을 안내해달라고 했다. 그들은 거의 햇빛이 들어올 수 없을 정도로 숲이 우거져 어두컴컴한 곳까지 나아갔다. 그곳은 루이가 이전에 아버지 뒤를 밟아 온 곳이었다.

적막하고 장엄한 그곳을 보니 아들린의 가슴에 경외심이 일었다. 걸음을 멈추고 한동안 조용히 그곳을 살펴보았다. 마침내 페터는 그녀를 이끌고 폐건축물의 내부로 이끌었다. 몇 계단 안으로 내려갔다. "후작네 사람들 말을 들어보면 옛날 어떤 수도원장이 여기에 묻힌 모양입니다. 게다가 우리가 머무는 수도원에 속한 사람인 모양이더라고요. 그런데 왜 그 사람이 무덤을 나와 유령이 되어 돌아다닐까요? 살해된 건 아니겠죠?"

"그런 거 아니었으면 좋겠네."

"수도원에 묻혀 있는 사람들은 그런 거 같던데. 그리고……" 아들린이 그의 말을 끊었다. "쉬! 들어 봐. 무슨 소리가 났어. 아, 주님, 우리가 발각되지 않게 해주소서!" 그들은 귀를 기울여보았으나 아무 소리도 들리지 않았다. 그리하여 그들은 더 나아갔다. 페터가 낮은 문을 열고 둘은 어두운 통로로 들어갔다. 여기저기 돌덩이들이 널려 있어 조심스럽게 나아갔다. "어디로 가는 거야?" "저도 모르겠습니다요. 이렇게까지는 와보지 않았거든요. 하지만 조용하네요." 무언가 진로를 막았다. 문이었다. 열어보니 일종의 독방이었다. 위쪽에 있는 쇠살대 틈으로 들어오는 한 줄기 어스름 빛이 방을 한쪽으로 가로질렀고 나머지 대부분은 캄캄했다.

아들린은 안을 살펴보며 한숨을 쉬었다. "여긴 정말 소름 끼치는 곳이네. 하지만 내게 은신처가 되어준다면 궁궐과 다를 게 없어. 페터, 나의 평화와 명예가 충직한 페터에게 달려 있어. 신중하고 결연하게 행동하길 바라. 저녁 어스름이 질 때 발각될 위험 없이 수도원에서 빠져나와 이곳에서 페터를 기다리고 있을게. 라 모트 내외분이 아치형 방들을 찾고 있을 때 페터가 여기로 말을 몰고 오면 돼. 무덤에 세 번 노크를 하면 페터가 온 줄 알게. 부디, 조심하고 또 늦지 않게 와줘."

"무슨 일이 있어도 그럴게요, 아가씨."

그들은 다시 숲으로 올라갔다. 아들린은 누가 볼까 무서워 페터에게 먼저 수도원으로 출발하라고 시켰다. 또 돌아가서 어디에 다녀오는 길인지 누가 물을 것에 대비해 핑계를 궁리하라고 시켰다. 혼자 남자 아들린은 하염없이 눈물을 흘리며 비참한 신세를 한탄했다. 친구도, 친지도 아무 기댈 데 없이 궁핍하고, 추악한 불행에 그대로 버림받은 신세인 것이다. 오랫동안 의지하고 유일하게 위안이 되어주던 사람들, 자신의 보호자로 사랑한 사람들, 바로 부모처럼 존경한 사람들에게서 배신을 당한 것이다! 그러한 생각이 날카로운 칼날처럼 가슴을 찔러 오자 한동안 눈앞에 닥친 위험에 대한 두려움보다 슬픔이 더 크게 느껴졌다.

아들린은 마침내 마음을 가다듬고 수도원으로 향했다. 인내심을 가지고 저녁 시간까지 기다릴 것이었다. 라 모트 내외 면전에서 침착한 표정을 잃지 않으리라 결심했다. 감정을 숨길 수 없을 것 같아 당장은 그 둘 누구도 보고 싶지 않았다. 그리하여 수도원에 도착해 자신의 방으로 곧장 들어갔다. 그러고는 정신을 다른 데로 쏟아보려 했으나 허사였다. 다급한 자신의 상황과 그토록 존경하고 사랑했던 사람들이 그토록 심한 배신감을 안겨주어 가슴이 한없이 짓눌리는 기분이었다. 선량한 사람이라면 누구나 믿었던 사람에게 배신당했음을 깨닫는 것이, 그게 우리에게 절대적인 불편을 끼치지 않는다 하더라도 그 어떤 상황보다 더 괴로운 것이다. 그러니 마담 라 모트가 자신을 파멸에 이르게 하는 공모에 가담하고 숨긴 것이 특히 충격적이었다.

"나의 상상력이 날 얼마나 크게 속였는가! 나는 얼마나 세상을 좋게 그려왔는가! 그렇다면 나는 모든 사람이 잔인하고 기만적이라고 믿어야 하는가? 아니. 그렇게 영원히 비참하게 의심하며 사느니 나는 여전히 속임을 당하고 고통받으리라." 아들린은 이제 마담 라 모트의 행동이 남편에 대한 두려움에서 기인한 것으로 생각하려 했다. "부인은 감히 남편의 뜻을 거스르지 못할 거야. 그렇지 않았으면 내게 귀띔해주며 도망갈 수 있도록 도와주었겠지. 아니야, 나는 절대 마담이 내가 파멸하도록 공모할 수 있는 사람이라 믿지 않을 거야. 두려움 때문에 입을 다물고 있었을 거야."

그렇게 생각하자 마음이 좀 편해졌다. 자비로운 그녀의 마음이 세세한 면까지 들여다보게 한 것이었다. 마담 라 모트가 두려워서 그런 행동을 한 것이지 마음이 타락해서 그런 것이 아니라고 믿었다. 그러나 그러면 마담의 죄를 경감시켜주는 꼴은 되더라도, 그게 마담의 이기심이 작용하지 않은 것이 아님을 알지 못했다. 그녀는 자신의 방에서 머무르다 저녁 식사를 하라는 부름을 받고는 눈물을 훔치고 떨리는 가슴으로 응접실로 내려갔다. 라 모트가 보이자 굳은 다짐은 허사가 되며 몸이 떨리고 안색이 창백해졌다. 자신을 파멸로 이끌 사람을 평정심을 가지고 똑바로 바라볼 수가 없었다. 그는 아들린이 감정이 동요된 것을 보고는 어디 아프냐고 물었다. 아들린은 불안과 초조가 드러난 행동을 하다가 속마음을 들킬까 봐 두려웠다. 그리하여 안간힘을 써가며 평정한 태도를 꾸며 아무 일 없다고 대답했다.

저녁 식사 동안 아들린은 평온함을 유지하며 고뇌로 흔들리는 마음을 잘 감췄다. 라 모트를 볼 때면 공포와 분노가 일었으나 마담 라 모트를 볼 때면 또 다른 감정이 들었다. 이전에 자신에게 친절하게 대해준 것을 생각하면 감사가 일어 애정이 남아 있었던 것이다. 그리하여 그녀의 마음은 슬픔과 실망으로 쓰디쓰게 부풀어 올랐다. 마담 라 모트는 우울해 보였고 말을 거의 하지 않았다. 라 모트는 억지로 부자연스럽게 즐거운 체하며 생각을 억누르는 것 같아 보였다. 그는 웃고 떠들며 와인을 가득 따라 마시곤 했다. 자포자기의 희희낙락이었다. 마담은 놀라서 남편을 말려보려고 했으나 그는 아랑곳하지 않고 술을 마시며 자제심을 잃는 것 같았다.

마담 라 모트는 부주의하게 행동하는 남편을 보며 들키겠다 싶었는지 아들린을 데리고 다른 방으로 갔다. 아들린은 마담과 함께했던 행복했던 시간을 생각했다. 믿었기 때문에 마음을 털어놓았고 연민과 존경심으로 우정의 감정을 나누었던 때가 떠올랐다. 지금 그런 시간은 영원히 사라지고 없다. 그녀는 더 이상 자신의 슬픔을 마담 라 모트에게 털어놓을 수 없었다. 더 이상 존경할 수도 없었다. 그러나 마담의 죄스러운 침묵으로 인해 자신에게 닥칠 그 모든 위험에도 불구하고 그녀와 마지막 대화를 나누면서 슬픔을 느끼지 않을 수 없었다. 지혜는 그 마음을 나약함이라고 부르지만 자비심은 그보다는 더 부드러운 이름으로 부를 것이다.

마담 라 모트는 대화를 하면서 아들린만큼이나 압박감을 느끼는 것 같았다. 자주 이야기의 맥락을 잊기도 했고 또 자주 길게 입을 다물기도 했다. 아들린은 마담이 애틋한 눈길로 자신을 바라보다가 눈물이 고이는 것을 한 번 이상 목격했다. 그런 모습을 보자 마음이 매우 동요되며 몇 번이나 자칫 마담의 발아래 쓰러져 자비를 베풀어달라고 애원할 뻔했다. 그러나 냉정하게 생각해보면 그것이 얼마나 터무니없고 위험한 일인지 깨닫게 되었다. 아들린은 감정을 억눌렀다. 그러다가 도저히 더 이상 참지 못하고 자리를 뜨고 말았다.

제11장

그대여! 그대가 알지 못하는 세상이

그 신기루 같은 모습을 드러내면

믿기지 않는 장면에 섬뜩하게 얼어붙고는

두서없는 상상력으로 앞에 드리운 막을 벗겨내고서,

아, 공포! 아, 미칠 듯한 두려움!

보여, 가까이에 당신이 보여!

허둥대는 당신의 발걸음, 퀭한 당신의 눈!

허겁지겁 달아나는 당신처럼 나도 화들짝 놀라!

— 콜린스[18]

아들린은 창문을 통해 먼 언덕 너머 해가 지는 모습을 불안한 마음으로 지켜보았다. 떠날 시간이 다가오고 있었다. 황혼이 유난스럽게 찬란했다. 이글거리는 붉은 빛이 숲을 가로질러 폐허의 유물들 위로 쏟아져 내렸다. 평온함 마음으로 그 모습을 바라볼 수가 없었다. "난 분명 다시는 저 언덕 밑으로 해가 지는 것을 보지 못할 거야. 이렇게 풍경을 물들이는 것도 볼 수 없겠지. 다음번 해가 질 때 나는 어디에 있으려나? 내일 이맘때 어디에 있으려나? 아마도 비참함에 빠져 있겠지!" 그녀는 그 생각에 울고 말았다. "몇 시간만 지나면 후작이 올 거야. 몇 시간만 지나면 이 수도원엔 혼돈과 소동이 일겠지. 모든 사람들이 날 찾아 나설 것이고 모든 구석구석 다 뒤지겠지." 그런 생각을 하자 새롭게 두려움이 찾아왔고 어서 도망가고 싶었다.

날이 점점 저물고 있었다. 아들린은 이제 길을 나설 만큼 충분히 어두워졌다고 생각했다. 그러나 떠나기 전에 무릎을 꿇고 하늘에 기도를 올렸다. 힘을 주십사, 보호해주십사 간구하며 자비의 신에게 자신을 맡겼다. 그러고 나서 방을 빠져나와 살금살금 나선형 계단을 내려왔다. 아무도 보이지 않았다. 숲으로 이어진 타워의 문을 통해 밖으로 나왔다. 사방을 살펴보았다. 어스름이 모든 사물을 흐리게 만들고 있었다.

아들린은 떨리는 가슴으로 페터가 알려준 무덤으로 이르는 길을 따라갔다. 홀로 걷는 길은 황량하고 무섭기 그지없었다. 바람이 나뭇잎을 때릴 때마다 또는 박쥐가 휙휙 날 때마다 깜짝깜짝 놀랐다. 또 고개 돌려 수도원을 보면서 어둠 속에 남자들의 형상을 보았다고 생각하곤 했다. 얼마 지나지 않아 말발굽 소리가 들리더니 사람들의 목소리가 났다. 후작의 목소리가 들렸다. 소리는 그녀가 다가가고 있는 쪽에서 들리는 것 같았다. 점점 가까이 들리고 있었다. 두려움에 몇 분간 발이 얼어붙었다. 두려움에 망설이는 자세로 서 있었다. 앞으로 나아가는 것은 후작의 손아귀로 들어가는 꼴이었다. 뒤로 돌아가는 것은 라 모트에게 저 스스로를 바치는 꼴이었다. 어디로 도망해야 할지 몰라 한동안 머뭇거리고 있을 때 갑자기 방향을 틀어 수도원을 향하는 바퀴 소리가 났다. 아들린은 잠시 안도했다. 이제 후작이 수도원으로 가는 길에 이 지점을 잠깐 거쳐 간 것임을 깨달았다. 은신처를 향해 발길을 서둘렀다. 숲이 무성하게 우거져 잘 찾을 수 없었던 곳을 드디어 어렵게 찾아냈다. 장엄한 기운과 완전한 어둠에 압도되어 입구에서 잠시 멈췄다. 페터가 도착할 때까지 밖에서 기다려보기로 결심했다. "누군가 다가오면 내 모습을 들키기 전에 그 소리를 들을 수 있을 거야. 그러면 그때 안으로 들어가 숨으면 돼."

그녀는 떨리는 마음으로 무덤 구조물에 기댔다. 귀를 기울여보았으나 아무 소리도 나지 않았다. 바로 지금 운명의 위기가 지나고 있는 것이다. '사람들이 지금쯤 내가 도망친 걸 알아차렸을 거야. 수도원 구석구석을 뒤지고 있겠지. 그들의 무시무시한 목소리가 날 부르고 있는 게 느껴져. 이글이글 타는 그들의 눈길이 보여.' 상상의 그림이 자신을 압도하는 것 같았다. 멀리서 불빛이 보였다. 나무 사이에서 빛이 보이기도 했고 또 그러다 완전히 사라지기도 했다.

불빛은 수도원 방향에서 나는 것 같았다. 아침에 숲속 트인 곳에서 건물의 일부를 본 기억이 났다. 따라서 지금 보이는 불빛이 자신을 찾고 있는 사람들에게서 나는 게 분명하다고 생각했다. 수도원에서 자신을 찾지 못하면 무덤 방향으로 발길을 옮길지 모른다. 지금의 은신처가 적들에게 너무 가까운 것 같았다. 숲속 더 먼 곳으로 도망갈까 생각했다. 그러나 그러면 페터가 자신을 찾지 못할 것이라는 생각이 들었다.

그때 갑자기 바람을 타고 먼 곳의 소리가 실려와 아들린은 다급하게 지하 방으로 몸을 숨기려 했다. 그러자 불빛이 갑자기 사라졌다. 곧 정적이 뒤따랐고 어둠이 이어졌다. 그녀는 지하 방을 찾으려 애썼다. 바깥문과 통로의 위치를 기억하고 들어가 지하 방의 문을 열었다. 내부는 완벽한 어둠이었다. 격렬하게 몸이 떨렸으나 안으로 들어갔다. 손으로 벽을 더듬으며 마침내 돌이 튀어나온 곳에 자리를 잡고 앉았다.

아들린은 다시 기도를 하며 페터가 나타날 때까지 기운을 차리려 했다. 삼십 분이 지났다. 그래도 아무 소리가 나지 않았다. 그녀는 기가 꺾였다. 자신들의 계획이 발각되었거나 방해를 받아 페터가 라 모트에게 붙들려 있는 게 아닌지 두려웠다. 그러한 생각이 매우 강하게 일면서 두려움이 커졌고 여기서 나가 홀로 살길을 찾아야 하는 게 아닌지 싶었다.

그렇게 마음이 요동칠 때 쇠창살 사이로 말발굽 소리가 났다. 소리는 점점 다가오다가 무덤가에서 멈추었다. 그런 다음 채찍을 세 번 휘두르는 소리가 났다. 심장이 두방망이질 치고 정신이 나갈 듯하여 지하 방에서 빠져나갈 엄두가 나지 않았다. 채찍 치는 소리가 반복되었다. 이제 기운을 차리고 앞으로 나가 위로 올라갔다. "페터" 하고 불러보았다. 어둠이 짙어 사람도 말도 보이지 않았다. 이내 대답이 들렸다. "쉬! 아가씨. 소리를 내면 발각될 수 있어요."

그들은 말에 올라 어둠 속에서 전속력으로 달렸다. 앞으로 한 발 한 발 나아갈수록 아들린은 생기를 얻었다. 그녀는 수도원에서 무슨 일이 벌어졌는지, 또 어떻게 빠져나올 수 있었는지 물었다. "아가씨, 차차 알게 될 겁니다. 지금은 말씀드릴 수 없어요." 그는 불빛이 멀어질 때까지 입을 다물었다. 숲이 우거진 지역에서 좀 더 시야가 트인 곳으로 나오자 그는 전속력으로 달렸고 말이 더 이상 견딜 수 없을 때까지 계속 속도를 유지했다. 그들은 뒤를 돌아다보았다. 더 이상 아무 불빛이 보이지 않자 아들린은 두려움이 좀 가라앉았다. 그녀는 자기가 없어진 것을 알아챘을 때 수도원에 무슨 일이 벌어졌는지 다시 물었다. "이제 말해도 들리지 않을 거야. 추적대가 쫓을 수 없는 곳까지 온 것 같은데."

"아가씨가 사라지고 얼마 지나지 않아 후작이 도착했어요. 무슈 라 모트가 아가씨 도망간 걸 알아내고서 소동이 벌어졌고요. 후작과 둘이서 엄청 이야기를 많이 나누더라고요."

"크게 말해봐. 안 들려."

"그럴게요, 아가씨."

"오! 이런! 이 목소리는? 페터가 아니잖아? 누구세요?

지금 어딜 가는 거예요?"

"곧 알게 될 겁니다, 아가씨." 낯선 이가 말했다. 분명 페
터가 아니었다. "저는 저의 주인님이 시킨 곳으로 아가씨를
모셔가고 있습니다." 아들린은 그가 후작의 하인이라는 걸
알아채고는 말에서 뛰어내리려 했다. 그러나 남자가 내려
서 그녀를 말에 결박했다. 그러다 희미하지만 한 줄기 희망
이 그녀의 마음에 싹텄다. 아들린은 남자에게 연민의 정을
불러일으키려 갖은 수를 다 써서 애원했다. 그러나 그는 그
녀의 간청에 한순간 연민이 일긴 했지만 자신의 처지를 더
잘 알고 있었다.

아들린은 이제 자포자기의 심정으로 입을 다물고 운명
에 몸을 맡겼다. 그들은 그렇게 조용히 달렸다. 그러다가
번개와 천둥을 동반한 폭우가 쏟아지자 무성한 작은 수풀
속으로 들어갔다. 남자는 그게 안전한 곳이라 믿었고 아들
린은 이제 목숨이 어떻게 되든 신경을 쓰지 않고 있어 그에
게 잘못 생각했다는 사실을 납득시키려고 하지 않았다. 폭
우는 격렬한 기세로 오래 이어졌다. 그러나 기세가 좀 수그
러들자 그들은 다시 전속력으로 달렸다. 그런 상태로 두 시
간쯤 달려 숲의 가장자리까지 도달했다. 그러고는 조금 후
구름 사이로 내려오는 달빛에 의지해 드높은 벽을 볼 수 있
었다.

드디어 그곳에서 말을 멈추고 남자가 내렸다. 그러고는
벽에 있는 작은 문을 열었다. 그는 아들린의 결박을 풀었

다. 그러는 와중에 아들린은 자신도 모르게 비명이 새어 나왔는데 그는 아랑곳하지 않고 그녀를 말에서 내리게 했다. 문을 열고 들어가자 좁은 통로가 나왔다. 구석에 걸려 있는 등잔에서 희미한 불빛이 비치고 있었다. 그는 아들린을 이끌고 또 다른 문이 있는 곳으로 갔다. 그 문을 열고 들어가자 크고 웅장한 연회실이 나왔는데, 찬란한 조명이 빛나고 있었고 매우 섬세하고 우아한 취향으로 한껏 치장을 한 곳이었다.

벽엔 오비디우스의 장면[19]을 묘사한 프레스코화가 그려져 있었고 그 위로 풍성한 장식 술이 달린 실크 장식이 매달려 있었다. 소파들도 벽 장식과 어울리게 실크로 치장되어 있었다. 타소의 아르미다 장면이 그려진 천장 중앙에는 에트루리아식 장식의 은제 램프가 걸려 있었다. 그 램프에서 나온 붉은 불빛이 창문 사이에 있는 커다란 거울들에 반사되어 홀 전체를 붉게 물들이고 있었다. 호라티우스, 오비디우스, 아나크레온, 티불루스, 페트로니우스 등 흉상들이 벽감마다 놓여 있었고 에트루리아 화병에는 꽃들이 달콤한 향기를 발산하고 있었다. 연회실의 중앙에는 작은 테이블 위에 과일들과 얼음, 술로 다과상이 마련되어 있었다. 아무도 보이지 않았다. 마치 방 전체가 마법의 작품인 것 같았다. 인간이 만든 게 아니라 요정의 궁전을 닮아 있었다.

아들린은 깜짝 놀라며 여기가 어딘지 물었다. 그러나 남자는 대답을 거부하고는 요기를 하라고 권하며 방을 나갔다. 그녀는 창가로 다가갔다. 달빛에 너른 정원이 보였다. 나무숲이며 잔디밭, 물길이 달빛을 받아 반짝거리는 모습이 다채롭고 낭만적인 아름다움을 뽐내고 있었다. "이게 뭐지! 날 유혹해 파멸로 이끄는 마법인가?" 도망치려 창을 열어보았으나 굳게 잠겨 있었다. 여기저기 문들도 열어보았으나 역시 열리지 않았다.

아들린은 탈출할 수 있는 가망이 전부 막혔다는 것을 알고 한동안 슬픈 상념에 빠졌다. 그러다가 부드러운 음악소리에 몽상에서 깨어났다. 감미롭고 매혹적인 음악이 슬픔을 잠시 잊게 하고 영혼을 깨워 따뜻한 마음과 상념 어린 기쁨으로 인도했다. 아들린은 놀라워하며 음악을 들었고 그러다 자기도 모르게 위로를 받으며 마음을 빼앗겼다. 부드러운 멜랑콜리가 가슴을 적시며 모든 거친 감정을 누그러뜨렸다. 그러나 음악이 멈추는 순간 마법이 풀리며 그녀는 다시 자신의 처지에 눈을 떴다.

이내 다시 음악—잠으로 인도하는 음악[20]—이 들려왔다. 그러자 아들린은 점차 다시 그 달콤한 마법에 빠져들었다. 류트와 오보에, 또 다른 몇 가지 악기 연주와 함께 여자 목소리가 점차 부풀어 오르다가 절묘한 가락을 내며 듣는 이로 하여금 무아지경에 빠지게 했다. 점차 가락이 잦아들며 구슬픈 소리를 냈다. 그러더니 갑자기 운율이 바뀌며 즐겁고 명랑한 가락이 되었다. 아들린이 알아들은 가사는 다음과 같았다.

노래

삶은 각양각색의 눈부신 환상
기쁨과 슬픔, 빛과 그림자
어둡게 넘실대는 슬픔에서 고개를 돌려
사그라지기 전에 기쁨을 잡아라

행복의 미소, 슬픈 마음
공상은 비현실적인 색깔로 칠을 한다
둘 다 온전한 것이 아닐진대,
좋아 보이는 것을 마다할 일이 무엇인가?

물러가라! 더는 아니 되니! 지혜가 널 부른다
현재의 도움을 구하라
미래는 믿지 말지어다—희망은 널 옥죄리니,
"사그라지기 전에 기쁨을 잡아라."

 음악이 멈추었다. 그러나 그 소리는 여전히 상상 속에
울림을 남겼고 아들린은 기분 좋은 여운에 잠겨 있었다. 그
러다가 문이 열리며 몽탈 후작이 나타났다. 그는 아들린이
앉아 있는 소파로 다가오더니 말을 걸었다. 그러나 아들린
은 그의 목소리를 듣지 못했다. 기절하고 만 것이다. 그는
그녀를 깨우려고 안간힘을 썼다. 아들린은 눈을 떴으나 그

를 보더니 다시 혼절했다. 후작은 다시 어떻게든 정신을 들게 하려 했으나 아무 소용이 없어 결국 사람을 불렀다. 두 명의 젊은 여자들이 들어왔다. 아들린이 정신을 차리기 시작하자 그는 방을 나갔다. 아들린은 후작이 자리에 없고 여자들이 자신을 돌본다는 것을 깨닫고 점차 정신을 차리기 시작했다. 자신을 돌봐주는 여자들을 유심히 보고는 그들의 우아함과 아름다움에 매우 놀랐다.

아들린은 여자들의 연민을 사기 위해 애를 써보았으나 그들은 그녀의 비참한 처지에는 완전히 무감했고 후작을 칭송하기 시작했다. 그들은 그녀에게 행복하지 않다면 자신을 탓하라며 후작 앞에서는 행복한 표정을 짓는 게 좋을 거라고 말했다. 아들린은 목구멍까지 치솟는 경멸감을 표현하지 않기 위해 무진 애를 썼다. 그러면서 입을 굳게 다물고 그들의 이야기를 참아냈다. 그들에게 저항해봤자 아무 소용 없고, 더 불편해질 게 뻔하기 때문에 감정을 억눌렀다.

그들은 후작을 칭송하는 말을 이어나갔다. 그러다가 그가 나타났다. 그가 손짓을 하자 여자들이 즉시 방을 나갔다. 아들린은 절망에 빠져 입을 다물고 그를 바라보았다. 그가 다가와 손을 잡자 그녀는 즉시 손을 빼내며 형언할 수 없는 비참한 표정으로 고개를 틀고 눈물을 터뜨렸다. 그는 한동안 침묵을 지키며 아들린의 고통에 마음을 쓰는 것 같았다. 그러나 그는 다시 다가오며 부드러운 목소리로 절망

때문에, 또 그의 표현대로 사랑 때문에 자기가 취한 행동을 용서해달라고 간청했다. 아들린은 슬픔에 빠져 대답할 수 없었다. 그는 다시 자신의 사랑을 받아달라고 간청했다. 그러자 아들린은 화를 내며 어떻게 자신을 강제로 끌고 와서 그런 말을 할 수 있느냐며 비난의 말을 쏟아냈다. 그는 자신이 한결같이 사랑했고 또 명예로운 조건을 걸고 청혼을 하지 않았냐며 간청했다. 그러면서 다시 그 조건들을 들먹였다. 그러나 그는 익히 예상했듯 아들린의 눈에서 오직 경멸의 표정만을 보았다.

그는 한순간 혼란스러운 표정을 짓더니 아들린이 계략을 간파해 자신을 경멸한다는 사실을 이해하는 것 같았다. 그러나 그는 이내 평소의 태도대로 다시 청혼하며 사랑을 간구했다. 아들린은 거짓 청혼을 경멸한다고 까발리면 그의 자존심을 심하게 건드리게 되고 그러면 자신의 안위와 명예에 위험이 뒤따를 수 있다는 생각이 들어 내막을 모르는 체했다. 그의 모략을 벗어날 수 있는 유일한 길은 지연시키는 방법밖에 없었다. 따라서 후작 부인이 버젓이 살아 있고 따라서 그의 청혼이 사기라는 것을 자신은 모르고 있다고 그가 믿기 바랐다.

그는 아들린이 주춤하는 모습을 보고 자기가 원하는 대로 몰아가기 위해 더더욱 열정적으로 다시 구애를 시작했다. "사랑스러운 아들린, 우린 내일 하나가 될 것이오. 당신은 내일 몽탈 후작 부인이 되겠다고 승낙할 거요. 당신이 나의 사랑을 받아주고 또……"

"우선 저의 존경심을 다시 사야 합니다, 영주님."

"그럴 것이오. 나는 당연히 당신의 존경을 받을 자격이 있소. 당신이 지금 내 권한하에 있는데, 내가 당신의 상황을 이용하는 것을 삼가고 있지 않소? 그러면서 아주 명예로운 청혼을 하고 있지 않소?" 아들린은 몸서리가 쳐졌다. "영주님, 제가 영주님을 존경하기 바라신다면, 어떤 방법으로 제가 영주님의 손아귀로 들어오게 되었는지 바로 그 점을 제가 잊을 수 있어야 하지 않나요? 영주님이 스스로 명예롭다고 생각하신다면 저를 감금에서 풀어줌으로써 그 점을 증명해주시지요."

"사랑스러운 아들린, 그러면 당신을 사랑하는 내게서 도망가려고 할 거 아니오?" 후작이 애정이 담긴 체하며 반문했다. "당신은 왜 그다지도 심한 증명을 바라는 것이오? 그건 내가 마음이 없다는 걸 증명하라는 것과 똑같은 것이오. 그건 열정 넘치는 사랑에 빠진 사람에게 어울리지 않는 요구란 말이지요. 안 돼요, 사랑스러운 아들린. 교회의 결합으로 우리가 하나가 되어 사랑의 걸림돌을 모두 없애기 전까지 적어도 당신을 보고 있을 즐거움을 허락해주오. 내일이면……"

아들린은 현재 처한 위험을 깨닫고 그의 말을 가로막았다. "저의 존경심을 사세요, 그러면 저의 사랑을 얻을 수 있을 것입니다. 그 첫 단계로 저를 감금에서 풀어주세요. 이 상태로는 영주님을 오직 공포와 혐오의 감정으로 바라볼 수밖에 없어요. 저의 행복에는 아무런 관심이 없다는 걸 보여주면서 어떻게 제가 영주님의 사랑 고백을 믿겠어요?"

이제껏 기교를 부리거나 시치미를 떼는 법을 전혀 몰랐던 아들린은 분노와 경멸을 감추기 위해서 그것을 이용하지 않을 수 없었다. 그러나 오직 신변의 보호를 위해 어쩔 수 없이 혐오감을 억누르며 마지못해서 이용했다. 그녀의 마음은 생각에 있어서나 말과 행동에 있어서 습관적으로 미덕을 사랑하고 또 그러한 기교를 이용하는 목적이 분명 선의를 위해서 그러는 것이라 하더라도 목적이 수단을 정당화할 수 있다고 믿지 않았기 때문이다.

후작은 자신의 궤변을 이어갔다. "당신을 얻기 위해 당신이 불쾌할 걸 감수하며 행동할 수밖에 없었던 그 사랑을 의심할 수 있소? 그러나 당신이 비난하는 그 행동에서조차 내가 당신의 행복을 고려하지 않았소? 당신을 그 적막하고 황폐한 폐허에서 꺼내 와 화려하고 즐거운 곳으로 데리고 오지 않았소? 이곳에서 당신은 모든 호사를 맘껏 누릴 수 있고 또 모든 사람이 당신의 말 한마디에 당신의 뜻을 따를 것이오."

"제 첫 번째 바람은 죽는 것입니다. 영주님, 부디 간청하오니 절 더 이상 붙잡아두지 마세요. 저는 친구 하나 없이 수많은 불운에 내맡겨진 비참한 고아입니다. 무례하게 행동하고 싶지 않습니다. 그러나 그 어떤 일도 제가 여기서 느끼는 비참함을 넘어서진 못할 겁니다. 아니, 영주님이 저를 쫓아오면 그 어떤 곳도 다 비참할 겁니다!" 아들린은 자신의 계획조차 잊었다. 눈물이 쏟아져 내려 더 이상 말을 잇지 못했다. 그녀는 감정을 숨기려고 얼굴을 돌렸다.

"저런! 아들린, 당신은 나에게 너무 심하게 대하는군요." 후작이 자리에서 일어나 그녀의 손을 잡고 말했다. "난 당신을 사랑하오. 그런데 당신은 나의 열정을 의심하고 나의 맹세에 무관심하구려. 이 집 울타리에서 즐길 수 있는 모든 쾌락은 당신이 다 누릴 수 있소. 하나 이 울타리를 넘는 건 안 되오." 아들린은 손을 뿌리치고 조용히 고뇌하며 한쪽 구석으로 걸어갔다. 가슴 깊은 곳에서 깊은 한숨이 새어 나왔다. 그녀는 기절할 것 같아 창문틀에 몸을 기댔다.

후작이 그녀를 따라왔다. "어찌하여 그토록 고집스럽게 행복을 거부하는 것이오? 내가 당신에게 한 청혼을 생각해보고 아직 당신 손에 기회가 있을 때 받아들여요. 내일이면 사제가 우리의 손을 결합해줄 거요. 당신이 지금 내 손안에 있으니, 이 청혼을 받아들이는 게 당신에게도 좋겠지요?" 아들린은 오직 눈물로 답할 수 있을 뿐이었다. 그의 가슴에 호소해 연민을 불러일으킬 생각은 포기할 수밖에 없었다. 그저 계속 경멸을 보임으로써 자존심을 건드려 분노를 일으키는 게 두려웠다. 그는 아들린을 이끌고 다과상 자리로 와서 다과를 들 것을 권했다. 그는 특히 술을 권하면서 스스로 마음껏 마셔댔다. 아들린은 복숭아 하나만 받아들였다.

　후작은 아들린의 침묵을 조용히 청혼을 받아들이는 거라 해석하고는 쾌활한 기분을 되찾았다. 그가 이글이글 타는 눈빛을 보이자 아들린은 혼란스럽기도 하고 분노가 치밀기도 했다. 연회가 이어지자 부드럽고 감동적인 음악이 다시 들렸다. 그러나 이제 음악도 아들린에게 더 이상 효과를 발휘하지 못했다. 후작과 함께 있는 것이 너무나 당황스럽고 비참해 음악이 주는 위안을 느낄 수 없었다. 어딘지 나른한 분위기가 도는 노래 한 곡이 시작되었다. 누군가 관능적인 시인이 악덕의 원리를 동시에 숨기기도 하면서 또 은근히 권할 수 있다고 믿으며 쓴 곡 같았다. 아들린은 노래를 들으며 경멸과 불쾌감이 일었다. 후작이 그런 표정을 감지하고 다른 곡을 연주하라고 시켰다. 그러자 그녀의 마음을 현재의 상황에서 빼내 달콤한 망상으로 매료시키려는 듯 음악의 매력에 시의 힘을 가미한 곡이 이어졌다.

영혼의 노래

　나는 눈먼 대기에 산다네
　경사진 햇빛에서 놀고
　동굴 가장 깊은 방을 탐험한다네
　햇빛이 절대 닿지 않는 곳.

초록의 파도 아래로 뛰어들고
깊은 바다에서 뛰놀고
넵투누스가 목욕하는 모든 연안에서 물장구치네
라플란드 평원에서 인도의 절벽에 이르기까지.

나는 재바르고 힘차게 산을 오르네
드넓은 지상의 머나먼 곳 위로 올라
불타는 낮 별의 길을 따라
우주를 지나 알 수 없는 생각에 이르기까지.

그러곤 전대미문의 사람들이 대기를 울리는
천상의 소리에 귀 기울이며
숲이 우거진 벼랑과 고요한 골짜기 위로
내 밤의 여로를 바라보네.

손을 흔드는 나무 그늘 아래,
맑은 물 위 초록의 둑 위에
상념에 잠긴 저녁 나는 편안히
앉아, 사그라지는 음악의 속삭임을 듣는다네.

그리고 서쪽 바다 위
바람이 휘도는 절벽 위에
화려한 빛깔이 사사삭 지나치고

황혼이 액체 평원을 감싸는 모습을 바라보네.

그때 바람이 잦아들고
목욕하는 소리는 들리지 않을 때
바다의 요정들이 나를 위해
파도 아래 감미로운 조개의 음악을 연주하네.

감미로운 조개 음악! 지금 내게 다가오네
부드럽게 내 귓가를 울리는 선율이
이제 희미하게 멀어지다가 다시 낮게 진동하네
마침내 희열이 눈물 한 방울로 녹아버리네.

이슬 위 은빛으로 빛나는 햇빛,
나무 그늘 사이로 진동하다가
이제 더 부드러워진 색조로 풍경을 물들이며
고적한 오솔길로 나를 부르네.

그러다가 달빛에 희미하게 모습을 보이는
허물어가는 폐허의 타워로 나를 이끌면
그곳의 고독한 방랑자가 일렁이는
무시무시한 그림자로 나를 압도하네.

고뇌를 속삭이는 오싹한 소리에 간간이

찾아오는 침묵이 공포를 더욱 키우고

아래서 쉬익쉬익 들려오는

슬프고 장엄한 선율이 죽은 자를 깨우네.

나는 보이지 않게 움직여—알려지지 않은 것은 공포이
니!

나는 공상의 거친 꿈을 잣는다네.

내 목소리는 시인에게 닿은 후

저녁 바람에 실려 사그라지네.

노래가 멈추고 나자 절묘한 표현력으로 연주하는 애처
로운 뿔피리 가락이 멀리서 들려왔다. 때로는 여러 음이 동
시에 부드럽게 공기 중에 떠돌았고 또 그러다가 점점 부풀
어 올라 풍성한 멜로디로 휘몰아쳤고 그러고 나서는 희미
하게 잦아들며 침묵에 닿았다. 잠시 후 음악 소리가 다시
오르고 아주 달콤하고 부드럽게 진동하자 아들린은 눈물
을 흘렸고 후작은 황홀에 잠겨 탄성을 자아냈다. 그는 팔로
아들린을 감싸 자기 품으로 끌어당기려 했다. 그러나 그녀
는 바로 그 품에서 몸을 빼냈다. 그러면서 단호하면서도 슬
픈 눈길로 그를 쳐다보았다. 미덕의 위엄이 드러나는 눈빛
이었다. 그러자 그는 그 눈빛에 압도되어 더 이상의 행동
을 할 수 없었다. 인정하기엔 수치스럽지만 그는 아들린의
태도에서 우러나는 우월성을 인식하며 한편으로는 저항할

수 없는 그 힘을 무시하려고 애쓰면서 아무리 악덕의 신봉자이지만 한동안 미덕의 노예가 되어 가만히 서 있을 수밖에 없었다. 그러나 그는 곧 자신감을 회복하고 또다시 치근거리기 시작했다. 아들린은 너무도 참담한 일을 쉼 없이 겪은 터였다. 피로가 몰려오며 무기력에 빠졌다. 그녀는 더 이상 버틸 기운을 잃고 이제 제발 쉬게 해달라고 그에게 간청했다.

안색이 창백하고 목소리는 떨리고 있어 그 말을 오해할 수는 없었다. 그리하여 후작은 망설이면서도 내일을 기약하라고 당부하고는 자리에서 물러났다. 후작이 나가고 혼자가 되자마자 그녀는 타는 듯한 가슴속 고통을 쏟아냈다. 슬픈 고뇌에 너무나 몰입한 나머지 시간이 꽤 지나고 나서야 방에 여자들이 있다는 것을 깨달았다. 그들은 아까 아들린을 돌보던 여자들로서 후작이 나가고 바로 들어왔었다. 그들은 아들린을 방으로 안내했고 아들린은 조용히 그들을 따라갔다. 그러다가 갑자기 필사적으로 여인들의 동정심에 호소하기 시작했다. 그러나 역시 이번에도 후작을 칭송하는 말만이 대답으로 돌아왔다. 여자들을 구슬리려는 모든 노력이 허사라는 것을 깨닫고 그들을 물렸다. 그들이 나간 문을 잠그고 어디 도망할 수 있는 수단이 있는지 찾아보려고 힘없이 방을 살펴보았다. 섬세하고 우아한 방의 장식하며 풍요롭고 호화로운 편의 시설은 상상력을 자극하고 보는 이의 마음을 유혹하기 위해 의도된 것 같았다. 휘장은 밀짚 색깔 실크였으며 다양한 풍경과 역사적 회화로 장식되어 있었다. 그림의 소재들은 육욕을 탐하는 주인의 성격을 반영한 것 같았다. 벽난로 선반은 백색 대리석으로, 드러누워 포즈를 취하고 있는 고대의 인물 조각들로 장식되어 있었다. 침대는 휘장과 같은 색의 실크로 자주색과 은색 술이 풍성하게 장식되어 있었고 캐노피가 달려 있었다. 침대로 올라갈 수 있도록 놓여 있는 계단은 순은으로 만든 것 같은 큐피드 조각상이 받치고 있었다. 향수로 가득 찬 도자기 화병들이 벽감 안에 놓여 있었는데 화병들을 받치고 있는 스탠드는 화장대와 같은 구조로 웅장했으며 다양한 장신구로 화려하게 꾸며져 있었다.

아들린은 다양한 물건들에 덧없는 눈길만 한 번 던졌을 뿐, 바로 창문으로 가보았다. 창은 바닥까지 이어진 창으로 발코니로 이어져 있었다. 홀에서 보았던 정원이 내다보이는 발코니였다. 창문은 열어보았지만 열리지 않아 포기하고 말았다. 그 옆에 있는 문이 눈길을 끌었다. 문이 잠겨 있지 않았다. 열어보니 드레스룸이었는데 안으로 들어가려면 몇 계단 내려가야 하는 구조였다. 계단을 내려가보니 두 개의 창이 나타났다. 한 개는 열리지 않았으나 다른 하나는 손을 대자 바로 열렸다. 갑작스럽게 가슴이 두근거렸다.

잠시 기쁨에 도취해 바닥까지의 거리를 잊고 말았다. 도망가기에는 불가능한 높이일까? 그녀는 드레스룸의 방 문을 잠갔다. 침실 문은 이미 잠갔기 때문에 걱정할 필요는 없었다. 다시 창가에 서서 밖을 내다보았다. 아래로 정원이 내다보였다. 자세히 보니 바닥까지 내려온 창문은 바깥 땅과 아주 가까이 있어 쉽게 뛰어내릴 수 있을 것 같았다. 그녀는 곧바로 뛰어내려 드넓은 정원에 안전하게 착지했다. 정원은 여러 가지 화단을 배치한 프랑스식 정원이라기보다 영국식 유원지 분위기가 났다.

따라서 부러진 울타리나 낮은 벽 부분을 이용해 도망하는 게 쉬울 것 같았다. 아들린은 희망이 샘솟아 가벼운 발걸음으로 나아갔다. 폭풍이 지나고 난 후라 구름은 사라졌고 달빛이 잔디밭을 비추어 빗방울을 머금은 작은 꽃들이 반짝거리고 있었다. 주변 경관을 먼 곳까지 또렷이 볼 수 있었다. 아들린은 성을 둘러싼 높은 벽 쪽으로 향했다. 가다 보니 무성한 관목 숲이 시야를 막는 곳에 다다랐다. 가지들이 얽히고설켜 매우 어두워 들어가기가 겁이 났다. 오른쪽으로 방향을 틀었다. 쭉 따라가다 드높은 나무들이 가지를 드리운 호숫가에 도달했다.

달빛이 물 위에서 춤을 추고 있었다. 부드러운 파도가 호숫가를 적시며 고요하고 아름다운 풍경을 드러내고 있었다. 아들린처럼 불안한 마음이 아니었다면 분명 마음을 달래줄 경치였다. 그 모습을 무상하게 바라보며 한숨을 내쉬었다. 그러고는 서둘러 한참 떨어진 정원 벽을 찾아 나아갔다. 샛길과 풀밭을 한참 헤맸는데도 영지의 경계 같은 것을 보지 못했다. 그러다가 다시 호숫가로 오고 말았다. 절망스러운 발길로 물가를 가로질렀다. 눈물이 뺨을 타고 흘러내렸다. 주변 경관은 오로지 평화와 기쁨의 이미지만 보이고 있었다. 모든 사물이 잠에 빠져든 것 같았다. 나뭇잎을 흔드는 바람 한 점 없었고 대기를 가로지르는 소리 하나 없었다. 소란과 비참함이 진을 치고 있는 곳은 오직 아들린의 가슴속뿐이었다. 하릴없이 호숫가만 뒤지고 또 뒤졌다. 그러다가 숲의 개구 부분이 하나 보여 그곳으로 들어갔더니 살짝 오르막길이 이어졌다. 오솔길은 언덕의 측면을 돌아가는 길이었다. 어둠이 너무 짙어 길을 찾기가 쉽지 않았다. 돌연 길은 드높은 작은 숲으로 연결되었다. 좀 떨어진 곳의 막다른 곳에서 빛이 새어 나오고 있었다.

아들린은 발걸음을 멈추었다. 그냥 뒤돌아갈까 하는 충동이 들었다. 그러나 귀를 기울여보아도 아무 소리가 나지 않자 희미한 희망이 스며들었다. 어쩌면 저 빛 속에 있는 사람에게 도망가는 것을 도와달라고 호소할 수 있지 않을까. 떨리는 마음으로 살금살금 다가갔다. 우선 그 사람이 누구인지 몰래 살펴볼 생각이었다. 다가갈수록 가슴이 떨렸다. 정자에 도착해 열린 창을 통해 슬며시 들여다보았다. 소파에 느긋하게 앉아 있는 사람은 바로 후작이었다. 테이블 위엔 과일과 와인이 있었다. 그는 불콰해진 얼굴로 혼자 앉아 있었다.

놀란 마음으로 그 자리에 얼어붙은 채 바라보고 있을 때 그가 창가로 시선을 돌렸다. 불빛이 아들린의 얼굴을 그대로 비추고 있었다. 그러나 그녀는 후작이 자신을 보았는지 알아볼 겨를 없이 즉각 숨죽여 도망했다. 자신을 추적하는지 어떤지 알 수 없었다. 꽤 멀리 도망친 후 마침내 힘에 부쳐 멈출 수밖에 없었다. 풀밭에 털썩 주저앉았다. 두려움으로 기절할 것 같았다. 만약 후작이 자신을 보았다면 아마도 가만히 있지 않을 것이다. 그러면 최악의 경우를 맞을 것이다. 몸이 너무 심하게 떨려 숨 쉬는 것조차 힘이 들었다.

주위를 살피고 귀를 기울여보았으나 보이는 것도 들리는 것도 없었다. 그런 상태로 꽤 오래 머물렀다. 눈물이 흘렀다. 울고 나자 답답한 속이 좀 풀렸다. "오, 아버지! 어찌 자식을 버리셨나요? 자식이 처하게 될 위험을 아신다면 분명 딱히 여기고 구해주시겠지요? 아아! 저는 친구 하나 구하지 못할 것입니다. 저는 이렇게 사람을 믿고 계속 배신당할 운명인가요? 페터 또한 배신을 한 건가?" 아들린은 다시 울음을 토해냈다. 그러다가 지금 당장 얼마나 위험한 상황인지 깨닫고는 어떻게 벗어날까 생각해보았다. 아무런 대책이 없었다.

영지가 끝도 없어 보였다. 풀밭에서 풀밭으로 숲에서 숲으로 헤매고 또 헤맸지만 끝이 보이지 않았다. 정원 담장을 찾을 수가 없었다. 그러나 성으로 돌아가지도 않을 것이고 길을 찾는 것도 단념하지 않을 것이었다. 다시 길을 찾으려고 자리에서 일어날 때 저 멀리서 무언가 움직이는 게 보였다. 아들린은 가만히 서서 지켜보았다. 천천히 다가오다가 갑자기 사라졌다. 그러나 이내 한 사람이 어둠속에서 다시 모습을 드러내더니 그녀가 서 있는 곳으로 다가오기 시작했다. 후작이 자신을 찾은 것이 아닐까. 그러고는 전속력으로 왼쪽 수풀을 향해 달렸다. 그 사람이 따라오는 게 느껴졌다. 그러더니 자신의 이름을 부르는 소리가 들렸다.

뒤따라오는 사람이 갑자기 방향을 틀었다. 아들린은 숨을 고르기 위해 발걸음을 멈췄다. 뒤를 돌아보았으나 아무도 보이지 않았다. 천천히 길을 따라 나아갔다. 거의 막다른 곳까지 도착했을 때 아까 그 사람이 숲에서 모습을 드러내고는 길을 가로질러 쏜살같이 달려왔다. 그녀를 향해 다가왔다. 다시 그녀를 부르는 소리. 그러나 그 소리는 아들린에게 닿지 못했다. 혼절해 바닥에 쓰러지고 만 것이었다. 꽤 오랜 시간이 지나 정신이 들면서 자신이 누군가의 팔에 안겨 있는 것을 깨달았다. 몸을 빼내려 발버둥 쳤다.

"겁내지 말아요, 사랑스러운 아들린. 두려워 말아요. 당신을 위해 어떠한 위험도 감수할 친구의 품에 있어요. 목숨을 바쳐 당신을 지킬 거예요." 그는 그녀를 부드럽게 품 안으로 끌어안았다. "날 잊었어요?" 아들린은 그를 바라보았다. 테오도르였다. 기쁨이 몰려왔다. 그러나 그가 자신의 안위에 치명적인 시기에 갑작스럽게 떠난 것이 떠오르기도 하고, 또 그가 후작의 사람이라는 사실도 떠올라 불신과 걱정, 실망의 감정이 뒤섞였다.

테오도르는 아들린을 부축해 일으켜 세웠다. "어서 도

망갑시다. 마차를 준비해놓았어요. 어디든 당신이 바라는 대로 갑시다. 친구들에게 데려다줄 거예요." 마지막 말이 가슴을 찔렀다. "아아, 저는 친구 하나 없어요! 또 어디로 가야 할지도 몰라요." 테오도르는 부드럽게 그녀의 손을 잡고 다정한 목소리로 말했다. "내 친구면 당신의 친구인 거죠. 내가 이끌게요. 이곳에 더 지체하는 건 너무 위험해요. 어서 서두릅시다." 아들린이 대답을 하려할 때 숲에서 사람들의 소리가 들렸다. 테오도르는 그녀를 부축해 급히 자리를 떴다. 그들은 아들린이 숨이 차 더 이상 가지 못할 때까지 발길을 재촉했다.

한동안 숨을 돌리고 뒤따르는 사람 소리가 나지 않자 그들은 다시 길을 나섰다. 테오도르는 이제 정원 담장에서 멀지 않다는 것을 알고 있었다. 그러나 그는 또한 가는 길 중간에 영지 내 여러 곳과 이어진 길들과 만난다는 것을 잘 알고 있었다. 그 길들을 통해 후작의 사람들이 갑자기 나타나 그들을 저지할 수도 있다. 그러나 그는 아들린에게는 그러한 우려를 숨기고 그저 용기를 북돋아주었다.

드디어 그들은 담장에 도착했다. 높이가 낮은 곳으로 다가갔다. 근처에 마차가 서 있었다. 거기서 다시 사람들의 목소리가 들렸다. 아들린은 기진맥진했으나 사력을 다했다. 좀 떨어진 곳에 정원으로 들어오기 위해 테오도르가 타고 내려왔던 사다리가 있었다. "힘을 좀 내요. 금방 안전한 곳에 다다를 수 있어요." 아들린이 올라갈 수 있도록 테오도르가 사다리를 붙잡아주었다. 벽 꼭대기는 넓고 평평했다. 아들린은 그곳에 서서 테오도르가 따라 올라와 사다리를 반대편으로 옮길 때까지 기다렸다.

사다리에서 내려오자 마차가 보였으나 마차꾼은 보이지 않았다. 테오도르는 누가 들을까 두려워 소리 내어 부르지 못했다. 그리하여 그는 아들린을 마차에 태운 다음 직접 마부를 찾아보았다. 그는 좀 떨어진 나무 아래 잠들어 있는 마부를 찾아 데리고 왔다. 마차는 이내 전속력으로 달리기 시작했다. 아들린은 아직 안전하다고 믿을 수가 없었다. 아무런 방해를 받지 않고 꽤 긴 시간을 달린 후에야 가슴이 벅차올랐다. 그녀는 자신을 구해준 테오도르에게 열렬하게 감사를 표했다. 연민이 가득 담긴 그의 목소리와 태도로 보아 그 자신도 아들린만큼이나 행복해한다는 것을 알 수 있었다.

점차 다시 자신의 처지에 대한 자각이 들자 불안이 기쁨을 대신하기 시작했다. 급박한 상황에서 도주만을 생각했었다. 그러나 이제 아들린은 입을 다물고 상념에 잠겼다. 찾아갈 친구도 없으며 젊은 기사, 그것도 낯선 이나 다름없는 남자와 함께 어디로 가는지도 모르고 가는 길이 아닌가. 철석같이 믿었다가 속임을 당하고 배신당한 게 한두 번이 아니지 않는가. 거기에, 테오도르가 이전에 보였던 관심이 이기적인 열정의 충동에 기인한 건 아닌지 하는 두려움마저 일었다. 왠지 그럴 것도 같았다. 그러나 그녀는 그런 생각을 한다는 게 떳떳치 않은 일 같았다. 그리고 테오도르의 진심, 그의 인격을 의심하는 것보다 더 큰 고통은 없다고 느꼈다.

　그는 지난 일을 끄집어내 상념에 빠진 아들린을 일깨웠다. "내가 위험한 일이 있을 거라고 암시를 한 다음에 약속 장소에 나타나지 않아 매우 놀라고 또 기분 상했죠? 그 일로 나는 점수를 깎였겠죠? 애초에 당신의 존경을 샀는지도 모르겠지만. 그러나 몽탈 후작 때문에 계획이 무산된 거예요. 계획이 틀어지는 바람에 나도 당신만큼이나 괴로웠어요."

　"저는 당신이 그런 암시를 내비치고 난 후 아무 연락도 없이 사라져버려서 크게 놀랐어요. 그리고……" 아들린은 입안에 맴도는 말을 꺼낼 수 없었다. 그에 대한 자신의 마음을 경솔하게 그대로 드러낼 것 같았기 때문이었다. 몇 분 간 서로 침묵을 지켰다. 둘 다 불편한 기색이었다. 테오도르가 마침내 입을 열었다. "어떤 일이 있었는지 말할게요. 들어봐요. 나의 무고함을 꼭 밝히고 싶어요." 그는 아들린의 대답을 기다리지 않고 설명을 시작했다. 후작이 어떻게 된 내막인지 몰라도 그들의 대화 내용을 알았거나 혹은 의심하게 되었다고 했다. 그리하여 후작은 자신의 계획이 무산될 위험에 처했다고 생각하고는 아들린이 그 계획에 대해 알지 못하도록 조처를 취했다. 아들린은 그 말을 듣고 테오도르와 숲속에 함께 있던 때 라 모트를 본 일이 떠올랐다. 라 모트는 분명 그들이 점차 가까워지는 걸 의심했을 테고 후작에게 경쟁자가 붙을지도 모른다고 경고했을 것이리라.

"당신을 만나고 난 다음 날 부대장인 후작이 나에게 연대에 복귀할 준비를 하라고 명하더군요. 그러고는 다음 날 아침 떠나야 한다고 했어요. 갑작스러운 명령에 깜짝 놀랐지만 그 이유는 금방 알겠더라고요. 나와 친한 후작의 하인 하나가 이내 내 방으로 들어오더니 내가 갑작스럽게 떠나는 게 서운하다며 넌지시 그 이유에 대해 말을 흘렸어요. 그래서 집요하게 캐물었더니 내가 한동안 의심해오던 당신에 대한 후작의 모략을 밝히더라고요.

자크는 우리가 만난 사실이 후작의 귀에 들어갔다고 했어요. 자크는 그걸 동료 하인에게서 들었다고 했는데, 그래서 내가 깜짝 놀랐죠. 왜냐하면 그 하인이 후작의 일과 관련해서 나에게 이따금 정보를 전해주던 사람이었거든요. 나는 어서 저녁이 되어 당신을 만날 생각에 마음이 초조했답니다. 그러나 후작이 수작을 부려 나의 계획을 방해했어요. 그는 십수 킬로미터 떨어진 곳에 있는 어떤 귀족의 별장에서 하루를 보내기로 약속했고, 저는 온갖 핑계를 대가며 가지 않으려 했는데 소용없었어요. 복종할 수밖에 없는 나는 그날 하루를 다시없을 긴장과 불안 속에 지냈어요. 후작의 성으로 돌아온 건 자정이 지난 시간이었고요. 나는 다음 날 아침 일찍 일어나 떠나기 전에 당신과 만나 이야기를 할 생각을 했죠.

아침 식사를 하러 갔다가 후작을 보고 깜짝 놀라고 말았
어요. 후작은 참 멋진 아침이라며 이야기를 시작하며 저를
시노까지 배웅해주겠다고 하지 뭡니까? 그렇게 마지막 희
망까지 빼앗기는 바람에 저도 모르게 얼굴 표정에 실망감
이 그대로 드러났나 봐요. 그러니까 나를 살펴보며 무심한
척하던 후작이 갑자기 불쾌한 표정을 짓더라고요. 시노에
서 수도원까지는 적어도 60킬로미터는 될 거예요. 그래도
거기서 후작하고 헤어진 후 다시 돌아올 생각을 하고 있었
죠. 그런데 다시 돌아와도 당신과 단둘이 보기가 어려울 것
같더라고요. 라 모트가 봤다가는 의심을 살 테고 그러면 나
중에 기회를 노리는 것도 힘들어질 것 같았죠. 그래서 어쩔
수 없이 부대로 복귀한 겁니다.

자크는 후작의 근황에 대해 자주 편지를 해줬어요. 하지
만 글을 어찌나 뒤죽박죽으로 쓰는지 도무지 알아먹을 수
가 없었죠. 그렇지만 마지막 편지가 매우 충격적이어서 부
대에서 가만히 있을 수가 없었답니다. 휴가를 받기가 불가
능해서 몰래 부대를 빠져나왔고 성에서 1.5킬로미터 정도
떨어진 곳에 있는 오두막에 몸을 숨기고서 후작의 계획을
빨리 알아내려고 했죠. 자크가 매일 소식을 전해주다가 드
디어 다음 날 밤 그 끔찍한 모략을 펼친다는 이야기를 들었
어요.

당신에게 위험을 경고해줄 수 있는 경로가 없었어요. 수

도원 근처라도 갔다가 라 모트에게 발각되면 당신을 구해 낼 모든 시도가 다 막히겠죠. 그러나 어쨌든 한 번 당신을 보기 위해서 이 위험을 무릅썼어요. 저녁 무렵 숲으로 갈 준비를 하고 있었는데 그때 자크가 와서 당신이 성으로 올 거라고 하더군요. 그래서 계획이 수월하게 되었죠. 또 후작이 이제는 당신을 붙잡아두고 있으니 자신에게는 너무나 익숙한 부유하고 호화로운 삶으로 당신을 유혹하고 사기 결혼으로 당신을 현혹시킬 거라는 사실도 알게 되었어요. 그래서 내가 당신을 가둔 방 위치를 알아내고서 마차 한 대 대기시키고 당신이 있는 방 창문으로 기어올라 당신을 구해내려고 했어요. 그래서 자정에 정원으로 잠입한 겁니다."

테오도르는 이야기를 멈췄다. "무슨 말로 감사를 드려야할지 모르겠네요. 너그러운 당신에게 큰 은혜를 입었어요." 아들린이 말했다.

"아! 너그럽다고 하지 말아요. 사랑 때문입니다." 그는 말을 멈췄다. 아들린은 아무 말 하지 않았다. 그는 감정이 북받쳐 잠시 아무 말 하지 않고 있다가 다시 입을 열었다. "이렇게 갑작스럽게 고백하는 걸 용서하세요. 하지만 갑자기가 아닙니다. 지금껏 말을 하지 않았을 뿐 행동으로 보여주었어요." 그는 다시 말을 멈췄고 아들린은 여전히 침묵했다. "하지만 나도 지금 이 상황에서 사랑을 고백하는 게 적절치 못하다는 것을 잘 알고 있습니다. 그렇지만 당신의 말에 급작스럽게 고백한 것이니 믿어주세요. 당신이 안전한 곳에 당도할 때까지 다시 이런 말 하지 않겠다고 약속할게요. 그러고 나서 나의 진실한 마음을 받아줄 것인지 거절할 것인지 자유롭게 결정하면 됩니다. 하지만 당신의 존경심을 받을 만하다고 말해주면 내 마음이 한결 편할 것 같아요."

아들린은 그가 그토록 자신을 위해 헌신하고도 자신의 존경심을 의심한다는 사실에 놀랐다. 그러나 그녀는 아직 사랑 때문에 소심해지는 마음을 알지 못했다. 그녀는 떨리는 목소리로 말했다. "제가 은혜도 모르는 사람이라고 생각하시나요? 저를 위해 그렇게 고생했는데 제가 당신을 존경하지 않을 수 있을까요?" 테오도르는 아들린의 손을 잡고 그 손에 조용히 입을 맞추었다. 그들은 둘 다 감정이 북받쳐 말을 잇지 못했다. 그렇게 한 마디도 하지 않은 채 계속 나아갔다.

제12장

그리고 희망은 미소로 매혹하며 그 황금 빛깔 머리를 휘날리고
노래를 이어나간다─그러나 복수는
참지 못하고 인상을 찌푸리며 일어선다.
─ 열정에 부치는 시[21]

바르르 구름을 뚫고 아침 해가 밝았다. 일행은 말을 바꾸기 위해 작은 마을에 멈추었다. 테오도르는 아들린에게 마차에서 내려 요기를 하라고 권했다. 그러나 여관 주인이 아직 일어나지 않아 마부가 문을 두드리고 고함을 한참 친 후에야 들어갈 수 있었다.

가볍게 식사를 하고 나서 테오도르와 아들린은 다시 마차로 돌아왔다. 테오도르가 나누고 싶은 대화는 지금 조심스럽고 민감한 상황이라 입 밖에 꺼낼 수 없었다. 그리하여 그는 길가에 보이는 아름다운 풍경에 대해 언급하며 대화를 이어나가려고 애를 썼으나 이내 침묵에 빠지고 말았다. 그는 아직 불안하긴 해도 오래 가슴을 짓누르고 있던 걱정에서 벗어났기 때문에 한결 편해졌다. 아들린을 처음 보았을 때 사랑스러운 그 모습이 가슴에 깊은 인상을 남겼다.

그녀의 아름다움엔 정취가 있었고 그는 즉각 그것을 알아
차렸다. 또 그녀의 태도와 언행이 그 점을 확인시켜주었다.
아들린의 매력은 한 영국 시인이 매우 절묘하게 표현한 그
러한 매력이었다:

> "오! 보았는가, 아침 이슬에 젖어
> 갓 봉오리를 벌린 어린 장미를,
> 그 어리고 여린 색채가 처음 고개를 내밀 때
> 낮의 열기에 움츠리며 수줍어하는 것을?
>
> 매우 부드럽고, 퍽 섬세하며, 몹시 달콤하게 오는 그녀,
> 젊음의 연분홍 광채가 뺨을 물들이기 시작하네.
> 나는 바라보고, 나는 한숨짓고, 나는 부드러운 불꽃을 보
> 았어,
> 사랑의 번뇌를 느꼈고, 열정으로 추욱 늘어지는 것을."[22]

　아들린의 곤궁한 처지와 위험한 상황을 생각하자 마음
속에 몹시도 애틋한 연민이 차올랐다. 그러면서 그녀에 대
한 경탄은 사랑으로 바뀌었다. 그녀에게 이러한 위험을 알
려줄 수도 없이 강제로 떠나야 했을 때 그의 심정이 어땠을
지는 그저 상상할 수밖에 없을 것이다. 부대에 주둔하고 있
을 때 그는 언제나 맞서 싸울 수도 없는 공포의 먹잇감이나
마찬가지였다. 그러나 수도원 근처로 오고 나서 그는 후작

의 모략을 알아내고 아들린을 구하기 위해 최선을 다했다.

휴가 신청은 감히 할 수가 없었다. 그렇게 되면 후작에게 계획이 알려질 게 뻔했기 때문이다. 그리하여 그는 고심 끝에 법을 어기는 일이긴 했지만 미덕을 따르는 일이었으므로 무모하고도 용감한 일을 벌였다. 즉, 부대를 몰래 빠져나오고 말았다. 그러고는 조심스럽게 후작의 모략에 대한 정보를 얻었다. 그러다 바로 아들린과 자신의 운명이 결정될 그 밤이 온 것이었다. 그는 온몸 바쳐 행동했고 희망과 두려움, 공포와 기대가 요동치는 격정의 순간으로 뛰어들었다.

바로 지금 이 순간까지 그는 아들린의 안전을 위해 한시도 방심할 수 없었다. 이제 성에서 꽤 먼 거리까지 도망쳤고 추적하는 이도 없으니 희망을 키웠다. 사랑하는 아들린 옆에 앉아 감사와 존경을 표하는 그녀를 보고 있노라면 사랑을 갈구하지 않을 수 없었다. 그는 그녀를 구한 사람이란 사실에 가슴 뿌듯했고 마침내 아들린이 자기 가족의 보호 하에 행복을 구가할 수 있을 날을 머릿속에 그려보았다. 그러자 불안과 번뇌의 구름이 걷히고 그 자리에 기쁨의 빛이 들어찼다. 간혹 두려움의 그림자가 슬며시 모습을 드러내거나, 변방에 주둔해 전쟁을 치르고 있는 부대를 이탈한 상황에 대해 양심의 가책을 느낄 때면 아들린을 보았다. 그러면 마법처럼 즉각 마음에 평화의 빛이 가득 들어찼다.

그러나 아들린에게는 테오도르가 모르는 불안이 또 있

었다. 미래의 삶도 어둡고 불확실하다. 다시 또 타인의 은혜에 기대 살아야 한다. 그건 또 타인이 베푸는 호의의 불확실성을 마주해야 하는 일이다. 남에게 기대는 삶의 고단함, 위태로운 생계가 앞에 놓여 있다. 그러한 불안감이 무사히 도망쳤다는 기쁨과, 언행에·있어 한결같은 테오도르의 애정에 그림자를 드리웠다. 테오도르는 아들린의 현재 상황을 이용해 사랑을 간구할 수도 있을 텐데 세심하게도 그런 행동을 삼가며 그녀의 존경심을 샀고 또 자신감을 북돋아주었다.

아들린이 이런 생각에 빠져 있을 때 마부가 마차를 멈추었다. 그러더니 구불구불 지나온 언덕길을 가리켰다. 말을 탄 사람들이 추적을 하고 있었다! 테오도르는 마부에게 즉시 전속력으로 달리라고 하며 오솔길이 나타나면 바로 큰길에서 벗어나라고 했다. 마부는 공중에 채찍을 휘날리며 몸을 한껏 뒤로 젖히고 속도를 냈다. 한편 테오도르는 겁에 질린 아들린을 다독였다. 아들린은 이제 후작에게서 벗어날 수만 있다면 미래의 일 따위 신경 쓰지 않겠다고 생각했다.

그들은 이내 샛길로 접어들었다. 무성한 나무들이 시야를 막아주는 길이었다. 테오도르는 창밖을 내다보았지만 나뭇가지 때문에 추적이 계속되는지 살펴볼 수 없었다. 아들린은 그를 위해 두려운 마음을 억눌렀다. 테오도르가 말했다. "이 길 따라 가면 분명 마을이 나올 거예요. 걱정할 것

전혀 없어요. 내가 가진 무기 하나로 저 많은 사람들로부터 당신을 지킬 수 없겠지만, 분명 우리를 도와줄 마을 사람들이 있을 거예요."

아들린은 그의 말에 위안을 얻었다. 테오도르는 다시 뒤를 돌아보았지만 길이 구부러져 볼 수 없었고 또 덜커덩거리는 바퀴 소리에 다른 소리도 분간할 수 없었다. 그는 마부에게 멈추라고 소리치고 귀를 기울여보았다. 말발굽 소리가 나지 않자 이제 안전하다고 안심하기 시작했다. "이 길이 어디로 이르는지 알아요?" 마부는 모른다고 했지만 멀리서 나무 사이로 민가들을 보았으며 아마도 그 마을로 이어지는 것 같다고 했다. 반가운 소식이었다. 멀리 내다보니 집들이 보였다. 마부가 다시 달리기 시작했다. "아들린, 걱정 말아요. 이제 안전해요. 나는 죽기 전까지 당신 곁을 떠나지 않을 거예요." 아들린은 한숨을 쉬었다. 자신이 걱정되어 나오는 한숨이 아니라 테오도르가 맞닥뜨릴지도 모르는 위험 때문이었다.

그들은 이런 식으로 삼십 분 가까이 달렸다. 드디어 작은 마을이 나왔다. 그들은 어떤 여관 앞에 멈추었다. 그나마 찾을 수 있는 최선의 장소였다. 테오도르가 마차에서 내리는 아들린을 거들며 또다시 걱정하지 말라고 안심시켰다. 아들린은 그런 그에게 미소를 지어 보였지만 여전히 불안이 묻어나는 희미한 미소였다. 식사를 주문하고 나서 테오도르가 여관 주인과 이야기를 나누기 위해 밖으로 막 나서고 있을 때였다. 아들린은 말을 탄 한 무리의 사람들이 여관 마당으로 들어오는 모습을 보았다. 일행을 뒤쫓던 사람들이 분명한 것 같았다. 그중에 두 명만이 그녀 쪽으로 얼굴을 돌렸는데 나머지 사람들 중 한 명이 후작과 닮은 것 같았다.

아들린은 심장이 얼어붙는 것 같아 순간 정신을 차릴 수 없었다. 곧바로 몸을 숨기려 했다. 숨을 만한 곳을 찾는 순간 말을 탄 한 사람이 그녀가 서 있는 방의 창을 올려다보았다. 그러면서 그는 동료들에게 말을 걸며 함께 여관 안으로 들어왔다. 눈에 띄지 않고 방을 나가는 게 불가능했다. 그렇다고 보호자도 없이 홀로 그곳에 남아 있는 것도 위험하긴 마찬가지였다. 그녀는 공포에 차 실내를 이리저리 돌아다녔다. 목소리를 낮춰 테오도르를 부르기도 했다. 말할 수 없이 고통스러운 시간이었다. 건물 반대편에서 떠들썩한 소리가 나고 있었다. 아들린은 언쟁하는 말을 알아들을 수 있었다. "왕명으로 너를 체포한다. 이제부터 호송병 없이 혼자 움직이는 것을 금하니 각오하라."

그러고 나서 테오도르의 목소리가 들렸다. "저는 왕명을 어길 생각 없습니다. 그리고 혼자 움직이지 않겠다고 약속합니다. 그러나 우선 저를 좀 놓아주십시오. 저 방으로 돌아가야 합니다. 저 안에 있는 친구와 이야기 좀 하겠습니다." 그들은 처음에는 도망가기 위한 구실이라고 생각하고 그의 청을 거절했다. 그러나 끈질긴 간청과 언쟁 끝에 청이 받아들여졌다. 그는 아들린이 있는 방으로 급히 뛰어 들어 갔다. 부사관과 병장 한 명이 문까지 그를 따랐고 다른 병사 두 명은 여관 마당으로 나가 방 창을 지켜보았다.

테오도르는 다급하게 문을 열었다. 그러나 아들린은 그를 맞으러 서두를 수 없었다. 언쟁이 들리자 얼마 가지 않아 기절한 것이었다. 테오도르는 다급하게 도와달라고 외쳤다. 이내 여관 안주인이 비상약품을 가지고 나타났다. 그러나 아무 소용 없었다. 아들린은 혼절한 채 깨어나지 못했고 그저 숨소리만이 살아 있다는 표시를 했다. 대원들이 들어와 테오도르의 '여자 친구'를 보더니 낄낄대며 더 이상 기다릴 수 없다고 말했다. 그들은 그렇게 말하며 정신을 잃은 아들린에게서 강제로 테오도르를 떼어내려 했다. 그러자 그는 사나운 표정으로 그들을 돌아보며 칼을 꺼냈다. 그러고는 여인이 다시 깨어나기 전에는 죽어도 자신을 끌어낼 수 없다고 소리쳤다.

대원들은 테오도르의 결연한 태도에 화가 나서 소리쳤다. "왕명을 거역하겠다는 것이냐?" 그들이 그를 붙잡기 위해 다가왔다. 그러자 테오도르가 칼을 뻗으며 다가오면 각오하라고 위협했다. 대원 한 명이 칼을 겨눴고 테오도르는 경계 태세를 갖췄으나 나아가지는 않았다. "저는 그저 여인이 깨어날 때까지 기다려달라는 겁니다. 안 그러면 어떻게 될지 아실 겁니다." 테오도르의 저항에 이미 화가 나 있던 남자는 마지막 말을 협박으로 여기고 뜻을 굽히지 않았다.

그는 테오도르를 향해 돌진했다. 그의 동료가 마당에 있던 남자들을 부르는 동안 테오도르는 남자의 어깨를 찔러 살짝 상처를 냈으나 동시에 자신은 머리에 칼을 맞고 말았다.

피가 솟구쳤다. 테오도르는 비틀거리며 의자로 가 털썩 주저앉았다. 사람들이 막 방으로 들어오던 참이었다. 아들린은 막 눈을 뜨고 핏기가 완전히 사라진 얼굴에 피범벅이 된 그의 모습을 보았다. 그녀는 자기도 모르게 비명을 지르며 소리쳤다. "아악! 저들이 저 사람을 죽였어요!" 그녀는 다시 혼절할 기세였다.

아들린의 목소리를 듣고 테오도르가 고개를 들며 희미한 미소를 짓고 손을 뻗었다. "많이 다치지 않았어요." 그가 힘없는 소리로 말했다. "곧 괜찮아질 거예요. 당신만 어서 낫는다면 괜찮아요." 그녀는 다급하게 그에게 다가가 손을 잡았다. "누가 의사 좀 불러줘요!" "겁내지 말아요. 당신이 겁낼 만큼 다치지 않았어요." 소동의 소식을 듣고 사람들이 방 안으로 몰렸다. 그중에 마을에서 의사이자 약제사 역할을 하는 한 남자가 있었는데 그가 테오도르를 돕기 위해 다가왔다.

그는 상처를 살펴보더니 묻는 말에도 아무런 의견을 말하지 않고 그저 환자를 침대로 옮기라고만 했다. 그러자 군인들이 그에 반대하며 그를 부대로 호송하는 것이 자신들의 임무라고 주장했다. "그러면 목숨이 위태해질 겁니다. 게다가……" 의사가 말했다.

"오! 저자의 목숨이라, 우린 그런 거하고 상관없습니다. 우린 그저 우리의 임무만 수행할 뿐입니다." 부사관이 말했다. 이제껏 불안에 떨며 서 있던 아들린은 더 이상 입을 다물 수 없었다. "의사가 분명 이 신사분이 지금 상태로 이동하다가는 목숨이 위태로워질 거라고 말했으니 명심하세요. 이동 중에 죽으면 당신 목숨으로 책임져야 할 겁니다."

"그렇소." 자신의 환자를 넘기는 게 탐탁지 않았던 의사가 합세했다. "나는 지금 이 증인들 앞에서 공언합니다. 이 환자는 안전하게 이송할 수 없습니다. 위험을 무릅쓰고 그리하겠다면 그 결과에 책임져야 합니다. 환자는 매우 심각한 부상을 입어 매우 세밀한 치료를 요하는 데다 그것마저 지금은 확답을 못 합니다. 그러나 지금 이 상태로 이동하면 열이 오를 것이고 그러면 부상 입은 상처에 치명적일 겁니다." 테오도르는 의사의 말을 차분하게 들었다. 그러나 아들린은 가슴속 불안을 감추는 게 쉽지 않았다. 차오르는 눈물을 억누르는 데 안간힘을 써야만 했다. 그녀는 테오도르를 위해 인간애에 호소하며 애원하거나 군인들이 겁을 먹게 하고 싶었지만 목소리가 제대로 나올 것 같지 않았다.

아들린이 마음속에서 심하게 갈등하고 있을 때 방 안을 가득 메운 사람들이 테오도르를 동정하기 시작했다. 그들은 테오도르의 처지를 딱히 여겨 군인들이 그를 데리고 가면 살인죄에 대한 책임을 져야 한다고 한목소리로 목청을 높였다. "저 사람은 어차피 주둔지 탈영에다 왕명을 수행하는 나를 공격한 죄로 사형을 당할 거요." 아들린은 속이 메스꺼워져 테오도르가 앉아 있는 의자에 기댔다. 테오도르는 그녀에 대한 걱정으로 잠시 자신의 상태를 잊었다. 그는 팔로 그녀를 부축하며 억지로 미소를 지어내고는 그녀만 들을 수 있는 낮은 목소리로 말을 붙였다. "저 말은 잘못된 말이에요. 사건 조사가 이루어지면 큰 여파 없이 정리될 거예요."

아들린은 그게 자신을 위로하기 위한 말이라는 사실을 알고 있어서 그다지 귀담아듣지 않았다. 그래도 테오도르는 자신의 안전에 관해 염려할 것 없다면서 계속 비슷한 말을 반복했다. 한편 모여 있는 사람들은 고집을 꺾지 않는 군인을 보고는 더욱 흥분하기 시작했다. 그들은 테오도르가 받게 될 거라는 벌과 또 그걸 아무렇지 않게 내뱉는 군인의 냉혹한 태도에 테오도르를 더욱 가엾게 여기며 군인에게 분개했다. 그들은 점점 더 강하게 분노를 표출했다. 그러자 무슨 일이 더 벌어질지 두렵기도 하고 또 한편 잔인한 태도를 비난하는 사람들 때문에 수치심도 커져 부사관은 마침내 부대장의 지침이 있을 때까지 그를 침대로 옮기는 데 마지못해 찬성했다. 순간 아들린은 기쁨에 겨운 나머지 잠시 불행한 처지를 잊게 되었다.

의사가 테오도르의 상처를 치료하고 있을 때 아들린은 옆방에서 기다렸다. 물론 상황이 달랐다 하더라도 이 사고 때문에 굉장히 괴로웠겠지만, 지금 더더욱 통탄해 마지않는 것은 자신 때문에 사고가 일어났다는 생각 때문이었다. 게다가 이 불운한 사건으로 테오도르가 자신을 얼마나 절절히 사랑하는지 여실히 드러난 상황에서 가슴속 깊은 곳까지 파고든 그를 생각하니 고통이 더욱 통렬하게 느껴졌다. 테오도르가 회복된다면 사형을 당할 거라는 군인의 주장을 도저히 받아들일 수 없었다. 그저 그것이 군인의 잔인한 과장일 뿐이라고 애써 믿고 싶었다.

테오도르가 현재 직면한 위험한 상황이 아들린의 가슴속 모든 애정을 일깨웠다. 이제 그녀는 테오도르를 향한 자신의 진정한 마음을 잘 알 것 같았다. 처음에 보고 감탄했던 테오도르의 품위 있는 자태와 고귀하고 지적인 용모, 그리고 매력적인 매너는 그 후 대화할 때 드러나는 강인한 사고력과 우아한 정서로 인해 그 가치가 더욱 배가되었다. 탈출길에 오른 이후 그가 보여준 행동이 눈물 나도록 고마웠고 온갖 위험을 무릅쓰는 모습에 사랑이 더욱 커졌다. 가슴에 남아 있던 베일이 벗겨지는 것을 느끼며 처음으로 자신의 진정한 감정을 깨달았다.

드디어 의사가 테오도르의 방에서 나와 아들린이 기다리고 있는 곳으로 왔다. 그녀는 부상이 얼마나 심각한지 물었다. "마드무아젤, 아마도 이 신사분의 친지이신가 보죠? 누이인가요?" 아들린은 그 질문이 언짢고 당황스러웠다. 그에 대해 대답하지 않고 질문을 반복했다. "아, 아가씨는 그보다 더 가까운 사이인가 보군요. 혹시 부인이신가요?" 의사는 그녀의 질문을 무시하고 다시 물었다. 아들린이 얼굴을 붉히며 대답하려고 할 때 그가 다시 말을 이었다. "마드무아젤이 신사분의 상태에 대해 가지는 관심이 매우 지극하시네요. 이렇게 매력적인 여성에게서 그렇게 따뜻한 마음을 받을 수만 있다면 저 신사분과 처지를 바꿀 수도 있겠단 생각이 들 정도입니다." 그는 그렇게 말하며 고개를 숙여 예의를 표했다. 아들린은 매우 조심스러운 태도를 보이며 말했다. "이제 찬사의 말씀을 다 하신 것 같으니 저의 질문에 답을 해주시면 좋겠습니다. 환자 상태가 어떤지요?"

"그건 대답하기 매우 어려운 문제입니다. 또 나쁜 소식을 전하는 것도 매우 꺼려지는 일이기도 하고요. 제 생각엔 신사분이 죽을 것 같습니다." 의사는 코담뱃갑을 열어 아들린에게 내밀었다. "죽는다고요?"

"놀라지 마세요, 아가씨." 아들린이 창백해지는 걸 보고는 의사가 다시 말을 이었다. "놀라지 마세요. 상처가 아직 그…… 그러니까……" 그가 말을 더듬었다. "그러니까 그런 경우……" 그가 다시 더듬었다. "……그거가 괜찮다면, 그렇다면 뇌막에 닿지 않았을 것입니다. 그러면 상처는 아마 감염을 벗어날 것이고 환자는 잘하면 회복될 수도 있어요. 하지만 다른 한편 그게……"

"부탁하오니, 알아듣게 말씀해주세요. 그리고 제가 몹시 불안하니 머뭇거리지 말고요. 정말 위중하다고 생각하시는 건가요?"

"위중하지요! 그럼요, 위중하다마다요! 매우 위중하답니다." 그는 그렇게 말하며 불쾌하고 당혹스럽다는 표정으로 물러나버렸다. 아들린은 슬픔이 극에 달해 자제하기가 어려워 잠시 더 방 안에 머물렀다. 눈물을 닦으며 평정심을 찾으려 애썼다. 그녀는 여관 안주인을 부르러 사람을 보냈다. 한참을 기다려보았지만 안주인이 나타나지 않자 벨을 울려 좀 더 다급한 메시지를 다시 보냈다. 그래도 주인이 나타나지 않자 직접 아래층으로 내려갔다. 그곳에 안주인이 많은 사람들에 둘러싸여 큰 목소리로 손짓 발짓을 해가며 사건에 대해 이야기를 전하고 있었다. 그러다가 아들린을 보더니 크게 외쳤다. "오! 아가씨 본인이 내려오셨네." 사람들의 시선이 즉각 일제히 아들린을 향했다. 몰려 있는 사람들 때문에 안주인에게 다가가지 못한 아들린은 손짓으로 그녀를 부른 후 되돌아가려 몸을 돌리려 했다. 그러나 안주인은 이야기에 심취해 아들린의 신호를 무시했다. 안주인과 눈길을 마주치려고 애를 써도 안주인은 시선을 회피하고 딴청만 부렸다. 아들린은 그렇다고 큰 소리를 내서 다시 사람들의 이목을 끌고 싶지 않았다.

"아이고, 불쌍해라. 총살을 당할 거라니! 그토록 잘생긴 청년이 말이야. 회복되면 분명 총살당할 거라고 하대요. 아, 가여운 신사! 그래도 사형은 안 당할 거예요. 왜냐하면 의사 말이 이 집에서 살아 나가지는 못할 거라고 했거든."

아들린은 곁에 서 있던 남자에게 안주인에게 이야기 좀 하자는 말을 건네달라고 부탁하고는 자리를 떴다.

십 분쯤 후에 안주인이 나타났다. "아아! 마드무아젤. 아가씨 오빠가 참 딱한 처지이죠. 회복을 못 할 거라고들 하던데." 아들린은 마을에 다른 의사가 있는지 물었다. "아이고, 마드무아젤. 여긴 아주 건강한 마을이랍니다. 사실상 의사가 필요 없는 마을이에요. 전엔 그런 사고가 한 번도 안 일어났답니다. 아까 그 의사는 여기 십 년 동안 살았는데, 사업적으로 말할 것 같으면 장사 엄청 안 되었을 거예요. 그 양반 아주 가난할 거예요. 우리 마을엔 하나면 충분하다고요." 아들린은 안주인의 말을 끊었다. 그러고는 테오도르를 치료할 때 시중을 들었던 그녀에게 상처를 치료할 때 그의 상태가 어땠는지, 또 치료 후 아픈 게 좀 완화되었는지 물었다. 그러나 안주인은 만족스러운 답을 내놓지 못했다. 그리하여 아들린은 근처 다른 마을에 의사가 있는지 물었으나 없다는 답을 들었다.

아들린이 참담한 표정을 짓자 안주인은 동정심이 일어 자기 딴에 위로하려 애를 썼다. 안주인은 친구들을 부르라고 권하며 심부름꾼을 불러주겠다고 했다. 아들린은 한숨을 지으며 그럴 필요 없다고 말했다. "마드무아젤, 아가씨가 뭐가 필요하다고 생각하는지 모르겠네요. 하지만 아는 사람 하나 없는 곳에서 홀로 죽어가는 것은 너무 가혹한 일이에요. 분명 저 가여운 신사도 그리 생각할 거예요. 게다가 그 양반이 죽으면 장례 비용은 누가 치른답니까?" 아들린은 안주인에게 조용히 해달라고 하며 테오도르 간병을 세심하게 해달라고 부탁했다. 수고비는 충분히 줄 것이라고 말하고는 펜과 잉크를 가져다달라고 했다. "예예, 그러지요. 마드무아젤. 당연히 그래야지요. 그런데 친지에게 알리지 않으면 나중에 아가씨 욕먹을 거예요. 그건 내가 장담합니다. 그리고 간병이야 우리가 할 수 있는 건 다 할 겁니다. 이 지역에서 우리보다 좋은 여관이 없을 거예요. 물론 마을이 작긴 하지만 말이죠." 아들린은 말 많은 안주인에게 펜과 잉크를 가져다달라는 부탁을 다시 해야만 했다.

정신없는 소동을 겪으며 테오도르의 가족을 부른다는 생각은 전혀 든 적이 없었다. 이제 그 가능성을 생각하니 다소 마음이 편해졌다. 펜과 잉크를 받고 아들린은 테오도르에게 다음과 같은 메모를 남겼다.

"현재 상태에서 당신은 모든 위안을 받을 필요가 있어요. 분명 아플 때는 가까운 사람만큼 힘이 되는 게 없지요. 그러므로 당신 가족에게 당신의 상황을 알리게 허락해주세요. 그래야 저도 마음이 놓일 것이고 당신에게도 위안이 될 겁니다."

메모를 전달하고 곧바로 테오도르의 답을 받았다. 그는 매우 예의 바르게 잠깐 자기를 보러 와달라고 간청했다. 아들린은 곧바로 그의 방으로 가서 우려하던 최악의 상황을 목격했다. 그는 기력이 모조리 빠진 안색이었다. 그녀는 매우 크게 충격을 받아 감정을 숨길 수가 없었다. "따뜻하게 신경 써줘서 감사해요." 그가 팔을 뻗으며 그녀의 손을 잡았다. 아들린은 곁에 앉아 눈물을 토해냈다. 잠시 후 다소 안정을 찾고 손수건을 치우고는 테오도르를 다시 물끄러미 바라보았다. 테오도르는 아들린이 자기를 생각해주는 마음을 느끼고는 애정이 듬뿍 담긴 미소를 지었다. 그러자 아들린은 잠깐이나마 안도할 수 있었다.

"약한 모습 보여서 미안해요. 그동안 일어난 일에 기운이 다 빠져서 그래요." 테오도르가 그녀의 말을 끊었다. "날 위해 눈물을 흘리는 모습을 보니 감동입니다. 그러나 부디, 날 위해서라도 기운을 잃지 말아요. 난 곧 나을 것 같지 않아요. 의사 말에⋯⋯"

"그 의사 마음에 들지 않아요. 몸은 좀 어때요?" 그는 이전보다 지금 훨씬 좋아졌다며 그녀를 안심시켰다. 그러고는 아들린의 메모에 관해 말문을 열었다. "우리 가족은 여기서 아주 먼 곳에서 산답니다. 가족의 사랑이 너무나 커서 나의 소식을 들으면 그 무슨 일이 벌어진다 하더라도 열일 제치고 날 보러 올 거예요. 하지만 가족이 당도하기 전에 이미 그분들의 존재가 필요 없게 될 거예요. (아들린은 그를 뚫어져라 쳐다보았다.) 아마도 편지가 집에 도착하기 전에 내가 회복할 거니까요. 그러므로 가족들에게 불필요한 고통을 안겨주고 쓸데없이 긴 여행을 하는 수고를 안겨주고 싶지 않아요. 아들린 당신을 위해 우리 가족이 여기 있으면 좋겠지만, 며칠만 지나면 다친 데가 어찌 될지 알 수 있을 거예요. 그러니 그때까지만 기다려봐요. 상황에 따라 결정하면 되잖아요?"

아들린은 그 문제를 더 이상 밀고 나갈 수 없었다. 그리하여 다른 문제로 말을 돌렸다. "더 나은 의사의 치료를 받아야 해요. 당신은 저보다 이 지역 지리를 잘 아실 테니, 근처 어디서 의사를 구할 수 있을까요?"

"근방에는 없을 거예요. 그리고 그럴 필요도 없어요. 내 상처야 별거 아니니 큰 의술이 필요 없어요. 사랑하는 아들린, 왜 이토록 불안해해요? 왜 안 좋은 일이 생길 거라는 조바심에 괴로워해요? 어쩌면 주제넘은 말인지 모르겠지만 나는 그게 당신이 너무 친절하기 때문인 것 같아요. 아들린, 고맙고 또 당신을 존경해요. 오, 아들린! 당신이 내가 빨리 회복하기를 바라니 부디 평온한 모습을 보여줘요. 당신이 불행한 모습을 보면 내가 나을 수가 없어요." 아들린은 그러겠노라고 그를 안심시키고는 대화가 더 길어지면 그에게 좋지 않을 것 같아 자리를 떴다.

그녀는 복도에서 안주인과 마주쳤다. 아들린의 몇 마디가 마치 부적처럼 작용했는지 그녀를 무시하고 무례한 태도를 보이던 안주인이 갑자기 예의 바르게 변했다. 안주인은 위층 신사가 필요한 것을 모두 받았는지 물었다. 그렇게 하는 것이 자신이 해야 할 일이라고 말했다. "마드무아젤, 저는 그분을 간병할 간호사를 한 명 붙였어요. 간호사가 엄청 잘할 겁니다. 그래도 제가 잘 살펴볼게요. 이따금씩 제가 직접 보살펴드릴 거예요. 가여운 양반! 어찌나 참을성 있게 견디시는지! 누가 보면 죽을 사람이라고 믿지 않겠더라고요. 하지만 의사가 그분에게 직접 그렇게 말을 했잖아요." 아들린은 의사의 그 경솔한 행동에 경악했다. 그녀는 간단한 식사를 시키고는 안주인을 물렸다.

저녁 무렵 의사가 다시 나타났다. 환자와 시간을 좀 보낸 후 응접실로 돌아와 아들린에게 환자의 상태를 알렸다. 그는 아들린의 질문에 매우 진중한 태도로 답했다. "마드무아젤, 지금 상황에서는 긍정적인 판단을 하는 게 불가능합니다. 그러나 저는 오늘 아침 말씀드린 그 의견을 고수하는데, 다 이유가 있어서 그런 겁니다. 저는 사실 불확실한 근거에 기초해 의견을 개진하진 않습니다. 한 가지 사례를 말씀드리지요. 약 보름 전에 몇 킬로미터 떨어진 곳에 사는 어떤 환자를 치료하러 간 적이 있어요. 심부름꾼이 왔을 때 내가 집에 없었고 위급한 상황이다 보니 내가 환자에게 가기 전에 다른 내과의를 불렀나 봐요. 그래서 그 의사가 약을 처방했고 그 약을 먹고 환자가 겉으로 보기에 좀 나아진 것 같더라고요. 내가 도착하니 환자가 나아진 걸 보고 사람들이 그를 축하해주고 있더라고요. 이제 환자가 위험한 고비를 넘겼다고 하면서요. 그래서 내가 말했죠. '분명 당신이 착각한 거요. 이 약으로 낫게 할 수는 없소. 환자가 심대한 위험에 빠졌단 말이오.' 환자는 신음을 내뱉었어요. 그 의사는 자기가 처방한 약이 확실할 뿐만 아니라 효능도 빨라 벌써 좋은 효과가 나고 있다고 고집을 피우더군요. 그 말에 내가 인내심을 잃었어요. 그래서 그 효과란 게 그릇된 것이고 상태가 좋지 않아 환자의 생명이 위독하다고 말해줬어요. 마드무아젤, 저는 마지막 순간까지 환자에게 거짓을 말하는 의사가 아닙니다. 그리하여 어찌 되었는지 말씀드리리다.

그 의사는 나의 확고한 의견에 격분하더라고요. 아주 화난 표정을 지었으니까요. 그런데 내가 그런 것쯤은 눈 하나 깜짝 안 했답니다. 그 의사가 나와 함께 치료하는 것을 거부하기에 내가 환자에게 누구의 의견을 따를 것인지 직접 결정하라고 말했죠. 환자가 현명하게도 나를 선택했죠." 의사가 자기만족을 드러내는 미소를 띠자 주름살이 펴졌다. "하, 아마도 저를 높이 사니까 그랬겠지만, 그 의사를 즉각 물리더라고요. 그 의사는 믿을 수가 없다면서 떠났어요. 그는 나더러 이 업계에서 그렇게 오래 일하고도 이렇게 무식한 사람이 있다는 게 믿기지 않는다는 말을 하더라고요.

그래서 나도 믿을 수가 없다고 말했죠. 그랬더니 내 환자도 자기가 위중한 걸 그 의사가 몰랐다는 것이 놀랍다고 하더라고요. 그래서 나도 마찬가지로 놀랍다고 했죠. 저는 환자를 위해 할 수 있는 최선을 다했어요. 환자는 이해력이 좋았고 저는 그를 극진히 대했답니다. 그래서 처방을 바꾸고 제가 직접 약을 제조했어요. 하지만 모든 게 다 효과가 없었어요. 그래서 내 말대로 그 사람은 하루도 못 살고 죽었답니다." 어쩔 수 없이 이 긴 이야기를 듣던 아들린은 그 허무한 결론에 한숨을 쉬었다. "아가씨도 감동받으셨군요. 제가 말씀드린 이 사건은 매우 감동적이죠. 저도 너무나 상심이 커서 그에 관한 생각을 한다거나 이야기를 할 수 있을 때까지 시간이 꽤 걸렸어요." 의사가 갑자기 자기만족의 표정으로 고개를 숙이며 목소리를 낮췄다. "마드무아젤도 아시겠죠? 이게 바로 내 판단이 오류가 없다는 것을 드러내는 한 가지 확실한 예증입니다."

아들린은 절대적으로 자신의 판단을 믿는 의사를 보며 경악했고 아무런 대답을 하지 않았다. "그 가여운 사람을 생각하면 정말 충격적인 일이었죠." "정말 충격적이네요." 아들린이 답했다. "그때 저는 정말 충격을 받았었죠." "그랬겠군요."

"그렇지만 시간은 아주 큰 고통도 잊게 해준답니다."

"보름쯤 전의 일이라고 하지 않았나요?"

"뭐, 그즈음이죠." 의사는 질문의 요지를 파악하지 못하는 듯 그렇게 답했다. "그렇게 무식하게 당신께 반대했다는 그 의사의 이름을 좀 알 수 있을까요?"

"물론이죠. 라팡스라고 합니다."

"분명 궁색한 곳에 살고 있겠죠?"

"아이고, 아닙니다. 유명한 마을에 살고 있어요. 여기서 대략 20킬로미터쯤 떨어진 곳입니다. 엉뚱하게도 좋은 평판을 듣고 있어요. 대중이 뭘 모르고 하는 소리들이죠. 아가씨도 못 믿으실 겁니다. 그 사람 아주 바쁘게 일하는 것을요. 저는 이렇게 이곳에 처박혀 무시당하고 또 잘 알려지지도 않았는데 말이죠."

의사가 장황하게 떠벌리는 동안 아들린은 어떻게 하면 그 내과의의 이름을 알아낼까 궁리하고 있었던 참이었다. 지금 말한 사건으로 분명 이 의사는 무능하고 그 내과의는 신뢰할 수 있을 만한 사람이란 걸 알 수 있었기 때문이었다. 그렇기 때문에 그녀는 더더욱 어서 테오도르를 이 의사에게서 떼어놓고 싶었다. 그녀가 머릿속에서 이리저리 궁리하며 대화를 이어나가고 있을 때 자기만족에 빠져 있는 의사가 저 스스로 그 정보를 제공하게 된 꼴이었다.

아들린은 테오도르의 상처에 대해 몇 가지 질문을 더 던졌다. 의사는 상태는 이전과 마찬가지이며 열이 있다고 말했다. "방에 불을 더 지피라고 말해놓았습니다. 그리고 이불도 더 많이 덮어주라고 했죠. 그게 분명 효과를 볼 겁니다. 그리고 특히 중요한 건 환자에게 뭐든 물은 주면 안 됩니다. 모든 액체 말씀입니다. 강심제만 빼고요. 제가 강심제 가져오라고 할 겁니다. 환자가 당연히 마실 것을 찾겠지만 어떠한 일이 있어도 주면 안 됩니다."

"그러면 제가 어디서 들을 바가 있어서 드리는 말씀인데, 선생님은 이 경우에 자연에 의지하는 것에 반대하시나요?"

"자연이라뇨? 마드무아젤. 세상에 자연만큼 잘못된 안내자는 없습니다. 저는 항상 자연이 암시하는 바와 반대되는 방법을 이용합니다. 기예가 자연만 따른다면 기예의 효용이 뭐가 있겠습니까? 이게 바로 제 삶의 첫 번째 신조랍니다. 평생 이걸 엄격하게 지켜왔어요. 제가 말씀드린 이야기를 듣고 아가씨도 분명 제 의견이 믿을 만한 것이라고 생각하셨을 거예요. 저의 의견은 한결같습니다. 저는 상황에 영향을 받는 경솔한 사람이 아니니까요."

아들린은 의사의 이야기에 피로가 몰려왔고 어서 테오도르에게 새로운 의사를 찾았다는 소식을 전하고 싶었다. 그러나 의사는 자리를 뜰 생각이 없어 보였다. 그는 별의별 이야기를 다 늘어놓았다. 모두 자신의 놀라운 명민함을 보여주는 이야기였다. 그러다가 시종이 누군가 의사를 찾아왔다는 전언을 했다. 그러나 그는 자신이 매우 좋아하는 주제에 대해 열띤 이야기를 하던 중이라 쉽사리 자리를 뜨려 하지 않았다. 그러다가 또다시 그를 찾으러 온 사람의 재촉이 들어와 마침내 아들린에게 인사를 하고 자리를 떴다. 그가 나가자마자 아들린은 테오도르에게 새로운 의사의 진료를 받게 허락해달라는 메모를 보냈다.

의사의 자만심 강한 태도로 그의 재능에 대해 부정적 의견을 품었고 그에 더해 마지막 처방이 이상하다는 생각을 하던 테오도르는 즉각 동의를 표했다. 아들린은 즉시 사람을 보내려 했으나 의사가 사는 곳을 아직 알지 못한다는 사실이 떠올랐다. 안주인에게 물어보았으나 정말로 모르는 건지 아니면 모르는 체하는 건지 아무런 정보를 주지 않았다. 다른 사람들에게 물어봐도 소용없었다. 그녀는 극심한 불안에 빠졌다. 그러는 동안 테오도르는 상태가 점점 심각해지고 있었다.

아들린은 저녁 식사가 왔을 때 시중을 들던 소년에게 이 마을에 라팡스라는 이름의 의사를 아는지 물었다. "마드무아젤, 이 마을이 아니고요, 샹시에 사는 라팡스 의사는 압니다. 제가 그곳 출신이거든요." 아들린은 더 자세하게 물었고 만족스러운 답을 얻었다. 그러나 그 마을은 거리가 꽤 멀었고 그 때문에 시간이 지체되는 게 두려웠다. 그녀는 즉각 사람을 보냈다. 그러고 나서 다시 테오도르의 상태에 대해 알아본 후 자신의 방으로 들었다.

지난 열네 시간 동안 시달린 일로 피로가 극에 달해 불안을 압도해버렸다. 그리하여 아들린은 금방 잠에 들었다. 아침 늦게까지 잠을 자던 아들린은 여관 주인의 부름에 잠에서 깼다. 안주인은 테오도르의 상태가 훨씬 악화되었다고 전하며 무엇을 해야 할지 물었다. 아들린은 의사가 아직 도착하지 않은 걸 알고는 서둘러 테오도르의 상태부터 물었다. 안주인은 지난밤 매우 힘들었다는 이야기를 전했다. 그는 너무 덥다며 불을 넣지 말아달라고 했다는데 간호사가 자신의 임무를 잘 알기에 그 청을 들어주지 않고 의사의 지시를 철저히 따랐다고 했다.

또 그가 강심제를 규칙적으로 복용했는데도 상태가 더 나빠지다가 마침내 몽롱한 상태가 되었다고 했다. 한편 의사를 부르러 간 소년은 아직도 오지 않았다. "당연하죠. 생각해보세요. 20킬로미터가 훨씬 넘는데요. 게다가 어둠 속에서 길을 찾는 게 어디 쉽겠어요? 길도 거지 같은데. 마드무아젤, 그냥 우리 의사의 말을 따르는 게 나을 텐데요. 우리 마을 사람들은 정말 다른 의사 필요 없다니까요. 제 의견을 말씀드려도 괜찮다면, 아무도 모르는 그 이상한 의사를 부르러 자크를 보낼 게 아니라 저 신사분의 지인들을 부르러 보냈어야 한다니까요."

테오도르의 상태에 관해 질문을 하면 할수록 불안이 커지기만 했다. 아들린은 평정심을 찾으려 애쓰며 의사가 도착하기만을 기다렸다. 그녀는 지금 의지가지없는 자신의 처지와 테오도르의 위험한 상태가 그 어느 때보다 더 크게 느껴져 그의 지인들에게 상황을 알리기를 간절히 바랐다. 그러나 그 바람은 이루어질 수 없었다. 주소를 알려줄 유일한 사람 테오도르가 의식을 잃었기 때문이었다.

의사는 환자의 상황을 보고는 놀라지 않았다. 그러나 그는 몇 가지 질문을 한 후에 지시를 내리고 나서 아들린에게 내려왔다. 평소대로 인사의 말을 건네고 나서 그는 갑자기 엄중한 태도를 보였다. "마드무아젤, 죄송합니다. 슬픈 소식을 전해드려야 해서요. 곧 닥쳐올 일에 준비를 하시는 게 좋을 것 같습니다." 아들린은 그의 의중을 알아차렸고 지금껏 그의 판단에 신뢰를 두지 않았지만 그런 소리를 듣고 두려움에 떨지 않을 수 없었다.

그녀는 그에게 걱정하는 일이 무엇인지 숨김없이 알려달라고 간청했다. 의사는 자기가 예견한 대로 전날 밤보다 오늘 아침 훨씬 상태가 악화되었다고 했다. 그러면서 뇌에도 영향이 미친 상태라 분명 앞으로 몇 시간이 치명적일 것이라고 했다. "최악의 상황이 발생할지도 모릅니다. 상처가 감염되면 회복할 가능성이 매우 희박합니다."

아들린은 의사의 말을 무섭도록 조용한 자세로 들었다. 그러면서 말로도 눈물로도 슬픔을 드러내지 않았다. "마드무아젤, 신사분 친구들이 있을 테니 되도록 빨리 소식을 전하는 게 좋을 것 같습니다. 먼 곳에 사신다면 사실 이미 때가 늦은 것이고요. 하지만 다른 필요한 일…… 아이고, 마드무아젤! 어디 아프시군요?"

아들린은 말을 하려고 입을 벌렸으나 말이 나오지 않았다. 그러자 의사가 큰 소리로 물 한 잔 가져다달라고 소리쳤다. 아들린은 물을 마시고 깊은 한숨을 토해내더니 억눌린 가슴을 좀 풀 수 있었다. 눈물이 흘렀다. 한편 의사는 그녀가 대화를 들을 만큼은 아니지만 좀 나아진 걸 보고는 한시간 후에 돌아오겠다며 자리를 떴다. 새 의사는 아직 오지 않았다. 아들린은 공포와 불안한 희망이 뒤섞인 감정으로 그가 나타나기를 기다렸다.

정오 무렵 내과의가 도착했다. 그는 사고 경위를 들은

후 여태껏 받은 치료법에 대해서도 이야기를 들었다. 그런 후 테오도르의 방으로 올라갔다. 십오 분 후 그는 아들린이 기다리고 있는 방으로 돌아왔다. "신사분이 아직 온정신이 돌아오지 않았습니다. 그러나 제가 진정제를 처방했습니다." "선생님, 희망이 있는 건가요?" "그렇습니다, 마드무아젤. 분명 희망이 있습니다. 현재 상태는 좀 의심스럽긴 하지만, 몇 시간 지나면 좀 더 확실하게 판단할 수 있을 겁니다. 지금은 절대 안정을 취해야 한다는 지시를 내렸습니다. 그리고 물을 많이 마시게 하라고 시켰습니다."

아들린이 의사에게 현재 진료를 담당하고 있는 외과의 말고 다른 외과의를 추천해달라고 부탁했고 의사가 답을 하려는 순간 이전 의사가 방에 들어왔다. 그는 새 의사를 알아보고는 아들린에게 놀람과 분노가 뒤섞인 시선을 보냈다. 아들린은 그와 함께 다른 방으로 가서 정중하게 예의를 갖춰 그를 물렸다. 예의를 받을 자격도 안 되는 그는 그녀에게 예의를 보이지 않고 떠났다.

다음 날 아침 일찍 외과의가 도착했다. 그러나 테오도르는 약 때문인지 위중한 상태 때문인지 깊은 잠에 빠져 그 상태로 몇 시간이 흘렀다. 내과의는 아들린에게 좋은 결과를 희망할 수 있는 이유를 댔다. 그는 절대 안정을 취하도록 모든 조치를 취했다. 깨어났을 때 그는 온전한 정신이었고 열도 내렸다. 그가 처음 내뱉은 말은 아들린의 안부를 묻는 말이었다. 그녀는 곧바로 그가 위험에서 벗어났다는 소식을 접했다.

며칠 후 그는 자신의 방에서 옆방으로 이동할 수 있을 만큼 회복했다. 아들린은 그를 보고 기쁨을 억누를 수 없었다. 그런 그녀의 모습에 테오도르도 화색이 돌았다. 사실 아들린은 그가 보여준 그토록 고귀한 사랑과 또 그가 맞닥뜨린 위험한 처지에 애틋한 마음이 더욱 커져 더 이상 그에 대한 존경심과 사랑을 감추려고 하지 않았다. 그녀는 마침내 그를 처음 만났을 때 가슴에 와닿았던 첫인상에 대해 고백하기에 이르렀다.

그들은 사랑으로 가슴이 벅차올라 한 시간 동안 오직 기쁨의 대화만을 나누었다. 그러다가 그들은 현재의 난망한 처지를 다시 각성하였다. 아들린은 테오도르가 명령 불복종과 탈영으로 체포되었다는 사실이 떠올랐다. 테오도르는 자신이 곧 아들린과 헤어질 수밖에 없다는 사실을 깨달았다. 그러면 아들린은 자신이 구해준 지 얼마 되지도 않아 이내 모든 풍파에 홀로 남겨질 것이다. 그런 생각이 들자 그는 불안으로 가슴이 미어지는 것 같았다. 그리하여 그는 오래 입을 다물고 있다가 가슴속에 품고 있었던 생각을 말했다. 이 마을에서 떠나기 전에 결혼을 하자고 청혼한 것이다. 오직 그 길만이 영원한 이별을 막을 수 있는 수단이었다. 비록 자신과 같은 처지에 빠진 남자와 결혼을 하면 온갖 위험과 불편함을 감수해야 하는 걸 잘 알지만 결혼하지 않고 홀로 어려움을 맞닥뜨리게 하는 것도 몹쓸 짓 같았다.

그런 이유로 더 이상 망설이지 않고 마음이 가는 대로 청혼을 한 것이었다.

아들린은 한동안 대답을 하지 못했다. 테오도르가 하는 말에 반대할 만한 것은 거의 없고 반대할 친구도 없고 이해가 충돌할 것도 없지만 선뜻 청혼에 답하기가 어려웠다. 아직 잘 알지 못하고 또 가족이나 지인도 한 번 만나보지 못한 남자와 급히 결혼을 한다는 게 꺼려졌다. 고민 끝에 그 문제는 덮어두자고 간청했다. 그러고는 다른 흥미로운 이야기로 말을 돌렸다.

그들은 처음부터 취향과 의견이 비슷해서 서로에게 끌렸는데, 이야기를 나눌수록 그 점이 더 확실하게 드러났다. 그들의 대화는 우아한 문학으로 풍성해졌으며 서로에 대한 호감으로 더 소중하게 여겨졌다. 아들린은 기회는 많지 않았으나 어쨌든 책이 있는 곳이면 책을 읽었다. 지식을 갈구하는 마음에 와닿는 책들은 아름답고 우아한 것들에 대한 감수성이 각별한 그녀에게 흠뻑 흡수되었다. 테오도르는 천부적 재능을 타고났고 또 교육을 통해서 받을 수 있는 모든 것을 얻었다. 거기에 고귀한 자립심과 따뜻한 감성과 훌륭한 매너가 어우러져 위엄과 친절함이 절묘하게 조화를 이루었다.

그날 저녁 부사관의 요청으로 군내 범죄자를 기소하는 기관을 대표해 군인 한 명이 마을에 도착했다. 그가 테오도르의 방으로 들어오자 아들린은 즉시 테오도르의 방에서 나갔다. 그는 테오도르에게 매우 엄중한 태도를 보이면서 다음 날 본부로 출발해야 한다고 통고했다. 테오도르는 여행할 정도로 회복을 하지 못했으니 의사를 만나 논의하라고 말했다. 그러나 군인은 의사가 분명 무슨 말을 할지 미리 짜놓았을 테니 자기는 그럴 생각이 없으며, 내일 반드시 출발해야 한다고 엄포를 놓았다. "지체하는 것은 더 이상 불가능하오. 본부에 가면 처분을 각오해야 할 일이 이미 충분하단 말이오. 당신이 심각한 부상을 입힌 부사관이 법정에서 당신에 대해 증언할 것이오. 거기에 당신은 또 주둔지를 탈영한 죄까지……" "탈영이라고요!" 테오도르가 자리에서 벌떡 일어서며 이글거리는 눈빛으로 군인을 쏘아보았다. "누가 감히 나더러 탈영자라고 합니까?" 그러나 그는 즉시 자신의 행동이 남들에게 얼마나 정당하게 보일까 하는 생각이 들었다. 그는 끓어오르는 감정을 억누르려고 애쓰며 단호한 목소리와 평정한 태도로 본부에 가면 기꺼이 어떤 혐의에도 모두 진실을 밝힐 거라며 대신 그 전에는 입을 다물 거라고 말했다. 기세등등했던 군인은 테오도르가 위엄 있고 기운차게 응대하는 말에 기가 꺾여 잘 알아듣지 못할 대답을 중얼거리고는 방을 나갔다.

테오도르는 자신이 처한 위험한 상황에 대해 생각해보았다. 그는 스페인 변방에 있는 마을에 주둔해 있던 규율이 매우 엄격한 부대에서 갑작스럽게 빠져나온 일에 대해서는 우려할 점이 많다는 것을 잘 알고 있었다. 또 부대장 몽탈 후작의 힘을 생각하면, 그의 자존심과 실망이 대단하여 복수를 다짐했을 것이며 아마도 자신을 파멸에 이르게 하려고 끈질기고 집요하게 책임을 물을 것이 뻔했다. 그러나 자신이 처한 위험에 대한 생각은 아들린에 대한 걱정으로 옮겨 갔고 그러다 보니 기운이 다 빠지는 것 같았다. 그는 앞으로 닥칠 게 뻔한 그 모든 풍파에 그녀를 홀로 남겨두고 떠날 생각, 또 이토록 급작스럽게 그녀와 헤어져야 한다는 생각에 견딜 수가 없었다. 그리하여 그녀가 자신의 방으로 다시 들어오자 서둘러 결혼을 하자고 갖은 애를 쓰며 다시 설득했다.

아들린은 그가 내일 떠나야만 한다는 소식을 듣고 마지막 딱 하나의 위안마저 빼앗겨버린 느낌이 들었다. 그가 겪을 고초를 생각하니 머릿속으로 온갖 끔찍한 이미지들이 밀어닥쳐 고개를 모로 틀었다. 아들린의 침묵을 긍정적인 신호라고 생각한 그는 다시 애원하며 지금 헤어지는 게 영원한 이별이 되지 않으려면 그리해야 한다고 말했다. 아들린이 그 말에 깊은 한숨을 내쉬었다. "설령 제가 당신의 청혼을 받아들인다 하더라도 우리의 이별이 영원하지 않을 거라고 누가 알겠어요? 다만 저의 결심을 보면서 냉담하다고 비난하지 말아주세요. 당신이 저에게 베푼 은혜를 생각하면 어떻게 제가 냉담할 수 있겠어요? 그건 정말 크나큰 잘못이죠."

"그럼 나는 당신에게 이렇게 차가운 감사의 표시밖에

바랄 수 있는 게 없는 건가요? 당신은 신중한 태도라고 생각하고 있는 것 같은데 저는 그 냉담한 태도에 비참하기 짝이 없군요. 그리고 정말 마주하기 싫지만 곧 나에게 닥칠 불행만을 기다려야 한다니. 아, 아들린! 청혼을 거절할 거면, 아마도 이게 저로서는 마지막 청혼일 텐데요, 거절할 거면 나를 사랑한다는 말은 하지 말아요. 그건 자신을 속이는 일이니까요. 나의 마음속에서도 그런 망상이 사라지고 있으니까요."

"그럼 당신은 오늘 아침 우리의 대화를 벌써 잊은 건가요? 제가 느끼지도 않는 감정을 고백할 정도로 한심하다고 저를 얕잡아 보시는 건가요? 진실로 그렇게 믿는다면, 그럴게요. 차라리 제가 그런 말을 했고 당신이 들었다는 사실을 잊는 게 낫겠네요."

"아들린, 의심의 말로 이랬다저랬다 한 날 용서해줘요. 사랑에 빠진 사람의 불안과 또 절박한 나의 상황 때문에 그런 것이니 너그럽게 생각해줘요." 아들린은 눈물을 흘리면서도 희미하게 미소를 지으며 손을 뻗었다. 테오도르는 그 손을 잡고 손에 입을 맞추었다. "하지만 청혼을 거절하여 저를 절망에 빠뜨리지 말아요. 친구도 없이 보호자도 없이 여기에 당신을 홀로 두고 떠날 나의 심정을 헤아려줘요."

"그렇게 비참한 상황을 피할 방법을 생각하고 있어요. 사람들 말로는 여기서 얼마 떨어진 곳에 수녀원이 하나 있는데 기숙인을 들인다고 하네요. 거기로 가고 싶어요."

"수녀원이라니! 수녀원에 가겠다고요? 거기서 받을 박해를 몰라요? 그리고 후작이 당신을 찾아내면 수녀원장이라 하더라도 그의 권위에 맞서지 못할 거예요. 아니, 적어도 그가 내밀 뇌물에 넘어갈 거라고요."

"그 모든 가능성을 저도 생각해봤어요. 그리고 모두 맞닥뜨릴 준비가 되었어요. 그게 지금 이 순간 당신의 청혼을 받아들여 우리 둘 다 비참함에 빠지는 것보다는 나은 것 같아요."

"아, 아들린! 정말 날 사랑한다면 그렇게 생각할 수 있나요? 나는 당신과…… 아, 내 마음을 온통 다 준 사람과 헤어질 생각을 하면…… 그것도 어쩌면 영원한 이별이 될지도 모르는데…… 나는 이 상황에 그 모든 고통밖에 아무 생각이 없는데…… 당신의 결심을 바꿀 수 있다면 지푸라기라도 붙잡고 싶어요. 하지만 아들린, 당신은 날 절망으로 고문하는 상황을 평온하게 받아들이는군요?"

테오도르의 면전에서 기운을 잃지 않으려고 오래 애써온 아들린은 이성이 시키는 결심, 그렇지만 마음은 강력하게 반대하는 결심을 굳건히 지켜오다가 마침내 눈물을 쏟아내고 말았다. 테오도르는 순간 자신의 실수를 알아차리고 그녀에게 고통을 안겨준 것에 충격을 받았다. 그는 그녀에게 좀 더 다가가 손을 잡고 다시 용서를 빌었다. "아, 당신에게 이런 고통을 안기다니, 나란 인간은 얼마나 나쁜 인간인가! 당신이 나에게 보여준 그 의심할 수 없는 마음을 의심하는 질문을 던졌어요. 아들린, 절 용서해줘요. 그러면 이별의 고통이 크다 하더라도 더 이상 반대하지 않을게요."

"저에게 고통을 주긴 했지만 저의 감정을 상하게 하진 않았어요." 아들린은 그러더니 수녀원에 관해 좀 더 자세한 정보를 말해주었다. 테오도르는 다가올 이별의 스트레스를 감추며 그녀의 계획에 대해 차분하게 상의하려 애썼다. 그는 분별력으로 감정을 눌렀고 이제 그녀가 말한 계획이 그녀로서는 최선의 안전을 보장할 것이라는 사실을 깨달았다. 그는 처음에는 불안한 마음에 생각하지 못했던 점을 깨달았다. 그것은 바로 자신이 받고 있는 혐의로 사형을 받게 된다면, 그때 결혼한 상태라면 그녀가 보호자를 잃게 될 뿐만 아니라, 재판에 모습을 드러낼 후작의 음모에 직접적으로 그녀를 노출시키는 꼴이 될 것이라는 사실이었다. 그는 그런 가능성을 깨닫지 못한 사실에 놀라고 또 자신이 분별력 없이 그녀를 그렇게 위험한 상황에 노출시킬 수도 있었다는 사실에 또 놀라며 수녀원에 들어가는 게 좋은 방법이라는 사실을 받아들였다. 그는 아들린을 자신의 가족과 함께 머무르게 하고 싶었지만, 상황상 그녀를 가족에게 소개하는 것이 너무 어색하고 고통스러울 것 같기도 하고, 또 무엇보다 집까지의 먼 거리를 생각하면 너무 위험하기 때문에 그 제안을 하지 못했다. 그는 그저 편지를 보낼 수 있도록 허락해달라고 간청했다. 그러나 편지를 주고받다가 후작에게 그녀의 은신처가 발각될 수 있을 거라는 생각이 퍼뜩 들며 그것마저 포기해야 했다. "그 우울한 기쁨마저 허락되지 않는군요. 내 편지로 당신의 거주지가 발각되면 안 되니까요. 그러나 그 무엇도 알 수 없는 상황을 내가 어떻게 견뎌낼까요? 당신이 위험에 빠진다 하더라도 모를 거 아닙니까? 아, 안다고 하더라도 당신을 구하러 오지도 못하겠군요. 오, 이보다 더 비참할 수 있을까요! 이제야 감금된 상태의 공포를 알겠군요. 이제야 자유의 가치를 이해할 수 있네요."

그는 밀려오는 불안으로 말을 멈추었다. 그는 의자에서 일어나 불안한 걸음으로 방 안을 서성였다. 아들린은 자신에게 곧 닥칠 상황과 또 그 와중에 자신은 그의 운명에 대해 아무것도 알 수 없는 상황을 생각하니 말문이 막혔다. 감방에 갇힌 그의 모습이 보였다. 사슬에 묶여 창백하고 야윈 모습. 후작의 온갖 복수가 그의 머리 위로 내리꽂힌다. 그 모든 게 자신을 구하기 위한 그의 고귀한 노력 때문이다. 테오도르는 말없이 절망에 질린 아들린의 표정에 놀라다가 손을 잡고 위로의 말을 건네려 했다. 그러나 말이 제대로 나오지 않았고 그저 눈물로 그녀의 손을 적실 뿐이었다.

이런 애처로운 침묵이 이어지는 도중에 여관에 마차가 도착하는 소리가 들렸다. 테오도르는 자리에서 일어나 마당을 내다볼 수 있는 창가로 갔다. 밤이 어두워 바깥 사물을 구별하기 어려웠으나 집 안에서 가져온 불빛으로 사륜 마차 한 대와 몇 명의 하인들이 보였다. 이내 로클로르 외투를 입은 한 신사가 마차에서 내려 여관으로 들어오고 있었다. 다음 순간 그는 후작의 목소리를 들을 수 있었다.

그는 즉시 공포에 질식할 것 같은 아들린을 부축하러 후다닥 다가왔다. 그때 문이 열리고 후작이 군인들과 하인들을 대동한 채 들어왔다. 테오도르를 바라보는 그의 눈에서 분노의 불꽃이 튀었다. 테오도르는 불안에 질린 눈빛으로 아들린을 바라볼 뿐이었다. "저 배신자를 잡아! 저놈을 여기에 왜 이리 오래 둔 것이냐?"

"나는 배신자가 아니오." 테오도르가 단호하고 위엄이 어린 목소리로 말했다. "배신자가 아니라 저 사악한 몽탈 후작이 파괴하려고 하는 무고한 사람을 지키는 수호자요."

"명령에 따르라!" 후작이 군인들에게 말했다. 아들린은 비명을 지르며 테오도르의 팔에 매달리고는 군인들에게 둘을 떼어놓지 말라고 간청했다. "우린 절대 떨어지지 않을 테니, 해볼 테면 해보시든가." 테오도르는 그렇게 말하며 방어 수단이 될 만한 게 있는지 방 안을 둘러보았지만 아무것도 보이지 않았다. 순간 그들이 에워싸며 그를 붙잡았다. "너를 가만 놔두지 않을 테니 기대하라." 후작은 테오도르에게 그렇게 말하며 아들린의 손을 잡았다. 그녀는 저항할 힘이 없었을 뿐 아니라 무슨 일이 벌어지고 있는지 판단할 정신도 잃어가고 있었다. "기대하라, 네놈에게 쓴맛을 보여 줄 것이다. 네놈이 마땅히 받아야 할 벌을 네놈도 잘 알 것이니라."

"당신의 복수 따위 두렵지 않소. 내가 두려워하는 건 오직 양심의 소리요. 그건 당신의 힘이 닿을 수 없는 것! 당신이 저지른 죄악이 그 양심의 고통으로 당신을 고문할 거란 사실을 기억하시오."

"저놈을 즉각 체포하고 결박하라. 죄를 지은 자가 오만 방자하기까지 하니 그 죄가 무엇인지 똑똑히 보게 될 것이다." "오, 아들린! 안녕!" 테오도르가 끌려 나갔다. 감각이 마비된 아들린은 그의 목소리와 마지막 모습에 정신을 차리고 후작의 발치에 쓰러져 눈물을 흘리며 테오도르에게 동정을 베풀 것을 호소했다. 그러나 그녀의 호소는 후작의 자존심을 건드리며 분노를 자아낼 뿐이었다. 그는 복수를 다짐하며 무시무시한 저주를 퍼부었다. 그는 아들린을 강제로 일으켜 세우고 테오도르 때문에 치솟았던 분노의 감정을 억누르며 그녀에게 다시 평소대로 경탄의 말을 건네기 시작했다.

비참한 아들린은 그가 무슨 말을 하든 상관하지 않고 계속 테오도르를 위해 간청만 할 뿐이었다. 그러다가 후작의 얼굴에 분노가 다시 일자 겁을 먹었으나 남아 있는 온 힘을 다해 그의 손아귀를 뿌리치고 문으로 달려갔다. 그러나 문에 닿기도 전에 후작은 비명을 지르는 그녀를 붙잡아 다시 의자에 앉혔다. 그때 복도에서 사람들의 소리가 들렸다. 그러더니 이내 아들린의 비명에 놀란 여관 주인과 안주인이 방으로 들어왔다. 후작은 무서운 눈빛으로 그들을 노려보며 무슨 일이냐고 물었다. 그러나 사람들의 답을 들을 생각은 전혀 없이 자신을 따르라고 말하며 방을 나갔다. 그러고 나서 밖에서 문을 잠그는 소리가 들렸다.

아들린은 여관 마당으로 열려 있는 창으로 달려갔다. 사방이 어둡고 조용했다. 도와달라고 소리를 쳤으나 아무도 나타나지 않았다. 창이 너무 높아 창을 통해 도망하는 것은 불가능했다. 공포와 불안 속에 방 안을 서성거렸다. 귀를 기울여보니 아래층에서 언쟁하는 소리가 나는 것도 같았다. 무슨 일이 벌어지는지 알 수 없다는 공포에 어찌할 바를 몰랐다.

이 상태로 삼십 분 가까이 지났을 때 아래층에서 거칠게 싸우는 소리가 들렸다. 소리는 점점 더 커지더니 온통 혼란스러운 소동이 이는 것 같았다. 사람들이 이리저리 복도를 지나다니는 소리와 문들이 열렸다 닫혔다 하는 소리가 이어졌다. 다시 크게 소리쳐보았으나 대답은 돌아오지 않았다. 문득 테오도르가 자신의 비명을 듣고 자신에게 오려다가 군인들과 실랑이를 벌인 소리였을 거라는 생각이 퍼뜩 들었다. 그들의 사납고 잔인한 성정을 알기에 그녀는 테오도르의 목숨이 위태할 것 같다는 공포에 사로잡혔다.

고함과 비명이 아래층에서 올라왔다. 여자들의 비명 소리가 들리는 것으로 보아 분명 싸움이 일어난 것 같았다. 심지어 칼을 휘두르는 소리가 들리는 것 같았다. 후작의 손에 죽어가는 테오도르의 이미지가 머릿속에 떠올라 그 공포가 이루 말할 수 없었다. 문을 열기 위해 안간힘을 쓰다가 다시 도와달라고 외쳤으나 떨리는 손은 힘이 없었고 집 안의 모든 사람들이 각기 딴 곳에 신경 쓰느라 그녀의 소리를 못 듣는 것 같았다. 그때 귀를 찢을 듯 날카로운 비명이 들려왔다. 이어진 소란 속에 깊은 신음 소리를 분명히 알아들을 수 있었다. 공포를 확인시켜주는 그 소리로 그녀는 남아 있는 기운을 모조리 빼앗기고 문 옆에 있던 의자에 거의 정신을 잃고 털썩 주저앉았다. 소동이 점차 잦아들며 드디어 사방이 조용해졌다. 그러나 아무도 나타나지 않았다. 마당에서 사람들의 소리가 들렸으나 방 안을 가로지를 힘이 없었다. 물어보고 싶은 질문이 있었으나 대답을 들을까 봐 겁이 났다.

십오 분쯤이 지나고 마침내 문이 열렸다. 안주인이 백짓장처럼 창백한 얼굴로 나타났다. "부디, 말 좀 해줘요. 무슨 일이 벌어졌나요? 부상을 입었나요? 살해당했나요?"

"마드무아젤, 그분 안 죽었어요. 그런데……"

"그럼 죽어간다는 건가요? 어디 있는지 얘기해주세요. 제발, 제가 가보게요."

"마드무아젤, 안 돼요. 아가씨는 여기 있어야 해요. 저는 그저 저기 찬장에서 녹각정鹿角精을 가지러 왔어요." 아들린은 문으로 탈출하려고 했으나 안주인이 그녀를 밀고는 문을 걸어 잠그고 아래층으로 내려갔다.

아들린은 이제 정신을 차릴 수 없을 만큼 탈진해 꼼짝 하지 않고 앉아 있었다. 자신이 존재하는지도 의식하지 못 할 정도였다. 그러다가 사람들이 다가오는 소리가 들리더 니 문이 열렸다. 후작의 하인 세 명이 들어왔다. 그녀는 다 시 정신을 차리고 안주인에게 물었던 질문을 다시 했으나 그들은 그저 자기들과 같이 가야 하니 대문 앞에 있는 마차 에 타라고만 했다. 그녀는 다시 물었다. "살아 있는지 얘기 해줘요." "예, 마드무아젤. 살아 있긴 하지만 심한 부상을 입 었습니다. 그래서 의사가 막 도착했고요." 그들은 말을 하 며 서둘러 그녀를 데리고 나왔다. 그들은 어디로 가는지 알 려달라고 간절히 애원하는 말을 무시하고 층계참까지 나 아갔다. 그때 그녀의 비명 소리에 몇 사람들이 문으로 다가 왔다. 안주인은 그들에게 이 숙녀분이 방금 도착한 신사의 부인이라고 말하며, 젊은 남자와 도망치다가 붙잡힌 것이 라는 말을 했다. 후작의 하인들이 설명해준 말이라고 했다. "방금 결투를 벌인 그 신사분이요. 그게 다 저 숙녀를 위해 벌인 일이라네요."

아들린은 저 가당치 않은 이야기에 신경을 쓰는 게 오 히려 모멸적이고 또 한편 어떤 일이 벌어졌는지 알고 싶은 마음에 그저 같은 질문만 반복했다. 그러자 구경꾼들 중 한 명이 신사가 심각하게 부상을 입었다고 대답을 해주었다. 후작의 하인들이 서둘러 그녀를 마차에 실으려 했으나 그 녀는 정신을 잃고 그들의 품으로 쓰러지고 말았다. 그러자 구경꾼들이 방금 들은 이야기에도 불구하고 동정심이 일어 저렇게 기절을 한 사람을 마차에 싣는 것은 안 될 일이라고 막아섰다.

그리하여 아들린은 안으로 옮겨졌고 적절한 조치를 취해 정신을 회복했다. 그러자 그녀는 제발 알려달라고 다시 사정을 했고 안주인이 결투에 대해 상세히 설명했다. "그 아픈 신사가 아가씨가 비명을 지르는 것을 들었나 봐요. 그분이 완전히 분노해서 아무도 아무것도 그분을 막을 수가 없었다고 사람들이 그러더라고요. 후작님은, 사람들이 후작님이라고 하더구먼요, 아가씨가 더 잘 아실 테지만요. 그분은 제 남편과 저와 함께 방 안에 있었는데 소동이 일어나는 소리가 나자 내려가보았어요. 그분이 대위님 있는 곳으로 갔을 때 대위님이 부사관하고 싸우는 걸 봤죠. 그때 대위님은 더 불같이 화를 냈어요. 한쪽 다리는 사슬로 묶였고 또 무기도 없는데도 어찌어찌 부사관의 칼집에서 칼을 빼내더니 즉각 후작님에게 달려들더라고요. 그러고는 확 찔러버렸고요. 그러고 나서 대위님은 바로 잡혔어요." "그럼 다친 게 후작이란 말이에요? 다른 신사분은 안 다쳤어요?"

"아이고, 그분은 안 다쳤어요. 하지만 머지않아 그럴 거 같아요. 왜냐하면 후작님이 본때를 보이겠다고 길길이 날뛰셨거든요." 아들린은 순간 테오도르가 무사하다는 말에 감사하여 자신의 불운, 험난한 상황 등을 모두 잊었다. 좀 더 자세한 이야기를 물어보려 말을 잇고 있을 때 후작의 하인들이 들어와 더 이상 기다릴 수 없다고 재촉했다. 아들린은 위급한 상황에 다시 정신이 번쩍 들어 안주인에게 도와달라고 애원했다. 그러나 안주인은 후작의 이야기를 진짜라고 믿는 건지, 믿는 척하는 건지 그녀의 간청에 아랑곳하지 않았다. 하인들에게 하소연해봐도 소용없었다. 그들은 여관에 더 머무는 것도 용납하지 않았고 또 어디로 가는 건지 말해주지도 않았다. 안주인이 늘어놓은 허위 이야기로 이미 편견에 사로잡힌 사람들 앞에서 아들린은 서둘러 마차로 옮겨졌고 그녀를 데리고 가는 사람들은 말에 올라 마을을 벗어났다.

그렇게 아들린의 모험은 끝이 났다. 안전이 보장되리라는 희망뿐만 아니라 행복에 대한 설렘이 있던 모험, 테오도르와 더욱 가까워질 수 있었던 모험, 그가 그녀의 사랑을 받고도 남을 가치가 있다는 것을 증명한 모험이었다. 그러나 동시에 그 관대하고 사랑스러운 연인의 투옥이라는 새로운 비극을 만들어내고, 모욕을 당하고 잔뜩 화가 난 적의 손에 그와 아들린 둘 다 넘겨지고만 모험이었다.

제13장

바다도, 숲도, 방패도, 바위도, 동굴도,

고요한 사막도, 혹은 시뻘건 분노가

그 무시무시한 얼굴을 일그러뜨리는 음울한 무덤도 구할 수가

없으니.

의사는 후작의 상처를 진찰하고 나서 그에게 즉시 병상
에 누울 것을 권했다. 그러나 후작은 아무리 상태가 심각해
도 아들린을 잃게 될 것 외에는 다른 일에 신경 쓰지 않았
고 몇 시간 후에 길을 나설 것이라고 선언했다. 그럴 의도
로 그는 말을 준비시키라는 명령을 내리고 있었다. 그러나
의사는 그렇게 무모하게 목숨을 위태롭게 해서는 안 된다
며 매우 심각한 태도로 엄중한 경고를 했다. 그러면서 즉시
병상으로 옮겨 시종만이 간병하게 조치했다.

이 시종은 후작의 모든 계략에 관여한 자로 아들린에
관한 모략을 실행하는 데 있어 주된 행동책이었다. 이자가
바로 아들린을 숲의 변방에 있는 후작의 빌라로 데리고 간
사람이었다. 후작은 그에게 아들린에 관한 지시를 내렸다.
아들린을 여관에 두는 게 불편한 점도 많고 위험하기도 하

여 하인들 몇 명과 함께 마차를 한 대 대여해서 즉시 데리고 가라고 시킨 것이었다. 시종이 그 일을 하러 나간 사이 후작은 홀로 남아 반대되는 두 개의 감정에 불같이 사로잡혔다.

자신에게 비난을 쏟아내며 계속 저항하는 테오도르를 다름 아닌 아들린이 사랑한다는 사실이 자존심을 뭉개버렸다. 그는 분노가 치밀어 온갖 적의를 불태웠다. 그 생각에 집요하게 몰두해 분노와 악의를 키우며 하루라도 빨리 복수를 감행해야겠다고 결심했다.

아들린이 빌라에서 도망한 사실을 처음 알아차렸을 때 그는 실망도 실망이지만 놀라움을 금치 못했다. 그는 하인들에게 불같이 화를 낸 후 추적대를 꾸려 온 사방으로 보냈다. 그러고는 그 자신은 의지가지없는 그녀가 혹시 다시 수도원으로 갔을까 봐 그곳으로 가보았다. 그러나 라 모트 또한 후작만큼 놀랐고 또 아들린이 어디로 향했을지 알지 못했다. 그리하여 그는 빌라로 돌아왔지만 선발대건 후발대건 하인들도 아무런 성과 없이 돌아왔다.

며칠 후 부대의 중령으로부터 테오도르가 부대를 탈영해 며칠째 행방이 묘연하다는 편지가 왔다. 테오도르에 대해 의심을 품어왔던 후작은 분명 그가 아들린의 탈출에 관여했을 거라 생각하고 복수심을 불태우며 당장 그를 잡아오라고 명령을 내렸다.

후작이 애초에 자신의 계략을 알기 쉬운, 위험한 사랑의 정적을 제거하기로 결심한 것은 그와 아들린 사이에 점점 호감이 생기는 것을 보아왔고 또 라 모트로부터 둘이 숲에서 만나 이야기하는 걸 봤다는 소식을 들었기 때문이었다. 그리하여 그는 테오도르에게 그럴싸하게 포장한 이야기를 늘어놓으며 부대로 복귀해야 한다고 명했다. 테오도르는 그 통보가 오직 아들린과 연관되어 이루어진 것이라 짐작했다. 크게 놀랄 것도 없었던 것이, 그는 이미 후작이 초대한 다른 군인들보다 훨씬 오래 빌라에 머물고 있었기 때문이었다. 애초에 후작의 초대에 응한 것도 그가 익히 후작의 성격을 잘 알고 있어 상관인 그에게 무례를 범하기 싫어서였지, 즐겁게 즐길 것을 기대해서가 아니었다.

후작은 테오도르를 체포한 사람들로부터 정보를 얻었고 그 정보로 아들린을 되찾을 수 있었다. 그러나 그는 그녀를 되찾긴 했지만 자신의 열정과 자존심이 짓밟혔다는 사실에 부글부글 속이 끓었다. 그런 분노로 상처의 고통을 억누르고 있었는데 그는 그럴 때마다 복수에 목말라했고 가슴이 벌렁거렸다. 그런 상태에 빠져 있을 때 아들린이 애원하는 소리가 들렸다. 그러나 그녀의 외침은 연민도 후회도 불러일으키지 않았다. 이내 마차가 떠나는 소리가 들리자 그는 이제 그녀를 확보했고 테오도르는 비참하게 갇혀 있으니 정신적 고통이 누그러지는 걸 느꼈다.

테오도르는 그렇게 심한 압박하에 고결한 마음을 가진 이가 겪을 수 있는 모든 고통을 겪었다. 그러나 적어도 그는 후작의 가슴을 찢어발기는 듯한 그 완강하고 악의적인 열정에서는 벗어났던 것이다. 그러한 병적인 열정은 품은 자에게 상상할 수 없이 혹독한 벌을 내린다. 테오도르가 후 작에게 품은 분노는 지금 이 순간은 아들린에 대한 걱정 때 문에 뒷전으로 밀렸다. 마땅히 명예롭게 복수를 해야 하건 만 그러지 못하고 감금된 사실이 너무 고통스러웠다. 목숨 보다 더 사랑하는 이를 구할 수 없는 것이 두렵기만 했다.

아들린을 실은 마차가 떠나는 소리를 들었을 때 그는 절 망의 고통을 느끼고는 이성이 마비되는 것 같았다. 심지어 그를 감시하고 있던 가혹한 병사들도 고통스러워하는 그를 보며 완전히 무감할 수 없을 정도였다. 그리하여 그들은 후 작의 행동을 비난하며 그를 달래려 했다. 방금 도착한 의사 는 비참함에 몸부림치는 그의 모습을 보고 염려를 표하며 도대체 왜 이렇게 조급하게 지금 그의 몸 상태로서는 너무 도 열악한 이 방으로 옮겨지게 된 건지 물었다.

테오도르는 의사에게 지금 겪고 있는 고통과 불명예스 럽게 사슬에 결박되어 있는 이유를 설명했다. 의사가 그의 말에 주의를 기울이며 연민을 표하는 것을 알아챈 그는 좀 더 자세한 상황을 알리고 싶었다. 그러려면 병사들이 자리 를 피해주어야 했다. 그들은 그의 청을 받아들여 문밖에 서 있기로 했다.

그리하여 그는 후작과의 관계와 근래에 있었던 모든 일 을 상세하게 설명해주었다. 의사는 깊은 염려를 표하며 그의 말에 귀 기울였다. 의사는 공감한 마음을 표정으로 보였다. 테오도르가 말을 마치자 그는 한동안 생각에 잠겨 침묵을 지켰다. 그러다가 마침내 그가 입을 열었다. "상황이 아주 절망적이군요. 후작의 성정은 매우 잘 알려져 있죠. 사랑을 받을 만한 사람도 존경을 받을 만한 사람도 아니란 걸요. 그런 사람에게 바랄 게 뭐가 있겠습니까? 그는 무서울게 아무것도 없는 사람입니다. 제가 도움을 줄 수 있으면 좋으련만, 저는 그런 힘이 없네요."

"아아! 저의 상황이 정말 절망적입니다. 아, 그 고통받는 천사 같은……" 그는 감정이 격해져 흐느끼느라 말을 잇지 못했다. 의사는 연민의 말을 건네며 진정하라고 간청할뿐 달리 할 수 있는 일이 없었다. 그때 하인 한 명이 오더니 후작이 즉시 오라고 했다는 전언을 건넸다. 의사는 아무 말 못 하고 있다가 알겠다는 대답을 했다. 그는 어렵사리 평정심을 찾은 후 테오도르의 손을 꽉 잡고 나서 떠나기 전에 다시 들르겠다는 말을 남기고 자리를 떴다.

후작은 정신적으로 육체적으로 매우 불안한 상태였고 예상했던 것보다 상처의 여파가 더 걱정스러웠다. 의사는 테오도르를 위해 할 수 있는 한 가지 아이디어가 떠올랐다. 환자의 맥을 보고 몇 가지 질문을 한 후 그는 매우 심각한 표정을 꾸며냈다. 의사의 표정을 살피던 후작은 주저 말고 무엇이든 다 말하라고 부탁했다.

"영주님, 놀라게 해드려 죄송합니다만, 걱정할 이유가

좀 있습니다. 상처를 입으신 지 얼마나 오래되었습니까?"

"이런! 그렇다면 위험하다는 소리요?" 후작은 큰 소리를 낸 후 테오도르에 대해 욕을 퍼부었다. "분명 위험이 있습니다. 몇 시간 지나면 그 정도를 파악할 수 있을 것 같습니다."

"몇 시간이라고! 몇 시간이라!" 의사는 후작에게 진정하라고 했다. "이런! 건강한 사람은 죽어가고 있는 사람에게 태연하게 진정하라고 할 수 있겠지. 테오도르 그놈은 마차 바퀴에 달아 처형당할 것이오."

"제 말을 오해하셨습니다. 영주님께서 돌아가실 거라고 생각했다면, 아니 죽음의 위험이 크다고 생각했다면 저는 그렇게 말씀드리지 않았을 겁니다. 그러나 상처 입은 지 얼마나 되었는지 여쭌 것은 아주 중요한 일입니다." 후작의 공포는 잦아들기 시작했다. 그는 테오도르와의 결투 상황에 대해 설명했다. 그러면서 자신의 행동은 완벽하게 정당하고 인도적이었는데 상대가 자신에게 비열한 짓을 했다고 주장했다. 의사는 그의 말을 태연하게 듣고 나서 아무런 견해를 피력하지 않고 후작에게 약을 처방해줄 테니 즉시 약을 먹으라고 시켰다.

후작은 의사의 심각한 태도에 다시 놀라며 자신이 위급한 상태인지 똑바로 말해달라고 했다. 의사가 망설이는 모습을 보이자 후작은 더욱 불안해했다. "나의 상태를 정확하게 아는 것이 내겐 아주 중요하오." 그리하여 의사는 후작

에게 처리해야 할 일이 있다면 지금 처리하는 게 낫다, 상
태가 어떻게 될지 알 수 없기 때문이다, 하고 말해주었다.

그는 그런 후 대화의 주제를 돌려 자신이 방금 체포된
젊은 장교를 보고 왔다고 말을 꺼냈다. 그러면서 지금 당장
그를 호송하면 생명에 지장이 생길 것이라며 그러지 않았
으면 한다고 했다. 후작은 무시무시한 욕지거리를 내뱉으
며 자신을 지금의 상태로 빠뜨린 테오도르를 저주했다. 그
러면서 그는 오늘 밤 당장 그를 호송하게 할 것이라고 말했
다. 의사는 그건 잔인한 일이라며 위험을 무릅쓰고 타일렀
다. 그는 인간애를 자극해보려 애를 쓰며 테오도르를 위해
열렬히 간청했다. 그러나 의사의 간청과 애원은 오히려 후
작의 앙심을 자극해 그의 불같은 악의적 열정을 불러일으
킬 뿐이었다. 후작의 성정이 그대로 드러나고 말았다.

의사는 후작의 요청에 따라 여관을 떠나지 않겠다고 약
속한 후 낙담한 채 물러났다. 그는 아들린과 테오도르를 위
해 후작의 상태가 위험하다고 과장해 일을 도모하려고 했
으나 오히려 역효과를 불러왔다. 죽음의 공포가 후작의 죄
책감을 자극해 회개하게 하기는커녕 오히려 자신을 그런
처지에 빠뜨린 테오도르에 대한 복수심만 불타게 한 꼴이
었다. 그는 테오도르가 혹시라도 도망하더라도 절대 찾을
수 없는 곳에 아들린을 숨겨놓기로 결심했다. 그는 테오도
르를 일단 부대에 확실하게 복귀시키면 그의 파멸은 분명
할 것이라는 사실을 알고 있었다. 탈영죄에 관해 혹시라도

면죄를 받는다 하더라도 상관을 공격한 죄를 받을 것이기 때문이었다.

의사는 테오도르가 갇혀 있는 방으로 돌아왔다. 비참함에 몸부림쳤던 테오도르는 이제 철저한 절망에 빠져 무기력한 상태였다. 방을 지키던 사람을 내보낸 후 의사는 후작과 나눈 이야기를 전달했다. 테오도르는 감사를 표하며 이제 자신은 바랄 수 있는 게 아무것도 남아 있지 않다고 말했다. 그는 자신에 관해서는 아무 감정을 느끼지 않았다. 다만 그는 가족과 아들린 때문에 고통스러웠다. 그는 아들린이 어느 방향으로 향했는지 물었다. 그걸 알아도 아무런 도움이 될 것은 없었지만 의사에게 알아봐달라고 부탁했다. 그러나 여관 주인과 그의 아내에게 물어봐도 모르는 건지 모르는 체하는 건지 소용없었다. 다른 이에게 물어도 마찬가지였다.

테오도르를 당장 호송해야 한다는 후작의 명령을 받고 부사관이 들어왔다. 의사는 그렇게 성급한 결정에 대해 분노를 금치 못하며 그 여파를 걱정했으나 테오도르는 차분하게 소식을 들었다. 테오도르가 의사에게 감사를 표하기도 전에 병사들이 그를 데리러 들어왔다. 그는 작별을 고하면서 자신의 지갑을 의사의 손에 쥐여주고는 병사들 쪽으로 급작스럽게 몸을 틀고 가자고 했다. 그러나 의사는 그를 막아서며 자신은 선물을 받을 수 없다고 말했다. 그러나 테오도르는 물러서지 않았다. 그는 의사에게 다시 지갑을 쥐

여주고 아무 말 없이 방을 나섰다. 마차가 출발했다. 테오
도르는 과거의 희망과 고통, 아들린에 대한 걱정, 현재 자
신의 비참한 처지와 앞으로 벌어질 일에 대한 걱정으로 머
릿속이 가득 찼다. 자기 자신에 관해서는 파멸 이외에 아무
것도 보이지 않았다. 그는 그러면서도 자신보다 더 사랑하
는 아들린이 어쩌면 언젠가는 자신과 함께하는 모습까지는
아니지만 행복을 누릴 수 있을지도 모른다는 희미한 희망
을 품었다.

제14장

도대체 그대는 심장이 있는 거야? 그대가 머리가 아프다고
했을 때 나는 그대의 이마에 내 손수건을 대주었지.
　　　……
한밤중에 내 손을 그대 머리에 얹고
한시도 한눈팔지 않으며
그대가 어서 낫길 바라며 정성을 다했다고.
—『존왕』[23]

만약 자정의 종이
그 쇳덩이 혀와 놋쇠 입으로
꾸벅꾸벅 조는 밤의 길에 울려 퍼진다면,
만약 우리가 있는 이곳이 교회 묘지이며
네가 수많은 악령에 씌었다면,
또는 지르퉁한 우울의 정령이
네 피를 말려 끈적끈적하고 께느른하게 만든다면,
　　　　　……
그렇다면 눈을 부릅뜨고 경계를 늦추지 않는 한낮이라도
나는 네 가슴에 내 생각을 쏟아부을 것이다.

한편 아들린을 태운 마차는 밤새 거의 쉬지 않고 달렸다. 그녀는 슬픔과 후회, 절망과 공포의 소용돌이에 빠져 생각을 할 수 없었다. 함께 마차에 타고 있었던 후작의 시종은 처음에는 대화를 하고 싶어 했으나 넋이 나간 그녀를 보고는 이내 침묵을 지켰다.

그들은 으슥한 길과 샛길을 이용해 달리는 것 같았다. 어둠이 허락하는 한 맹렬하게 달렸다. 새벽이 밝았을 때 그녀는 숲의 가장자리라는 사실을 알 수 있었다. 다시 한번 어디로 가는지 물었다. 남자는 말하지 말라는 명을 받았다는 말만 되풀이하며 곧 알 수 있을 거라고 했다. 지금까지 아마도 빌라로 자신을 데려갈 것이라고 믿었던 그녀는 이제 그게 아닌 것 같다고 생각하기 시작했다. 지나는 모든 곳이 자신이 상상했던 것보다 덜 끔찍한 것 같아 절망이 누그러지기 시작했다. 그녀는 오직 악의와 복수의 희생양인 테오도르만 생각했다.

그들은 이제 숲으로 접어들었다. 갑자기 수도원으로 가는 게 아닌가 하는 생각이 들었다. 지나온 풍경에 대한 기억이 없다 하더라도 여기가 퐁탕빌의 숲일 수도 있겠다는 생각이 들었다. 그 숲은 너무나 광활해서 지금 지점이 그녀가 이전에 산책하던 반경에 들어가는 것은 불가능했다. 그런 생각이 들자 빌라로 돌아가는 것만큼이나 다를 바 없는 공포가 밀려왔다. 수도원에 가도 후작의 손아귀에 있는 것은 마찬가지였다. 잔인한 라 모트의 손아귀에 들어가는 것이기 때문이었다. 그 생각에 혐오감이 일었다. 창밖을 내다보며 자신의 추측이 맞는지 틀린지 판단하기 위해 두리번거렸다. 그런 상태로 오래지 않아 숲이 트인 지점에서 멀리 수도원 타워가 보였다. "아, 정말 그렇구나. 난 이제 끝장이구나!" 아들린은 눈물을 쏟아냈다.

그들은 이내 뜰 앞까지 왔다. 페터가 대문을 열기 위해 달려오는 모습이 보였다. 마차가 멈춰 섰다. 페터는 아들린을 보고 놀란 표정을 지으며 무언가 말을 하려 했다. 그러나 마차가 수도원으로 들어가기 위해 다시 달렸다. 대회당 문 앞에 라 모트가 나타났다. 그가 그녀를 맞으러 다가오자 그녀는 온몸이 떨려왔다. 쓰러지지 않으려고 안간힘을 썼다. 한동안 그의 얼굴을 볼 수도 그의 목소리를 들을 수도 없었다. 그는 길을 인도하기 위해 팔을 내밀었으나 아들린은 거절했다. 그러나 몇 발자국 비틀거리자 어쩔 수 없이 그의 손을 받아들였다. 그들은 아치형 천장 방으로 들어갔다. 아들린은 의자에 털썩 주저앉아 하염없이 눈물을 쏟아냈다. 라 모트는 침묵을 방해하지 않았다. 그는 초조한 듯 방 안을 서성거렸다. 아들린은 어느 정도 정신을 차리자 그의 얼굴을 보았다. 그는 영혼이 요동치는 것 같았다. 단호한 표정을 지으려고 애쓰는 것 같았으나 또 속마음은 그에 반하는 것 같았다.

라 모트는 아들린의 손을 잡고 방으로 안내하려 했다. 그러나 그녀는 발걸음을 멈추고 필사적으로 용기를 내 자신을 구해달라고 애원했다. 그가 그녀의 말을 끊었다. "나의 권한 밖이구나." 그의 음성에 감정이 실렸다. "나도 내 의지대로 움직이지 못한다. 더 이상 묻지 말고…… 그저 나도 널 가엾게 여긴다는 것만 알아다오. 그 이상은 나도 할 수 없다." 그는 아들린의 대답을 기다리지 않고 손을 잡고 타워 계단을 올랐다. 그들은 그녀가 이전에 사용하던 방으로 들어갔다.

"당분간 여기 있어야 해. 그러니까, 말하자면 감금인 거지. 내 본의는 아니다. 난 되는 한 널 편하게 해주고 싶다. 그래서 책을 좀 넣어주라고 했다."

아들린은 무언가 말을 하려 했다. 그러나 그는 서둘러 방을 나갔다. 자신이 맡은 일에 수치심을 느끼는 것 같았고, 또 울고 있는 그녀를 보는 게 감당이 되지 않는 것 같았다. 밖에서 문을 잠그는 소리가 들렸다. 창도 잠겨 있었다. 다른 방으로 이어진 문도 잠겨 있었다. 그렇게 철저하게 보안 조치를 해놓은 것이 충격적이었다. 희망이 없다는 건 진즉에 알았지만 새삼 이런 모습을 보니 절망의 나락에 더 깊이 빠진 것 같았다. 울음을 토해내 얼마간 마음이 진정되자 이렇게 완벽하게 단절되어 혼자 있는 것이 다행이다 싶었다. 적어도 라 모트 내외와 함께 있는 고통은 피할 수 있기 때문이었다. 그러면 자신만의 슬픔과 상념에 맘껏 빠질 수 있을 것이다. 아무리 비참한 생각이라도 마음에 가해지는 고통보다는 나을 것이다. 걱정과 두려움으로 동요된 마음은 겉으로는 어쩔 수 없이 고요한 모습을 띨 것이다.

십오 분쯤 후에 방문이 열리고 아네트가 식사와 책을 가지고 들어왔다. 아네트는 아들린을 다시 보아 반가움을 표시했다. 그러나 그녀는 이야기를 나누는 걸 두려워했다. 라 모트가 말을 해선 안 된다는 지시를 했고 계단 아래서 자신을 기다리고 있다고 했다. 아네트가 나가고 아들린은 식사를 들었다. 꼭 필요하던 참이었다. 여관을 나온 이래 아무것도 먹지 못했다. 마담 라 모트가 나타나지 않는 것이 놀랍지 않았고 오히려 다행이란 생각이 들었다. 분명 자신의 비열한 행동에 자의식이 들어 아들린을 피하려 할 것이다. 그런 추측이 맞는다면 아마도 마담 라 모트가 자신에게 완전히 매몰찬 감정을 가진 건 아닐 것이다. 아들린은 자신도 자신의 의지대로 행동하지 못한다는 라 모트의 말을 떠올렸다. 그게 희망을 주는 건 아니지만 그도 자신을 연민하고 있다는 아주 작은 위안을 주었다. 한동안 자신의 비참한 처지에 대해 생각하고 나자 오래 시달려 쌓인 피로가 몰려와 잠자리에 들었다.

아들린은 몇 시간 동안 숙면을 취한 후 고요한 마음으로 잠에서 깼다. 잠시나마 평화를 지속하고 괴로운 생각을 밀어내기 위해 라 모트가 가져다준 책을 보았다. 그중에 행복했던 시절 마음을 고양시키고 가슴에 와닿았던 책을 발견했다. 그 효과가 지금은 줄어들긴 했지만 불행한 마음이 조금 누그러졌다.

그러나 상처 난 마음에 과거를 잊게 해주는 이 약은 일시적인 행복일 뿐이었다. 라 모트가 들어와 책이 주는 환상을 깨버렸고 현재 상황을 자각하게 만들었다. 그는 음식을 가지고 와 테이블 위에 펼쳐놓고 아무 말 없이 방을 나갔다. 다시 책을 읽으려 했으나 라 모트의 출현이 마법을 깨버린 상태였다. 쓰디쓴 생각이 마음속에 밀려왔고 그와 함께 테오도르의 이미지가 떠올랐다. 아, 영원히 잃어버린 테오도르!

한편 라 모트는 아무리 죄를 지었어도 그렇다고 양심이 완전히 굳어버린 것은 아니어서 심한 가책을 느꼈다. 그는 익히 열정에 휩싸여 방탕한 생활을 한 바 있었다. 방탕함이 악덕으로 이어졌던 것이다. 그러나 한번 파렴치한 행위를 하면 더 사악한 곳으로 이르는 발길은 속도를 얻는 법이다. 그는 이제 악당의 뚜쟁이, 순진무구한 여인의 배신자가 된 자신의 모습을 보았다. 정의와 인간애가 있다면 어떻게든 보호해야 할 여자에 대한 배신. 그는 자신의 모습을 생각해 보았다. 그 모습에 움츠러들었다. 그 추악함을 벗어나기 위해서는 악덕으로 나약해진 마음으로서는 너무나 고귀하고 큰 용기가 필요하다. 그는 자신이 빠져든 위험한 미로를 보며 마치 처음인 듯 죄의 길이 향하는 지점을 간파했다. 이 미로에서 벗어나기 위해서는 더 큰 죄를 지어야만 빠져나갈 수 있을 것 같았다. 그는 아들린을 파멸로부터 구하고 자신이 그녀의 파멸의 도구가 되지 않기 위해 노력하는 대신 양심의 가책이 주는 고통을 잠재우려고만 애를 썼고 시작한 일을 그대로 진행할 수밖에 없다고 스스로 되뇔 뿐이었다. 그는 자신이 후작의 손아귀에 놓여 있다는 사실을 알고 있었다. 그리고 그는 죄를 지은 자를 기다리는, 멀지만 확실한 벌보다 후작의 힘을 더 두려워했다. 몇 년 더 살자고 아들린의 명예, 그리고 자신의 양심을 맞바꾼 꼴이었다.

그는 현재 후작이 아프다는 사실을 모르고 있었다. 알았다면 아마도 후작의 협박에서 도망갈 기회를 노렸을지도 모른다. 아들린을 구하고 자신도 도망가려 시도했을 것이다. 파렴치한 행위를 하느니 그게 대가가 더 작았을 것이기 때문이다. 그러나 그런 가능성을 감지한 후작은 하인들에게 현재 자신의 상황을 알리지 말 것을 명했다. 그러면서 라 모트에게 자신이 며칠 내로 수도원으로 갈 것이라고 전했고 또 자신의 시종을 그곳에 대기시켰다. 라 모트도 예견했듯이 아들린은 그 이야기를 하고 싶지도 않았고 할 기회도 없었다. 그리하여 라 모트는 더 큰 죄를 짓지 않고 아들린을 구해낼 수도 있었을 상황에 대해 전혀 모르고 지나갔다.

라 모트는 후작의 의지에 절대적으로 복종해야 하는 상황을 아내에게 말하고 싶지 않았다. 그러나 몹시 혼란스러운 마음이 가끔 겉으로 드러났다. 자다가 알 수 없는 말들을 내뱉었고 깜짝 놀라며 깨어 정신없이 아들린을 부르곤 했다. 그런 모습을 보고 마담 라 모트는 겁에 질렸다. 그녀는 이내 후작의 모략을 어렴풋이 짐작하게 되었다.

마담은 라 모트에게 의심이 드는 문제를 넌지시 비치며 물었다. 그러자 라 모트는 왜 그런 생각을 품고 있냐며 꾸짖었지만 그의 태도가 아들린에 관한 그녀의 걱정을 잠재우기는커녕 더 부추기는 면이 있었다. 마담의 우려는 얼마 지나지 않아 후작에 의해 확인이 되었다. 후작이 수도원에서 묵던 밤 마담 라 모트는 어떤 계략이 진행되는지는 모르겠지만 분명 지금 그런 이야기를 할 것 같다는 생각이 퍼뜩 들었다. 그리하여 아들린에 대해 걱정하던 그녀는 평소 같았으면 본인이 경멸할 만한 일을 하기로 결심했다. 방을 나와 이야기를 엿듣기 위해 후작과 남편이 함께 있는 방으로 살그머니 다가갔다. 그들은 그녀가 예상한 주제로 대화를 나누고 있었다. 계략의 전모가 드러나는 이야기였다. 남편 라 모트가 어떻게 저렇게 힘없이 큰 죄에 공모를 하는지, 아들린은 또 얼마나 끔찍한 시련을 겪을지 그녀는 한동안 충격에 머리가 굳어버리는 것 같았고 어떻게 해야 할지 도무지 알 수 없었다. 남편이 후작에게 크나큰 신세를 지고 있다는 사실은 잘 알고 있었다. 지금 머무는 곳이 후작의 영토이고 여차하면 후작이 그들을 적의 손에 넘길 수도 있는 것이다. 후작의 말을 듣지 않고 뜻을 거스르면 분명 당장 그럴 것이다. 그러나 그런 경우가 생긴다 하더라도 남편이 큰 사달을 일으키지 않고 후작을 달랠 방법을 찾을 수도 있지 않을까 생각했다. 조금 더 숙고해본 후 평정심을 되찾고 방으로 돌아왔다. 라 모트가 곧이어 따라 들어왔다. 그러나 그녀는 남편과 맞서거나 심기를 건드릴 만한 마음 상태가 아니었다. 그 이야기를 꺼내면 남편은 으레 불쾌해했다. 오늘 밤은 입을 다물기로 결심했다.

다음 날 마담은 라 모트에게 그가 잠꼬대로 한 모든 이야기들을 전했고 또 다른 정황도 언급했다. 그는 더 이상 아내의 걱정이 사실임을 부정할 수 없었다. 마담 라 모트는 남편이 가담하게 될 파렴치한 짓을 피하고 후작의 영지에서 도망가자며 아들린을 위해 애원했다. 라 모트는 찌무룩한 표정으로 입을 다물고 그에 대한 생각에 빠진 것 같았다. 그러나 그는 매우 다른 생각을 하고 있었다. 그는 자신이 후작으로부터 무시무시한 복수를 당할 수 있는 처지이고, 그러기에 그의 뜻을 받들지 않으면 도망가봤자 별 소득이 없다는 걸 생각하고 있었다. 정의와 복수의 칼날이 지칠 줄 모르고 그의 뒤를 쫓을 것이 자명한 일이었다.

라 모트는 그런 사실을 어떻게 아내에게 말할지 궁리했다. 그에게는 아내가 아들린을 생각하는 고결한 연민의 정을 반대할 다른 방법이 없었다. 그러나 그것이 불러올 위험한 결과를 생각하면 자신의 안전을 위해서 그에 반대할 수밖에 없었다. 오직 후작의 분노를 샀다가 생길 수 있는 끔찍한 재앙을 일일이 열거하며 공포를 이용하는 수밖에 없는 것 같았다. 그는 악덕에 물들었어도 양심이 완전히 굳어버린 것은 아니었다. 그러나 자신의 죄를 고백하려 할 때 수치심으로 뺨이 붉어졌고 입술이 떨렸다. 그리하여 그는 마침내 세세한 이야기를 할 수 없다고 결심하고는 그저 어떤 일이 있어서 아무리 간청하더라도 그 일을 말해주지 못할 것인데, 그 일로 자신의 목숨이 후작의 손아귀에 놓였다고만 했다. "그게 아니면 다른 선택이 무언지는 당신이 잘 알 거요. 그러니 선택해요. 원한다면 아들린에게 다 알려주고 아들린을 위해 내 목숨을 희생시켜요. 아들린이 얻을 자리는 많은 여성들이 갖고 싶어 하는 자리라는 건 잘 알지요?" 마담 라 모트는 순진무구한 여성에게 더러운 유혹의 손길이 닿게 내버려두느냐, 아니면 남편을 파멸의 구렁텅이로 빠지게 하느냐의 무시무시한 선택지 앞에서 정신이 혼미해질 정도였다. 그러나 결국 후작의 뜻을 거슬렀다가 라 모트는 파멸할 것이고 그러면서도 아들린에게 별 소용은 없을 것이라는 생각에 그냥 입을 다물기로 결심했다.

아들린이 수도원에서 도망할 계획을 하고 있을 당시 페터의 눈빛이 수상하여 라 모트는 의심을 품었고 그 둘을 유심히 살폈었다. 그는 홀에서 둘이 함께 있다가 어색하게 각자 갈 길을 가는 것을 보았고 그 후에 또 회랑에서 이야기하는 것을 본 적이 있었다. 그렇게 수상한 정황으로 아들린이 자신이 처한 위험을 감지했고 페터와 둘이서 도망갈 계획을 모의하고 있을 거란 생각이 들었다. 그리하여 그는 모든 걸 다 알고 있는 체하며 페터를 몰아붙였다. 어떻게 자신을 배신할 수 있느냐, 후작이 알면 무시무시한 복수가 있을 것이다, 하며 알고 있는 걸 다 털어놓으라고 윽박질렀다. 페터는 협박에 겁을 먹고 아들린을 도울 모든 기회가 다 날아가버렸다고 생각하고는 정황에 떠밀려 자백을 했고 아들린에게 발각된 사실을 알리지 않겠다고 약속했다. 그렇게 약속한 데는 페터의 기질도 한몫했다. 그는 아들린이 자신을 배신했다고 생각하며 드러낼 불쾌감을 마주할 자신이 없었던 것이다.

아들린의 탈출 계획이 발각된 날 저녁 후작은 수도원으로 와서 아들린을 데리고 자신의 빌라로 가기로 되어 있었다. 라 모트는 즉각 아들린이 발각된 걸 모르고 무덤으로 가게 놔두는 게 여러모로 낫다는 생각이 들었다. 그러면 자기가 배신한 사실을 알고 아들린이 수도원에서 소동을 벌일 일도 없고 또 발버둥 치는 모습을 보지 않아도 되기 때문이었다. 후작의 하인을 시켜서 약속 장소로 보내고 야음을 틈타 페터인 체하며 조용히 데리고 갈 수 있을 거라는 생각이 들었다. 그러면 아들린은 저항 없이 빌라로 옮겨질 것이고 또 뭔가 잘못되었다고 생각할 때는 이미 때가 늦을 것이었다.

후작이 도착했을 때 분별력을 잃을 만큼 술을 많이 마시지 않은 라 모트는 그에게 오늘 있었던 일과 자신의 계획을 털어놓았다. 후작은 그 계획을 허락했고, 아들린과 접선할 때 하기로 한 신호를 주지시키고 나서 하인을 보냈다.

마담 라 모트는 아들린의 일을 다 알면서도 자신이 비열하게 중립을 지키며 개입하지 않고 있다는 자의식이 들어 그녀를 보는 것을 피했다. 아들린은 그런 행동을 이해했고 한때는 친구로 여기던 마담 라 모트를 원수로 보지 않아도 된다는 사실에 안도했다. 홀로 갇힌 채 며칠이 지났다. 비참하게 과거를 돌아보고 무시무시할 게 뻔한 미래를 예상하는 끔찍한 날들이었다. 위태로운 상황에 처한 테오도르가 머릿속에서 떠나지 않았다. 그녀는 간절하게 그의 안전을 바랐고 또 희망의 가능성이 있는지 온갖 가능성을 타진해보았다. 그러나 아무리 생각해도 희망은 없는 것 같았다. 희망이란 건 오직 복수심을 불태우며 테오도르의 파멸을 호언하는 후작이 죽어야만 생기는 일이었다.

한편 후작은 코Caux에 있는 여관에 누워 있었다. 회복이 매우 의심스러운 상태였다. 후작은 내과의와 외과의 둘 중 누구도 보내주지 않았고 또 그들이 마을을 떠나지도 못하게 했다. 그 둘은 서로 다른 처방을 내렸는데, 한쪽이 처방한 좋은 효과는 다른 쪽의 분별없는 치료법으로 번번이 방해받곤 했다. 내과의는 오직 인간애를 저버리지 못해 계속 간병을 했다. 후작의 병은 조급한 기질 때문에 더욱 악화되었다. 죽음의 공포, 불같은 열정으로 인한 짜증. 어느 순간 그는 자신이 죽고 있다고 생각했고 또 다른 순간은 아들린을 만나러 당장 수도원으로 가겠다고 고집했다. 마음의 기복이 하도 심하고 또 종잇장 뒤집듯 이랬다저랬다 하여 그의 열정은 끊임없는 갈등 상태였다. 내과의는 회복하려면 차분한 마음으로 있어야 한다고 설득하며, 적어도 감정을 좀 조절하라고 타이르고 설득했지만 후작의 조급하고 불같은 대답에 넌더리가 쳐질 정도로 실망한 채 입을 다물 수밖에 없었다.

마침내 아들린을 데리고 갔던 하인이 돌아왔다. 후작은 그를 방으로 들여 한꺼번에 너무나 많은 질문들을 쏟아냈다. 하인은 무엇부터 대답해야 할지 몰랐다. 그는 호주머니에서 접은 종이를 꺼내 후작에게 내밀었다. 그것은 마드무아젤 아들린이 마차에 떨어뜨린 쪽지로, 영주가 관심을 가질 만한 것이라고 여겨 챙겨 온 것이었다. 후작은 쪽지를 얼른 낚아채고는 테오도르에게 보낸 메모를 보았다. 수취인의 이름을 확인하고는 한순간 불같은 질투심이 치밀어 차마 당장 펼쳐 읽어볼 수가 없었다.

결국 그는 봉인을 뜯었다. 아들린이 테오도르가 병상에 누워 있을 때 그에게 이것저것 물어보기 위해 보낸 글이었으나 무슨 이유인지 보내지 못한 편지였다. 테오도르의 회복을 바라며 애틋하게 걱정하는 마음이 묻어나는 편지를 읽다 보니 정적 테오도르와, 부상을 입은 자신을 대하는 그녀의 감정 차이를 비교해보지 않을 수 없었다. "테오도르가 낫기만을 애를 태우며 걱정하는구나. 그러나 똑같이 아픈 나는 두려워하기만 하네." 그 작은 편지가 유발한 고통을 연장하고 싶은 듯 그는 다시 읽었다. 그는 평소에 흔히 그러듯 불같은 열정이 쌓여 다시 자신의 운명을 욕하고 경쟁자를 저주했다. 편지를 내던지려고 했다. 그런데 봉인의 무언가가 묘하게 눈길을 사로잡았다. 이제 화가 잦아든 것 같았다. 그는 쪽지를 고이 접어 지갑에 넣고는 한동안 골똘히 생각에 사로잡혔다.

그는 며칠간의 희망과 공포 끝에 타고난 체질의 힘으로 병을 이겨내고 편지를 쓸 만큼 몸을 회복했다. 그중 하나는 라 모트에게 쓴 편지로 자신이 갈 테니 맞을 준비를 하라는 내용이었다. 아프다는 걸 라 모트에게 숨겼듯이 같은 이유로 그는 그러지 못할 거라는 걸 뻔히 알면서도 라 모트에게 하인이 기별을 가지고 당도한 다음 날 자신이 가겠다는 말을 했다. 그는 아들린을 철저히 감시할 것을 다시 한번 강조하며 그러면 훗날 라 모트에게 충분히 보상을 해줄 것을 약속했다.

후작의 부재에 관해 매일 새롭고 놀라운 소식을 듣고 당혹스러운 일을 겪은 라 모트는 이 소식을 불안한 마음으로 받아 보았다. 후작에게 다른 큰일이 생겼거나 혹은 먼 지방에 있는 영지에 가야 할 일이 생겨 아들린에 관한 계획을 바꾸었길 바라기 시작한 시점이었다. 그는 그만큼 자신에게 크나큰 불명예가 될 일을 벗어나고 싶은 심정이었다.

이제 그러한 희망이 사라졌다. 그는 마담에게 후작을 맞을 준비를 하라고 시켰다. 아들린은 긴장감 속에 어떤 날은 희망을 품어보기도 하고 또 어떤 날은 절망에 빠져 허우적

거리기도 하면서 지내던 참이었다. 예상보다 훨씬 더 오래 아무 일 없이 지나가니 후작의 병세가 심각한 것 같았다. 그가 회복하면 벌어질 일을 그려보니 그녀는 그런 생각에 유감이 들지 않았다. 머릿속에 그에 대한 생각이 드는 것 자체가 너무나 혐오스러워서 그의 이름조차 언급하기가 꺼려졌고 그러다 보니 아네트에게 물을 수도 없었다.

후작의 편지가 도착한 지 약 일주일 후 아들린은 어느 날 창밖에서 말을 탄 사람들의 무리가 수도원으로 향하는 것을 볼 수 있었다. 후작과 수행원들이었다. 그녀는 형언할 수 없는 불안감에 휩싸여 창가에서 물러나며 의자에 털썩 주저앉았다. 한동안 아무 정신이 없었다. 공포를 떨치고 정신을 좀 차리고 나서 다시 비틀거리며 창가로 갔다. 일당이 시야에 들어오지 않았으나 말발굽 소리가 나는 것으로 보아 후작이 수도원의 정문을 통과한 것이 분명했다. 그녀는 하늘을 바라보며 힘을 주십사 기도를 올렸다. 마음이 다소 진정되자 조용히 앉아 벌어질 일을 기다렸다.

라 모트는 후작이 그리 오래 모습을 나타내지 않은 점에 놀라움을 표하며 그를 맞았고 후작은 그저 좀 아팠다고만 말을 하며 아들린에 대해 물었다. 라 모트는 그녀가 방에 있으니 원한다면 불러오겠다고 말했다. 후작은 좀 망설이다가 그저 잘 감시하라고만 했다. 라 모트는 미소를 보이며 말했다. "영주님, 어쩌면 영주님의 열정을 받아주기에 아들린이 고집이 너무 센 것 아닐까요? 영주님, 예전보다 관심이 좀 덜하신 것 같습니다?"

"오! 당치 않은 말이오. 관심이 더하면 더했지 줄어들지 않았소. 그러니 난 아무리 감시를 철저히 해도 부족한 것 같은 마음이오. 부탁하건대, 아무도 그녀 주변에 얼씬하지 못하게 해주오. 라 모트 당신이 직접 신경 좀 써주시오. 아들린이 갇혀 있는 방 보안은 철저하오?" 라 모트는 그렇다고 안심을 시키면서도 동시에 그녀를 빌라로 데리고 갔으면 좋겠다는 의견을 피력했다. "아들린이 도망가려고 갖은 수를 쓸 텐데, 그러면 영주님이 노하실 것이고, 저는 그 결과가 어떨지 알 것 같습니다. 그러니 그 생각만으로도 저는 끊임없이 불안하옵니다."

"빌라로 옮기는 건 지금은 아니 될 말이오. 여기가 더 안전하오. 그리고 당신 말대로 아들린의 방 보안이 철저하다면 도망할 걱정으로 불안할 필요 없는 것 아니오?"

"그 점에 관해 영주님께 거짓을 고할 의도가 전혀 없습니다."

"나도 의심하지 않아요. 세심하게 감시하시오. 내 말 믿어요. 도망가지 못할 거요. 내 시종이 아주 믿을 만한데, 당신이 원하면 시종을 이곳에 머물게 하겠소." 라 모트는 시종이 필요 없을 것 같아서 그를 집에 보내기로 합의했다.

후작은 삼십 분가량 라 모트와 대화를 나눈 후 수도원을 떠났다. 아들린은 그가 떠나는 것을 보고 말할 수 없을 만큼 놀라웠고 또 다행이란 생각이 들었다. 그녀는 언제 자신을 부를까 생각하며 그의 면전에서도 꿋꿋이 견디겠다고 마음을 다잡고 있던 참이었다. 아래층에서 들려오는 모든 소리, 통로를 가로지르는 모든 발소리에 귀를 기울이며 후작에게 자신을 데려가기 위해 라 모트가 올까 봐 가슴이 철렁 내려앉곤 했다. 그런 고통에 더 이상 참을 수 없을 것 같은 순간 창 아래서 사람들의 목소리가 들렸고 그런 다음 후작이 떠나는 모습이 보였다. 가슴속에 부풀어 오르는 기쁨과 감사함을 맛보고는 이 상황을 이해해보려 했다. 지난 일을 생각하면 참으로 이상한 일이 아닐 수 없었다. 아무리 생각해도 설명이 되지 않았다. 그리하여 더 이상 궁리하는 것을 멈추고 그저 좋은 징조이지 않겠냐며 스스로를 다독였다.

평소대로 라 모트가 올 시간이 가까워지고 있었다. 아들린은 떨리는 마음으로 후작이 더 이상 자신을 괴롭히는 일을 멈추지 않을까 희미하게 희망을 품어보기도 했다. 그러나 라 모트는 평소처럼 찌무룩하고 과묵했다. 그가 다시 방을 나서려고 할 때야 아들린은 용기를 내 후작이 언제 다시 올지 물었다. 라 모트는 방문을 연 채 대답했다. "내일 올 거야." 조심스럽기도 하고 또 두렵기도 하여 주저하는 아들린은 직접적인 질문을 하지 않는 한 테오도르의 소식을 들을 수 없을 것 같았다. 입을 열듯 말듯 간절한 표정을 지어 라 모트가 걸음을 멈추었다. 그러나 그녀는 얼굴을 붉히며 여전히 말을 꺼내지 못하고 있었다. 그러다가 그가 다시 방을 나서려는 순간 힘없는 목소리로 그를 불러 세웠다.

"저를 구하려다가 후작의 분노를 산 그 불행한 기사가 궁금해서요. 혹시 후작이 그분 이야기를 하시던가요?"

"했다. 그래서 후작에 대한 너의 무관심이 설명이 되더구나."

"저에게 해를 끼치는 사람들에게 분노를 느끼는 게 당연한 일이니, 저를 도와주는 사람에게 감사함을 느끼는 것도 당연하겠지요. 후작이 저의 존경심을 샀다면 그분에게도 제가 감사함을 느꼈겠죠."

"저런, 저런. 자신의 부대장에게 반기를 들 만큼 용감한 그 젊은 영웅은 지금 잡혀 있지 않느냐? 그자의 그 무모한 행동에는 대가가 따를 테니, 자신도 깨닫게 되겠지." 아들린은 가슴속에 분노와 슬픔, 두려움이 들끓었다. 라 모트 앞에서 다시는 테오도르의 이름을 입에 올리는 게 끔찍하게 싫었다. 그러나 아무것도 알 수 없는 상황이 너무 괴로워서 후작이 코를 떠난 후 그의 소식을 들었는지 묻지 않을 수 없었다. "그래. 그자는 안전하게 부대로 이송되었다. 거기서 후작이 그에 대해 증언을 설 때까지 갇혀 있을 거라고 하더라."

아들린은 더 이상 물을 힘도 마음도 없었다. 라 모트가 나가자 그녀는 그가 지핀 비참함에 홀로 남았다. 이 소식이 새로운 불행을 담고 있지 않았지만, (그녀는 항상 예상하고 있었던 것을 확인했을 뿐이었다) 새로운 슬픔이 가슴에 또 얹히는 것 같았다. 자신도 의식하지 못했지만 테오도르가 부대에 당도하기 전에 어떻게든 탈출할 거라는 희망을 품고 있었다는 사실을 깨달았다. 그러나 이제 모든 희망이 사라졌다. 그는 비참한 교도소 생활을 견디고 있을 것이다. 거기다 목숨을 잃을 거라는 불안과 그녀의 안전에 관한 걱정으로 참담한 상태일 것이다. 그가 갇혀 있을 어둡고 습한 지하 감방을 그려보았다. 사슬에 묶인 채 아픔과 슬픔으로 창백한 모습. 그의 목소리가 들리는 것 같았다. 간절한 바람으로 하늘을 바라보며 그녀의 이름을 부르는 그 목소리가 가슴을 찢어놓는 것 같았다. 눈물이 뺨을 타고 천천히 흘러내리는 불안한 그의 얼굴이 보였다. 이 비참한 심연으로 빠뜨린 그의 고결한 행동, 자신을 위해 고통 속에 빠진 그이. 슬픔은 절망으로 바뀌며 아들린은 눈물마저 멈추고 조용히 무시무시한 마비의 상태로 빠져들고 있었다.

다음 날 후작이 왔다가 전날처럼 그냥 다시 돌아갔다. 그러고 나서 며칠 동안 그가 오지 않았다. 그러다가 어느 날 저녁 라 모트와 그의 아내가 평소대로 응접실에 앉아 있을 때 그가 나타나 한동안 여러 가지 주제로 이야기를 나누었다. 그러다가 그가 점점 자기만의 생각에 빠져들더니 한동안 입을 다물고 있었다. 그런 후에 그는 자리에서 일어나 라 모트를 창가로 데리고 갔다. "지금 시간이 괜찮다면 단둘이 이야기를 좀 합시다. 안 그러면 나중에 따로 시간을 잡아도 되고." 라 모트는 지금이 좋다며 그를 데리고 다른 방으로 가려 했다. 그러나 후작이 숲으로 산책을 하자고 했다. 그들은 한적한 숲속 빈터로 향했다. 너도밤나무와 오크나무의 무성한 가지가 황혼을 더욱 깊게 물들이며 주변을 매우 어두컴컴하게 만들고 있는 곳이었다. 후작이 라 모트를 바라보며 말을 꺼냈다.

"라 모트, 당신 처지가 참 딱하오. 이 수도원은 당신처럼 사교 활동을 좋아하고 또 그에 걸맞은 사람에겐 참 우울한 곳이지. 내가 당신을 세상에 다시 복귀시킬 수 있는 힘이 있으면 좋겠소만. 어쩌면 당신을 이 지경으로 몰아넣은 사건을 세세히 알게 된다면 내가 도움을 줄 수도 있을 것 같은데. 명예가 걸린 일이라고 들은 것 같소만?" 라 모트는 침묵을 지켰다. "그렇다고 당신에게 스트레스를 주기 위해서 묻는 건 아니오. 또 단순한 호기심에 물어보는 것도 아니고, 그저 당신에게 순수한 호의를 베풀고 싶어서 그런 것이오. 물론 당신이 내게 불행한 일을 일부 말하기는 했소만. 당신 기질이 호탕하다 보니 지출이 좀 심했고 나중에 그걸 도박으로 갚으려 했다는 것 아니오?"

"네, 영주님. 제가 호화로운 생활에 빠져 많은 돈을 낭비했고 그걸 나중에 부끄러운 방법으로 회복하려 했다는 건 사실입니다. 그러나 그 이야기는 하고 싶지 않습니다. 가능하다면 제 인격에 영원히 오점이 될 그 일을 모두 잊고 싶을 따름입니다. 유감스럽게도 그 일의 여파는 영주님께서도 누그러뜨릴 수 없는 일입니다."

"당신은 그 점에 있어 착각을 하는 것 같군. 법정에서 나의 영향력은 절대 작은 게 아니라오. 도덕적 비난은 걱정 마시오. 나는 절대 다른 사람의 실수를 가차 없이 판단하는 사람이 아니오. 급박한 상황에서 사람이 어떻게 행동하는지 이해하오. 이제껏 겪어보았으니 날 친구로 여기겠지요?"

"잘 알고 있습니다, 영주님."

"그리고 기억할 거요. 내가 그때 당신의 행동을 용서해 줘……"

"잘 알고 있습니다, 영주님. 제가 영주님의 관대함을 어찌 잊을 수가 있겠습니까? 언급하신 그 일은 제 인생 전체에서 가장 최악의 실수였습니다. 그러니 제 인생의 과오를 말씀드려도 제가 더 떨어질 곳도 없는 것 같습니다. 방탕한 생활에 빠져 재산의 대부분을 낭비했을 때 저는 호화로운 생활을 유지하고자 도박에 의지했습니다. 처음 한동안은 운이 따라줘서 돈을 땄고 분별없이 낙관적인 기대에만 매달려 계속 그 생활을 이어갔습니다.

그러나 이내 갑자기 운이 바뀐 듯 희망이 무너졌습니다. 그러고선 아주 나락으로 치닫기 시작했습니다. 어느 날 밤 보니 돈이 다 합쳐봐야 200루이밖에 남질 않았더군요. 저는 그것마저 다 걸기로 작정을 했습니다. 제 인생 전부를 건 꼴이었죠. 그걸 잃으면 더 이상 살 수 없을 거라고 생각했거든요. 운명이 걸린 그 순간의 공포를 저는 절대 잊지 못할 겁니다. 마지막 남은 판돈이 사라질 때 제 가슴을 때리던 그 치명적인 절망감도 마찬가지고요. 저는 한동안 망연자실해서 꼼짝도 하지 못했습니다. 그러다가 정신을 차리고 나자 경쟁자들에게 불같이 저주를 퍼부으며 미쳐 날뛰었습니다. 그렇게 미쳐 날뛸 때 그 모든 일을 조용히 지켜보고 있던 어떤 신사가 제게 다가오더군요. 그러더니, '운이 없으시군요'라고 했죠. 저는 그래서 '그런 거 확인 안 해 줘도 돼' 하고 맞받았습니다.

'이용당한 건지도 모릅니다.' '그렇죠. 망했으니, 그렇게 말할 수도 있겠죠, 이용당한 거라고.'

'같이 도박한 사람들 아는 사람들입니까?'

'아니요. 하지만 잘 아는 사람의 소개로 알게 된 사람들입니다.'

'그럼 제가 아마 착각한 거겠네요.' 그 사람이 그러더니 가버렸습니다. 그 사람의 마지막 말로 저는 아마도 공정하게 돈을 잃은 게 아닐 수도 있다는 생각이 들었습니다. 더 자세히 물어보려고 그 신사를 찾았지만 이미 떠나고 없더군요. 저는 화를 억누르고 돈을 잃은 그 판으로 되돌아가 돈을 딴 사람 의자 뒤에 서서 게임을 유심히 살펴보았습니다. 한동안 저의 의심을 확인할 만한 게 안 보이더군요. 그러다가 마침내 그 말이 맞다는 걸 확인했습니다.

게임이 끝났을 때 저는 그중 한 사람을 불러내 목격한 것을 말하며 즉각 내 돈을 돌려주지 않으면 모두 까발리겠다고 협박했습니다. 그 사람은 한동안 저처럼 단호한 태도더군요. 그러면서 고압적인 태도를 보이며 어디서 같잖은 주장을 하냐며 협박을 했습니다. 그렇다고 제가 겁에 질려 물러날 상태가 아니었고 오히려 그렇지 않아도 재산을 모두 잃어 제정신이 아닐 정도로 화가 나 있는 상태에 기름을 부은 격이 됐습니다. 그래서 그의 협박에 응수를 해주고 다시 실내로 들어가 사람들에게 모두 까발리려고 했는데, 그때 그자가 교활한 미소를 지으며 부드러운 목소리로 잠시 시간을 내달라, 그러면 자신의 파트너와 이야기를 나누어 보겠다고 하더군요. 제가 좀 망설이고 있을 때 그 파트너란 신사가 다가왔습니다. 둘은 우리 사이에 있었던 일에 대해 이야기를 나누더라고요. 그의 얼굴에 두려운 표정이 어리는 것을 보고 그자들이 사기를 친 게 확실하다는 생각이 들었습니다.

그들은 한쪽으로 가서 몇 분 동안 둘이 이야기를 나누었어요. 그런 다음 제게 다가와 한 가지 제안을 했습니다. 그 사람들 말대로 표현하자면 타협을 보자고 하더라고요. 저는 그런 건 필요 없고 내가 잃은 돈만 돌려주면 끝이라고 말했죠. '무슈, 그만큼 유리한 걸 제공한다면 어떨까요?' 저는 그 말이 무슨 의미인지 이해하지 못했지만 그들이 계속 비슷한 암시의 말을 하고 나서 설명을 하더라고요.

그자들의 평판이 내 손안에 있다는 걸 파악하자 그들은 자신들의 일당에 나를 끌어들이려고 했습니다. 그래서 자기들의 조직이 있는데 미숙하고 어리석은 사람들을 이용해 돈을 번다고 이야기하면서 저에게 그 사업의 지분을 주겠다고 제안했습니다. 저는 절박한 상황에서 그 제안을 생각하니 즉각적으로 돈이 들어올 수 있을 뿐만 아니라 계속 방탕한 삶을 살 수 있을 것 같더라고요. 처음엔 열정이, 그다음엔 오랜 습관으로 끊을 수 없었던 방탕한 삶 말입니다. 그리하여 저는 그 제안을 받아들이고 방탕한 삶에서 파렴치한 삶으로 추락하고 말았습니다."

라 모트는 그 시절에 대한 기억이 회오를 불러일으킨 듯 한동안 입을 다물었다. 후작은 그의 기분을 이해했다. "당신은 자신을 너무 혹독하게 판단하는군요. 그런 상황에서 당신보다 더 잘 행동할 수 있는 사람은 거의 없소. 겉으로 아무리 정직해 보인다 하더라도 마찬가지요. 나라도 그런 상황에서 어떻게 행동했을지 누가 알겠소? 당신이 그렇게 스스로를 비난하는 그 엄격한 미덕은 스스로를 지혜라 부를지 모르지만 난 그 따위 것 차라리 갖고 싶지 않소. 그런 거야 일반적으로 인간으로서 감정이 부족한 차가운 가슴을 가진 이들, 스스로를 철학자라고 추켜세우는 자들이나 가지라고 하시오. 자, 그러니 이야기를 계속해보시오."

"우리는 한동안 아주 잘나갔습니다. 운명의 여신이 우리 편이었고 변덕을 부리지 않을 거라 확신했습니다. 저는 분별력 없이 방탕한 생활을 이어갔고 그러다 보니 번 것을 족족 그대로 써버렸습니다. 그러다가 어떤 젊은 귀족이 마침내 우리의 술수를 알아챘고 그래서 우리는 한동안 극도로 조심스럽게 움직였습니다. 우리가 의심을 받게 된 경위를 세세하게 설명하는 것은 지리멸렬한 일이니 생략하겠습니다. 어쨌든 사람들이 우리에게 거리를 두고 또 차갑게 대하다 보니 우리는 모임에 나가는 게 점점 더 힘들고 소득 없는 일이 되었습니다. 우리는 돈을 벌 다른 방법을 모색했고 한 건 해서 큰돈을 만들기 위해 다른 사기를 벌이기로 해서 저도 가담했습니다. 그러다 그 일로 저는 파리를 떠날 수밖에 없었습니다. 나머지는 영주님이 잘 아시는 내용입니다."

라 모트는 입을 다물었고 후작은 한동안 생각에 잠겼다. 그러다 마침내 라 모트가 다시 입을 열었다. "영주님께서도 저의 가망 없는 상황을 잘 아실 겁니다."

"정말 안 좋은 상황이긴 하나 그렇다고 완전히 가망 없는 건 아니오. 참으로 딱하오. 내 진심이오. 그러나 당신이 세상으로 다시 나가 기소에 처한다면 대신께서 나를 생각해 당신에게 가혹한 처벌은 면하게 해줄 수 있을 것이오. 그러나 당신은 세상에 흥미를 잃은 것 같아 보이는데, 다시 돌아갈 생각이 없는 것이지요?"

"오! 영주님. 그리 생각하시다니! 제가 세상으로 다시 나가기를 마다할 일이 무엇이겠습니까? 그러나 저는 영주님의 은혜를 차고 넘치게 받았습니다. 제가 품고 있는 감사의 마음을 증명할 길이 있다면 무엇이든 다 할 것입니다."

"은혜라고 할 것까지야. 내가 당신을 구해주고 싶은 것이 나의 이익에 부합하기 때문이 아니라고는 하지 않겠소. 나는 내가 뭐 인간 이상으로 고상한 존재인 체하지 않아요. 그리고 그런 고고한 인간들은 있지도 않소. 당신 말마따나 나에게 감사한 마음을 증명하고 싶으면 그럴 수 있소. 그러면 나와 당신은 영원히 한배를 타게 되는 것이고." 후작은 거기서 잠시 말을 멈추었다. "아, 무엇인지 말씀만 해주시지요. 말씀만 해주세요. 그러면 제 능력 안의 일이라면 뭐든지 하겠습니다." 후작은 여전히 침묵을 지켰다. "이렇게 말씀을 안 하시고 계시니, 저의 진심을 못 믿으시는 겁니까, 영주님? 이미 의무를 지게 해주신 사람을 믿는 것이 여전히 꺼려지십니까? 저는 영주님의 자비에 기대어, 아니 거의 영주님이 부양해주시고 있지 않습니까?" 후작은 그를 뚫어져라 바라보면서도 말을 하지 않았다. "저는 이런 대우를 받을 만한 짓을 하지 않았습니다. 영주님, 부디 말씀을 해주시지요."

후작이 근엄한 목소리로 천천히 말하기 시작했다. "인간의 마음에는 특정한 편견이 자리하고 있지요. 그것이 우리의 행복을 막지 못하게 하려면 온갖 지혜가 필요하다오. 갓난아기 때부터 습득된 특정한 개념들은 나이가 들며 자기도 모르게 소중하게 간직하게 되고 그렇게 커지고 너무나 그럴싸하게 포장되어가다 보니, 소위 문명국가에서는 그걸 나중에 극복해낼 수 있는 사람은 그다지 많지 않다오.

진실은 종종 교육에 의해 변질이 되지요. 교양 있는 유럽인들이 명예의 기준과 미덕의 숭고함을 자랑하며 그것이 그들로 하여금 쾌락에서 비참함으로, 자연에서 실수로 이끄는데, 반면 그런 교육을 받지 않은 단순한 미국인들은 가슴이 시키는 대로 따라가고 지혜의 영감에 순종한다오." 후작은 말을 멈췄고 라 모트는 귀를 쫑긋 세운 채 집중하고 있었다.

"가짜 교양에 오염되지 않은 자연은 위대한 생명의 사건들에서는 어디서건 같은 방식으로 작동된다오. 인디언들은 친구의 배신을 알아내면 그자를 죽인다오. 야생에서 사는 아시아인들도 마찬가지고요. 터키인들은 야망이나 복수심이 불타오르면 목숨을 담보로 자신의 열정을 채우고 그걸 살해라고 부르지 않아요. 심지어 세련된 이탈리아인들도 질투에 휩싸이거나 상황이 급박해지면 가차 없이 검을 뽑아 목적을 이루지요. 그렇게 바로 국가의 편견이나 교육의 편견에서 스스로를 해방시키는 것이 바로 우월한 마음이라는 증거라오. 라 모트, 조용하게 있는 걸 보니 내 의견에 동의를 하지 않는 건가요?"

"영주님의 추론에 주의를 기울이고 있습니다."

"다시 말하건대, 그런 잘못된 교육에 익숙해져 아무리 유리한 일이라도 그 행동을 하지 못하고 망설이는 나약해빠진 마음을 가진 사람들이 많아요. 그런 사람들은 절대 상황이 이끄는 대로 행동하지 않고 평생을 특정 기준에 맞춰 살며 그 어떤 경우에도 거기서 벗어나지 못한다오. 자기보존은 위대한 자연의 법칙이오. 뱀이 우리를 물려고 하거나, 포식자 동물이 우리를 위협하면 우리는 더 생각할 것도 없이 바로 그걸 없애버리려고 하죠? 나의 목숨이나 목숨과 직결된 것이 다른 이의 희생을 요한다면, 혹은 완전히 억누를 수 없는 열정이 그걸 요한다면 나는 망설이지 않아요. 라 모트 당신을 믿을 수 있소. 무언가를 할 수 있는 방법이 있소. 알겠소? 때와 상황과 기회가 있는 법이오. 내 말이 무슨 말인지 알겠소?"

"영주님, 설명해주시지요."

"친절한 봉사, 간단히 말해 감사함의 극치를 보여줄 봉사가 있다오. 그걸 해주면 그 어떤 보답도 충분치가 않을 정도로 감사한 마음을 가질 거요. 바로 당신이 그런 일을 할 수 있소."

"아! 영주님, 그렇다면 그게 무엇인가요?"

"이미 말했는데. 이 수도원이 그 목적을 이루는 데 딱 적합한 곳이오. 보는 눈도 없고 하니 어떤 일이 벌어져도 모두 숨길 수 있소. 자정이 좋겠소. 그러면 아침에 해가 떠도 드러나지 않을 것이오. 이 숲은 그 어떤 이야기도 하지 않아요. 아! 라 모트, 이 일에 내가 당신을 믿어도 좋겠소? 당신이 나를 위해 일을 해주고 당신 자신의 목숨도 구하는 일에 관심이 있는 것 맞소?" 후작은 말을 멈추고 시선을 라 모트에게 고정했다. 라 모트의 얼굴은 저녁 어스름으로 표정이 잘 보이지 않았다. "영주님, 어떤 일이건 절 믿으셔도 좋습니다. 더 명확하게 설명해주시지요." "당신이 충직하다는 걸 어떻게 보장하겠소?"

"제 목숨을 걸겠습니다. 그건 벌써 영주님의 손아귀에 있지 않습니까?" 후작은 망설이다가 말을 꺼냈다. "내가 내일 이맘때 수도원으로 돌아오겠소. 당신이 아직 이해를 못 했다면 그때 설명하리다. 당신은 그때까지 결단력을 얼마나 발휘할 수 있을지 곰곰이 생각해보시오. 그러고서 내가 제안하는 일을 받아들이든가 아니면 못 하겠다고 하든가 결정하면 되오." 라 모트는 애매한 답변을 했다. "내일 봅시다. 자유롭고 풍요로운 삶이 눈앞에 있다는 걸 명심하시오." 그는 수도원 쪽으로 가서 말에 올라 수행원과 함께 사라졌다. 라 모트는 후작과 나눈 대화를 곱씹으며 천천히 집으로 돌아왔다.

제3권

제15장

위험, 휘몰아치는 자정의 폭풍 속에 포효를 울리며
섬뜩한 몸뚱어리로 제 갈 길을 걸어가는
그 거대한 사지四肢를
어느 누가 감히 두 눈 똑바로 뜨고 바라볼 수 있는가?

......

수 천 위位의 유령이 그와 합세하여
어떤 이에게 저주의 행위를 할 것을 재촉한다

......

그러면 슬픔의 피를 휘감은
게걸스러운 운명의 여신들이 한몫 거든다
공포여! 이 무시무시한 일행은 볼 수 있으나,
그대처럼 미친 눈빛을 희번덕거리지 않는다!
— 콜린스[25]

후작은 시간을 정확히 지켰다. 라 모트는 정문에서 후작
을 맞았으나 그는 들어오지 않을 거라며 숲으로 산책을 하
자고 했다. 숲에서 다른 주제로 이야기를 좀 나눈 후 후작
이 본론을 꺼냈다. "음, 내가 말한 것 생각해보았을 테니, 결

심이 섰소?"

"영주님, 시간 끌지 않고 결정하겠습니다. 명확하게 말씀을 해주시면 그러겠으니, 설명해주시지요." 후작은 불만스러운 표정을 짓더니 한동안 입을 다물었다. "그렇다면 이해를 못 했다는 말이오? 모르는 체하는 것 같은데? 라 모트 똑바로 말해봐요. 내가 더 설명을 해야 하나?"

"진심입니다, 영주님. 영주님께서 저에게 다 털어놓길 꺼리신다면 제가 어떻게 영주님의 목적을 이루겠습니까?"

"그럼 내가 설명하기 전에 당신이 비밀을 지키겠다는 맹세를 받아야겠소. 뭐, 그렇다고 그게 꼭 필요한 건 아니오. 당신이 입을 함부로 놀리기에는 예전 일도 있고 하니 당신도 입을 다물 수밖에 없으니까 말이오." 한동안 후작이나 라 모트 둘 다 서로의 진의를 궁금해하며 아무 말도 하지 않았다. "라 모트, 나는 당신의 봉사에 감사한 마음을 가질 거라고 충분히 밝힌 거라 믿소. 당신이 아들린 문제에 대해 한 일은 내가 이미 보답을 했소."

"그렇습니다, 영주님. 저도 기꺼이 인정합니다. 그리고 그 문제에 관해 더 효과적으로 처리하지 못한 것 같아 죄송할 따름입니다. 또 더 내리실 분부에 따를 준비가 되었습니다."

"감사하오. 아들린은……" 후작이 머뭇거렸다. 그러자 그의 진의를 어서 알고 싶은 라 모트가 말을 이었다. "아들린은 영주님께서 감탄하실 만한 미모가 있습니다. 아들린은 열정을 불러일으킬 만하고 또 그걸 자랑스럽게 여겨야 할 겁니다. 어쨌든 곧 영주님의 차지가 될 겁니다. 아들린의 매력은 그만한……"

"그래, 그래요. 하지만……" 후작이 또 말을 끊었다. "하지만 또 그것 때문에 영주님께서 곤란을 겪으셨지요. 네, 확실히 그렇지요. 하지만 그 곤란도 다 지나갔습니다. 이제는 아들린을 영주님의 사람으로 간주하셔도 될 겁니다."

"나도 그러고 싶소." 후작은 라 모트에게 의미심장한 눈빛을 보내며 말했다. "나도 그러고 싶소."

"영주님, 시간을 말씀해주시지요. 방해받지 않도록 조치를 취해놓겠습니다. 아들린처럼 아름다운 여자는……"

"잘 감시하시오. 그리고 그 어떤 일이 있어도 방에서 나가게 해서는 안 되오. 지금 어디 있소?"

"방에 갇혀 있습니다."

"잘했소. 하지만 기다리기가 쉽지 않네."

"시간을 정해주시지요. 영주님, 내일 밤이……"

"내일 밤이라? 내일 밤? 당신 내 말을 이해한 거요?"

"예, 영주님. 원하신다면 오늘 밤이라도. 하지만 하인들을 물리시고 숲에 혼자 계시는 것이 낫지 않을까요? 서쪽 타워에서 숲 쪽으로 난 문 아시지요? 12시경 그곳으로 오시지요. 그러면 제가 거기서 영주님을 그 방으로 안내하겠습니다. 그럼, 영주님 오늘 밤……"

"아들린이 죽는 거요!" 후작이 매우 낮은 소리로, 거의 인간의 소리가 아닌 것 같은 목소리로 말했다. "이제 이해하겠소?" 라 모트는 경악을 금치 못했다. "영주님!"

"라 모트!" 몇 분 동안 아무 말이 없었다. 라 모트는 정신을 차리려 애썼다. "영주님, 그게 무슨 말씀이신지? 도대체 왜 아들린이 죽기를 바라시는 것인지? 그동안 그토록 사랑하시던 아들린······"

"이유에 대해서는 더 이상 묻지 마시오. 그러나 아들린이 죽어야 한다는 것은 내가 살아 있는 것만큼 확실하오. 그거면 충분하오." 라 모트는 두려운 만큼 놀라기도 했다. "수단은 여러 가지가 있소. 피를 보지 않는 것이 좋겠소. 극약이 빠르고 확실한 방법이긴 하지만 안전하고 빠르게 구하는 게 쉽지 않고. 나도 일이 어서 끝났으면 좋겠소. 오늘 밤이오."

"오늘 밤이라고요, 영주님?"

"그렇소, 오늘 밤. 할 거면 빨리 해치워야지. 혹시 가지고 있는 약 없소?"

"없습니다, 영주님."

"제삼자를 가담시키는 것도 꺼려지는 일이고. 그럴 것 같으면 진작 했겠지. 그러니 이 단검으로 해결하시오. 기회를 잘 포착해서 하되, 결단력 있게 해야 하오." 라 모트는 떨리는 손으로 단검을 받고 한동안 그걸 노려보았다. 그는 지금 무얼 하는지 알 수도 없었다. "잘 넣어요. 그리고 정신 똑바로 차리고." 라 모트는 후작의 말에 따랐으나 계속 입을 다물고 생각에 빠졌다.

　그는 자신의 범죄가 자아놓은 거미줄에 스스로 걸려든 것 같았다. 후작의 손아귀에 놓여 있는 처지인 그는 자신이 아무리 타락했어도 자신도 공포에 몸서리가 쳐지는 일을 하겠다고 동의를 하든 아니면 거절함으로써 재산과 자유, 심지어 아마도 목숨 자체도 희생할 건지 선택을 해야만 했다. 그의 삶은 천천히 어리석음에서 사악함으로 이끌어져 오다가 이제 눈앞에 죄의 심연이 다가온 것이다. 그러니 이제 오래 잠들어 있던 양심마저 화들짝 놀라고 말았다. 거기서 도망가는 것은 절망적이었다. 앞으로 나아가는 것도 마찬가지였다.

　순진무구하고 무력한 아들린, 아무도 돌봐줄 이 없는 고아, 그 따뜻하고 애정 어린 행동, 또 그가 보호해줄 거라 철석같이 믿었던 아들린을 생각하자 그는 이미 자신이 그녀에게 끼쳤던 잔인한 일이 생각나 연민으로 가슴이 녹아내렸고 또 이제 저지르라고 강요받는 그 끔찍한 일 앞에서 움츠러들지 않을 수 없었다. 그러나 다른 한편 후작의 복수가 불러올 파멸, 또 그가 내미는 회유책인, 은혜와 자유, 재산을 생각해보면 공포와 유혹이 인간애의 호소를 누르고 양심의 목소리를 침묵시켰다. 이런 혼란스럽고 불확실한 상태로 한동안 입을 다물고 있을 때 후작이 정신을 차리게 했다. 그는 당장은 후작 앞에서 적어도 그의 뜻에 묵묵히 따르는 시늉이라도 해야 한다는 것을 깨달았다.

"망설이는 것이오?" "영주님, 아닙니다. 제 결심은 확고합니다. 뜻에 따르겠습니다. 하지만 피를 보는 것은 피하는 게 좋을 것 같다는 생각이 듭니다. 아무리 철저한 비밀도 드러날 수……"

"그래, 그래. 하지만 그걸 어떻게 피할 거요? 독약은 구하는 게 어렵고. 당신에게 확실한 살해 도구를 하나 주지 않았소? 당신도 약을 구하는 게 위험하다는 걸 알지 않소?" 라 모트는 독약을 구하는 일은 발각의 위험이 너무 크다는 사실을 잘 알고 있었다. "영주님, 맞는 말씀입니다. 영주님의 명을 조용히 따르겠습니다." 후작은 이 끔찍한 계략에 관해 두서없는 말로 더 자세한 지시를 내리기 시작했다.

"자고 있을 때. 자정에. 가족들이 그때는 모두 자고 있을 것이오." 그런 후 그들은 아들린이 사라진 정황을 설명할 수 있는 이야기를 꾸미기 시작했다. 후작의 구애에 대한 혐오감을 이기지 못하고 도망한 것처럼 보이게 할 이야기였다. 그 이야기에 아귀를 맞추기 위해서 그녀의 침실 방문과 서쪽 타워 문을 열어놓아야 할 터였다. 거기에 더해 다른 많은 정황을 꾸며놓아 그녀의 탈출에 맞게 해놓아야 한다. 그들은 또 후작이 그 소식을 어떻게 접하게 될지도 논의했다. 그가 다음 날 평상시처럼 수도원에 같은 시각에 오기로 합의를 보았다. "그럼 오늘 밤으로. 당신의 결단력을 믿겠소."

"믿으십시오, 영주님."

"그럼, 이만. 다시 만날 땐⋯⋯"

"다시 만날 땐 모든 일이 끝나 있을 겁니다." 그는 후작과 함께 수도원으로 돌아와서 후작이 말에 오르는 것을 보고 인사를 했다. 그는 그러고 나서 집으로 돌아와 방에 틀어박혔다.

한편 아들린은 홀로 자신의 감방에 앉아 절망에 몸을 맡기고 있었다. 그녀는 생각을 정리하고 그저 체념하는 수밖에 없다고 스스로를 다독이고 있었다. 그러나 과거의 기억과 미래에 대한 추측은 그녀 앞에 불행의 그림을 펼쳐놓았고 그걸 보자 움츠러들지 않을 수 없었다. 그토록 고귀한 행동으로 사랑을 증명하고 파멸의 나락으로 떨어진 테오도르에 대한 생각이 다른 그 무엇보다 더 큰 고통으로 와닿았다.

아들린은 그 어떤 말로도 감사한 마음을 표할 길 없고 사랑을 샘솟게 한 테오도르의 그 고귀한 노력 자체가 그 자신을 파멸로 이끈 원인이 되었다는 생각이 참을 수 없이 참담하게 느껴져 마음이 무너져 내렸다. 테오도르가 고통을 받는다는 생각, 그가 죽어가고 있다는 생각이 머릿속에서 가시지 않아 자신이 위험하다는 생각을 하지 못할 정도였다. 때로는 그가 한 행동의 정당함을 자신이 입증할 수 있을 거라는 희망, 혹은 적어도 사면을 얻어낼 수 있을 거라는 희망이 솟곤 했다. 그러나 그것은 사월 아침의 희미한 빛처럼 덧없고 생기 없는 희망일 뿐이었다. 그녀는 질투에 눈이 멀고 복수심에 불타오르는 후작이 가차 없는 앙심을 품고 그를 끝까지 괴롭힐 거라는 사실을 잘 알고 있었다.

그런 적을 앞에 두고 테오도르가 어떻게 싸울 수 있을 것인가? 열정이 꺾이고 강력한 자존심으로 똘똘 뭉친 자가 휘두르는 타격을 막아내는 데 청렴한 양심이 무슨 소용이 겠는가? 거기에 그에 관해서는 어떠한 소식도 알 수 없고 그의 운명에 관해 그런 무시무시한 무지의 상태가 얼마나 오래 지속될지도 모른다는 사실이 더욱 비참함을 가중시켰 다. 수도원에서 탈출하는 것은 불가능했다. 그녀는 사방이 막힌 방에 갇혀 있다. 구조의 기회를 줄 그 어느 누구와도 이야기를 나눌 기회조차 없다. 임박한 운명을 수동적 침묵 속에서 기다릴 수밖에 없는 자신의 처지가 죽음 그 자체보 다 더욱 두려웠다.

아들린은 그렇게 불행의 무게에 짓눌려 몇 시간씩 미동 도 하지 않은 채 생각에 잠겨 있곤 했다. "테오도르! 저의 목소리를 들을 수 없고 저를 도와주러 날아와줄 수도 없는 당신. 아, 당신 자신도 사슬에 묶인 포로의 신세이니!" 상상 만 해도 끔찍한 광경이었다. 괴로움으로 터질 듯한 가슴에 더 이상 말을 잇지 못했다. 눈물이 온통 뺨을 적셨다. 오직 테오도르의 고통만 느낄 수 있을 뿐이었다.

오늘 저녁 아들린의 마음은 매우 고요했다. 조용하고 우 울하게 창밖으로 지는 해를 바라보고 있었다. 서쪽 지평선 으로 찬란한 빛이 잦아들고 있었고 점차 황혼이 퍼지자 그녀는 똑같은 풍경을 보고 있었던, 지금보다는 나았던 시절이 생각났다. 또 수도원에서 탈출하던 저녁 이 창문에서 해가 지는 모습을 보았던 때가 생각났다. 그때는 얼마나 간절히 땅거미가 지길 고대했던가. 미래의 삶을 얼마나 고대했던가. 떨리는 마음으로 타워에서 내려와 숲으로 향하던 그때. 그런 생각이 들자 가슴이 고통으로 가득 찼고 눈물이 솟구쳤다.

아들린이 우울한 백일몽에 빠져 있을 때 후작이 말에 올라 정문을 빠져나가는 모습이 보였다. 그를 보자 사랑하는 테오도르에게 그가 가했던 그 모든 고통과 비참한 일들이 다시 떠올랐다. 그러면서 자신에게 이내 다가올 불행이 절절히 느껴졌다. 그녀는 고통의 눈물을 흘리며 창가에서 물러나 괴로워했다. 그러다가 마침내 녹초가 되어 일찍 잠자리에 들었다.

라 모트는 저녁 식사 때까지 내려오지 않고 자신의 방에서 나오지 않았다. 그는 태연한 척하려 애썼지만 까칠하고 수척한 안색은 그의 마음이 혼란스럽고 갈피를 잡지 못하고 있다는 것을 드러내고 있었다. 그는 자주 정신을 딴 데 팔았는데, 그것도 아주 길게 넋을 놓고 있어 마담 라 모트는 그 모습이 놀랍고 무섭기까지 했다. 페터가 나가자 마담 라 모트가 그에게 무슨 문제가 있느냐며 물었다. 그러자 그는 억지로 미소를 지으며 아무렇지 않은 척을 했으나 그것도 잠깐, 그는 다시 입을 다물며 멍한 모습을 보였다. 또 마담 라 모트가 이야기를 할 때면 그는 정신이 나간 걸 감추기 위해 애쓰다가 오히려 엉뚱한 이야기로 답을 하곤 했다. 그런 남편의 모습을 보고 마담 라 모트는 겉으로는 신경 쓰지 않는 모습을 보였다. 그들은 잠자리에 들 시간까지 아무런 말을 하지 않고 침묵을 지키고 있다가 시간이 되자 침실로 들었다.

라 모트는 한동안 불안하고 예민한 상태로 누워 있었다. 그가 자주 뒤척이자 마담이 잠에서 깼는데 라 모트가 소소한 변명을 둘러대자 그녀는 이내 다시 잠들었다. 그렇게 불안한 상태가 자정 가까이 지속되다가 행동을 해야 할 시간이 다가왔는데 늑장을 부리고 있다는 생각이 들어 슬그머니 침대에서 내려와 가운을 입었다. 그러고는 잠자리에 늘 켜놓는 램프를 들고 나선형 계단을 따라 올라갔다. 그는 자주 뒤를 돌아보기도 하고 또 화들짝 놀라기도 하면서 쉬이익 맴도는 바람 소리에 귀를 기울였다.

아들린의 방문을 열려고 할 때 손이 너무나 격렬하게 떨려서 그는 어쩔 수 없이 바닥에 램프를 내려놓고 두 손을 다 써야 했다. 열쇠를 넣어 돌릴 때 나는 소리 때문에 그는 분명 아들린이 깼을 거라고 생각했다. 그러나 문을 열고 실내의 정적을 확인하고는 깨지 않았다고 확신했다. 침대로 다가가자 조용히 숨을 쉬는 소리가 들렸다. 그러고는 한숨을 짓는 것이었다. 그는 동작을 멈췄다. 그러고는 다시 조용해지자 그가 다시 나아갔다. 그때 그녀가 잠꼬대로 노래를 부르기 시작했다. 지금보다는 행복했던 시절 그에게 자주 불러주곤 하던 우울한 노래를 부르고 있었다. 낮고 애처로운 노랫가락이 아들린의 마음을 잘 대변하고 있었다.

라 모트는 다급하게 침대로 더 나아갔다. 그때 아들린이 깊은 한숨을 내쉬고 다시 조용해졌다. 그는 커튼을 열고 그녀가 깊은 잠에 빠진 것을 확인했다. 뺨은 눈물에 젖어 있었고 팔로 머리를 괸 모습이었다. 그는 잠깐 아들린을 내려다보며 가만히 서 있었다. 그가 슬픔에 창백해진 그녀의 순결하고 사랑스러운 얼굴을 보고 있을 때 램프 불빛이 아들린의 눈으로 강하게 내리쬐었다. 순간 그녀가 눈을 떴다. 아들린은 남자의 모습을 발견하고 비명을 내질렀다. 그녀는 정신을 차리고 그게 라 모트라는 것을 알아차렸다. 후작이 수도원으로 왔다고 생각한 아들린은 침대에서 벌떡 일어나 자신을 불쌍히 여겨 살려달라고 애원했다. 라 모트는 시선을 고정한 채 그녀를 물끄러미 바라보며 아무런 대답을 하지 않았다.

아무 말 하지 않고 불안에 빠진 그의 표정을 보고 아들린은 다시 눈물을 흘리며 애원하기 시작했다. "절 파멸에서 한 번 구해주셨잖아요? 오, 부디 저를 구해주세요! 절 불쌍히 여겨주세요. 저는 선생님 말고는 보호해줄 이가 아무도 없어요."

"뭐가 두려운 거니?" 라 모트는 무슨 말인지 알아들을 수 없을 만큼 힘없이 물었다. "오, 절 구해주세요. 후작으로

부터 절 구해주세요!"

"일어나라. 그리고 어서 옷을 입어. 금방 다시 오마." 그는 테이블 위에 있던 초에 불을 밝히고 침실을 벗어났다. 아들린은 즉시 자리에서 일어나 옷을 입으려 했다. 그러나 머릿속이 온통 뒤죽박죽 혼란하여 자신이 뭘 하는지도 잘 알지 못했다. 사지가 덜덜 떨려서 기절하지 않으려 안간힘을 썼다. 황급히 옷을 입고 라 모트가 돌아오기를 기다렸다. 꽤 긴 시간이 지났지만 그가 돌아오지 않았다. 평정심을 찾으려 무진 애를 썼지만 혼란은 더해만 갔다. 그리하여 그 알 수 없는 상황을 견딜 수 없는 지경이 되자 문을 열고 계단 꼭대기로 올라가 귀를 기울여보았다. 아래층에서 목소리가 들리는 것 같았다. 그러나 후작이 와 있다면 자신의 모습을 보이는 것이 위험을 더 가중시킬 거란 생각이 들어 자기도 모르게 내딛던 발길을 멈추었다. 그래도 귀를 기울여보았다. 여전히 목소리가 들리는 것 같았다. 문이 닫히는 소리, 발소리. 그러자 그녀는 황급히 방으로 돌아왔다.

십오 분 가까이 흘렀으나 라 모트는 여전히 모습을 드러내지 않았다. 다시 아래층에서 속삭이는 소리가 들리고 다다닥거리는 발소리가 들리는 것 같았다. 마침내 불안을 이기지 못하고 방에서 나와 나선형 계단과 소통할 수 있는 통로로 나왔다. 그러자 다시 사방이 조용했다. 다시 몇 분 지나자 홀을 가로지르는 불빛이 보였다. 그러고 나서 라 모트가 아치형 천장 방문 앞에 모습을 나타냈다. 그는 고개를 들어 올려다보며 회랑에 서 있는 아들린을 보고는 내려오라고 손짓을 했다.

아들린은 머뭇거리며 자신의 방 쪽을 바라보았다. 그러나 라 모트가 계단으로 다가오자 멈칫멈칫 그를 향해 나아갔다. "후작이 절 볼까 봐 무서워요. 그분은 어디 있어요?" 라 모트는 그녀의 손을 잡고 이끌며 후작 때문에 겁낼 것 없다고 안심시켰다. 그러나 불안한 그의 눈빛과 떨리는 손은 그런 말과는 대조를 이루었다. 그녀는 어디로 데려가는지 물었다. "숲속으로 갈 거야. 수도원에서 도망갈 수 있도록 말 한 필 준비해놨다. 그거 말고 달리 다른 방법이 없다." 아들린은 새로이 공포에 사로잡혔다. 이제껏 후작과 공모를 벌이며 자신을 감금하고 감시했던 라 모트가 도망을 도와준다니, 믿을 수가 없었다. 지금 이 순간 그가 자신을 살해하기 위해 숲속으로 데려간다는, 이유를 설명할 수 없는 무시무시한 예감이 들었다. 그녀는 다시 움츠러들며 자신에게 자비를 베풀어달라고 애원했다. 그는 그녀를 보호해주고 싶을 뿐이니 시간을 낭비하지 말라고 했다.

그의 태도에는 무언가 진심이 배어 나오는 면모가 있었다. 그리하여 그녀는 숲속으로 나 있는 옆문으로 그를 따라 나아갔다. 문을 나오니 어스름 빛에 말을 타고 있는 남자가 보였다. 그러자 남자를 믿고 무덤을 나와 따라갔더니 후작의 빌라에 닿았던 그날 밤이 생각났다. 라 모트가 부르자 페터가 대답을 했다. 페터의 목소리를 들으니 다소 안심이 되었다.

그러더니 라 모트는 아들린에게 후작이 다음 날 아침 수도원으로 오기로 되어 있으니 지금 이게 그의 계략을 벗어날 수 있는 유일한 기회라고 말했다. 어디로 가든 아들린이 원하는 대로 가라고 페터에게 일러두었으니 자기 말을 믿으라고 했다. 그러나 후작이 절대 지치지 않고 끝까지 추적을 할 것이니 어떻게든 페터와 함께 이 나라를 떠나라고 일렀다. 페터는 사보이[26] 출신이니 자기 누이의 집으로 갈 수 있을 거라고도 했다. 라 모트 자신도 프랑스에 더 머무는 것이 안전하지 않기에 그곳으로 가서 만날 때까지 있으라고도 했다. 그는 무슨 일이 벌어져도 수도원에서 있었던 일을 말하지 말라고 신신당부했다. "아들린, 널 구하기 위해서 난 내 목숨을 걸었단다. 그러니 불필요하게 정보를 흘려서 나와 너 자신에게 위험이 될 일을 하지 말기 바란다. 어쩌면 우리는 다시는 볼 수 없을지도 몰라. 그러나 네가 행복하기 바란다. 그리고 난 어쩔 수 없이 빠진 상황에서 나쁜 짓을 저지를 뻔했지만 실제로 그만큼 사악한 인간은 아니니 그리 기억해주길 바라마."

그는 그렇게 말을 하고 여행 경비에 쓰라며 아들린에게 돈을 건넸다. 아들린은 그의 진심을 더 이상 의심할 수 없었고 너무나 기쁘고 감사한 나머지 제대로 감사를 표하지 못했다. 마담 라 모트에게 작별 인사를 하고 싶었고 또 그렇게 해달라고 간청했다. 그러나 그는 시간이 없다며 서두르게 하고는 그녀에게 커다란 망토를 씌워 말에 태웠다. 아들린은 감사의 눈물을 흘리며 작별의 인사를 보냈고 페터는 어둠이 허락하는 한 전속력을 내며 길을 나섰다.

수도원에서 꽤 먼 곳까지 왔을 때 페터가 말했다. "마드무아젤, 다시 보게 되어 기뻐요. 아니, 그 모든 일을 다 겪고 나서 우리 주인님이 저더러 아가씨를 데리고 떠나라고 하다니, 누가 생각이나 했겠어요? 참, 살다 보니 별일이 다 있습죠. 어쨌든 이번엔 운이 좋았으면 좋겠어요." 아들린은 지난번의 배신에 대해 그를 나무라지 않으면서 그의 덕담에 감사를 표했고 자신도 역시 이번엔 행운이 따랐으면 좋겠다고 말했다. 그러나 페터는 늘 그렇듯 장광설을 포기하지 못하고 지난번 도망 사건에 있어 그녀의 생각이 틀렸다는 것을 알려주기 위해 기억이 허락하는 한 세세하게 그녀에게 설명하기 시작했다.

페터는 아들린의 신변 안전에 매우 꾸밈없는 관심을 표했고 또 그녀가 실망한 일에 심대한 우려를 표해서 그녀는 더 이상 그의 충직함을 의심할 수 없었다. 그렇게 확신하자 현재 상황이 안심되었을 뿐만 아니라 그의 이야기를 기쁘고 따뜻한 마음으로 듣지 않을 수 없었다. "제가 이때까지 수도원에 머무르지 말았어야 했어요. 도망칠 수 있었다면 좋았을 텐데. 하지만 주인님이 후작의 이야기를 하면서 저한테 엄청 겁을 주었고요, 거기다 제 나라까지 돌아갈 수 있으려면 돈이 많아야 하는데, 저는 돈도 없어서 어쩔 수 없이 꼼짝할 수 없었습죠. 아, 지금 우리가 루이도르 금화가 있다는 게 얼마나 좋아요! 왜냐하면요, 아가씨가 지난번 말씀하신 그 장신구들을 여행길에 돈 대신 쓰는 거, 저는 아니라고 보거든요."

"그래, 아마도 그러겠지. 무슈 라 모트가 우리에게 확실한 편의를 제공해주신 데 감사할 따름이야. 숲을 벗어나면 어떤 길로 갈 거지, 페터?" 페터는 매우 정확하게 리옹까지 가는 길을 설명해주었다. "그러고 나면 사보이까지는 쉽게 갈 수 있습니다요. 그건 식은 죽 먹기예요. 우리 누이가 있는데요, 오, 신이시여, 우리 누이에게 복을 주소서, 살아 있기를 바랄 뿐입니다. 너무 오랫동안 못 봤거든요. 하지만 누이가 살아 있지 않더라도 동네 모든 사람들이 저를 반겨줄 거예요. 숙소니 뭐니, 필요한 모든 것도 쉽게 얻을 수 있을 겁니다요."

아들린은 페터와 함께 사보이로 가기로 결심했다. 후작의 인물됨과 계략을 아는 라 모트가 그녀에게 이 나라를 떠나라고 권고했고 또 아들린 자신도 우려한 것과 같이 후작이 끝까지 그녀를 추적할 것이라고 말했다. 라 모트가 그런 조언을 해준 것은 분명 그녀를 도와주려는 생각 때문이었을 것이다. 그렇지 않다면 자신이 이미 그의 손아귀에 있는데 굳이 다른 곳으로 빼돌리려고 하고 거기다 여행 경비까지 대주었으랴?

페터 말대로 그를 아는 사람들이 많다는 를롱쿠르에서

아들린은 안전과 위안을 보장받을 수 있을 것이었다. 페터의 누이가 죽고 없다고 해도 그럴 것 같았다. 그리고 그곳까지의 먼 거리와 또 외진 위치도 마음에 들었다. 그런 생각이 들자 라 모트에게서 돈도 받았으니 사보이행에 확신이 들었다.

그녀는 어떤 길로 갈 것인지 더 자세하게 물었고 페터가 그 길을 충분히 잘 알고 있는지 물었다. "일단 티에르까지 가면 거기부터는 잘 압니다요. 젊었을 때 엄청 다녔거든요. 그리고 거기서는 누구한테 물어도 다 잘 알려줄 거고요." 어둠 속에서 그들은 몇 시간 동안 조용히 말을 달렸다. 숲을 막 벗어나기 시작할 때 새벽 첫 여명이 동쪽 구름을 물들이는 게 보였다. 그 모습을 보자 아들린은 기쁨과 생기를 되찾았다. 조용히 여행할 동안 그녀는 마음속으로 지난밤의 일들을 반추하며 미래에 대한 계획을 궁리했다. 라 모트의 갑작스러운 친절한 태도는 그의 이전 행동과 너무나 다른 모습이어서 무척 놀랍고 당황스러웠다. 곰곰이 생각해봐도 그게 아무리 타락한 사람이라도 이따금 불쑥 찾아오는 충동적인 인간애의 발현이 아니었나, 생각할 수밖에 없었다.

그러나 라 모트가 그전에 자신은 자기 의지대로 행동할 수 없는 처지라고 했던 말이 떠오르자 단순한 인간적 연민만으로 그가 이제껏 그토록 강력하게 자신을 묶어놓았던 속박을 풀었으리라고 믿을 수가 없었다. 거기다 후작의 행동이 바뀐 것을 생각해보니 그녀는 자신을 향한 후작의 마음이 변한 점이 결정적인 이유가 아니었나 하는 생각이 들었다. 그러나 또 라 모트가 프랑스를 떠나라고 조언하고, 그 목적으로 돈까지 대준 것을 생각하면 그 생각이 틀린 것 같아 다시 오리무중이었다.

페터는 이제 사람들에게 티에르까지 가는 길을 물어 알아낸 후 그곳까지 어려움 없이 도착했다. 그들은 그곳에서 식사를 했다. 말이 충분히 휴식을 취한 후 다시 길을 나섰다. 아들린은 풍요로운 리옹 평원에서 난생처음 멀리 보이는 알프스산을 보았다. 그 웅장한 산봉우리들이 마치 하늘 천장을 떠받치고 있는 것 같았다. 아들린은 숭고한 감정으로 가슴이 부풀어 올랐다.

몇 시간 후 그들은 골짜기에 도착했는데, 그곳에 리옹시가 자리하고 있었다. 도시의 외곽 지역으로 빌라들이 군데군데 박혀 있었고 비옥한 경작지가 사이사이 어울려 있어 아름다운 풍경을 자아내고 있었다. 아들린은 그 평화롭고 아름다운 풍경을 보고 자신의 우울한 처지와 테오도르에 대한 고통스러운 불안에서 벗어나 잠시 위안을 얻었다.

그 번잡한 도시에 도착했을 때 아들린은 우선 론강을 어떻게 건널 수 있을지 알아보는 게 급선무라고 생각했다. 그러나 혹시라도 후작이 이곳까지 추적해 올 것을 생각해서 여관 직원들에게 그런 질문을 하는 것을 삼갔다. 그리하여 그녀는 페터를 부두에 보내 배 한 척을 빌리게 하고 자신은 간단한 식사를 했다. 즉각 배를 타고 떠날 생각이었다. 페터는 이내 론강을 따라 올라갈 수 있는 배 한 척과 사공들을 구하고 돌아왔다. 그들은 그 배로 사보이에 가장 가까운 지역까지 간 다음 거기서 육로를 이용해 를롱쿠르 마을로 갈 셈이었다.

식사를 마친 후 아들린은 페터와 함께 배가 있는 곳으로 갔다. 그곳에서 아주 놀랍고 새로운 광경을 목격했다. 여러 선박으로 가득한 생기 넘치는 강과 분주하게 움직이는 사람들로 가득한 부두의 모습이 삶의 활력을 뿜어내고 있었다. 그녀는 그런 모습이 자신의 모습과 대조를 이루고 있음을 의식했다. 고아에 기댈 데 하나 없고 박해를 피해 고향 땅을 떠나야 하는 무력한 자신의 신세가 더욱 도드라지는 것 같았다. 그녀는 선장과 이야기를 나누고는 페터를 여관으로 다시 보내 말(체불 임금을 대신해 라 모트가 페터에게 준 선물)을 가져온 후 항해를 시작했다.

론강을 따라 천천히 올라가자 강둑이 가팔라지며 산으로 이어지고 있었다. 그 풍광이 매우 다양하고 거친 야생의 모습 그대로였으며 로맨틱한 분위기를 자아냈다. 아들린은 풍경을 감상하며 조용히 수심에 잠겼다. 물에 떠서 나아가는 길에 보이는 새로운 풍경은 거친 야생의 웅장함으로 압도할 때도 있었고 또 비옥한 모습으로 미소 짓기도 했고 마을과 부락으로 유쾌함을 드러내기도 하며 그녀의 마음을 위로했다. 그녀는 슬픈 마음이 점차 부드럽게 풀리며 나쁘지만은 않은 멜랑콜리에 빠졌다. 배의 이물에 앉아 양 옆면이 급하게 물살을 가르는 모습을 보며 철썩거리는 소리를 들었다.

배는 천천히 물살을 거슬러 몇 시간 동안 나아갔다. 그러다가 어스름한 저녁의 베일이 내려앉기 시작했다. 날씨는 좋았고 아들린은 내려앉기 시작한 이슬에 아랑곳하지 않고 배 위에서 주변의 사물이 어두워지는 모습을 바라보고 있었다. 지평선의 예쁜 색들이 점점 검게 어두워지고 별들이 하나둘 투명한 물의 거울에 흔들리는 모습을 드러내고 있었다. 이제 풍경은 깊은 그림자 속으로 빠져들고 있었다. 적막함을 깨우는 것은 철썩거리는 노 젓는 소리와 이따금씩 페터가 사공들과 두런두런 이야기를 나누는 소리뿐이었다. 아들린은 생각에 잠겨 앉아 있었다. 자신의 비참하고 쓸쓸한 처지가 상상 속에서 더 도드라져 보였다.

어둡고 적막한 밤에 그 어떤 친구들로부터도 아주 먼 낯선 곳에서 낯선 이들의 안내를 받으며 어딘지도 모르는 곳을 향해 가는 길, 그것도 끈질긴 원수의 추적을 받으며 가는 길. 후작이 지금쯤은 자신이 도망간 사실을 알아내고 격노하고 있을 모습이 그려졌다. 후작이 강을 따라 자신을 추적할 것 같지는 않지만 (바로 그 이유로 뱃길을 선택했다) 자신이 그려보는 모습에 몸서리가 쳐졌다. 이제 그녀는 사보이에 도착한 다음에 이어질 계획에 생각이 닿았다. 경험으로 수녀원의 삶이 끔찍하다는 것은 익히 알고 있었지만 수녀원 말고는 안식처가 되어줄 만한 곳이 없는 것 같았다. 그녀는 마침내 몇 시간 쉬기 위해 작은 선실로 들어갔다.

아들린은 새벽에 잠에서 깼다. 마음이 복잡하여 다시 잠이 들 수 없자 자리에서 일어나 아침이 밝아오는 모습을 바라보았다. 그녀는 명상을 하다가 순간의 감정을 다음과 같이 표현했다.

소네트

아침이 마침내 그 빛나는 눈을 뜨고,
발그레한 장미를 깨운다
밤새 이슬에 짓눌리고
서늘한 그늘에 그 빛깔을 감추고
쓸쓸하게 힘없이 고개를 숙이고
애처로이 가지에 기댄 장미,
떨고 있는 꽃은 아침 빛에서 온기를 얻고
눈물 속에 수줍게 얼굴을 붉히며 되살아난다.

아침이 마침내 그 빛나는 눈을 뜨고,
고개 숙인 장미의 눈물을 닦아준다
그러나 아침 햇살이 그 한숨을 달래줄 수 있는가?
혹은 슬픔의 눈에서 눈물을 몰아낼 수 있는가?
그 모든 반짝이는 빛이 슬픔의 심장에

한 줄기 평화의 빛을 전해줄 수 있는가?

아! 아니. 그 빛이 뿜는 불은 그녀의 꺼져가는 영혼을 짓눌러—

수심에 잠긴 저녁 어스름이 그녀의 고뇌를 더 잘 달래주네!

아들린이 수도원을 떠났을 때 라 모트는 정문에 남아 그녀를 싣고 떠나는 말발굽 소리가 더 이상 들리지 않을 때까지 그 소리를 듣고 서 있었다. 그런 후 그는 실내로 들어왔다. 오랫동안 느껴보지 못한 가벼운 마음이었다. 후작의 계략으로부터 그녀를 구해냈다는 만족감이 몰려와 한동안 그로 말미암아 자신이 빠지게 될 위험한 상황에 대한 생각을 잊어버렸다. 그러나 정신을 차리고 자신의 상황을 돌아보았을 때 그는 후작이 품을 앙심에 두려움이 몰려왔고 어떻게 하면 피할 수 있을지 생각해보았다.

자정이 넘은 시각이었다. 다음 날 일찍 후작이 오기로 되어 있었다. 라 모트는 바로 지금 숲을 떠나는 게 맞는 것 같았다. 말은 한 필뿐이었다. 그러나 그는 즉각 오부안으로 가서 가족과 이삿짐을 실을 마차를 구해보는 게 나을지, 아니면 그저 조용히 후작이 올 때까지 기다린 후 아들린이 도망쳤다는 이야기를 꾸며대는 게 나을지 생각해보았다.

마차를 구해 수도원으로 돌아오기까지 걸릴 시간을 생각하니 숲에서 빠져나갈 시간이 안 될 것 같았다. 후작에게서 얻은 돈도 지금 남아 있는 액수로는 먼 곳까지 갈 수도 없을 것이다. 그 돈을 다 쓰고 나면 그 전에 붙잡히지 않는다 하더라도 아마 분명 생계를 이어가기도 힘들 것이다. 수도원에 남아 있으면 그가 후작의 앙심을 살 만한 짓을 하지 않은 것처럼 떳떳하게 보일 수 있을 것이다. 물론 계획을 수행했다고 믿게 할 수는 없겠지만 어쩌면 페터가 아들린의 도망을 도운 것처럼 둘러댈 수도 있을 것이다. 페터가 이전에 비슷한 상황에서 걸린 적이 있으니 그럴싸한 이야기가 될 것이다. 또한 후작이 자신을 사법 당국에 넘기겠다고 협박을 하면 자기도 후작이 자신에게 사주한 범죄에 대해 폭로해버리겠다고 맞설 수 있을 것이다.

라 모트는 그렇게 생각을 정리한 후 수도원에 남아 후작이 실망할 일을 기다리기로 했다.

후작이 도착해 아들린이 도망간 사실을 통보받았고, 화가 난 그의 얼굴을 보고 라 모트는 한동안 잔뜩 겁을 집어먹었다. 그는 욕설을 내뱉으며 상스럽기 그지없게 아들린을 저주했는데 아무리 거친 열정으로 나쁜 짓을 하고 폭력을 휘둘러도 보통 때는 사교적인 태도와 품위를 보이던 사람이 그렇게 노골적으로 천박한 모습을 보여 라 모트는 놀라지 않을 수 없었다. 그런 욕과 저주의 말을 내뱉으며 그는 단지 분노를 표출할 뿐 아니라 희열을 느끼는 것 같았다. 그러나 그는 라 모트의 부주의함에 화가 난 것보다 그녀가 도망친 상황에 더욱 놀라는 것 같았다. 그는 마침내 자신이 시간을 낭비하고 있다는 사실을 깨닫고 즉시 수도원을 떠나며 하인들로 추적대를 꾸려 아들린을 찾아 나서게 했다.

후작이 떠난 후 라 모트는 자신이 꾸며낸 이야기가 성공했다고 믿었다. 그는 이제 자신이 할 일은 다 끝났다고 기뻐하며 아들린이 지금쯤 추적을 피할 만큼 멀리 도망갔기를 빌었다. 그러나 평화는 잠시뿐이었다. 몇 시간 후 후작이 경관들을 대동하고 돌아온 것이다. 놀란 라 모트는 그가 오는 것을 보고 숨으려 했으나 금세 잡혀 후작 앞으로 끌려왔다.

"내가 당신이 꾸며낸 그 가당찮은 이야기에 속을 줄 알았나? 당신 목숨은 내 손아귀에 있다는 걸 알고 있겠지? 아들린을 어디에 숨겨놓았는지 어서 말해. 그렇지 않으면 내게 저질렀던 당신의 범죄로 당신을 고소하겠어. 하지만 아들린을 숨긴 장소를 밝힌다면 이 경관들을 물리고, 당신이 원하면 이 나라를 떠날 수 있도록 도와주겠어. 망설일 시간 없으니 나하고 장난칠 생각은 말게." 라 모트는 후작을 구슬리며 아들린은 진짜 도망간 것이 맞고 어디로 갔는지도 모른다고 말했다. "영주님, 영주님의 평판 또한 제 손안에 있다는 걸 기억하시겠지요? 영주님께서 끝까지 가시겠다면 저도 영주님이 저를 살인자로 만들려 한 일을 다 폭로할 겁니다."

"하, 그럼 누가 당신 말을 믿겠나? 범죄를 저지르고 사회에서 쫓겨난 사람의 말을 누가 믿겠어? 게다가 내가 지금 당신을 고소할 혐의를 보면 당신의 주장은 마지막 발악에 불과하다는 사실이 명백해지겠지. 경관들, 임무를 수행하시오."

경관들이 방으로 들어와 라 모트를 체포했다. 공황 상태에 빠진 그는 저항할 힘도 남아 있지 않았다. 그는 혼란스러운 마음에 후작에게 아들린이 리옹으로 향하는 길로 갔다고 털어놓았다. 그러나 자백을 너무 늦게 해 자신을 구하기에는 소용이 없었다. 결국 후작에게 득이 될 정보만 넘기고 자신은 이미 고소를 당하고 말았다. 자신에게는 아무 득도 없이 아들린만 위험에 노출시킨 것을 알고 라 모트는 자포자기에 빠졌다. 소지품을 챙길 시간도 주지 않고 경관들은 그를 데리고 갔다. 그러나 후작은 마담 라 모트의 딱한 사정을 생각해 하인 한 명에게 오부안에서 마차 한 대를 구해와 그녀로 하여금 남편을 따라가게 했다.

한편 후작은 아들린이 간 경로로 충직한 시종을 보내 은신처를 찾아내도록 시키고는 자신은 즉시 빌라로 돌아왔다.

라 모트와 아내는 절망에 빠져, 오랜 기간 은신처가 되어주었던 퐁탕빌 숲을 빠져나와 다시 격랑의 세상으로 향했다. 파멸을 몰고 올 정의가 라 모트를 기다리는 세상이었다. 그들은 라 모트의 이전 범죄로 인해 어쩔 수 없이 피란민으로 숲에 들어왔었고 그곳에서 한동안 그들이 찾던 안전을 보장받았다. 그러나 그 외딴 은둔지에서조차 다른 범죄들이 이어졌고 이미 악덕의 벌로 얼룩진 그의 삶은 이제 다음과 같은 위대한 진실의 또 하나의 사례가 되었다. '죄가 있는 곳에 평화가 스밀 수 없다.'

제16장

고뇌에 찬 가슴을 진정시킬 장엄한 광경을 맞이하라
그리고 지친 자들이 깊은 휴식을 취할 수 있도록 간구하라!
— 비티[27]

한편 아들린과 페터는 아무 사고 없이 계속 여행을 지속해 사보이에 닿았다. 그곳에서 페터는 아들린을 말에 태우고 자신은 옆에서 걸었다. 고향 산야가 시야에 들어왔을 때 그는 기쁨에 벅차 탄성을 내질렀고 아들린에게 프랑스에서 저런 산을 본 적이 있는지 연달아 물어보았다. "아니죠, 아니죠. 프랑스에도 산들이 있긴 하지만 저기 저런 우리 고향 산들과는 비교가 안 됐습죠." 깜짝 놀랄 만한 웅장한 주변 경관에 넋을 잃은 아들린은 페터의 주장에 맞장구를 쳤다. 그러자 페터는 신이 나서 자기 나라의 이점을 장황하게 늘어놓기 시작했다. 단점은 완전히 잊은 모양이었다. 가지고 있던 동전을 마지막 한 닢까지 탈탈 털어 말 옆에서 맨발로 뛰어다니던 농부의 아이들에게 쥐여주고도 그곳 주민들의 행복과 만족감에 대해서만 이야기할 뿐이었다.

사실 그의 고향 마을은 그 나라의 일반적 특성에서 예외였고 또 전제 정부의 전반적인 영향력에서도 예외인 곳이었다. 그곳은 번영을 누리고 있었고 건강하고 행복했다. 그리고 이러한 이점들은 많은 부분 자비로운 관할 교구 성직자의 활동과 헌신 덕택이었다.

아들린은 오랜 불안과 피로가 쌓여 어서 여행길의 끝을 보고 싶어 페터에게 얼마나 남았는지 물었다. 그렇게 기운이 소진된 상태이다 보니, 얼마 전까지 기쁘고 숭고한 감정을 불러일으켰던 장엄한 경관이 이제는 그녀를 압도해 공포심을 불러일으켰다. 그녀는 절벽에서 아래 계곡으로 떨어져 내리는 천둥 같은 급류 소리에 몸을 떨었고 길가에 이따금 위아래로 보이는 벼랑의 모습에 저절로 몸이 움츠러들었다. 아무리 지친 몸이라도 가파른 돌길에서 말을 타고 가는 게 겁이 나 자주 말에서 내려 걸었다.

그들이 사보이 알프스 기슭의 작은 마을에 가까이 갔을 때 해가 기울고 있었다. 태양은 찬란한 석양을 뿜으며 기울어지고 있었는데 하루의 작별을 고하듯 비스듬한 빛을 풍경에 선사하고 있었다. 그 빛이 너무도 부드럽게 반짝거려서 아들린은 기진맥진한 상태에서도 기쁨의 탄성을 쏟아냈다.

마을의 로맨틱한 위치도 이목을 끌었다. 호수를 중심에 두고 몇 개의 거대한 산들이 빙 둘러싸고 있는데 마을은 그 기슭에 자리하고 있었다. 봉우리들에서 뻗어 나오는 숲들이 품에 안듯 마을을 감싸고 있었다. 고요한 호수는 숭고한 풍경을 담은 주홍색 지평선을 반사하고 있었다. 그 모습이 땅거미가 지면서 시시각각 어두워지고 있었다.

마을이 시야에 들어오자 페터는 기쁨의 환호를 내질렀다. "하느님, 감사합니다. 집에 거의 다 왔습니다요. 아, 나의 사랑하는 고향이 저기 있어요. 이십 년 전하고 똑같은 모습이네요. 저기 우리 집 근처 늙은 나무들도 여전히 똑같이 자라고 있고 집 위쪽에 있는 거대한 바위도 그대로네요. 우리 불쌍한 아버지가 저기서 돌아가셨습죠, 마드무아젤. 제발, 누이가 살아 있기를! 못 본 지 정말 오래되었구먼요." 아들린은 페터의 그 꾸밈없는 말을 우울하고도 즐거운 마음으로 듣고 있었다. 페터는 옛 시절의 풍경을 더듬으며 그 시절을 다시 사는 것 같았다. 마을에 다가가면서 그는 계속 기억 속에 살아 있는 모든 것들을 가리켰다. "저기 착한 목사님의 성이 보이네요. 저기 보세요, 마드무아젤, 저기 흰 집이요. 연기가 뿜어져 나오죠? 저기 호숫가에 서 있는 집이요. 그분이 아직 살아 계신지 궁금하네요. 제가 이곳을 떠날 때는 그렇게 늙지 않으셨거든요. 마을 사람들이 모두 그분을 엄청 좋아했습죠. 아, 아무도 죽지 않았으면 좋겠어요!"

그들은 이제 드디어 마을에 도착했다. 마을은 숙소로 삼을 만한 곳은 없는 것 같았지만 매우 깔끔했다. 페터는 채 열 발자국도 못 가 아는 사람을 만나 악수를 하며 인사하곤 했다. 그는 도대체 헤어지는 법을 모르는 사람 같았다. 그는 누이에 대해 물었고 누이는 건강하게 잘 살아 있다는 답을 들었다. 그들이 지나는 길에 하도 많은 옛 친구들이 모여들어 아들린은 기다림에 지쳐갔다. 그가 마을을 떠날 때 왕성한 삶의 전성기를 보내던 많은 사람들이 이제 세월의 무게에 겨워 비트적거리고 있었다. 페터가 있을 때는 아장거리며 놀던 그들의 아들딸들은 이제 다 자라나 혈기왕성한 젊음을 뽐내고 있었다. 마침내 오두막에 도착해 페터의 누이를 만났다. 그의 누이는 그가 도착했다는 소식에 한달음에 집 앞으로 달려 나와 천진한 기쁨으로 그를 맞았다.

페터의 누이는 아들린을 보고 놀라며 말에서 내리는 것을 도와주었다. 그녀는 아들린을 작지만 깔끔한 오두막집 안으로 안내하며 친절하고 따뜻하게 대해주었다. 더 좋은 상황이었다면 아주 빛나는 모습이었을 것이다. 집 안에 페터의 친구들이 가득 몰려들어 있었다. 아들린은 페터의 누이와 단둘이 이야기를 하고 싶어 했다. 그녀는 페터의 누이에게 자신의 상황을 필요한 선에서 알려주고 나서 숙박을 할 수 있을지 물어보았다. "그럼요, 마드무아젤. 여기 변변치 않지만 대환영입니다. 집이 누추해 죄송할 따름입니다. 하지만 아가씨 아파 보이네요. 뭐 좀 드릴까요?"

피로와 좋지 않은 컨디션으로 오래 간신히 버텨왔던 아들린은 이제 더 이상 버티기기 힘들었다. 그녀는 실제로 아프다고 대답하며 쉬면 좀 나을 거라며 침대를 마련해달라고 간청했다. 착한 여인은 즉시 방을 준비하기 위해 나갔다가 돌아왔다. 그녀는 아들린을 작은 방으로 안내해 침대에 눕게 했다. 보잘것없지만 청결한 방이었다.

아들린은 피곤해도 잠을 이룰 수 없었다. 마음은 자기도 모르게 자꾸만 지나간 일들로 향했고 우울하고 불완전한 미래의 모습을 비추어주었다.

자신과 이 사람들의 다른 처지가 교육을 받은 아들린 으로서도 너무나 크게 와닿아 눈물을 흘렸다. "저 사람들 은 친구도 친지도 있어서 모두가 상처받지 않게 돌보아줄 뿐만 아니라 불쾌한 일도 피하게 도와주잖아. 현재의 안전 을 위해 보살필 뿐만 아니라 미래를 대비해서도 신경을 써 주고, 서로 상처를 피할 수 있도록 세심하게 배려해주고 있 어. 하지만 나는 평생 친구라고는 없었고 온통 적으로만 둘 러싸여 살았어. 위험한 상황, 재앙의 상황에서 벗어나본 적 도 거의 없어. 하지만 영원히 비참한 삶을 살도록 태어난 건 아닐 거야. 그런데 도대체 그럴 날이 언제나 올까?" 아들 린은 언젠가 행복해질 수 있을 거라고 생각하기 시작했다. 그러나 테오도르의 절망적 상황이 떠올랐다. "아니야. 나는 결코 영원히 평화를 바랄 수 없어!"

다음 날 아침 일찍 착한 여주인이 아들린의 안부를 살피 러 들어왔다. 아들린은 잠도 제대로 자지 못했고 전날 밤보 다 상태가 더 좋지 않았다. 마음이 불안하다 보니 열이 더 올랐고 낮 동안 상태가 더 심각한 양상을 띠기 시작했다. 아들린은 평정심을 유지하며 자신의 상태를 살폈고 신의 뜻에 자신을 맡겼다. 삶에 애착할 것도 이제 거의 없었다. 착한 여주인은 아들린을 간호하는 데 최선을 다했다. 마을에는 의사도 약제사도 없었기 때문에 여주인이 할 수 있는 선에서 모든 일을 했다. 그럼에도 아들린의 병은 급속도로 악화되었고 셋째 날엔 열에 들떠 온전한 의식을 잃고 급기야 혼미한 상태가 되었다.

얼마나 오랫동안 이러한 상태에 빠져 있었는지 알 수 없었다. 그러나 정신을 차렸을 때 아들린은 자신이 기억하는 것하고는 매우 다른 방에 누워 있는 것을 깨달았다. 방이 드넓고 아름답기까지 했다. 침대를 비롯한 모든 가구가 우아하고 단순한 스타일로 깔끔했다. 한동안 놀라고 황홀한 몽환 상태로 누워 있었다. 그러면서 드문드문 떠오르는 기억들을 이어붙이기 시작했다. 움직이는 것도 두려웠다. 그랬다가 눈에 보이는 아름다운 것들이 시야에서 가뭇없이 사라질 것 같았다.

그러다가 몸을 일으켜 세우려고 할 때 누군가 부드러운 목소리로 말을 하는 소리가 들렸다. 그러더니 침대 커튼이 한쪽에서 부드럽게 열리며 아름다운 여자의 모습이 드러났다. 여자는 침대 쪽으로 몸을 기울이며 애정과 기쁨이 섞인 미소를 띠며 환자의 상태를 물었다. 아들린은 경탄하는 눈빛으로 조용히 여자를 쳐다보았다. 이제껏 본 중 가장 매력적인 여성의 얼굴이었다. 애정이 담긴 표정, 생기 넘치는 감각과 세련된 태도가 순수함과 조화를 이루고 있었다.

아들린은 마침내 정신을 차리고 여자에게 감사를 표했다. 그러면서 은혜를 베풀고 있는 이가 누구인지 여기가 어디인지 물었다. 사랑스러운 여자가 손을 내밀었다. "감사한 건 우리예요. 오! 당신이 정신을 차려 얼마나 기쁜지 모르겠어요." 여자는 더 이상 말을 하지 않고 방문 쪽으로 가더니 사라졌다. 몇 분 후 여자는 나이 든 숙녀와 함께 나타났다. 숙녀는 애정 어린 표정으로 침대로 다가와 아들린의 상태에 대해 물었다. 아들린은 어리둥절했지만 최선을 다해 대답하며 다시 은혜를 베푼 이들이 누구인지 물었다. "차차 알게 될 거예요. 지금은 우선 아가씨가 빨리 회복하는 것만으로 과분하게 여길 사람들과 함께한다는 것만 기억해요. 그러니 일단 회복할 수 있는 최선의 길을 따릅시다. 되도록 평온하고 조용한 상태로 있도록 해요."

아들린은 감사한 표정으로 미소를 짓고 조용히 고개를 끄덕였다. 숙녀는 약을 가지고 와 아들린에게 주고 커튼을 닫았다. 이제 다시 쉴 수 있게 되었다. 그러나 그녀는 생각이 많아졌다. 과거를 돌아보고 현재를 살펴보고는 그 차이에 놀라지 않을 수 없었다. 도대체 어떻게 된 일인지 모르지만 슬픔과 절망에서 갑자기 위안과 기쁨으로 넘어간 것이다. 모든 것이 꿈에서 흔히 일어나는 일처럼 급작스러운 변화 같았다.

그러나 아들린은 떨리는 불안감을 안고 미래를 바라보았다. 그게 회복을 더디게 할 수도 있는 일이었다. 너그러운 숙녀의 말을 기억하고 그런 기분을 억누르려 했다. 그녀가 이곳 집안사람들의 성격을 더 잘 알았더라면 불안을 훨씬 덜었을 것이다. 집주인 라 뤼크는 흔치 않은 됨됨이를 지닌 사람으로 불행에 빠진 사람들을 절대 그냥 지나치지 못하는 사람이기 때문이었다. 그는 천성적인 선량한 성격과 원칙이 결합되어 행동에 있어 늘 한결같으면서도 겸손한 사람이었다. 가정 생활과 가족, 품행에 관한 다음과 같은 작은 그림이 그의 인격을 아주 잘 보여준다. 이 그림은 그의 삶으로부터 나온 것이고 바라건대, 그 정확성이 그 길이를 보충할 것이다.

라 뤼크 가족

그러나 인류의 반은 헨델의 바보처럼
분노와 무지로 기쁨의 선율을 파괴해버린다.
그들의 열정은 부지불식간에 불같이 타올라
자연의 가장 아름다운 도구인 영혼을 후벼 판다
분별력 있는 사람은 헨델의 행복한 기술을 지니고서
취향을 교정하고 의지와 조화시킨다
헨델의 음표처럼 그들의 애정이 흐르도록 가르쳐라
너무 높게 오르거나 너무 낮게 가라앉지 않도록
그러다가 모든 미덕이 정연하고 세련되게 조절되어
지휘자의 협화음에 딱 들어맞도록,

다른 소리들 속에 녹아든 후 도덕의
노래에 맞게 흘러넘치도록.
　　　— 코손[28]

　사보이 알프스의 기슭에 위치한 그림같이 예쁜 를롱쿠
르 마을에 아르노 라 뤼크가 살고 있었다. 그는 프랑스의
오래된 가문 출신 목사로, 폭력적인 내전으로 정복당한 사
람들이 쓰라린 고통을 받던 시절 가세가 기울어 스위스의
한적한 마을로 이주해 왔다. 그는 마을의 목사로, 경건하고
자비로운 기독교도로서 주민들의 사랑을 받고 있었고 위엄
있고 고귀한 철학자로서 존경을 받았다. 그는 상식에 토대
를 둔 자연철학자였다. 그는 신봉자들을 교화시키지도 않
으면서 화려하기만 하고 설득하지 않고 따르라고만 하는
현대 학파의 용어와 부조리한 시스템을 경멸했다.
　그의 마음은 통찰력 있었고 식견은 광대했다. 또 학문
체계는 그의 종교처럼 단순하고 합리적이었으며 숭고했다.
교구민들은 그를 아버지처럼 우러러보았다. 그는 가르침으
로 그들의 마음을 인도했고 본보기로 그들의 마음을 감동
시켰다.
　젊은 시절 라 뤼크는 매우 사랑했던 아내를 잃었다. 그
일로 말미암아 그의 성정에 부드럽고 매력적인 우울한 색
조가 덧씌워져 시간이 흘러 기억이 희미해진 때까지 남아
있었다. 철학은 가슴을 둔감하게 하지 않고 강하게 만들었

다. 그것은 고통을 극복하기보다 고통의 압박을 견딜 수 있게 해주었다.

불행은 그에게 타인의 고통에 공감할 수 있게 가르쳤다. 교구에서 나오는 수입은 적었고, 여럿으로 분할되어 축소된 조상의 영지로부터 나오는 돈도 그다지 많지 않았다. 곤궁한 이들을 언제나 구해낼 수는 없었지만 따뜻한 연민과 성스러운 대화는 정신적으로 고통받는 이들에게 언제나 위안을 가져다주었다. 그렇게 사람들을 위안할 때 그는 따뜻하고 고귀한 감정을 실어, 쾌락을 탐하는 자가 일단 그런 감정을 느껴본다면 다시는 "선행을 하는 기쁨"을 포기하지 못할 것이라고 했다. 그는 이런 말을 하곤 했다. "사람들이 악덕에 빠지는 건 거짓된 유혹에 넘어가서 그런 것보다 진정한 기쁨을 몰라서 그런 경우가 더 많다."

라 뤼크에겐 아들 하나와 딸이 하나 있었다. 남매는 어머니를 잃었을 때 너무 어린 나이여서 슬픔도 몰랐다. 그는 아내를 잃은 슬픔을 결코 잊지 못하고 아내가 남긴 아이들을 지극히 사랑했다. 그는 어린아이들의 마음이 차츰차츰 성장해나가는 걸 보며 그 마음이 미덕으로 향할 수 있도록 지도하는 것이 유일한 낙이 되었다. 그는 가슴속 깊이 조용히 슬픔을 간직하고 있었다. 그는 절대 타인에게 마음속 괴로움을 드러내지 않았고 심지어 아내에 대한 말도 거의 꺼내지 않았다. 그의 슬픔은 저속한 사람들의 눈에는 너무나 신성한 것이었다. 그는 자주 산속 깊고 적막한 곳에 홀로 들어가 장엄하고 거대한 풍경 속에서 과거의 시간을 되돌아보며 슬픔의 쾌락에 스스로를 내맡기곤 했다. 그렇게 짧은 나들이를 하고 올 때면 언제나 더 큰 평온함과 만족감을 느꼈다. 달콤한 평안은 거의 행복에 이르러 마음속에 퍼졌고 태도는 평소보다 더 자비로워졌다. 아이들을 지긋이 바라보며 애틋한 입맞춤을 하면 눈물이 차오르기도 했으나, 그것은 어두운 슬픔의 눈물이 아니라 애정 어린 회오의 눈물로, 그에게는 아주 소중한 것이었다.

아내가 죽던 날 그는 독신인 누이를 집에 들였다. 누이는 분별 있고 훌륭한 여성으로 오빠의 행복에 지대한 관심을 두었다. 누이는 따뜻한 애정을 보였고 품행도 현명해 시간이 갈수록 오빠의 통렬한 슬픔을 누그러뜨리는 데 도움이 될 터였다. 또한 조카들을 살뜰히 살피고 사랑하는 모습에서 착한 성품이 드러났고 그로 인해 오빠와 더욱 가까워지게 되었다.

라 뤼크는 어린 클라라의 모습에서 제 어머니의 모습을 찾는 게 말할 수 없는 기쁨이었다. 클라라는 엄마와 똑같은 부드러운 태도하며 따뜻한 품성이 자랄수록 커졌다. 또 자랄수록 행동거지에서 딸이 죽은 아내와 매우 흡사한 모습을 보여 그는 자주 온 영혼을 사로잡는 백일몽에 빠지곤 했다.

라 뤼크는 교구의 일과 아이들 교육, 또 철학 연구로 고요한 나날을 보냈다. 고통으로 물든 마음속의 부드러운 멜랑콜리는 세월이 쌓이면서 그에게는 허황된 행복에 대한 꿈과도 바꾸지 않을 소중한 것이 되었다. 이런저런 일이 생겨 마음이 심란해질 때면 그는 홀로 조용히 그토록 사랑했던 아내 생각을 했다. 그렇게 세상 사람들 말마따나 로맨틱한 슬픔에 빠지다 보면 어느새 평온을 되찾곤 했다. 그게 바로 그가 세상사에 지칠 때마다 잠시 의지하는 혼자만의 안식처 역할을 했다. 근심 걱정의 구름이 흩어지고 곤두선 신경이 차분해지면 마음은 이승을 초월해 높게 고양되며 다른 세상의 숭고함을 느낄 수 있었다.

지금 살고 있는 지역, 주변을 둘러싼 경관, 낭만적이고 아름다운 근처 산책길은 라 뤼크에게 매우 소중했다. 한때 아내 클라라가 사랑했던 것들이고 아내의 애정과 자신의 행복의 터전이었다.

그의 성은 하늘을 찌를 듯 드높이 솟아 있는 산봉우리들로 둘러싸인 작은 호숫가에 있었다. 봉우리들은 여러 가지 그로테스크한 형태로 솟아 매우 장엄하고 숭고한 경관을 이루고 있었다. 짙은 숲 사이사이 바위산이 불쑥 튀어나와 있었는데 일부는 거친 바위 그대로 또 일부는 보랏빛 야생화로 장식된 채로 호수 위로 쭉 뻗어 나와 투명한 물에 그 모습이 비쳤다. 웅장하게 치솟은 봉우리들은 언제나 녹지 않는 눈에 덮여 있거나 일부는 울퉁불퉁하고 거대한 바위 그대로 드러나 있었다. 그 표면에 햇빛이 닿아 끊임없이 다양한 모습을 연출했고 꼭대기는 침투할 수 없는 안개구름에 쌓여 신비로운 분위기를 자아내기도 했다. 호숫가와 그

위 바위산 곳곳에 그림같이 점점이 박힌 오두막들과 작은 부락들만이 인간의 흔적이었다.

성에서 맞은편으로는 산들이 물러나 있었고 알프스산맥이 원경으로 쭉 뻗어 있었다. 다채로운 명암과 농담을 보이며 일부는 푸른 안개에 쌓여 있고 또 일부는 풍성한 보랏빛, 다른 것들은 부분적으로 빛을 받아 반짝거리며 풍성하고 마술 같은 풍경을 만들고 있었다.

성은 규모가 크진 않았으나 편리했으며 단순하고 우아했고 조화를 이룬 건축물이었다. 입구는 작은 홀이었으며 유리문이 정원으로 연결되어 있어 장엄한 풍경을 거느린 호수 전경을 내다볼 수 있었다. 홀의 왼쪽으로는 라 뤼크가 주로 아침 시간을 보내는 서재가 있었다. 서재 옆에는 화학 장비와 천문 장비 등 과학 실험을 할 수 있는 기구를 갖춘 작은 방이 있었다. 오른쪽으로는 가족 응접실이 있었고 서재 뒤로는 마담 라 뤼크 전용 방이 있었다. 이곳에 다양한 약과 식물 증류수와 약을 조제할 수 있는 장비들이 있었다. 바로 이 방에서 마을 사람들 전체의 비상약품이 조달되었다. 마담은 이웃 사람들의 질병을 낫게 해주는 기술이 있다는 것에 자긍심이 컸다.

성 뒤로는 소나무 숲이 솟아 있었고 앞에는 완만하게 내리받는 언덕이 각종 식물과 꽃으로 뒤덮여 호수까지 뻗어 있었다. 호수에는 풀이 떠서 살랑거리기도 하고 수면 위에 아카시아 가지가 흔들리기도 했다. 꽃 관목들과 마가목, 삼

나무, 상록수 오크나무 등이 정원을 에두르고 있었다.

봄이 오면 클라라는 새순의 방향을 가다듬고 꽃봉오리를 살피며 무성한 관목 가지들을 이용해 산에서 내려오는 차가운 바람으로부터 그것들을 보호할 수 있게 관리했다. 여름에는 해가 뜰 때 일어나 잎사귀에 아침 이슬이 반짝거리는 꽃들을 보러 갔다. 신선한 이른 아침에 반짝이는 아름다운 색의 향연이 풍경을 물들이면 순결한 가슴은 순수하고 고상한 기쁨으로 부풀어 올랐다. 장엄하고 숭고한 풍경 속에서 태어난 클라라는 이내 그 매력을 음미할 수 있는 취향을 길렀고 그러한 취향은 상상력과 어우러져 더욱 돋보였다. 눈에 덮인 봉우리를 빛으로 물들이며 알프스 산맥 위로 떠오르는 해가 갑자기 그 빛을 온 자연에 쏟아내는 모습, 아래 호수에 붉게 불타는 듯 찬란한 구름이 반사되는 경치, 머리 위 바위산에 갓 장밋빛이 물들기 시작하는 풍경을 보는 게 감수성이 예민한 클라라가 맨 처음 맛본 큰 기쁨이었다. 자연을 관찰하며 맛본 기쁨에서 더 나아가 자연을 아름답게 모방한 작품에서도 즐거움을 찾았고 그러다가 이내 시와 그림에 대한 취향을 발현했다. 클라라는 열여섯 살쯤 되었을 때 자주 아버지 서재에서 목가적인 아름다움으로 유명한 이탈리아 시인들의 시집을 꺼내 들고 호숫가 아카시아 나무 그늘에 앉아 시를 읽으며 아침 시간을 보내곤 했다. 또 그곳에서 주변 경관을 대략적으로 스케치하는 연습을 하곤 했다. 그렇게 반복해서 습작을 하고 또 오빠의

지도를 받아서 마침내 열두 점의 그림을 그렸고 성의 응접실을 장식할 만한 가치가 있다는 평을 듣고 작품을 걸게 되었다.

라 뤼크 2세는 플루트를 연주했고 클라라는 오빠의 연주를 들으며 매우 즐거워했다. 각별히 클라라가 좋아하는 호숫가 아카시아 나무 아래서 연주할 때가 더욱 좋았다. 그녀의 목소리는 달콤하고, 또 강하진 않았지만 유연했다. 그 목소리를 악기 연주에 어울리게 조절해서 노래 부르는 법을 배웠다. 복잡한 기교는 알지 못했다. 태도는 단순했으며 스타일도 마찬가지였으나 곧 뛰어난 감수성 덕으로 감동적인 표현력을 익혔다. 클라라의 노래는 듣는 이에게 감동을 선사했다.

아이들이 기뻐하는 모습을 보는 게 라 뤼크의 행복이었다. 그는 고인이 된 아내의 친지를 방문하러 제네바로 간 길에 클라라에게 줄 류트를 하나 사 왔다. 클라라는 아버지의 선물을 말할 수 없이 좋아했다. 한 곡을 연습하자마자 아카시아 나무 그늘로 가서 연습하고 또 연습하며 연주에 빠지다가 다른 모든 것을 잊었다. 자신이 맡은 소소한 집안일이며 책, 그림, 심지어 아버지가 정한 교육 시간, 서재에서 오빠와 함께 공부하는 시간, 그 모두를 잊고 말았다. 마담은 조카가 할 일을 모두 제쳐놓은 것이 못마땅해 꾸짖으려 했으나 라 뤼크는 누이에게 그러지 말라고 당부했다. "아이가 직접 겪고 실수를 깨닫게 놔두자. 훈계로 아이들을 깨닫게 하는 것은 한계가 있어."

마담은 경험은 시간이 많이 걸리는 교육법이라고 반대했다. 그러나 라 뤼크는 이렇게 타일렀다. "그러나 확실한 방법이야. 그리고 때로는 아주 빠른 방법이 되기도 해. 그게 심각한 병폐로 이르는 게 아닌 한 믿을 만한 방법이야."

클라라는 다음 날도 첫째 날처럼 보냈고 셋째 날도 두 번째 날처럼 지냈다. 이제 몇 가지 곡을 소화해냈다. 클라라는 아버지에게 와서 배운 것을 보여주었다.

저녁 식사 때 크림도 준비되지 않았고 식탁에 과일도 없었다. 라 뤼크는 이유를 물었고 클라라는 얼굴을 붉혔다. 오빠도 보이지 않았고 아무 말을 할 수 없었다. 식사가 끝날 무렵 오빠가 나타났다. 그는 무언가 만족한 얼굴이었으나 조용히 자리에 앉았다. 클라라가 오빠에게 왜 식사 시간에 늦었는지 묻자 그는 아버지가 준 일주일분의 급여를 주러 아픈 사람이 있는 이웃집에 들렀다고 대답했다. 라 뤼크가 그 집 일을 딸에게 맡긴 바, 그들에게 전날 급여를 가져다주었어야 하는데 연주에 몰두하느라 할 일을 잊어버리고 만 것이었다.

라 뤼크가 아들에게 물었다. "그 여인 어떻더냐?" "더 안 좋아졌습니다. 약을 제때에 받지 못했고, 아이들은 오늘 먹을 것도 없더라고요."

클라라는 충격을 받았다. '먹을 것이 없다고! 아, 나는 하루 종일 호숫가 아카시아 나무 아래서 류트 연주나 하고 있었는데.' 아버지는 딸이 동요하는 걸 신경 쓰지 않고 아들만 바라보았다. "제가 돌봤어요. 제가 가지고 간 약을 먹고 통증도 좀 누그러졌습니다. 또 아이들이 맛있는 저녁을 먹도록 해주었어요."

클라라는 살면서 처음으로 오빠의 기쁨을 부러워했다. 심란하여 조용히 앉아 있었다. '먹을 것이 없다니!'

클라라는 생각에 잠겨 자신의 방으로 돌아갔다. 보통 평온한 마음으로 쉬러 갈 때와 달리 평정심이 사라졌다. 어제 일을 마음 편히 생각할 수 없었기 때문이다.

"아, 이를 어쩌나! 누군가에게 그토록 즐거운 일이 다른 이에게는 고통의 원인이 되다니! 이 류트는 나의 기쁨이자 나를 고문하는 도구가 되었구나!" 그런 생각으로 클라라는 마음속이 복잡했다. 그러나 그 문제에 대해 결론에 이르기 전에 잠이 들고 말았다.

클라라는 다음 날 아침 일찍 잠자리에서 일어나 동이 트는 모습을 조급한 마음으로 바라보았다. 해가 떠오르자 자리에서 일어나 자신이 방치한 일에 대해 보상을 하기로 결심하고 서둘러 오두막으로 향했다.

클라라는 그 집에서 꽤 오랜 시간 머물렀다. 성으로 향했을 때는 평소의 평온함을 되찾았다. 그러나 그날 류트는 만지지 않기로 결심했다.

클라라는 아침 식사 때까지 꽃을 묶고 너무 무성한 새순을 다듬는 데 열중했다. 그러다가 자기도 모르게 호숫가 아카시아 나무 아래까지 오게 되었다. "아! 어제 배운 노래가 물 위에 닿으면 얼마나 아름답게 들릴까!" 그러나 클라라는 마음속 다짐을 떠올리며 자기도 모르게 성으로 향하던 발길을 멈추었다.

클라라는 평소와 마찬가지로 정해진 시간에 서재에서 아버지와 함께했다. 지난 이틀 동안 읽은 것에 대해 오빠와 대화를 하면서 자신이 공부에 뒤처진 것을 깨달았다. 아버지에게 그 대화가 무엇과 연관된 건지 물었다. 그러나 아버지는 그 주제에 대해 논의할 때 너는 다른 여흥을 즐기고 있었으니 그냥 그걸 모르고 넘어갈 수밖에 없다고 조용히 말을 했다. "넌 공부의 보상을 나태한 여흥에서 찾으려고 하는구나. 합리적으로 행동하여라. 모순되는 것을 결합시키려는 기대는 하지 마라."

클라라는 아버지의 질책이 합당하다는 것을 느끼고 류트를 떠올렸다. "그게 무슨 짓궂은 일을 한 건가! 그래, 난 오늘 하루 종일 류트를 만지지 않을 거야. 난 필요하면 기분을 스스로 통제할 수 있다는 걸 증명하겠어." 그렇게 다짐하고 평소보다 더 열심히 공부에 매진했다.

클라라는 결심을 잘 지켰다. 그리고 해가 질 무렵 바람을 쐬러 정원으로 나갔다. 저녁 시간은 고즈넉했고 각별히 더 아름다웠다. 희미하게 흔들리는 나뭇잎 소리와 절벽에서 떨어지는 먼 급류 소리뿐 아무 소리도 들리지 않았다. 이따금씩 들리는 사그락사그락 하는 나뭇잎 소리는 고요한 분위기를 더욱 진중하게 만들었다. 호숫가에 서서 천천히 알프스산맥 아래로 해가 지는 것을 바라보았다. 봉우리들이 황금빛, 자줏빛으로 물들었다. 마지막 여위는 빛이 잔잔한 호수 표면에 닿아 반짝거리는 모습을 보며 한숨을 쉬었다. "오! 사방이 이렇게나 고즈넉한데 지금 이 순간 바로 이곳에서 류트를 연주하면 그 소리가 얼마나 매력적으로 들릴까!"

그 유혹이 너무나 강력하게 다가와 클라라는 마침내 성으로 뛰어가 악기를 들고 그 자리로 돌아왔다. 그러고는 아카시아 나무 아래에서 해가 져서 주변 사물이 온통 분간이 되지 않을 때까지 연주를 계속했다. 그러다 달이 떠오르고 호수로 그 빛이 떨어져 내리자 풍경은 더욱 매혹적으로 변했다.

그토록 기쁨으로 가득 찬 곳을 떠나는 건 불가능했다. 클라라는 좋아하는 곡들을 연주하고 또 했다. 그 시각의 아름다움이 재능을 일깨웠다. 그렇게 풍부한 표현력을 담아 연주한 적이 없었다. 음악 소리가 호수에 닿아 먼 곳으로 흩어질 때까지 황홀경에 빠져 귀를 기울였다. 클라라는 완전히 홀린 상태였다. "아니야! 달빛을 받으며 호숫가 아카시아 나무 아래 류트를 연주하는 것만큼 기쁜 일은 그 무엇도 없어."

성으로 돌아왔을 때는 저녁 식사 후였다. 라 뤼크는 클라라를 보았으나 방해하지는 않았다.

저녁의 열정이 지나자 클라라는 자신이 다짐을 깼다는 걸 생각하고는 괴로워했다. "기분을 조절할 줄 안다고 자부했는데, 힘없이 무너지고 말았네. 하지만 이 저녁 기분에 좀 취했다고 무슨 큰일이 있을까? 할 일이 없었으므로 방치한 일도 없어. 그럼 내가 반성할 일이 있나? 딱히 금기할 이유도 없는 때 결심한 걸 지키자고 스스로 기쁜 일을 하지 않는 건 말도 안 되는 일이야."

클라라는 그런 논리에 만족하지 못하고 말을 멈췄다. 그러다가 다시 따져보았다. "하지만 그럴 만한 이유가 있으면 내 기분을 억제했을 거란 걸 어떻게 확신할 수 있지? 어제 내가 방치한 그 가여운 가족이 오늘 또 양식을 제공받지 못했다 하여도 난 다시 또 호숫가에서 류트 연주하느라 그들을 잊어버렸을지 몰라."

클라라는 아버지가 여러 번에 걸쳐 자제력에 대해 펼친 모든 이야기를 기억하고는 고뇌를 느꼈다. "그래. 한번 굳은 결심을 하고 그걸 지키기 위해 자제력을 잊지 말았어야 했는데 잊었다면, 그게 바로 기분을 다스려야 할 이유지. 그런 식으로 원칙을 깬다면, 다른 그 어떤 동기가 있다 해도 나를 자제시키지 못할 거야. 난 오늘 종일 이 류트를 건드리지 않겠다고 진지하게 결심해놓고는 그 결심을 깼어. 나 자신의 분별력을 못 믿는다는 걸 안 이상 어쩌면 나는 내일도 할 일을 무시하고 유혹에 넘어갈지 몰라. 유혹을 극복하지 못한다면 유혹에서 도망이라도 갈 거야."

다음 날 아침 클라라는 류트를 들고 아버지에게 가서 그걸 다시 받아달라고 간청했다. 아니면 적어도 자신이 기분을 통제하는 법을 배울 때까지 그걸 맡아달라고 청했다.

라 뤼크는 뿌듯한 마음이 들었다. "아니다, 클라라. 내게 네 류트를 맡길 필요는 없어. 네가 기꺼이 이걸 포기하려고 하는 태도 자체가 나의 믿음을 받을 만하다는 걸 증명한단다. 다시 가져가. 네가 네 할 일을 하기 위해 이걸 포기할 결심이 충분하니 난 네가 그 영향력을 통제할 수 있다고 믿는다. 그러니 다시 가져가."

클라라는 아버지의 말에 기쁨과 자긍심을 느꼈다. 전에는 한 번도 느껴보지 못했던 감정이었다. 그러나 클라라는 그 칭찬에 부합하기 위해서는 자신이 시작한 희생을 완성해야 한다고 생각했다. 그 순간 클라라는 고결한 열정에 싸여 음악의 기쁨을 잊었다. 오직 노력해서 받은 칭찬에 부합하고 싶은 마음뿐이었다. 그리하여 아버지가 돌려준 류트를 거절하며 오로지 고상한 감정만 의식했다. 기쁨의 눈물이 차올랐다. "아버지, 제가 아버지께서 주시는 칭찬을 받을 가치가 있다는 것을 증명하게 해주세요. 그러면 전 정말 행복할 거예요."

라 뤼크는 클라라가 지금처럼 제 어머니와 닮은 적이 없었다고 생각해 딸에게 애정을 담아 키스했다. 그러고는 그는 한동안 조용히 눈물을 흘렸다. 그는 마음을 가다듬고 말했다. "넌 이미 칭찬을 받을 만해. 그리고 그 대가로 류트를 돌려줄게." 라 뤼크는 그러면서 소중한 기억을 떠올렸다. 그는 클라라에게 악기를 주고 서둘러 방을 나왔다.

라 뤼크의 아들은 전도유망한 젊은이로 아버지에 의해 성직자의 길로 진로가 정해졌다. 그는 아들에게 훌륭한 교육을 시켰는데, 그럼에도 대학 교육을 받는 게 필요하다고 생각했다. 라 뤼크는 제네바 대학을 생각하고 있었다. 그의 계획은 아들을 학자로 만들려는 게 아니었다. 그는 아들이 남자로서도 선망의 대상이 되도록 하려는 야망이 있었다. 그는 아들에게 아주 어린 시절부터 대담함과 인내심을 기르도록 교육했다. 또 점점 자라며 남자다운 운동과 활동을 배우게 했고 순수과학뿐만 아니라 실용적인 기술도 배우게 했다.

그는 기개가 있었고 열정적인 기질이었다. 그러나 마음은 너그럽고 따뜻했다. 그는 젊은이 특유의 낙관적인 열정을 품고 제네바에서의 삶과 거기서 펼쳐질 신세계를 기대했다. 그런 기대감으로 가족들과 헤어질 아쉬움을 상쇄했다.

영국 출신인 고인이 된 마담 라 뤼크의 오빠가 가족과 함께 제네바에 살고 있었다. 라 뤼크에게는 아내의 혈육이라는 것 자체로 미스터 오들리와 인연을 이어나가는 걸 당연하게 여겼다. 그러나 둘은 성격도 사고방식도 너무나 달라 친구 사이로 발전하진 못했다. 라 뤼크는 미스터 오들리에게 편지를 써서 아들을 제네바로 보내니 보호해줄 것을 부탁했다. 이 편지에 미스터 오들리는 친절한 답장을 보내왔다. 그리고 얼마 후 라 뤼크의 지인 한 명이 제네바로 갈 일이 생겨 아들을 그와 함께 보내기로 결정했다. 라 뤼크는 아들과 헤어지는 게 고통스러웠고 클라라는 못 견딜 지경 이었다. 마담은 슬퍼하면서도 잊지 않고 조카의 여행 가방 에 충분한 양의 약을 챙겨주었다. 마담은 또한 각 약의 효 능을 설명하고 다른 증상에 각기 다른 약을 써야 한다고 설 명했다. 그러나 그녀는 세심하게 주의를 기울여 오빠가 보 지 않을 때 그 설명을 했다.

라 뤼크는 딸과 함께 를롱쿠르에서 13킬로미터쯤 떨어 진 이웃 마을까지 아들을 배웅했다. 그곳에서 아들에게 행 동거지와 연구 활동에 관해 이전에 했던 조언들을 모두 환 기시키며 당부한 다음 애틋한 마음으로 작별을 고했다. 클 라라는 눈물을 흘렸는데 왠지 오빠의 학업 때문에 헤어지 는 것치고는 슬픔이 너무 크게 느껴졌다. 그러나 이건 그녀 로서는 거의 처음 겪어보는 슬픔이었으니 그저 꾸밈없이 그 슬픔에 젖어들었다.

라 뤼크와 클라라는 수심에 잠겨 돌아왔다. 호수가 보이 고 곧 성이 보일 때쯤엔 날이 저물고 있었다. 그때처럼 고 향집이 우울해 보인 적이 없었다. 이제 클라라는 예전 같았 으면 오빠를 보는 게 익숙한 모든 방을 홀로 쓸쓸히 돌아다 녔고 오빠가 있었더라면 대수롭지 않았겠지만 지금은 상 상력 속에 가치가 부여된 수많은 작은 일들을 떠올렸다. 정 원이며 주변 경관이며 모두 우울한 면모를 띠고 있었다. 그 모두가 다시 자연스럽게 보이고 클라라가 다시 활기를 찾을 때까지는 오랜 시간이 걸렸다.

그렇게 헤어진 후 거의 사 년이 흐른 어느 날 저녁 마담 라 뤼크와 조카는 응접실에 앉아 일을 하고 있었다. 그때 이웃의 어느 착한 여인이 방문했다. 여인은 약을 구하러 와 마담 라 뤼크의 조언을 구했다. "저희 집에 안타까운 일이 생겼어요, 마담. 그 딱한 젊은 아가씨를 생각하면 제 마음이 너무 아파서……" 마담 라 뤼크는 어찌 된 일인지 설명을 해달라고 했다. 여인은 오랫동안 보지 못했던 남동생 페터가 돌아왔는데 어떤 젊은 숙녀를 데리고 왔다, 그리고 진짜 그 숙녀가 죽을 것 같다고 말했다. 여인은 페터가 전한 그 안타까운 숙녀의 사정을 속속들이 설명했다. 여인은 낯선 이에 대한 연민을 과장하는 것을 잊지 않았고 신기한 이야기를 좋아하는 자신의 성향을 한껏 드러내며 이야기를 건네주었다.

마담은 여인의 이야기에 매우 놀랐다. 그러나 고통을 받고 있다는 젊은이에 대한 연민이 들어 더 자세하게 캐고 들었다. "고모님, 제가 가보도록 허락해주세요." 이야기를 같이 듣고 있던 클라라가 연민을 담아 말했다. "제가 가볼게요. 그 사람 당장 보살핌이 필요한 것 같아요. 제가 직접 보고 싶어요." 마담은 병세에 대해 몇 가지 더 질문을 한 후 안경을 벗고 자리에서 일어나 채비를 했다. 클라라는 자기도 함께 가고 싶다고 재차 요청했다. 그들은 모자를 쓰고 착한 여인을 따라 오두막을 향했다. 매우 작고 밀폐된 방의 남루한 침대에 창백하게 야윈 아들린이 의식을 잃은 채 누워 있었다. 마담은 여인을 보며 저 상태로 얼마나 오래 있었는지 물었다. 클라라는 근심 어린 표정으로 침대로 다가가 이불 위에 놓여 있는 생기 없는 손을 잡고 환자의 얼굴을 들여다보았다. "눈에 초점이 없어요. 아, 가여운 사람! 성으로 데려가면 좋겠어요. 우리 성으로 가면 더 잘 보살펴줄 수 있을 텐데." 여인은 젊은 숙녀가 저 상태로 꽤 오래 몇 시간 동안 누워 있었다고 말했다. 마담은 맥을 짚고 머리를 흔들어 보았다. "이 방은 너무 밀폐되어 있어." "정말 너무 밀폐되어 있네요." 클라라가 맞장구쳤다. "할 수만 있다면 성으로 옮기는 게 훨씬 낫겠어요."

"그래, 방법을 찾아보자. 준비하는 동안 페터를 한번 봐야겠구나. 못 본 지 아주 오래되었네." 마담은 바깥방으로 나갔고 여인은 페터를 찾으러 오두막 밖으로 나갔다. 여인이 나가자 클라라가 말했다. "여긴 정말 이 가여운 사람이 머물기에 너무 남루한 집이에요. 여기선 도저히 회복할 수 없겠어요. 고모님, 그러니 우리 집으로 옮겨요. 아버지도 그걸 바라실 거예요. 게다가 이 아가씨 지금 정신을 잃고 쓰러져 있는 상태인데도 무언가 고귀한 사람이란 게 느껴져요."

"얼굴을 보고 사람을 판단하는 로맨틱한 생각은 버리라고 몇 번을 말했니? 어떤 얼굴이냐 하는 것은 별 의미가 없단다. 상태가 무척 안 좋구나. 그러니 나는 낫게 해주고 싶다. 하지만 우선 이 아가씨에 대해 페터에게 몇 가지 물어봐야겠다."

"고모님, 감사해요. 그럼 옮기면 되겠죠?" 마담 라 뤼크가 무언가 대꾸를 하려고 할 때 페터가 들어와 반가움을 표하며 무슈 라 뤼크와 클라라의 안부를 물었다. 클라라는 즉시 정직한 페터가 고향에 돌아온 것을 환영했고 페터는 클라라가 그렇게 성장한 것에 놀라움을 표하며 호들갑을 떨었다. "제가 아가씨를 제 품에 안고 어른 게 한두 번이 아닌데도, 길에서 보면 알아나 보겠습니까요? 아, 오뉴월에 오이 자라듯 쑥쑥 자란다더니!"

마담 라 뤼크는 이제 아들린의 상세한 사정에 대해 물었고 페터는 알고 있는 선에서 모두 대답했다. 자신의 주인님이 비참한 지경에 빠진 그녀를 발견해 수도원으로 데려왔고 자기가 직접 프랑스 후작으로부터 구해내 데리고 왔다는 이야기였다. 페터의 순박하고 순수한 태도를 보고 마담은 진의를 의심하지 않았다. 물론 그가 전하는 몇 가지 세부 사항들을 듣고 놀라고 연민을 표하긴 했다. 페터가 이야기를 하는 동안 클라라는 연민의 정으로 눈물을 흘렸다. 그가 이야기를 마치자 클라라가 말했다. "고모님, 아버지가 이 아가씨의 불행한 사연을 듣고 나면 틀림없이 딸처럼 대할 거예요. 저도 아가씨의 자매가 될 거고요."

페터가 맞장구쳤다. "이 아가씨는 그런 대접을 받고도

남아요. 정말 착한 아가씨거든요." 그는 그러더니 입이 닳도록 칭찬을 이어갔다. 그로서는 매우 드문 일이었다. 마담라 뤼크가 말했다. "집에 가서 오빠와 상의를 해봐야겠구나. 분명 환기가 더 잘 되는 방으로 옮겨야 해. 우리 성이 멀지 않으니 별 위험 없이 옮길 수 있을 거야."

"아, 하느님의 축복이 있으시길, 마담. 저 가여운 아가씨를 위해 마담이 이다지도 마음을 써주시다니."

그들이 성에 도착했을 때 라 뤼크는 막 저녁 산책에서 돌아온 길이었다. 마담은 아들린의 사연과 상태를 그에게 전했다. "당연히 우리 집으로 옮겨야지." 라 뤼크가 진정으로 걱정하는 마음이 눈빛에 그대로 드러났다. "환자 간호하는 데는 수전의 오두막보다 여기가 더 나을 거야."

"아버지, 저는 아버지가 그렇게 말씀하실 줄 알았어요. 제가 얼른 가서 녹색 침대를 준비하라고 시킬게요."

"조카딸, 인내심을 가져라. 그렇게 서두를 필요 없다. 우선 고려해야 할 일들이 있단다. 넌 정말 어리고 로맨틱하구나." 라 뤼크가 미소를 보였다. 마담이 다시 말을 이었다. "날이 다 저물었어. 그러니 아침 전에 환자를 옮기는 게 위험할 수도 있단다. 내일 아침 일찍 침실을 준비해놓고 환자를 데리고 오면 돼. 그동안에 내가 가서 약을 준비해놓겠다. 그러면 환자에게 도움이 될 거야." 클라라는 이렇게 시간이 지체되는 것에 마지못해 수긍했고 마담 라 뤼크는 자신의 곁방으로 물러났다.

다음 날 아침 아들린은 이불에 둘둘 쌓인 채 차가운 공기 노출을 최대한 피해 성으로 옮겨졌다. 라 뤼크는 필요한 모든 조치를 취하게 했고 클라라는 근심 걱정으로 애정을 담아 쉬지 않고 간병했다. 아들린은 그날 대부분 정신이 혼미한 상태였다. 그러나 저녁 무렵부터 호흡이 한결 용이해졌다. 여전히 병실을 지키고 있던 클라라는 마침내 환자의 감각이 돌아오는 것을 지켜보며 감격했다. 바로 이 순간이 우리가 존경스러운 라 뤼크 집안사람들 이야기로 접어든 때였다. 독자들은 라 뤼크의 미덕과 또 그가 아들린에게 보여준 호의를 보면 충분히 이렇게 그의 이야기를 전할 가치가 있다는 것을 납득할 것이다.

제17장

그래도 공상은 저 자신에게는 불친절하지만
슬픔으로 각성하여 누그러진 마음으로
피 흘리는 친구를 가리킨다.
— 콜린스[29]

  아들린은 좋은 체질을 타고났고 또 새 친구들이 살뜰히
보살핀 덕으로 일주일이 조금 지나 방에서 나올 수 있을
만큼 많이 회복되었다. 그녀는 라 뤼크에게 감사의 눈물
을 흘리며 처음 인사하게 되었다. 그녀의 태도가 매우 따
뜻하고 꾸밈없이 순수하여 그는 더욱 호감을 가지게 되었
다. 건강을 회복하는 동안 아들린은 따뜻하고 착한 품성으
로 클라라의 마음을 완전히 사로잡았고 클라라의 고모의
마음도 사게 되었다. 그리하여 마담의 평가와 클라라의 칭
찬을 듣고 라 뤼크는 아들린을 존경하게 되고 더 알고 싶
은 마음이 커졌다. 그는 인자한 표정으로 아들린을 만났는
데, 그녀는 그 표정 속에서 평화와 위안을 느꼈다. 아들린
은 마담 라 뤼크에게 자신의 사연을 이야기하며 페터가 몰
라서 하지 못한 이야기나 혹은 깜박하고 빼먹은 이야기를

자세히 설명해주었다. 단, 테오도르와 사랑하는 사이라는 이야기는 하지 않았는데, 그건 어쩌면 지레 겁을 먹고 과도하게 민감한 태도 때문에 그랬는지 모른다. 마담은 아들린의 그런 사연을 라 뤼크에게 전달하였고, 타인의 고통에 공감이 뛰어난 그는 아들린의 안타까운 사연에 더욱 마음이 쓰였다.

아들린이 성으로 온 지 이 주 정도 지난 어느 날 아침 라 뤼크는 단둘이 이야기를 하자고 청했다. 아들린은 그를 따라 서재로 들어갔다. 그는 매우 조심스럽게 아들린에게 아버지와 매우 불행한 관계인 걸 들어 알고 있다고 언급하며 이제부터 자신을 아버지라고 생각하고 이 집을 내 집처럼 생각하라고 일렀다. "너와 클라라 둘 다 나의 딸이다. 이런 자식을 두게 되어 부자가 된 것 같구나." 아들린은 무척 놀라기도 하고 매우 감사한 마음이 밀려와 한동안 아무 말을 할 수 없었다. "내게 고마워할 건 없다. 네가 무슨 말을 할지 다 안다. 난 그저 해야 할 일을 하는 것뿐이야. 나는 내가 해야 할 일과 기뻐하는 일이 일치한다는 점에 신께 감사드리고 싶다." 아들린이 눈물을 닦고 화답을 하려 했으나 라 뤼크는 그녀의 손을 잡고는 복받치는 감정을 감추려는 듯 고개를 틀고는 방에서 나가버렸다.

아들린은 이제 가족의 일원으로 대우받았다. 라 뤼크의 부정父情과 자매로서의 클라라의 우애, 그리고 마담의 한결같이 꾸준한 배려에 테오도르에 대한 걱정만 아니면 감사하는 마음만큼 행복을 누렸을 것이다. 테오도르의 소식을 들을 가망이 없는 이처럼 먼 곳에서 아들린은 그를 생각하며 매 순간 마음이 아팠다. 심지어 과거의 기억을 잠시 잊을 수 있는 잠자리에서도 온갖 무시무시한 상황에 빠진 테오도르의 모습이 무시로 나타났다. 사슬에 묶여 악당들의 손아귀에서 발버둥 치는 모습이 보이기도 했고 또 때로는 사형 집행을 위해 형장으로 끌려가는 모습이 보이기도 했다. 고통으로 일그러진 그의 표정이 보였고 미친 듯이 자신의 이름을 부르는 소리가 들렸다. 그러다 공포가 극에 달할 때쯤 잠에서 깨곤 했다.

아들린은 클라라와 취향과 성격이 비슷해 사이가 더욱 가까워졌다. 그러나 가슴을 갉아먹는 비참한 사연은 너무 민감한 이야기라고 생각되어 클라라에게 털어놓지 못했고 테오도르를 언급조차 하지 않았다. 게다가 아직 병에서 완전히 회복하지 못하여 기운이 온전치 못했고 가슴을 가득 메운 불안으로 그러한 상태를 이어갔다. 그런 음울한 생각에서 벗어나보려 안간힘을 쓰다 보면 가끔 효과가 있었다. 방대한 책을 소장한 라 뤼크의 서재에서 책을 보며 지식에 대한 갈증을 해소도 하고 고통스러운 기억에서 벗어나 마음을 쉬기도 했다. 라 뤼크와 대화를 나누며 비참한 생각에서 벗어나기도 했다.

그러나 아들린은 주로 웅대한 절경이 펼쳐진 자연 속을 거니는 것을 좋아했다. 때로는 클라라와 함께 산책하기도 했지만 주로 책 한 권을 들고 홀로 다녔다. 클라라와 산책을 하며 대화를 나누다 보면 사실 고통스러운 기억에 입을 다물 수밖에 없는 상황이 생기곤 했다. 또 때로는 상념에 잠겨 이곳저곳 홀로 헤매다 보면 적막하고 웅장한 자연이 우울한 마음을 달래주기도 했다. 그러면 사랑하는 테오도르와의 지난 모든 일들을 되짚어보며 마음속에 정확히 그의 얼굴과 분위기, 풍모를 떠올려보곤 했다. 그 기억에 눈물을 흘리다 보면 혹시 자신을 사랑한 결과로 그가 이미 불명예스러운 죽음을 맞이한 게 아닌가, 덜컥 겁이 났다. 그렇게 공황 상태에 빠지면 간신히 버텨오던 마음이 허물어지곤 했다.

그러면 그런 생각이 너무 두려워 서둘러 집으로 돌아왔고 필사적으로 과거의 기억에서 벗어나려고 라 뤼크와 대화를 나누었다. 라 뤼크는 아들린의 얼굴에 드러난 우울과 슬픔을 잔인한 아버지 때문이라고 생각하고는 더욱 애틋한 마음을 가지게 되었다. 라 뤼크는 아들린이 평온할 때에 이성적인 대화를 나누는 걸 좋아하는 모습을 보고, 지식을 갈망하는 그 마음을 채우고 또 천부적 재능이 엿보이는 그녀를 교육시키는 데 기쁨을 느꼈다. 아들린은 클라라의 아름다운 류트 연주를 좋아했고 또 그 곡들을 불러보면서 마음을 달랬다.

수심 어린 라 뤼크의 태도와 매우 닮은 우아한 아들린의 태도에 라 뤼크는 마음이 편안했고 아들린을 더욱 애틋하게 여겼다. 아들린은 라 뤼크를 완전히 신뢰하고 좋아하게 되었다. 그녀는 라 뤼크의 건강이 악화되는 것이 매우 걱정스러워 나머지 가족과 함께 그를 기쁘게 하고 생기를 불어넣기 위해 온갖 노력을 기울였다.

마음 따뜻한 라 뤼크 가족들과 고즈넉한 시골 생활 덕분에 아들린은 어느새 어지간히 마음의 평온을 되찾았다. 근처 산들의 모든 오솔길을 알게 되었는데, 그 놀랄 만한 절경은 보고 또 봐도 질리지 않았다. 종종 사람이 다니지 않는 길을 홀로 들어가 산책하기도 했다. 그러면 이따금씩 인근 마을의 농부가 지나가는 것을 볼 수 있을 뿐 매우 고적한 시간을 누릴 수 있었다. 산책을 할 때면 책 한 권을 들고 나가 혹시라도 마음속에 슬픈 생각이 밀어닥치면 독서로 주의를 돌리곤 했다. 수녀원에서 영어를 어느 정도 숙달한 아들린은 영어를 매우 잘하는 라 뤼크의 지도를 받고 이제 더 완벽해졌다 그는 영국을 좋아하고 그들의 민족성과 법 제도를 칭찬했다. 그의 서재에는 영국의 유명한 저자들의 작품이 많이 있었는데, 특히 철학 책과 시집이 많았다. 아들린은 비참한 생각에 빠지는 걸 막아주는 데 수준 높은 시만큼 좋은 글은 없다는 걸 깨닫고 영국 시를 자주 감상했다. 그러면서 곧 프랑스에 비해 영국이 더 우월하다는 것을 알게 되었다. 이런 비교를 해도 된다면, 영어라는 언어의 탁월성은 아마도 영국인들의 탁월성에서 비롯한 것이겠지만 그 언어의 탁월성이 그런 원인이 된 것도 같았다.

아들린은 자주 셰익스피어나 밀턴 책을 들고 높은 언덕에 올랐다. 그러고 바람에 나부끼는 소나무 그늘 아래 느긋하게 자리를 잡고 앉아 시인의 정취에 빠져 슬픔을 잊었다.

어느 날 저녁 클라라가 집에서 일을 하고 있을 때 아들린은 홀로 좋아하는 호숫가 바위로 산책을 나갔다. 호수가 한눈에 내다보이고 근처 높이 솟은 산들을 바라볼 수 있는 언덕 위였다. 아래 호수를 향해 수직으로 낙하하는 벼랑에 가시덩굴이 자라고 있었다. 위로는 낙엽송과 소나무, 전나무가 밤나무와 마가목과 어울려 자라고 있었다. 바람도 자는 상쾌한 저녁, 근처 나무들도 흔들림이 없었고 광활한 호수도 물결치지 않고 고즈넉했다. 아들린은 황홀경에 빠져 풍경을 감상했다. 진홍빛 빛을 뿜는 해가 호수와 저 먼 알프스산의 눈 덮인 봉우리들을 물들이며 서서히 지고 있었다. 절경이 고취하는 기쁨은 다음과 같았다.

> "몰아치는 열정 하나하나 평화로 다스리고
> 부드러운 가슴이 부풀어 오를 뿐
> 고요한 마음을 들쑤시지 않고 일깨운다!"[30]

이제 프랑스 뿔피리 소리에 고조되었다. 호수를 바라보다가 멀리서 유람하는 배 한 척을 발견했다. 그것이 이 조용한 지역에 흔치 않은 풍경이라 배에 탄 사람들이 이 고장의 아름다운 풍경을 보러 온 외국인 관광객들이거나 어쩌면 자기들의 고향 호수만큼 광활하진 않지만 장대한 풍경을 품은 호수를 즐기러 온 제네바 사람들일 거라고 생각했다. 아마도 후자로 추측하는 것이 맞을 것이었다.

점차 멀리 사그라지는 감미롭고 매혹적인 뿔피리 소리를 듣고 있자니 풍경이 더없이 아름다워 보여 언어로써 그 풍경을 그려보려 하지 않을 수 없었다. 아들린이 그린 풍경화는 다음과 같았다.

스탠자

호수가 그 풍요로운 가슴을 부드럽게 펼쳐놓는다!
그곳에 여름 하늘이 부드러운 광채로 미소 짓는다
수면 위로 바위산이 그 드넓은 몸을 누인다!
굽이진 물기슭이 그 거친 풍경을 자랑한다!

이제 태양이 서쪽 절벽으로 가라앉으며
노란 빛으로 더부룩한 숲을 물들인다
암갈색의 광대한 산 그림자가
호수의 수정 거울을 뒤덮는다.

찬란한 빛이 여기저기 황홀하게 부서지는 모습을 보라
그 산산이 부서진 흉벽! 호수를 향해 쭉 뻗은
거친 곳에서 그 위용을 자랑하네

머리 위 숲에서부터 아래로 검게 뻗어나가네

유유하고 발그레한 빛이 물에 반사되어
우뚝 솟은 바위, 그 봉우리를 덮은 숲
빛을 받은 홍벽과 검은 타워가 보이네,
일렁이는 물결 위에 살짝 흔들리며 잠을 자는 아름다움

그러나 아! 태양은 그 작열하는 광선을 기억하고
물의 환상은 차갑고 희미하게 사그라진다
저기 절벽 위로 뾰족한 바위산이 허물어지고
온화한 저녁이 자줏빛 얇은 베일을 드리운다!

우울한 뿔피리 가락이 그지없이 달콤하다!
천천히 물러나는 물결을 따라 떠돌다가
저 멀리 산 위로 올라가고는
메아리의 동굴로부터 다시 돌아와 사라진다!

고적하고 풍요로운 저녁의 그림자여, 어서 오라!
네 고귀한 상념이 내 가슴에 파고 들어와
아름답게 조율된 모든 감정을 일깨우고,
공상은 그 모든 사랑스러운 꿈을 전해준다.

라 뤼크는 아들린이 시골 풍경을 무척이나 좋아하는 것

을 알고 평소에 산책하는 좁은 범위를 벗어나 다른 풍경도 보여주고 싶어 했다. 게다가 티를 내지 않으려고 하지만 그럼에도 고스란히 드러나는 아들린의 우울한 심정을 달래주고 싶었다. 그는 말을 타고 가장 가까운 빙하 구경을 하러 가자고 했다. 높은 산을 오르는 것은 현재 건강 상태로 보아 그에게도 아들린에게도 힘들고 피곤한 일일 것이었다. 아들린은 홀로 말을 타는 것이 익숙지 않았고 산길이 위험하기도 했다. 그러나 두려움을 감추었다. 두렵기는 했지만 여행의 즐거움을 포기할 만큼은 아니었다.

나들이는 다음 날로 정해졌다. 라 뤼크와 일행은 아침 일찍 일어나 간단히 아침 식사를 하고 십수 킬로미터 떨어진 몽탕베르 빙하를 향해 출발했다. 페터가 음식 바구니를 들고 갔다. 가는 길에 예쁜 곳이 나오면 야외에서 먹을 작정이었다.

이 로맨틱한 고장의 풍경이 시시각각 색깔을 달리하며 일행을 반기자 아들린은 열정적으로 좋아했고 라 뤼크는 흡족해했으며 클라라는 완전히 도취되었다. 어느 곳은 어두컴컴하고 음울한 장대한 장관을 연출해 보는 이를 압도했다. 거대한 바위산들이 위용을 자랑했다. 또 아주 깊고 좁은 계곡으로 으르렁거리며 떨어져 내리는 폭포는 신비스러운 포말을 사방으로 날리며 인간의 발이 닿지 못하는 곳을 향하고 있었다. 또 이제는 사나운 야생의 기운이 완만하게 누그러지며,

거칠디거친 자연 사이사이로 섞여 있었고, 또 꼭대기 봉우리는 눈으로 얼어붙은 반면 그 기슭에는 덩굴이 발그레하게 자라고 있었다.

일행은 흥미로운 이야기를 나누고 풍경에 감탄하며 정오가 될 때까지 계속 나아갔다. 정오에 그들은 식사를 하기 위해 쉴 만한 곳을 찾아 둘러보았다. 좀 떨어진 곳에 성으로 보이는 폐허 건물이 보였다. 깊은 계곡 위로 쑥 내민 바위 위에 서 있었다. 건물을 둘러싼 숲 사이로 솟아 있는 부서진 탑이 그림같이 아름답게 보였다.

건물이 호기심을 자극했고 또 그 그늘이 쉼터가 되어줄 것 같았다. 라 뤼크와 일행은 그곳을 향해 나아갔다.

> "그들은 경외심으로 압도되어, 쓰러진 돔 천장을 보았다
> 한때 아름다운 여인과 기사가 휘황한 빛을 뿜었을 그곳
> 그들은 허물어가고 있는 성채의 타워를 보았다
> 헐거워진 돌벽이 흔들리는 그림자 속에 휘청거린다."

그들은 폐허 근처 높은 나무 그늘 아래 풀밭에 자리를 잡고 앉았다. 숲 사이 트인 공간을 통해 먼 알프스산맥의 전경이 드러났다. 고요하기 그지없었다. 일행은 한동안 명상에 빠졌다. 아들린은 오랫동안 잃었던 평화로운 만족감

을 느꼈다. 라 뤼크를 바라보니 한 줄기 눈물이 뺨을 타고 흐르는 게 보였다. 고양된 마음이 표정에 그대로 나타났다. 그는 애정이 그득한 눈빛으로 클라라를 바라보며 평정심을 찾으려 애썼다.

아들린이 말했다. "완전히 고요하고 호젓한 이곳의 분위기와 또 저 거대한 산들하며 이 장엄한 숲을 보세요. 이런 장관이 세월의 손때가 묻은 쇠락한 건축물과 함께, 바라보는 이의 마음에 신성한 열정을 불어넣고 진정으로 숭고한 감각을 일깨우네요."

라 뤼크가 말을 하려 할 때 페터가 다가오더니 짐을 푸는 게 좋지 않겠냐며 말을 꺼냈다. 영주님과 아가씨들께서 이 높은 곳까지 쉬지 않고 올라오셨으니 무척 배가 고프지 않으시냐며 물었다. 그들은 정직한 페터의 말이 옳다며 맞장구쳤다.

그들은 풀밭에 식사를 펼쳐놓고 살랑거리는 나뭇잎 아래 앉아, 알프스 대기의 영靈이라 할 만한 향기로운 야생화 내음을 품은 순수한 공기를 들이마시며 식사를 했다. 이런 풍경에서 먹으니 더욱 맛있었다.

다시 길을 나서려 일어났을 때 클라라가 말했다. "저는 이 매력적인 곳을 떠나고 싶지 않아요. 사랑하는 친구들과 함께 이런 나무 그늘 아래서 인생을 보내는 게 얼마나 기쁜가요?" 라 뤼크는 딸의 로맨틱하고 단순한 태도에 미소를 보였다. 그러나 아들린은 행복의 이미지가 불러오는 테오도르의 생각에 깊게 한숨을 쉬었다. 그러면서 누가 볼세라 눈물이 흐르는 얼굴을 모로 틀었다.

그들은 이제 말에 올라 길을 나섰다. 얼마 후 몽탕베르 기슭에 도착했다. 아들린은 주변의 놀라운 광경을 여러 각도에서 바라보고는 할 말을 잃었다. 일행 모두 압도된 감정으로 아무도 말을 할 수 없었다. 이 적막한 지역을 지배하고 있는 심오한 고요가 경외심을 고취시켰고 장관의 숭고함을 극한으로 부각시켰다.

아들린이 말했다. "마치 세계의 폐허 위를 걷고 있는 기분이에요. 세계가 멸망한 후 유일한 생존자가 된 것 같네요. 이 지구상에 우리만 남은 게 아니라는 걸 믿기 힘들 정도예요."

라 뤼크가 대꾸했다. "이런 장관은 보는 이로 하여금 창조주를 향해 영혼을 고양시킨단다. 그리고 우리는 인간으로서는 거의 갖기 힘든 광대한 감정을 가지고 창조주가 만드신 위대한 작품을 정관할 수 있단다." 라 뤼크는 눈물이 고인 눈으로 하늘을 올려다보며 한동안 조용한 경배에 잠겼다.

일행은 이 풍광을 뒤로하고 떠나고 싶지 않았다. 그러나 하루해가 저물고 있었고, 폭풍이 만들어지려는 듯 구름이 몰리고 있어서 서두르지 않을 수 없었다. 아들린은 폭풍의 격노를 피할 방법만 있다면 이 장관 속에 천둥이 내리치는 어마어마한 광경을 보고 싶었다.

그들은 올 때와 다른 길로 돌아갔다. 쑥 내민 벼랑 그늘은 어둑어둑했다. 호수가 보이는 곳까지 도달했을 때는 저녁이었다. 이제나저제나 올 것 같은 폭풍이 이제 빠르게 다가오고 있었기 때문에 일행은 호수를 보고 매우 기뻐했다. 알프스산에서 천둥이 으르렁거렸다. 산봉우리를 무겁게 휘감는 검은 구름들이 그 무시무시한 장엄함을 고조시키고 있었다. 라 뤼크는 서두르고 싶었지만 구불구불 가파른 산길에서 조심하지 않을 수 없었다. 어두워지는 대기와 저 멀리 지평선을 밝히는 번갯불을 보고 클라라는 겁을 집어먹었다. 그러나 아버지를 생각해서 겁먹은 티를 내지 않았다. 쩍, 쿵! 하고 천둥이 지축을 흔드는 것 같더니 그 거대한 소리가 절벽에 닿아 어마어마한 반향을 일으키며 머리 위에서 쩍쩍 갈라졌다. 그러자 클라라가 탄 말이 그 소리에 겁을 집어먹고 느닷없이 무서운 속도로 산길에서 호수를 향해 내달리기 시작했다. 천 길 낭떠러지 절벽에서 떨어질 듯 내달리는 딸을 본 라 뤼크는 기함을 했다.

클라라는 말에서 떨어지지 않았으나 공포에 사로잡혀 아무 감각이 없었다. 스스로를 지키려는 기계적 본능만 남아 자신이 뭘 하고 있는지도 인지하지 못했다. 그래도 말은 산 아래까지 안전하게 내려왔다. 그러나 속도를 줄이지 못해 호수로 직진하고 있었다. 그때 길을 지나던 어떤 신사가 고삐를 붙잡았다. 그러자 말이 급작스럽게 멈추면서 클라라는 땅바닥으로 내동댕이쳐졌고 말은 낯선 이의 손아귀에서 발버둥 치다가 물로 빠져들고 말았다. 추락의 충격으로 클라라는 의식을 잃었다. 신사는 그녀를 부축해 일으키고 그의 하인은 마실 물을 가지러 달려갔다.

클라라는 곧 의식을 회복했다. 그녀는 눈을 뜨고 자신이 어떤 기사의 팔에 안겨 있는 것을 깨달았다. 그는 안간힘을 쓰고 있었다. 기사는 클라라에게 상태를 물었고 그의 근심스러운 표정에 클라라는 정신이 들었다. 그녀가 기사에게 감사 인사를 할 때 라 뤼크와 아들린이 뛰어왔다. 아버지가 잔뜩 겁을 먹은 표정이 클라라에게도 선명해 보였다. 클라라는 기력이 없었지만 일어서려고 했다. 그러면서 희미한 미소를 보였는데 그 미소로 오히려 고통이 부각되었다. "아버지, 저 다치지 않았어요." 그러나 창백한 안색과 뺨에 흐르는 피는 다른 말을 하고 있었다. 그래도 끔찍한 불행을 걱정했던 라 뤼크로서는 딸이 말을 하는 것을 보고 기뻤다. 그는 정신을 차리고 아들린이 파우더를 바른 딸의 관자놀이를 주물렀다.

클라라는 정신을 차리고 기사에게 감사를 표했다. 라 뤼크도 감사 인사를 하려 했다. 그러나 남자는 그의 말을 가로막으며 자기는 그런 상황에서 누구라도 당연히 할 만한 일을 한 것이니 감사의 말은 안 하셔도 된다고 만류했다.

이제 를롱쿠르에서 멀지 않은 위치였다. 그러나 어둠이 내려앉았고 천둥은 계속 으르렁거리고 있어 라 뤼크는 클라라를 어떻게 집으로 데려갈지 걱정에 휩싸였다.

클라라를 바닥에서 일으켜 세울 때 남자는 어딘가 아파하는 모습을 보였다. 말이 급작스럽게 튕겨져 나갈 때 고삐를 잡고 있던 남자의 팔이 세게 당겨진 것이었다. 어깨가 삐어 팔이 축 늘어졌다. 통증은 격심했다. 딸에 대한 걱정이 누그러지고 있던 라 뤼크는 이 상황에 놀라 일행과 함께 마을로 가서 치료 방법을 강구해보자고 했다. 남자는 그의 청에 응했고, 클라라를 말에 태워 성으로 향했다.

얼마 전부터 라 뤼크 일행을 기다리고 있던 마담은 행렬이 다가오는 것을 보았다. 마담은 조카를 보고 걱정하던 일이 벌어졌구나 싶어 매우 놀랐다. 클라라는 집 안으로 옮겨졌다. 라 뤼크는 의사를 부르려고 했으나 수십 킬로미터 이내에는 의사가 없었을 뿐만 아니라 그 비슷한 일을 할 수 있는 사람도 없었다. 아들린이 클라라를 방으로 데려갔고 마담 라 뤼크가 상처를 살펴보았다. 큰 부상은 없었다. 타박상이 많긴 했지만 심각한 부상은 아니었다. 처음에 라 뤼크를 놀라게 했던 피는 이마에 입은 가벼운 타박상 때문이었다. 마담은 자신이 직접 조제한 향유 연고를 이용해 조카를 며칠 만에 치료하겠다고 말했다. 그녀는 향유 연고의 효능에 대해 장황하게 늘어놓다가 라 뤼크가 환자의 상태에 대해 일깨워줘 말을 멈췄다.

마담은 클라라의 상처를 치료하고 강력한 강심제를 주었다. 아들린은 클라라의 방에 남아 간병을 하다 잠자리에 들기 위해 자신의 방으로 돌아갔다.

큰일을 당해 정신이 없었던 라 뤼크는 누이의 말을 듣고 평온을 되찾았다. 그는 기사를 소개하며 사고에 대해 설명하고는 즉각 치료해줄 것을 당부했다. 마담은 서둘러 곁방으로 갔다. 마담이 손님의 고통에 더 큰 신경을 쓰는지 혹은 자신의 의술을 보여줄 기회를 잡은 것에 더 큰 기쁨을 느끼는지 판단하기가 어려웠다. 그야 어쨌든 마담은 매우 다급하게 자신의 "귀중하기 이를 데 없는" 향유 연고가 든 유리병을 들고 나왔다. 그러고는 기사의 하인에게 사용 방법을 자세히 설명한 후 그에게 간병을 맡겼다.

라 뤼크는 베르뇌유 기사에게 그날 밤 성에 머물 것을 권했고 기사는 그의 말에 따랐다. 그날 저녁 그는 라 뤼크가 진심으로 감사하는 태도를 보이는 만큼 솔직하고 호감 가는 태도를 보였다. 그들은 흥미로운 대화를 나누었다. 무슈 베르뇌유는 세상 경험이 많아 보였고 생각이 깊은 것 같았다. 그의 의견에 편견이 있다면 그건 선한 마음을 통해 사물을 보아서 생긴 편견이었다. 지적인 대화를 나눌 수 있는 기회가 흔치 않은 은퇴자의 삶을 사는 라 뤼크는 그와 대화를 나누며 친분을 쌓을 기회가 생겨 매우 기뻤다. 무슈 베르뇌유는 여행 중이었다. 라 뤼크는 영국에 관해 몇 가지 질문을 했고 그들은 프랑스와 영국의 국가적 특성에 대해 대화를 나누었다.

무슈 베르뇌유가 말했다. "행복의 이면을 보는 게 지혜의 특권이라면 저는 차라리 지혜를 추구하지 않을 겁니다.

영국인들의 법, 그들의 글과 대화를 보고 동시에 그들의 안색과 태도와 또 높은 자살률을 보면 우리는 지혜와 행복이 비례하는 것이 아니라는 것을 알 수 있습니다. 반면 그들의 이웃 프랑스를 보고 그들의 형편없는 정책과 또 그들의 재기 넘치고 세련된 담화, 시시한 소일거리와 그에 더해 달뜨고 생기 넘치는 태도를 보노라면 행복과 어리석음은 매우 잘 어울린다고 인정하지 않을 수 없습니다."

라 뤼크가 말했다. "행복을 얻는 게 지혜의 목적이지요. 비참함으로 향하는 행동이나 사고방식을 지혜의 이름으로 포장할 수 없습니다. 어쩌면 우리가 말하는 프랑스 사람들의 어리석음은 그 결과가 행복이므로 지혜라고 불릴 수도 있겠죠. 성찰과 예견을 가벼이 여기는 듯한 그 명랑하고 분별없는 부주의는 사람들을 철학의 굴욕에 빠지지 않게 하면서도 행복의 효과를 만들어냅니다. 그러나 실제로 지혜는 어리석음을 억제하려는 마음의 노력입니다. 그리고 프랑스인들의 행복이 마음의 결과라기보다 기질의 결과이기 때문에 그건 지혜의 이름을 받을 수 없죠."

같은 행동에 대해서 매일 이루어지는 의견이 얼마나 다양한지 논의를 하면서 라 뤼크는 흔히 의견이라 불리는 것이 사실은 얼마나 열정과 기질의 영향을 받는지 주장을 펼쳤다.

그러자 무슈 베르뇌유가 맞장구를 쳤다. "맞습니다. 음악에 으뜸음이 있듯 생각에도 어조가 있어 그 모든 더 약한 감정들을 이끌고 다니지요. 그리하여 판단의 힘이 같을지라도 판단의 경향성은 다르고, 인간의 행동은 일시적 기분이나 변덕, 또 편파적인 허영심이나 순간적으로 내키는 마음에 의해 너무 자주 휘둘리는 거죠."

라 뤼크는 이 기회를 삼아 인간의 어두운 측면만 부각시켜 인간성에 부수하는 사악한 면을 천착해서 인간의 품격을 떨어뜨리고 삶에 불만을 갖게 만드는 작가들을 비판했다. "가령 어떤 화가가 검은색으로만 작품 활동을 하면서 흑인, 검은 말, 검은 개를 보여주고 자신의 작품이 자연을 그린 거라고 말을 하면, 그러면 자연이 검은색인 건가요? 물론 그 사람이 보여주는 사물이 자연에 존재하긴 하지요. 그러나 그건 자연의 아주 극히 일부분에 지나지 않아요. 자연이 검다고 하면서 그걸 증명하기 위해 화폭에 그 모든 검은색 동물을 모아놓는 식이죠. 그러나 그러는 와중에 초록의 대지, 푸른 하늘, 백인 등 그 모든 다양한 색조의 사물을 놓치게 되는 거지요. 검은색은 그중에 아주 극히 일부분일 뿐입니다."

라 뤼크가 말을 하는 동안 무슈 베르뇌유는 독특한 생기를 띠었다. "인간의 존엄과 행복을 위해서는 모든 사람의 천성을 좋게 생각하는 게 필요하겠네요. 모든 사람의 마음에는 각각 그만의 독특한 개성으로 미덕에 부합하는 점잖은 자긍심이 있지요. 그러한 타고난 존엄에 대한 의식이 이루어져야 각자에게 자신의 영광스러운 본성이 있음을 깨달을 수 있고 그러면서 그게 비열한 악덕으로부터 자신을 보호하는 최고의 보호막이 되는 것이죠. 그 의식이 결핍되면 도덕적 명예 의식이 없고, 그러면 그 결과 더 고귀한 행동의 원칙이 결여되는 것입니다. 자신의 본성이 비열하고 이기적이라고 말하는 사람에게 무엇을 기대할 수 있겠습니까? 혹은 그렇게 생각하는 사람은 자신의 가슴의 경험으로부터, 자신의 성향으로부터 그렇게 생각하는 것이라고 누가 의심할 수 있겠습니까? 인간은 선하다고 설득하는 사람은 상대에게 그 사람이 위대하다는 것을 보여줘야 한다는 사실을 잊지 않아야겠습니다."

라 뤼크가 대답했다. "당신은 덕이 높은 마음에서 우러나오는 정직한 열정을 담아 이야기하시는군요. 그리고 당신은 진실하게 가슴이 시키는 대로 철학의 진실을 말씀하셨네요. 내 장담하건대, 나쁜 마음과 진정한 철학적 두뇌가 한 인간에게 결합되는 경우는 절대 없습니다. 타락한 성향은 가슴을 부패시킬 뿐만 아니라 이해력도 부패하게 해 거짓된 추론에 이르게 합니다. 미덕만이 진실의 편이지요."

라 뤼크와 손님은 서로에게 만족하며 매우 흥미로운 주제에 대해 대화를 나누다 보니 밤이 늦어서야 잠자리에 들었다.

제18장

애틋한 슬픔에 빠진 기억에 안도감을 주는 장면이었다.
— 「베르길리우스의 묘비명」[32]

내 무덤으로는 산들바람이 부는 언덕 아래
여기저기 제비꽃이 자라는
초록의 무성한 풀밭을 바랄 뿐,
저녁이면 해가 달콤한 빛을 선사하길.
— 『음유시인』[33]

클라라는 숙면을 취해 건강을 회복했다. 그리하여 아들린이 걱정스러운 마음에 아침 일찍 클라라의 방으로 가보았을 때 클라라는 벌써 일어나 아침 식사 자리에서 가족들과 마주할 준비를 마친 상태였다. 무슈 베르뇌유도 식사에 모습을 드러냈으나 안색을 보아 하니 제대로 휴식을 취한 것 같지 않았다. 그는 실제로 부상당한 팔 때문에 밤새 통증을 느꼈고 라 뤼크 가족 앞에서 티를 내지 않기 위해 입을 다문 채 애를 썼다. 팔이 붓고 염증이 있었다. 마담 라 뤼크가 처치한 향유 연고의 영향 때문인지도 몰랐다. 향유 연고의 회복력이 발휘되지 못했다. 가족 모두가 아파하는 그를 보며 안타까워했고 마담은 무슈 베르뇌유의 청으로 향유 연고를 포기하고 연화제 찜질로 대체했다.

찜질 치료의 덕으로 그는 금세 통증이 완화되어 아침 식사 자리에 돌아왔을 때는 매우 평온한 상태가 되었다. 라 뤼크는 딸이 무사하게 회복되어 매우 기뻐했다. 그러나 딸을 구해준 이에 대한 감사는 표할 길이 없었다. 클라라는 꾸밈없지만 겸손한 마음을 다해 진솔하게 감사를 표했고 자기 때문에 부상을 입고 고통받는 무슈 베르뇌유를 매우 걱정했다.

손님과 함께 나눈 기쁨도 크고 또 그에게 마땅히 은혜를 보답해야 한다는 생각으로 라 뤼크는 무슈 베르뇌유에게 당분간 성에 머물러달라고 당부했다. "당신이 베푼 은혜에 갚을 길이 없는 것 같군요. 그렇지만 어쨌든 저도 제 도리를 다하고 싶으니 더 오래 저의 집에 머물러달라고 부탁드립니다. 당신과 더 가까워질 수 있는 기회를 허락해주십시오."

라 뤼크 일행과 만났을 때 그저 시골 풍경을 감상할 목적으로 제네바에서 사보이의 외진 지역까지 여행하고 있었던 무슈 베르뇌유는 자신을 환대해주는 주인과 그의 주변 모든 것이 마음에 들어 기꺼이 초대에 응했다. 분별력과 성향이 일치한 경우였다. 말을 타고 여행을 계속하는 게 지금 상황에서 실행 불가능까지는 아니라 하더라도 위험한 일이기 때문이다.

오전 시간은 대화를 하면서 보냈다. 무슈 베르뇌유는 세련된 취향과 뛰어난 과학 지식, 풍부한 관찰로 지평이 넓어진 식견을 드러냈다. 성의 위치와 주변 풍경이 그를 사로잡았다. 저녁에는 라 뤼크와 함께 산책하며 이 로맨틱한 지역의 아름다움을 맘껏 감상했다. 마을을 지나갈 때 농부들이 인사를 건넸는데 말투에 사랑과 존경이 담겨 있었다. 그들은 진심을 담아 클라라의 안부를 물었다. 마을 사람들의 태도로 라 뤼크의 인격이 잘 드러났다. 라 뤼크 역시 평화롭게 만족하는 표정이었다. 마을 사람들의 사랑을 받을 자격을 얻었고 또 받고 있다는 편안한 자의식에서 비롯된 만족감이었다. "저는 자식들에 둘러싸여 살고 있습니다." 라 뤼크가 무슈 베르뇌유를 보며 말했다. "저는 교구민들을 제 자식처럼 생각하거든요. 저는 제 임무를 수행하면서 나의 양심뿐만 아니라 사람들의 감사로 보답을 받는답니다. 사람들의 단순하고 정직한 사랑을 느끼는 건 참으로 기쁜 일입니다. 그건 세상 그 어느 것과도 바꿀 수 없는 축복입니다."

"그러나 세상은 선생께서 말씀하시는 기쁨을 로맨틱한 거라고 부를 겁니다. 그렇게 순수하고 세련된 기쁨을 감지할 수 있는 건 사회의 타락한 즐거움에 오염되지 않은 마음을 가진 자만이 가능하기 때문이지요. 타락한 즐거움은 그 정교한 느낌을 무디게 하고 진정한 즐거움의 원천에 해독을 끼치지요." 그들은 호숫가를 따라 거닐고 있었다. 때로 는 쭉 뻗은 나뭇가지 아래를 거닐었고 때로는 거친 자연이 웅장하게 탁 트인 풍경을 볼 수 있는 풀밭 언덕 위를 지났 다. 무슈 베르뇌유는 희열에 감싸여 자주 발길을 멈추고 어 디서도 볼 수 없는 아름다운 풍경을 감상했고 라 뤼크는 친 구가 기뻐하는 모습에 마음이 흡족하여 이전에도 늘 보아 왔던 주변 풍광을 더욱 속속들이 눈에 담았다. 그러나 그는 이곳을 함께 누비던 오래전 작별한 아내가 생각나는 듯 목 소리와 표정에 부드러운 멜랑콜리가 스며들고 있었다.

그들은 이내 호수를 벗어나 숲 사이로 구불구불 난 가파 른 언덕길을 올랐다. 한 시간가량 지나 초록의 정상에 다다 랐다. 녹색 봉우리는 주변을 둘러싼 거친 바위들 사이에서 마치 가시 위 한 떨기 꽃처럼 보였다. 그곳은 고적한 기쁨 을 누릴 수 있는 장소였다. 감수성이 풍부한 마음에 다정한 위안을 선사하고 이젠 멀어져 아득하면서도 자주 떠올리다 보니 더욱 애틋해진 지난 회오의 이미지를 떠올리는 곳이 었다. 아래로는 바위틈으로 야생 관목이 자라고 위로는 살 랑거리는 드높은 소나무와 삼목이 우울하고 낭만적인 그늘 을 선사하고 있었다. 고요한 풍광을 한 번씩 깨우는 건 오 직 숲을 맴도는 바람 소리와 벼랑에 둥지를 틀고 사는 새들 의 쓸쓸한 노랫소리뿐이었다.

이곳에서 웅장하고 숭고한 알프스의 전체 풍경을 모 두 조망할 수 있었다. 보는 이로 하여금 이루 표현할 수 없는 날것 그대로의 경외심을 고취시키며 더 고귀한 상태로 영혼을 고양하는 것 같았다. 발아래 마을과 라 뤼크의 성이 산 정상에 모이는 폭풍우로부터 격랑을 막아줄 평화로운 은신처처럼 보였다. 무슈 베르뇌유는 경탄에 빠져 한동안 입을 다물고 있었다. 그러다가 그는 열광적으로 칭송의 말을 쏟아내며 라 뤼크를 향해 돌아섰다. 그런데 라 뤼크는 좀 떨어진 곳에서 수양버들이 풍성하게 잎사귀를 늘어뜨린 소박한 납골함 조형물에 고개를 숙이고 있었다.

그가 다가가자 라 뤼크는 몸을 돌려 그를 향했다. 무슈 베르뇌유는 납골함 조형물이 어떤 연고로 서 있는지 물었다. 라 뤼크는 대답을 하지 못하고 손으로 가리키기만 했다. 무슈 베르뇌유는 납골함에 다가가 비문碑文을 읽어보았다.

클라라 라 뤼크를 기리며.
이 납골함은 남편의 애정의 증표로
그녀가 사랑하던 장소에 세워지노라.

무슈 베르뇌유는 친구가 지닌 슬픔의 기념물을 보고 안쓰러운 마음이 들었다. 그는 라 뤼크에게 다가갔다. 라 뤼크는 언덕 꼭대기에 서서 아래 풍광을 관조하고 있었다. 평온하면서도 경건하고 체념한 기색이었다. 라 뤼크는 무슈 베르뇌유가 다소 당황한 것 같아 기분을 풀어주려 했다. "당신을 이곳으로 데리고 온 것을 저의 존경심의 표시라고 생각해주세요. 이곳은 감정이 메마른 사람들로 모독을 받은 적이 없습니다. 그런 사람들은 충직한 애정이 그토록 오래 지속되는 것을 보고 조롱하겠지요. 또 그들은 속세의 방탕한 유흥에 빠져 금세 참다운 애정 따위는 잊고 말겠지요. 저는 제 가슴속에 저의 모든 사랑을 받아 마땅한 한 여인의 기억을 고이 간직하고 있습니다. 그 기억은 제게 있어 보물 창고와 같아서 살아가며 맞닥뜨리는 근심 걱정, 노여움에서 벗어나게 하며 우울의 기색을 띠긴 하지만 다정한 위안을 선사합니다."

라 뤼크는 말을 멈추었다. 무슈 베르뇌유는 연민을 표했으나 그 슬픔의 신성함을 알고 있기에 다시 침묵했다. 라 뤼크가 다시 입을 열었다. "미래에 대한 희망 중에 가장 큰 것은 우리가 이 세상에서 사랑했던 사람들을 언젠가 다시 만날 수 있다는 것이지요. 그리고 어쩌면 우리는 친구들과 함께 어울려 행복을 누리게 되겠지요. 게다가 더 이상 죽음의 고통을 걱정하지 않아도 되는 순수한 행복일 것입니다. 서로에 대한 사랑도 더 조화로울 것이며 마음의 능력은 한없이 고양되고 확장되겠지요. 인간의 개념으로는 너무나 방대한 주제에 대해 그때는 이해할 수 있을 겁니다. 어쩌면 우리를 존재하게 한 신의 숭고함도 이해할 수 있겠지요. 미래에 대한 그런 믿음이 이 세상의 사악함으로부터 우리를 드높이고, 관조하는 자연과 우리가 하나 되게 만드는 것 같습니다.

그걸 몽상가의 망상이라고 해서는 안 되지요. 저는 그걸 현실로 믿습니다. 내가 확신하는 건 그것이 망상이건 아니건 그런 믿음은 우리의 가슴에 위안을 가져오기 때문에 소중하게 여겨야 한다는 겁니다. 게다가 그 믿음은 우리의 마음에 존엄성을 부여하기 때문에 경건한 마음으로 간직해야 합니다. 우리는 그렇게 내세의 존재에 대한 믿음을 소중하고 경건하게 간직해야 미덕을 강화할 수 있고 원칙이 흔들리지 않는 겁니다."

무슈 베르뇌유가 말했다. "저도 자주 그런 것을 느낍니다. 정직한 사람이라면 누구든 그렇겠지요."

라 뤼크와 무슈 베르뇌유는 해가 질 때까지 대화를 이어나갔다. 황혼이 내려앉아 어둑해진 산은 좀 더 숭고한 분위기를 띠었다. 일부 알프스의 높은 봉우리들은 아직 햇빛에 빛나며 아래 세상의 어둠과 심대한 대조를 이루고 있었다. 숲에서 내려와 호숫가를 가로지를 때 저녁의 고요함과 진중함이 그들의 마음속에 달콤한 수심의 그림자를 드리웠고, 그러자 그들은 침묵을 지켰다.

홀에 평소대로 저녁 식사가 준비되어 있었다. 정원을 향해 난 창문을 통해 신선한 이슬에 감사하는 듯 꽃들이 향기를 선사하고 있었다. 창문엔 들장미와 다른 관목 들이 풍요롭게 둘러싸고 있어 아름답고 단순한 장식이 되어주었다. 클라라와 아들린은 이 홀에서 저녁 시간을 보내는 걸 좋아했다. 이곳에서 그들은 천문학의 기초를 익히며 천상을 드넓게 관찰하곤 했다. 라 뤼크는 그들에게 행성과 별을 보여주며 그 법칙을 설명했고 그걸 기회로 도덕과 과학 교육을 연결시켰다. 그러다 보면 인간의 이해 범주를 뛰어넘는 위대한 조물주를 향하곤 했다.

그는 때로 이렇게 이야기하곤 했다. "천문학처럼 마음을 확장시키고 신의 대한 숭고한 생각으로 고취하는 학문은 없단다. 상상력이 우주 공간으로 확장되면 그 공간에 흩뿌려진 무한한 세상을 관조하게 되면서 우리는 놀라움과 경외심에 압도당한단다. 이 지구는 광대한 우주에서 원자의 덩어리로 보이며, 인간은 그저 벌레만 하게 보일 뿐이다. 그러나 얼마나 굉장하니! 존재의 눈금에서 한없이 보잘것없는 인간이 시간과 공간의 협소한 경계를 뛰어넘을 힘을 가지고 있다는 것, 그리하여 자기 존재의 구역을 벗어나 자연의 비밀스러운 법칙에 침투해 들어가 그 진행하는 결과를 추론할 수 있다는 것 말이다.

오! 이것이 우리 존재의 영성靈性을 얼마나 절절히 증명하는 것이더냐! 유물론자들은 그걸 생각해보아야 하고 의심을 했다는 사실에 얼굴 붉힐 줄 알아야 한다."

이 홀에서 가족 전체가 저녁 식사를 했고 잠자리에 들기 전까지 여러 주제에 대해 대화가 이어졌다. 클라라는 겸손하면서도 명민한 말로 참여했다. 라 뤼크는 추론에 익숙해지도록 그녀를 교육했고 자신의 감정을 자유롭게 표현하도록 가르쳤다. 클라라는 매우 매력적이면서도 단순하게 이야기를 했고 듣는 이들은 그녀가 허영심이 아니라 지식을 사랑하는 마음으로 대화를 한다는 것을 알 수 있었다. 무슈 베르뇌유는 그녀의 감정을 이끌어내도록 애를 썼고 가식을 모르는 클라라는 그가 꺼내는 주제에 대해 흥미를 느끼면서 솔직하고 생기 넘치는 태도로 대답을 하곤 했다. 그들은 대화에 서로 즐거워했다.

무슈 베르뇌유는 나이가 서른여섯 살 정도 되었다. 풍모는 남자다웠고 얼굴은 솔직하고 매력적인 표정이 특징이었다. 눈빛은 예리했고 그 예리함은 자비로 부드럽게 완화되었다. 그 눈빛이 성격의 주된 특징을 보여주었다. 그는 사리 분별이 빨랐으며 그러면서도 인간의 어리석음을 용서하는 데 관대했다. 그는 그 누구보다 예리하게 상처를 느꼈지만 상처를 준 자의 사과는 기꺼이 받아들였다.

그는 프랑스 태생이었다. 최근에 재산을 물려받고 나서 활동적이고 호기심 많은 마음으로 대륙의 경이로운 곳곳을 살펴보기로 한 계획을 실행에 옮길 수 있게 되었다. 그는 각별히 아름답고 숭고한 자연에 마음이 갔다. 그런 취향을 가지고 있기에 스위스와 인근 지역이 그 어느 곳보다도 더 흥미를 끌었다. 그는 그 풍경이 넘치는 상상력으로 그려 본 그 어떤 그림보다 훨씬 훌륭하다는 사실을 깨달았다. 그는 화가의 눈으로 바라보았고 시인의 희열로 느꼈다.

그는 라 뤼크의 집에서 환대를 누렸다. 그 지역의 특징인 솔직함, 단순함이 묻어나는 진솔한 환대였다. 존경스러운 주인은 철학의 힘과 인간애의 가장 고귀한 정이 결합되어 있었다. 그 철학은 감정을 무력화시키는 게 아니라 감정을 바로잡는 데 유용한 철학이었다. 클라라는 만개한 꽃처럼 아름다웠고 가장 완벽하고 담박한 마음의 소유자였다. 아들린은 우아함과 품위를 다 지녔고 품격 높은 교양을 지닌 천부적 재능이 있었다. 이 가족의 그림에서 마담 라 뤼크의 선량함도 절대 빼놓을 수 없는 한 면모였다. 성안에 흐르는 즐거움과 조화는 큰 기쁨을 주었다. 그러나 목사의 가슴에서 흘러나오는 신성한 박애심은 마을 전체에 퍼져 있었고 마을 사람들은 다정하고 굳건한 사회 결속을 이루고 있었다. 마을의 지형과 위치는 이러한 상황들과 결합하여 를롱쿠르를 거의 낙원처럼 보이게 했다. 무슈 베르뇌유는 조만간 이곳을 떠나야 한다는 사실에 한숨이 났다. "다른 곳을 더 돌아보지 않아도 되겠어. 이곳이야말로 지혜와 행복이 함께하는 곳이야."

경탄은 호혜적인 것이었다. 라 뤼크와 가족은 무슈 베르뇌유에 큰 관심을 가졌고 그가 떠날 날이 다가오는 게 아쉬웠다. 그들은 매우 따뜻한 태도로 더 머물 것을 권했고 그 자신도 그러고 싶은 마음이 커서 그는 그들의 청을 기꺼이 수락했다. 라 뤼크는 손님이 즐거워할 만한 일은 아무것도 놓치지 않았고, 며칠 사이에 팔을 회복한 그와 함께 등산을 하곤 했다. 마담의 세심한 보호를 받고 회복한 클라라와 아들린도 대부분 함께했다.

성에서 일주일을 보낸 후 무슈 베르뇌유는 라 뤼크 가족에게 작별을 고했다. 그들은 서로 굉장히 아쉬워하며 이별했다. 무슈 베르뇌유는 여행을 끝내고 제네바로 돌아가는 길에 를롱쿠르에 들르겠다고 약속했다. 그들이 작별 인사를 나눌 때 근래 들어 계속 악화되고 있는 라 뤼크의 건강 상태를 유심히 살펴보아왔던 아들린은 그의 수척한 얼굴을 안타깝게 바라보며 무슈 베르뇌유가 다시 방문할 때까지 무탈하게 살 수 있기를 남몰래 기도했다.

마담만이 무슈 베르뇌유가 떠나는 걸 안타까워하지 않은 유일한 사람이었다. 그녀는 손님을 대접하기 위해 애쓰는 오빠가 현재의 건강 상태로는 무리한 일을 하는 것이라고 판단했고 그가 떠나면 맞게 될 조용한 일상에 기뻐했다.

그러나 이러한 조용한 일상에도 라 뤼크는 병이 호전되지 않았다. 요즘 자주 다녔던 나들이로 쌓인 피로가 증상을 악화시킨 것 같았고 그게 이내 폐결핵의 양상을 띠기 시작했다. 그는 가족들의 간청으로 제네바로 가서 진찰을 받고 니스로 요양을 가는 게 좋겠다는 조언을 들었다.

그러나 그는 그곳까지의 거리가 상당했고 목숨은 위태롭다고 생각하며 갈지 말지 망설였다. 게다가 오랫동안 교구를 비워두는 게 내키지 않았다. 그는 니스의 기후에 대해 의사의 의견과 같은 믿음이 있었던 터라 그가 니스행을 꺼리는 이유는 오직 그뿐이었다.

교구민들은 목사의 생명이 자신들에게도 굉장히 중요

하다고 믿었다. 그들은 단체로 그를 방문해서 부디 요양을
떠나 건강을 회복하시라고 진심으로 간청했다. 그는 마을
주민들의 진심에 무척 감동했다. 그들이 보이는 진심과 가
족들의 간청을 들으며 살기 위해 애를 쓰는 것이야말로 그
들을 배려하는 것이라 생각하고는 이탈리아로 떠날 결심을
했다.

라 뤼크는 클라라와 아들린도 좋은 공기를 마시는 게 건
강에 도움이 될 것이라 생각하여 둘도 합류하게 하고 충직
한 페터와 함께 여행을 떠났다.

그가 떠나는 날 아침 많은 교구민들이 작별을 고하기 위
해 그의 집 앞에 모였다. 감동적인 장면이었다. 어쩌면 서
로 다시 볼 수 없을지도 모르는 일이었다. 라 뤼크는 눈물
을 닦고 말했다. "친구들이여, 신께 의탁합시다. 신께서는
몸과 마음의 모든 병을 낫게 하실 힘이 있습니다. 우리는
다시 만날 겁니다. 설령 이 세상이 아니더라도 말이지요.
더 나은 세상에서 만나기를 기원합니다. 더 나은 세상에서
만날 수 있으려면 그에 맞게 행동해야 합니다."

사람들은 우느라 아무 대답을 못 했다. 울지 않는 사람
이 거의 없었다. 라 뤼크를 보러 나오지 않은 주민이 거의
없을 정도였다. 그는 그들 모두와 악수를 했다. "친구들이
여, 잘들 지내시오. 우리는 다시 만날 겁니다." 사람들이 한
목소리로 대답했다. "신께 간청드리오니, 그리해주실 것입
니다."

그가 말에 오르고 클라라와 아들린도 준비를 다 마쳤다. 일행은 마지막으로 마담 라 뤼크와 작별 인사를 나누고 성을 떠났다. 마을 사람들은 라 뤼크와 헤어지는 게 서운해 마을에서 꽤 먼 곳까지 그를 배웅했다. 그는 천천히 앞으로 나아가며 고개를 돌려 아쉬운 듯 자신의 집을 바라보았다. 오랜 세월 평화로운 나날을 보낸 집을 바라보며 어쩌면 마지막이 될지 모른다는 생각에 눈물이 차올랐으나 가까스로 참았다. 지나는 곳마다 아름다운 추억이 떠올랐다. 그는 고인이 된 아내의 추모 기념비가 있는 곳을 바라보았다. 아침 안개가 그곳을 감싸고 있어 보이지 않았다. 라 뤼크는 아쉽다 못해 왠지 큰 상실감이 밀려왔다. 그러나 사랑하는 대상과 아주 조금이라도 연관된 사물이라면 우리의 마음이 그것에 얼마나 집착하는지 경험으로 아는 사람은 그의 그런 마음을 이해할 것이다. 그것은 라 뤼크의 애정이 머무는 대상이다. 그것은 시각적 기념물이어서 그것을 보면 사랑하는 사람과 연관된 아름다운 추억이 모두 고스란히 소환된다. 그러한 경우에 상상력은 강렬한 애정의 신기루를 구체적인 현실처럼 체화시키고 그 사물은 로맨틱한 애정의 대상으로 소중히 여겨진다.

마을 사람들은 마을에서 거의 1.5킬로미터 가까이 그를 따라왔고 이제 그만 돌아가라고 해도 듣지 않으려 했다. 그는 다시 한번 작별을 고했다. 축복과 기도가 그의 뒤를 따랐다.

라 뤼크 일행은 수심에 잠겨 침묵한 채 천천히 나아갔다. 그들의 침묵에는 기분 좋은 슬픔이 어려 아무도 쉬이 입을 열지 않았다. 지나는 길의 고적하고 웅장한 풍경과 머리 위에서 속삭이는 소나무들이 그들의 명상을 도왔다.

그들은 평탄한 길로 나아갔다. 며칠 동안 피에드몽의 로맨틱한 산악 지역과 초록의 계곡을 지나 풍요로운 니스로 들어갔다. 굽은 언덕길을 돌자 기분 좋고 화려한 전경이 마치 동화 속 풍경, 혹은 시인이 펼쳐놓은 한가로운 그림처럼 펼쳐졌다. 소용돌이 모양의 산봉우리들이 눈에 덮인 차가운 겨울을 드러낸 반면, 길가에는 소나무와 삼나무, 올리브 나무와 도금양이 초록빛 봄의 색을 뽐내고 있었고, 앞쪽으로는 오렌지와 레몬, 시트론이 화려한 가을빛을 자랑하고 있었다. 더 나아갈수록 풍경은 좀 더 다양하고 풍요로워졌다. 그러다가 마침내 언덕을 거의 내려오자 저 먼 곳으로 지중해가 보였다. 구름 한 점 없는 푸른 수평선이 시야에 들어왔다. 아들린은 이제껏 바다를 본 적이 없었다. 꿈결 같은 이 풍경이 상상력을 자극했고 어서 가까이 보고 싶어 마음이 바빠졌다.

날이 저물 무렵 일행은 니스를 둘러싼 원형 극장식의 지형을 이루는 알프스산맥의 산길을 굽이굽이 돌아내려와 해변까지 뻗은 초록 언덕을 내려다보았다. 도시가 보이고 또 고대의 성이 보이며 드넓은 지중해도 보였다. 저 멀리 코르시카섬의 산들도 보였다. 드넓게 펼쳐진 바다와 육지는 다양하기 그지없는 풍경을 선사하며, 때로는 기분 좋고 때로는 웅장하며 또 때로는 무섭게 압도하는 장관이 보는 이의 눈을 사로잡았다. 아들린과 클라라는 그러한 풍경을 처음 보는 데다 뜨거운 가슴으로 인해 그 매력이 배가되었다. 미소를 짓고 있는 이 고장이 부드럽고 상쾌한 공기로 라 뤼크를 환영하는 것 같았고 화창한 대기는 따뜻한 여름을 약속하는 것 같았다. 그들은 마침내 니스가 자리한 작은 평원으로 내려왔다. 여행길에 오른 후 이제껏 보아온 곳 중에 가장 너른 평지였다. 이곳 북쪽과 동쪽을 병풍처럼 막아주는 산의 품속에는 서풍만이 불고 있어 그 모든 봄꽃들과 풍요로운 가을색이 함께 어우러지고 있었다. 길가에는 도금양 나무가 오렌지 숲과 레몬, 베르가모트와 어우러져 달콤한 향을 내뿜고 있었다. 거기에 더 아래로는 장미와 카네이션이 합세하고 있었다. 평지에서 바깥쪽으로는 완만한 언덕이 보였는데, 그곳에는 포도밭이 이어졌고 그 위로는 다시 삼나무 숲과 올리브, 대추야자 나무들이 보였다. 다시 그 위로는 일행이 내려온 가파른 산맥이 있었다. 그곳 산 정상에서 녹은 눈이 작은 강 파글리옹[34]의 시원이 되는데 그 물이 굽이쳐 돌아 평원까지 내려와 니스를 지나 지중해로 이어진다. 아들린은 이 풍요로운 지형과 슬픈 대조를 이루는 농부들의 야위고 불만스러운 표정을 보고 다시 한번 전제 정부의 폐해를 실감했다. 관대한 자연 자원은 모두에게 돌아가야 하지만 소수가 독점하고 많은 사람들이 눈에 보이는 풍요에 조롱을 당하듯 배고픔에 허덕이고 있었다.

도시는 가까이 다가갈수록 그 매력을 잃었다. 좁은 길목과 초라한 집 들은 멀리 보이는 도시의 성벽과 배들이 가득한 바쁜 항구의 모습이 약속하는 풍요의 모습을 배반하고 있었다. 라 뤼크 일행이 당도한 여관의 모습 또한 실망을 누그러뜨리지 못했다. 노인들의 요양 리조트로 유명한 도시의 그저 그런 여관에 한 번 놀라고, 가구를 갖춘 숙소를 찾기가 어렵다는 점을 알고 더 크게 놀라지 않을 수 없었다.

여기저기 많이 찾아본 끝에 도심에서 조금 벗어난 지역에 작지만 쾌적한 집을 구했다. 정원이 있었고 바다가 보이는 테라스도 있었다. 또 니스의 집들에서는 흔치 않은 쾌적한 공기를 맛볼 수 있었다. 그는 주인 가족 부부와 또 다른 숙박객들과 함께 이 집에 머물기로 했다. 이렇게 그는 매력적인 기후를 맛볼 수 있는 곳의 임시 거주자가 되었다.

다음 날 아들린은 바다가 주는 새롭고 숭고한 감정에 빠지고 싶어 아침 일찍 일어나 클라라와 함께 탁 트인 전경을 볼 수 있는 언덕으로 올랐다. 그들은 높은 나무들로 둘러싸인 둑길을 걸어가다가 마침내 쭉 뻗어 나온 높은 언덕에 도달했다. 그곳은

"하늘과 땅과 바다가 미소 짓고 있었다!"[35]

그들은 드높은 야자나무 아래 바위에 앉아 웅장한 풍경을 느긋하게 감상했다. 수평선 위로 태양이 막 떠올랐다. 그러면서 홍수처럼 빛을 뿜어내며 수평선 위로 오르는 안개에 수천 가지 밝은 색조를 뿌리고 있었다. 안개는 크리스털처럼 투명한 물 위로 가벼운 구름이 되어 떠 있었다. 바위에 부딪는 물은 새하얀 포말로 날리고 있었다. 저 멀리로는 어선들의 돛이 보였고 그 너머 더 멀리에는 코르시카섬의 언덕이 천상의 빛처럼 푸른빛으로 빛나고 있었다. 잠시후 클라라는 연필을 꺼냈다가 낙담하여 던져버렸다. 로맨틱한 계곡을 통해 집으로 돌아오는 길에 아들린은 이 장관의 감상에서 벗어나 그 이미지가 머릿속에 맴돌 때 부드러운 색조로 다음과 같은 시를 지었다.

일출: 소네트

동이 트면 나는 길을 나서

손을 흔드는 무성한 나뭇가지가 늘어진 시원한 골짜기로 향해

움이 트는 오월의 풍요로운 향을 마시고

멀리까지 뻗은 여울물의 속삭임에 귀 기울이고

투명한 개울 언덕에 앉아 달콤한 휴식을 취하네

봉오리를 연 백합이 은은한 향을 뿜고

야생 사향장미가 오솔길 따라 눈물을 흘리기도 하고

동쪽 벼랑을 오르기도 하네, 벼랑의 머리는

안개에 쌓인 푸른 바다 위로 아스라이 떠 있네

아름다운 아침 빛깔이 대기를 채우고

투명한 평원을 장밋빛 광채로 물들이는 것을 바라보네

오! 태양이 물 위로 처음 그 광채를 비추기 시작하면,

온통 넘실대는 물의 세상이 펼쳐지고

천상의 광활한 천장이 살아 있는 빛으로 빛나니,

영혼을 파고드는 그 희열을 누가 형언할 수 있겠는가.

그러면 눈부신 건강과 기쁨, 요정의 꾀를 품고

삶의 젊은 시간은 매혹적인 미소를 짓는다!

　　라 뤼크는 산책길에 자신과 같이 요양차 니스로 온 양식 있고 호감 가는 몇몇 말동무를 사귀었다. 그중에 그는 소수의 사람들과 친구가 되었는데, 예의가 바르고 멜랑콜리에 젖은 태도가 매력적인 한 프랑스 사람이 각별히 관심을 끌었다. 그는 자신과 가족에 관한 이야기는 거의 하지 않았으나 다른 주제에 관한 대화에서는 솔직한 태도로 해박한 지식을 드러내곤 했다. 라 뤼크는 그를 자주 숙소로 초대했으나 그는 매번 거절했다. 그러나 거절하는 태도도 매우 정중하고 신중해서 불쾌하지 않았고 라 뤼크는 그가 마음의 상처가 있어 낯선 사람들을 꺼리기 때문에 거절하는 것 같다고 생각했다.

　　라 뤼크가 이 외국인에 대해 설명하자 클라라는 호기심

을 보였고, 아들린은 불행한 사람들이 서로에게 느끼는 연민을 느꼈다. 저녁 산책에서 돌아오는 길에 라 뤼크는 그 기사를 가리키며 그를 따라잡으려 서둘렀다. 아들린은 순간 그를 따라가고 싶었으나 배려하고 품위를 지키려는 마음으로 자제했다. 그녀는 상처받은 사람은 낯선 이와 함께 있는 것이 얼마나 괴로운 일인지 알기 때문에 단지 호기심을 채우려는 목적으로 가까이 다가가려는 마음을 자제했다. 그리하여 그녀는 다른 길로 접어들었다. 그러나 그렇게 배려하는 마음으로 피했던 그를 며칠 후 우연히 맞닥뜨리게 되었고 라 뤼크가 그를 소개했다. 아들린은 따뜻한 미소로 그를 맞았으나 자기도 모르게 나오는 연민의 태도를 자제하려 애썼다. 아들린은 자신이 그를 보고 불행하다는 인상을 받았다는 것을 그가 몰랐으면 했다.

이때 인사를 나눈 후 그는 더 이상 라 뤼크의 초대에 거절하지 않고 자주 방문했으며 산책을 나갈 때 아들린과 클라라와 동행하곤 했다. 그는 부드럽고 현명한 아들린과의 대화에 마음의 위안을 얻었고 그러다 보니 그녀가 있을 때는 그동안 라 뤼크가 그에게서 보지 못했던 생기 있는 모습을 보였다. 아들린 또한 취향이 비슷하고 지적인 대화를 이끌 줄 아는 그를 보고 만족했으며 실의에 빠진 모습에 연민을 느끼면서 편하게 그를 대했다. 그리하여 그는 좀처럼 보이지 않는 마음 편하고 솔직한 태도로 대화를 하곤 했다.

그는 좀 더 자주 방문해 라 뤼크와 그의 가족과 함께 산책했다. 그는 니스 인근 지역을 풍요롭게 만드는 웅장한 고대 로마 유적을 보기 위한 나들이에 그들과 함께했다. 숙녀들이 집에 머물 때면 책을 낭송해주기도 했다. 그럴 때면 두 숙녀는 그가 무거운 멜랑콜리에서 다소 기운을 차리는 것 같아 마음이 흡족했다.

무슈 아망은 음악에 대단한 열정을 품고 있었다. 클라라는 자신이 좋아하는 류트를 챙겨 오는 걸 잊지 않았다. 그는 이따금 매우 달콤하고 애처로운 화음을 넣어 심금을 울리곤 했는데 연주해달라고 아무리 청해도 거절하곤 했다. 그는 아들린이나 클라라가 연주할 때 깊은 몽상에 빠져 주변의 모든 것에서 시선을 거둬들였으나 단 애처로운 시선으로 아들린만을 바라보았고 때로는 그러면서 깊은 한숨을 쉬곤 했다.

어느 날 저녁 아들린은 라 뤼크와 클라라가 이웃집에 방문할 때 함께 가지 않고 남아 바다를 굽어볼 수 있는 정원 테라스로 나갔다. 해가 지며 고요하고 찬란한 빛이 수면에 비쳐 반짝반짝 빛날 때 류트의 현을 뜯기 시작했다. 그러면서 어느 날 셰익스피어의 천재적인 감정 표현이 잘 구현된 『한여름 밤의 꿈』을 읽고 난 후 영감을 받아 쓴 글귀를 담아 노래하기 시작했다.

티타니아, 연인에게

오! 나와 함께 높은 대기를 날아
서쪽 바다를 수놓은 섬들로 가자!
그곳 웃고 있는 여름이 잔치를 베풀며
모든 절벽마다 화환을 드리웠으니.

초록의 투명한 물을 타고
빛이 파도 위로 떠 나아가듯 그곳으로 가자
님프들이 즐겁게 나를 반겨 저 아래
그들의 산호 동굴로 나를 데려갈지니.

그들의 변두리 백사장 위로
황혼이 신선한 저녁을 불러오면
나는 모든 명랑한 악단들과 함께 가
초록 바다 쉼터에서 그들을 유혹해낼지니.

그러면 그들은 우리의 희롱을 즐겁게 바라보며
바다의 품에 목욕을 하고
우리가 춤을 추고 또 추면
그들은 파도에서 음악을 지어낼지니.

그 찬란한 나라로 우리 어서 가자

명랑한 자메이카가 제 풍경을 펼쳐놓은 곳,
길들지 않은 푸른 산을 드높게 올려놓고서, 숭고하여라!
선명한 초록으로 골짜기를 물들인 곳.

화려한 수목으로 장식한 높은 옥좌에 앉아
초목의 힘이 지배하는 곳
언덕과 개활지가 드넓게 펼쳐진 곳
크고 작은 모든 관목들과 온갖 색채의 과일이 자라는 곳.

자메이카는 태양의 작열하는 빛을 훔쳐
꽃들을 다채로운 색깔로 칠하고
포도에는 보랏빛을 입히고
푸릇푸릇한 잎사귀들을 돋게 한다.

그곳, 도금양 관목, 레몬 숲이
사뿐히 춤을 추는 우리의 머리 위로 차양을 드리우고
그곳, 한낮의 광채가 떠날 준비를 하면
해풍이 찾아와 맴을 돈다.

가짜 달이 달아날 때
혹은 뒤를 쫓는 아침이 밝아올 때
반딧불이의 빛나는 눈빛에 기대
우리는 겁 없이 뛰논다.

그러곤 은백색의 보드라운 수염이 달린
달콤한 갈대의 줄기를 빨아 먹거나
코코아의 뽀얀 낭을 찔러
달콤한 즙을 즐겁게 빨아 먹는다!

그러곤 천둥이 으르렁거리고
번개가 어둠을 가를 때면
우리는 삼목 줄기 안으로 피신하여
그 풍성한 향을 맡으며 신나게 주연을 즐긴다!

그러나 우리가 가장 좋아하는 것은 종려나무 아래
혹은 푸릇한 바나나 나무의 드넓은 잎사귀 아래
한밤의 고요 속에 사랑스러운
필로멜라의 슬픈 노랫가락을 듣는 것이니.

언젠가 죽는 운명의 영혼에게는 그렇게 감미로운 소리,
그렇게 그지없는 행복의 시간은 절대 알려지지 않았으
니!
오! 나와 함께 환상적인 비행을 합시다
그러면 내가 그 모두를 그대의 것으로 만들어줄 테니!

아들린은 누군가 낮은 목소리로 따라 부르는 소리를 듣

고 즉시 노래를 멈췄다.

> 언젠가 죽는 운명의 영혼에게는 그렇게 감미로운 소리,
> 그렇게 그지없는 행복의 시간은 절대 알려지지 않았다!

소리가 나는 쪽으로 고개를 돌려보니 무슈 아망이 보였다. 아들린은 얼굴을 붉히며 류트를 내려놓았다. 그랬더니 그가 즉시 그걸 들어 올리며 떨리는 손으로 연주를 이어갔다.

> "죽음의 늑골 아래 영혼을 만들어내리라."[36]

그는 섬세하게 떨리는 아름다운 목소리로 다음과 같이 노래했다.

소네트

> 처음 부드럽게 밀고 들어오는 사랑은 그 얼마나 감미로운가
> 사랑은 화관을 두르고 달콤하게 미소 짓네!
> 그의 푸른 눈은 눈물 어린 매혹으로 가득하고
> 애틋하고 황홀한 빛이 반짝이네
> 희망은 그를 환상적인 길로 이끌고
> 믿음과 공상은 여전히 현혹한다―

믿음은 급히 제 올가미에 말려들고

아름다운 공상은 그 유쾌한 마법의 힘으로

홀리다가 저 스스로 홀리고 만다—

처음 부드럽게 밀고 들어오는 사랑은 그 얼마나 감미로
운가!

사랑은 그 가슴이 감미로운 슬픔의 매혹에 넘어가

애달파하는 걸 허락지 않네—

신이 자신의 솜씨에 의기양양하여 가차 없이

눈살을 찌푸리며 독화살을 쏘기 전에는 절대 허락지 않
네!

무슈 아망은 연주를 멈췄다. 그는 매우 괴로워 보였다.
끝내 눈물을 흘리며 악기를 내려놓고는 휙 몸을 돌려 테라
스의 끝으로 가버렸다. 아들린은 그가 흥분한 것을 보지 못
한 척하며 일어서서 벽에 기댔다. 테라스 아래로 어부들이
그물을 끌어올리느라 분주한 모습이 보였다. 얼마 후 그가
평정심을 찾은 표정으로 돌아왔다. "갑작스러운 저의 행동
을 용서해주시지요. 어떻게 사과를 드려야 할지 모르겠으
나, 그 원인을 말씀드리는 것이 가장 낫겠지요. 저는 당신
을 매우 닮은 한 여인이 떠올라 눈물을 흘렸습니다. 그 여
인은 제 곁을 영원히 떠났고요." 그는 목소리가 떨리더니
말을 멈추었다. 아들린은 여전히 입을 다물고 있었다. "류
트는 아내가 좋아하는 악기였습니다. 당신이 그렇게 우울

한 표정으로 류트를 연주할 때 저는 바로 눈앞에 아내의 이미지를 보았습니다. 그러나 아아! 제가 왜 저의 슬픈 사연을 당신께 말씀드려 당신을 심란하게 하는지! 아내는 떠났고 영원히 돌아올 수 없는 것을! 그리고 아들린 당신은⋯⋯" 그는 말을 잇지 못했다. 아들린은 안쓰러운 마음으로 그를 바라보다가 그의 눈빛에서 불안한 표정을 보았다. 그녀가 말했다. "그 기억이 무척 고통스러운 것 같습니다. 집 안으로 들어가시지요. 무슈 라 뤼크가 돌아오셨을지도 모르겠네요." "오, 아니, 잠깐⋯⋯ 바람이 좋군요. 제가 이 시간이면 아내와 자주 대화를 나누곤 했습니다. 지금처럼요. 아내의 목소리도 그렇게 부드러웠고, 표정도 이루 말할 수 없이 아름다웠답니다." 아들린이 그를 막아섰다. "부디 건강을 생각하세요. 이슬이 이렇게 차서 환자에게는 좋지 않습니다." 두 손을 맞잡고 선 채로 그는 아들린의 말을 듣는 것 같지 않았다. 아들린이 자리를 뜨기 위해 류트를 들다가 손가락이 현에 닿았다. 그 소리에 그는 정신을 차렸다. 그는 불안한 눈빛으로 아들린의 눈을 오래 바라보았다. "저 먼저 갈까요?" 아들린이 미소를 띠며 자리를 뜨려는 태도로 물었다. "좀 전에 연주하신 곡을 한 번 더 청해도 될까요?" "네, 그러죠." 그녀는 곧바로 연주를 시작했다. 그는 야자나무에 기대어 귀를 기울였다. 음악 소리가 퍼지자 차츰 혼란스러운 표정을 풀고 눈물을 흘리기 시작했다. 노래가 끝날 때까지 조용히 눈물을 흘렸다. 그러고도 얼마 지나서야 말을 할 수 있었다. "아들린, 어떻게 감사를 드려야 할지 모르겠네요. 이제 평정심을 찾았습니다. 당신이 다친 마음을 위로해주었네요. 오늘 저녁 있었던 일은 다시는 언급하지 않아주시겠죠? 그럼 저도 다시는 이런 민감한 일로 당신을 당황하게 하지 않겠습니다." 아들린은 약속을 했고 무슈 아망은 우울한 미소를 지으며 그녀의 손을 한 번 잡고는 서둘러 정원을 빠져나갔다. 아들린은 그날 밤 그를 다시 보지 못했다.

니스에 온 지 거의 이 주가 지났지만 라 뤼크의 건강은 호전되지 않고 오히려 악화되는 것 같았다. 그러나 그는 이 기후를 좀 더 즐기고 싶어 했다. 이곳의 공기는 덕망 있는 라 뤼크의 건강을 회복시키지는 못했지만 아들린에게는 생기를 불어넣었다. 주변 지역의 다양하고 새로운 풍경이 즐거움을 주었다. 물론 그렇다고 해서 과거의 기억을 지우거나 사랑의 고통을 억누르지는 못했다. 또 우울함에서 오는 무기력을 떨쳐내지도 못했다. 일행은 아들린이 슬픔에 빠지지 않도록 주의를 돌리게 유도했고 그래서 일시적으로 위안을 얻긴 했지만 그렇게 힘들게 애쓰고 난 후에는 더 우울해졌다. 적막한 시간에 홀로 있을 때, 아름다운 자연을 고요하게 바라볼 때 그녀는 차분하게 마음을 가라앉힐 수 있었다. 그럴 때면 이제 습관이 된 수심 어린 상념에 빠져들어 마음을 달래고 기운을 차렸다. 자연이 선사하는 그 모든 것 중에 바다가 가장 숭고한 감탄을 불러일으켰다. 아들린은 바닷가를 홀로 거니는 걸 좋아했다. 사람들과 어울리

지 않아도 될 때 홀로 몇 시간이고 해변에 앉아 부딪는 파
도를 보며 그 속삭임을 듣곤 했다. 그러다 보면 옛일들이
떠오르고 테오도르의 얼굴이 어른거렸다. 회오와 연민의
눈물 뒤엔 절망이 뒤따랐다. 그러나 이러한 기억이 예전처
럼 고통스럽긴 마찬가지였지만 사보이에 있었을 때만큼 광
포한 슬픔을 자극하진 않았다. 가슴을 찌르는 비참함이 사
라진 건 아니었으나 그 극렬함이 누그러졌다. 이런 혼자만
의 사색 뒤엔 평온함이 찾아왔고 체념이 뒤를 이었다.

   아들린은 보통 아침 일찍 일어나 해변으로 산책을 나갔
다. 조용하고 서늘한 이른 아침에 신선하고 아름다운 자연
을 맛보고 순수한 바닷바람을 흡입하곤 했다. 이때는 모든
사물이 산뜻하고 생기 있는 색채로 미소 지었다. 푸른 바
다, 빛나는 하늘, 먼 곳에 보이는 흰 돛을 단 어선들, 이따금
대기에 퍼지는 어부들의 목소리가 생기를 북돋아주었다.
그런 산책길 중 어느 때 시의 향기에 취해 다음과 같은 시
를 낭송했다.

바닷가의 아침

넵투누스의 보드랍고 노란 모래밭에
어떤 요정의 발자국이 찍혔는가?
한밤 아스라한 달빛 아래
어떤 춤 잔치를 벌여

이 바닷가를 축복했는가?—어떤 기운찬 악단이
겁도 없이 파도를 따랐는가?
그들이 누구였건 그들은 아침을 맞고 달아났다,
파도도 저버린 것 같은 모래밭이
이제 사방이 조용하고 쓸쓸하기 그지없지 않는가—
돌아오라, 사랑스러운 요정들이여! 기쁨의 장소로!

그 부름은 헛되도다! 달빛이 다시 떠
그 부드러운 힘을 퍼뜨릴 때까지는.
티타니아도 그녀의 요정들도
인도의 알싸한 숲에서 모습을 드러내지 않는다
그러다가 어둠의 시간이 돌아와
대기와 땅에 침묵이 지배하며
천상에 떠 있는 모든 별이 불탈 때
그들은 잔치를 벌이러 온다
둥글게 무리 지어 짖고 까불며 땅으로 내려와
마법이 메아리를 보낼 때까지
침묵을 깨고 음악을 선사하네,
그렇게 그들의 축제가 시작하네.

오, 요정이여! 인간의 눈에 띄기에 그리도 수줍던가,
그대의 신비로운 발자국은 오직 시인들에게나 보일지니,
오! 숲이 우거진 저 먼 곳

그대가 기쁘게 누비는 곳
그 여울가나 신성한 골짜기로 인도하여주오.
고적한 숲속 어느 은신처로
내 발길을 인도해
시원한 샘물가로 간다면
그곳 봄의 새싹들이 온갖 빛깔을 뽐내며
한밤 이슬을 맞고 누워 잠자며
그 달콤한 숨을 대기로 분출하고
그 비단 같은 잎사귀들을 고이 접어 보호하고
그 차가운 머리에 따뜻한 달빛을 맞으며
티타니아의 애정 어린 보호를 받는다.

그곳에서 애처롭게 노래하는 밤새 소리에
그대는 목가적인 시를 담아 보리피리로
기쁜 노래를 연주하여 화답하고,
강력한 주문을 걸어 그녀의 은신처를 지킨다네.
그대의 유쾌한 장난이 끝나면
그녀는 백합이 만발한 방에서 그대를 얼러 재우네.
그대의 잠과 잘 어울리고
떠오르는 태양으로부터 그대를 보호해주는 그 달콤한
꽃!
황혼이 지고 달이 뜬 후
그대가 인도의 절벽으로 날아가지 않을 때면

그대는 꿀이 가득 찬 봉오리 속에 들어가 잠을 청하여
궁극의 빛이 한낮을 달굴 때
평화가 스민 그곳을 떠나지 않고
밤이 이슬과 그림자를 몰고 올 때까지 기다린다네.

지금도 그대의 마법에 걸린 풍경이 내 눈에 보이네!
땅이 열리고 궁전이 올라오고
드높은 돔 천장이 부풀어 오르고 긴 빛의 아케이드는
울창한 숲속에서 반짝거리고
일렁이는 물결에 빛이 반사되네!
부드러운 류트 소리에 정문이 활짝 열리고
아름다운 천상의 빛깔을 한 요정들이
명랑한 발걸음으로, 눈웃음을 치며 나아온다.
그들의 머리는 진주로, 옷은 금으로 치장되었나니,
진주는 넵투누스의 짠 파도에서 구하고
금은 인도의 가장 깊은 동굴에서 가져왔노라.
그렇게 그대의 밝은 비전이 내 눈앞에 펼쳐지고
그대의 명랑한 기쁨, 달콤한 환상이여, 오라!
그러나 아! 아침이 첫 홍조를 보이면 그대는 다시 사라지
네!
삶의 기쁜 풍경을 담는 젊음의 불타는 시선에서도 사라
지네,
그러고는 공상의 다채로운 여름 빛깔 속에 나타났다가

진실의 찬란한 빛을 받고 한순간에 대기에서 사라지네!

　무슈 아망은 슬픈 사연을 털어놓고 난 후 며칠 동안 라
뤼크를 방문하지 않았다. 그러다 어느 날 아들린은 해변을
홀로 산책하다 그와 마주치게 되었다. 그가 창백하고 기운
없는 데다 매우 불안해 보여 피하려고 했으나 그가 그녀를
알아보고 빠른 걸음으로 다가왔다. 그는 며칠 후에 니스를
떠날 거라고 말했다. "니스의 기후에도 별 소용이 없네요.
아! 어느 곳 어느 기후라도 마음의 병을 낫게 할 수 있을까
요? 저는 여러 곳을 돌며 지난 행복의 기억을 떨쳐보려 애
를 쓰지만 모두 소용이 없군요. 어딜 가도 안정을 취할 수
없고 불행하기만 합니다." 아들린은 시간이 지나고 또 장소
도 바뀌면 좋아질 거라고 위로했다. "시간은 아무리 날카
로운 슬픔이라도 그 예리한 날을 무디게 해줄 겁니다. 저는
경험으로 알고 있습니다." 그러나 그런 말을 하면서도 눈에
고인 눈물은 다른 말을 하고 있었다. "아들린, 당신도 불행
했군요? 그래요, 저는 처음부터 알고 있었어요. 당신이 제
게 보여주었던 연민의 미소는 고통받는 것이 어떤 건지 당
신도 알고 있다고 말하고 있었어요." 아들린은 그의 비관적
인 태도를 보아 지난번처럼 민망한 장면이 연출될 것 같아
걱정이 앞섰다. 그리하여 주제를 바꾸었으나 그는 곧 다시
돌아왔다. "당신은 시간이 지나면 잊을 거라 희망을 가지라
하는데! 나의 아내! 사랑하는 나의 아내는……" 그가 말을

더듬었다. "아내가 나를 떠난 지 벌써 몇 달이 지났습니다. 그러나 죽음의 순간은 그저 어제처럼 느껴진답니다." 아들린은 희미한 미소를 보였다. "아직 시간의 힘을 판단할 수 없을 것 같습니다. 더 기다려보시는 게 좋을 것 같네요." 그는 고개를 저었다.

"그러나 제가 또다시 저의 슬픔으로 당신에게 부담을 주고 있군요. 이런 이기적인 행동을 용서해주세요. 착한 사람의 연민에는 그 어디에서도 찾을 수 없는 위안의 힘이 있습니다. 저의 변명이라고 여겨주세요. 아들린, 당신에게는 연민을 받을 일이 생기지 않길 기원…… 아! 그 눈물은……" 아들린은 황급히 눈물을 닦았다. 무슈 아망은 더 이상 그런 이야기를 하지 않고 즉시 다른 이야기로 주제를 돌렸다. 성으로 돌아왔으나 라 뤼크가 돌아오지 않은 상태라 무슈 아망은 문 앞에서 인사를 하고 헤어졌다. 아들린은 저 자신의 슬픔에 상냥한 친구의 슬픔까지 얹고서 방으로 돌아왔다.

니스에 온 지 삼 주 가까이 지났다. 그동안 라 뤼크는 병세가 누그러지기보다 오히려 악화되는 것 같았다. 의사는 그에게 니스의 기후에서 좋은 영향을 받는 게 별로 없는 것 같다고 솔직하게 고백하며 항해를 해보라고 권유했다. 그러면서 그것도 실패하면 몽펠리에의 공기가 니스의 공기보다 더 나을지 모르겠다고 덧붙였다. 라 뤼크는 의사의 그 담백한 권고를 감사와 실망이 뒤섞인 감정으로 받아들였다. 사보이를 떠나 교구를 비워두는 게 꺼려졌는데, 이제 요양 기간이 더 연장되고 비용도 더 커질 것 같아 더욱 마음이 좋지 않았다. 그러나 가족에 대한 애정을 저버릴 수 없고, 또 인간이면 누구나 삶에 대한 애착이 있는 법, 그는 다시 한번 다른 생각들을 물리치고 지중해 연안을 따라 랑그도크까지 가기로 결심했다. 그곳에 가서도 기대에 부응하지 못하면 육지에 닿아 몽펠리에로 가기로 했다.

무슈 아망은 라 뤼크가 며칠 후에 니스를 떠나기로 했다는 소식을 듣고 자기는 라 뤼크가 떠난 후에 떠나기로 결심했다. 그 며칠간 그는, 아들린이 물론 죽은 아내를 떠올리게 해 위안보다 고통을 더 주긴 하지만 그래도 그녀와의 대화를 포기할 마음이 아니었다. 그는 프랑스 신사 가문의 둘째 아들로 태어나 오래 사랑하던 숙녀와 일 년 정도 결혼 생활을 했고 그러다가 아내가 해산을 하다 사망했다. 아기도 이내 어머니를 따라갔고 마음 둘 곳 없는 아버지를 슬픔 속에 홀로 남겨놓았다. 그 일로 마음의 병을 얻은 그에게 의사는 니스로 가보라고 권유했던 것이다. 그러나 니스의 기후에서 그는 아무런 혜택을 누리지 못했고 이탈리아 내륙으로 더 들어가보기로 결심했다. 물론 그는 아내가 살아 있어 함께 즐겼더라면 더없는 기쁨을 주었을 아름다운 풍광에 더 이상 아무런 관심이 없었다. 지금은 그저 자신으로부터, 혹은 자신의 진정한 행복이 되어준 아내의 기억으로부터 도망치고 싶었을 뿐이었다.

라 뤼크는 계획을 짜고 작은 선박을 빌린 후 며칠 후 항해를 시작했다. 그는 이제껏 모든 노력을 비웃었던 건강 상태에 더 나은 환경을 찾기를 바라며 희미한 희망을 품고 이탈리아 연안과 높은 알프스산맥에 작별을 고했다.

무슈 아망은 바닷가로 배웅을 나와 친구들과 우울한 작별을 했다. 그는 아들린이 배에 오르는 것을 도와줄 때 가슴이 메어와 작별 인사를 할 수가 없었다. 그러나 바닷가에 오래 머물며 눈으로 그녀의 길을 좇으며 손을 흔들었다. 눈물이 흘러 시야가 뿌예졌다. 배가 바람을 타고 천천히 해안에서 멀어지고 있었다. 아들린은 굽이치는 파도를 보고 있었다. 연안에서 멀어지며 산맥도 작아지고 다채로운 풍경도 희미해지고 있었다. 이내 무슈 아망의 모습이 사라졌다. 그런 다음 니스의 성과 항구도 함께 희미해졌고 곧 시야에 남는 건 먼 곳의 보랏빛 산맥뿐이었다. 아들린은 그 모습을 바라보며 한숨을 쉬었다. 눈에는 눈물이 차올랐다. "이렇게 나의 행복에 대한 희망이 사라지는구나. 미래의 전망도 뱃전을 때리는 포말과 같을 뿐!" 가슴이 미어지는 느낌이 들었다. 시선을 거두고 갑판 끝으로 가서 배가 물살을 가르는 모습을 보며 맘껏 눈물을 흘렸다. 물이 매우 투명하여 햇빛이 상당히 깊은 곳까지 침투하는 모습을 볼 수 있었다. 다양한 색채의 물고기들이 물살을 가르는 모습도 보였다. 수많은 해양 식물이 바닷속 바위 아래 그 힘찬 잎사귀들을 뻗고 있었는데 그 싱그럽고 풍요로운 초록이 그 옆에 자리한 반짝이는 주홍색 산호와 아름다운 대조를 이루고 있었다.

마침내 먼 해안선이 완전히 사라졌다. 아들린은 사방에 끝도 없이 펼쳐진 바다를 압도적으로 숭고한 감정을 느끼며 바라보았다. 마치 새로운 세계에 내던져진 것 같았다. 장대하고 무한한 풍광이 그녀를 압도했다. 한순간 나침반의 진실을 의심하며 길도 없는 바다 한가운데 배가 그 어떤 해안에도 닿는 게 불가능하다고 생각했다. 그리고 자신을 죽음으로부터 갈라놓는 것은 오직 판자 하나뿐이라고 생각하니 형언할 수 없는 공포감이 숭고한 감정을 밀어내며 마음속에 들어찼다. 그리하여 황급히 시선을 거두고 생각을 떨쳤다.

제19장

음악이 녹일 수 없는 심장이 있나요?

아아! 그 모난 가슴은 얼마나 쓸쓸한가!

고독과 우울의 신비로운 황홀경을 느껴보지 못한 사람이 있나요?

그자는 뮤즈 신을 불러선 아니 되오. 그녀의 경멸만 살 것이니.

— 비티[37]

저녁 무렵 선장은 바버리 해적을 마주칠 위험을 피하기 위해 프랑스 연안으로 뱃머리를 돌렸고 아들린은 지는 햇빛 속에 숲과 푸른 목초지가 보이는 프로방스의 연안을 볼 수 있었다. 기운 없고 아픈 라 뤼크는 객실로 들어갔고 클라라가 그를 보살폈다. 아들린 외에, 얕은 바다를 가로질러 긴 선박을 조종하는 키를 잡은 조종사와 팔짱을 끼고 돛대에 기대서 이따금 애처로운 민요 가락을 노래하는 선원 한 명이 갑판에 있는 사람 전부였다. 아들린은 바람에 부풀어 오른 돛과 파도에 샛노란 빛을 선사하는 지는 해를 바라보며 조용히 서 있었다. 바람은 이제 잦아들고 있었다. 그러다가 드디어 해가 바닷속으로 잠기고 석양이 풍경을 물들

이며 희미한 해안가에 어스름을 드리웠고 드넓은 바닷물에
진중한 색조를 선사했다. 아들린은 그림을 그렸으나 희미
한 연필로 그린 그림이었다.

밤

대양의 파도의 희미한 가슴 위로
밤이 그 어두운 날개를 펼치고
상념과 침묵이 내린다,
먼 곳에서 철렁거리는 물소리만이 들릴 뿐이다,
고독한 선원의 목소리가
지나치는 바람에 희미하게 묻어 온다,
이따금 드높은 돛대와 부푼 돛 위에 앉아
갈매기들이 비명을 지르는 소리가 들린다,
바다가 회색빛으로 너울거리면
공상 속의 형상들이 마음을 자극하고
어둠이 연안을 휩쓸면 그곳의 거친 절벽은
바람의 슬픈 영혼을 토한다.
우울하게 저물어가는 저녁
대기에 울리는 그 목소리는 달콤하여라,
부드러운 파도가 고요하게 넘실댈 때!
조용히 일렁이는 그 소리가 얼마나 달콤한 평화를 품고
있는지!

그대의 어둠에 축복 있으라, 오, 밤이여! 그대의 낮은 바람이

먼 연안을 따라 내뱉는 그 노래에 축복 있으라!

그림자가 짙어지자 풍경은 이내 더 깊은 침잠에 빠졌다. 선원의 노랫소리도 멈췄다. 배가 가르는 물소리와 자갈밭 해안에 닿는 희미한 물소리만 들릴 뿐 사방이 적막했다. 아들린의 마음도 고요한 시각과 같이 조화를 이루었다. 파도 소리에 마음이 가라앉은 그녀는 더 깊은 멜랑콜리에 빠졌다. 지금 이 순간 몽탈 후작을 피해 달아나 론강을 오르며 불안한 마음으로 미래를 떠올려보던 때가 생각났다. 그때 지금과 마찬가지로 저녁이 저물어가는 모습을 보고 있었다. 그러면서 황량한 감정으로 사위가 어두워지는 풍경을 바라볼 때 그 얼마나 쓸쓸했는지 그 기억이 고스란히 떠올랐다. 친구도 없고 안식처도 없고 적의 추적을 피할 수 있을지 확신도 없던 때. 지금 아들린은 애정 깊은 친구들이 있고 안식처가 있으며 그때 겪었던 공포에서 벗어나 있다. 그러나 여전히 불행했다. 테오도르, 자신을 그토록 진실하게 사랑해주던 테오도르에 대한 기억. 자신을 위해 그 모든 위험을 겪고 고통을 받고 있는 그이, 론강을 건널 때만큼이나 지금도 여전히 알 수 없는 그의 운명이 끊임없는 고통을 안겨주고 있다. 그 어느 때보다도 그의 소식을 들을 가능성이 멀어진 것 같았다. 때로는 그가 박해자의 앙심에서 탈출

했을지도 모른다는 희미한 희망을 품었다. 그러나 그자의 권력과 적의를 생각해보고 또 상관에 대한 공격에 대해 법이 얼마나 무자비한지 생각해보면 그러한 덧없는 희망도 사라져버렸고, 그저 부드러운 멜랑콜리의 감정으로 시작한 지금의 몽상이 결국 가닿는 결론처럼 오로지 눈물과 불안만 안겨줄 뿐이었다. 아들린은 바다의 품으로부터 달이 떠올라 그 흔들리는 불빛을 파도에 뿌리고 평화를 퍼뜨리며 고요를 더욱 장엄하게 만들 때까지 계속 상념에 잠겨 있었다. 부드러운 달빛은 흰 돛에도 내려앉고 있었고, 지금은 해류에 시달리지 않고 조용히 나아가고 있는 긴 배의 그림자를 물에 반사하고 있었다. 눈물을 흘리자 불안한 마음이 다소 누그러졌고 다시 평온한 멜랑콜리에 빠졌다. 그때 매우 부드럽고 매혹적인 노랫소리가 밤의 적막을 감싸고 흘렀다. 그것은 마치 사람이 내는 소리라기보다 천상의 음악 같았다. 매우 부드럽게 마음을 달래는 소리로 귓전에 울려와 아들린은 비참함에서 벗어나 희망과 사랑을 느꼈다. 다시 눈물을 흘렸다. 그러나 이 눈물은 기쁨과 환희와도 맞바꾸고 싶지 않은 눈물이었다. 주위를 둘러보았으나 작은 배도 큰 배도 보이지 않았다. 먼 곳에서 파도 소리가 일자 그소리가 연안에서 오는 소리라고 생각했다. 때로 바람이 불어와 소리를 삼켰다가 다시 매우 희미하고 부드러운 소리로 들리기도 했다. 바람이 불다 잦아들었다 하는 바람에 멜로디가 이어지지 않았다. 그러다가 선장이 연안 가까이 배를 몰자 귀에 익은 노랫소리를 분간할 수 있었다. 어디서 들어본 것인지 기억하려 애썼으나 떠오르지 않았다. 그러나 무언가 희망 비슷한 기분이 무의식적으로 떠오르며 가슴이 뛰었다. 다시 귀를 기울여보았으나 바람이 다시 소리를 삼켜버렸다. 이제 배가 그 소리로부터 멀어지는 것을 감지하고는 안타까운 마음이 들었다. 마침내 그 소리는 파도에 희미하게 떨리다가 먼 곳으로 사라져버리고 말았다. 아들린은 혹시나 다시 들릴까 싶은 마음에 갑판 위에 한동안 그대로 서 있었다. 그 부드러운 곡조가 아직도 귀에 울리는 것 같았다. 마침내 완전히 들리지 않는 것을 알고 실망한 마음으로 객실로 내려왔다.

라 뤼크는 항해를 하며 상태가 호전되어 기운을 되찾았다. 배가 리옹만이라 불리는 지중해 연안에 닿았을 때 그는 갑판에서 랑그도크 해안까지 쭉 이어진 프로방스 해안의 아름다운 풍광을 감상할 수 있을 정도로 원기를 회복했다. 그의 안색을 불안하게 살피던 아들린과 클라라는 한결 나아진 표정을 보고 기뻐했다. 클라라는 이미 아버지의 완전한 회복을 기대하고 있었다. 아들린도 라 뤼크의 상태가 호전되기를 노심초사하는 마음으로 바랐으나 너무 자주 실망하는 바람에 클라라처럼 마냥 기뻐할 수만은 없었지만 그래도 이번 여행의 효과에 무척 고무되었다.

라 뤼크는 대화를 즐기며 해안의 많은 항구들과, 프로방스 지방을 굽이돌아 지중해로 흘러가는 강어귀를 가리키곤 했다. 그러나 론강이 그가 지나쳐온 중 가장 큰 강이었다. 그 강은 너무나 멀어서 눈으로라기보다 상상력으로 바라보았는데 사보이에서 흘러오는 강이기 때문에 클라라가 각별히 좋아하며 바라보았다. 그리고 그녀가 보았다고 생각하는 물결은 소중한 고향 산맥의 기슭을 지나온 것이었다. 라 뤼크는 자신의 말을 집중하여 듣고 있는 클라라와 아들린에게 연안 여러 곳에 흩어져 살고 있는 주민들의 특성과 그들의 상업, 또 그 지역의 자연사에 대해 이야기를 해주며 즐겁고 유익한 시간을 보냈다. 그는 또 멀리서부터 이곳으로 닿는 여러 물줄기의 수원지를 설명하며 그 각각의 독특하고 아름다운 풍광에 대해 이야기하곤 했다.

며칠간의 즐거운 항해 후 프로방스의 연안을 뒤로하고 멀리 보이던 랑그도크의 해안이 그 장엄한 풍경을 드러냈다. 선원들은 항구를 향해 다가갔다. 그들은 오후에 숲이 우거진 언덕 아래 위치한 어느 조그만 마을에 정박했다. 오른쪽으로는 바다를 굽어보고 왼쪽으로는 보랏빛 포도밭이 펼쳐진 풍요로운 평원이 있는 언덕 마을이었다. 라 뤼크는 다음 날까지 여행을 미루고 마을 끝에 있는 작은 여관으로 향했다. 변변치는 않았지만 그럭저럭 그곳에서 하룻밤 짐을 풀었다.

고즈넉한 저녁 시간 새로운 풍경을 감상하고 싶은 마음에 아들린은 산책을 나섰으나 라 뤼크는 피로에 지쳐 나가지 않았고 클라라는 아버지와 함께 남았다. 아들린은 바닷가로 이어진 숲길로 언덕을 올랐다. 도중에 자주 눈길을 돌려 무성한 나뭇잎 사이로 보이는 푸른 바다와 점점이 떠 있는 흰 돛대와 지는 해의 아스라한 빛을 보았다. 정상에 올랐을 때 드넓고 다양한 모습을 띤 검푸른 숲을 내려다보며 말로 표현할 수 없는 고요한 희열에 빠져 시간 가는 줄 몰랐다. 그러다가 해가 지고 어스름이 산에 그 웅장한 그림자를 드리웠다. 바다만이 서쪽에서 사그라지고 있는 찬란한 광채를 반사하고 있었다. 수면은 대체로 잠잠했는데 해안선을 따라 낮은 바람이 불어 물결이 일렁거렸고 나뭇잎도 흔들리다 잦아들었다. 아들린은 달콤하고 부드러운 감정에 휩싸여 다음과 같은 시를 낭송했다.

해 질 녘

자줏빛 산마루 위로 아련하게
부드러운 황혼이 제 그림자를 회색으로 물들이네,
봉긋한 숲에서부터 낮은 골짜기까지
빛의 마법이 색깔을 훔쳐가버리네.
그러나 퍼지는 어둠 속에서도 여전히
넵투누스의 산호 동굴 위로 흐르는
서쪽 파도는 찬란하게 빛나고 있었으니,
그것은 저녁의 돔 천장에 빛의 지대라.
이 외로운 봉우리에 나 쉴 수 있게 해다오

그리고 환상적인 형상을 보리라

그러다가 대양의 어두운 가슴 위로

저녁의 별들이 맑게 떨며 올라오리라

또는 창백한 둥근 달이 나타나

그 빛을 드넓게 퍼뜨릴 것이니,

노란 백사장을 꾸짖는 듯

가볍게 말리고 있는 파도 위에도 닿을 것이다.

지금 그 어떤 소리도 침묵을 이기지 못하나,

다만 잦아드는 파도 소리,

또는 바람을 타고 오는 선원의 노랫소리,

또는 먼 곳에서 천천히 젓고 있는 노 소리만.

이다지도 달콤하니! 이다지도 고요하니! 나의 저녁 빛이

이 세상에 와 닿고 미래의 날에 떠오를지니!

아들린은 언덕을 내려와 해변으로 이어진 좁고 구불구불한 오솔길을 따라갔다. 마음은 아름다운 풍경에 감응하였고 나이팅게일의 예쁜 노랫소리와 적막한 숲이 다시 열정을 자극하였다.

나이팅게일

멜랑콜리한 노래의 아이!

오, 그 감미로운 선율이 계속되길!

절벽에서부터 초록의 숲까지

저녁이 그 긴 그림자를 드리울 때

반짝이는 서쪽 하늘을 따라

조용히 날개를 펼치고 날아가는 모습이 보이네,

나는 길이 없는 언덕을 오르거나

굽이진 골짜기를 따라 멀리 가는 게 좋아,

그러고는 멈춰 서서, 사랑스러운 새여! 그대의 노래를
들어

얇은 구름 위로 달빛이 떠 있다가

이슬 머금은 산봉우리 위로 내려앉으면

창백한 한밤이 죽은 자를 깨우러 슬그머니 내려온다.

너는 천상의 푸른 대기를 통과해

봄바람을 타고 지친 몸으로 내려온다,

여름이 기쁘게 배회하는 나라에서

꽃과 온화한 이슬과 함께 온다.

오! 오랫동안 떨어져 있던 고향에 온 걸 환영해!

멜랑콜리한 노래의 아이여!

숲속 고적한 빈터를 사랑하고

아무도 몰래 나뭇가지 위에서 슬픈 노래를 부르는 너,

황혼이 수심에 찬 어둠을 드리우면

너의 감미로운 목소리를 나는 다시 반기리니!

오! 저녁 바람에 날아가버리는

그 유려한 가락을 다시 들려주오!

공상은 동질감을 주는 음색을 좋아하는 법,

그녀의 슬픔은 애처로운 음조를 제 것으로 여겨

장엄한 한밤의 고적한 시간에

그대의 음악에 귀 기울이며

영원히 잃어버린 친구를 생각하네,

기쁨은 실망으로 교차되어

마법 같은 사랑의 힘은 다시 눈물을 흘리네!

그때 기억은 믿는 마음을 속이지 않는

마법의 미소, 감격한 목소리,

애수에 찬 눈을 깨우고는

다시 희망 없는 한숨을 깨운다!

그녀의 기술은 시간이 변색시킨

빛나는 색깔의 풍경을 다시 살린다

그녀는 부드러워진 열정을 되살리고

열정은 제 힘을 다시 북돋운다.

그러나 오래 슬퍼한 장면 위로

그대의 노래가 우아한 슬픔을,

즐거움이 선사하는 그 모든 것보다

더 진귀한 멜랑콜리하고 평온한 마법을, 선사한다.

그러니 사랑스러운 새여, 안녕! 네 수심 어린 눈물이여,

오라!

풍취를 위해, 상상을 위해, 미덕을 위해, 그대여!

어둠이 짙어지자 아들린은 그제야 여관에서 너무 멀리
왔고 가는 길도 거칠고 한적한 숲길이라는 사실이 떠올랐
다. 오랫동안 자신을 붙들고 있던 세이렌에게 작별을 고하
고 재바른 걸음으로 길을 찾았다. 한동안 나아가다가 덤불
숲 사이에서 길을 잃었다. 이제는 캄캄해서 방향을 가늠하
기도 불가능했다. 불안이 커지니 길 찾기가 더욱 어려워졌
다. 멀지 않은 곳에서 사람들의 목소리가 나는 것 같기도
했다. 발길을 재촉해 나아가다가 위로 숲이 삐쭉 뻗어 나
온 모래사장에 다다랐다. 숨이 차 잠시 발길을 멈추고 잔
뜩 겁을 먹은 채 귀를 기울여보았다. 그랬더니 사람들의 목
소리가 아니라 희미하게 바람에 실려 오는 애처로운 노랫
가락이 들리는 것 같았다. 아들린은 그 선율을 감지하고 잠
시 두려움을 잊고 달콤한 매혹에 빠졌다. 소리가 가까워지
며 놀라움은 곧 기쁨으로 바뀌었다. 악기와 노래 다 잘 알
고 있는 것으로 며칠 전 저녁 프로방스의 연안에서 듣던 곡
이었다. 그러나 추측하고 있을 시간이 없었다. 발소리가 났
다. 다시 발길을 서둘렀다. 이제 어두운 숲에서 빠져나오
니 밝게 비추는 달빛에 멀리 마을과 항구가 보였다. 뒤에
서 오던 사람이 아들린을 따라잡고 있었다. 두 남자가 보였
다. 그러나 그들은 그녀를 보지 못하고 이야기를 나누며 지

나갔다. 분명 귀에 익은 목소리였다. 너무나 익숙한 목소리여서 누군지 바로 깨닫지 못하는 자신의 불완전한 기억에 놀랄 정도였다. 이제 또 다른 사람이 따라오는 소리가 들렸다. 다급하게 고개를 돌려 그를 보았다. 희미한 달빛에 드러난 건 선원의 옷을 입은 남자였다. 아들린은 몹시 두려워 모래밭을 뛰기 시작했으나 다리가 떨리며 말을 듣지 않았다. 쫓아오고 있는 사람은 빠르고 굳센 발걸음이었다.

아들린은 간신히 자신을 앞서간 두 남자에게 다다랐다. 막 그들에게 도와달라고 사정하려 할 때 뒤쫓던 남자가 거의 다 와서 갑자기 왼쪽 숲으로 방향을 틀어 사라져버렸다.

아들린은 숨이 차서 자신을 부축해준 사람들이 물어보는 말에 대답하지 못하고 헐떡거렸다. 그러다 갑자기 탄성을 내지르며 자신의 이름을 부르는 소리에 남자를 똑바로 쳐다보았다. 환한 달빛에 비추어 보니 무슈 베르뇌유가 아닌가! 그들은 서로 반가워하며 그간의 내막을 설명했다. 그는 라 뤼크와 딸이 여관에 있다는 말을 듣고 기뻐하며 아들린을 그곳으로 데려다주기로 했다. 그는 사보이에서 우연히 옛 친구를 만났다며 옆에 있던 모롱이란 이름의 남자를 소개했다. 무슈 베르뇌유는 친구에게 여행 경로를 바꿔 자신과 함께 지중해 연안을 여행하자고 제안해 동행하게 되었다고 했다. 그들은 며칠 전 프로방스 연안에서 배를 탔고 그날 저녁 무슈 모롱의 영지가 있는 랑그도크에 도착했다고 했다. 아들린은 며칠 전 바다에서 들었던 음악이 를롱쿠르에서 자주 즐겨듣던 무슈 베르뇌유의 플루트 소리였다는 걸 깨달았다.

숙소에 도착했을 때 라 뤼크는 아들린이 돌아오지 않아 노심초사하고 있던 참이었다. 그는 사람들을 시켜 그녀를 찾게 했다. 그가 무슈 베르뇌유를 보았을 때 불안은 놀람과 기쁨으로 바뀌었다. 무슈 베르뇌유는 클라라를 보고 눈에 생기를 띠었다. 서로 인사를 나눈 후 무슈 베르뇌유는 일행이 머물고 있는 궁색한 숙소를 보고 안타까워했다. 그러자 무슈 모롱이 즉시 그들을 자신의 성으로 초대했는데, 진심으로 따뜻한 말로 권유하는 바람에 라 뤼크도 고맙게 받아들였다. 아들린이 산책했던 숲은 그의 영지에 속했고 그의 영토는 거의 여관 가까이까지 이어졌다. 그러나 그는 자신의 마차로 손님을 모시겠다고 고집했고 손님을 맞을 준비를 하라고 전언을 보냈다. 무슈 베르뇌유를 만나고 또 그의 친구가 베푸는 친절함에 라 뤼크는 여느 때와 달리 매우 활기를 띠었다. 그는 오랜만에 명랑하고 기운찬 태도로 대화를 이어나갔다. 클라라는 아들린에게 미소를 보이며 아버지가 이번 여행으로 얼마나 덕을 보았는지 뿌듯해했다. 아들린도 미소로 화답했는데, 클라라만큼 밝은 표정이 아니었다. 라 뤼크가 지금 활기찬 것은 일시적인 원인 때문이라고 생각했기 때문이었다.

무슈 모롱이 떠나고 삼십 분 후쯤 시종으로 일하는 소년 하나가 여관에 어떤 기사가 와서 아들린과 이야기를 하고 싶다며 쪽지를 보냈다고 했다. 아들린은 즉각 모래사장에서 자신을 쫓아오던 남자가 떠올랐다. 분명 몽탈 후작이 보낸 사람이거나 혹은 후작 본인일 것 같았다. 물론 그는 자신을 우연히 발견했으리라. 이곳으로 오자마자 그렇게 어두운 곳에서 보았으니 분명 그럴 것이다. 아들린은 백짓장처럼 창백한 얼굴에 떨리는 입술로 기사의 이름을 물었다. 소년은 이름을 알지 못했다. 라 뤼크가 어떤 사람이냐고 물었으나 묘사의 기술을 전혀 모르는 소년은 하도 뒤죽박죽 혼란스럽게 이야기를 해서 그저 그가 중간 키의 남자라는 것만 파악할 수 있었다. 어쨌든 그게 몽탈 후작은 아니라고 확신한 아들린은 라 뤼크에게 남자를 안으로 들여도 되냐고 물었다. 라 뤼크는 흔쾌히 긍정의 대답을 했고 시종은 밖으로 나갔다. 아들린은 문이 열릴 때까지 불안에 떨며 기다렸다. 그때 루이 드 라 모트가 들어왔다. 루이는 아직 마음에 품고 있는 아들린을 보자마자 순간적으로 화색이 돌았으나 이내 당황스럽고 우울한 표정으로 돌변했다. 후작에 대한 걱정이 모두 사라지자 아들린은 라 모트 내외를 본 게 언제인지 물었다.

"그건 제가 물어야할 것 같네요." 루이가 놀라며 되물었다. "제가 떠날 때 함께 있었잖아요? 당신을 봐서 기쁘기도 하지만 놀랍기도 하네요. 아버지 소식을 듣지 못한 지 꽤 오래입니다. 제 부대가 다른 곳으로 이동했거든요."

그는 아들린이 현재 누구와 함께 살고 있는지 알고 싶어

하는 눈치였다. 그러나 그건 라 뤼크가 있는 자리에서 할 수 있는 이야기가 아니어서, 라 모트 내외와 헤어질 때 그 분들이 잘 지내고 있었다고 말한 뒤 다른 주제로 대화를 이 어나갔다. 루이는 많은 말을 하지 않았고 불안한 눈빛으로 자주 아들린을 바라보았다. 무언가 마음이 괴로운 눈치였다. 아들린은 그런 루이의 모습을 보고 그가 수도원에서 떠 나던 날 아침 털어놓은 고백이 떠올랐다. 지금 저렇게 당황 하고 있는 게 아직 억누르지 못한 열정 때문인 것 같아 눈 치채지 못한 척했다. 그는 감출 수도 통제할 수도 없어 보 이는 감정으로 십오 분가량 앉아 있다가 자리를 뜨기 위해 일어났다. 그는 아들린 옆을 지나가다가 낮은 목소리로 말 했다. "오 분만 시간을 내주세요. 단둘이 할 말이 있습니다." 아들린은 망설이다가 이곳엔 모두 친구들이니 안심하라며 앉으라고 했다. 그러나 그는 다시 속삭이는 목소리로 말했 다. "당신에게 아주 중요한 문제입니다. 오직 당신과 관련 된 이야기입니다. 오 분이면 됩니다." 아들린은 루이의 표 정을 보고 놀라 그와 함께 다른 방으로 갔다.

루이는 얼마 동안 입을 다물고 있었다. 매우 혼란스러워 하는 모습이었다. 드디어 그가 입을 열었다. "이렇게 예기 치 못하게 만나게 된 걸 기뻐해야 할지 슬퍼해야 할지 모르 겠습니다. 물론 저에게 시련이 닥쳤다 하더라도, 당신이 좋 은 사람들과 함께 있다면 기뻐해야겠지요. 저는 당신이 겪 었던 고난과 시련을 모르지 않습니다. 현재 처지가 어떤지 불안을 금할 길도 없고요. 정말 좋은 친구분들과 함께하는 것 맞나요?" "네, 그래요. 무슈 라 모트께서 소식을 전해주셨나요?" "아니요." 루이는 깊은 한숨을 내쉬었다. "하지만 당신이 안전하다니 정말 기쁩니다. 정말 매우 기뻐요! 제가 어떤 일을 겪었는지 모르시겠죠!" 그는 말을 멈췄다. "제게 할 중요한 이야기가 있다고 하지 않으셨나요? 제가 시간이 많지 않습니다."

"정말 중요한 일입니다. 하지만 어떻게 말을 꺼내야 할지 모르겠네요. 어떻게 이 일을…… 제가 이런 말을 전하는 게 너무 가혹하군요. 아아! 가여운 친구!"

"누구 이야기를 하시는 거예요?" 루이는 자리에서 일어나 방 안을 서성거렸다. "마음 단단히 먹어야 합니다. 하지만 저는 정말 못 하겠군요."

"부디 저 불안하게 그러지 말아요." 혹시 테오도르 이야기를 하려는 게 아닐까 하는 불안한 생각이 밀려왔다. 루이는 여전히 머뭇거렸다. "혹시 그게…… 그게 혹시…… 최악의 상황이라 하더라도 말해주세요. 저 참고 들을 수 있어요. 저 괜찮아요." 아들린이 고통스럽게 말했다.

"나의 불행한 친구가! 아, 테오도르가!" "테오도르!" 아들린이 신음을 내뱉듯 그 이름을 말했다. "그럼 살아 있는 거죠?" "그래요. 하지만……" "하지만, 뭐요?" 아들린은 덜덜 떨기 시작했다. "그이가 살아 있다면 그보다 더 나쁠 건 없잖아요. 그러니 제발, 망설이지 말고 말해주세요." 루이는 다시 자리에 앉아 마음을 다잡으려 애썼다. "살아 있어요. 하지만 죄수로 잡혀 있어요. 그리고…… 아, 제가 무슨 말을 지어내겠어요? 그 친구 이제 아무 희망이 없는 것 같아요."

"저도 그럴 거라 걱정하고 있었어요." 아들린이 가까스로 평정심을 유지하며 말했다. "그보다 더 끔찍한 소식이 있는 거죠? 제발, 그냥 말해주세요."

"몽탈 후작 때문에 끔찍한 일을 당할 거예요. 아아! 내가 걱정해봤자 그 무슨 소용이랴! 판결이 이미 났습니다…… 사형을 당할 거예요."

두려워하던 소식을 확인하자 아들린은 온통 백짓장처럼 창백해졌다. 꼼짝도 하지 못한 채 한숨을 내쉬려 했으나 숨을 쉴 수 없어 질식할 것 같았다. 곧 쓰러질 것 같은 모습을 보고 루이가 부축하려 했으나 아들린은 손을 내저으면서도 말은 하지 못했다. 그는 다급히 도움을 청하기 위해 소리쳤고 라 뤼크와 클라라와 무슈 베르뇌유가 황급히 들어왔다.

아들린은 그들의 목소리가 들리자 고개를 들고 올려다보며 정신을 차렸다. 그때 깊은 한숨을 내쉬고는 눈물을 쏟기 시작했다. 라 뤼크는 그녀가 울음을 터트린 걸 보고 안도하며 다 쏟아내라고 했다. 얼마 후 아들린은 다소 진정하며 다시 말할 수 있게 되었다. 그러자 라 뤼크의 응접실로 돌아가고 싶어 했다. 루이도 함께 이동했다. 루이는 진정된 아들린을 보고 자리를 뜨려 했으나 라 뤼크가 더 있어달라고 간청했다.

"이 숙녀의 친척이 되시나 보군요. 아버지의 소식을 전하러 오셨나요?" "아닙니다." "이분은 제가 말씀드린 무슈라 모트의 아드님입니다." 아들린이 정신을 차리고 대답했다. 루이는 한때 아들린에게 비열한 행동을 한 사람의 아들이라고 소개되는 것에 충격을 받는 눈치였다. 아들린은 루이가 자신의 말에 상처를 받는 걸 알아차리고는 라 모트가 자신을 절박한 상황에서 구해주었으며 또 몇 달 동안이나 안식처를 제공해준 분이라고 덧붙였다. 아들린은 터놓고 이야기도 못 하고 테오도르가 처한 상황을 자세히 알고 싶어 고통스러운 심정이었다. 그렇다고 라 뤼크가 함께 있는 곳에서 그 이야기를 꺼낼 용기가 나지 않았다. 그저 루이의 부대가 이 마을에 주둔하고 있는지 물었다.

그는 부대가 스페인 국경 인근 프랑스의 도시 바소에 주둔하고 있다고 답했다. 리옹만을 바로 건너와 사보이로 향하던 길이고 내일 아침 일찍 그곳으로 출발한다고 했다.

아들린이 말했다. "우린 최근에 그곳에서 온 거예요. 그 지역 어느 곳으로 가는지 물어봐도 될까요?" "를롱쿠르로 갑니다." "를롱쿠르라고요!" "저는 그곳에 가본 적이 없습니다. 하지만 친구를 위해 가는 길입니다. 를롱쿠르를 아시나 봐요?" "그럼요." 아들린이 답했다. "그럼 아마도 무슈 라 뤼크라는 분이 그곳에 사는지 아시겠네요? 또 제가 거기 가는 이유도 아시겠군요?"

"오, 세상에! 이게 무슨 일이에요? 그럼 테오도르 페이루가 무슈 라 뤼크의 친척이란 말입니까?" 아들린이 물었다.

"테오도르! 내 아들이요? 내 아들이 어쨌다고?" 라 뤼크가 깜짝 놀라며 불안한 태도로 물었다. "아드님이라고요?" 아들린의 목소리가 떨렸다. "아들이라니!" 아들린이 매우 놀라며 불안해하자 이 불행한 아버지는 안절부절못했다. 그가 다시 물었다. 그러나 아들린은 대답할 수 없었다. 루이는 이렇게 예기치 않게 불행한 친구의 아버지를 맞닥뜨리고는 아들의 소식을 전하는 게 자신의 의무라는 걸 알았지만 도저히 말을 꺼낼 용기가 나지 않았다. 라 뤼크와 클라라는 이 끔찍한 침묵에 일분일초 매 시각 두려움이 커져만 갔다. 그들은 다시 한번 물었다.

마침내 라 뤼크가 당할 고통을 생각해 아들린은 다른 모든 감정을 뒷전으로 물리며 루이의 소식이 가할 충격을 완화하기 위해 마음을 다잡기 시작했다. 그녀는 클라라를 다른 방으로 데리고 갔다. 그러고는 이미 선고가 내려진 걸 알고 있는 것은 감춘 채 오빠의 상황을 신중하게 설명하기 시작했다. 상황을 설명하려면 당연히 둘 사이의 교제에 대해 언급해야 했으므로, 클라라는 오빠가 결백하지만 파멸에 이르게 되었고 그 원인이 친구에게 있다는 것을 알게 되었다. 아들린은 또한 이제껏 테오도르가 라 뤼크 집안사람인 걸 알 수 없었던 연유에 대해서도 깨닫게 되었다. 테오도르가 일 년 전쯤 어머니 쪽 친척에게 영지를 물려받았는데 페이루라는 이름을 쓰는 조건으로 물려받았다는 사연이었다. 테오도르는 사제의 길로 가기로 되어 있었으나 기질이 사제보다는 활동적인 삶이 어울렸고 따라서 그 영지를 상속받은 후 프랑스 왕실 군대에 입대한 것이었다.

코에서 테오도르와 함께 있을 때 대화를 나눌 시간도 많지 않았을뿐더러 중간에 자주 끊기는 바람에 테오도르는 가족에 관해서는 개략적으로만 이야기를 했고 그렇게 갑자기 헤어져야 했을 때 의도치는 않았지만 아버지 이름이라든지 사는 곳을 알려주지 못했던 것이다.

아들린의 경우 자신의 슬픔을 매우 신성시했고 민감한 문제라고 생각하여 한 번도 클라라에게 그와 관련한 이야기를 하지 않았다. 그렇게 이제껏 테오도르의 존재가 드러나지 않았다.

클라라는 오빠의 소식을 듣고 억장이 무너져 내렸다. 소식을 전하기 위해 안간힘을 써가며 감정을 억제해야 했던 아들린도 이제는 자신의 슬픔에 클라라의 고통이 더해져 비통함에 압도되고 있었다. 그들이 통곡을 하고 있을 동안 라 뤼크와 루이도 그에 못지않은 시간을 보내고 있었다. 루이는 그에게 모든 사실을 알려줘야 하기에 조심스럽게 테오도르의 사연을 모두 털어놓았다. 그리하여 그는 테오도르가 주둔지를 이탈한 죄로 재판을 받고 이제 자신의 상관 몽탈 후작에게 폭력을 휘두른 죄의 대가를 치러야 한다고 말했다. 후작이 목숨을 위협받았다는 증언을 했다는 이야기도 빼놓지 않았다. 그가 깊은 원한을 품고 구형에 나서, 부대 내의 다른 모든 장교들은 애통해했지만 마침내 법정 최고형을 선고받았다고 전했다.

루이는 또 형 집행이 이 주 이내에 이루어질 것이고 테오도르가 아버지에게 보낸 편지에 답장을 받지 못해 매우 불안해하며 아버지를 한 번 뵙고 싶어 한다고 전했다. 테오도르는 루이에게 지체할 시간이 없으니 어서 를롱쿠르로 가달라고 부탁했던 것이다.

라 뤼크는 눈물도 흘리지 못하고 한탄도 하지 못할 만큼 충격에 빠져 아들의 소식을 들었다. 그는 테오도르가 지금 어디 있는지 묻고 루이에게 감사를 표하며 그곳으로 데려가달라고 했다. 그러고 나서 당장 파발마를 주문했다.

이내 마차가 준비되자 이 불행한 아버지는 무슈 베르뇌유와 슬픈 작별 인사를 나누고 무슈 모롱에게도 인사를 전한 후 가족들과 함께 아들이 갇혀 있는 곳을 향해 길을 나섰다. 여행길은 침묵의 길이었다. 각자는 서로를 생각해 슬픔을 겉으로 드러내지 않으려 애썼으나 더 이상 그것은 불가능했다. 라 뤼크는 차분해 보였다. 그는 기도에 몰두하는 것처럼 보였다. 그러나 인종忍從과 평정심을 잃지 않으려 고군분투하는 모습이 표정에 그대로 드러났다.

제20장

죽음의 창에 명예롭지 못한 독약을 묻히고.
— 수어드[38]

우리는 이제 몽탈 후작에게 돌아간다. 그는 라 모트를 D 감옥에 수감한 것을 확인한 후 재판이 즉시 이어지지 않는다는 것을 알고 숲 변두리 자신의 빌라로 돌아와 아들린의 소식을 기다렸다. 그는 원래 하인들과 함께 리옹으로 가려고 했었다. 그러나 우선 며칠 편지를 기다려보기로 했다. 아들린이 도망친 후 신속하게 추적을 시작했기 때문에 분명히 잡을 수 있다고 믿었다. 아마도 리옹에 도착하기 전에 잡을지도 모른다. 그런 기대는 산산이 허물어졌다. 하인들이 그곳까지 추적해 갔지만 그 후 그녀의 경로를 알 수 없었고 리옹에서도 찾지 못했다고 통보해왔다. 그러니 아마도 아들린은 론강에서 배를 탔을지도 모르는 일이다. 후작이 보낸 사람들이 그 경로를 생각해내지 못한 것 같았다.

그는 곧 군법 회의가 열리기로 예정된 바소로 가야만 했다. 그는 테오도르에게 잔뜩 약이 올라 앙심을 품고 그곳으로 가 유죄 판결을 얻어냈다. 테오도르는 부대 사람들에게 인기가 많아 사형 선고를 듣고 모두가 개탄했다. 게다가 후작이 그에 대해 품고 있는 개인적 원한이 널리 알려진 상황이라 모두가 그의 소명에 관심을 가졌다.

루이 드 라 모트는 그 당시 같은 도시에 주둔하고 있어 그의 이야기를 대충 전해 들을 수 있었다. 그는 그가 수도원에서 후작과 함께 있던 그 젊은 기사라는 걸 확신하고 연민이 들기도 하고 한편 부모님 소식을 들을 수 있을까 하는 마음에 그에게 면회를 갔다. 테오도르는 루이가 보이는 진심 어린 연민과 또 어떻게든 도움을 주고 싶어 하는 마음에 감동했다. 그 후로 루이는 자주 면회하러 갔고 그의 고통을 덜어주기 위해 할 수 있는 모든 일을 했다. 그러면서 상호 간의 신뢰와 존경이 쌓였다.

테오도르는 마침내 가장 마음에 두고 있는 이야기를 루이에게 털어놓았다. 그리하여 루이는 후작이 그토록 야비하게 박해한 사람이 아들린이라는 사실을 알게 되었고 더불어 관대한 테오도르가 고통을 받는 것도 아들린 때문이라는 사실을 알게 되었다. 동시에 테오도르가 사랑의 연적이라는 것을 알게 되었다. 그러나 그는 그 사실을 깨닫고 찾아드는 고통스러운 질투를 품위 있게 억누르며 아들린을 향한 자신의 열정이 인간애와 우정의 도리를 다하는 데 걸림돌이 되어서는 안 된다고 결심했다. 그는 아들린이 어디에 기거하는지 물었다. "아직 후작의 손아귀에 있는 것 같아." 테오도르는 깊은 한숨을 내쉬었다. "오, 신이시여! 이 사슬만 아니면!" 그는 괴로운 표정으로 사슬을 내려다보았다. 루이는 생각에 잠겨 입을 다물고 있었다. 그는 그러다 갑자기 상념에서 깨어 후작에게 가보겠노라며 즉시 자리를 떴다. 그러나 후작은 이미 다가오는 라 모트의 재판에 출두하기 위해 파리로 떠난 후였다. 그리하여 루이는 수도원에서 벌어진 일에 대해 알지 못한 채 다시 감옥으로 갔다. 그는 테오도르를 보며 그가 연적, 그것도 아들린의 사랑을 받고 있는 연적이 아니라 아들린을 지켜준 사람으로만 생각하려 애썼다. 그는 테오도르를 적극적으로 돕고 싶어 했고 테오도르는 아버지가 아무런 소식이 없는 게 놀랍기도 하고 괴롭기도 하여 직접 사보이까지 가보겠다는 루이의 호의를 받아들였다. "편지를 보냈는데, 분명 후작이 중간에 가로챈 것 같아. 그런 거면 불쌍한 아버지는 어느 날 날벼락처럼 이 모든 불행한 소식을 한꺼번에 들으시고 고통을 겪으실 거야. 그러니 자네의 친절한 호의를 거절하면 나는 죽기 전에 아버지를 보지도 목소리를 듣지도 못하겠지. 루이! 보다시피 나는 이런 처지에 빠져 있다 보니 의지가 꺾이는 때가 자주 있다네. 그러면 감각이 모두 마비되는 느낌이야."

지체할 시간이 없었다. 사형 집행 영장에 이미 국왕의 서명을 받은 상태였다. 루이는 즉시 사보이를 향해 길을 나섰다. 테오도르의 편지는 정말 후작의 명령에 의해 가로채였다. 후작이 아들린이 숨은 곳을 알 수 있을까 하는 마음에 편지를 가로채 읽어보고는 찢어버렸던 것이다.

　라 뤼크에게로 다시 돌아가보자. 일행은 지금 바소 가까이 다가왔다. 가족들은 충격적인 소식을 들은 후 그의 안색이 크게 변한 걸 알 수 있었다. 그는 겉으로 내색을 하지 않았으나 병세가 급격히 악화되는 것이 명백해 보였다. 여행길에 올라 이 불행한 일행에 세심하게 신경을 쓰고 배려하던 루이는 라 뤼크의 병세 악화를 눈치챘으나 그 사실을 감추었고 아들린의 기운을 북돋기 위해 그녀의 우려가 근거 없는 것이라고 설득하려 했다. 실제로 아들린은 보살핌이 필요한 상태였다. 테오도르가 갇혀 있는 마을이 몇 킬로미터 떨어지지 않은 곳까지 다가왔다. 아들린은 머릿속이 혼란스러워 정신을 차리기가 힘들었지만 그래도 침착해 보이려 애를 썼다. 마차가 도시에 진입했을 때 마차 창밖으로 교도소를 찾는 듯 불안한 눈길로 두리번거렸다. 그러나 여러 길을 지나쳤지만 머릿속에서 그려보는 그림과 부합하는 건물을 찾지 못했고 마차는 어느새 여관 앞에 멈춰 섰다. 라 뤼크의 안색이 급격하게 변하는 것을 보니 마음이 요동치는 것이 고스란히 느껴졌다. 지칠 대로 지친 그는 마차에서 내리려 할 때 루이의 부축을 받지 않을 수 없었다. 그는 응접실로 향하며 힘없는 목소리로 말했다. "심장이 조여오는구나. 하지만 통증이 오래가진 않겠지." 루이는 아무 말 없이 그의 손을 꼭 잡았다. 그러고는 복도로 오고 있는 아들린과 클라라에게 다급히 다가갔다. 라 뤼크는 방으로 들어가면서 눈물을 닦았다. (눈물을 흘리는 게 처음이었다.) "가여운 나의 아들에게 당장 가봐야겠어. 정말 힘들겠으나, 나를 좀 아들에게 데려다주겠나?" 그는 루이에게 그렇게 부탁하고 자리에서 일어났으나 기력이 쇠진한 데다 슬픔에 짓눌려 다시 주저앉고 말았다. 아들린과 클라라는 그에게 진정하시고 요기를 좀 하시라고 간청했다. 루이는 아버지를 뵈려면 테오도르도 준비를 하고 있어야 하니 아들이 소식을 전해 들을 때까지 기다리시라고 청한 후 즉시 친구가 있는 교도소로 향했다. 그가 떠난 후 라 뤼크는 사랑하는 사람들에 대한 의무감으로 요기를 하려고 했다. 그러나 목에 경련이 일어나 바싹 마른 입술에 갖다 댄 와인을 마실 수가 없었다. 심신이 매우 쇠약해진 그는 방으로 들어가 루이가 돌아올 때까지 그 두려운 시간을 홀로 기도를 올리며 보냈다.

클라라는, 침착하지만 깊은 비탄에 빠져 있는 아들린의 품에 기대 격렬한 슬픔을 쏟아냈다. "아, 난 아버지도 잃게 될 거 같아. 그래, 맞아. 아버지와 오빠 둘 다 잃고 말 거야." 아들린은 친구와 함께 한동안 눈물을 흘렸다. 그러면서 아버지는 걱정하는 것만큼 아프시지 않다고 다독였다.

"헛된 희망으로 날 속이지 마. 아버지는 이 충격적인 일을 무사히 넘기지 못하실 거야. 처음부터 눈에 보였어." 아들린은 라 뤼크가 고통스러워하는 딸을 보면 그 고통이 더 통절하게 느껴질 것이라며 클라라에게 아버지 앞에서 의지를 잃지 말고 약한 모습을 보이지 말라고 당부했다. "아무리 고통스러워도 노력하면 할 수 있어. 클라라, 나도 너 못지않게 슬퍼. 하지만 나는 이제껏 고통을 조용히 인내해왔어. 너도 그렇게 할 수 있어. 난 정말 무슈 라 뤼크를 아버지로 사랑하고 존경하니까."

한편 루이는 테오도르가 갇혀 있는 형무소로 갔다. 테오도르는 그를 보고 놀라며 조바심을 냈다. "어떻게 이렇게 금방 온 거야? 아버지 소식을 들은 건가?" 루이는 그간의 사정을 천천히 설명해주고 라 뤼크가 바소에 왔다고 알렸다. 흥분한 감정이 테오도르의 얼굴에 고스란히 드러났다. "불쌍하신 아버지! 아들을 보기 위해 이 굴욕적인 곳까지 오시다니! 아, 집에서 떠날 때 우리가 이런 감옥에서 다시 만날 줄이야 꿈이나 꾸었겠는가!" 그런 사실을 생각하니 미칠 듯한 회오가 밀려와 그는 한동안 말을 잇지 못했다. "지금 어디 계신가?" 그가 다시 정신을 차리고 물었다. "그토록 뵙고 싶었건만 막상 오셨다고 하니까 움츠러드네. 비탄에 빠진 아버지 모습을 내가 어찌 보겠는가! 루이, 부탁하네, 나 떠나거든 불쌍한 우리 아버지 좀 잘 위로해드리게나." 그는 다시 흐느끼느라 말을 잇지 못했다. 아버지를 모시고 왔다는 소식을 전하는 게 굉장히 조심스럽고 염려가 되었던 루이는 지금이 테오도르에게 그나마 힘을 주기 위해 아들린의 소식을 전하기 좋은 때라고 판단했다.

테오도르는 순간 음울한 감옥, 시련에 대한 생각이 사라졌다. 누가 이 순간 테오도르의 표정을 보았다면 마치 생명과 자유를 얻은 사람 같다고 느꼈을 것이다. 희열이 누그러지자 그가 말했다. "아들린이 무사하다는 소식도 듣고, 또 아버지를 한 번 뵐 수 있을 것이니 나는 더 이상 한탄하지 않겠어. 이제 조용히 체념하며 죽음을 맞이하도록 노력할 거야." 그는 라 뤼크가 교도소에 왔는지 물었고 루이는 그가 클라라와 아들린과 함께 숙소에 있다고 대답했다. "아들린이! 아들린도 왔어! 아, 꿈도 꾸지 못했는데! 아, 그러나 내가 왜 기뻐하나? 난 아들린을 다시 보아서는 안 돼. 여긴 아들린이 올 곳이 못 돼." 그는 다시 비탄에 빠져 입을 다물었으나 이내 아들린에 관해 질문을 쏟아냈다. 그러다가 아버지가 어서 자신을 보고 싶어 하신다는 루이의 말에, 친구를 너무 오래 붙들고 시간을 지체했음을 깨달은 그는 어서 아버지를 모시고 와달라고 부탁하고는 마음을 다잡으려 애썼다.

루이가 여관으로 돌아왔을 때 라 뤼크는 여전히 자신의 방에 있었다. 클라라가 아버지를 부르러 간 동안 아들린은 테오도르에 관해 떨리는 마음으로 클라라의 면전에서 꺼내기 쉽지 않은 질문을 쏟아냈다. 루이는 테오도르가 평온한 상태라고 한껏 과장해서 말해주었다. 그 말에 아들린은 다소 마음을 놓았다. 그러고는 라 뤼크가 올 때까지 이제껏 참아왔던 눈물을 흘렸다. 라 뤼크는 안정을 찾은 모습이었으나 여전히 깊은 슬픔이 느껴지는 얼굴이었다. 누구라도 연민과 존경심을 담아 바라보지 않을 수 없었다. "내 아들은 어떤가? 당장 보러 가세나."

클라라는 다시 한번 아버지에게 자기도 함께 가겠다고 간청했으나 그는 뜻을 굽히지 않았다. "넌 내일 가서 보거라. 우선 내가 단둘이 보아야 한다. 친구와 함께 있어, 클라라. 아들린도 위로가 필요하단다." 라 뤼크가 나가자 아들린은 더 이상 슬픔을 참을 수가 없어 자신의 방으로 물러났다.

라 뤼크는 루이의 부축을 받으며 교도소를 향해 천천히 걸어갔다. 날은 이미 저물어 가로등 불빛에 형무소 정문이 보였다. 루이가 벨을 눌렀다. 라 뤼크는 두근거리는 가슴을 이기지 못하고 경비가 나올 때까지 성채의 입구에 기대섰다. 그는 경비를 따라 들어갔다. 그러나 두 번째 안뜰에 도착했을 때 그는 혼절할 것만 같아 걸음을 멈췄다. 루이는 경비에게 물 한 잔을 부탁했다. 그러나 라 뤼크는 금방 괜찮아질 것이니 신경 쓰지 말고 가자고 했다. 몇 분을 쉬고 나서 그는 다시 루이를 따라 어두운 복도를 지나고 계단을 올랐다. 그러고는 감방의 빗장이 열리고 아들이 보였다. 그는 작은 테이블에 앉아 있었는데 그 위에 등잔이 있었다. 희미한 등잔불에 황량하고 음울한 감방 내부의 모습이 드러났다. 테오도르는 아버지를 보자 벌떡 일어나 품에 안겼다. "아버지!" "아들아!" 그들은 한동안 말없이 서로 부둥켜안고 있었다. 테오도르는 마침내 아버지를 하나뿐인 의자에 앉히고 루이와 자신은 침대 끝에 걸터앉아 질병과 고난으로 피폐해진 아버지의 모습을 찬찬히 바라보았다. 라 뤼크는 말을 꺼내려 했으나 차마 말문이 열리지 않아 그저 가슴에 손을 얹고 깊은 한숨만 내쉬었다. 루이는 라 뤼크의 참담한 모습을 보고 그가 완전히 무너져 내릴까 봐 걱정되어 주의를 딴 데로 돌리기 위해 말문을 열었다. 그러나 라 뤼크는 매우 춥다면서 몸을 덜덜 떨며 쓰러질 듯 움츠러들었다. 테오도르는 그런 아버지를 보며 무기력한 절망에서 퍼뜩 정신을 차렸다. 그는 화들짝 놀라며 아버지를 부축했고 루이는 도움을 청하러 밖으로 나갔다. "테오도르, 난 괜찮다. 어지럼증이 이제 나아지고 있어. 내가 근래 몸 상태가 좋지 않았거든. 아, 이 서글픈 재회라니!" 테오도르는 더 이상 자신을 주체할 수 없어 손을 쥐어짜다가 급기야 가슴 깊은 곳에서 발작적인 흐느낌을 토해내기 시작했다. 라 뤼크는 서서히 정신을 차리면서 아들을 달래려 애썼다. 그러나 아들은 간신히 버텨오던 힘을 모두 소진한 듯 감정을 쏟아내기만 할 뿐이었다. "아! 이처럼 참담하고 무서운 상황에서 아버지를 뵐 줄 꿈엔들 알았을까요! 그러나 아버지, 저는 억울합니다. 제가 한 행동은 정의로운 의도에서 나온 행동입니다."

"그게 내겐 가장 최고의 위안이다. 그리고 네가 맞은 이 시련의 시간에서 널 지켜줄 거야. 그에 대해 최후의 판관인 위대한 신께서 후에 네게 보답을 해주실 것이다. 아들아, 그분을 믿거라. 나는 신의 정의에 대한 굳건한 믿음으로 그분만을 바라본다!" 라 뤼크의 목소리가 떨렸다. 그는 헌신의 눈빛으로 힘없이 하늘을 올려다보며 하염없이 눈물을 흘렸다.

아버지의 마지막 말이 마음에 와닿은 테오도르는 자리에서 일어나 불안한 발걸음으로 감방 안을 서성거렸다. 때마침 루이가 들어와 라 뤼크는 안도했다. 그는 루이가 가져온 강심제를 먹고 곧 가장 관심 가는 주제에 대해 이야기를 나눌 만큼 원기를 회복했다. 테오도르는 감정을 자제하려 노력했다. 그는 평정심을 되찾고 한 시간 넘게 이야기를 나누었다. 라 뤼크는 종교적 희망으로 아들의 마음을 고양시켜 다가올 끔찍한 시간을 버틸 힘을 얻게 해주려 했다. 그러나 테오도르는 인종의 모습을 보이다가도 아버지와 사랑하는 아들린이 영원히 슬픔의 희생양이 될 거라는 생각이 들 때마다 다시 불안에 떨곤 했다. 라 뤼크가 떠나려 할 때 그는 다시 아들린 이야기를 꺼냈다. "이런 상황에서 얼굴을 보는 게 얼마나 고통스러울지 잘 알지만 저는 아들린을 보지 못하고 이 세상을 떠난다는 생각은 참을 수가 없습니다. 그러나 제가 아무리 보고 싶다고 하더라도 어떻게 아들린에게 비참한 이별의 장면을 견뎌달라고 할지 알 수가 없어요. 아들린에게 제가 단 한순간도 잊은 적이 없다고 말씀해주세요. 제가……" 라 뤼크는 그의 말을 가로막으면서 그가 그토록 바라니 마지막 작별의 인사에 서로 고통스럽더라도 아들린을 보는 게 낫겠다고 말해주었다.

"알아요. 저도 잘 알아요. 하지만 아들린을 안 보는 게 그런 고통을 덜어주는 것이라고 생각하면서도 그 결심을 할 수가 없어요. 오, 아버지! 제가 곧 영원한 이별을 고해야 하는 사람들을 생각하면 마음이 무너져 내려요. 하지만 아버지의 가르침과 모범을 따르도록 노력할게요. 그렇게 해서 아버지의 사랑이 헛되지 않았다는 것을 보여드리고 싶어요. 나의 좋은 친구 루이, 이제 아버지 모시고 가보게. 아버지는 부축이 필요해. 아버지, 이 친구의 은혜를 어떻게 갚아야 할지 모르겠어요. 제게 매우 큰 은혜를 베풀었어요." "아무렴, 나도 잘 안다. 너에게 베푼 친절을 어떻게 다 갚겠느냐? 게다가 이 친구가 우리 모두에게 힘이 되어주고 있단다. 하지만 넌 나보다 더 위안이 필요해. 친구와 함께 있으렴. 나 혼자 가마."

테오도르가 그 말을 들을 리 없었다. 라 뤼크도 더 이상 만류하지 못하고 그들은 포옹을 하고 작별했다.

여관에 도착하고 나서 라 뤼크는 테오도르를 구하기 위해 국왕에게 탄원서를 보낼 만한 시간이 남았는지 루이와 상의해보았다. 파리까지의 거리와 예정된 형 집행 시기까지 얼마 남지 않은 시간 등을 고려할 때 그건 쉬운 일이 아니었다. 그러나 라 뤼크는 불가능한 일은 아니라고 여겨, 도저히 그렇게 장거리 여행을 할 수 있을 만한 상태가 아니지만 해보기로 결심했다. 루이는 그렇게 위험을 감수하는 것이 아들에게는 소득도 없이 아버지에게 치명적이 될 수 있다면서 만류해보기는 했으나 그의 결심은 확고했다. "내 아들을 위해 얼마 남지도 않은 내 삶을 희생하더라도 난 잃을 게 별로 없다네. 성공하면 나는 모든 걸 얻는 것이야. 지체할 시간이 없네. 당장 떠날 것이야."

그는 당장 파발마를 부르려 했으나, 아들린의 방에서 돌아온 클라라와 루이가 함께 몇 시간 휴식을 취한 후에 떠나시라고 만류했다. 그는 마침내 즉시 움직일 만한 상태가 아니라는 것을 인정하고 잠깐 쉬기로 했다.

그가 자신의 방으로 돌아가자 클라라는 아버지의 상태에 대해 한탄했다. "아버지는 여행을 견뎌내지 못하실 거예요. 요 며칠 변한 모습 좀 보세요." 루이도 클라라를 달래주려 포장할 생각을 못 할 만큼 그녀와 의견이 같았다. 그녀는 불행한 소식을 덧붙였다. 아들린이 테오도르의 상황과 라 뤼크의 고통에 슬퍼하다 상태가 너무 악화되어 그 여파가 생길까 겁난다는 말이었다.

젊은 라 모트의 열정은 시간이 지났어도 또 서로 떨어져 있었어도 줄어들지 않았다는 것은 이미 확인한 사실이었다. 오히려 아들린이 박해받고 위험에 처했다는 것을 알고 그의 사랑이 더욱 커졌으며 그녀를 더 애틋하게 생각하게 되었다. 테오도르가 그녀를 사랑하고 또 그 사랑이 일방적이지 않음을 알았을 때 루이는 질투와 실망의 그 모든 고뇌를 겪었다. 아들린이 그에게 희망하지 말라고 했음에도 그는 그녀의 말을 따르는 게 너무나 고통스러웠고, 억눌러야만 한다는 것을 잘 알면서도 그 마음의 불꽃을 남몰래 소중히 간직했다. 그러나 루이는 성품이 고귀해서 테오도르가 연적이라고 해서 그에 대한 우정을 저버릴 사람이 아니었고 마음도 강해 그 고뇌를 감추지 못할 만한 사람도 아니었다. 심지어 테오도르가 아들린에 대한 사랑으로 보인 행동에 대해 알게 되었을 때 처음 실망의 감정이 지난 후 그에 대한 우애가 더 커질 정도였다. 그렇게 질투를 이겨낸 마음은 원칙에서 유래한 것이었고 또 어렵게 이루어낸 것으로 그 후 그의 자긍심이자 명예가 되었다. 그러나 다시 아들린을 보았을 때, 그녀가 슬픔에 잠긴 상태에서도 품위를 잃지 않고, 또 슬픔에 못 이겨 버거울 때조차 주변 사람들의 고통을 달래기 위해 애를 태우는 모습을 보며 루이는 자신의 결심을 지키고 감정을 억누르는 게 고통스러울 정도로 힘들었다. 루이는 더 나아가 아들린이 그토록 괴로워하는 것을 보며 테오도르를 향한 그녀의 사랑이 그만큼 깊기 때문이라는 사실을 깨달았다. 그 어느 때보다 그 넘치는 사랑의 대상이 자기였으면 얼마나 좋았을까 생각하며 사슬에 묶여 감방에 갇혀 있는 테오도르를 순간적으로 질투하기도 했다.

뒤숭숭하고 짧은 잠을 자고 일어난 아침 라 뤼크는 루이와 클라라, 아들린이 존경과 사랑을 표하며 자신을 배웅하기 위해 응접실에 모여 있는 것을 보았다. 말문을 닫은 채 대충 아침 식사를 마친 후 그는 슬픈 작별 인사를 나누고 마차에 올랐다. 눈물과 기도가 그의 뒤를 따랐다. 아픈 아들린은 즉시 제 방으로 들어가 그날 나오지 못했다. 클라라는 저녁에 루이를 따라 오빠를 방문했다. 아버지가 떠난 소식을 들은 테오도르는 감정이 복잡했다.

제21장

움찔한 영혼이 의식적으로 두려움을 느끼고 그 내면으로 움츠러드는 때는 오직 어떤 저열한 행동이 벌어지는 것을 보고, 혹은 벌어질 것을 알고 제 안에 내재한 공포심이 몰려올 때뿐이다.

— 메이슨[39]

이제 피에르 드 라 모트에게로 돌아가본다. 그는 D 형무소에서 몇 주를 보내고 재판을 받기 위해 파리 법정으로 이송되었다. 몽탈 후작은 증언을 위해 참석했다. 샤틀레 형무소로 가는 남편을 따라 마담 드 라 모트도 동행했다. 그는 불행의 무게에 마음이 착 가라앉았다. 절망의 무기력에 빠진 그에게 아내의 모든 노력은 헛수고였다. 혹시라도 후작이 제기한 혐의에 대해 죄를 면하다 해도 (거의 불가능한 일이었다) 그 전에 지은 죄가 있어 교도소 담장을 벗어나는 그 즉시 다시 정의의 손아귀를 피할 수 없었다.

후작의 기소는 근거가 확실했고 그 범죄 내용도 너무나 심각한 것이어서 라 모트는 벗어나지 못할 터였다. 라 모트가 생클레어 수도원에 정착하고 얼마 지나지 않을 때 위급할 때를 대비해 가지고 있던 돈도 거의 바닥이 나버린 상태여서 미래의 생계가 매우 큰 불안에 직면해 있었다. 어느 날 저녁 숲속 먼 곳에서 자신의 급박한 처지에 대해 골머리를 썩이면서 홀로 말을 타고 가다가 좀 떨어진 곳에서 말을 탄 기사가 아무 동행 없이 홀로 다가오고 있는 것을 보았다. 그때 라 모트는 불현듯 저 사람을 덮쳐 강도짓으로 돈을 좀 구해보자는 생각이 들었다. 그는 이미 정직한 삶의 범주를 이탈한 상태였고—사기를 벌이는 일이 그에게는 낯선 일이 아니었다—그 생각이 떨쳐지지 않았다. 그는 망설였다. 망설이는 순간순간 유혹의 힘이 커졌다. 기회는 다시 오기 힘들 것이다. 그는 주위를 둘러보았다. 숲이 시야를 허락하는 선에서는 그 기사 말고는 아무도 보이지 않았다. 기사는 차림새로 보아 신분이 높은 사람 같았다. 라 모트는 용기를 그러모아 남자를 향해 돌진해 공격했다. 바로 그 남자, 후작은 무장하지 않은 상태였다. 그러나 수행원들이 멀지 않은 곳에 있다는 것을 알았기 때문에 그는 물러서지 않았다. 둘이 싸움을 벌이고 있을 때 라 모트는 길 끝에서 말을 탄 사람들 한 무리를 보았다. 그때 그는 쫓기는 마음에 필사적으로 주머니에서 총을 (그는 수도원에서 멀리까지 나갈 때면 산적에 대한 걱정으로 보통 총을 들고 다녔다) 꺼내 후작을 향해 발사했다. 후작은 총을 맞고 비틀거리다가 정신을 잃고 바닥으로 고꾸라졌다. 라 모트는 수행원들이 도착하기 전에 그의 외투에서 반짝이는 훈장 하나와 손가락에서 다이아몬드 반지들을 챙기고 주머니도 뒤졌다. 수행원들은 놀라서 강도를 추적하는 대신 영주를 구하기 위해 그를 데리고 떠났고 라 모트는 도망쳤다.

그는 수도원에 다다르기 전에 작은 폐허, 이전에 언급한 무덤에 멈춰 약탈품을 살펴보았다. 지갑에는 70루이도르가 있었고, 다이아몬드 훈장 하나, 값비싼 반지 세 개와 후작이 자신의 정부에게 선물로 주려던 다이아몬드로 장식한 후작 본인의 미니어처 세트가 있었다. 몇 시간 전만 하더라도 거의 알거지 신세라고 한탄했던 라 모트는 이 보물들을 보고 황홀경에 빠졌다. 그러나 그는 이내 자신이 벌인 짓을 생각하고는 재물을 얻고자 피의 대가를 치렀다는 자괴감에 빠졌다. 천성적으로 격한 열정을 품은 그는 그 생각을 하자 희열의 정점에서 절망의 심연으로 추락하고 말았다. 그는 이제 살인자가 되었다고 생각하며 마치 꿈을 꾸다깬 사람처럼 화들짝 놀랐다. 그러면서 그는 단 몇 시간 전처럼 가난하지만 '비교적' 죄 없는 상태로 돌아갈 수 있다면 세상의 반이라도 (그게 제 것이라면) 주고 싶다고 느꼈다. 그는 제 손으로 생명을 앗은 미니어처 세트의 초상화를 보며 형용할 수 없는 불안을 느꼈다. 무시무시한 회오 뒤로 혼란스러운 두려움이 일었다. 그는 어찌할 바를 몰라 무덤가를 배회하다가 마침내 보물을 이곳에 숨기기로 했다. 혹시라도 자신의 범죄가 발각된다면 수도원을 뒤질 테고 거기서 보물이 나오면 끝장인 것이다. 마담 라 모트에게 늘어난 재산을 숨기는 것은 쉬운 일이다. 그는 한 번도 아내에게 정확한 자신의 재정 상태를 알린 적이 없었고 아내 또한 그를 위협하는 빈곤한 처지에 대해 조금도 의심한 적이 없었기 때문이다. 그들은 그런 채로 평소처럼 생활했고 마담 라 모트는 생활비는 가지고 있던 재산에서 충당된다고 생각하고 있었다. 그러나 회오와 두려움의 감정을 숨기는 것은 그렇게 쉬운 일이 아니었다. 점점 더 음울해지고 말수가 적어지는 그의 태도, 그리고 더 잦아지는 숲속 무덤으로의 방문이 호기심을 자극했던 것이다. 그는 무덤으로 자주 가는 것이 보물을 살펴보려는 의도도 있었지만 그보다는 후작의 초상화를 들여다보는 일종의 공포스러운 기쁨을 누리기 위해서였다. 생각을 새로운 것으로 바꿔줄 대상이 없는 고적한 숲속에서는 오직 한 가지 생각, 자신이 살인을 저질렀다는 생각뿐이었다. 그러다 후작이 수도원에 나타났을 때 그는 처음에는 유령을 보는 건지 실제 사람인지 분간할 수 없었다. 그때 라 모트가 느꼈던 놀라움과 공포는 이내 저지른 범죄의 벌에 대한 불안으로 바뀌었다. 그가 후작에게 애처롭게 따로 대화를 나누자고 간청한 후에 그는 자신이 태생이 기사 출신이라고 읍소했다. 그는 자신의 사연 중에 연민을 자아낼 부분만을 추려 이야기를 전달한 후 죄책감에 시달려 죽을 것 같다고 앓는소리를 했다. 그러면서 그중 극히 일부만 썼다며 아직 가지고 있는 후작의 보물을 돌려주겠다고 통사정을 했다. 후작은 그러자 다소 연민을 보이는 것 같았다. 거기에 후작은 자신의 이기적인 동기를 보태 라 모트와 타협을 보았다. 성질이 급하고 불같은 열정의 소유자인 데다 미모의 아들린을 허투루 보지 않았던 그는 바로 이 불행한 여인의 희생을 조건으로 내걸며 라 모트의 목숨을 구해주기로 했다. 라 모트는 그 조건을 거절할 만한 배포도 미덕도 없었다. 그는 보석을 돌려주고 순결한 아들린을 배신하기로 했다. 그러나 아들린이 악덕에 쉽게 넘어갈 사람이 아니라는 것을 잘 알고 또 이미 그녀에 대해 얼마간의 연민과 정을 느낀 그는 후작에게 성급하게 움직이지 말라고 설득하며 서서히 아들린의 원칙을 허물어뜨리며 유혹하는 길을 모색하고자 했다. 후작은 그 계획에 동의했다. 그 첫 계획이 무위로 돌아가자 그는 여러 가지 음모를 짜서 그렇게 아들린의 시련을 증폭시킨 것이었다.

그렇게 해서 라 모트는 현재의 비통한 상황에 처하게 되었다. 재판 일에 그는 교도소에서 법정으로 이송되었다. 후작이 고소인으로 나타났다. 혐의가 제기되었을 때 라 모트는 평소의 태도대로 범행을 부인했다. 변호를 맡은 변호사 느무르는 몽탈 후작의 혐의가 거짓이고 악의적인 것으로 보이게 하자고 했다. 그런 목적으로 그는 자신의 의뢰인에게 아들린 살해를 사주한 후작의 상황을 언급했다. 그는 더나아가 후작이 라 모트가 체포되기 직전까지 몇 달 동안 그와 매우 가까운 사이로 지냈는데 라 모트가 그 불행한 여인을 도망치게 도와 자신의 살해 계획이 무산되자 앙심을 품고 지금의 혐의로 고소한 것이라고 주장했다. 느무르는 한 사람이 다른 사람에게 폭행과 강도짓이라는 두 가지 일을 동시에 저지르고 그 사람과 우호적인 관계를 유지하는 것은 불가능하다고 주장하며, 그러나 후작이 범죄를 사주한 시점 후로 몇 달 동안 라 모트와 자주 교류한 것은 확실하다고 주장했다. 후작이 고소를 하고자 했다면 라 모트를 발견한 직후 곧바로 하지 않을 이유가 무엇인가? 그때가 아니라면 무엇 때문에 그가 그토록 오랜 시간이 지난 후에 고소했겠는가?

이러한 의문 제기에 후작 측은 아무런 답변을 내놓지 않았다. 이 지점에서 후작의 행동은 아들린에 대한 계략과 부합되는 면이 있었기 때문에 적극적으로 변론하지 못했다. 잘못하다가는 자신의 계략을 노출시켜 자신의 사악한 면을 들추고 자신의 논리를 허물어뜨리게 되기 때문이었다. 그리하여 그는 그저 하인들 몇 명만을 폭행과 강도 행위의 증인으로 세웠을 뿐이었다. 그들은 거리낌 없이 라 모트를 범인으로 지목했는데 그들 중 누구도 저녁 어스름에 전속력으로 말을 달리는 사람을 보았다는 식 이외에 자세한 목격담을 제시하지는 못했다. 반대 신문 시간에 대부분 진술은 서로 모순되었다. 증거는 당연히 거절당했다. 그러나 후작이 아직 두 명의 증인을 세울 것이고 그들이 몇 시간 후면 파리에 도착할 것이기 때문에 재판은 연기되고 법정은 휴정하였다.

라 모트는 교도소에서 이송될 때와 마찬가지로 낙담한

채 다시 그곳으로 이송되었다. 그가 대로를 따라 걷다가 길을 비켜준 사람이 하나 있었는데 그 남자가 그를 뚫어져라 쳐다보고 있었다. 라 모트는 남자가 낯이 익었다. 그러나 어두컴컴한 곳에서 언뜻 보아 확실하지 않았고 혼란스러운 지금의 상태에서 그런 일에 관심을 기울일 여유가 없었다. 그가 지나쳐 갈 때 남자는 간수에게 라 모트가 누군지 물었다. 이름을 알고 난 후 또 몇 가지 다른 질문에 대한 답을 듣고 나서 그는 라 모트와 이야기를 하고 싶다고 청했다. 그 요청은 남자가 채무자였기 때문에 받아들여졌다. 그러나 교도소 문은 이미 닫혔고 면회는 내일로 미루어졌다.

라 모트가 감방으로 들어가자 재판 소식을 듣기 위해 몇 시간 동안 기다리고 있던 마담이 보였다. 그들은 어느 때보다 간절히 아들이 보고 싶었다. 그러나 루이가 예상했던 대로 그들은 아들의 부대가 이동한 것을 모르고 있었다. 그가 평소대로 가명으로 편지를 보냈기 때문에 편지가 오부안 역사驛舍 우체국에 남아 있었던 것이다. 그리하여 마담 라 모트는 편지를 아들의 이전 주소지로 보냈고 그는 그렇게 아버지가 불행한 일로 이송된 일을 모르고 있었던 것이다. 마담 라 모트는 답장이 오지 않는 것에 놀라며 또 다른 편지를 보냈다. 그동안 진행된 아버지의 재판 소식과 함께 즉시 휴가를 얻어 파리로 와달라고 요청하는 편지였다. 그녀는 자신의 편지가 수신되지 못한다는 사실을 여전히 알지 못했다. 그렇다고 편지가 수신되지 못한다는 사실을 알았다 하더라도 어디로 보내야 할지도 몰랐다. 따라서 마담은 평소대로 이 편지를 부쳤다.

한편 다가올 운명에 대한 불안이 한시도 머릿속에서 떠나지 않는 라 모트는 천성적으로 나약한 데다 나쁜 습관으로 기력을 소진하고는 이 끔찍한 시간을 견디는 게 버겁기만 했다.

한편 파리에서 이런 일이 벌어질 동안 라 뤼크는 아무런 사고 없이 파리에 도착했다. 오는 동안 그는 불굴의 의지 하나로 버텼다. 국왕의 발아래 엎드려 읍소하기 위해 서둘렀다. 그는 아들의 운명을 좌우할 탄원서를 올리면서 감정이 북받쳐 올라 조용히 국왕을 올려다보기만 하다가 마침내 혼절하고 말았다. 국왕은 탄원서를 받고 불행한 아버지를 돌봐줄 것을 명했다. 그는 호텔로 옮겨져 자신의 마지막 노력의 결과를 기다렸다.

한편 오랜 시간 고통을 겪어온 아들린은 바소에서 계속 몸이 좋지 않아 방에서 나오지 못했다. 때로 라 뤼크가 파리로 간 일이 성공하리라 희망을 품어보기도 했다. 그러나 그런 짧은 착각은 오히려 뒤이은 낙담을 고조시킬 뿐, 그녀는 양 극단을 오가는 감정 속에서 예기치 못한 고난이 불러온 고통이나 오랜 절망의 무딘 고통보다도 더 큰 고문을 경험했다.

아들린은 몸 상태가 좀 나아지면 응접실로 내려가 루이와 대화를 나누었다. 루이는 자주 테오도르를 방문해 소식을 전해주었다. 그는 틈이 나는 대로 고통받는 친구들을 위로하고 보살피기 위해 한시도 아끼지 않았다. 아들린과 테오도르 둘 다 그들에게 허락된 작은 위안을 그에게 기댔다. 그가 서로에게 소식을 전해주었기 때문이다. 그들은 그가 나타날 때마다 잠깐이지만 우울한 기쁨을 느꼈다. 루이는 그녀를 한 번 보고 싶어 하는 간절한 테오도르의 바람을 이루어주지 못하는 이유를 대기 위해 아들린이 아프다는 소식을 숨길 수가 없었다. 아들린에게는 주로 테오도르의 굳은 의지와 인종에 대해 이야기해주었다. 그가 변함없이 보이는 애틋한 애정도 잊지 않고 전달해주었다. 아들린은 루이를 보는 게 유일한 위안이 되었고, 또 그가 자신이 진정으로 사랑하는 사람에게 진심 어린 우정을 베푸는 것을 보고는 루이에 대한 존경이 감사함으로 무르익고 존경심이 하루하루 깊어가는 것을 느꼈다.

루이가 아들린에게 전하는, 시련을 견뎌내는 테오도르의 불굴의 의지는 다소 과장된 것이었다. 그는 다가올 운명을 굳은 의지로 맞닥뜨려야 했지만 삶에 연결된 끈들을 잊을 수가 없었다. 그러나 발작처럼 찾아오는 슬픈 감정이 통렬했고 잦았지만 그는 사랑하는 사람들을 앞에 두고 남자다운 평정심을 찾으려 애썼고 그런 노력에서 자주 성공했다. 아버지의 파리행에 그는 거의 희망을 품지 않았다. 그러나 그나마 품은 아주 작은 희망으로 결과가 나올 때까지 시련을 견디는 힘을 잃지 않았다.

형 집행 예정일 바로 전날 라 뤼크는 바소에 도착했다. 마차가 여관에 도달했을 때 아들린은 방 창가에 서 있다가 그가 마차에서 내려 페터의 부축을 받으며 집 안으로 들어오는 것을 보았다. 시름에 찬 그의 표정에서 좋은 소식을 읽을 수는 없었다. 아들린은 두방망이질 치는 가슴에 정신이 나갈 것 같았으나 그를 맞으러 내려갔다. 방에 들어갔을 때 클라라가 이미 아버지와 함께 있었다. 아들린은 그의 표정에서 드러나는 불행한 소식을 말로 확인하는 게 두려워 초조한 표정으로 아무 말도 하지 못한 채 자리에 앉았다. 그는 조용히 그녀를 향해 손을 뻗으며 의자에 푹 꺼지듯 기대고는 기절할 것 같은 모습이었다. 아들린은 라 뤼크의 그런 모습을 보고 두려움이 커지며 얼이 빠지고 말았다.

슬픔에 빠진 라 뤼크와 클라라는 아들린의 상태를 인지하지 못했다. 얼마 후 아들린은 깊은 한숨을 토해내더니 눈물을 쏟아내기 시작했다. 한동안 울고 나서 서서히 정신을 차린 후 마침내 라 뤼크에게 말했다. "가신 일이 성과가 있었는지 묻는 것이 필요하지 않은 건 알지만, 혹시 말씀을 해주실 수 있다면 저는……"

라 뤼크는 손을 내저었다. "아아! 난 네가 이미 추측한 거 말고는 더 해줄 말이 없구나. 불쌍한 나의 테오도르!" 그의 목소리가 격정으로 요동쳤다. 말할 수 없이 불안한 순간이 흘렀다.

아들린은 누구보다 먼저 라 뤼크가 극도로 쇠진한 상태

라는 것을 알아채고 그를 보살폈다. 식사를 챙기고 나서 자리에 눕힌 후 의사를 불렀다. 그동안에 쌓인 피로로 인해 반드시 휴식을 취해야 한다고 말했다. "얘야, 내가 쉴 수 있는 곳은 이 세상이 아니라 더 좋은 세상일 게다. 내 곧 그렇게 될 거다. 그나저나 우리 착한 루이 라 모트는 어디 있지? 나 좀 아들에게 데려다달라고 말해주렴. 내가……" 그는 슬픔이 차올라 말을 잇지 못했다. 때마침 루이가 들어와 모두가 안도했다. 눈물을 흘리는 그들의 모습을 보고 루이는 묻고 싶었던 질문의 답을 얻었다. 라 뤼크는 즉시 아들의 안부를 물었고 루이에게 고맙다고 말하며 교도소로 자기를 데려가달라고 부탁했다. 루이는 다음 날 아침까지 기다렸다가 가시라고 설득했고 아들린과 클라라도 함께 만류했다. 그러나 라 뤼크는 그날 밤 가겠다는 결심을 굽히지 않았다. "남은 시간이 없어. 몇 시간만 지나면 난 그 아이를 다시 보지 못할 거야. 적어도 이 세상에서는 말이다. 이 소중한 시간을 허비하지 않게 해다오. 아들린! 난 불쌍한 아들에게 널 보게 해주겠다고 약속했단다. 넌 지금 그럴 만한 상태가 아니잖니? 내가 실망할 아들을 달래줘야 해. 혹시 내가 달래도 소용없고 또 네가 내일 아침에 상태가 호전되면 네가 그때라도 아들을 만나면 되지 않겠니?" 아들린은 초조한 표정으로 말을 하려 했다. 라 뤼크는 밖으로 나가려 자리에서 일어났으나 방문에 도달하자마자 기력을 잃고 의자에 털썩 주저앉고 말았다. "아, 어찌할 수가 없구나. 오늘 밤 갈 수가 없구나. 라 모트, 그 애에게 가서 전해줘. 내가 여행으로 몸이 좀 좋지 않으나 내일 아침 일찍 가보겠다고 말이야. 희망 섞인 말로 그 애를 헷갈리게 하지 말고, 최악을 대비하게 해줘." 한동안 아무도 말을 하지 않았다. 마침내 라 뤼크가 정신을 차리고 클라라에게 잠자리를 준비해달라고 했고 클라라가 뜻에 따랐다. 둘만 남자 아들린은 루이에게 이제는 아무 소용도 없는 말이지만 그래도 라 뤼크의 여행에 대해 말했다. "저도 한때는 희망을 품기도 했는데, 이제 이 시련을 더없이 확실하게 느껴요. 무슈 라 뤼크가 그 무게에 못 이겨 쓰러지실 것 같아 겁이 나요. 파리 다녀오신 후로 몰라보게 더 악화되었어요. 어떻게 생각하시는지 솔직하게 말씀해주세요."

그의 변화가 눈에 띄게 명백하다는 건 루이도 부인하지 못했다. 그러나 그는 그 이유가 여행에서 오는 일시적인 피로의 영향이 크다며 그녀를 다독였다. 아들린은 아침에 라 뤼크와 함께 테오도르에게 작별 인사를 하러 가겠다고 말했다. "어떻게 그이를 봐야 할지 모르겠어요. 하지만 꼭 한번 더 만나보는 게 그이와 저 자신에 대한 의무이지요. 마지막 애정의 증거를 보여주지 못하면 저는 평생 후회에 휩싸여 괴로울 거예요."

루이는 좀 더 이야기를 나눈 후 친구에게 이 치명적인 소식을 어떻게 전달하는 게 최선일지 곰곰이 생각하며 교도소로 돌아갔다. 테오도르는 생각했던 것보다 차분하게 받아들였다. 그러나 그는 조바심을 내며 왜 아버지와 아들린이 오지 않는지 물었다. 둘 다 아파서 오지 못한다는 대답에 그는 최악의 경우를 생각하고는 아버지가 돌아가신 게 아니냐고 물었다. 루이는 그렇지 않다고, 아들린도 심각하게 위중한 상태가 아니라고 설득하는 데 애를 먹었다. 테오도르는 아침에 둘 다 오기로 했다는 말을 거듭 확인하고는 평정심을 되찾았다. 그는 루이에게 그날 밤 돌아가지 말라고 부탁했다. "오늘 밤이 우리가 함께 보낼 수 있는 마지막 시간이야. 도저히 잠을 잘 수 없어! 이 괴로운 순간들을 버틸 수 있게 나와 함께 있어줘. 루이, 난 위로가 필요해. 나는 이렇게 아주 젊고 이렇게 사랑하는 사람들을 놔두고 이 세상을 체념하며 떠날 수 없어. 사람들이 말하는 철학적 의지의 이야기를 어떻게 믿어야 할지 모르겠어. 그 어떤 지혜도 즐거운 마음으로 행복을 포기하는 법을 가르칠 수 없어. 내게는 삶이 그런 행복이라네."

당혹스러운 대화로 그날 밤이 지났다. 때로는 긴 침묵이 이어졌고 또 때로는 절망의 소용돌이가 이어졌다. 마침내 테오도르를 죽음으로 이끌 아침이 감방의 쇠창살 사이로 밝아오고 있었다.

한편 라 뤼크는 한숨도 잘 수 없는 끔찍한 밤을 보냈다. 그는 자기 자신과 테오도르에게 불굴의 용기와 인종의 힘을 달라고 기도했다. 그러나 가슴속의 고통이 너무나 커서 누그러뜨릴 수 없었다. 사랑하는 아내에 대한 생각, 아내가 살아 있어 아들의 이런 불명예스러운 죽음을 목격해야 했다면 얼마나 고통스러울까 생각하니 몸서리가 쳐졌다.

테오도르의 목숨에 운명의 칼날이 내리꽂히는 것 같았다. 탄원서를 내던 때 몽탈 후작이 법정에 있지 않았더라면 국왕이 불행한 아버지의 청원을 허락하셨을지도 모른다는 생각이 들었던 것이다. 탄원서를 들고 온 아버지의 비참한 모습에 국왕은 마음이 쓰여 서류를 접어두지 않고 펼쳐보았다. 국왕은 죄인이 몽탈 후작의 부대원이라는 것을 깨달았다. 그는 후작에게 죄인의 범죄가 어떤 것이냐고 물었다. 답변은 후작에게서 기대할 만한 것이었고 국왕은 테오도르가 자비를 베풀 만한 상대가 아니라고 확신했다.

그러나 라 뤼크로 돌아가보자. 그는 이른 아침에 일어났다. 기도를 하고 나서 응접실에서 시간에 맞춰 온 루이를 만났다. 루이는 차분해 보였다. 그러나 안색은 테오도르의 절망에 똑같이 물들어 있었다. 아들린을 기다리면서 그는 거의 말을 하지 않았고 다가올 시간에 대비해 의지를 잃지 않으려 애쓰는 모습이었다. 아들린이 나타나지 않자 그는 서둘러 그녀에게 가보았다. 그녀는 상태가 좋지 않았으나 회복하고 있다고 했다. 아들린은 실로 괴로운 밤을 보냈고 건강이 악화되었으나 이제 끔찍한 시간을 버틸 수 있도록 기운을 차리려 힘쓰고 있었다. 정해진 시간이 다가올수록 감정이 요동쳤고 테오도르를 보지 못할까 봐 두려운 마음 하나로 아픔과 슬픔을 이겨내고 있었다.

아들린은 클라라와 함께 라 뤼크에게 갔다. 그는 그들이 들어오자 앞으로 나가 조용히 그들의 손을 잡았다. 그들은 마차에 올라 형무소로 향했다. 이미 그곳에 군중들이 몰리기 시작했고 마차가 다가오자 웅성거림이 일었다. 테오도르의 친구들에게는 그것이 참으로 슬픈 광경이었다. 루이는 마차에서 내리는 아들린을 부축했다. 그녀는 제대로 걷지도 못했다. 아들린은 떨리는 발걸음으로 라 뤼크를 뒤따랐고 경비원이 그를 아들이 갇혀 있는 곳으로 안내했다. 아침 여덟 시였다. 사형 집행은 정오였으나 경비대원들은 이미 안뜰에 자리 배치를 하고 있었다. 이 불행한 일행이 좁은 통로를 지나갈 때 테오도르와 마지막 작별 인사를 하기 위해 나온 일부 장교들이 보였다. 갇힌 방으로 이어진 계단을 올라갈 때 라 뤼크는 사슬이 부딪는 소리를 들었다. 위에서 불규칙하게 서성이는 발걸음 소리였다. 불행한 아버지는 가슴을 짓누르는 순간에 못 이겨 발걸음을 멈추고 난간에 몸을 기댔다. 루이는 약해질 대로 약해진 라 뤼크가 이 충격적인 순간을 견디지 못하고 쓰러질까 봐 그를 부축하려 달려갔으나 그는 가만히 있으라고 손사래를 쳤다. "난 괜찮아. 오, 신이시여! 이 시간을 견디게 도와주소서!" 그러고 몇 분 후 그는 다시 나아갈 수 있었다.

간수가 열쇠를 넣어 문을 열 때 아들린은 거칠게 삐걱거리는 쇳소리에 저절로 몸이 움츠러들었다. 테오도르가 아들린을 보고 벌떡 일어나 다가왔고 아들린이 바닥에 쓰러지기 전에 품에 안았다. 아들린이 그의 어깨에 머리를 기대자 그는 그토록 소중한 그녀의 얼굴, 볼 때마다 가슴속에 희열을 불러일으키는 그 얼굴을 다시 찬찬히 들여다보았다. 지금 매우 창백하고 생기가 없었지만 예전의 순간적인 기쁨을 불러왔다. 그녀가 마침내 눈을 뜨고 테오도르의 눈을 올려다보았다. 애처로운 시선이 한 번도 깜박이지 않고 오래 그의 눈에 닿아 있었다. 테오도르는 그녀를 더욱 가까이 품에 끌어안고 사랑과 절망이 섞인 미소로 화답했다. 그는 솟구치는 눈물을 꾹 참았다. 그렁그렁 눈물이 차오르는 눈으로 그저 아들린을 바라볼 뿐 모든 생각을 지웠다. 침대맡에 앉은 라 뤼크는 주위에서 벌어지는 일에 대해 인지하지 못하고 오직 슬픔에 몰두하고 있었다. 그러나 클라라는 오빠의 손을 붙잡고 팔에 기대 울면서 미어질 것 같은 가슴속 비탄을 모두 쏟아냈다. 그러다가 아들린은 정신을 차리고 거의 들리지 않는 낮은 목소리로 그녀에게 아버지를 보살펴달라고 간청했다. 그 말에 테오도르가 아들린을 의자에 앉히고 라 뤼크를 바라보았다. "내 귀한 아들!" 라 뤼크는 아들의 손을 잡고 눈물을 쏟아냈다. "귀한 내 아들!" 그들은 함께 울었다. 오래 침묵한 후 그가 말했다. "난 이 시간을 견딜 수 있을 줄 알았다. 그런데 난 이제 늙고 아무 힘이 없구나. 인종하려고 애썼던 나의 노력과 그분을 향한 나의 믿음을 신께서는 아실 것이다."

테오도르는 급히 감정을 추스르고 평온하고 흔들리지

않는 표정을 지으며 울고 있는 친구들을 위로하려 했다. 라 뤼크도 마침내 고통을 이겨내는 것 같았다. 그는 눈물을 닦아내며 말했다. "아들아, 내가 모범을 보였어야 하는데. 네게 자주 일러두었던 꺾이지 않는 큰 뜻을 내가 몸소 보여주었어야 했는데. 그러나 다 끝났구나. 난 이제 나의 의무를 다할 것이다." 아들린은 깊은 한숨을 내쉬고는 계속 눈물을 흘렸다. "아들린, 너무 슬퍼 말아요. 우린 그저 당분간 헤어지는 거예요." 테오도르가 눈물을 흘리는 아들린의 뺨에 입을 맞추며 말했다. 그는 아들린의 손과 아버지의 손을 포개면서 아버지에게 그녀를 부탁했다. "아버지, 아들린을 제가 남기는 가장 소중한 유산이라 생각해주세요. 아버지의 자식으로 받아주세요. 제가 떠나고 나면 아들린이 아버지를 위로해드릴 것이고 잃어버린 아들 이상의 역할을 할 겁니다."

라 뤼크는 아들에게 지금도 그리하고 있고 앞으로도 아들린을 딸로 생각할 것이라고 안심시켰다. 이 고통스러운 시간에 라 뤼크는 다가올 아들의 죽음에 대한 공포를 종교적 믿음으로 달래주려고 노력했다. 그의 이야기는 경건하고 합리적이었으며 위안을 주었다. 그건 차가운 머리에서 나오는 게 아니라 순수한 기독교적 가르침을 소중히 여기며 오래 실천해온 가슴에서 나오는 것이었다. 지금 그 가슴으로 그 어떤 세속적인 것으로도 주지 못하는 위안을 건네고 있었다.

"아들아, 넌 젊고 또 큰 죄를 짓지 않았다. 그러므로 죽음을 두려워할 이유가 없다. 죽음을 두려워하는 건 오직 죄지은 자들의 몫이다. 난 이제 네가 떠나고 오래 살 것 같지 않구나. 난 슬픔이 없는 곳에서 널 곧 볼 수 있을 거라고 믿는다. 정의로운 예수님이 그 날개에 치유의 힘을 지니고 올 그곳에서 말이다!" 그는 말을 하며 하늘을 올려다보았다. 아직 눈물이 그렁거리는 눈엔 힘없지만 열렬한 헌신의 빛이 빛났다. 그의 얼굴은 숭고한 존재의 위엄의 빛이 나고 있었다.

"이 끔찍한 시간을 소홀히 하지 말자." 라 뤼크가 자리에서 일어나며 말했다. "우리 다 같이 위안과 힘을 주시는 신께 기도를 올리자!" 그들은 모두 무릎을 꿇었다. 라 뤼크는 진실한 신앙심이 이끄는 대로 단순하고 숭고한 말로 기도했다. 기도를 마치고 일어났을 때 그는 자식들을 하나씩 차례로 안아주었다. 테오도르 차례가 되자 그는 잠시 멈춰 섰다. 아들을 애처로운 표정으로 뚫어져라 바라보면서 한동안 말문을 열지 못했다. 테오도르는 이 순간이 참기 어려웠다. 그는 손으로 눈가를 누르며 터져 나오려는 흐느낌을 억누르려 했으나 소용없었다. 그저 간신히 아버지에게 이제 가시라고 간청할 수 있을 뿐이었다. "우리 모두에게 너무 크고 비참한 시간입니다. 더 이상 끌지 말아주세요. 시간이 다가오고 있어요. 저 홀로 차분히 정리하게 해주세요. 죽음이 고통스러운 것은 사랑하는 사람들과 헤어져야 하기 때문입니다. 그게 지나면 죽음은 두려울 게 없어요."

"난 널 떠나지 않겠다. 가여운 내 딸들은 보내자. 하지만 나는 마지막 순간까지 너와 함께 있을 거야." 테오도르는 그게 둘 다에게 너무 힘든 일이라며 온갖 말로 아버지를 만류하려 했다. 그러나 아버지는 고집을 꺾지 않았다. "나는 아들이 내 힘을 가장 필요로 하는 순간에 나의 고통을 생각하는 이기적인 마음을 용납할 수 없다. 널 지키는 게 나의 의무이니, 아무것도 날 막을 수는 없어."

테오도르는 라 뤼크의 말을 받아 다시 설득했다. "마지막 순간에 저를 지켜주고 싶으시면 아버지께서 그 순간의 증인이 되지 말라고 간청드립니다. 아버지, 아버지께서 계시면 저는 모든 힘을 다 잃고 말 겁니다. 그나마 제가 버티고 있는 작은 평정심마저 다 무너지고 말 겁니다. 제 고통에 아버지의 비참한 모습을 보는 고통을 더 얹지 말아주세요. 가능하다면 제가 영원히 헤어져야 하는 사랑하는 아버지를 잊게 해주세요." 그는 다시 눈물을 흘리기 시작했다. 라 뤼크는 고통에 젖은 눈빛으로 아들을 물끄러미 바라보다가 마침내 입을 열었다. "그렇다면, 그러자꾸나. 나를 보는 게 널 더 비참하게 만든다면, 그래, 내가 가겠다." 목소리가 갈라지고 말문이 막혔다. 잠시 후 다시 아들을 안았다. "우린 헤어져야 해. 헤어져야 해. 하지만 그저 당분간이다. 우리는 곧 다시 더 높은 세상에서 만날 거야. 오, 신이시여! 제 가슴이 보이시나요? 이 무참한 시간에 비참한 감정을 아시지요!" 그는 다시 슬픔에 짓눌렸다. 테오도르를 품에 안고 온 힘을 끌어모아 다시 말했다. "헤어지는 거야. 오! 나의 아들, 이 세상에서 영원히 작별이구나! 위대한 신이시여, 힘을 주소서!"

그는 감방에서 나가려고 몸을 돌렸다. 그러나 슬픔에 기력이 더 쇠진해져 문 옆 의자에 털썩 주저앉고 말았다. 테오도르는 괴로운 표정으로 가슴속에 담으려는 듯 아버지와 클라라, 아들린을 번갈아 쳐다보았다. 모두 함께 눈물을 흘렸다. 그는 아들린을 바라보며 외쳤다. "그럼 이제 저 얼굴을 보는 게 마지막이란 말인가! 이제 다시는, 다시는 볼 수 없단 말인가? 오! 아아! 하지만 다시 한 번만 더, 한 번만 더!" 아들린의 뺨에 입을 맞추었다. 그녀의 뺨은 대리석처럼 차갑고 감각이 없었다.

가족의 작별 인사에 방해가 되지 않기 위해 밖에 나가 있었던 루이가 돌아왔다. 아들린은 고개를 들고 그를 쳐다보고는 다시 테오도르의 품에 머리를 기댔다.

루이는 매우 흥분되어 보였다. 라 뤼크가 자리에서 일어섰다. "이제 가자. 아들린, 얘야, 정신 똑바로 차리자. 클라라…… 어서 가자꾸나…… 그래도 한 번만 더 내 아들…… 한 번만 더 안아보자!" 루이가 다가와 그의 손을 잡았다. "선생님, 드릴 말씀이 있습니다. 말씀드리기가 두렵습니다만." "무슨 말인가? 이제 와 더 고통스러운 일이 무엇이겠는가. 두려워하지 말고 말해보게." "그야 물론 그렇지요. 선생님께서 크나큰 고통도 결연히 감내하시는 걸 제가 잘 보았습니다. 희망적인 얘기를 드려도 놀라지 않으시겠지요?" 라 뤼크가 눈이 휘둥그레졌다. "어서 말해보게!" 아들린이 고개를 들고 희망과 두려움이 섞인 눈빛으로 루이의 속을 더듬듯 바라보았다. 그는 그녀를 보며 기쁜 미소를 지어 보였다. "아! 아니, 그런 거예요? 살 수 있는 거죠? 살 수 있는 거죠? 살 수 있어!" 아들린은 갑자기 생기를 얻으며 소리를 내질렀다. 그녀는 자리에 털썩 주저앉는 라 뤼크에게 황급히 다가갔다. 테오도르와 클라라가 한목소리로 제발 이 불안에서 벗어날 수 있도록 어서 말을 해달라고 간청했다.

그는 국왕의 의향이 발표될 때까지 테오도르의 형 집행을 유예해달라는 신청을 넣어 부대 지휘관으로부터 승인을 받았다고 말했다. 그리고 그게 그날 아침 자신의 어머니로부터 받은 편지 때문이라고 했다. 마담 드 라 모트가 최근 파리의 법정에서 드러난 몽탈 후작의 인격에 관해 매우 특이한 정황을 언급했고 그것이 테오도르의 사면이 가능하게 해줄 만한 사안이라고 했다.

루이의 말이 번개처럼 듣는 이들의 가슴에 가닿았다. 라 뤼크는 다시 생기가 솟았고 절망의 현장이던 감방이 갑자기 감사와 기쁨의 말로 가득 찼다. 라 뤼크는 두 손을 맞잡고 하늘을 올려다보았다. "위대한 신이시여! 그동안 제게 힘을 주셨던 것처럼 이 순간을 버틸 힘을 주소서! 제 아들이 살 수 있다면 저는 평안히 눈을 감을 것입니다."

그는 테오도르를 얼싸안았다. 방금 전 고통의 포옹을 생각하니 감사와 기쁨의 눈물이 흘렀다. 이 일시적 형 집행 정지와 그에 따른 희망의 힘이 너무도 강력하여 절대적 사면을 얻더라도 지금 이 순간보다 더 큰 기쁨을 줄 수는 없을 것 같았다. 그러나 북받쳐 오르는 첫 감정이 좀 누그러진 후에 아직도 불확실한 테오도르의 운명을 깨달았다. 아들린은 그러한 불안을 입 밖에 꺼내지 않았으나 클라라는 오빠가 언제라도 끌려갈지 모르고 그러면 모든 기쁨이 슬픔으로 바뀔 수 있다는 말을 거리낌 없이 내뱉었다. 아들린은 눈짓을 해 클라라를 말렸다. 그러나 태양이 구름 한 조각을 흩어지게 하듯 지금 모두를 들뜨게 했던 기쁨의 감정이 희망에 스며든 그림자 하나로 이내 날아가버렸다. 루이만이 생각에 잠겨 멍한 모습이었다.

모두 다시 침착해졌을 때 루이는 자신이 즉시 파리로 떠나야 하며 전달할 정보가 아들린과 직접적인 연관성이 있는 내용이라 그녀도 건강이 허락하는 대로 바로 함께 출발해야 할 거라고 말했다. 그는 의미를 설명하기 위해 편지 부분부분을 직접 읽어주었다. 그러나 마담 드 라 모트는 중요한 몇 가지 상황을 누락했기에, 이제 여기서 파리에서 일어난 일을 밝힌다.

라 모트가 재판 첫날 법정에서 교도소로 돌아가는 길에 어둑한 곳이라 분명하지는 않지만 한 사람을 본 것은 이미 밝힌 점이다. 바로 이 사람이 라 모트의 이름을 물어본 후 그를 면회하고자 했다. 다음 날 교도관은 그의 요청을 받아 들였고, 라 모트는 예전에 아들린을 넘긴 남자의 얼굴을 알아보고 놀라지 않을 수 없었다.

남자는 감방에서 마담 드 라 모트를 보고 중요한 일이니 라 모트와 단둘이 이야기 나눌 수 있게 해달라고 요청했다. 마담이 나갔을 때 남자는 그가 몽탈 후작의 기소로 갇혀 있다는 것을 안다고 말했다. "나는 그자가 악당이라는 걸 알고 있소." 남자가 대놓고 말했다. "당신 사건이 아주 절망적이죠. 살고 싶소?"

"뻔한 걸 묻는군요!"

"당신 재판이 내일 속개한다고 들었소. 나는 이곳에 채무로 인해 갇혀 있소만, 내가 당신의 재판에 증인으로 설수 있도록 허락을 받아내주쇼. 그러면 내가 후작에 관해 아주 중요한 진실을 폭로하리다. 그 대신 내가 밝힐 내용으로 나는 판사로부터 죄를 받지 않을 것이라는 조건이 있어야 하오. 나는 그자가 악당이라는 사실을 증명할 것이고 그러면 법정에서 그자의 증언이 당신에게 아무런 효력을 발휘하지 못할 거요."

라 모트는 남자의 말에 솔깃해져 자세히 설명해달라고 부탁했다. 남자는 자신이 겪은 불운과 그에 따른 가난으로 말미암아 후작의 계략에 빠진 긴 사연을 전하다가 갑자기 이야기를 끊고 이렇게 말했다. "법원으로부터 내가 말한 약속을 보장받은 후에 다 설명할 거요. 그때까지 나는 더 이상 그에 대해 입을 다물겠소."

　라 모트는 남자의 진심에 의심을 표하고 그가 그렇게 후작을 고발하고자 하는 동기에 대해 묻지 않을 수 없었다. "동기라…… 그건 매우 자연스러운 것이오. 학대를 받고도 그에 대해 분개하지 않을 사람이 어디 있소? 게다가 시키는 일을 해주며 봉사한 사람을 학대하는 불한당 같은 놈에게 말이오?" 라 모트는 덜컥 겁이 나서 남자에게 언성을 낮춰줄 것을 당부했다. "누가 듣든 상관 안 하오." 남자는 그러면서도 목소리를 낮췄다. "다시 말하건대, 후작이 날 이용하고 내팽개쳐버렸소. 내가 그자의 비밀을 오래 지켜주었는데도 말이지. 그자는 내가 비밀을 지키는 걸 대수롭지 않은 일로 생각한 모양인데, 그러지 않고서야 나의 편의를 봐주지 않고 그냥 넘어갈 수 있소? 나는 채무로 인해 투옥되었고 그에게 도움을 요청했지요. 그런데도 입을 싹 씻고 있으니, 그 대가를 치르게 될 거요. 내가 장담하건대, 그자가 날 능욕한 걸 후회하게 될 거요. 뻔뻔한 인간, 두고 보라지."

　라 모트는 이제 의심을 거두었다. 살 수 있다는 희망이 다시 열렸다. 그는 뒤 보스(남자의 이름이었다)에게 자신의 변호인에게 부탁해 그가 재판에 출석하고 또 필요한 조건을 얻어낼 수 있도록 할 테니 걱정 말라고 안심시켰다. 그들은 대화를 좀 더 나눈 후 헤어졌다.

제22장

법의 괴물을 만천하에 끌고 나와라,

그의 손에서 탄압의 쇠막대를 빼앗아라,

그리고 그 잔인한 자에게 그들이 가하는 고통을 맛보게 하라.[40]

마침내 뒤 보스는 법정에서 하는 증언으로 죄를 씌우지 않는다는 조건으로 출석을 허락받고 라 모트와 법정으로 동반했다.

법정 안의 많은 사람들은 뒤 보스가 나타나자 몽탈 후작이 놀라는 모습에 주목했고, 라 모트는 조짐이 좋다고 생각했다.

뒤 보스가 증인석에 소환되자 그는 작년 4월 21일 밤 알고 지낸 지 몇 년 된 장 도노이라는 남자가 자신을 찾아왔다는 말로 이야기를 시작했다. 자신들의 처지에 대해 이야기를 주고받은 후 도노이는 뒤 보스에게 곤궁한 상황에서 일시에 풍족한 삶으로 바꿀 수 있는 방법을 안다고 운을 떼었다. 그러나 자신이 시키는 대로 할 의향이 있다고 확실히 마음을 정할 때까지는 아무 말 하지 않을 것이라고 했다. 뒤 보스는 당시 처지가 매우 좋지 않아 가난에서 벗어날 수 있는 방법을 알고 싶어 안달이 났다. 그는 적극적인 자세로 자세히 설명해달라고 부탁했다. 그러자 얼마 후 도노이가 말을 꺼냈다. 그는 자신이 한 귀족(그는 뒤 보스에게 몽탈 후작이라고 나중에 말해주었다)에게 고용되었다고 하며 수녀원에서 한 젊은 여자를 데리고 나와 파리에서 십수 킬로미터 떨어진 집으로 싣고 가는 일을 맡았다고 했다. "나는 그가 말한 그 집을 아주 잘 압니다. 도노이가 채권자를 피해 그곳에 자주 머물렀거든요. 물론 그는 파리에서 밤을 보내고 오는 날이 잦긴 했습니다." 뒤 보스가 말했다. "도노이는 계획에 대해 더 자세한 이야기를 하지 않고 그저 도움이 필요하다고 하며, 나와 그 후에 죽은 내 형이 자기와 함께해 그 일을 도와주면 그 귀족이 돈을 아끼지 않고 후하게 보상해줄 거라고 했습니다. 나는 다시 계획을 소상히 알려줄 것을 청했는데 그는 한사코 거절하더니, 내가 생각 좀 해보고 형과 상의하겠다고 하자 돌아갔습니다.

다음 날 밤 그가 왔을 때 나와 형은 그 일을 하겠다고 대답하고는 그와 함께 그 집으로 갔습니다. 그때 도노이가 그곳으로 데리고 올 젊은 여자는 몽탈 후작과 위르살린 수녀원 소속 수녀의 친딸이며, 후작은 도노이 아내에게 이 아이가 태어나자마자 아이를 받아 친딸처럼 키워주는 것을 조건으로 후한 연금을 주기로 했답니다. 그러다가 아내가 죽었다고 하더군요. 그때 아이를 수녀원에 보내고 수녀로 만들기로 했다고 했습니다. 그러나 딸이 성인이 되어 수녀가 되기를 거부했고 뜻을 굽히지 않았다고 하더군요. 그러자 후작은 격노했고 딸이 고집을 꺾지 않으면 수녀원에서 빼낸 후 처치해버리겠다고 했답니다. 왜냐하면 딸이 세상으로 나오면 출생의 비밀이 발각될 것이고 그러면 후작이 아직 애정이 남아 있는 딸의 어머니인 수녀가 그 범죄로 인해 죽임을 당할 것이기 때문이라고 했죠."

뒤 보스가 증언을 이어가던 중 후작의 변호인은 자신의 의뢰인의 죄가 될 수 있는 그런 증언이 현재의 재판과 무관한 일이고 불법적인 것이라며 그의 진술을 끊었다. 그에 대해 그의 증언이 후작의 인격을 밝히는 정황에 관한 것이고 따라서 라 모트에 대한 증언에 영향을 끼칠 만한 것이기 때문에 무관하지도 않고 불법적이지도 않다는 답변을 들었다. 뒤 보스는 계속 증언을 이어나가게 되었다.

"도노이는 그러면서 후작이 딸을 처리하라고 명령을 내렸다고 했습니다. 그러나 여자가 갓난아기일 때부터 보아온 자신은 도저히 그 일을 하지 못하겠다고 후작에게 편지를 썼다고 했습니다. 그러니까 후작이 그 일을 할 만한 사람을 찾아보라고 시켰고 바로 그래서 우리를 고용하게 되었다고 했습니다. 저와 형은 그렇게 사악한 사람들이 아닙니다. 그래서 우리는 도노이에게 후작이 어째서 아이의 어머니를 위험에 빠트리는 대신 제 자식을 죽이려고 하는지 이해가 가지 않는다고 말했습니다. 그는 후작이 아이를 한 번도 본 적이 없었고 그래서 아이에 대해 대단한 정도 없을 뿐더러 아이의 어머니만큼 사랑할 수 없다고 하더라고요."

뒤 보스는 자신과 형이 후작의 딸에 대해 도노이의 연민을 불러일으키기 위해 얼마나 애썼는지 상세히 설명했다. 그러면서 도노이에게 후작에게 다시 편지를 써서 그녀를 살려달라고 간청하라고 설득했다고 했다. 도노이는 대답을 듣기 위해 파리로 갔고 뒤 보스와 그의 형은 후작의 딸과 함께 히스 황야에 있는 집에 머물렀다고 했다. 그들이 그 집에 머문 것은 겉으로는 혹시 내려질 명령을 실행할 목적으로 있겠다고 말은 했지만, 사실은 그 불쌍한 여자를 구해낼 목적으로 그곳에 있었던 것이라고 말했다.

이 경우에 뒤 보스가 자신의 동기에 대해 위증할 수도 있는 일이다. 실로 그가 그렇게 극악무도한 살인죄를 저질렀다면 당연히 그걸 숨기려고 할 것이기 때문이다. 그러나 어쨌든 그는 4월 26일 밤 도노이에게서 여자를 살해하라는 명령을 받고 나서 라 모트에게 인도한 것을 확인했다.

라 모트는 그의 이야기를 듣고 충격을 받았다. 아들린이 후작의 딸이라는 이야기를 듣고는 자신이 한때 그녀를 그에게 바치려고 했던 죄를 떠올리며 몸서리를 쳤다. 이제 그가 이야기를 이어받아 수도원에서 벌어진 일들을 이야기하며 아들린의 목숨에 대해 후작과 자신 사이에 오갔던 후작의 음모에 대해 말했다. 그리고 그는 현재의 기소가 후작의 악의에서 시작되었다는 증거로 자신이 후작으로부터 아들린을 빼돌린 후에 곧바로 고소가 된 것을 말했다. 그러나 그는 후작이 즉시 사람들을 시켜 그녀를 추적하게 했으므로 아들린이 복수의 희생양이 되었을 수도 있다고 말했다.

여기서 다시 후작의 변호인이 끼어들었고 그들의 반론 제기는 판사에 의해 다시 기각되었다. 뒤 보스와 드 라 모트의 증언이 이어지는 도중에 시시각각 변하는 후작의 감정 기복을 법정에 있던 사람들이 모두 보았다. 법정은 드 라 모트의 선고를 연기하며 후작을 즉시 체포하라고 명했다. 또 아들린(양어머니가 지은 이름이었다)과 장 도노이를 찾아 증인으로 세우라는 명령을 내렸다.

따라서 후작은 왕권의 기소로 체포되었고, 아들린이 출두하거나 후작의 명령으로 그녀가 죽임을 당했다는 증거가 나올 때까지 그리고 도노이가 드 라 모트의 증언을 확인하거나 파기할 때까지 감금되었다.

마침내 아들이 이전에 주둔해 있던 마을에서 아들의 거주지에 대한 정보를 입수한 마담은 아버지의 상황과 재판 진행 과정을 알렸다. 그리고 아들린이 후작의 추적에서 다행히 벗어났다면 아직 사보이에 있을 거라고 알렸다. 그녀가 법정에 출두해 증언을 입증하면 라 모트를 구명할 수도 있으므로 루이에게 어서 휴가를 얻어 아들린을 파리로 데려오라고 일렀다.

테오도르의 형 집행일 아침에 도착한 어머니의 편지를 받자마자 루이는 즉시 부대 지휘관에게 가서 국왕의 의향이 정해질 때까지 형 집행 유예를 간청했다. 그는 후작이 체포되었다는 소식을 전하며 방금 받은 편지를 보여주었다. 부대장은 즉시 형 집행 정지를 내렸고, 편지가 도착했을 때 혹시나 헛된 희망으로 고통을 줄까 봐 테오도르에게 그 내용을 알리는 걸 삼갔던 루이는 이제 서둘러 이 희망적인 소식을 전한 것이었다.

제23장

관 속에 누워 있는 그 사람!
그 어느 누구도 연민의 가슴, 연민의 눈빛으로
장례식을 장식할 눈물 한 방울을 흘리지 않는다.
— 그레이[41]

소식을 듣고 나서 아들린은 당장 파리로 출발해야 한다고 생각했다. 자신의 목숨을 구해주었고 또 어쩌면 사랑하는 테오도르의 목숨을 구해줄 수도 있는 라 모트의 목숨이 자신의 증언에 달린 것이다. 절망으로 한없이 병약해져 고개를 들기도 힘들고 말을 하는 것도 힘든 그녀는 이제 희망으로 생기를 얻었다. 자신 앞에 놓인 중차대한 임무에 마음을 추스르고 수백 킬로미터에 달하는 긴 여행길에 나설 준비를 했다.

테오도르는 아들린의 건강 상태를 고려해 여행을 며칠 미룰 것을 간청했다. 그러나 그녀는 매혹적인 미소로 그를 안심시키며 지금 너무나 행복한 나머지 아픈지도 모르겠다고 말했다. 행복의 원천이 건강의 원천이기도 하다는 말이었다. 희망의 힘으로 절망의 비참함을 이겨내고 후작의 딸이라는 충격을 견뎌냈으며 다른 고통스러운 기억을 다 버텨냈다. 아들린은 심지어 그런 정황이 테오도르가 살게 된다면 그와의 결합에 걸림돌이 될 수 있다는 것도 예견하지 못했다.

아들린은 몇 시간 후 루이와 페터와 함께 파리로 출발하기로 결정했다. 출발하기 전 시간은 라 뤼크와 가족과 함께 교도소에서 보냈다.

출발할 시간이 다가오자 아들린은 다시 기운을 잃고 기쁨의 환상도 사라졌다 더 이상 테오도르를 죽음의 유예를 받은 사람으로 보지 못하고 그를 다시는 보지 못할 것 같다는 애처로운 예감을 안고 그와 작별을 나누었다. 그런 육감이 너무 강렬해서 작별을 고하는 데 한참이 걸렸다. 감방에서 나와서도 마지막으로 그를 한 번 더 보기 위해 고개를 돌렸다. 다시 발길을 돌릴 때는 테오도르가 창백한 죽음을 맞이하고 형장의 이슬로 사라지는 우울한 상상이 들었다. 떨어지지 않는 눈길을 다시 그에게로 향했다. 테오도르의 안색이 무시무시한 빛깔을 띠는 것 같았다. 단단히 결심했던 마음이 무너져 내렸다. 아들린은 그렇게 불안에 압도되어 내일까지 여행을 미루기로 했다. 그리하면 루이와의 동행은 바랄 수 없었다. 루이는 한시라도 빨리 아버지를 만나고 싶은 마음에 여행을 미룰 수 없었다. 그러나 격정의 힘은 일순간이었다. 아들린은 스스로와의 약속에 마음을 다독이고 이성을 되찾았다. 다시 즉시 출발할 필요성을 느끼고 온 힘을 다 끌어모았다. 라 뤼크는 국왕에게 읍소하기 위해 동행하려고 했으나 극도로 쇠진해진 심신으로 길을 나설 수 없었다.

아들린은 마침내 지금처럼 허약한 상태에서 가지 말고 클라라와 라 뤼크와 함께 여관으로 돌아가라는 테오도르의 간청을 물리치고 무거운 가슴으로 테오도르와 헤어졌다. 클라라는 아들린을 걱정해 눈물을 흘렸으나 곧 다시 볼 수 있다는 희망을 품고 인사를 나누었다. 테오도르가 사면을 받으면 라 뤼크가 아들린을 파리에서 데리고 올 계획이었다. 그러나 일이 틀어지면 페터와 함께 돌아올 것이었다. 아들린은 부녀의 정을 주고받으며 라 뤼크와 작별했다. 그리고 마지막으로 그에게 건강을 회복하는 데 전념해달라고 당부했다. 그가 힘없는 미소를 짓는 걸 보니 간청이 소용없는 일 같았다. 그는 자신이 건강을 회복할 수 있는 단계를 지났다고 생각했다.

그렇게 아들린은 너무도 늦게 만난 소중한 친구들과 작별하고 파리로 향했다. 파리는 아무 연고 없는 낯선 곳이었으며 자신을 극악무도하게 박해한 아버지를 법정에서 만나야만 하는 곳이었다. 바소를 떠나는 마차는 교도소를 지나쳐 갔다. 그곳을 지나칠 때 애타는 눈길을 뗄 수가 없었다. 그 두꺼운 검은 벽하며 쇠창살이 쳐진 좁은 창이 그녀의 희망에 눈살을 찌푸리는 것 같았다. 테오도르가 창가에 기대 내다보고 있었다. 그녀는 길이 꺾여 보이지 않을 때까지 시선을 고정했다. 그곳이 시야에서 완전히 벗어나자 마차 의자에 푹 꺼져 답답한 가슴속 울분을 토해내며 조용히 눈물을 흘렸다. 아버지 생각에 노심초사하는 루이는 그녀를 달랠 생각을 하지 못했다. 그렇게 일행은 한마디 대화도 없이 나아갔다.

자, 이제 파리로 돌아가보자. 장 도노이 추적은 성과가 없었다. 뒤 보스가 묘사한 황야의 집에는 아무도 살지 않았고 도심에 그가 주로 드나들던 장소에도 경관들이 진을 치고 기다려보았으나 그는 보이지 않았다. 살아 있는지조차 의심스러웠다. 라 모트의 재판이 시작되기 얼마 전부터 사람들과 만나곤 하던 집들에서 자취를 감춰버렸던 것이다. 따라서 그가 사라진 것이 법정에서 생긴 일과는 무관하다는 것이 분명했다.

형무소에 갇혀 있는 동안 몽탈 후작은 과거를 반추하며 자신의 범죄를 회개할 시간이 많았다. 그러나 그는 반성과 회개를 하는 성향이 아니었다. 그는 짜증을 내며 오직 고통만 남긴 기억들을 회피했고 곧 닥칠 불명예와 처벌을 피할 수 있는 방법만을 고심했다. 그는 그동안 품위 있는 태도로 타락한 마음을 잘 감춰왔었다. 그게 국왕의 호의를 사왔던 점이었다. 그리고 지금 바로 그 점에 희망을 걸고 있었다. 복수심에 불타 성급하게 라 모트를 박해하기로 한 결정만을 매우 후회했다. 그게 바로 치명적이진 않더라도 예기치 못한 위험한 상황에 빠지게 된 이유였다. 아들린을 찾지 못한다면 그녀를 죽인 혐의로 유죄를 받을 수도 있었다. 그러나 그는 도노이의 출현이 가장 두려웠다. 그리하여 그는 그런 가능성을 차단하기 위해 밀사를 고용해 은신처를 알아내고 그를 매수하려 했다. 그러나 그 일은 경관들이 추적했지만 실패했듯이 똑같이 실패했고 후작은 마침내 그가 진짜 죽었기를 바라기 시작했다.

한편 라 모트는 아들이 오기를 초조하게 기다리고 있었다. 아들이 오면 아들린과 관련된 불확실성을 덜고 다소 안도할 수 있을 것이었다. 그는 아들의 출현에 목숨을 건 희망을 품고 있었다. 아들린이 자신을 박해하는 후작의 사악함에 대해 증언하면 그에게 불리한 증거가 타당성을 잃을 것이었다. 그러면 고등법원에서 유죄 판결을 내린다 하더라도 국왕이 그의 편에 서서 자비를 베풀 수도 있을 거라 생각했다.

아들린은 며칠의 여행 끝에 파리에 도착했다. 여행 동안 주로 루이의 세심한 배려에 버틸 힘을 얻었다. 그를 사랑하진 못하더라도 연민을 보내고 또 존경심을 품었다. 아들린이 호텔에 도착하자마자 마담 드 라 모트가 방문했다. 둘에게 모두 감정이 벅찬 재회였다. 마담은 과거 자신의 행동 때문에 당혹스러웠으나 아들린은 고운 심성으로 그녀를 배려했다. 용서를 비는 마담에게 아들린은 진심을 다해 다독여서 마담은 점차 차분하게 안심할 수 있었다. 그러나 마담의 과거 행동이 자발적이었다면 용서는 쉽게 이루어지지 않았을 것이다. 마담이 나름대로 그렇게 행동할 수밖에 없었던 처지와 공포심을 이해했기 때문에 아들린은 마담의 과거를 용서할 수 있었다. 그들은 처음에는 구체적인 이야기를 꺼내는 것을 삼갔다. 마담 드 라 모트는 아들린에게 호텔에서 나와 샤틀레 근처에 있는 자신의 집으로 가자고 권했고 호텔에 머무는 게 매우 부적절하다고 느낀 아들린은 그 제안을 기쁘게 받아들였다.

마담은 후작의 범죄에 관해 확실한 증거들이 밝혀지고 아들린이 라 모트의 증언에 대해 확인해주기 전까지 남편의 선고가 미루어진 상황이라고 말했다. 그러면서 아들린이 이제 도착했으니 아마도 재판이 즉시 속개될 것이라고 했다. 아들린은 이제 라 모트를 위해 자신이 해야 할 일을 모두 들어 알게 되었다. 아들린은 이제껏 라 모트가 자신을 숲 밖으로 내보냈을 때 실은 그가 자신의 목숨을 구해준 것이라는 사실을 모르고 있었다. 도저히 아버지라고 여길 수 없는 후작의 끔찍한 범죄에 대한 공포심과 자신을 구해준 라 모트에 대한 감사함이 배가되었고 어서 그를 구하기 위해 증언하고 싶었다. 그러자 마담은 그날 밤 샤틀레에 면회를 가고자 한다면 시각이 너무 늦진 않았다고 말했다. 그녀는 남편이 얼마나 간절히 아들린을 만나보고 싶어 하는지 잘 알기에 아들린에게 그곳에 가달라고 간청했다. 아들린은 매우 지치고 피로했지만 마담의 말에 따랐다. 아들린이 도착했다는 소식을 알리기 위해 아버지의 변호인인 무슈 느무르에게 간 루이가 돌아오자마자 그들은 모두 샤틀레로 향했다. 아들린은 형무소를 보자 테오도르가 생각나 라 모트의 감방까지 간신히 견디며 들어갔다. 라 모트는 아들린을 보자 기쁜 표정을 지어 보였다. 그러나 그는 이내 풀죽고 애처로운 모습으로 그녀를 보고 나서 다시 루이를 돌아보았다. 그러고는 깊은 신음을 내뱉었다. 아들린은 자신에게 잔인하게 대했던 모든 기억이 그 후 그가 보여준 친절한 은혜에 모두 봄눈 녹듯 녹아 따뜻한 말로 목숨을 구해줘 감사하다고 거듭 인사했다. 그러나 아들린이 감사를 표할수록 그는 비참한 것 같았다. 감사하는 아들린의 말을 들으며 스스로 위안하기보다 자신이 한때 가담했던 그 계략이 자꾸 떠올라 가슴속 깊은 곳에서 양심의 고통을 느끼는 것 같았다. 그는 감정을 감추려고 애쓰면서 현재 처한 위험에 대해 이야기를 나누고 아들린에게 재판에서 어떤 증언을 해야 할지 알려주었다. 한 시간가량 라 모트와 대화를 나눈 후 아들린은 마담의 거처로 돌아와 지치고 아픈 몸으로 잠을 청했다.

재판을 주재하는 고등법원은 아들린이 도착하고 나서 며칠 후 다시 개정하였고 남은 후작 측 증인 두 명도 도착하였다. 후작은 그들에게 기대를 걸고 있었다. 아들린은 떨리는 발걸음으로 법정에 들어갔다. 맨 처음 눈길이 닿은 사람이 몽탈 후작이었다. 그러자 이제 완전히 새로운 감정이 일었다. 그것은 아주 강력한 공포심이었다. 뒤 보스는 아들린을 보자 즉시 피해자라고 단언했다. 그의 증언은 아들린의 태도로 확인할 수 있었다. 그를 보자마자 안색이 창백해졌으며 온몸을 덜덜 떨었다. 장 도노이는 어디서도 찾을 수 없었고 라 모트는 그렇게 중요한 증인을 잃게 되었다. 아들린은 증인석에 소환되자 분명하고 정확하게 진술했고 수도원에서 그녀를 데리고 나온 페터가 그 증언을 뒷받침했다. 그들의 증언으로 참석한 사람들은 후작이 살해 의도를 품고 있었다는 사실을 명백하게 알 수 있었다. 그러나 그것이 후작의 마지막 두 증인들의 증언에 영향을 미치지는 못했다. 그들은 강도 행위에 대해 증언하며 그 당사자가 라 모트가 맞다고 증언했다. 그리하여 라 모트에게 사형이 선고되었다. 사형 선고에 그 불행한 죄인은 기절했고 법정에 있던 사람들은 그 결정에 충격을 받은 듯 연민의 정으로 모두 신음을 내뱉었다.

그때 다시 사람들의 주의를 끄는 새로운 대상이 출현했다. 장 도노이가 법정에 나타난 것이었다. 그러나 그의 증언이 라 모트를 구할 수 있는 수단이 될 수 있다고 해도 때가 너무 늦었다. 라 모트는 다시 교도소로 이송되었다. 그러나 아들린은 그의 선고에 몸을 추스를 수 없을 정도로 너무나 큰 충격을 받아 도노이를 심문할 동안 법정에 있으라는 명령을 받았다. 도노이는 채권자들의 고발로 지방의 한 지역 교도소에 수감되어 있다가 마침내 발견된 것이었다. 그는 끈질기게 졸라대는 뒤 보스를 달랠 요량으로 후작이 보낸 돈을 가로채고도 교도소에서 빠져나올 수 없었다. 한편 뒤 보스는 후작이 자신을 무시하고 홀대했다는 착각으로 복수심을 불태웠다. 그의 곤궁한 처지를 달랠 목적으로 송금된 돈은 도노이가 유흥비로 탕진하고 말았다.

그는 아들린과 뒤 보스를 마주하게 되었고 이 미스터리한 사건에 대해 알고 있는 것을 모두 실토하라고 명령받았다. 그러지 않으면 고문이 이어진다는 말을 들었다. 후작의 혐의가 어디까지 밝혀졌는지 알지 못했던 도노이는 자신의 말이 그의 유죄를 드러낼 수 있다는 점을 의식하고 한동안 완강하게 침묵을 지켰다. 그러나 심문이 이어지자 그는 결심을 허물어뜨리고 말았다. 그는 심지어 그가 혐의를 받지 않는 부분까지 모두 실토하고 말았다.

1642년 도노이는 자크 마르티니와 프랑시스 발리에르라는 사람과 함께 필리프의 이복형 앙리 몽탈 후작을 매복해 공격했다. 그들은 받은 명령대로 그에게 강도짓을 하고 그의 하인을 나무에 매어놓은 후 그를 먼 퐁탕빌 숲속에 있는 생클레어 수도원으로 끌고 갔다. 그는 그곳에서 필리프 드 몽탈로부터 다음 지령이 내려올 때까지 감금되어 있었다. 현 후작인 필리프 드 몽탈은 그때 프랑스 북부 자신의 영지에 있었다. 다음 지령은 그를 살해하라는 것이었고, 그 불운한 앙리는 수도원에 감금된 지 삼 주 만에 수도원 방에서 암살당했다.

진술을 듣던 아들린은 하얗게 질렸다. 자신이 발견한 원고와 그 발견에 이르게 된 특이한 정황이 떠올랐다. 모든 신경이 공포로 들떴다. 아들린은 고개를 들고 납빛으로 변해버린 후작의 얼굴을 바라보았다. 그러나 남자가 진술을 이어가는 동안 정신을 잃지 않으려 안간힘을 썼다.

도노이는 살인을 저지르고 나서 후작에게 돌아가 약속받은 보상금을 받았다. 그러고 나서 몇 달 후 후작은 그의 손에 고인이 된 후작의 갓난아기 딸을 넘겼다. 그는 생피에르라는 가명을 이용해 그 아기를 왕국의 먼 곳으로 데리고 가 그곳에서 자신의 친딸로 양육하게 되었다. 그러면서 현재의 후작으로부터 비밀을 지키는 대가로 상당한 연금을 받았다.

아들린은 가슴속으로 밀려드는 감정의 소용돌이를 더 이상 견디지 못하고 깊은 한숨을 한 번 내쉬고는 기절했다. 그녀가 법정 밖으로 이송되고 혼란이 가시자 장 도노이는 진술을 다시 이어나갔다. 그는 자기 아내가 죽은 후 아들린을 수녀원에 보냈고 그녀는 그곳에서 나중에 다시 또 다른 수녀원으로 옮겨지게 되었다. 후작은 그곳에서 아들린을 수녀로 서원시키기로 결정했다. 아들린이 그의 뜻을 한사코 거절하자 그녀를 죽이기로 결심하고 황야의 집으로 옮기라고 명령했다. 도노이는 후작의 명령에 따라 아들린의 출생 사연을 거짓으로 꾸며낸 뒤 보스에게 전한 것이라고 덧붙였다. 그는 나중에 동료들이 자신을 속인 것을 알아내고 그들과 척지고 결별하게 되었다. 그러나 그들 양측은 모두 그들이 의뢰받은 일에 대한 보상을 받기 위해 후작에게 아들린이 탈출했다는 사실을 숨기기로 했다. 그러나 몇 달이 지난 시점에 도노이는 후작에게서 편지를 받았다. 그 편지에서 후작은 자신이 진실을 다 알고 있으니 아들린을 숨긴 곳을 자백하면 큰 보상을 해주겠다고 약속했다. 그리하여 그는 그녀를 낯선 이의 손에 넘겼으나 그가 누구인지 어디서 사는지는 모른다고 답했다.

이러한 선서 증언에 따라 필리프 드 몽탈은 자신의 형 앙리 살인죄로 재판에 회부되었다. 도노이는 샤틀레 감옥에 수감되었고 뒤 보스는 증인으로 출두 명령을 받았다.

복수심에 불타 고소를 진행하고 그러다가 예기치 못하게 자신의 범죄를 만천하에 드러내고 정의의 심판을 받게 된 후작의 감정이야 상상에 맡길 수밖에 없을 것이다. 살인이라는 끔찍한 범죄를 청탁하고 더욱이 극악무도하기 짝이 없이 혈육을 살해하고, 한 발 더 나아가 그의 어린 자식까지 죽이려고 한 그의 불같은 열정, 그토록 소름 끼치는 범죄까지 몰고 간 그 열정은 바로 야망과 쾌락의 추구였다. 야망은 형의 작위를 강탈해 즉시 이루었고 쾌락은 방탕한 기질을 맘껏 누릴 수 있는 재력에 의해 이룰 수 있었다.

아들린의 아버지이자 고인이 된 몽탈 후작은 조상으로부터 그 찬란한 지위를 유지하기에는 매우 불충분한 재산을 물려받았다. 그러나 그는 명문가의 상속녀와 결혼해 풍족한 재산을 받게 되었다. 불행히도 아름답고 심성이 고운 아내는 딸 출산 직후 죽고 말았다. 바로 그때 지금의 후작이 형을 파멸시킬 사악한 계략을 짜기 시작했다. 두 형제의 성격은 극명하게 차이가 나서 형제임에도 불구하고 그들은 우애를 쌓지 못했다. 앙리는 인정 많고 온순하며 관조적이었다. 그는 가슴속에 미덕에 대한 사랑을 품고 있었다. 엄격하게 공명정대함을 추구하는 확고한 원칙이 있으면서도 자비를 베풀 줄 아는 아량도 컸다. 그는 과학을 연구해 마음의 지평을 넓혔고 문학을 사랑해 품위를 길렀다. 필리프의 성격은 이미 행동에서 다 드러났다. 그의 성격에도 빛나는 색조가 있긴 했으나 그건 단지 전반적으로 어두운 이미지를 더 부각시키게 만들 뿐이었다.

그는 오빠의 죽음으로 상당한 영지를 물려받은 귀족 여인과 결혼했다. 생클레어 수도원과 퐁탕빌 숲 변두리의 빌라가 그 땅이었다. 그러나 열정적으로 화려함을 추구하고 방탕한 기질은 곧 재정을 악화시켰고 그러자 형의 재산을 노리게 되었다. 형과 그의 갓난아기 딸은 자신의 목적을 추구하는 데 있어 걸림돌일 뿐이었다. 형을 죽인 경위는 이미 밝혔다. 그가 왜 어린 딸에게도 똑같은 짓을 하지 않았는지는 다소 의아한 점이다. 단, 우리는 이 경우에 그에게 일종의 운명이 드리워져 아들린이 아버지를 살해한 자를 벌하기 위한 도구로 살아남은 것이라는 점을 인정하지 않으면 이해하기 어려운 일이다. 갓난아기 때부터 겪었던 모진 풍파와 우여곡절을 되짚어 생각하면 살아남은 것이 인력으로

만은 되지 않는 그 이상의 힘이 작용한 것 같으며, 아무리 시간이 오래 걸린다 할지라도 정의가 죄지은 자를 따라잡는다는 놀라운 사례를 보여주는 일이다.

고인이 된 그 불행한 후작이 수도원에서 고초를 겪고 있을 때 그의 동생은 의심을 피하기 위해 프랑스 북부에 머물며 그 극악무도한 살인 계획을 미루고 있었다. 그 이유는 그때까지만 해도 그렇게 큰 죄를 짓는 데 익숙해진 상태가 아니라서 당연히 소심한 마음이 남아 있기 때문이었다. 마지막 지령을 내리기 전에 그는 형이 죽었다는 소식을 날조해 퍼트린 후 의심을 벗어날 수 있을지 여부를 살펴보고 있었다. 그런 계략은 쉽게 성공했다. 고인이 된 후작의 하인이 목숨을 부지한 후 자연스럽게 자신의 영주님이 산적에게 살해당했다고 이야기를 한 것이었다. 사건이 벌어지고 나서 몇 시간 후 그 길을 지나던 한 농부가 그 하인이 부상을 당해 피를 흘리는 채로 나무에 묶여 있는 것을 발견했고, 그 지역이 원래 산적들로 들끓는 곳이라는 것을 잘 알고 있는 그는 자연스럽게 그의 말을 믿고 소문을 퍼뜨린 것이었다.

이 시점부터 후작은 아내의 명의로 있던 생클레어 수도원에 딱 두 번만, 그것도 긴 공백기를 사이에 두고 방문했다. 그 후 칠 년이 지나 그는 우연히 그곳에서 라 모트가 거주하는 것을 발견했다. 그는 파리와 북부 지역에 있는 자신의 영지에서 거주했고 일 년에 한 번 숲 변두리에 있는 쾌적한 빌라에서 한 달 동안 지내곤 했다. 그는 분주한 대궐의 생활에서 또 방탕한 쾌락을 추구하며 자신의 죄를 잊어보려고 애를 썼다. 그러나 간혹 양심의 목소리가 들릴 때도 있었다. 물론 세상살이의 격랑에 그것도 곧 지워버리곤 했다.

그가 적막하고 어두컴컴한 시각 자신의 범죄 현장인 수도원에서 급작스럽게 떠나던 밤 어쩌면 형에 대한 기억이 너무나 강력한 힘으로 밀려들어 공포에 사로잡힌 채 그 더렵혀진 땅을 떠날 수밖에 없었을지도 모르는 일이다. 만일 그게 사실이라면 그 양심의 유령이 어둠과 함께 사라진 게 명백하다. 그다음 날 그가 수도원으로 다시 돌아왔기 때문이다. 물론 그는 그곳에서 절대 밤을 보내려 하지 않았지만 말이다. 그러나 한순간 공포가 몰려왔을지라도 연민이나 회개는 뒤따르지 않았다. 그는 아들린이 누구인지 신분을 알고 나서 제 목숨이 위태로워질 거라 생각하고 주저 없이 또 범죄를 저지르고 자신의 영혼을 인간의 피로 물들이려고 했기 때문이다. 아들린의 존재는 그녀의 어머니 가문의 문장紋章이 새겨진 인장印章에 의해 드러났다. 자신의 하인이 그 인장이 찍힌 메모를 발견해 그가 있던 코로 가져왔었다. 그가 그 메모를 읽고 불같은 질투에 휩싸여 집어던진 일은 기억할 것이다. 그러나 그는 그걸 다시 자세히 살펴본 다음에 지갑에 고이 간직했다. 끔찍한 진실에 대한 의심이 들자 그의 마음은 격렬하게 흔들렸고 한동안 어찌해야 할지 알 수 없었다. 그는 마음을 추스르고 편지를 써서 도노

이에게 부쳤다. 그 내용은 이미 언급한 대로다. 그러고 도
노이로부터 두려움을 확인해주는 답장을 받았다. 그는 아
들린이 제 출생의 비밀을 알게 된다면 범죄가 발각되어 목
숨을 잃을 수 있다고 생각했다. 그렇다고 한 번 자신을 속
인 사람에게 또 비밀을 털어놓을 수도 없어서 한동안 숙고
한 후 그녀를 죽여야겠다고 결심했다. 그는 즉시 수도원으
로 출발해 그 지령을 내렸다. 그녀의 영지를 놓치고 싶지
않은 욕망보다 목숨을 부지하고 싶은 마음이었다.

아들린의 신분을 드러낸 인장의 역사가 특별하기 때문
에 그것이 금시계와 함께 장 도노이가 후작에게서 훔친 것
이라는 이야기를 밝히는 게 부적절하지는 않을 것이다. 시
계는 이내 처분했지만 인장은 도노이의 아내가 예쁜 장신
구로 간직하다가 그녀가 죽자 아들린의 옷 짐에 섞여 수녀
원으로 옮겨진 것이었다. 아들린은 한때 자신의 어머니라고
믿었던 여인의 물건이기 때문에 소중히 간직하고 있었다.

제24장

"불안한 의심이 고통스러운 마음을 괴롭힐 때."

우리는 이제 현재 사건이 벌어지는 곳으로 돌아가 법정에서 마담 드 라 모트의 집으로 돌아온 아들린에게로 간다. 그러나 마담은 사형 선고가 불러일으킨 비탄에 빠져 남편과 함께 샤틀레에 있었다. 너무나 오랫동안 슬픔과 피로에 지쳐 기력이 쇠한 아들린은 출생의 비밀을 알게 되어 스트레스가 극에 달해 거의 쓰러질 지경이었다. 그녀의 감정은 너무도 복잡해 분석할 수도 없었다. 가족도 없이 친구도 없이 타인의 은혜에 기대 연명하며 잔인하고 힘센 적에게 박해를 받는 고아 신세에서 하루아침에 명망 높은 집안의 딸, 막대한 재산의 상속녀가 된 것이었다. 그러나 아버지가 살해당했다는 것 또한 알게 되었다. 그것도 한창때 자신의 형제에게 죽임을 당한 것이다. 그리고 이제 아버지의 살인자인 자신의 삼촌을 죽음으로 처벌해야 한다.

아들린은 그렇게 기묘하게 찾아낸 원고가 떠올랐다. 그걸 읽고 그 고통을 생각하며 눈물을 흘렸는데 알고 보니 그게 아버지였다니, 지금 그녀의 심정은 우리가 쉽사리 상상할 수 없을 것이다. 그 문서를 찾아낸 정황은 더 이상 우연의 일치가 아니라 위대하고 공명정대한 계획을 가진 신의 뜻 같았다. "오, 아버지! 당신의 마지막 소망이 이루어졌습니다. 당신이 바라시던 대로 당신의 글을 읽고 연민을 가져주는 사람이 복수를 할 것입니다."

마담 라 모트가 돌아왔을 때 아들린은 평소대로 자신의 감정을 억누르고 친구의 고통을 위로하려 애썼다. 그녀는 라 모트가 법정을 떠난 후 있었던 일을 전달해주었다. 그리하여 슬퍼하던 마담도 순간 기뻐하는 마음을 비추었다. 아들린은 가능하다면 그 원고를 찾아보기로 결심했다. 마담은 라 모트가 수도원에서 정신없이 끌려나왔기 때문에 다른 물건과 함께 원고를 수도원에 두고 왔다고 말했다. 아들린은 그게 매우 아쉬웠다. 특히나 그런 이유는 다가올 재판에 그게 분명 중요한 증거가 될 수 있을 것 같았기 때문이다. 그러나 어쨌든 자신의 권리를 되찾으려면 원고를 찾아내야 한다고 결심했다.

저녁에 루이가 합류했다. 그는 선고가 내려졌을 때보다 차분해진 아버지를 확인하고 즉시 집으로 돌아왔다. 조용하고 우울하게 저녁 식사를 마친 후 각자 제 방으로 물러났다. 아들린은 자신의 방에서 이 다사다난했던 하루에 벌어진 일들을 찬찬히 되짚어보았다. 아버지 스스로 쓴 걸 읽어서 알고 있듯이 죽은 아버지의 고통이 가슴을 짓눌렀다. 그걸 읽을 당시에도 너무나 가슴이 아팠고 상상력을 자극했었다. 지금 다시 거기서 밝힌 각각의 상황을 하나하나 떠올려보았다. 그러나 아버지가 고통받던 바로 그 방, 심지어 아버지가 살해된 바로 그곳에 자신이 있었다는 사실과 자신이 찾은 칼이 아마도 바로 그 단도라는 것, 녹이 슨 단도, 피 얼룩에 녹슨 단도! 그 칼을 맞고 아버지가 쓰러지셨을 걸 생각하니 다시금 공포가 밀려왔다.

다음 날 아들린은 몽탈 후작의 재판에 참석할 준비를 하라는 명령을 받았다. 재판은 필수 증인들이 소환되는 즉시 개정한다고 했다. 증인은 도노이로부터 아들린을 받은 수녀원장과 뒤 보스가 남편에게 아들린을 떠넘길 때 함께 있었던 마담 라 모트, 그리고 이 상황의 목격자일 뿐만 아니라 그녀를 후작의 계략에서 빼내 수도원에서 데리고 나왔던 페테였다. 라 모트와 테오도르 라 뤼크는 법정 선고를 받아 재판에 출두할 자격을 박탈당했다.

아들린의 출생의 비밀을 비롯해 그녀의 아버지가 생클레어 수도원에서 살해당했다는 소식을 들었을 때 라 모트는 즉시 기억을 떠올리며 자신이 지하 독방으로 가는 석조방에서 해골을 발견했다고 아내에게 말했다. 그들은 둘 다 그게 놓여 있던 위치와 접근하기도 어려운 음침한 방 안의 궤짝에 은폐된 점으로 보아 틀림없이 고인이 된 후작의 유해일 거라고 확신했다. 그러나 마담은 그런 사실이 아들린에게 충격을 줄 것 같아 법정에서 필요한 진술이라고 할 때까지 그녀에게 말하지 않기로 결심했다.

재판 시간이 다가오자 아들린은 매우 불안하고 괴로웠다. 비록 정의가 살인자의 목숨을 요구하고 아버지에 대한 연민과 사랑이 그의 죽음에 대해 복수할 것을 촉구하지만 그럼에도 한 인간의 목숨을 박탈하는 심판을 내리는 데 자신이 그 도구로 작동하고 있다는 사실을 생각하면 두려움을 떨칠 수가 없었다. 차라리 출생의 비밀이 드러나지 않았으면 좋았겠다는 생각이 들 때도 있었다. 그녀의 특수한 상황에서 그런 감정이 약점이라면 그건 적어도 마음 따듯한 약점이며 따라서 존중받아 마땅한 것이었다.

바소에서 전해온 무슈 라 뤼크의 건강에 관한 소식도 마음의 평화에 기여하지 못했다. 클라라가 묘사한 증상으로 보아 그는 폐병의 마지막 단계에 진입한 것 같았다. 테오도르와 클라라가 편지에서 밝힌 절절한 슬픔은 너무도 당연한 것이었다. 아들린은 라 뤼크를 그분의 덕 자체로 사랑하고 존경했다. 거기에 더 나아가 그가 보여준 부모의 사랑으로 인해 더 큰 사랑을 느꼈다. 그런데 더욱 소중하게 여겨지는 이유는 그가 바로 테오도르의 아버지라는 사실이었다. 그의 건강이 악화하는 것을 보고 걱정하는 마음은 그의 자식들 못지않았다. 그런데 그런 걱정과 불안은 어쩌면 자신이 그의 수명을 줄이는 데 일조했다는 생각, 자신의 불행이 테오도르를 끌어들였고 그로 인해 상황이 이렇게까지 치달아 병을 키웠다는 생각 때문에 더 배가되었다. 또 그러한 이유로 이전에 권고받았던 몽펠리에로 요양 여행도 하지 못했다. 아들린은 친구들의 상태를 되짚어보고는 가슴이 무너지는 것 같았다. 마치 소중한 사람들을 모조리 재앙에 빠트릴 운명을 타고난 게 아닌가 하는 생각이 들었다. 라 모트를 생각하면 그의 죄악이 무엇이든, 이전에 그녀를 배신하고 어떤 계략에 가담했건, 그가 자신을 위해 베푼 은혜를 생각하며 그 모든 것을 잊었고, 그를 구하기 위해 자신이 나서야 하는 게 자신의 의무일 뿐만 아니라 진실한 마음이라고 느꼈다. 그러나 현재 상황에서는 성공할 희망이 없었다. 그러나 만약 자신의 지위와 재산, 또 그에 따른 영향력을 회복할 수 있는 이 소송이 유리하게 결판이 난다면 국왕의 발아래 몸을 던져서라도 테오도르를 구명하고 라모트를 살리기 위해 온 힘을 다 기울일 거라고 다짐했다.

재판이 열리기 며칠 전 아들린은 누가 자신을 만나러 왔다는 전언을 듣고 손님이 있는 방에 들어가 무슈 베르뇌유를 보았다. 이 예기치 못한 만남이 놀랍고도 기뻤다. 그녀는 별 기대는 하지 않으면서도 혹시 무슈 라 뤼크 소식을 들었는지 물었다. "만나 뵈었습니다. 막 바소에서 오는 길입니다. 하지만 유감스럽게도 그분의 상태에 대해 좋은 소식을 전해드리지 못하겠네요. 제가 지난번 뵌 이후로 무척 변하셨더군요."

아들린은 그 안타까운 변화를 불러온 재앙이 떠오르며 눈물을 참을 수가 없었다. 무슈 베르뇌유는 클라라가 전해준 꾸러미를 내밀었다. "이것 말고도 저는 다른 할 말이 있습니다. 말씀드리려니 뿌듯한 마음이 들면서, 당신의 문제에 대해 이야기를 나눌 수 있는 입장이 될 것 같기도 합니다." 아들린은 목례를 했고 무슈 베르뇌유는 매우 따뜻하게 염려를 담은 표정을 지으며 최근 파리 법정에서 있었던 재판과 그녀의 개인적인 사연을 들었다고 전했다. "이 곤란한 지경에 축하를 해야 할지 아니면 위로를 해야 할지 모르겠네요. 당신과 관련되어 벌어진 모든 일에 진심 어린 연민을 표합니다. 그리고 제 말을 믿어주시길 바라건대, 저는 좀 멀기는 하지만 고인이 되신 후작 부인, 즉 당신의 어머니와 친척지간입니다. 그분이 당신의 어머니라는 건 믿어 의심치 않고요."

아들린은 황급히 자리에서 일어나 무슈 베르뇌유에게 다가갔다. 놀랍고 기뻐 생기가 돌았다. "제가 그럼 정말 친지를 만난 건가요?" 아들린이 떨리는 목소리로 물었다. "친구로 지낼 수 있는 친척을요?" 눈물이 차올랐다. 그녀는 베르뇌유를 조용히 감싸 안았다. 감정을 가라앉히는 데 시간이 걸렸다.

갓난아기 때부터 낯선 이의 손에 내맡겨진 의지가지없던 고아, 이제껏 친지라고는 한 명도 몰랐고 최근에야 알게 된 고작 한 명은 철천지원수인 아들린에게 그런 소식은 예기치 못한 매우 기쁜 일이었다. 그러나 가슴속에 밀려드는 다양한 감정들을 다스리려 애쓰다가 그녀는 무슈 베르뇌유에게 자신이 평정심을 찾을 때까지만 홀로 있게 해달라

고 부탁했다. 그가 떠나려 했으나 그녀는 가지 말라고 부탁
했다.

라 뤼크 집안사람들을 좋아하는 무슈 베르뇌유는 각별
히 클라라를 좋아하는 마음으로 관심이 더 커진 차에 바소
로 가서 최근에 벌어진 소식과 아들린의 상황에 대해 듣게
되었다. 그는 그 소식을 듣고 새로 찾아낸 친지를 보호하고
도움을 주기 위해, 또 가능하다면 테오도르에게 도움을 주
기 위해 즉시 파리로 향했다.

아들린은 곧 돌아와 가족에 대해 이야기를 나누었다. 무
슈 베르뇌유는 언제든 그녀를 도와주고 힘이 되어주겠다고
말했다. "저는 당신의 정당한 소명疏明이 통할 거라 믿어요.
따라서 외부적인 도움이 필요하지 않길 바랍니다. 고인이
되신 후작 부인을 기억하는 사람들에게는 당신의 모습만으
로도 출신의 증거가 충분할 거예요. 저의 판단이 편견에 좌
우된 게 아니라는 증거로 이 말씀을 드릴게요. 제가 사보이
에 있었을 때 당신을 보고 닮은 사람이 생각나 깜짝 놀랐어
요. 물론 후작 부인은 초상화로만 보긴 했지만 말이죠. 그
래서 제가 무슈 라 뤼크에게 당신을 보면 죽은 친척이 생
각난다고 자주 말했거든요. 당신이 직접 보고 판단하세요."
무슈 베르뇌유가 주머니에서 작은 초상화를 꺼냈다. "이분
이 당신의 어머니이십니다."

아들린은 안색이 변하며 얼른 초상화를 건네받고는 오
랫동안 조용히 들여다보았다. 그렁그렁 눈물이 차올랐다.

아들린은 굳이 자신의 얼굴과 닮은 점을 찾으려 하지 않고 그 얼굴 자체를 뚫어져라 바라보았다. 어머니의 부드럽고 아름다운 얼굴, 따뜻한 애정이 그득한 푸른 눈이 자신의 눈을 응시하는 것 같았다. 입가에는 부드러운 미소가 보였다. 아들린은 초상화를 눈에 넣을 듯 바라보고 또 바라보았다. 마침내 깊은 한숨을 내쉬며 말했다. "분명히 저의 어머니네요. 아, 살아 계셨다면 얼마나 좋았을까요? 오, 가여운 아버지! 아버지도 목숨을 잃지 않으셨을 텐데." 아들린은 그런 생각에 눈물을 터뜨렸다. 무슈 베르뇌유는 가만히 아들린의 손을 잡고 앉아 침착해질 때까지 기다렸다. 그녀는 초상화에 입을 맞추고는 망설이는 표정으로 그에게 내밀었다. "아니요. 이제 진짜 주인을 찾은걸요." 아들린은 아주 따뜻한 미소를 띠며 그에게 감사를 표했다. 다가올 재판에 대해 대화를 좀 더 나눈 후 그녀는 그에게 그때 함께 출석하여 힘을 보태줄 것과 내일 또 방문해달라고 부탁한 후 무슈 베르뇌유와 인사를 하고 헤어졌다.

그러고 나서 소포를 뜯어보았다. 테오도르의 낯익은 글씨가 보였다. 순간 그와 함께 있는 것 같았고 뺨이 붉어지는 게 느껴졌다. 떨리는 손으로 편지의 봉인을 뜯고 따뜻한 사랑의 글을 읽었다. 읽다가 자주 멈춰서 그가 전하는 달콤한 감정을 오래 곱씹곤 했다. 그러나 비참한 그의 상황이 떠올라 눈물이 차오르다 끝내 가슴으로 떨어져 내렸다.

그는 특유의 배려를 담아 아들린 앞에 펼쳐질 새로운 삶의 희망에 축하의 말을 전했다. 그러면서 기운을 북돋고 힘을 줄 만한 말을 모두 빼놓지 않았다. 그러나 그는 자신의 상황에 대한 이야기를 피했고 다만 부대장이 친절하게도 열정적으로 자신을 도와주고 있다는 말을 전하며 결국에 사면을 얻을 수 있다는 희망을 포기하지 않는다고 말했다.

물론 매우 희미하게 표현했고 또 아들린을 위로할 목적으로 쓴 게 명백했지만 그 희망은 그래도 바라던 효과를 내지 못한 것은 아니었다. 아들린은 그 말에 감응해 잠시지만 근심 걱정을 내려놓았다. 테오도르는 아버지의 건강에 대해 거의 언급하지 않았다. 그가 그나마 전한 소식은 클라라의 말처럼 절망적이지 않았다. 클라라는 아들린에게 걱정을 끼칠 진실을 숨기기보다는 주저하지 않고 아버지에 대한 모든 근심 걱정을 표현했다.

제25장

하늘은 공정하다!

그러니 그의 죄의 한도가 꽉 찼을 때

그 붉은 오른팔을 들어 올려 번개를 내리칠 것이다.

— 메이슨[42]

    너무나 많은 사람들의 운명이 좌우될, 초조하게 기다리던 재판이 열리는 날이 드디어 다가왔다. 아들린은 무슈 베르뇌유와 마담 라 모트와 함께 몽탈 후작의 고발자로 출두했다. 도노이와 뒤 보스, 루이 드 라 모트와 몇몇 다른 사람들이 아들린 측 증인으로 출석했다. 판사들은 프랑스에서 가장 저명한 사람들이었다. 양측 변호인들도 명망 높은 사람들이었다. 그러한 중요한 재판의 경우 덕망 높은 사람들이 몰리기 마련이었다. 재판에 모인 사람들은 가히 진중하면서도 장엄한 풍경을 이루었다.

    아들린이 법정에 들어섰을 때 그녀의 표정은 모든 가식의 기술을 뛰어넘는 것이었다. 그러나 타고난 기품 있는 자태에 애틋함을 자아내는 겁먹은 태도, 혼란에 빠져 내리뜬 눈이 모든 이의 주목을 끌었다. 그녀는 법정에 모여 있는 모든 사람들의 연민과 경탄을 자아냈다. 눈을 들어 보았을 때 후작은 아직 보이지 않았다. 떨리는 마음으로 그가 나타나기를 기다리고 있는 동안 한쪽 구석에서 웅성웅성하는 소리가 들리기 시작했다. 덜덜 떨리는 마음을 가눌 길이 없었다. 아버지를 살해한 사람을 곧 보게 되리라는 생각이 공포로 엄습했다. 그녀는 정신이 나갈 것 같은 어지러움에서 간신히 자신을 지켰다. 법원에 낮은 소리가 울리더니 혼란스러운 소음이 들리고 이내 법정에 가까워졌다. 일부 사람들이 자리에서 일어나 법정을 빠져나갔고 이내 법정은 무질서한 장면이 연출되었다. 그러다가 마침내 몽탈 후작이 죽어가고 있다는 전언이 아들린 귀에까지 도달하였다. 어떻게 돌아가는 영문인지 알 수 없는 상황이 얼마간 지속되었다. 그러나 혼란은 멈추지 않았고 후작은 나타나지 않았다. 아들린의 부탁으로 무슈 베르뇌유는 자세한 내막을 알아보기 위해 밖으로 나갔다.

그는 군중을 따라 황급히 샤틀레로 발길을 옮겨 어렵사리 교도소 안으로 들어갔다. 그러나 그가 안으로 들어갈 수 있는 허가증을 부탁한다며 돈을 준 정문의 경비는 묻는 질문에 정확한 정보를 줄 수 없었다. 자신의 근무지를 이탈할 수 없었던 경비는 무슈 베르뇌유에게 후작의 감방이 있는 방향을 모호하게 알려줄 수 있을 뿐이었다. 형무소의 안뜰은 조용하고 한적했으나 나아갈수록 웅성거리는 소리가 커지며 방향을 알려주었다. 그러다가 사람들 몇 명이 긴 아치형 통로 너머로 계단을 급히 오르는 게 보였다. 그는 황급히 그들을 쫓아가 후작이 정말 죽어가고 있다는 사실을 전해 들었다. 계단은 사람들로 가득했다. 그는 군중을 뚫고 나아가려 애를 썼다. 한참 끙끙댄 끝에 후작이 갇혀 있는 방과 통하는 대기실 문에 도달할 수 있었다. 그 방에서 몇 사람들이 나왔다. 여기서 그는 후작이 이미 죽었다는 소식을 들었다. 무슈 베르뇌유는 방 안으로 밀고 들어가 누워 있는 후작을 보았다. 경관들이 침대를 둘러싸고 있었다. 두 명의 서기들이 조서를 적고 있는 것 같았다. 후작의 안색은 거무튀튀한 색을 띠고 죽음의 공포에 질린 표정이었다. 무슈 베르뇌유는 그 광경에 충격을 받았다. 물어보니 독극물을 마시고 죽었다고 했다.

그는 재판에 희망을 걸 수 있는 게 아무것도 없다고 판단하고 불명예스러운 죽음을 피하기 위해 이 방법을 택한 것 같았다. 자신이 저지른 범죄로 고문을 받는 삶의 마지막 순간에 그는 죗값을 치르기로 결심하고 독약을 삼킨 후 즉시 고해 신부를 불러 자신의 죄상을 모조리 자백하고는 두 명의 서기들이 그걸 받아 적게 했다. 그리하여 아들린은 논쟁의 여지 없이 타고난 권리를 보장받게 되었고 막대한 양의 유산을 물려받게 되었다.

이 증언에 따라 아들린은 조만간 공식적으로 앙리 몽탈 후작의 딸이자 상속녀로 인정받았고 풍족한 아버지의 영지에 대한 권리를 복원받았다. 그녀는 즉시 국왕의 발아래 몸을 던져 테오도르와 라 모트를 구명하기 위해 간청했다. 테오도르의 인격, 그가 목숨을 바친 대의명분, 후작의 양심에 관한 정황은 너무나 악명 높은 것이고 또 너무 강력한 것이어서 국왕은 아들린 드 몽탈보다 훨씬 덜 매력적인 탄원자가 탄원했다 하더라도 사면을 내렸을 것이다. 테오도르 라 뤼크는 관대한 사면을 받았을 뿐만 아니라 국왕은 아들린을 향한 그의 용맹한 기사 정신을 높이 사 그를 곧 군대 내 상당한 지위의 자리에 승진시키기까지 했다.

강도죄에 대해 충분한 증거로 판결을 받았고 또 그 이전에 파리를 도망칠 수밖에 없었던 범죄 행위가 있어 라 모트는 사면을 받을 수 없었다. 그러나 아들린의 간절한 탄원과 그가 그녀를 구하는 데 결정적인 역할을 한 것을 고려해 선고는 사형에서 추방형으로 감면되었다. 그러나 그러한 관대한 처분은 아들린의 고귀한 자비심이 아니었다면 별 소용이 없었을 것이다. 아들린은 라 모트에게 다가올 다른 기소 건을 무마했고 그에게 가족과 함께 외국에서 자리 잡을 수 있고도 남을 만큼 후한 돈을 선사했다. 타고난 사악함이라기보다 나약함 때문에 악행을 저질렀던 라 모트는 아들린의 아량에 크게 감복한 나머지 자신이 한때 그렇게 고귀한 여인에게 상처를 가하려 했던 사실에 크나큰 회오를 느꼈다. 그러면서 자신의 과거 행실이 너무나 역겹고 혐오스럽게 여겨졌다. 이제 그는 파리의 그 매혹적이고 방탕한 삶에 노출되지 않았더라면 계속 지니고 있었을 자연스러운 인격을 점차 회복하게 되었다.

루이가 오랫동안 아들린에게 품었던 열정은 그녀가 보여준 넓은 도량으로 거의 숭배의 지경까지 다다랐다. 그러나 그는 지금껏 거의 무의식적으로 품어왔던 희미한 희망마저 포기했다. 테오도르가 구제되었으니 그것은 당연한 처사였고 루이는 불평하지 않았다. 그러나 그는 다른 곳으로 떠나 그동안 잃었던 평화로운 삶을 살기로 결심했고 자신에게 몹시 소중한 두 사람이 행복하면 자신도 행복할 거라고 생각했다.

라 모트가 떠나기 전날 그의 가족은 아들린과 매우 감동적인 작별의 시간을 가졌다. 라 모트는 정착할 계획으로 영국으로 떠났다. 루이는 아들린의 매력으로부터 어서 벗어나고 싶은 마음에 같은 날 부대로 복귀했다.

아들린은 한동안 일 처리를 위해 파리에 머물렀다. 그러면서 무슈 V를 통해 몇 안 되는 남아 있는 먼 친척들과 만나 인사를 나누었다. 그중에 D 백작 내외가 있었고, 니스에서 아들린의 연민과 존경을 샀던 무슈 아망이 있었다. 그가 애달파했던 죽은 아내는 몽탈 집안사람이었다. 그가 죽은 아내와 그녀의 사촌 아들린의 모습이 닮았다고 한 것은 그저 상상력의 영향 때문만은 아니었던 것이다. 형의 죽음으로 그는 급작스럽게 이탈리아에서 돌아왔다. 그러나 아들린은 이전에 그를 짓눌렀던 크나큰 우울의 그늘이 이제 평온한 인종의 모습으로 바뀌고, 그가 종종 잠깐이지만 즐거운 표정을 짓는 것을 보고 기쁨을 느꼈다.

 D 백작 부부는 아들린의 착한 심성과 아름다운 미모에
매우 감동받아 아들린이 파리에 머무는 동안 자신들의 호
텔에 초대해 머물게 했다.

 아들린이 처음으로 한 일은 아버지의 유골을 생클레어
수도원에서 모셔와 조상의 지하 납골소에 안치하는 일이었
다. 도노이는 살인죄로 재판을 받고 교수형을 당했다. 그는
형장에서 후작의 유골을 수도원의 석조 방에 숨겨놓았다고
실토했다. 무슈 V가 경관들과 함께 그곳으로 가서 유골을
찾아 돌아와 북쪽 지방에 있는 영지 생모르에 안치했다. 장
례식은 그의 지위에 맞게 화려하고 장엄하게 치러졌다. 상
주로 참석한 아들린은 아버지를 기리며 마지막 의무를 다했
고 그러고 나자 그녀는 좀 더 안정을 되찾았다. 무슈 V가 수
도원에서 아버지의 원고도 찾아 그녀에게 전달했고 아들린
은 그토록 신성한 유물을 경건한 마음으로 고이 간직했다.

 아들린이 파리로 돌아왔을 때 몽펠리에에서 돌아온 테
오도르 라 뤼크가 기다리고 있었다. 행복한 이 만남에 한
가지 그늘을 드리운 건 그의 아버지에 관한 소식이었다. 테
오도르는 자신의 목숨을 구한 아들린에게 감사를 표하기
위해 풀려난 순간 오고 싶었지만 아버지의 상태가 심각해
서 그러지 못했다는 것이다. 아들린은 이제 그를 자신을 구
해준 친구로, 또 자신이 가장 사랑하는, 사랑받아 마땅한
연인으로 맞이했다. 지난번 만났을 때의 극도로 불안한 상

황을 생각하자 지금 이 순간이 더욱 행복하게 느껴졌다. 이제 더 이상 불명예스럽게 끔찍한 죽음을 당할 거라는 두려움에서 벗어나 오직 앞에 펼쳐진 기쁜 날들만을 바라보았다. 이제 서로 손을 꼭 잡고 꽃길을 걸을 것이다. 그들은 극명하게 대비되는 과거와 현재의 모습에 사랑과 감사의 눈물을 자주 흘렸고, 얼굴에서 슬픔의 그림자를 벗어던지려는 듯 아들린이 짓는 달콤한 미소는 테오도르의 가슴 깊은 곳까지 닿아 그가 예전에 그녀에게 불러주던 노래를 떠올리게 했다. 그는 테이블에 있는 류트를 집어 들고 감미롭게 현을 퉁기며 다음과 같은 노래를 불렀다.

노래

아침 이슬과 함께 눈물을 흘리고
밝은 태양의 빛을 받으면 반짝거리는 장미,
사랑이 슬픔의 구름을 흩어놓을 때
눈물을 흘리고 미소를 짓는 당신을 닮았네.

발그레한 꽃의 머리를 숙이게 하고
향을 풍성하게 하며 그 광채를 되살리는 이슬,
그렇게 사랑의 달콤한 눈물은 그의 힘을 고양시키고
그렇게 행복은 고뇌로 더욱 밝게 빛이 나네!

아들린의 착한 심성과 아름다운 미모, 그리고 재력에 벌써 많은 구혼자가 나섰지만 그녀는 테오도르를 사랑하기에 모두 거절했다. 그들은 재산의 면에서 테오도르보다 훨씬 나았지만 그중 많은 이들은 집안에서 테오도르보다 못했고, 덕성에 있어서는 테오도르를 따를 자가 없었다.

그동안 겪었던 격랑으로 걷잡을 수 없이 혼란을 겪었던 아들린은 이제 안정을 찾았다. 그러나 아버지에 대한 기억으로 아직도 우울한 감정이 있었지만 그것은 오직 시간만이 해결해줄 수 있는 일이었다. 아들린은 자신이 정한 애도 기간이 끝날 때까지는 테오도르의 청혼을 거절했다. 그는 도착한 지 이 주 내로 다시 파리를 떠나 부대로 복귀해야 했다. 그러나 그는 그녀가 상복을 벗으면 곧 결혼식을 올리겠다는 약속을 얻어냈고 그 믿음으로 마음을 놓은 채 그녀와 헤어졌다.

무슈 라 뤼크의 위태로운 상태가 아들린에게는 끊임없는 걱정거리였다. 그리하여 그녀는 이제 클라라의 연인이 된 무슈 V와 함께 몽펠리에로 가보기로 했다. 무슈 라 뤼크는 아들이 석방되자마자 그곳으로 가서 머물고 있었다. 그 여행을 준비하고 있을 때 아들린은 클라라로부터 기쁜 소식을 들었다. 그리하여 그녀는 여행을 미루고 파리에서 마무리할 일을 하기로 하고 무슈 V 홀로 떠났다.

테오도르의 일이 술술 풀려나가던 동안, 무슈 베르늬유는 클라라를 향해 홀로 품고 있던 연정을 고백하는 편지를 라 뤼크에게 보냈다. 무슈 V를 존경하고 그의 집안의 영향력을 알고 있던 라 뤼크는 그 고백에 기뻐했다. 클라라는 그렇게 사랑하고 싶은 마음이 생긴 사람은 처음이라고 생각했다. 무슈 V는 기쁜 소식을 담은 답장을 받고 몽펠리에로 향했다.

라 뤼크는 행복을 되찾고 몽펠리에의 온화한 기후의 덕을 보아 불안에 떨던 친구들이 바라던 대로 건강 상태가 호전되었다. 그는 마침내 생모르의 영지로 아들린을 방문할 수 있을 정도로 건강을 회복했다. 클라라와 무슈 V가 그와 함께 동행했고, 프랑스와 스페인 간의 교전이 끝나 머지않아 테오도르도 이 행복한 일행과 합류할 수 있었다. 그렇게 사랑하는 사람들에게로 돌아온 라 뤼크는 그동안 겪었던 비참한 일들을 돌아보고 또 앞에 펼쳐진 행복을 내다보자 말할 수 없는 기쁨과 감사의 마음으로 가슴이 부풀어 올랐다. 평화롭고 기쁜 표정이 어린 그의 덕망 있는 얼굴은 지금 완벽하게 행복한 시절을 누리고 있다는 사실을 고스란히 드러냈다.

제26장

마지막으로 희열에 찬 조이Joy의 차례가 왔다
그들은 누가 그의 연주를 들었나 생각해보았다,
바로 폭풍의 골짜기에 모인 토착민 처녀들이었다.
축제의 소리가 떠들썩한 그늘 속에,
지칠 줄 모르는 음유시인이 춤을 추며
그의 손이 현란하게 현을 뜯으면
사랑은 환희와 함께 즐겁고 환상적인 합창을 한다.
— 열정에 부치는 시[43]

그토록 사랑하는 친구들에 둘러싸인 아들린은 아버지의 고난 때문에 생긴 우울한 그림자를 지웠다. 그녀는 그 모든 천성적인 활기를 되찾았고 아버지에 대한 경의의 마음으로 입었던 상복을 벗은 후 테오도르의 손을 잡았다. 생모르에서 열린 결혼식에는 D 백작 부부가 자리를 빛냈다. 라 뤼크는 같은 날 두 자식을 모두 결혼시키는 최고의 행복을 맛보았다. 식이 끝났을 때 그는 그들을 모두 부둥켜안고 축복의 눈물을 흘렸다. "오, 신이시여! 감사합니다. 제가 이런 시간을 맞이하게 해주시다니! 이제 언제고 저를 부르시면 평화롭게 떠날 것입니다."

"오래, 아주 오래 자식들에게 축복을 내려주실 수 있게 사실 거예요." 아들린이 화답했다. 클라라는 아버지의 손에 입을 맞추고 눈물을 흘렸다. "오래, 아주 오래!" 클라라도 울먹이는 소리로 되풀이했다. 라 뤼크는 기쁨의 미소를 지으며 화제를 돌렸다.

그러나 이제 라 뤼크는 오랫동안 비워둔 교구의 임무에 다시 복귀해야 한다고 느꼈다. 그가 위태로운 상태일 때 몽펠리에서 그를 간호하고 그 후에 사보이로 돌아간 마담 라 뤼크 또한 홀로 사는 게 버겁다고 불평을 하던 참이었다. 그게 라 뤼크가 서둘러 떠나려 하는 또 하나의 이유였다. 테오도르와 아들린은 아버지와 헤어지는 게 견딜 수 없어 성을 포기하고 프랑스에서 자신들과 함께 살자고 설득했다. 그러나 그는 를롱쿠르에 여러 가지로 관계가 얽혀 있었다. 그는 오랜 세월 교구민들의 위안과 행복의 원천이 되어왔다. 그들은 그를 아버지처럼 존경하고 사랑했다. 그도 또한 그들을 자식처럼 애정을 갖고 따듯하게 대했다. 그곳을 떠나올 때 그들이 보여준 애착심도 잊을 수 없었다. 그때의 인상이 너무나 깊어, 하늘이 그에게 크나큰 행복을 내려주신 이 마당에 그들을 저버린다는 것은 생각할 수도 없는 일이었다. "그들을 위해 사는 일은 정말 행복해. 나는 또한 그들 속에 살다가 죽을 것이야." 거기에 더욱 애틋한 마음(금욕주의자들이 그걸 나약함이라는 이름으로 모욕하게 놔두지 말자, 혹은 속세의 사람들이 그걸 부자연스럽다고 경멸하게 놔두지 말자), 를롱쿠르를 떠나지 못하는 마음은 바로 아내가 그곳에 잠들어 있다는 사실이었다.

라 뤼크가 프랑스에서 살지 않으려 했기 때문에 테오도르와 아들린은 화려한 파리 사교계의 삶이 그렇게 큰 유혹이 아니었다. 그들은 그보다는 를롱쿠르에서 보장되는 안락한 가정의 행복과 세련된 교류가 훨씬 더 소중했다. 그리하여 그들은 라 뤼크와 무슈 베르뇌유 내외와 함께 그곳으로 가기로 결정했다. 아들린은 프랑스의 거주지가 필요 없게끔 일처리를 했다. 그러고 나서 그녀는 D 백작 부부와 따뜻한 작별 인사를 나누고 어느 정도 활기를 되찾은 무슈 아망과도 인사를 나눈 후 일행과 함께 사보이로 떠났다.

그들은 느긋하게 여행하며 보고 싶은 풍경이 나타날 때마다 정해진 길을 벗어나 구경했다. 그렇게 즐겁고 긴 여행 끝에 그들은 다시 스위스 산악 지역으로 들어오게 되었다. 그 풍경이 아들린에게 수만 가지 기억을 불러일으켰다. 그녀는 그 풍경을 처음 보던 때를 기억했다. 고아로 박해를 피해 낯선 이들 사이에서 은신처를 찾고 그러다가 사랑하는 유일한 사람과 헤어진 기억. 지금 이 순간과 극명한 대조를 이루는 그 기억을 떠올리며 가슴이 벅차올랐다.

클라라는 어린 시절의 기쁨이 서린 소중한 고향이 가까워지자 확 생기를 얻으며 기쁨의 미소를 지었다. 테오도르는 연신 창밖을 내다보며 지나치는 산들이 연달아 드러내는 장엄하고 변화무쌍한 장관에 고향의 정이 끓어오르는 것 같았다.

를롱쿠르에서 몇 킬로미터 떨어진 지점까지 도착했을 때는 저녁이었다. 높이 치솟은 바위산 아래를 굽이도는 길에서 호수 전체와 평화로운 라 뤼크의 마을이 그 모습을 모두 드러냈다. 일행 모두가 탄성을 질러 고향으로 입성했음을 알렸고 서로 기쁨의 눈빛을 교환했다. 마지막 햇빛이 크리스털처럼 순수한 수면에 비치며 모든 풍경을 감미롭게 물들였고 머리 위 산봉우리를 감싸고 있는 구름을 보랏빛으로 채색하고 있었다.

라 뤼크는 가족을 고향으로 이끌며 이렇게 다시 돌아올 수 있게 허락해주신 것에 대해 조용히 감사의 기도를 올렸다. 아들린은 눈에 익은 모든 사물을 찬찬히 둘러보며 슬픔과 기쁨의 격랑을 되돌아보고 지난번 이곳에 왔던 후로 겪은 놀라운 변화를 생각하자 감사와 기쁨으로 가슴이 벅차올랐다. 그녀는 이곳에서 영원히 잃어버렸다고 생각했던 그 테오도르를 가만히 들여다보았다. 그 후로 다시 보게 되었을 때 곧바로 불명예스러운 죽음으로 생이별을 해야 할 뻔했던 그 사람이 지금은 행복한 남편으로, 가족과 자신의 자랑거리로 자신의 옆에 앉아 있다. 따뜻하게 가슴을 감싸는 감정이 눈물이 되어 흘러나오고 형언할 수 없는 애정을 담은 미소를 짓는 아들린을 보자 그는 그녀가 느끼는 모든 감정을 알 수 있었다. 그는 가만히 아들린의 손을 잡고 사랑의 눈길로 화답했다.

그때 마차를 향해 의기양양한 표정으로 페터가 달려왔다. "아, 주인님! 고향으로 돌아오신 걸 환영합니다. 아, 신의 축복입니다! 우리 마을은 파리 같은 도시 백만 개보다도 훨씬 더 좋아요! 야고보 성인이여, 감사합니다! 우리 모두 안전하고 무탈하게 고향으로 돌아왔어요!"

좋아 죽는 정직한 페터에게 따뜻한 화답이 돌아갔다. 호숫가로 다가가자 음악이 들리기 시작했다. 이내 마을 사람들이 호숫가로 이어지는 푸른 동산에 모여 멋진 옷을 차려입고 춤을 추는 모습이 보였다. 축제의 저녁이었다. 나이든 농부들은 작은 동산을 덮고 있는 나무 그늘에 앉아 우유와 과일을 들며 아들딸들이 경쾌한 북과 피리, 부드러운 만돌린 소리에 맞춰 껑충껑충 뛰노는 걸 구경하고 있었다.

매우 흥미로운 광경이었다. 그 목가적인 분위기를 한껏더 고조시키는 풍경은 일부는 언덕 꼭대기에 또 일부는 물가에서 나머지는 초록 둔덕에서 풀을 뜯거나 평화롭게 쉬고 있는 가축 떼의 모습이었다. 또 농가의 소녀들이 깔끔한 지역 전통 옷을 차려입고 치즈와 우유 등 음식을 나누어 주고 있었다. 페터가 일행의 앞에서 먼저 나아가자 이내 사람들이 그의 주위로 몰려들었다. 그들은 사랑하는 주인님이 돌아오고 있다는 소식을 듣고 그를 맞으러 우르르 몰렸다. 그들이 따뜻하고 진솔한 태도로 환영해주자 라 뤼크는 기쁘기 그지없었다. 라 뤼크는 아버지처럼 따뜻하게 그들을 맞았고 반가워하는 그들을 보며 눈물을 참지 못했다. 젊은이들도 그가 도착한 소식을 듣고 마찬가지로 매우 기뻐했다. 그들은 마차 앞에서 북과 피리 연주에 맞춰 덩실덩실 춤을 추며 라 뤼크의 성까지 길을 인도했다. 그들은 성에 도착해 또다시 활기 넘치는 음악으로 라 뤼크 가족을 환영했다. 성 정문에서 일행은 마담 라 뤼크와 재회했다. 이보다 더 행복한 일행은 없었을 것이다.

저녁 날씨가 온화하고 날이 워낙 아름다워 저녁 식사는 정원에 차려졌다. 식사가 끝나자 환희로 벅차오르는 클라라는 달빛 아래 춤을 추자고 제안했다. "재미있지 않아요? 벌써 달빛은 물 위에서 춤을 추고 있어요. 저 반짝거리는 달빛을 보세요. 저기 왼쪽 작은 곳에 빛나는 것 좀 보세요. 저녁 공기도 너무 신선해 춤을 추지 않을 수 없겠는걸요?"

그들은 모두 맞장구쳤다. "그래, 우리를 열렬히 환영해 준 저 착한 마을 사람들도 초대해 함께하자꾸나." 라 뤼크가 말했다. "사람들과 행복을 함께 나누어야 하지 않겠니? 사람들을 행복하게 해주는 게 신에게 바치는 헌신이고 감사하는 마음을 품는 것이 우리를 독실하게 만드는 거야. 페터, 와인을 더 가져오고 나무 아래 테이블을 좀 더 가져다 놔야 하겠어." 페터가 후다닥 준비를 하는 동안 클라라는 아끼던 류트를 가지고 왔다. 아들린이 우울한 심정으로 연주하기도 했던 류트였다. 클라라의 가벼운 손이 현을 뜯기 시작하자 아름다운 소리가 울려 퍼졌다. 그녀는 이렇게 노래 불렀다.

공기

이제 달빛 요정의 시간,
이슬 맞은 벼랑이 희미하게 빛날 때
골짜기와 산, 호수와 나무 그늘이
웅장한 적막 속에 잠이 들 때

수심에 잠긴 마음을 달래주는
저녁 바람이 살며시 가라앉고
공상은 그 고결한 비전으로
음악에게 명하노니, 고요한 대기를 깨우라!

즐겁고 신나게 북을 울려라,
풀밭의 요정, 숲의 요정과 함께
아른아른 수많은 손을 흔드는 높은 나무 그늘 아래
원을 그려 강강술래를 돌아라.

이제 달빛 요정의 시간
음악은 그 감미로운 목소리를 낼 것이니
마법의 힘을 지니고 파도 위로 울려 퍼져
에코Echo도 함께 기뻐할지니!

차분한 발걸음으로 움직일 수 없었던 페터는 벌써 나무 아래 다과를 펼쳐놓았고 이내 잔디밭에는 농부들로 가득 찼다. 클라라의 요청으로 피리와 북은 그녀가 좋아하는 호숫가 아카시아 나무 아래 자리했다. 이제 신나는 음악 소리가 울려 퍼졌다. 아들린이 춤을 시작했고 주변의 산들은 환희의 음악 소리에 화답했다.

덕망 높은 라 뤼크는 나이 든 농부들 사이에 앉아 주변을 둘러보았다. 자식들과 마을 사람들이 그렇게 하나가 되어 조화롭고 기쁜 무리를 이루며 그를 둘러싸고 있었다. 눈물이 뺨을 타고 흐르며 그는 고양된 완벽한 기쁨을 맛보았다.

모든 사람들이 기쁨이 넘쳐 시간 가는 줄 모르다 보니 어느덧 여명이 밝아오기 시작했다. 그러자 사람들은 자비로운 라 뤼크를 축복하며 집으로 돌아가기 시작했다.

라 뤼크와 몇 주를 함께 보내고 나서 무슈 베르뇌유는 를롱쿠르 마을에서 성을 한 채 구입했다. 그리고 그 성이 유일한 빈집이었으므로 테오도르는 인근에서 거주지를 찾아보았다. 몇 킬로미터 떨어진 곳 물길이 작은 만으로 쑥 들어가는 쪽으로 아름다운 제네바 호수 둑 위에 저택을 한 채 샀다. 그 성은 웅장한 스타일이라기보다는 단순하면서도 고급스러운 취향을 갖춘 집이었다. 그러나 성을 둘러싼 주변은 웅장한 풍경을 자랑했다. 성은 사방이 거의 숲으로 둘러싸여 있었는데 그 모습이 마치 물가에 자리한 거대한 원형 극장 형태였으며 주변으로 로맨틱한 야생의 산책길이 많았다. 이곳 자연은 아름답고 무성한 자태를 뽐냈다. 다만 이곳저곳 솜씨 좋은 손으로 나뭇잎을 다듬어 흰 돛단배가 떠 있는 푸른 호수 전경과 먼 산맥을 내다볼 수 있게 트인 부분들이 있었다. 성의 전면에는 잔디밭 위로 숲이 확 트여 한눈에 호수를 내다볼 수 있었다. 호수는 끊임없이 변화하는 풍경을 선사했고 그 가장자리로 빌라들과 숲, 마을의 모습이 보였다. 그리고 저 멀리 눈에 덮인 숭고한 알프스 산봉우리들이 들쭉날쭉 이어져 어디에서도 볼 수 없는 장엄한 장관을 드러내고 있었다.

이곳에 겉만 번지르르한 거짓 행복을 경멸하고 순수하고 합리적인 사랑을 애정 어린 우정으로 다듬으며 테오도르와 아들린이 살았다. 그들은 그지없이 소중한 친구들과 교류하고 교양 있고 품격 높은 사람들과 친분을 나누었다. 여기 이곳 이 행복의 품속에 테오도르 라 뤼크와 아들린 라 뤼크가 살았다.

루이 드 라 모트의 열정은 마침내 오래 보지 않은 덕에, 또 생활의 무게에 녹아내렸다. 그는 여전히 아들린을 사랑했지만 그것은 평온한 친구로서의 애정이었다. 그리고 테오도르의 열렬한 초대로 저택에 방문했을 때 그는 행복한 그들의 모습을 질투의 감정 없이 기쁘게 바라볼 수 있었다. 그는 나중에 재력이 상당한 제네바의 숙녀를 만나 결혼하고 프랑스 군대에서 제대했다. 그러고는 호숫가에 정착하여 테오도르와 아들린과 교제를 이어나갔다.

그들의 예전 삶은 시련을 잘 견뎌낸 삶의 모범이 되었고 현재의 삶은 크게 보상받은 미덕의 삶이었다. 그리고 이 보상은 그들이 마땅히 계속 누릴 만한 것이었다. 그들의 행복이 자신들만을 향한 편협한 것이 아니고 그들의 영향력 안에 있는 모든 사람들에게로 퍼져 나갔기 때문이다. 가난하고 불행한 사람들은 그들의 자비에 기뻐했고 덕망 있고 교화된 사람들은 그들과 나누는 우정에 기뻐했으며 그들의 자식들은 가슴에 교훈을 심어준 부모에게 감사했다.

(끝)

옮긴이의 말

숲속 고성이나 폐허로 무너져가는 수도원, 또는 공포와 경외심으로 보는 이를 압도하는 대자연을 무대로 불같은 열정과 탐욕, 음모와 범죄, 출생의 비밀, 근친상간, 감금과 탈출의 드라마가 펼쳐진다. 그러는 와중에 기이하고 이해 불가능한 초자연적 현상이 벌어지며 인물들을 공포로 몰아 넣고 그 전율과 스릴은 고스란히 독자에게 전달된다. 한껏 고양된 두려움과 경외심은 인물에게, 또 독자에게 숭고미를 고취시키며 카타르시스를 불러온다.

1764년 영국에서 호레이스 월폴이 『오트란토성』을 발표하면서 고딕 소설이 등장했다. 고딕이란 용어는 건축 용어인 고딕 양식에서 빌려온 것으로, 하늘을 찌를 듯 높이 치솟은 첨탑들과 지하로 파고든 미로 같은 지하 감옥/지하 묘소로 대표되는 그 독특한 구조에서 착안된 것이다. 여기서 하늘과 지하는 천국과 지옥, 또는 인간 내면의 빛과 그림자를 상징한다. 18세기 후반부터 19세기 초반까지 이어진 초기 고딕 소설 장르의 대표 작가를 들자면 월폴과 매슈 그레고리 루이스, 찰스 로버트 매튜린, 앤 래드클리프, 메리 셸리 등을 들 수 있다. 18세기에 활동한 여성 작가로는 래드클리프 외에도 클래라 리브나 소피아 리 등도 있었다. 그러나 현재까지 꾸준히 읽히는 18세기 여성 작가로는 래드클리프가 유일하다고 볼 수 있다. 이유는 바로 래드클리프가 앞에서 언급한 남성 작가들이 세운 고딕 소설의 문법과는 차별화된 자신만의 스타일을 구축했기 때문이다. 작가의 스타일은 이후 19세기로 넘어오면서 브론테 자매나 제인 오스틴 같은 여성 작가들에게 큰 영향을 끼쳤고, 고딕 소설 장르의 여러 갈래 중 한 갈래로 자리 잡았다.

남성 작가들은 성의 소유권(성과 신분—작위—은 동일하다)이나 수도원의 암투, 결혼, 정욕 등의 소재로 범죄와 복수극을 펼쳐 보이며 사회적 터부를 위반하는 데 초점을 두었다. 그러면서 마법이나 악마와의 거래 같은 현실과는 동떨어진 판타지 모티프를 현실 세계에 그대로 적용했다. 그리하여 거대한 투구가 하늘에서 떨어지고 피를 흘리는 수녀의 유령이 등장하는 등 각종 판타지가 난무하고, 또 묘사에 있어서도 완전히 통제를 벗어난 과장법을 쓰는 등 강렬한 열정을 고스란히 드러내는 데 주저함이 없었다. 물론 래드클리프도 똑같은 숲속 고성, 폐허, 지하 감옥, 장엄한 산악 지역(폭풍이 몰아치는 경우가 다반사다)을 배경으로 기이한 소리가 들리고 형체를 알 수 없는 존재가 출몰하는 등 초자연적 현상을 보여준다. 그러나 작가가 달라지는 지점은, 박해받는 여성이 주인공으로 등장하는 여성적 내러티브 테크닉 외에도, 독자에게 전율과 스릴을 다 맛보게 한 후 그 현상에 대한 합리적 설명을 덧붙이는 방식을 취한다는 점이다. 즉, '설명되는 공포'를 제시한다. 인물을 따라가는 독자는 공포에 고스란히 노출되면서 한껏 호기심을 자극받았다가 차츰 이성으로 각성되며 현실 세계 질서의 회복을 확인할 수 있다. 그리하여 래드클리프는 남성의 권력이나 억압적·폭력적 섹슈얼리티에 대한 비평으로 읽힐 수 있는 여성적 고딕 장르를 구축했다.

고딕 소설 장르는 시간적 배경은 실제 역사와는 무관한 가상의 과거에(물론 실제 과거가 배경이 되기도 한다) 두고 공간적 배경은 도시와 먼 숲속에 둠으로써 독자로 하여금 현실의 논리를 쉽게 벗어던지고 공포를 유발하는 사건들을 의심의 눈초리를 거두고 볼 수 있게 유도한다. 래드클리프는 그런 고딕 장치를 이용하면서도 두려움을 불러일으켰던 사건들을 작품 말미에 이성으로 되돌아보며 불안을 해소하고 현실을 재확인하는 기법을 구사한다. 그렇게 작가는 비평가들이 구분한 고딕 소설 장르의 세 가지 유파 중 하나인 테러 유파의 기틀을 마련한 장본인이다(장르로서 고딕 소설은 현실과 이성적 질서를 어떻게 다루느냐에 따라 역사 고딕, 테러 유파, 암흑낭만주의 호러 유파, 이 세 가지로 나뉜다).

여주인공은 천애 고아로서 폭풍에 이리저리 휘날리는 힘없는 부유물 같은 삶에 내몰린다. 아들린은 재산을 갈취하려는 친족의 걸림돌이 되고, 억압적인 수녀원장이 노리는 먹잇감이 되고, 친족의 의뢰로 불한당들의 살해 대상이 되었다가 처치 곤란한 애물단지가 된다. 그러고는 가뜩이나 곤궁에 처한 일가의 객식구가 되고, 질투와 의심으로 애끓는 여인의 질투의 대상이 되고, 은혜와 수모를 동시에 주는 가족의 일원에게 흠모의 대상이 되고, 불타오르는 정욕을 주체하지 못하는 악당의 노리개로 전락할 위기에 처했다가 도망자가 된다. 아들린의 시련은 거기서 멈추지 않고 결말에 이르기까지 계속된다. 소설은 이렇게 아무런 방패막이 없이 온갖 풍파에 고스란히 노출된 젊은 여성을 수녀원으로 숲속 폐허로 드높은 알프스산맥으로 지중해로 이끌고 다니며 때로는 무시무시한 폭풍에 때로는 형체를 알 수 없는 존재가 어른거리는 으스스한 어스름에 때로는 숨이 막힐 것 같은 다채로운 절경 속으로 내몬다. 물론 작가는 고초를 겪는 여성을 구하는 젊은 기사와, (알고 보니) 그의 가족을 등장시키는 고딕 소설의 전형적 장치를 빼놓지 않는다.

이 작품은 방대한 길이에도 불구하고 끝까지 손에 땀을 쥐게 하는 서스펜스를 유지하는 스토리텔링으로 출간 당시 대중적으로 선풍을 불러일으켰다. 물론 한 평론에서 지적하듯 작품의 인물 설정에 전형적이고 평면적인 면이 없지 않고, 또 주인공이 남성 인물을 대하는 태도에서 "성적 열정을 통제하는 데 있어 시대의 기대에 부합하는" 모습으로 그려지기도 한다. 그러나 그 평론에서 주장하는 것처럼 단지 고아 여주인공을 내세운 또 하나의 "18세기 동화"*로 치

부하기에는 이 작품은 좀 더 현대적이고 뉘앙스가 깊다.

그렇다면 언뜻 고딕 로맨스의 전형적인 서사에서 멈춘 것 같은 이 작품이 현대의 독자(특히 여성 독자)에게 어필할 수 있는 지점은 무엇일까? 우선 여주인공이 모험을 헤쳐나가면서 남성 인물들과 어떤 식으로 관계를 풀어나가는지 보면 그 실마리를 찾을 수 있을 것이다. 아들린을 사랑하거나 아들린으로부터 영감을 얻는 세 남자들, 루이와 테오도르, 무슈 아망을 보자. 그들은 모두 각자 아들린과의 관계에서 먼저 눈물을 흘린다. 루이는 부대로 복귀하기 전 수도원 뜰에서 아들린에게 작별을 고한다. 그는 마침내 아들린에게 품어왔던 열정을 고백하지만 아들린은 우정만을 약속하며 끝내 거절한다. 그때 아들린이 좋아하는 사슴이 다가오자 루이는 사슴이 둘의 만남과 작별의 증인이라고 말하며 눈물을 보인다. 그 모습은 아들린이 자신보다 사슴을 더 살갑게 대하자 자기도 모르게 터져 나오는 감상적인 모습에 다름없다. 무슈 아망 또한 류트 연주를 하는 아들린을 보고는 죽은 아내를 생각하며 눈물을 보인다. 그는 난감한 상황에 사과를 하면서도 그 후에도 아들린을 만날 때마다 눈물을 보이며 신세타령에 빠진다. 그를 달래거나 민망한

*

StudyCorgi. (2020, May 23). "The Romance of the Forest" a Novel by Ann Radcliffe. Retrieved from https://studycorgi.com/the-romance-of-the-forest-a-novel-by-ann-radcliffe/

옮긴이의 말

상황이 연출되는 것을 방지하려고 노력하는 것은 언제나 아들린이다. 아들린의 연인 테오도르 역시 아들린과 도망하는 길에 갑작스럽게 청혼을 하고 아들린이 거절하자 감정적으로 변하며 눈물을 흘린다. 테오도르 역시 아들린의 지적에 곧장 남자답게 물러나지 못하고 반복해서 떼를 쓰는 어린아이 같은 모습을 보인다.

린 크레이머는 작가가 "남녀의 역할을 뒤집어"서 "당시로서는 진보적인 아이디어인, 독립적이고 지배적인 여성을 창조한다"**고 주장한다. 즉, 열정에 압도당해 이성을 잃은 모습으로 남성을 그리고, 아들린을 끝까지 냉정함을 잃지 않는 남성적인 면모를 보이는 모습으로 그린다는 것이다. 실로 라 모트 일가가 경관이 들이닥쳤다고 생각하고 지하방에 숨어 있을 때 수도원을 정찰하기 위해 누가 나갈지 고민하면서 라 모트는 이기적이고 유약한 모습을 보이는 반면 아들린은 일가를 위해 자발적으로 자신이 나가보겠다고 나선다. 또한, 몽탈 후작이 자신의 빌라로 아들린을 납치해 온 후 청혼을 빙자한 겁박을 하며 정욕 어린 손길로 아들린을 잡으려고 하자 아들린은 단호하게 뿌리치며 "위엄이 드러나는 눈빛"으로 그를 노려본다. 그러자 후작은 그녀의 단

**

Kramer, Lynn, "Ann Radcliffe's Superpaternal: A Study of the Supernatural in The Romance of the Forest and The Mysteries of Udolpho" (2016). *English Theses*. p.44

호한 "태도에서 우러나는 우월성을 인식"하고는 움츠러든다. 크레이머의 말대로 래드클리프의 "여성 인물들은 겉으로는 고딕 여주인공의 전형으로 보이면서도 가부장적 권위에 도전한다는 의미에서 매우 독특하다."***

작품은 시대의 한계를 넘어서려는 여성 인물의 독특성 외에도 고딕 소설의 장치를 이용해 인물의 심리 상태나 상황 변화를 생생하게 그려내는 점에서도 뛰어나다. 숲속 고성이나 수도원, 광대한 자연과 같은 고딕 소설의 주 무대는 끔찍한 사건이 벌어지는 동안 인물의 심리에 미치는 영향을 최고조로 끌어올리기에 적합한 배경이 된다. 래드클리프는 인물의 심리 상태나 상황 변화를 외부적 배경과 밀접하게 결합시켜 때로는 배경이 벌어진 일의 결과로서 변하고 또 때로는 앞으로 벌어질 일을 암시하는 역할을 한다. 인물의 내면과 외부 풍경을 결합시킴으로써 독자로 하여금 영화를 보는 듯한 시각적 효과를 각인시킨다. 예를 들어 아들린이 처음 수도원을 빠져나와 희망에 부풀었을 때는 화려하고 즐거움에 들뜬 파리의 거리 풍경을 묘사함으로써 인물의 부푼 기대를 고스란히 드러내다가 어스름 무렵 파리 시가지를 벗어나 히스 황야에 접어들었을 때는 갑자기

***

Kramer, Lynn, "Ann Radcliffe's Superpaternal: A Study of the Supernatural in The Romance of the Forest and The Mysteries of Udolpho" (2016). *English Theses.* p.57

옮긴이의 말

"수녀원에서 늘 느끼던 감정"이 들며 다시 혹독한 시련이 찾아올 것임을 예고한다. 또 수도원의 지하 방에 숨어 있다가 염탐을 하러 나온 길에는 갑자기 아들린이 좋아하는 사슴이 출현한다. 사슴의 출현은 곧이어 등장할 남자가 위협의 대상이 아닌 기쁜 소식을 전해줄 사람임을 암시한다. 그리고 라 뤼크 가족과 함께 지중해를 항해할 때 시야에서 해안선이 사라지자 아들린에게 숭고미를 고취하던 바다가 갑자기 죽음의 공포를 몰고 온다. 그때의 풍경은 현재의 절망적인 상황을 대변함과 동시에 앞으로 벌어질 죽음의 위협을 암시하기도 한다. 이렇듯 작가는 적재적소에 인물의 내면과 풍경을 하나로 버무려 독자에게 잊을 수 없는 시각적 각인을 남긴다.

18세기 소설에서 여성의 모습은 남성의 눈에 비친 대상으로, 두 가지 경우로 압축할 수 있다. 즉, 욕망의 대상이 되거나 여성적 미덕의 표본으로 제시될 뿐이었다. 래드클리프 또한 물론 당시의 시대정신에 맞게 또 고딕 소설이라는 장르의 틀에 맞게 여성 인물을 미덕을 갖춘 여성으로, 욕망의 대상이 되어 박해받는 여성으로 제시하긴 하였다. 그러나 작가는 여성 인물을 주인공으로 내세우며 여성의 시각에서 사건을 파악한다. 그렇게 여성이 박해를 겪고 극복하는 과정을 보여줌으로써 가부장제하 여성의 한계를 여실히 드러내 보이고, 또 더 나아가 그런 시대의 한계를 뛰어넘어야 하는 당위성을 제시한다. 그러나 당시로서는 자칫 위험한 담론이 될 수 있는 그러한 주장을 대중적으로 어필될 수 있도록 잘 포장된 고딕 소설이라는 판타지를 통해 독자에게 제시한다.

장용준

옮긴이 주

1   윌리엄 셰익스피어『맥베스』3막 1장 110~113

2   윌리엄 셰익스피어『리어왕』3막 4장 29

3   제임스 톰슨『소포니스바의 비극』2막 1장 76~78

4   윌리엄 셰익스피어『뜻대로 하세요』2막 7장 111

5   호레이스 월폴『불가사의한 어머니』1막 1장 1~7

6   제임스 맥퍼슨『핑걸의 아들, 오시안의 작품들』「카손: 시」인용.

7   윌리엄 셰익스피어『뜻대로 하세요』2막 1장 3~7

8   윌리엄 셰익스피어『맥베스』5막 3장 22~23

9   토머스 워턴「자살」25~29

10 윌리엄 셰익스피어『오셀로』3막 3장 327~329

11 윌리엄 셰익스피어『헨리 4세 2부』2막 1장 110~111. 어휘를 바꾸어
    인용.

12 윌리엄 셰익스피어『맥베스』3막 4장 105~106

13 윌리엄 셰익스피어『맥베스』1막 3장 137~138

14 윌리엄 셰익스피어『줄리어스 시저』1막 3장 28~31

15 토마스 워턴 9~24

16 프랑스 왕 앙리 4세(재위 1589~1610)로 추정됨.

17 윌리엄 셰익스피어『리어왕』1막 1장 151~152

18 윌리엄 콜린스「공포에 부치는 시」1~8

19 『변신 이야기』의 작가 오비디우스는 초대 로마 황제 아우구스투스시
    절 베르길리우스, 호라티우스와 함께 라틴어 문학의 대표 시인으로 평
    가받는 인물이다. 애가(哀歌)와 에로틱한 작품으로 유명하다. '오비디
    우스의 장면'은 그의 시 작품 중 관능적이고 육욕을 자극할 수 있는 장
    면 묘사를 일컫는 것으로 몽탈 후작의 성에 잘 어울릴 만한 미술 작품
    이다.

20 윌리엄 셰익스피어『한여름 밤의 꿈』4막 1장 83

21 윌리엄 콜린스「열정, 음악에 부치는 시」38~40

22 토머스 퍼시「신시아, 애가(哀歌)」49~56

23 윌리엄 셰익스피어『존왕』4막 1장 41~42

24 윌리엄 셰익스피어『존왕』3막 2장 47~53

25 윌리엄 콜린스「공포에 부치는 시」10~13, 16~17, 22~24

26 현재 이탈리아와 프랑스 국경 지대에 위치한 사보이는 서부 알프스 지역이다. 중세 초기부터 독립국을 유지한 사보이는 토리노(투린)가 수도였고 니스도 속한 나라였다. 1720년 사르디니아가 사보이에 병합되며 이후 사르디니아 왕국으로 불렸다. 프랑스 혁명 당시에는 프랑스에 점령당했고 1814~1815년에 다시 독립하였다가 1858년 다시 프랑스에 병합되었다.

27 제임스 비티『음유시인』제2권 82~83

28 제임스 코손「삶이 불행한 것은 우리가 잘못 이용하기 때문이다: 도덕 에세이」165~176

29 윌리엄 콜린스「숙녀에게 부치는 시, 퐁트누아 전투에서 죽은 로스 대령의 죽음에 대하여」10~13

30 제임스 톰슨『계절』「봄」464~466

31 제임스 비티『음유시인』제1권 76

32 조지프 트랩 2세「베르길리우스의 묘비명」27~28

33 제임스 비티『음유시인』제2권 5~7, 9

34 현 파이용강.

35 제임스 비티『음유시인』제1권 180

36 존 밀턴『코머스』561~562

37 제임스 비티『음유시인』제1권 496~500

38 애나 수어드「앙드레 소령을 위한 만가(輓歌)」402

39 윌리엄 메이슨『카락타쿠스』46쪽

40 제임스 톰슨『계절』「겨울」379~381

41 토머스 그레이「시인: 핀다로스풍 송시」64~66

42 윌리엄 메이슨『엘프리다』7쪽 2

43 윌리엄 콜린스「열정, 음악에 부치는 시」80, 85~9

옮긴이 장용준
고딕, 공포, 판타지, 스릴러, 추리 등 장르 소설 위주로 번역과
출판 일을 하고 있다. 옮긴 책으로는『신들의 전쟁』(상),『신들의
전쟁』(하),『비트 더 리퍼』,『리포맨』,『공포, 집, 여성: 여성 고딕
작가 작품선』,『이동과 자유』(근간) 등이 있다.

숲속의 로맨스

초판1쇄 발행 2021년 12월 17일

지은이 앤 래드클리프
옮긴이 장용준
펴낸이 장용준
편집 권은경
디자인 박연미

펴낸곳 고딕서가
출판등록 2020년 5월 14일 제2020-000054호
주소 서울시 종로구 새문안로 42 피어선빌딩 1116호
이메일 27rui05@hanmail.net
팩스 0504-202-9263

값 19,500원
ISBN 979-11-976141-1-8 03840